2x Tess Gerritsen

2x Tess Gerritsen

# HARTSLAG
# &
# DIAGNOSE BESMET

the house of books

***Hartslag***
*Oorspronkelijke titel*
Harvest
*Uitgave*
Pocket Books, New York

*Vertaling*
A.S.J. Wieberdink

***Diagnose besmet***
*Oorspronkelijke titel*
Life Support
*Uitgave*
Pocket Books, Simon & Schuster Inc., New York

*Vertaling*
Willy Montanus

This edition published by arrangement with the original publisher, Atria Books, an Imprint of Simon & Schuster, Inc., New York.



*Omslagontwerp en -illustratie*
Studio Jan de Boer BNO, Amsterdam
*Opmaak binnenwerk*
ZetSpiegel, Best

ISBN 978 90 443 2115 9
D/2008/8899/59
NUR 332

# HARTSLAG

# 1

Hij was klein voor zijn leeftijd, kleiner dan de andere jongens die in de tunnel in Arbats-Kaya bedelden, maar ondanks het feit dat hij pas elf was, had hij alles al meegemaakt. Hij rookte al vier jaar, stal al drieënhalf jaar en was al twee jaar schandknaap. Dit laatste was niet direct zijn roeping, maar oom Misha stond erop. Hoe moesten ze anders aan brood en sigaretten komen? Yakov was de kleinste en blondste van oom Misha's jongens en had het het zwaarste te verduren. De klanten hadden altijd een voorkeur voor jonge, blonde kinderen. Dat Yakov zijn linkerhand miste, scheen hen niet te interesseren; de meesten merkten zijn verschrompelde stomp niet eens op. Ze waren te verrukt van het kleine, blonde jongetje met zijn onverschrokken blauwe ogen.

Yakov verlangde ernaar uit dit leven te stappen en, zoals de grotere jongens, in zijn onderhoud te voorzien met zakkenrollen. 's Ochtends, wanneer hij in Misha's flat wakker werd, en 's avonds voor hij in slaap viel, greep hij met zijn ene goede hand de grote spijl aan het hoofdeinde van zijn bed vast, en rekte zich zo ver mogelijk uit in de hoop een fractie van een centimeter langer te worden. Oom Misha had gezegd dat dit zinloos was. Yakov was klein omdat hij uit een lichamelijk onderontwikkelde familie kwam. De vrouw die hem acht jaar geleden in Moskou in de steek had gelaten was ook onderontwikkeld geweest. Yakov kon zich de vrouw nauwelijks meer herinneren, zoals hij zich evenmin iets anders uit die tijd kon herinneren. Hij wist alleen maar wat oom Misha hem had verteld, en daar geloofde hij maar de helft van. Ondanks zijn elf jaar was de kleine Yakov een verstandig jongetje.

Dus nam hij de man en vrouw die aan de eettafel met oom Misha in een zakelijk gesprek verwikkeld waren met zijn aangeboren terughoudendheid op.

Het paar was in een grote, zwarte auto met donkergetinte ramen naar de flat toegekomen. De man heette Gregor en droeg een pak en das en had echte leren schoenen aan. De vrouw heette Nadiya en was blond; ze had een rok en jack van fijne wol aan en ze had een stevige reistas bij zich. Ze was niet Russisch, dat was de vier jongens in de flat direct duidelijk. Ze was misschien een Amerikaanse, of een Engelse. Ze sprak vloeiend Russisch, maar met een accent.

Terwijl de twee mannen wodka drinkend zaken bespraken, dwaalde de blik van de vrouw door het flatje en ze zag de oude legerbedden die tegen de muur aangeschoven stonden, de stapels vuil beddengoed en de vier jongens die in angstige spanning bij elkaar gekropen zaten. Ze had lichtgrijze ogen, aardige ogen, en ze bestudeerde de jongens om de beurt. Eerst keek ze naar Pyotr, de oudste van vijftien. Toen naar Stepan van dertien en Aleksei van tien.

En ten slotte keek ze naar Yakov.

Yakov was eraan gewend om nauwkeurig door volwassenen opgenomen te worden en keek rustig terug. Hij was er niet aan gewend dat de belangstelling voor hem zo snel taande. Normaal gesproken negeerden de volwassenen de andere jongens. Dit keer was het de slungelachtige Pyotr vol puistjes die de aandacht van de vrouw trok.

Nadiya zei tegen Misha: 'Je doet er goed aan, Mikhail Isayevich. Deze kinderen hebben hier geen toekomst. Ze krijgen een mooie kans!' Ze glimlachte tegen de jongens.

De slome Stepan grijnsde terug als een verliefde idioot.

'U begrijpt dat ze geen Engels spreken,' zei oom Misha. 'Op een enkel woord na.'

'Kinderen leren snel. Het kost hen geen moeite.'

'Ze zullen tijd nodig hebben om van alles te leren. De taal, het eten...'

'Ons agentschap kent de aanpassingsmoeilijkheden. We werken met heel veel Russische kinderen. Wezen, zoals deze hier. Ze blijven een tijdje op een speciale school om te leren zich aan te passen.'

'En als ze dat niet kunnen?'

Nadiya zweeg even. 'Er zijn van tijd tot tijd uitzonderingen. Kinderen met emotionele moeilijkheden.' Haar blik ging naar de vier jongens. 'Is er eentje waarbij u problemen verwacht?'

Yakov wist dat *hij* degene was met de moeilijkheden waar ze het over hadden. Degene die zelden lachte en nooit huilde, degene die oom Misha zijn 'jongetje van steen' noemde. Yakov wist niet waarom hij nooit huilde. Als de andere jongens pijn hadden, huilden ze dikke, natte tranen. Yakov zette zijn gedachten gewoon af, zoals een televisiescherm 's avonds laat uitgaat nadat de zenders uit de lucht zijn. Geen uitzending, geen beelden, alleen maar geruststellend wit geruis.

Oom Misha zei: 'Het zijn allemaal lieve jongens. Prima jongens.'

Yakov keek naar de drie andere jongens. Pyotr met een vooruitstekend voorhoofd en schouders die eeuwig naar voren hingen, zoals bij een gorilla. Stepan met zijn rare, verfrommelde oortjes en hersenen ter grootte van een walnoot. Aleksei duimde.

En ik, dacht Yakov, en keek naar de stomp aan zijn onderarm, ik heb maar één hand. Waarom zeggen ze dat we prima zijn? Want dat was nu net wat oom Misha bleef volhouden. En de vrouw bleef knikken. Dit waren goede en gezonde jongens.

'Ze hebben zelfs goede tanden!' wees Misha. 'Totaal niet verrot. En kijk eens hoe lang mijn Pyotr is.'

'Die daar ziet er ondervoed uit.' Gregor wees op Yakov. 'En wat is er met zijn hand gebeurd?'

'Zo is hij geboren.'

'Straling?'

'Verder heeft het geen effect op hem gehad. Hij mist alleen die hand.'

'Het zou geen probleem moeten zijn,' zei Nadiya. Ze stond op. 'We moeten gaan. Het is tijd.'

'Nu al?'

'We moeten ons aan een schema houden.'

'Maar... hun kleren...'

'Het agentschap voorziet hen van kleding. Beter dan wat ze nu aan hebben.'

'Gaat het zo gauw gebeuren? Krijgen we geen tijd om afscheid te nemen?'

Er verscheen even een geïrriteerde blik in de ogen van de vrouw. 'Snel dan. We willen onze aansluiting niet missen.'

Oom Misha keek naar zijn jongens, zijn vier jongens, die geen bloedverwanten van hem waren en van wie hij zelfs niet hield, maar ze waren over en weer afhankelijk van elkaar. Over en weer. Hij omhelsde de jongens beurtelings. Toen hij bij Yakov kwam, hield hij hem een beetje langer vast en een beetje steviger. Oom Misha rook naar ui en sigaretten, bekende geuren. Goede geuren. Maar Yakov deinsde instinctief terug voor zijn nabijheid. Hij hield er niet van om vastgehouden of aangeraakt te worden, door wie dan ook.

'Denk aan je oom wanneer je straks rijk bent in Amerika. Denk eraan hoe ik voor jullie heb gezorgd,' fluisterde Misha.

'Ik wil niet naar Amerika,' zei Yakov.

'Het is het beste. Voor jullie allemaal.'

'Ik wil bij u blijven, oom! Ik wil hier blijven.'

'Je moet gaan.'

'Waarom?'

'Omdat ik dat wil. Daarom.' Oom Misha pakte zijn schouders beet en schudde hem stevig door elkaar. 'Ik wil het.'

Yakov keek naar de andere jongens die tegen elkaar stonden te grinniken. En hij dacht: ze zijn er blij om. Waarom ben ik de enige die twijfelt?

De vrouw pakte Yakov bij de hand. 'Ik zal hen naar de auto brengen. Gregor kan de papieren hier afhandelen.'

'Oom?' riep Yakov.

Maar Misha had zich al omgedraaid en staarde het raam uit.

Nadiya dreef de vier jongens de gang in en de drie trappen naar beneden af. De bonkende schoenen en de lawaaierige jongensenergie schenen zwaar door het lege trappenhuis te weergalmen.

Ze waren al beneden toen Aleksei plotseling stilstond. 'Wacht! Ik ben Shu-Shu vergeten!' riep hij en rende de trap weer op.

'Kom terug!' riep Nadiya. 'Je kunt niet naar boven gaan!'

'Ik kan hem niet achterlaten!' gilde Aleksei.

'Kom nú terug!'

Aleksei bonkte gewoon verder de trap op. De vrouw stond op het punt hem achterna te gaan toen Pyotr zei: 'Hij gaat niet zonder Shu-Shu.'

'Wie is Shu-Shu in godsnaam?' snauwde ze.

'Zijn knuffelhondje. Dat heeft hij al eeuwen.'

Ze keek even naar boven, naar de derde etage, en een fractie van een seconde zag Yakov iets in haar ogen wat hij niet begreep.

Vrees.

Ze stond erbij alsof ze innerlijk in tweestrijd verkeerde of ze Aleksei achterna zou gaan of hem zou laten lopen. Toen de jongen de trap weer af kwam rennen met de haveloze Shu-Shu in zijn armen gekneld, scheen de vrouw opgelucht tegen de trapleuning aan te zakken.

'Hebbes!' kraaide Aleksei en hield de knuffel stevig vast.

'Nu gáán we,' zei de vrouw en leidde hen naar buiten.

De vier jongens klommen achter in de auto. Het was er krap en Yakov moest half op Pyotrs schoot zitten.

'Kun je die magere billen van je niet ergens anders laten?' mopperde Pyotr.

'Waar dan? In je gezicht?'

Pyotr gaf hem een duw. Hij duwde terug.

'Ophouden!' beval de vrouw vanaf de stoel voorin. 'Gedraag je.'

'Maar er is hier niet genoeg ruimte,' klaagde Pyotr.

'Maak dan ruimte. En wees stil!' De vrouw keek omhoog naar de derde verdieping van het gebouw. Naar Misha's flat.

'Waar wachtten we op?' vroeg Aleksei.

'Op Gregor. Hij tekent de papieren.'

'Hoe lang duurt dat?'

De vrouw leunde achterover en keek recht voor zich uit. 'Niet lang.'

Dat was op het nippertje, dacht Gregor toen de jongen, die Aleksei heette, de flat voor de tweede keer had verlaten en de deur achter zich dichtsloeg. Als dat rotjoch een seconde later was binnengekomen, zouden de poppen aan het dansen zijn geweest. Waarom had die stomme Nadiya dat joch weer naar boven laten gaan? Hij was er van het begin af tegen geweest om Nadiya te gebruiken. Maar Reuben had volgehouden dat er een vrouw bij moest zijn. Een vrouw wekt vertrouwen.

De voetstappen van de jongen stierven weg in het trappenhuis, een hard gebonk werd gevolgd door het dichtklappen van de voordeur van de flat.

Gregor wendde zich tot de pooier.

Misha stond bij het raam en staarde naar de auto op straat waar zijn vier jongens in zaten. Hij duwde zijn hand tegen het glas, zijn dikke vingers gespreid in een afscheidsgroet. Toen hij zich omdraaide om Gregor aan te kijken, stonden er waarachtig tranen in zijn ogen.

Maar zijn eerste woorden gingen over geld. 'Zit het in de reistas?'

'Ja,' zei Gregor.

'Alles?'

'Twintigduizend Amerikaanse dollars. Vijfduizend per kind. Met die prijs was u het eens.'

'Ja.' Misha zuchtte en streek met zijn hand over zijn gezicht. Een doorploegd gezicht als overduidelijk gevolg van te veel wodka en sigaretten. 'Worden ze door nette gezinnen geadopteerd?'

'Daar zorgt Nadiya voor. Ze is dol op kinderen. Daarom heeft ze voor dit werk gekozen.'

Misha speelde het klaar zwakjes te glimlachen. 'Misschien zou ze voor míj een Amerikaans gezin kunnen zoeken.'

Gregor moest hem bij het raam zien weg te krijgen. Hij wees op de reistas die op een bijzettafeltje stond. 'Kijk maar. Tel het maar na, als u wilt.'

Misha liep naar de reistas en maakte het slot open. Er lagen stapels Amerikaanse bankbiljetten in, in nette bundeltjes bijeengepakt. Twintigduizend dollar, genoeg voor alle wodka die een man nodig had om zijn lever te laten verrotten. Wat is het tegenwoordig goedkoop om een mensenziel te kopen, dacht Gregor. Op de straten van dit nieuwe Rusland kon over alles onderhandeld worden. Een krat Israëlische sinaasappels, een Amerikaanse televisie of de verrukking van een vrouwenlichaam. Overal was voor degenen met talent gelegenheid dit gebied te ontginnen.

Misha stond naar dat geld te staren, zijn geld, maar hij had geen triomfantelijke blik. Eerder een blik vol afkeer. Hij maakte de reistas dicht, liet zijn hoofd hangen en zijn handen rustten op het harde, zwarte plastic.

Gregor ging achter Misha's kalende hoofd staan, hief de loop van een automatische revolver met geluiddemper en vuurde twee kogels af in de hersens van de man.

Er spatte bloed en grijze massa op de tegenoverliggende muur. Misha zakte met zijn gezicht naar beneden op de grond, en gooide in zijn val het bijzettafeltje omver. De reistas plofte op het vloerkleed naast hem.

Gregor graaide de reistas weg voor de stroom bloed het bereikt had. Er zaten stukjes menselijk weefsel op de zijkant. Hij liep naar de badkamer en veegde de spetters met behulp van toiletpapier van het plastic en trok het papier door. Toen hij terugkwam in de kamer waar Misha lag, was het bloed al over de grond gelopen en had een ander vloerkleed bereikt.

Gregor keek de kamer rond om zich ervan te vergewissen dat hij zijn werk hier gedaan had en dat er geen sporen waren achtergebleven. Hij had zin om de fles wodka mee te nemen, maar besloot het niet te doen. Er zou om uitleg gevraagd worden waarom hij Misha's kostbare fles had en Gregor had geen geduld voor de vragen van kinderen. Dat was Nadiya's afdeling.

Hij liep de flat uit en ging naar beneden.

Nadiya en de haar toevertrouwde kinderen zaten in de auto te wachten. Ze keek hem aan toen hij achter het stuur ging zitten, de vraag lag duidelijk in haar ogen te lezen.

'Heb je alle papieren getekend?' vroeg ze.

'Ja. Allemaal.'

Nadiya leunde achterover en zuchtte hoorbaar van opluchting. Ze was hier niet tegen bestand, dacht Gregor toen hij de auto startte. Wat Reuben ook zei, de vrouw was een blok aan zijn been.

Het geluid van gebakkelei klonk achter in de auto. Gregor keek in zijn achteruitkijkspiegeltje en zag dat de jongens elkaar heen en weer duwden. Allemaal, op de kleinste – Yakov – na. Die zat voor zich uit te staren. In de spiegel ontmoetten hun blikken elkaar en Gregor had het griezelige gevoel dat een paar volwassen ogen hem vanuit een kindergezicht aankeken.

Toen draaide de jongen zich om en verkocht zijn buurman een dreun op zijn schouder. Plotseling was de achterbank een wirwar van kronkelende lichamen en wild zwaaiende ledematen.

'Gedragen jullie je!' zei Nadiya. 'Kunnen jullie niet rustig zijn? Het is een heel eind rijden naar Riga.'

De jongens kalmeerden. Er heerste even stilte achter in de auto. Toen zag Gregor in het achteruitkijkspiegeltje dat het kleintje, de jongen met de volwassen ogen, zijn buurman een por met zijn elleboog gaf.

Gregor moest glimlachen. Geen reden tot ongerustheid, dacht hij. Het waren tenslotte maar kinderen.

# 2

Het was middernacht en Karen Terrio vocht om haar ogen open te houden. Ze vocht om op de weg te blijven.

Direct na de begrafenis van tante Georgina was ze vertrokken en ze had nu al bijna twee volle dagen gereden zonder stil te staan, afgezien van een hazeslaapje of een hamburger met koffie. Liters koffie. De begrafenis van haar tante was een waas van twee dagen oude herinneringen geworden. Slaphangende gladiolen. Onbekende neven en nichten. Oudbakken sandwiches. Verplichtingen, zo verdomd veel verplichtingen.

Nu wilde ze alleen nog maar naar huis.

Ze wist dat ze weer moest stoppen, moest proberen nog een hazeslaapje te maken voor ze verder ging, maar ze was zo dichtbij, slechts honderdvijftig kilometer van Boston vandaan. Bij het laatste wegrestaurant had ze nog drie koppen koffie gedronken. Dat had geholpen. Een beetje. Het had haar genoeg opgepept om van Springfield naar Sturbridge te komen. Nu begon de cafeïne uitgewerkt te raken en zelfs al dacht ze dat ze wakker was, toch zat ze van tijd tot tijd te knikkebollen en wist ze dat ze in slaap was gevallen, al was het maar een seconde.

Een bord van Burger King wenkte haar vanuit de voor haar liggende duisternis. Ze reed de grote weg af.

Binnen bestelde ze koffie met een bosbessenmuffin en ging aan een tafeltje zitten. Op dit uur van de nacht waren er maar een paar mensen in de eetzaal met allemaal dezelfde bleke, uitgeputte maskerachtige gezichten. Geesten van de snelweg, dacht Karen. Dezelfde vermoeide zielen die je in ieder restaurant langs de grote weg tegenkwam. Het was griezelig stil in die eetzaal, iedereen had het druk met proberen wakker te blijven en weer verder te rijden.

Aan de tafel naast haar zat een gedeprimeerd uitziende vrouw met twee kleine kinderen die allebei stilletjes op koekjes zaten te kauwen. Wat gedroegen die zich keurig en wat waren ze blond. Ze deden Karen denken aan haar eigen dochters. Die waren morgen jarig. Vannacht, slapend in bed, waren ze nog maar één dag verwijderd van hun dertiende jaar. Een dag verder van hun jeugd vandaan.

Wanneer jullie wakker worden, ben ik thuis, bedacht ze zich.

Ze vulde haar kopje nog een keer met koffie, drukte er een plastic dekseltje op en liep naar haar auto.

Haar hoofd voelde nu weer helder. Ze haalde het wel. Over twee uur, honderdvijftig kilometer, zou ze haar voordeur binnenlopen. Ze startte de motor en reed de parkeerplaats af.

Honderdvijftig kilometer, dacht ze. Nog maar honderdvijftig kilometer.

Dertig kilometer verderop maakten Vince Lawry en Chuck Servis, die achter een avondwinkel geparkeerd stonden, het laatste kartonnetje met zes blikjes bier op. Ze zaten daar al vier uur te drinken, gewoon een vriendschappelijke wedstrijd om te kijken wie de meeste biertjes achterover kon slaan zonder het weer uit te kotsen. Chuck lag er één voor. Ze waren de totale stand kwijt; dat moesten ze morgen uitzoeken wanneer ze de bierblikjes die zich achter in de auto opstapelden, optelden.

Maar Chuck lag zonder meer voor en dat liet hij merken ook. Vince was dat zat. Chuck was verdomme in alles beter. En dit was geen eerlijke wedstrijd. Vince had nog wel een ronde aangekund, maar het bier was op en nu zat Chuck daar met die pesterige grijns van hem te kijken, terwijl hij best wist hij dat het geen eerlijke wedstrijd was.

Vince maakte het portier open en klom achter het stuur vandaan.

'Waar ga je heen?' vroeg Chuck.

'Ik ga nog wat halen.'

'Je kunt niet meer hebben.'

'Barst toch,' zei Vince en wankelde over de parkeerplaats naar de voordeur van de avondwinkel.

Chuck lachte. 'Je kunt niet eens lopen!' schreeuwde hij uit het raampje.

Klootzak, dacht Vince. Kon het hem verdommen, hij kon lopen. Zie je wel, hij liep uitstekend. Hij zou gewoon de avondwinkel binnenwandelen en nog twee kartonnetjes met zes blikjes kopen. Misschien drie. Ja, hij kon er wel drie aan, met gemak. Hij had een maag van beton, en afgezien van het feit dat hij om de paar minuten moest pissen, merkte hij er niets van.

Hij struikelde bij het naar binnen gaan, die verdomde hoge drempels ook, die zouden verboden moeten zijn, maar hij stond weer op. Hij haalde drie kartonnetjes uit de koelkast en liep statig naar de kassa. Hij sloeg met een biljet van twintig dollar op de toonbank.

De bediende keek naar het geld en schudde zijn hoofd. 'Dat kan ik niet aannemen,' zei hij.

'Wat bedoel je daarmee?'
'Ik mag geen bier verkopen aan een beschonken klant.'
'Zeg je dat ik dronken ben?'
'Precies.'
'Luister, het is geld, of niet soms? Moet je mijn verdomde geld soms niet?'
'Ik wil geen last met de politie. Zet dat bier terug, maat, oké? En waarom koop je geen kop koffie of zo? Met een hotdog?'
'Ik wil verdomme geen hotdog.'
'Ga dan weg, jongen. Schiet op.'
Vince gaf een van de kartonnetjes een zet over de toonbank heen. Het gleed over de rand en viel met veel lawaai op de grond. Hij stond op het punt nog een kartonnetje over de toonbank te schuiven toen de bediende een vuurwapen tevoorschijn haalde. Vince stond er als verstard naar te staren.
'Schiet op, smeer 'm,' zei de bediende.
'Oké,' Vince liep met beide handen omhoog achteruit. Hij gaf zich over. 'Oké, ik hoor je wel.'
Hij struikelde weer over die verdomde drempel toen hij de deur uitliep.
'En, waar heb je het?' vroeg Chuck toen Vince de auto weer instapte.
'Ze hebben geen bier meer.'
'Dat kan niet.'
'Ze hebben verdomme geen bier meer, begrepen?' Vince startte de auto en liet de koppeling met geraas opkomen. Ze reden met gierende banden de parkeerplaats af.
'Waar gaan we nu heen?' vroeg Chuck.
'Een andere winkel zoeken.' Hij kneep zijn ogen halfdicht tegen de duisternis. 'Waar is de oprit? Die moet hier ergens zijn.'
'Geef het toch op, man. Jij kunt met geen mogelijkheid nog een ronde aan zonder te kotsen.'
'Waar is die verdomde oprit?'
'Ik denk dat je er voorbij gereden bent.'
'Nee, daar is hij.' Vince reed plotseling naar links en zijn banden gierden over het wegdek.
'Hé,' zei Chuck. 'Hé, ik geloof niet...'
'Ik heb nog twintig dollar over. Die nemen ze wel. Iemand neemt het wel.'
'Vince, je rijdt de verkeerde kant op!'
'Wat?'
Chuck schreeuwde: 'Je rijdt de verkéérde kànt op!'
Vince schudde even met zijn hoofd en probeerde zijn blik op de

weg te richten. Maar de lichten waren te fel en ze schenen recht in zijn ogen. Ze leken feller te worden.

'Ga naar rechts!' schreeuwde Chuck. 'Het is een auto! Naar rechts!'

Vince stuurde scherp naar rechts.

De lichten ook.

Hij hoorde een gil, onbekend, onaards.

Dat was Chuck niet, dat was hijzelf.

Dr. Abby DiMatteo was moe, vermoeider dan ze ooit eerder was geweest. Ze was nu al dertig uur achter elkaar wakker, als ze het hazeslaapje van tien minuten in de wachtkamer van de röntgenafdeling niet meetelde, en ze wist dat haar uitputting haar aan te zien was. Terwijl ze haar handen in de gootsteen van de Chirurgische Intensive Care-afdeling stond te wassen, had ze een glimp van zichzelf in de spiegel opgevangen en was verbijsterd geweest over de diepe kringen van vermoeidheid onder haar ogen en over haar slordige haren die nu een verwarde massa vormden. Het was al tien uur in de ochtend en ze had nog geen douche kunnen nemen of zelfs haar tanden maar gepoetst. Haar ontbijt had uit een hardgekookt ei en een kop koffie met suiker bestaan die een attente zuster van de Chirurgische Intensive Care-afdeling haar een uur geleden had gegeven. Abby mocht van geluk spreken als ze tijd zou hebben om te lunchen, en van nog veel meer geluk als ze om vijf uur het ziekenhuis uit zou zijn en om zes uur thuis. Nu zou het alleen al pure luxe zijn om in een stoel te kunnen neerzakken.

Maar tijdens de maandagochtendrondes zat men niet. Zeker niet wanneer de dienstdoende arts dr. Colin Wettig was, chef de clinique van het chirurgisch team van interne assistent-artsen van het Bayside Hospital. Als gepensioneerd legergeneraal stond dr. Wettig bekend om zijn kernachtige en genadeloze vragen. Abby was doodsbenauwd voor de generaal, evenals alle andere chirurgische assistent-artsen.

Er stonden nu elf assistent-artsen in een halve kring van witte jassen en groene operatiekleding in de Chirurgische Intensive Care-afdeling. Hun blikken waren allemaal op de chef de clinique gericht. Ze wisten dat elk van hen een strikvraag voorgelegd kon krijgen. Als je geen antwoord wist, werd je het slachtoffer van langdurige persoonlijke vernedering.

De groep had al vier post-operatieve patiënten bekeken, en behandelingen en prognoses besproken. Nu stonden ze verzameld om het Intensive Care-bed nr 11. Abby's nieuwe opname. Het was haar beurt om de patiënt voor te stellen.

Hoewel ze een klembord in haar armen had, keek ze niet naar haar aantekeningen. Ze besprak de gegevens over de patiënt uit haar hoofd, haar blik gericht op het niet glimlachende gezicht van de generaal.

‘De patiënte is een vierendertig jaar oude, blanke vrouw, die om één uur vanmorgen via de EHBO is opgenomen na een frontale botsing met hoge snelheid op de Route 90. Ze is ter plekke beademd, in stabiele ligging gehouden en per helikopter hierheen afgevoerd. Bij aankomt was er sprake van meerdere trauma's. Er zijn gecompliceerde schedelfracturen en depressiebreuken, breuken van het linkersleutelbeen en opperarmbeen en uitgebreid gezichtsletsel. Tijdens mijn eerste onderzoek zag ik een goed gevoede, blanke vrouw van normaal postuur. Ze reageerde op geen enkele prikkel, met uitzondering van enige twijfelachtige reacties van de strekspieren...’

‘Twijfelachtige?’ vroeg dr. Wettig. ‘Wat betekent dat? Had ze wel of geen reacties?

Abby voelde haar hart bonzen. Shit, hij begon al. Ze slikte en legde uit: ‘Soms strekken de ledematen van de patiënt zich bij pijnlijke prikkels. Soms niet.’

‘Hoe interpreteer je dat? Door middel van de Glasgow Comaschaal voor motorische reacties?’

‘Tja. Gezien het feit dat geen reactie gelijk aan één staat, en strekkingen een twee krijgen, neem ik aan dat de patiënt een... anderhalf zou zijn.’

Er klonk enig zwak gelach vanuit de kring assistent-artsen.

‘Een dergelijke meting bestaat niet,’ zei dr. Wettig.

‘Dat weet ik,’ zei Abby. ‘Maar deze patiënte past niet netjes in...’

‘Vertel nou maar verder over je onderzoek,’ viel hij haar in de rede.

Abby zweeg even en keek naar de kring gezichten. Had ze het al verprutst? Ze wist het niet zeker. Ze haalde adem en ging verder. ‘De bloeddruk was negentig over zestig en ze had een pols van honderd. Ze was al geïntubeerd, want er was geen spontane ademhaling. De patiënte wordt volledig beademd met vijfentwintig ademhaling per minuut.’

‘Waarom is de keus op vijfentwintig gevallen?’

‘Om haar in een staat van hyperventilatie te houden.’

‘Waarom?’

‘Om het kooldioxydegehalte te verlagen. Dat vermindert hersenoedeem.’

‘Ga verder.’

‘Onderzoek van de schedel toonde, zoals ik al zei, zowel gecompliceerde schedelfracturen als depressiefracturen van het linker wand- en slaapbeen aan. Hevige zwelling en letsel van het gezicht maken het moeilijk om aangezichtsfracturen vast te stellen. Er was geen pupilreactie en ze stonden normaal. Haar neus en keel...'

'Oculocefale reflexen?' Hij doelde op de hoofdbewegingen die direct in verband staan met het zien.

'Die heb ik achterwege gelaten.'

'O, ja?'

'Ja, dokter. Ik wilde de hals met rust laten. Ik was bang voor een mogelijke werveldislocatie.'

Ze zag aan zijn knikje dat haar antwoord aanvaardbaar was geweest.

Ze beschreef de bevindingen van het lichamelijk onderzoek. De normale ademhalingsgeluiden. Hart, geen bijzonderheden. Buik, geen bijzonderheden. Dr. Wettig viel haar niet in de rede. Tegen de tijd dat ze klaar was met de neurologische resultaten te beschrijven, voelde ze zich zekerder van zichzelf. Bijna vrijmoedig. En waarom niet? Ze wist verdomme wat ze had gedaan.

'En wat was uw indruk?' vroeg dr. Wettig. 'Voor u de röntgenfoto's had gezien?'

'Gebaseerd op de stand van de pupillen die niet reageerden,' zei Abby, 'dacht ik aan een compressie in de middenhersenen. Vermoedelijk als gevolg van een bloeduitstorting tussen óf de hersenvliezen óf tussen schedelbeenderen en het harde hersenvlies.' Ze zweeg en voegde er rustig vol zelfvertrouwen aan toe: 'De CAT-scan heeft dat bevestigd. Een groot subduraal hematoom links met een grote verschuiving vanuit het midden. Ik heb neurochirurgie erbij gehaald. Die hebben het stolsel tijdens een spoedoperatie verwijderd.'

'Dus je stelt dat je oorspronkelijke indruk volkomen correct was, dr. DiMatteo?'

Abby knikte.

'Laten we eens kijken hoe het er vanochtend uitziet,' zei dr. Wettig en liep naar het bed toe. Hij scheen met een zaklampje in de ogen van de patiënt. 'Geen pupilreactie,' zei hij. Daarna duwde hij hard met zijn knokkel op het borstbeen. Ze bleef ontspannen en roerloos. 'Geen pijnreactie. Ook niet van de strekspieren.'

Alle andere assistent-artsen waren dichterbij komen staan, maar Abby bleef bij het voeteneinde en richtte haar blik op het verbonden hoofd van de patiënte. Terwijl Wettig zijn onderzoek voortzette, met een rubber hamertje op pezen klopte en ellebogen en knieën liet buigen, voelde Abby haar aandacht verslappen omdat ze kapot was van vermoeidheid. Ze bleef naar het pas kaal geschoren hoofd van de vrouw staren. Ze herinnerde zich dat het dik, bruin haar was geweest, vol gestold bloed en glas. Er hadden ook glassplinters in haar kleren gezeten. Op de EHBO had Abby geholpen de blauw-witte blouse met het etiket van Donna Karan erin open te knippen. Dat laatste detail scheen in Abby's herinnering te blijven hangen. Niet het bloed, de gebroken botten, of het verminkte gezicht. Maar dat etiket. Donna Karan. Ze had dat merk vroeger zelf ook wel gekocht. Ze bedacht hoe deze vrouw eens, ergens, in een winkel gestaan moest hebben, de blouses bekeken had, de hangertjes had horen piepen terwijl ze over het rek gleden...

Dr. Wettig kwam overeind en keek naar de zuster van de Chirurgische Intensive Care-afdeling. 'Wanneer is het hematoom verwijderd?'

'Ze is om ongeveer vier uur vanochtend van de verkoeverkamer gekomen.'

'Zes uur geleden?'

'Ja, dat is zes uur geleden.'

Wettig wendde zich tot Abby. 'Waarom is er dan niets veranderd?'

Abby werd wakker uit haar verdoving en zag dat iedereen haar aankeek. Ze keek naar de patiënte en zag hoe de borst op en neer ging bij iedere beademing van de beademingsmachine.

'Er... kan een of andere postoperatieve zwelling zijn,' zei ze en keek even naar de monitor. 'De druk binnen de schedel is iets verhoogd, twintig millimeter.'

'Denk je dat dat hoog genoeg is om pupilveranderingen te veroorzaken?'

'Nee. Maar...'

'Heb je haar direct na de operatie nog onderzocht?'

'Nee, dokter. Ze viel onder neurochirurgie. Ik heb na de operatie met hun assistent-arts gesproken en die vertelde me...'

'Ik vraag het niet aan de assistent-arts van neurochirurgie. Ik vraag het jou, dr. DiMatteo. Jij hebt een subduraal hematoom geconstateerd. Dat is verwijderd. Dus waarom staan de pupillen normaal en reageren ze zes uur na de operatie niet?'

Abby aarzelde. De generaal keek haar aan. Net zoals de anderen. De vernederende stilte werd benadrukt door het gesis van de beademingsmachine.

Dr. Wettig keek dwingend de kring assistent-artsen rond. 'Is er hier iemand die dr. DiMatteo kan helpen de vraag te beantwoorden?'

Abby ging rechterop staan. 'Dat kan ik zelf wel,' zei ze.

'Dr. Wettig draaide zich met opgetrokken wenkbrauwen naar haar om. 'Ja?'

'De... pupilveranderingen... de stand van de strekspieren van de ledematen... dat zijn symptomen afkomstig van de hoge middenhersenen. Ik nam gisteravond aan dat het het gevolg was van de druk die het subdurale hematoom op de middenhersenen uitoefende. Maar aangezien de patiënt geen verbetering vertoont, denk ik dat... dat ik me vergist heb.'

'Denkt u dat?'

Ze ademde uit. 'Ik heb me vergist.'

'Wat is nu uw diagnose?'

'Een bloeding in de middenhersenen. Het kan het gevolg zijn van een breuk. Of restschade van het subdurale hematoom. De veranderingen hoeven niet zichtbaar te zijn op de CAT-scan.'

Dr. Wettig keek haar even aan met een nietszeggende uitdrukking op zijn gezicht. Toen wendde hij zich tot de andere assistent-artsen. 'Een bloeding in de middenhersenen is een redelijke veronderstelling. Met een gecombineerde Glasgow Coma-schaal van drie...' Hij keek even naar Abby, '... eneenhálf,' verbeterde hij zichzelf, 'is de prognose nul. De patiënte haalt niet spontaan adem, maakt geen spontane bewegingen en schijnt alle hersenstamreflexen verloren te hebben. Ik heb geen andere suggestie dan levensondersteunende maatregelen. En orgaandonatie in overweging te geven.' Hij knikte Abby kort toe. Toen liep hij verder naar de volgende patiënt.

Een van de andere assistent-artsen kneep Abby even in haar arm. 'Hé, DiMatteo,' fluisterde hij, 'tien met een griffel, joh.'

Abby knikte vermoeid. 'Bedankt.'

Hoofd assistent-arts dr. Vivian Chao was een legende bij de andere assistenten-artsen van Bayside Hospital. Het verhaal ging, dat toen ze twee dagen bezig was met haar allereerste stage als co-assistente haar collega een zenuwinstorting kreeg en onbeheerst huilend afgevoerd moest worden naar het gekkenhuis. Vivian moest haar dienst erbij nemen. Ze was negenentwintig dagen achter elkaar de enige dienstdoende orthopedische assistent-arts, vierentwintig uur per dag. Ze verhuisde haar persoonlijke bezittingen naar de dienstkamer en viel prompt vijf pond af op het voortdurende dieet van kantine-eten. Ze kwam negenentwintig dagen achter elkaar geen stap buiten de ziekenhuisdeur. Toen ze op de dertigste dag, aan het einde van haar stage, naar haar auto liep, kwam ze tot de ontdekking dat die een week tevoren was weggesleept. De opzichter van de parkeerplaats had aangenomen dat de auto daar was achtergelaten.

Vier dagen nadat ze aan haar volgende stage op vaatchirurgie was begonnen, werd Vivians collega assistent-arts door een stadsbus aangereden en in het ziekenhuis opgenomen met een bekkenfractuur. Weer moest zij het overnemen. Vivian Chao verhuisde prompt terug naar de ziekenhuisdienstkamer.

In de ogen van de andere assistent-artsen had ze op die manier bewezen dat ze een kerel was, een nobele status die naderhand tijdens het jaarlijkse examendiner bevestigd werd toen ze met een paar ingepakte stalen ballen werd vereerd.

Toen Abby de Vivian Chao-verhalen voor het eerst hoorde, vond ze het moeilijk die stalen ballen-reputatie te verenigen met wat ze zag: een laconieke Chinese vrouw die zo klein was dat ze op een krukje moest staan opereren. Hoewel Vivian zelden iets zei tijdens de rondes, stond ze altijd onverschrokken vooraan de groep met een koele blik op haar gezicht.

Vivian sprak Abby die middag op de Chirurgische Intensive Care-afdeling aan met haar gebruikelijke gereserveerdheid. Tegen die tijd leefde Abby in een waas van vermoeidheid, iedere stap was een gevecht, iedere beslissing een daad van pure wilskracht. Ze zag niet eens dat Vivian naast haar stond tot die zei:

'Ik heb gehoord dat je een AB-positieve hoofdtrauma opname hebt.'

Abby keek op van de status waarop ze de vorderingen van de patiënt had staan noteren. 'Ja. Gisternacht.'

'Leeft de patiënt nog?'

Abby keek naar het kamertje van bed elf. 'Dat hangt ervan af wat je onder leven verstaat.'

'Hart en longen zijn gezond?'

'Die werken goed.'

'Leeftijd?'

'Ze is vierendertig. Waarom?'

'Ik heb een onverzekerde patiënt op intern liggen. Een hartinsufficiëntie die op zijn einde loopt. Bloedgroep AB-positief. Hij ligt op een nieuw hart te wachten.' Vivian liep naar het rek met statussen. 'Welk bed?'

'Elf.'

Vivian pakte de status uit het rek en sloeg de metalen omslag open. Haar gezicht verraadde geen emotie toen ze bladzijden doorlas.

'Het is mijn patiënte niet meer,' zei Abby. 'Ik heb haar overgedragen aan neurochirurgie. Er is een subduraal hematoom verwijderd.'

Vivian bleef in de status lezen.

'Ze is pas tien uur geleden geopereerd,' zei Abby. 'Het lijkt me een beetje vroeg om al over explantaties te spreken.'

‘Ik zie dat er tot nu toe geen neurologische veranderingen zijn geconstateerd.’

‘Nee. Maar de kans bestaat...’

‘Met een Glasgow Scale van drie? Niet waarschijnlijk.’ Vivian liet de status terugglijden in het rek en liep naar bed elf.

Abby liep achter haar aan.

Vanuit de ingang van het kamertje bleef ze staan kijken terwijl Vivian snel een lichamelijk onderzoek deed. Het ging op dezelfde manier als Vivian in de operatiekamer te werk ging, ze verspilde geen tijd of moeite. Tijdens Abby’s eerste jaar – toen zij co-assistente was – had ze vaak toegekeken hoe Vivian opereerde en ze had vol bewondering en ontzag gekeken hoe die kleine, snelle handen met die fijne vingers perfecte knopen legden. Daarbij vergeleken voelde Abby zich onhandig. Ze oefende uren met meters hechtdraad op de handgrepen van haar bureauladen om de slag van de chirurgische knopen te pakken te krijgen. En hoewel ze de mechaniek goed genoeg beheerste, wist ze dat ze nooit de gouden handjes van Vivian Chao zou krijgen.

Nu ze Vivian Karen Terrio zag onderzoeken, vond Abby de vaardigheid van die handen bijzonder kil aandoen.

‘Geen reactie op pijnprikkels,’ stelde Vivian vast.

‘Het is nog vroeg.’

‘Misschien. Misschien niet.’ Vivian haalde een reflexhamertje uit haar zak en begon op pezen te kloppen. ‘Ze is AB-positief?’

‘Ja.’

‘Dat is geluk hebben.’

‘Ik zou niet weten waarom je het zo zou noemen.’

‘Mijn patiënt op de Interne Intensive Care-afdeling is AB-positief. Hij ligt al een jaar op een hart te wachten. Iets beters kunnen we voor hem niet wensen.’

Abby keek naar Karen Terrio en ze herinnerde zich de blauwwitte blouse weer. Ze vroeg zich af wat de vrouw gedacht had toen ze die voor het laatst had dichtgeknoopt. Aan gewone dingen, waarschijnlijk. Zeker geen gedachten aan de dood. Geen gedachten aan een ziekenhuisbed of infuusslangen of beademingsmachines.

‘Ik zou graag een lymfocyten crossmatch aanvragen. Om afweerreacties uit te sluiten,’ zei Vivian. ‘En we kunnen net zo goed meteen een HLA-typering doen op de andere organen. Er is toch een EEG gedaan, hè?’

‘Ze valt niet meer onder mij,’ zei Abby. ‘En bovendien denk ik dat dit prematuur is. Er heeft zelfs nog niemand met de echtgenoot over gesproken.’

‘Dan zal iemand dat moeten doen.’

'Ze heeft kinderen. Die hebben tijd nodig om dit te verwerken.'

'De organen hebben niet zo veel tijd.'

'Dat weet ik. Ik weet dat het gebeuren moet. Maar, zoals ik al zei, ze is pas tien uur geleden geopereerd.'

Vivian liep naar de wasbak om haar handen te wassen. 'Je verwacht toch niet echt een wonder?'

Er verscheen een zuster van de Chirurgische Intensive Care bij de deur van het kamertje. 'De echtgenoot is er weer met de kinderen. Ze wachten tot ze binnen mogen komen. Duurt het nog lang?'

'Ik ben klaar,' zei Vivian. Ze gooide het verfrommelde papier waarmee ze haar handen had afgedroogd in de prullenmand en liep weg.

'Kan ik ze naar binnen sturen?' vroeg de zuster aan Abby.

Abby keek naar Karen Terrio. Op dat ogenblik zag ze pijnlijk scherp wat een kind zou zien als het naar dat bed zou staren. 'Wacht,' zei Abby. 'Nog niet.' Ze liep naar het bed en trok snel de dekens recht. Ze maakte een papieren handdoekje nat in de wasbak en veegde de spetters opgedroogd slijm van de wang van de vrouw. Ze hing de katheterzak aan de andere kant van het bed zodat hij niet zo zichtbaar was. Toen deed ze een stap achteruit en wierp nog een laatste blik op Karen Terrio. Ze besefte dat wat ze ook deed, geen mens iets aan het verdriet kon veranderen dat deze kinderen te wachten stond.

Ze zuchtte en knikte tegen de zuster. 'Ze kunnen nu binnenkomen.'

Tegen half vijf die middag kon Abby zich nauwelijks meer concentreren op wat ze schreef en nauwelijks meer iets onderscheiden van wat ze las. Ze had drieëndertigeneenhalf uur dienst gehad. Haar middagronden waren gedaan. Het was eindelijk tijd om naar huis te gaan.

Maar toen ze de laatste status dichtsloeg, voelde ze dat haar blik weer naar bed elf getrokken werd. Ze liep het kamertje in. Daar bleef ze aan het voeteneinde rondhangen en staarde als verdoofd naar Karen Terrio. Ze probeerde iets te bedenken wat nog gedaan kon worden, wat dan ook.

Ze hoorde de voetstappen achter zich niet naderen.

Pas toen een stem zei: 'Hallo, schoonheid' draaide Abby zich om en zag dr. Mark Hodell met zijn bruine haren en blauwe ogen tegen haar glimlachen. Het was een glimlach die alleen voor Abby bestemd was, een glimlach die ze bitter had gemist vandaag. Meestal zagen Abby en Mark wel kans om samen snel te lunchen, of elkaar ten minste toe te zwaaien in het voorbijlopen. Maar vandaag hadden ze elkaar helemaal niet gezien en ze kreeg een blij gevoel toen ze hem zag. Hij boog zich om haar te kussen. Toen deed hij een stap achteruit en zag haar ongekamde haren en verkreukelde operatiekleding. 'Dat moet een zware nacht geweest zijn,' mompelde hij vol medeleven. 'Hoeveel slaap heb je gehad?'

'Dat weet ik niet. Een half uur.'

'Ik heb gehoord dat je vanochtend slaags bent geraakt met de generaal?'

Ze haalde haar schouders op. 'Laten we het erop houden dat hij me niet als voetveeg heeft gebruikt.'

'Dat staat gelijk aan een overwinning.'

Ze glimlachte. Toen gleed haar blik weer naar bed elf en haar glimlach verdween. Karen Terrio lag bedolven onder alle apparaten. De beademingsmachine, de infuuspompen. De afzuigslangen en monitoren voor ECG, bloeddruk en intracraniële druk. Een instrument om iedere lichaamsfunctie op te meten. Waarom zou iemand in deze tegenwoordige tijd van technologie een pols voelen, of een hand op een borst leggen? Wat hadden artsen voor nut als machines al het werk konden doen?

'Ik heb haar gisternacht opgenomen,' zei Abby. 'Vierendertig jaar oud. Een man en twee kinderen. Een tweeling, meisjes. Ze zijn hier geweest. Ik heb ze daarnet gezien. En het is vreemd, Mark, maar ze wilden haar niet aanraken. Ze stonden te kijken. Alleen maar naar haar te kijken. Maar ze raakten haar niet aan. Ik dacht steeds: *je moet. Je moet haar aanraken, want dit is misschien je laatste kans. De laatste kans die je ooit zult hebben.* Maar ze deden het niet. En ik denk dat ze op een dag zullen wensen...' Ze schudde haar hoofd. Ze streek snel met haar hand over haar ogen. 'Ik heb gehoord dat de knul die haar aanreed aan de verkeerde kant zat en dronken was. Weet je waar ik me nou echt nijdig over kan maken, Mark? Werkelijk pisnijdig. Hij overleeft het. Hij ligt op dit ogenblik boven op de orthopedie te jammeren over een paar gebroken botten.' Abby haalde weer diep adem, maar met de daaropvolgende zucht scheen al haar woede te verdwijnen. 'Jezus, ik moet levens redden. En hier sta ik te wensen dat die vent in stukjes over de hele snelweg verspreid lag.' Ze wendde zich van het bed af. 'Het moet tijd zijn om naar huis te gaan.'

Mark liet zijn hand over haar rug glijden, een troostend en toch bezitterig gebaar. 'Kom,' zei hij. 'Ik loop wel even met je mee naar buiten.'

Ze liepen de Chirurgische Intensive Care-afdeling af en gingen de lift in. Toen de deuren dichtgleden, voelde ze zichzelf wankelen en tegen hem aanzakken. Hij trok haar direct in de warme en bekende cirkel van zijn armen. Het was een plek waar ze zich veilig voelde en zich altijd veilig had gevoeld.

Een jaar geleden had Mark Hodell allesbehalve een geruststellende aanwezigheid geleken. Abby was een co-assistente geweest; Mark een thoraxchirurg die niet zomaar bij een team zat, maar een sleutelfiguur was in het harttransplantatieteam van het Bayside. Ze hadden elkaar leren kennen in de operatiekamer bij een ongeval. De patiënt, een jongen van tien, was met een pijl uit zijn borst stekend met de ziekenauto binnengebracht, het gevolg van een ruzie met zijn broer in combinatie met een slecht gekozen verjaardagscadeau. Mark had zich al gewassen voor de operatie en al steriel gestaan toen Abby de operatiekamer binnenkwam. Het was pas haar eerste week als co-assistente en ze was zenuwachtig en geïntimideerd door het idee de beroemde dr. Hodell te moeten assisteren. Ze was naar de tafel toegelopen. Verlegen had ze naar de man gekeken die tegenover haar stond. Boven zijn masker zag ze een breed intelligent voorhoofd en een paar prachtige blauwe ogen. Heel direct. Heel onderzoekend.

Ze hadden samen geopereerd. Het kind had het overleefd.

Een maand later had Mark Abby mee uit gevraagd. Ze had hem twee keer afgewezen. Niet omdat ze niet met hem uit wilde, maar omdat ze dacht dat ze niet met hem uit móest gaan.

Er verstreek een maand. Hij vroeg haar weer mee uit. Dit keer won de verleiding het. Ze nam de uitnodiging aan.

Vijfeneenhalve maand geleden was Abby naar het huis van Mark in Cambridge verhuisd. Het was in het begin niet gemakkelijk geweest om te leren leven met een vrijgezel van eenenveertig die zijn leven – of zijn huis – nooit eerder had gedeeld met een vrouw. Maar nu, terwijl ze voelde dat Mark haar vasthield en ondersteunde, kon ze zich niet voorstellen dat ze met iemand anders zou samenleven, of van iemand anders zou houden.

'Arm kind,' mompelde hij en zijn warme adem streek door haar haren. 'Zwaar, hè?'

'Ik ben hier niet voor gemaakt. Waar ben ik eigenlijk mee bezig?'

'Je doet waar je altijd van hebt gedroomd. Dat heb je me verteld.'

'Ik herinner me niet eens meer wat die droom wàs. Ik vergeet het steeds.'

'Had het niet iets met levens redden te maken?'

'Inderdaad. En hier sta ik dat dronken lor uit die andere auto dood te wensen.' Ze schudde vol afkeer haar hoofd.

'Abby, dit is de ergste periode. Je hebt nog twee dagen op de trauma-afdeling. Je hoeft nog maar twee dagen te overleven.'

'Geweldig. Dan begin ik op de thorax...'

'Dat is een fluitje van een cent in vergelijking. Trauma is altijd moordend geweest. Hou het vol, net zoals de rest.'

Ze begroef zich dieper in zijn armen. 'Als ik naar psychiatrie over zou stappen, zou je dan al je respect voor me verliezen?'

'Alle. Geen twijfel aan.'

'Wat ben je toch een zak.'

Hij kuste lachend het puntje van haar hoofd. 'Dat denken veel mensen, maar jij bent de enige die het mag zeggen.'

Ze bereikten de begane grond en liepen het ziekenhuis uit. Het was al najaar, maar Boston lag eind september te broeien in de zesde dag van een hittegolf. Toen ze over de parkeerplaats liepen, kon ze haar laatste krachten voelen wegsijpelen. Tegen de tijd dat ze bij haar auto was, kon ze haar voeten nauwelijks meer optillen. Dat gebeurt er nou met ons, dacht ze. We moeten gewoon door een hel om chirurg te willen worden. De lange dagen, de geestelijke en emotionele mishandelingen, de uren van doorwerken terwijl stukjes en beetjes van ons leven van ons worden afgepeld. Ze wist dat het een schiftingsproces was, meedogenloos, maar noodzakelijk. Mark had het overleefd; en dat zou zij ook doen.

Hij omhelsde haar nog een keer en gaf haar nog een kus. 'Weet je zeker dat je heelhuids thuiskomt?' vroeg hij.

'Ik zet de auto gewoon op de automatische piloot.'

'Ik ben over een uurtje thuis. Zal ik een pizza halen?'

Ze ging geeuwend achter het stuur zitten. 'Voor mij niet.'

'Wil je niet eten?'

Ze startte de motor. 'Het enige wat ik vanavond wil, is een bed,' zei ze zuchtend.

# 3

’s Nachts voelde ze het opeens, het leek op een zacht geruis of de vleugelslag van een fee langs haar gezicht: *ik ga dood.* Nina Voss was hier niet bang voor. Ze had al weken kalm de wisselende diensten van de drie privéverpleegkundigen, en de dagelijkse bezoeken van dr. Morissey met zijn steeds hoger wordende doses furosemide ondergaan. En waarom zou ze niet kalm zijn? Ze had een rijk leven gehad. Ze had liefde, vreugde en bewondering gekend. In haar zesenveertig jaar had ze de zon zien opgaan boven de tempels van Karnak, had ze door de schemerige ruïnes van Delphi gewandeld en de uitlopers van de gebergten in Nepal beklommen. En ze bezat de innerlijke rust die samengaat met de aanvaarding van je plaats in Gods heelal. Er waren maar twee dingen in haar leven die ze jammer vond. Het ene was dat ze nooit een eigen kind in haar armen had gehouden.

Het ander was dat Victor alleen zou blijven.

Haar man had de hele nacht naast haar bed gewaakt, en haar hand vastgehouden tijdens de lange uren van moeizaam ademhalen en hoesten, tijdens de wisseling van de zuurstofcilinders en de bezoeken van dr. Morissey. Zelfs in haar slaap had ze Victors aanwezigheid gevoeld. Ergens tegen de ochtendschemering, door haar waas van dromen, hoorde ze hem zeggen: *Ze is zo jong. Zo verschrikkelijk jong. Kan er dan niets, wat dan ook, gedaan worden?*

Iets! Wat dan ook! Zo was Victor. Hij geloofde niet in het onvermijdelijke.

Maar Nina wel.

Ze deed haar ogen open en zag dat de nacht eindelijk voorbij was en het zonlicht nu door haar slaapkamerraam naar binnen viel. Achter dat raam strekte zich een overweldigend uitzicht op haar geliefde Rhode Island Sound uit. Voor ze ziek was geworden, voor de cardiomyopathie – een slecht functionerende hartspier – haar van haar krachten had beroofd, was Nina tegen zonsopgang meestal al wakker en aangekleed. Ze liep dan haar slaapkamerbalkon op om naar de zonsopgang te kijken. Zelfs op ochtenden wanneer de mist het zicht op de Sound verhulde, wanneer het water niet meer dan zilveren trilling in de mist was, stond zij daar en voelde de aarde hellen en de dag op zich af komen. Zoals vandaag.

*Ik heb zo veel zonsopgangen meegemaakt. Dank u, Heer, voor iedere keer.*

'Goedemorgen, lieveling,' fluisterde Victor.

Nina richtte haar blik op het gezicht van haar man dat tegen haar glimlachte. Sommige mensen die Victor Voss aankeken, zagen een autoritair gezicht. Sommigen zagen genialiteit of hardheid. Maar vanmorgen zag Nina alleen maar liefde bij haar man. En vermoeidheid.

Ze reikte naar zijn hand. Hij pakte hem beet en bracht hem naar zijn lippen. 'Je moet wat gaan slapen, Victor,' zei ze.

'Ik ben niet moe.'

'Maar ik zie het aan je.'

'Nee, hoor.' Hij kuste haar hand weer, zijn lippen voelden warm aan tegen haar verkilde huid. Ze keken elkaar even aan. De zuurstof siste zachtjes door de slangen in haar neusgaten. Vanuit het open raam kwam het geluid van de oceaangolven die over de rotsen stroomden.

Ze deed haar ogen dicht. 'Herinner je je nog...' Haar stem stierf weg terwijl ze even zweeg om op adem te komen.

'Wanneer?' drong hij zachtjes aan.

'De dag waarop ik... mijn been brak...' Ze glimlachte.

Dat was in de week geweest dat ze elkaar in Gstaad hadden leren kennen. Hij had haar naderhand verteld dat hij haar voor het eerst recht naar beneden had zien skiën toen ze een reuzenslalom had gemaakt. Hij was haar toen de berg af achterna gegaan, weer naar boven met de lift, en daarna opnieuw de berg af. Dat was vijfentwintig jaar geleden.

Sindsdien waren ze iedere dag van hun leven bij elkaar geweest.

'Dat weet ik nog,' fluisterde ze. 'Toen je in dat ziekenhuis... bij me bleef. Ik wist het.'

'Wat wist je, lieverd?'

'Dat jij de enige voor me was.' Ze deed haar ogen open en glimlachte weer tegen hem. Alleen zag ze toen de traan over zijn gerimpelde wang lopen. O, maar Victor huilde niet! Ze had hem niet één keer in hun vijfentwintig jaar samen zien huilen. Ze had Victor altijd als de sterke, de moedige gezien. Maar nu ze naar zijn gezicht keek, besefte ze hoe verschrikkelijk ze zich had vergist.

'Victor,' zei ze en pakte zijn hand in de hare. 'Je moet niet bang zijn.'

Snel, bijna boos, veegde hij met zijn hand over zijn gezicht. 'Ik sta dit niet toe. Ik wil je niet kwijt.'

'Dat gebeurt ook niet.'

'Nee. Dat is niet genoeg! Ik wil je hier op deze aarde. Bij mij. Bij míj.'

'Victor, als ik een ding weet... één ding...' Ze haalde diep adem, snakte naar adem. 'Dan is het dat deze tijd... die we hier hebben... slechts een fractie is van... ons bestaan.'

Ze voelde hem verstrakken van ongeduld, en zich terugtrekken. Hij stond op en liep naar het raam waar hij over de Sound bleef staan uitstaren. Ze voelde de warmte van zijn hand uit haar huid wegtrekken. En de kilte terugkeren.

'Ik regel dit wel, Nina,' zei hij.

'Er zijn dingen... in dit leven... die we niet kunnen veranderen.'

'Ik heb al stappen ondernomen.'

'Maar Victor...'

Hij draaide zich om en keek haar aan. Zijn schouders tekenden zich af tegen het raam en schenen alle daglicht te weren. 'Alles wordt geregeld, lieverd,' zei hij. 'Je hoeft je nergens druk om te maken.

Het was een van die warme en volmaakte avonden, de zon ging net onder, er tinkelden ijsklontjes in glazen, en er zweefden geparfumeerde dames langs in wolken van zijde en voile. Abby vond dat de lucht zelfs betoverend leek toen ze in de ommuurde tuin van dr. Bill Archer stond. De clematis en de rozen klommen langs een rasterwerk naar boven. Naast het uitgestrekte grasveld lagen brede rijen kleurige bloembedden. De tuin was de trots en glorie van Marilee Archer wier harde, diepe altstem botanische namen galmde terwijl ze andere doktersvrouwen van het ene bloembed naar het andere leidde.

Archer stond op de patio met een whisky-soda in zijn hand en lachte. 'Marilee kent verdomme meer Latijn dan ik.'

'Ik heb het drie jaar op school gehad,' zei Mark. 'Maar het enige wat ik me ervan herinner is wat ik tijdens mijn studie medicijnen heb opgedaan.'

Ze stonden bij elkaar naast een stenen barbecue, Bill Archer, Mark, de generaal en twee chirurgische assistent-artsen. Abby was de enige vrouw in die kring. Ze was er nooit aan gewend geraakt om de enige vrouw in een groep te zijn. Soms vergat ze het even, maar dan keek ze naar de chirurgen om zich heen en voelde die bekende vlaag van ongemak bij het besef dat ze door mannen omringd werd.

Vanavond waren er natuurlijk vrouwen op Archers feest, maar die schenen in een parallel lopend heelal te verkeren, dat slechts zelden kruiste met dat van hun echtgenoten. Abby, die bij de chirurgen stond, ving af en toe vanuit de verte fragmenten van de gesprekken van de vrouwen op. Verhalen over Damascusrozen, reisjes naar Parijs en lekker eten. Ze voelde zich naar twee kanten getrokken, alsof ze op de grens tussen mannen en vrouwen stond en nergens bijhoorde, maar beide richtingen trokken haar aan.

Mark was haar steun en toeverlaat in deze kring mannen. Hij en Bill Archer, ook een thorax-chirurg, waren bevriende collega's. Archer was hoofd van het harttransplantatieteam, en was een van de artsen geweest die Mark zeven jaar geleden naar het Bayside had gehaald. Het was geen wonder dat de twee mannen zo goed met elkaar overweg konden. Het waren allebei hardwerkende, atletisch gebouwde en uiterst prestatiegerichte mannen. In de operatiekamer werkten ze samen als een team, maar buiten het ziekenhuis strekte hun vriendschappelijke rivaliteit zich uit van de skihellingen van Vermont tot aan het water van de Massachusetts Bay. Beide mannen hadden hun J-35 zeilboten in de jachthaven Marblehead liggen en tot nu toe was de wedstrijdstand zes tegen vijf, Archers *Red Eye* tegen Marks *Gimme Shelter*. Mark was van plan dit weekend de stand gelijk te maken. Hij had Rob Lessing, de andere tweedejaars assistent-arts, er al als bemanning bij gehaald.

Abby vroeg zich af wat voor invloed boten toch op mannen uitoefenden. Geklets in de ruimte van mannen met hun zeilmachines; high-tech gesprekken aangevuurd door testosteron. In deze kring stonden mannen met grijzend haar in het middelpunt. Archer met zijn manen waar zilveren draden doorheen liepen. Colin Wettig, die al gedistingeerd grijs was. En Mark die op zijn eenenveertigste net grijzende slapen begon te krijgen.

Toen het gesprek verder ging over het onderhoud van scheepsrompen en kielontwerpen en de waanzinnige prijzen van spinnakers, dreven Abby's gedachten af. Daarom merkte ze de twee laatkomers op: dr. Aaron Levi en zijn vrouw Elaine. Aaron was de cardioloog van het transplantatieteam en hij was pijnlijk verlegen. Hij had zich al met zijn drankje in een uithoek van het grasveld teruggetrokken en stond er stilletjes en met hangende schouders bij. Elaine keek rond op zoek naar een gesprekspartner.

Dit was Abby's kans om alle boten te kunnen ontvluchten. Ze glipte weg bij Mark en liep naar de Levi's toe.

'Mevrouw Levi?' Wat leuk om u weer eens te zien.'

Elaine glimlachte met een blik van herkenning terug. 'Abby... is het niet?'

'Ja, Abby DiMatteo. We hebben elkaar wel eens ontmoet bij een picknick van de assistent-artsen.'

'O, ja, dat is ook zo. Er zijn zo veel assistent-artsen, dat ik moeite heb al jullie namen te onthouden. Maar jou herinner ik me.'

Abby lachte. 'We zijn maar met drie vrouwen in de opleiding voor chirurg, dus dan vallen we wel op.'

'Het is al een stuk beter dan vroeger toen er helemaal geen vrouwen waren. Met welke stage ben je nu bezig?'

'Morgen begin ik op de thorax-chirurgie.'

'Dan kom je bij Aaron.'

'Als ik het geluk heb om bij een transplantatie iets te mogen doen.'

'Vast wel. Het team heeft het de laatste tijd zo druk gehad. Ze krijgen zelfs verwijzingen vanuit het Massachusetts General en dat vindt Aaron geweldig.' Elaine boog zich voorover naar Abby. 'Ze hebben hem daar een paar jaar geleden afgewezen. En nu sturen ze hèm patiënten.'

'Het enige wat het Mass Gen heeft en Bayside niet, is hun stralenkrans vanwege Harvard,' zei Abby. 'U kent Vivian Chao toch, hè? Onze hoofdassistent-arts?'

'Natuurlijk.'

'Ze is met de tien besten afgestudeerd aan Harvard. Maar toen ze een assistentschap zocht, viel haar keus als eerste op Bayside.'

Elaine wendde zich tot haar man. 'Aaron, hoorde je dat?'

Hij keek met tegenzin op van zijn drankje. 'Wat?'

'Vivian Chao heeft het Bayside boven het Mass Gen verkozen. Werkelijk, Aaron, je zit hier al aan de top. Waarom zou je weg willen?'

'Weg?' Abby keek Aaron aan, maar de cardioloog keek zijn vrouw nijdig aan. Abby vond hun plotselinge stilzwijgen heel wonderlijk. Vanaf de andere kant van het grasveld klonken gelach en flarden van gesprekken, maar in deze hoek van de tuin was het stil.

Aaron schraapte zijn keel. 'Ik heb met die gedachte gespeeld,' zei hij. 'Je kent dat wel. Weg uit de stad. Naar een klein stadje verhuizen. Iedereen droomt over kleine stadjes, maar niemand wil er echt naartoe.'

'Ik niet,' zei Elaine.

'Ik ben in een kleine stad opgegroeid,' zei Abby. 'In Belfast, Maine. Ik kon er niet snel genoeg weg komen.'

'Zo stel ik me dat ook voor,' zei Elaine. 'Iedereen snakt naar de beschaving.'

'Nou ja, zó erg was het niet.'

'Maar je gaat niet terug. Of wel?'

Abby aarzelde. 'Mijn ouders zijn dood. En mijn beide zusters zijn verhuisd, de staat uit. Dus ik heb niet veel reden om terug te gaan. En vele redenen om hier te blijven.'

'Het was maar een idee,' zei Aaron en hij nam een grote slok. 'Ik dacht er niet serieus over.'

In de vreemde stilte die daarop volgde, hoorde Abby dat ze geroepen werd. Ze draaide zich om en zag Mark naar haar zwaaien.

'Neem me niet kwalijk,' zei ze en liep over het grasveld naar hem toe.

'Archer geeft ons een rondleiding door zijn heiligdom,' zei Mark.

'Welk heiligdom?'

'Kom maar. Dat zul je wel zien.' Hij pakte haar hand en bracht haar over het terras het huis in. Ze liepen de trap op naar de eerste etage. Abby was slechts een keer eerder boven geweest in Archers huis en dat was om de olieverfschilderijen in de galerij te bewonderen.

Vanavond werd ze voor het eerst in de kamer aan het eind van de gang genodigd.

Archer zat al binnen te wachten. Dr. Frank Zwick en dr. Raj Mohandas zaten in een paar leren stoelen die daar verspreid stonden. Maar Abby zag de mensen nauwelijks; de kamer zelf eiste haar aandacht op.

Ze stond in een museum van antieke medische instrumenten. Er lagen verschillende gereedschappen in vitrines uitgestald die zowel fascinerend als angstaanjagend waren. Scalpels en bekkens voor aderlaten. Potten om bloedzuigers in te bewaren. Verloskundige tangen die een babyhoofd konden vermorzelen. Boven de schoorsteenmantel hing een olieverfschilderij: het gevecht tussen de Dood en de Arts om het leven van een jonge vrouw. Door de stereo klonk het Brandenberg Concert.

Archer zette het geluid wat zachter en de kamer leek plotseling erg stil, met slechts wat muziekgeruis op de achtergrond.

'Komt Aaron ook?' vroeg Archer.

'Hij weet ervan. Hij zal wel onderweg zijn,' zei Mark.

'Mooi.' Archer glimlachte tegen Abby. 'Wat vind je van mijn verzamelingetje?'

Ze bestudeerde de inhoud van de vitrine. 'Dit is fascinerend. Sommige dingen kan ik niet eens thuisbrengen.'

Archer wees op een vreemd apparaat met mechanismen en katrollen. 'Dit is een interessant toestel. Het was bedoeld om een zwakke elektrische stroom op te wekken die op verschillende lichaamsdelen gebruikt kon worden. Het zou goed zijn voor van alles, van vrouwenkwaaltjes tot suikerziekte. Hoe kwamen ze op het idee, hè? De medische wetenschap heeft ons heel wat onzin willen laten geloven.'

Abby stond stil voor een olieverfschilderij en staarde naar de afbeelding van de Dood in zwarte kleding. De arts als held, de arts als winnaar, dacht ze. En natuurlijk is het voorwerp dat gered wordt een vrouw. Een prachtige vrouw.

De deur ging open.

'Daar is hij,' zei Mark. 'We vroegen ons af of je het was vergeten, Aaron.'

Aaron kwam de kamer in. Hij zei niets, maar knikte alleen toen hij in een stoel ging zitten.

'Wil jij nog iets drinken, Abby?' vroeg Archer en gebaarde naar haar glas.

'Nee, dank je.'

'Een scheutje brandy? Mark rijdt toch?'

Abby glimlachte. 'Goed, dan. Graag.'

Archer vulde Abby's glas bij en gaf het haar terug. Het was vreemd stil geworden in de kamer alsof iedereen wachtte tot deze formaliteit achter de rug was. Toen drong het tot haar door: zij was de enige assistent-arts in de kamer. Bill Archer gaf om de paar maanden een dergelijk feest, om een nieuwe groep personeel te verwelkomen voor de thorax- en traumastage. Op dit ogenblik waren er zes andere chirurgische assistent-artsen beneden in de tuin. Maar hier, in Archers privétoevluchtsoord, zat alleen het transplantatieteam.

En Abby.

Ze ging op de bank naast Mark zitten en nam een slokje. Ze voelde de cognac al branden, evenals de warmte van deze speciale aandacht. Als co-assistente had ze vol ontzag tegen deze vijf mannen opgekeken en had ze zich bevoorrecht gevoeld om alleen al in dezelfde operatiekamer te mogen assisteren waar Archer en Mohandas werkten. Hoewel ze door haar verhouding met Mark hun sociale kring was binnengedrongen, vergat ze nooit wie deze mannen waren. En ze vergat evenmin de macht die ze over haar carrière hadden.

Archer ging tegenover haar zitten. 'Ik heb een paar goede dingen over jou gehoord, Abby. Van de generaal. Voor hij vanavond wegging, gaf hij je nog een schitterend compliment.'

'Dr. Wettig?' Abby kon een verbaasd lachje niet onderdrukken. 'Om eerlijk te zijn, weet ik nooit zeker wat hij van me vindt.'

'Nou, dat is gewoon zijn manier van doen. Hij verspreidt graag een beetje onzekerheid in de wereld.'

De andere mannen lachten. Abby ook.

'Ik respecteer Colins oordeel,' zei Archer. 'En ik weet dat hij jou een van de beste assistent-artsen in de opleiding vindt. Ik heb met je samengewerkt, dus ik weet dat hij gelijk heeft.'

Abby verschoof op de bank en voelde zich niet op haar gemak. Mark pakte haar hand en kneep er even in. Dat gebaar ontging Archer niet en hij glimlachte.

'Mark vindt duidelijk ook dat je bijzonder bent. En dat is een deel van de reden dat we dachten dit gesprek te moeten voeren. Ik weet dat het misschien een beetje prematuur lijkt. Maar we maken lang van te voren plannen, Abby. We vinden dat het geen kwaad kan om het terrein van te voren te verkennen.'

'Ik geloof niet dat ik je helemaal kan volgen,' zei Abby.

Archer pakte de cognackaraf en schonk zichzelf nog een beetje in. 'Ons transplantatieteam wil alleen de allerbeste artsen. De beste aanbevelingen, de beste prestaties. We kijken altijd onder de assistent-artsen naar medewerkers uit. O, uit zelfzuchtig motieven, hoor. We bereiden mensen voor op het team.' Hij zweeg even. 'En we vroegen ons af of jij interesse zou hebben in transplantatiechirurgie.'

Abby wierp Mark een geschrokken blik toe. Hij knikte.

'Je hoeft dit niet direct te beslissen,' zei Archer. 'Maar we willen dat je erover nadenkt. We hebben de komende jaren om elkaar nader te leren kennen. Tegen die tijd wil je er misschien niet eens meer bij komen. Misschien is transplantatiechirurgie niet iets waar je zelfs maar in de verte in geïnteresseerd bent.'

'Maar dat is het wel.' Ze boog zich voorover met een blos van opwinding. 'Ik denk dat ik hier alleen... door verrast ben. En gevleid. Er zijn zo veel goede assistent-artsen in de opleiding. Vivian Chao bijvoorbeeld.'

'Ja, Vivian is goed.'

'Ik denk dat zij volgend jaar een aanstelling zoekt.'

Mohandas zei: 'De chirurgische vaardigheid van dr. Chao is zonder twijfel buitengewoon. Ik kan me verschillende assistent-artsen voor de geest halen met een uitstekende vaardigheid. Maar je kent het spreekwoord. Je kunt iedere aap leren opereren. De kunst is alleen om hem te leren *wanneer* hij moet opereren.'

'Ik denk dat Raj probeert duidelijk te maken dat wij iemand met een geschikt objectief oordeel zoeken,' zei Archer. 'En gevoel voor teamwork. We zien jou als iemand die goed in een team past. Niet als iemand die de ander onbedoeld in de wielen rijdt. Want dat is het allerbelangrijkste, Abby, teamwork. Wanneer je in de operatiekamer staat te zwoegen, kan er van alles verkeerd gaan. Apparatuur laat het afweten. Scalpels vallen. Het hart raakt zoekt tijdens het transport. We moeten onder alle omstandigheden op elkaar kunnen rekenen. En dat kunnen we ook.'

'We helpen elkaar bij moeilijkheden,' zei Frank Zwick. 'Zowel in de operatiekamer als daarbuiten.'

'Zonder meer,' zei Archer. Hij keek even naar Aaron. 'Nietwaar?'

Aaron schraapte zijn keel. 'Ja, helpen elkaar bij moeilijkheden. Dat is een van de voordelen als je bij dit team komt.'

'Een van de vele voordelen,' voegde Mohandas er aan toe.

Even was het stil. Het Brandenburg Concert speelde zachtjes op de achtergrond. Archer zei: 'Dit deel vind ik mooi,' en zette het iets harder. Bij het geluid van de violen dat uit de speakers kwam, merkte Abby dat ze weer naar de Dood tegenover de Arts keek. Het gevecht om het leven van een patiënt, een ziel van een patiënt.

'U zei dat er... andere voordelen aan verbonden waren,' zei Abby.

'Toen ik klaar was met mijn chirurgische assistent-artsschap moest ik bijvoorbeeld een aantal studiefinancieringen afbetalen,' zei Mohandas. 'En dat werd een deel van mijn aanstelling. Bayside heeft me geholpen om mijn leningen af te betalen.'

'Daar kunnen we het ook eens over hebben, Abby,' zei Archer. 'Manieren waarop we dit aantrekkelijk voor je kunnen maken. Tegenwoordig zijn jonge chirurgen wanneer hun assistent-artsschap erop zit, rond de dertig jaar. De meesten zijn al getrouwd en hebben een of twee kinderen. En ze hebben een schuld van... hoeveel? Pakweg honderdduizend dollar. Ze bezitten zelfs nog geen huis! Het kost ze tien jaar om alleen al vrij van schulden te worden. Tegen die tijd zijn ze veertig en hebben ze zorgen om de studie van hun kinderen!' Hij schudde zijn hoofd. 'Ik weet niet waarom iemand tegenwoordig medicijnen gaat studeren. In ieder geval niet om rijk te worden.'

'Het is eerder ontberingen lijden dan wat anders,' zei Abby.

'Dat hoeft niet. Op dat punt kan Bayside helpen. Mark vertelde ons dat jij je hele studie een studiefinanciering hebt gehad.'

'Een combinatie van beurzen en leningen. Hoofdzakelijk leningen.'

'Ai! Dat klinkt pijnlijk.'

Abby knikte quasi-zielig. 'Ik begin het ook al te voelen.'

'Daarvóór ook leningen?'

'Ja. Mijn familie had... financiële problemen,' gaf Abby toe.

'Je doet alsof dat iets is om je voor te schamen.'

'Het was meer een kwestie van... pech. Mijn jongere broer is een aantal maanden in het ziekenhuis opgenomen geweest terwijl we niet verzekerd waren. Maar ja, dat was hetzelfde bij veel mensen in de stad waar ik ben opgegroeid.'

'Dat bevestigt alleen hoe hard je gewerkt moet hebben om dit alles te bereiken. We weten allemaal hoe dat is. Raj was een immigrant en sprak tot zijn tiende geen woord Engels. Ik ben de eerste in mijn familie die is gaan studeren. Geloof me, er zit in deze kamer geen verdomde Boston-kak. Geen rijke pappies of handige trustfondsjes. We weten wat het betekent om je erdoorheen te moeten slaan, omdat we het hebben gedaan. Dat is het soort doorzettingsvermogen dat we in dit team zoeken.'

De muziek naderde zijn finale. Het laatste akkoord van trompetten en snaarinstrumenten stierf weg. Archer zette de stereo af en keek Abby aan.

'Goed. Denk er maar eens over,' zei hij. 'We maken natuurlijk geen definitieve afspraken. Het is meer te vergelijken met, eh...' Archer grinnikte tegen Mark. 'Een eerste afspraakje.'

'Dat begrijp ik,' zei Abby.

'Er is alleen één ding. Je bent de enige assistent-arts die we hebben benaderd. De enige over wie we werkelijk denken. Het zou verstandig zijn als je hier niet met de andere personeelsleden over spreekt. We willen geen jaloezie opwekken.'

'Natuurlijk niet.'

'Mooi.' Archer keek de kamer rond. 'Ik denk dat het dat wel was, hè heren?'

Er werd algemeen geknikt.

'We zijn het erover eens,' zei Archer. En glimlachend reikte hij nogmaals naar de cognackaraf. 'Dit is wat ik nu een echt team noem.'

'En, wat vind je ervan?' vroeg Mark toen ze naar huis reden.

Abby gooide haar hoofd achterover en schreeuwde extatisch. 'Ik zweef! God, wat een avond!'

'Ben je er blij mee?'

'Ben je gek? Ik ben als de dood.'

'Als de dood? Waarvoor?'

'Dat ik het verziek. En alles verpest.'

Hij lachte en kneep even in haar knie. 'Hé, we hebben met alle andere assistent-artsen gewerkt, hoor. We weten wel hoe we de beste moeten vinden.'

'En hoeveel hiervan is te danken aan jouw invloed, dr. Hodell?'

'O, ik heb mijn zegje gedaan. De anderen waren het alleen helemaal met me eens.'

'Juist.'

'Echt waar. Geloof me, Abby, je bent onze eerste keus. En ik denk dat jij het ook een schitterende regeling zult vinden.'

Ze leunde glimlachend achterover. En fantaseerde. Tot vanavond had ze zich slechts een vage voorstelling gemaakt over haar werkterrein over drieënhalf jaar. Vermoedelijk zwoegend in een ziekenhuis. Privépraktijken bestonden nauwelijks meer; ze zag er geen toekomst in, althans niet in Boston. En ze wilde in Boston blijven.

Bij Mark.

'Ik wil dit zo graag,' zei ze. 'Ik hoop alleen dat ik jullie niet allemaal teleurstel.'

'Weinig kans. Het team weet wat ze wil. We zijn het er allemaal over eens.'

Ze zweeg even. 'Ook Aaron Levi?' vroeg ze.

'Aaron? Waarom zou hij niet?'

'Ik weet het niet. Ik sprak vanavond met zijn vrouw. Elaine. Ik kreeg het idee dat Aaron niet erg gelukkig was. Wist je dat hij erover dacht om weg te gaan?'

'Wat?' Mark keek haar even verbaasd aan.

'Ze hadden het over verhuizen naar een kleine stad.'

Hij lachte. 'Dat zal nooit gebeuren. Elaine is geboren en getogen in Boston.'

'Elaine niet. Aaron zat erover te denken.'

Mark reed een tijdje zwijgend door. 'Je moet het verkeerd begrepen hebben,' zei hij ten slotte.

Ze haalde haar schouders op. 'Misschien.'

'Licht, graag,' zei Abby.

Een zuster reikte omhoog en stelde de operatielamp in zodat er een lichtbundel op de borst van de patiënte scheen. De operatiezijde was met zwarte viltstift op de huid afgetekend, twee kleine x-en die verbonden waren door een lijn liepen bovenover de vijfde rib. Het was een kleine borst van een kleine vrouw. Mary Allen, vierentachtig jaar en weduwe, was een week geleden in het Bayside opgenomen met klachten over gewichtsverlies en zware hoofdpijn. Een routine longfoto had een schrikbarende vondst opgeleverd: talrijke knobbeltjes in beide longen. Ze was zes dagen lang betast, gescanned en gefotografeerd. Ze had een bronchoscoop – een instrument om de binnenzijde van de luchtpijp te onderzoeken – door haar keel geschoven gekregen, er waren naalden in haar borstkas gestoken en toch was de diagnose niet duidelijk.

Vandaag zouden ze het antwoord weten.

Dr. Wettig pakte het scalpel en stond klaar met het mes boven de incisiezijde. Abby wachtte tot hij de snee zou maken. Dat deed hij niet. In plaats daarvan keek hij Abby aan met zijn harde, metaalblauwe ogen boven zijn masker.

'Bij hoeveel open-longbiopsies heb je geassisteerd, DiMatteo?' vroeg hij.

'Vijf, geloof ik.'

'Je kent de voorgeschiedenis van deze patiënte? Je hebt haar longfoto's gezien?'

'Ja, dokter.'

Wettig hield haar het scalpel voor. 'Ga je gang, dokter.'

Abby keek verbaasd naar het scalpel dat in zijn hand glinsterde.

De generaal stond zelden zijn mes af, zelfs niet aan zijn hoofdassistent-artsen.

Ze pakte het scalpel, voelde het gewicht van roestvrij staal prettig in haar greep rusten. Met vaste hand maakte ze de incisie, en trok de huid glad terwijl ze een lijn trok langs de bovenrand van de rib. De patiënt was mager, bijna uitgeteerd; er was nauwelijks onderhuids vetweefsel om de oriëntatiepunten te verdoezelen. Een nog iets diepere snee doorkliefde de tussenribspieren.

Nu zat ze in de pleuraholte.

Ze stak een vinger door de incisie en voelde het longoppervlak. Zacht en sponzig. 'Alles in orde?' vroeg ze aan de anesthesist.

'Prima.'

'Goed; wondspreiden,' zei Abby.

De ribben werden uit elkaar getrokken en de incisie werd wijder. De beademingsmachine pompte weer een hoeveelheid lucht naar binnen en een klein deel van het longweefsel zette zich uit naast de incisie. Abby klemde het af terwijl het nog opgeblazen was.

Weer keek ze naar de anesthesist. 'Oké?'

'Alles goed.'

Abby richtte haar aandacht op het blootgelegde stuk longweefsel. Met een blik zag ze de knobbels. Ze gleed er met haar vingers overheen. 'Ze voelen vrij stevig aan,' zei ze. 'Niet best.'

'Geen wonder,' zei Wettig. 'Ze zag eruit als het toonbeeld van chemotherapie op een röntgenfoto. We stellen alleen het celtype even vast.'

'En de hoofdpijn? Hersenmetastasen?'

Wettig knikte. 'Dit is een agressief soort. Acht maanden geleden had ze nog een normale longfoto. Nu is ze een kankerfabriek.'

'Ze is vierentachtig,' zei een van de zusters. 'Ze heeft tenminste een lang leven gehad.'

*Maar wat voor leven?* vroeg Abby zich af toen ze het stukje long met de knobbel verwijderde. Gisteren had ze Mary Allen voor het eerst ontmoet. Ze had de vrouw heel rustig en stil in haar ziekenhuiskamer aangetroffen. De jaloezieën waren neergelaten, het bed lag in schemerduister. Tegen de hoofdpijn, had Mary gezegd. *De zon doet mijn ogen pijn. De pijn gaat alleen weg wanneer ik slaap. Van allerlei pijnen...*

*Toe, dokter, kan ik geen sterkere slaappil krijgen?*

Abby maakte haar werk af en hechtte de afgesneden rand van de long. Wettig gaf geen commentaar. Hij keek alleen toe met dezelfde kille blik als altijd. De stilte was voldoende compliment; ze had lang geleden geleerd dat het al een triomf was als de generaal geen kritiek had.

Ten slotte was de borstkas dicht, de drain zat op zijn plaats, Abby had haar bloederige handschoenen uitgetrokken en weggegooid in de afvalbak waar *besmettelijk* op stond.

'Nu komt het moeilijkste deel,' zei ze toen de zusters de patiënte de operatiekamer uitreden. 'Haar het slechte nieuws vertellen.'

'Ze weet het,' zei Wettig. 'Ze weten het altijd.'

Ze liepen achter de piepende brancardwielen aan naar de verkoeverkamer. Er lagen vier postoperatieve patiënten in verschillende stadia van bewustzijn in de met gordijnen afgesloten ruimtes. Mary Allen begon in de laatste ruimte net tekenen van leven te vertonen. Ze bewoog haar voet. Kreunde. En probeerde haar hand uit de onrustband te trekken.

Met haar stethoscoop luisterde Abby snel even naar de longen van de patiënte en zei toen: 'Geef haar vijf milligram morfine per infuus.'

De zuster diende het medicijn toe. Net genoeg om de pijn te verminderen, maar wel zeker te zijn van een geleidelijke terugkeer tot bewustzijn. Mary's gekreun hield op. Op de monitor toonde het hartritme een rustige en regelmatige loop.

'Wat zijn de postoperatieve orders, dr. Wettig?' vroeg de zuster.

Het was even stil. Abby keek even naar Wettig en die zei: 'Dit is de patiënte van Dr. DiMatteo.' En hij liep de ruimte uit.

De zusters keken elkaar aan. Wettig schreef altijd zijn eigen postoperatieve orders. Dit was weer een blijk van vertrouwen in Abby.

Ze nam de status mee naar de tafel en begon te schrijven: *Overbrengen naar 5 Oost, Thorax chirurgische afdeling. Diagnose: postoperatieve open-longbiopsie vanwege multiple pulmonale noduli. Conditie: stabiel.* Ze schreef gestaag verder, orders voor dieet, medicatie, activiteit. Ze bereikte de regel waar vermeld moest worden of er al dan niet gereanimeerd moest worden. Ze hield even op.

Ze keek over de tafel naar Mary Allen die roerloos op de brancard lag. Ze bedacht hoe het moest zijn om op je vierentachtigste vol kanker te zitten; je dagen waren geteld, allemaal vol pijn. Ze schreef: 'Niet reanimeren' en sloeg de status dicht.

'Dr. DiMatteo?' De stem klonk over de intercom.

'Ja?' zei Abby.

'Er was tien minuten geleden een oproep voor u van 4 Oost. Ze wilden dat u even langs kwam.'

'Neurochirurgie? Zeiden ze ook waarom?'

'Iets over een patiënte, een zekere Terrio. Ze willen dat u met de echtgenoot spreekt.'

'Karen Terrio is mijn patiënte niet meer.'

'Ik geef alleen de boodschap door, dokter.'

'Goed, dank u.'

Met een zucht kwam Abby overeind en liep naar Mary Allen om nog een laatste blik op de monitor te werpen en pols en bloeddruk te controleren. De pols was een beetje snel en de patiënte bewoog en kreunde weer. Ze had nog steeds pijn.

Abby keek naar de zuster. 'Geef nog maar twee milligram morfine,' zei ze.

De lijn op de ECG-monitor vertoonde een langzaam en regelmatig ritme.

'Haar hart is sterk,' mompelde Joe Terrio. 'Dat wil niet opgeven. Ze wil het niet opgeven.'

Hij zat naast het bed van zijn vrouw met haar hand in de zijne en zijn blik op de groene lijn gevestigd die over het scherm kronkelde. Hij leek verbijsterd door alle apparatuur in de kamer. De slangen, de monitors, de afzuigpomp. Verbijsterd en angstig. Hij richtte zich uit alle macht op de ECG-monitor alsof hij door op de een of andere manier de geheimen van dat raadselachtige kastje te ontsluieren, al het andere ook zou kunnen bevatten. Hij kon begrijpen waarom en hoe hij aan het bed van de vrouw van wie hij hield terecht was gekomen, de vrouw van wie het hart weigerde op te houden met kloppen.

Het was drie uur 's middags, eenenzestig uur nadat de dronken chauffeur tegen de auto van Karen Terrio was opgebotst. Ze was vierendertig jaar oud, HIV-negatief, vrij van kanker, vrij van infecties. Ze was ook hersendood. Ze was kortweg een levende supermarkt van gezonde donororganen. Hart en longen. Nieren. Alvleesklier. Lever. Bot. Hoornvliezen. Huid. Met één gruwelijke explantatie konden minstens vijf levens gered of verbeterd worden.

Abby trok een krukje bij en ging tegenover hem zitten. Ze was de enige arts die er in feite tijd aan besteedde om met Joe te praten, dus was ze de enige die door de zusters gebeld werd om nu met hem te spreken. Om hem ervan te overtuigen de papieren te ondertekenen en zijn vrouw toe te staan te sterven. Ze bleef even stil bij hem zitten. Het lichaam van Karen Terrio lag tussen hen in, haar borst ging de voorgeschreven twintig keer per minuut op en neer.

'Je hebt gelijk, Joe,' zei Abby. 'Haar hart is sterk. Het zou nog lang mee kunnen. Maar niet eeuwig. Uiteindelijk weet het lichaam het. Begrijpt het lichaam het.'

Joe keek haar aan, zijn ogen waren roodomrand van het huilen en vermoeidheid. 'Begrijpt het lichaam het?'

'Dat de hersens dood zijn. Dat er geen reden is om het hart te laten doorslaan.'

'Hoe moet het dat weten?'

'We hebben onze hersenen nodig. Niet alleen om te denken en te voelen, maar ook om de rest van ons lichaam een doel te geven. Wanneer dat doel verdwenen is, beginnen het hart en de longen het ook op te geven.' Abby keek naar de beademingsmachine. 'De machine ademt voor haar.'

'Dat weet ik.' Joe wreef met zijn handen over zijn gezicht. 'Ik weet het. Ik weet het. Ik weet het...'

Abby zei niets. Joe wiegde nu heen en weer op zijn stoel met zijn handen in het haar en maakte grommende en jammerende geluidjes; het stadium tegen huilen aan dat een man zichzelf toestaat. Toen hij weer opkeek, stonden plukjes van zijn haar vochtig en stijf van de tranen overeind.

Hij keek weer naar de monitor. Die ene plek in de kamer scheen hem een veilig punt toe om naar te staren. 'Het lijkt allemaal te vroeg.'

'Dat is het niet. Er kan maar een bepaalde tijd voorbij gaan voor de organen niet goed meer zijn. Dan kunnen ze niet meer gebruikt worden. En daar is niemand bij gebaat, Joe.'

Hij keek haar aan over het lichaam van zijn vrouw heen. 'Heeft u de papieren bij u?'

'Ja.'

Hij keek nauwelijks naar de formulieren. Hij zette alleen zijn handtekening eronder en gaf haar de papieren terug. Een zuster van de Intensive Care en Abby waren getuige van zijn handtekening. Er zouden kopieën van het formulier bij Karens dossier gevoegd worden, naar de New England Orgaan Bank gaan en naar de dossiers van de Bayside Transplantatie Coördinator. Dan zouden de organen verwijderd worden.

Lang nadat Karen Terrio begraven was, zouden er stukjes en beetjes van haar doorleven. Het hart dat zij eens in haar borst had voelen kloppen toen ze als vijfjarige had gespeeld, als twintigjarige, toen ze was getrouwd en dat op haar eenentwintigste had gezwoegd bij de bevalling, zou verder in de borst van een vreemde kloppen. Dichter kon geen mens bij onsterfelijkheid komen.

Maar dat was nauwelijks een troost voor Joseph Terrio die zijn stille wake naast het bed van zijn vrouw voortzette.

Abby zag Vivian Chao die zich in de kleedkamer van de operatiekamer stond uit te kleden. Vivian was net klaar met een vier uur durende spoedoperatie, maar er was geen druppeltje zweet te bespeuren op de uitgetrokken operatiekleding die op de bank naast haar lag.

Abby zei: 'We hebben toestemming voor een explantatie.'
'Zijn de papieren getekend?' vroeg Vivian.
'Ja.'
'Mooi. Ik zal de lymfocyten crossmatch aanvragen.' Vivian pakte een schoon operatiehemd. Ze stond alleen in haar bh en ondergoed en het leek wel of je iedere rib kon tellen op haar tengere, platte borst. Een echte kerel, dacht Abby. Dat is een geestesgesteldheid, geen lichamelijke. 'Hoe zijn haar pols en bloeddruk?' vroeg Vivian.
'Stabiel.'
'We moeten haar bloeddruk op peil houden. De nieren moeten goed doorbloed zijn. Je komt niet iedere dag een mooi paar AB-positieve nieren tegen.' Vivian trok een broek met een koordje aan en stopte haar hemd erin. Ze bewoog zich uiterst zorgvuldig. Elegant.
'Assisteer jij bij de explantatie?' vroeg Abby.
'Als mijn patiënt het hart krijgt, wel. De explantatie is het gemakkelijke deel. Het opnieuw aansluiten van de leidingen is pas interessant.' Vivian deed de deur van haar kleedkast dicht en sloot het af met het hangslot. 'Heb je even? Dan zal ik je aan Josh voorstellen.'
'Josh?'
'Mijn onverzekerde patiënt op de Interne Intensive Care.'
Ze liepen samen de kleedkamer uit en de gang door naar de lift. Vivian maakte het gebrek van haar korte benen goed door snelle, bijna vinnige stappen te nemen. 'Je kunt het succes van een harttransplantatie niet beoordelen tot je het voor èn erna hebt gezien,' zei Vivian. 'Dus zal ik je het ervoor laten zien. Misschien dat het dat gemakkelijker voor je maakt.'
'Wat bedoel je?'
'Jouw vrouw heeft een hart, maar geen hersenen. Mijn jongen heeft hersenen en vrijwel geen hart.' De liftdeur ging open. Vivian liep naar binnen. 'Wanneer je de tragedie van je af kunt zetten, is het allemaal logisch.'
Ze stonden zwijgend in de lift.
*Natuurlijk is het logisch*, dacht Abby. *Het is volkomen logisch. Vivian ziet het duidelijk. Maar ik blijf die twee meisjes bij het bed van hun moeder zien. Bang om haar aan te raken...*
Vivian ging haar voor naar de Interne Intensive Care.
Joshua O'Day lag in bed vier te slapen.
'Hij slaapt veel de laatste tijd,' fluisterde de zuster, een blond meisje met een lief gezicht en *Zr. Hannah Love* op haar naamplaatje.
'Zijn de medicijnen nog veranderd?' vroeg Vivian.
'Ik denk dat het een depressie is.' Hannah schudde haar hoofd en zuchtte. 'Ik ben wekenlang zijn zuster geweest. Al sinds hij is opge-

nomen. Het is zo'n geweldig jong, weet je. Echt lief. En een beetje gek. Maar de laatste tijd slaapt hij alleen maar. Of staart naar zijn prijzen.' Ze knikte naar het nachtkastje waar een uitstalling van verschillende prijzen en lintjes vol liefde pronkten. Een lint was nog vanuit groep drie – een eervolle vermelding voor een welp van Pinewood Derby. Abby kende de Pinewood Derby's. Net zoals Joshua O'Day was haar broer bij de welpen geweest.

Abby liep naar het bed. De jongen zag er veel jonger uit dan ze had verwacht. Volgens de geboortedatum op Hannah Loves klembord was hij zeventien. Hij had ook veertien kunnen zijn. Er lag een woud van plastic slangen om zijn bed, infuzen en arteriële en Swan-Ganz-slangen. Die laatste werden gebruikt om druk in het rechteratrium – boezem of voorkamer van het hart – en de longslagader op te nemen. Op het scherm boven zijn hoofd kon Abby de rechteratriële druk aflezen. Die was hoog. Het hart van de jongen was te zwak om doeltreffend te pompen en het bloed was teruggestroomd in de veneuze bloedcirculatie. Zelfs zonder monitor had ze die conclusie kunnen trekken door een blik op zijn dikke halsaderen te werpen. Die waren gezwollen

'Je kijkt naar de honkbalster van de Redding Middelbare School van twee jaar geleden,' zei Vivian. 'Ik ken het spel niet, dus ik kan zijn virtuositeit niet echt goed beoordelen. Maar zijn vader is er behoorlijk trots op.'

'O, zijn vader is ècht trots,' zei Hannah. 'Hij was hier laatst met een bal en een handschoen. Ik moest hem eruit zetten toen ze begonnen te gooien.' Hannah lachte. 'De vader is net zo gek als de zoon!'

'Hoe lang is hij ziek?' vroeg Abby.

'Hij is al een jaar niet meer naar school geweest,' zei Vivian. 'Hij heeft het virus twee jaar geleden opgelopen. Het coxackievirus B. Binnen een half jaar had hij hartinsufficiëntie. Hij ligt nu een maand op de Intensive Care te wachten op een hart.' Vivian zweeg glimlachend. 'Hè, Josh?'

De ogen van de jongen waren open. Hij scheen als door een mist naar hen te kijken. Hij knipperde een paar keer en glimlachte toen tegen Vivian. 'Hé, dr. Chao.'

'Ik zie een paar nieuwe lintjes bij de uitstalling,' zei Vivian.

'O. Die.' Josh rolde met zijn ogen. 'Ik weet niet waar mam die dingen vandaan haalt. Die bewaart alles, hoor. Ze heeft zelfs nog een plastic zakje met al mijn babytandjes. Onvoorstelbaar.'

'Josh, ik heb iemand meegenomen om aan je voor te stellen. Dit is dr. DiMatteo, een van onze chirurgische assistent-artsen.'

'Hallo, Josh,' zei Abby.

Het scheen de jongen even tijd te kosten om zijn blik op iets anders te richten. Hij zei niets.

'Is het goed als dr. DiMatteo je onderzoekt?' vroeg Vivian.

'Waarom?'

'Wanneer je je nieuwe hart krijgt, zul jij waarschijnlijk net zoals die gekke RoadRunner van de tv zijn. We zullen je niet lang genoeg meer kunnen vastbinden om je te onderzoeken.'

John glimlachte. 'U bent er zo vol van.'

Abby liep naar het bed toe. Josh had zijn hemd al uitgetrokken en zijn borst ontbloot. Die was bleek en kaal, niet de borst van een tiener, maar van een jongen. Ze legde haar hand op zijn hart en voelde iets als vogelvleugeltjes tegen zijn ribbenkast fladderen. Ze legde haar stethoscoop ertegen en luisterde naar de hartslag, terwijl ze zich voortdurend bewust was van de blik van de jongen, op zijn hoede en wantrouwend. Ze had kinderen eerder zo zien kijken, kinderen die te lang op kinderafdelingen hadden gelegen, kinderen die geleerd hadden dat elk nieuw paar handen een nieuw soort pijn met zich meebrengt. Toen ze ten slotte overeind kwam en haar stethoscoop in haar zak stak, zag ze de opgeluchte blik op het gezicht van de jongen.

'Is dat alles?' vroeg hij.

'Dat is alles.' Abby trok zijn ziekenhuishemd glad. 'En, van welk team ben jij fan, Josh?'

'Wat dacht u?'

'Aha. Red Sox.'

'Mijn vader heeft al hun wedstrijden voor me opgenomen. We gingen altijd samen naar het veld, mijn vader en ik. Wanneer ik thuis kom, ga ik die allemaal bekijken. Al die banden. Drie dagen lang honkbal...' Hij ademde de met zuurstof verrijkte lucht diep in en keek naar het plafond. Zachtjes zei hij: 'Ik wil naar huis, dr. Chao.'

'Dat weet ik,' zei Vivian.

'Ik wil mijn kamer weer zien. Ik mis mijn kamer.' Hij slikte, maar kon de snik niet inhouden. 'Ik wil mijn kamer zien. Dat is alles. Ik wil alleen maar mijn kamer zien.'

Hannah liep prompt naar hem toe. Ze sloeg haar armen om de jongen heen en hield hem vast terwijl ze hem zachtjes wiegde. Hij vocht met gebalde vuisten om niet te huilen en zijn gezicht was in haar haren verborgen. 'Het geeft niet,' mompelde Hannah. 'Toe maar jongen, huil maar. Ik ben bij je. Ik blijf bij je, Josh. Zo lang je me nodig hebt. Het geeft niet.' Hannahs ogen ontmoetten die van Abby over de schouder van de jongen. De tranen op het gezicht van de zuster waren niet van Josh, maar van haarzelf.

Zwijgend verlieten Abby en Vivian de kamer.

In de zusterpost van de Interne Intensive Care keek Abby hoe Vivian de lymfocyten crossmatch tussen het bloed van Josh O'Day en Karen Terrio in tweevoud aanvroeg.

'Hoe snel kan hij geopereerd worden?' vroeg Abby.

'Hij kan morgenochtend klaar zijn. Hoe sneller hoe beter. Het kind heeft vandaag alleen al drie keer een kamertachycardie – te snelle, en dus onvoldoende, hartwerking – gehad. Met een dergelijk instabiel hartritme, heeft hij niet veel tijd meer.' Vivian draaide zich snel om om Abby aan te kijken. 'Ik wil echt graag dat die jongen weer een Red Sox-wedstrijd ziet. Jij niet?'

Vivians uitdrukking was net zo rustig en neutraal als altijd. Ze kan innerlijk zo zacht als boter zijn, bedacht Abby, maar Vivian zou het nooit tonen.

'Dr. Chao?' zei de afdelingssecretaresse.

'Ja?'

'Ik heb net de Chirurgische Intensive Care opgebeld over die lymfocyten crossmatch. Ze zeggen dat ze al een crossmatch hebben gedaan met Karen Terrio.'

'Prima. Voor een keer is mijn assistent-arts er eens op tijd bij.'

'Maar dr. Chao, de crossmatch is niet met Joe O'Day.'

Vivian draaide zich om en keek de secretaresse aan. 'Wat?'

'De Chirurgische Intensive Care zegt dat ze hem voor iemand anders hebben aangevraagd. Een privépatiënte, een zekere Nina Voss.'

'Maar Josh' toestand is kritiek! Hij staat boven aan de lijst.'

'Ze zeiden alleen dat het hart naar die andere patiënt ging.'

Vivian schoot overeind. Met drie snelle stappen stond ze bij de telefoon en drukte vlug een nummer in. Een ogenblik later hoorde Abby haar zeggen: 'Met dr. Chao. Ik wil weten wie die lymfocyten crossmatch op Karen Terrio heeft aangevraagd.' Ze luisterde. Toen fronste ze haar wenkbrauwen en hing op.

'Heb je de naam gekregen?' vroeg Abby.

'Ja.'

'Wie heeft het aangevraagd?'

'Mark Hodell.'

# 4

Abby en Mark hadden die avond een tafel gereserveerd in Mirabel, een restaurant in Cambridge aan het eind van de straat waar ze woonden. Hoewel ze er naartoe gingen ter gelegenheid van het feit dat ze nu een half jaar samenwoonden, was de sfeer aan tafel allesbehalve vrolijk.

'Ik wil alleen maar weten wie Nina Voss in vredesnaam is?' zei Abby.

'Ik heb je al gezegd dat ik dat niet weet,' zei Mark. 'Kunnen we het nu ergens anders over hebben?'

'De toestand van die jongen is kritiek. Hij moet bijna twee maal per dag gereanimeerd worden. Hij staat al een jaar op de lijst. Nu komt er eindelijk een AB-positief hart en jij slaat hem over op het registratiesysteem en geeft het hart aan een of andere privépatiënt die nog thuis ligt?'

'We géven het niet weg, begrepen? Het was een objectieve beslissing.'

'Wiens beslissing?'

'Die van Aaron Levi. Hij belde me vanmiddag op. Vertelde me dat Nina Voss vanochtend was opgenomen. Hij vroeg me om de labtesten op de donor te doen.'

'Dat is alles wat hij je verteld heeft?'

'In feite wel.' Mark pakte de fles wijn, schonk zijn glas weer vol en morste een scheut op het tafelkleed. 'Kunnen we nu van onderwerp veranderen?'

Ze zag hoe hij wijn dronk. Hij keek haar niet aan, maar ontweek haar blik.

'Wie is die patiënt,' vroeg ze. 'Hoe oud is ze?'

'Ik wil er niet meer over praten.'

'Jij doet de operatie. Dan moet je weten hoe oud ze is.'

'Zesenveertig.

'Uit een andere staat?'

'Uit Boston.'

'Ik heb gehoord dat ze per vliegtuig uit Rhode Island is gekomen. Dat zeiden de zusters.'

'Zij en haar man wonen 's zomers in Newport.'

'Wie is haar man?'

'Een of andere vent, een zekere Victor Voss. Dat is alles wat ik van hem weet, zijn naam.'

Ze zweeg even. 'Hoe is Voss aan zijn geld gekomen?'

'Heb ik iets over geld gezegd?'

'Een zomerhuis in Newport? Toe nou, Mark.'

Hij wilde haar nog steeds niet aankijken en hield zijn blik strak op zijn wijnglas gericht. Ze had zo vaak over de tafel naar hem gekeken en alle dingen gezien die haar in eerste instantie in hem hadden aangetrokken. De directe blik. De eenenveertig jaar oude lachrimpeltjes. De snelle glimlach. Maar vanavond keek hij haar niet eens aan.

Ze zei: 'Ik wist niet dat het zo gemakkelijk was om een hart te kopen.'

'Je trekt te snelle conclusies.'

'Twee patiënten hebben een hart nodig. De een is een arm, onverzekerd kind. De ander heeft een zomerhuis in Newport. Dus wie krijgt de buit? Het is nogal duidelijk.'

Hij reikte weer naar de wijnfles en schonk zichzelf nog een glas in... zijn derde. Voor een man die trots was op zijn matige manier van leven dronk hij als een tempelier. 'Luister,' zei hij. 'Ik ben de hele dag in het ziekenhuis geweest. Ik heb absoluut geen zin om er over te praten. Laten we erover ophouden.'

Ze zwegen allebei. Het onderwerp van het hart van Karen Terrio lag als een loden last op hen en haalde alle gezelligheid uit iedere andere gespreksvorm weg. *Misschien hebben we alles al gezegd wat we elkaar te zeggen hebben*, dacht ze. Misschien hadden ze die ellendige fase van een verhouding bereikt wanneer hun levensverhalen verteld waren en de tijd was aangebroken om nieuw materiaal op te diepen. *We zijn pas een half jaar bij elkaar en nu zijn de stiltes al begonnen.*

Ze zei: 'Die jongen doet me aan Pete denken. Pete was een fan van de Red Sox.'

'Wie?'

'Mijn broer.'

Mark zei niets. Hij zat met zijn schouders voorovergebogen en voelde zich duidelijk niet op zijn gemak. Hij had nooit gemakkelijk over Pete kunnen praten. Maar ja, de dood was geen gemakkelijk onderwerp voor artsen. Iedere dag spelen we een woordspelletje met dat woord, dacht ze. We zeggen 'gesuccombeerd', of 'kon niet gereanimeerd worden' of 'terminale kwestie'. Maar we gebruiken zelden het woord: *doodgegaan*.

'Hij was gek van alles wat met de Red Sox te maken had,' zei ze. 'Hij had al die honkbalkaartjes en hij had zijn lunchgeld opgespaard om ze te kopen. En toen besteedde hij een kapitaal aan plastic hoesjes om ze netjes op te bergen. Een hoesje van vijf cent voor een stukje karton van één cent. Ik denk dat dat de logica van een tienjarige is.'

Mark nam een slokje wijn. Het was aan alles te merken dat hij zich absoluut niet op zijn gemak voelde, en zich afsloot voor haar pogingen tot conversatie.

Het feestdinertje was naar de knoppen. Ze aten en wisselden nauwelijks een woord.

Eenmaal terug in het huis dat ze samen in Cambridge deelden, trok Mark zich terug achter zijn stapel medische tijdschriften. Dat was de manier waarop hij altijd reageerde op hun meningsverschillen – terugtrekken. Verdomme, zíj had niets tegen een lekkere rel. De DiMatteo-familie, met drie koppige dochters en kleine Pete, had meer dan hun deel aan puberconflicten en rellen tussen broer en zusters gehad, maar het had aan hun liefde voor elkaar nooit iets afgedaan. O ja, Abby kon een lekkere rel wel aan.

Maar de stilte kon ze niet hebben.

Gefrustreerd liep ze naar de keuken en schrobde de gootsteen schoon. Ik begin op mijn moeder te lijken, dacht ze vol afkeer. Ik word boos en wat doe ik? Ik maak de keuken schoon. Ze veegde het fornuis af, toen haalde ze de vlamverdelers eraf en schrobde die ook schoon. Ze had de hele verdomde keuken blinkend schoon tegen de tijd dat ze Mark eindelijk de trap naar de slaapkamer hoorde opgaan.

Ze liep achter hem aan.

In de duisternis lagen ze naast elkaar, zonder elkaar aan te raken. Zijn zwijgen was aanstekelijk en ze kon geen manier bedenken om dat te doorbreken, zonder de mindere te lijken, de zwakkere. Maar ze kon er niet langer tegen.

'Ik vind het vreselijk als je zo bent,' zei ze.

'Toe, Abby. Ik ben moe.'

'Ik ook. We zijn allebei moe. Het lijkt wel alsof we altijd moe zijn. Maar ik kan op deze manier niet gaan slapen. En jij ook niet.'

'Goed. Wat wil je dat ik zeg?'

'Iets! Ik wil alleen dat je tegen me blijft praten.'

'Ik zie er het nut niet van in om de dingen dood te praten.'

'Er zijn dingen waarover gepraat móet worden.'

'Mooi. Ik luister.'

'Maar je doet het door een muur. Ik heb het gevoel alsof ik in de biechtstoel zit. En door een rooster tegen een of andere vent praat die ik niet kan zien.' Ze zuchtte en staarde in het donker naar boven. Ze had het plotselinge, duizeligmakende gevoel dat ze in het luchtruim zweefde, en los was. Zonder banden. 'Die jongen ligt op de Interne Intensive Care,' zei ze. 'Hij is pas zeventien.'

Mark zei niets.

'Hij doet me zo aan mijn broer denken. Pete was veel jonger. Maar je kent die zogenaamde moed die alle jongens hebben. Pete ook.'

'Het is niet alleen mijn beslissing,' zei hij. 'Er zijn anderen bij betrokken. Het hele transplantatieteam. Aaron Levi, Bill Archer. Zelfs Jeremiah Parr.'

'Waarom de directeur van het ziekenhuis?'

'Parr wil dat we goede statistieken hebben. En alle research toont aan dat poli-patiënten meer kans hebben om een transplantatie te overleven.'

'Zonder transplantatie overleeft Josh het helemaal niet.'

'Ik weet dat het een tragedie is. Maar zo is het leven nu eenmaal.'

Ze lag heel stil, verbijsterd door zijn nonchalante toon.

Hij strekte zijn arm uit om haar hand aan te raken. Ze trok zich terug.

'Jij kunt ze van gedachten laten veranderen,' zei ze. 'Jij kunt ze ompraten...'

'Het is te laat. Het team heeft een beslissing genomen.'

'Wat ìs dit team eigenlijk? God?'

Het was lange tijd stil. Rustig zei Mark: 'Pas op je woorden, Abby.'

'Je bedoelt over het heilige team?'

'We meenden laatst bij Archer allemaal alles wat we zeiden. Hij zei naderhand zelfs tegen me dat jij de best mogelijke toekomstige teamgenoot was die hij in drie jaar had leren kennen. Maar Archer is voorzichtig welke mensen hij aanneemt en dat neem ik hem niet kwalijk. We hebben mensen nodig die met ons samenwerken. Niet tegen ons.'

'Zelfs als ik het niet met jullie eens ben?'

'Dat hoort bij de teamgeest, Abby. We hebben allemaal onze manier van dingen bekijken. Maar we treffen samen beslissingen. En daar houden we ons aan.' Hij strekte weer zijn arm uit om haar hand aan te raken. Dit keer trok ze zich niet terug. Maar ze reageerde niet op zijn aanraking. 'Toe, Abby,' zei hij zachtjes. 'Er zijn assistent-artsen die een moord zouden doen om bij het transplantatieteam in Bayside te komen. Jij krijgt het vrijwel op een presenteerblaadje aangeboden. Je wìlt het toch?'

'Natuurlijk wil ik het. Het benauwt me gewoon, zo graag als ik het wil. Het gekke is, dat ik nooit heb geweten dat ik het wilde tot Archer de mogelijkheid naar voren bracht...' Ze haalde diep adem en zuchtte zwaar. 'Ik haat de manier waarop ik steeds meer wil. Steeds meer.

Ik word steeds verder getrokken. Eerst de studie, toen het assistentschap. En nu deel uitmaken van het team. Het is zo ver verwijderd van waar ik begonnen ben. Toen ik alleen maar arts wilde worden...'

'Het is niet meer voldoende, hè?'

'Nee. Was het dat maar wel. Maar dat is het niet.'

'Verpest het dan niet, Abby. Toe. Voor ons allebei.'

'Je doet alsof jíj degene bent die alles te verliezen heeft.'

'Ik ben degene die jouw naam naar voren heeft gebracht. Ik heb ze verteld dat jij de beste keus zou zijn.' Hij keek haar aan. 'Dat denk ik nog steeds.'

Even waren ze stil met alleen hun handen in elkaar. Toen strekte hij zijn arm uit en streelde haar heup. Geen werkelijke omhelzing, maar een poging ertoe.

Het was voldoende. Ze liet zich door hem in zijn armen nemen.

Het gelijktijdige schrille geluid van een stuk of zes piepers werd gevolgd door de korte boodschap door de ziekenhuisintercom:

*Alarm op de Interne intensive Care.*

*Alarm op de Interne Intensive Care.*

Abby liep snel met de andere chirurgische assistent-artsen naar de trap. Tegen de tijd dat ze de Interne Intensive Care op kwamen rennen, verdrong zich al een menigte medisch personeel in de ruimte. Een blik was voldoende om te weten dat er meer dan voldoende mensen waren om de noodsituatie het hoofd te kunnen bieden. De meeste assistent-artsen liepen de kamer al weer uit. Abby zou ook zijn weggegaan.

Als ze niet had gezien dat het alarm voor bed vier was geweest. De kamer van Joshua O'Day.

Ze baande zich een weg door de wirwar van witte jassen en operatiekleding. Temidden daarvan lag Joshua O'Day; zijn tengere lichaam helemaal blootgesteld aan de felle lampen boven hem. Hannah Love paste hartmassage toe, haar blonde haar viel bij iedere stoot naar voren. Een andere zuster rommelde nerveus door de laden van de reanimatiekar en haalde ampullen en spuiten tevoorschijn die ze aan de interne assistent-artsen doorgaf. Abby keek naar het scherm van de hartmonitor.

Kamerfibrilleren. Het patroon van een stervend hart.

'Nummer zevenenhalf endotracheaalbuis,' – manchetbuis die gebruikt wordt bij kunstmatige beademing – schreeuwde iemand.

Toen pas merkte Abby Vivian Chao op die achter Joshua's hoofd zat. Vivian hield de laryngoscoop – keelspiegel – al klaar.

De zuster bij de reanimatiekar scheurde het plastic van de endotracheaalbuis af en gaf hem aan Vivian.

'Doorgaan met beademen!' beval Vivian.

De anesthesie-assistent hield een kapje voor het gezicht van Josh en bleef de ballonachtige zak telkens inknijpen, om op die manier handmatig zuurstof in de longen van de jongen te pompen.

'Goed,' zei Vivian. 'Intuberen.'

De anesthesie-assistent trok het kapje weg. Binnen een paar seconden had Vivian de endotracheaalbuis op zijn plaats en de zuurstof aangesloten.

'De lidocaïne is gegeven,' zei de zuster.

De interne assistent-arts keek naar de monitor. 'Shit. Nog steeds kamerfibrilleren. Nog een keer de paddles. 200 Joules.' Een zuster gaf hem de defibrillatiepaddels. Hij sloeg ze op de borst van Josh. Het gebied was al gemarkeerd door elektroden die op geleidende gel vastgezogen zaten: een elektrode bij het borstbeen, de andere naast de tepel. 'Iedereen achteruit.'

De schok schoot door het lichaam van Joshua O'Day, en iedere spier schokte ook. Hij maakte een groteske beweging en lag weer stil.

Iedereen keek snel naar het monitorscherm.

'Nog steeds aan het kamerfibrilleren,' zei iemand. 'Bretylium 250.'

Hannah ging automatisch verder met haar hartmassage. Ze was rood, transpireerde en haar gezicht was verdoofd van angst.

'Ik wil het wel overnemen,' bood Abby aan.

Hannah knikte en deed een stap opzij.

Abby klom op de kruk en zette haar handen op Joshua's borst, haar handpalm op het onderste derde deel van het borstbeen. Zijn borst voelde mager en broos aan alsof hij het na een paar keer stevig duwen zou begeven; ze was bijna bang om erop te leunen.

Ze begon te pompen. Het was een taak die geen geestelijke inspanning vergde. Alleen de zich steeds herhalende beweging van naar voren buigen, loslaten, naar voren buigen, loslaten. Het alpharitme van de reanimatie. Ze maakte deel uit van de chaos, maar ze stond er los van, haar geest trok zich terug. Ze kon zichzelf niet zo ver krijgen om naar het gezicht van de jongen te kijken, om te kijken hoe Vivian de endotracheaalbuis met een pleister bevestigde. Ze kon zich alleen maar op de borst richten, op dat punt van contact tussen zijn borstbeen en haar in elkaar geslagen handen. Borstbenen waren anoniem. Dit kon iedere willekeurige borst zijn. Die van een oude man. Van een vreemde. *Buigen, loslaten.* Ze concentreerde zich. *Buigen, loslaten.*

'Iedereen achteruit!' schreeuwde iemand.

Abby trok zich terug. Weer een schok met de paddles, weer een groteske kramp.

Kamerfibrilleren. Het hart gaf aan dat het niet verder kon.

Abby zette haar handen op elkaar en legde ze weer op de borst van de jongen. Buigen, loslaten. *Toe, Joshua*, zeiden haar handen tegen hem. *Kom terug bij ons*.

Er klonk een nieuwe stem te midden van het gekkenhuis. 'Laten we een ampul calciumchloride proberen. 100 milligram,' zei Aaron Levi. Hij stond naast het voeteneinde en zijn blik was op de monitor gericht.

'Maar hij krijgt digoxine,' zei de interne assistent-arts.

'We hebben niets meer te verliezen.'

Een zuster vulde een spuit en gaf die aan de assistent-arts. '100 milligram calciumchloride.'

Het vocht werd in de infuusslang gespoten. Als een muntje in de chemische wensfontein.

'Goed, laten we de paddles nog eens proberen,' zei Aaron. '400 joules dit keer.

'Iedereen achteruit!'

Abby trok zich terug. De ledematen van de jongen maakten rukkerige bewegingen en lagen weer stil.

'Nog eens,' zei Aaron.

Nog een schok. De lijn op de monitor schoot recht omhoog. Toen hij weer op middellijn terugkeerde, was er een doorgaande piep... de rafelige piek van een QRS-complex. Prompt zakte die weer af tot kamerfibrilleren.

'Nog een keer!' zei Aaron.

De paddles werden op de borst geslagen. Het lichaam werd gegeseld onder de schok van vierhonderd joules. Er heerste een plotselinge stilte toen iedereen snel naar de monitor keek.

Er was een QRS-complex te zien op het scherm. Nog een. En nog een.

'We hebben een sinusritme – normaal ritme,' zei Aaron.

'Ik voel een pols!' zei een zuster. 'Ik voel een pols.'

'Bloeddruk zeventig over vijftig... negentig over vijftig...'

Er leek een gemeenschappelijke zucht door de kamer te gaan. Aan het voeteneind zat Hannah Love zonder enige schaamte te huilen. *Welkom terug, Josh*, dacht Abby en haar blik werd vertroebeld door tranen.

Langzamerhand liepen de andere assistent-artsen weg, maar Abby kon er niet toe komen weg te gaan; ze voelde zich te uitgeput om verder te gaan. Zwijgend hielp ze de zusters de gebruikte spuiten, ampullen, en alle stukjes glas en plastic op te ruimen die het naspel van een alarm zijn. Naast haar snotterde Hannah Love terwijl ze de elektrodenpasta wegveegde; haar washandje streek vol liefde over Josh's borst.

Vivian verbrak de stilte.

'Hij had nu dat hart kunnen krijgen,' zei ze. Vivian stond bij de tafel vol trofeeën van Joshua. Ze pakte het lintje van de welpen op. Pinewood Derby, groep drie. 'Hij had vanochtend naar de operatiekamer kunnen gaan. En de transplantatie om tien uur kunnen hebben. Als we hem verliezen, is het jouw schuld, Aaron.' Vivian keek Aaron Levi aan wiens pen midden in het ondertekenen van een formulier was blijven steken.

'Dr. Chao,' zei Aaron rustig. 'Zullen we hier even privé over praten?'

'Het kan me niet schelen wie het hoort! De test was prima. Ik had Josh vanochtend op de tafel willen hebben. Maar u wilde de beslissing niet aan mij overlaten. U stelde het gewoon uit. En stelde het opnieuw uit. En stelde het godverdomme weer *uit*.' Ze haalde diep adem en keek op het lintje neer dat ze in haar handen hield. 'Ik weet niet waar je denkt dat je mee bezig bent. Jullie mee bezig zijn.'

'Ik bespreek dit niet tot je gekalmeerd bent,' zei Aaron. Hij draaide zich om en liep weg.

'O, jawel. Dat doe je wel,' zei Vivian en liep achter hem aan de ruimte uit.

Door de openstaande deur kon Abby Vivians achtervolging van Aaron door de Interne Intensive Care zien. Haar boze vragen. Haar eis om een uitleg.

Abby boog zich en pakte het Pinewood Derby-lintje op dat Vivian op de grond had laten vallen. Het was groen... geen lintje van een winnaar, alleen een eervolle vermelding voor de uren die waren doorgebracht aan het bewerken van een stuk hout. Aan het gladschuren en het verven, om de assen in te vetten, en de loden visgewichten erin te slaan om hem sneller te laten rollen. Al die moeite moest beloond worden. Het tere ego van kleine jongetjes moet opgeborsteld worden.

Vivian kwam terug in de ruimte. Ze was bleek en stil. Ze stond aan het voeteneinde van Joshua's bed en staarde naar de jongen, keek hoe zijn borst op en neer ging met iedere keer sissen van de beademingsmachine.

'Ik ga hem verplaatsen,' zei ze.

'Wat?' Abby keek haar ongelovig aan. 'Waarheen?'

'Massachusettes General. Transplantatieafdeling. Maak Josh klaar voor de ziekenauto. Ik ga wat telefoontjes plegen.'

De twee zusters verroerden zich niet. Ze staarden Vivian aan.

Hannah protesteerde: 'In zijn conditie kan hij niet vervoerd worden.'

'Als hij hier blijft, redt hij het niet,' zei Vivian. '*Dan redt hij het niet*. Wil je dat?'
Hannah keek naar beneden naar de broze borst die op en neer ging onder haar washandje. 'Nee,' zei ze. 'Nee. Ik wil dat hij blijft leven!'
'Iwan Tarasoff was mijn professor op Harvard,' zei Vivian. 'Hij staat aan het hoofd van hun transplantatieteam. Als ons team het niet doet, doet Tarasoff het wel.'
'Zelfs als Josh de overplaatsing overleeft,' zei Abby, 'dan heeft hij nog steeds een donorhart nodig.'
'Dan moeten we hem er een bezorgen.' Vivian keek Abby recht aan. 'Dat van Karen Terrio.'
Toen begreep Abby precies was ze moest doen. Ze knikte. 'Ik zal nu met Joe Terrio gaan praten.'
'Het moet schriftelijk. Zorg ervoor dat hij het tekent.'
'En de explantatie dan? We kunnen het Bayside-team niet gebruiken.'
'Tarasoff stuurt graag zelf iemand voor de explantatie. Wij assisteren wel. We bezorgen het zelfs persoonlijk. Verder uitstel kan niet meer. We moeten het snel doen, voor iemand hier ons kan tegenhouden.'
'Wacht eens,' zei de andere zuster. 'U bent niet gemachtigd tot een overplaatsing naar het Mass Gen.'
'Jawel,' zei Vivian. 'Josh O'Day is onverzekerd. Dat betekent dat de hoofdassistent-arts verantwoordelijk voor hem is. Ik neem de volle verantwoording. Luister, maak hem klaar voor de ziekenauto.'
'Direct, dr. Chao,' zei Hannah. 'Ik rijd zelfs met hem mee.'
'Mooi zo.' Vivian keek Abby aan. 'Goed, DiMatteo,' snauwde ze. 'Ga een hart voor ons halen.'

Anderhalf uur later stond Abby zich te wassen. Ze spoelde zich voor de laatste keer af en liep met opgeheven ellebogen achteruit door de zwaaideuren operatiekamer drie in.
De donor lag op de tafel, haar bleke lichaam lag in het volle schijnsel van het fluorescerende licht. Een anesthesie-assistente verwisselde de infuusflessen. Narcose was bij deze patiënt niet nodig; Karen Terrio voelde geen pijn.
Vivian stond in haar operatiejas en met steriele handschoenen aan aan de ene kant van de tafel. Dr. Lim, een uroloog, stond aan de andere kant. Abby had eerder met dr. Lim samengewerkt. Hij zei niet veel en stond bekend om zijn snelle, zwijgende manier van werken.
'Alles getekend en bevestigd?' vroeg Vivian.
'In drievoud. Het staat in de status.' Ze had zelf de geconditio-

neerde donatietoestemming uitgetypt, een verklaring die specifiek aangaf dat het hart van Karen Terrio aan de zeventienjarige Josh O'Day gegeven moest worden.

De leeftijd van de jongen had bij Joe Terrio de doorslag gegeven. Hij had naast het bed van zijn vrouw gezeten, haar hand vastgehouden en zwijgend geluisterd toen Abby hem over een zeventienjarige jongen vertelde die dol op honkbal was. Zonder een woord te zeggen had Joe het papier getekend.

En toen had hij zijn vrouw gekust, bij wijze van afscheid.

Abby werd in haar steriele kleding geholpen en kreeg handschoenen maat zesenhalf. 'Wie doet de explantatie?' vroeg ze.

'Dr. Frobisher, van het team van Tarasoff. Ik heb eerder met hem gewerkt,' zei Vivian. 'Hij is nu onderweg.'

'Nog iets over Josh gehoord?'

'Tarasoff heeft tien minuten geleden gebeld. Ze hebben zijn bloedgroep vastgesteld en gecrosst en een operatiekamer vrijgemaakt. Ze staan klaar.' Ze keek ongeduldig neer op Karen Terrio. 'Jezus, ik kan het hart er zelf wel uithalen. Waar blijft Frobisher nou, verdomme?'

Ze wachtten. Tien minuten, een kwartier. De intercom zoemde dat er een gesprek van Tarasoff was vanuit het Mass Gen. Waren ze al met de explantatie begonnen?

'Nog niet,' zei Vivian. 'We kunnen ieder moment beginnen.'

Weer zoemde de intercom. 'Dr. Frobisher is gearriveerd,' zei de zuster. 'Hij staat zich te wassen.'

Vijf minuten later zwaaide de deur van de operatiekamer open en kwam Frobisher binnen, het water druipte van zijn stevige armen. 'Handschoenen nummer negen,' snauwde hij.

De sfeer in de kamer was direct gespannen. Niemand, behalve Vivian, had eerder met Frobisher gewerkt en zijn nijdige gezichtsuitdrukking noodde niet tot een gesprek. Zwijgend hielpen de zusters hem handig in zijn kleding en handschoenen.

Hij liep naar de tafel en keek kritisch naar het gebied dat voorbereid was om geopereerd te worden. 'Weer moeilijk aan het doen, dr. Chao?' zei hij.

'Zoals gewoonlijk,' zei Vivian. Ze wees naar de anderen die bij de tafel stonden. 'Dr. Lim doet de nieren. Dr. DiMatteo en ik zullen assisteren als dat nodig is.'

'Voorgeschiedenis van deze patiënte?'

'Hoofdletsel. Hersendood. De donorformulieren zijn allemaal getekend. Ze is vierendertig, tot nu toe gezond en haar bloed is getest.'

Hij pakte een scalpel op en hield die even boven haar borst. 'Verder nog bijzonderheden?'

'Niets. De New England Orgaan Bank bevestigt dat het een uitstekende match is. Geloof me.'

'Ik hou er niet van wanneer mensen dat zeggen,' mompelde Frobisher. 'Goed, laten we even snel naar het hart kijken om zeker te weten dat het gezond is. Daarna doe ik een stap opzij en kan dr. Lim eerst aan het werk gaan.' Hij raakte met het mes van het scalpel de borst van Karen Terrio aan. Met een snelle beweging sneed hij recht in het midden en legde het borstbeen bloot. 'Borstbeenzaag.'

De omloopzuster gaf hem de elektrische zaag. Abby pakte de wondspreider. Toen Frobisher door het borstbeen ging, keek Abby onwillekeurig de andere kant op. Ze werd een beetje misselijk van het jankende geluid van de zaag en de geur van beendermeel. Frobisher scheen daar geen last van te hebben; zijn handen bewogen zich vakkundig en snel. Hij zat binnen een paar ogenblikken in de borstholte en met zijn scalpel boven het pericard, het hartzakje.

Het snijden door het borstbeen had een daad van bruut geweld geleken. Wat nu voor de boeg lag, was een veel fijner werkje. Hij sneed het membraan open.

Zodra hij het kloppende hart zag, liet hij een zacht en tevreden gemompel horen. Hij keek even naar Vivian en vroeg: 'Uw mening, dr. Chao?'

In bijna eerbiedige stilte reikte Vivian diep in de borstholte. Ze scheen het hart te liefkozen, haar vingers streken langs de randen, en volgden de loop van iedere slagader. Het orgaan pulseerde krachtig in haar handen. 'Het is prachtig,' zei ze zachtjes. Ze keek Abby met glanzende ogen aan. 'Het is precies het hart voor Josh.'

De intercom zoemde. De stem van een zuster zei: 'Dr. Tarasoff is aan de lijn.'

'Zeg maar dat het hart er prima uitziet,' zei Frobisher. 'We beginnen net met de nierexplantatie.'

'Hij wil een van de artsen spreken. Hij zegt dat het bijzonder dringend is.'

Vivian keek Abby aan. 'Ga maar. Neem het gesprek aan.'

Abby trok haar handschoenen uit en liep naar de telefoon aan de muur. 'Hallo, dr. Tarasoff? Met Abby DiMatteo, een van de assistent-artsen. Het hart ziet er prima uit. We staan over een anderhalf uur bij u op de stoep.'

'Dat is misschien niet snel genoeg,' antwoordde Tarasoff. Abby hoorde door de lijn veel lawaai op de achtergrond: een geluid van snelsprekende stemmen en gekletter van metalen instrumenten. Tarasoff zelf klonk gespannen en in gedachten verzonken. Ze hoorde dat hij zich afwendde en met iemand anders sprak. Toen was hij weer aan de lijn. 'De jongen is in de afgelopen tien minuten twee keer gereanimeerd. We hebben hem op het ogenblik terug in een sinusritme. Maar we kunnen niet meer wachten. We sluiten hem aan op de bypassmachine anders redt hij het niet. Misschien redt hij het toch niet.' Weer wendde hij zich van de hoorn af, dit keer om naar iemand te luisteren. Toen hij weer aan het apparaat terug was, zei hij alleen: 'We beginnen. Schiet op, oké?'

Abby hing op en zei tegen Vivian: 'Ze sluiten Josh aan op de bypass. Ze hebben hem twee keer moeten reanimeren. Dat hart is nu nodig.'

'Het kost me een uur om die nieren los te prepareren,' zei dr. Lim.

'Vergeet die nieren,' snauwde Vivian. 'We beginnen direct aan het hart.'

'Maar...'

'Ze heeft gelijk,' zei Frobisher. Hij riep tegen een zuster: 'Bevroren zoutoplossing – NaCL! Zet de Iglo klaar. En laat iemand een ziekenauto bellen voor het transport.'

'Zal ik me weer wassen?' vroeg Abby.

'Nee.' Vivian pakte de wondspreider. 'We zijn over een paar minuten klaar. We hebben jou nodig om het te bezorgen.'

'En mijn patiënten dan?'

'Ik neem wel voor je waar. Leg je pieper maar op het bureau.'

Een zuster begon de Iglo-koeltas met ijs te vullen. Een ander zette emmers met koude zoutoplossing naast de operatietafel. Frobisher hoefde geen verdere orders te geven; dit waren zusters van de hartafdeling. Ze wisten precies wat ze moesten doen.

Frobishers scalpel bewoog zich al snel en prepareerde het hart om verwijderd te worden. Het orgaan pompte nog, bij iedere slag spoot het zuurstofrijk bloed in de slagaderen. Nu was het tijd om het stil te leggen, tijd om de laatste sporen van leven in Karen Terrio af te sluiten.

Frobisher spoot vijfhonderd cc geconcentreerde kaliumoplossing in de aortawortel. Het hart sloeg een keer. Twee keer.

En stopte. Het lag nu slap, de spieren waren verlamd door de plotselinge inspuiting van kalium. Abby keek onwillekeurig naar de monitor. Er was geen ECG-activiteit meer. Karen Terrio was eindelijk, en klinisch, dood.

Een zuster schonk een emmer met de bevroren oplossing in de borstholte om het hart snel af te koelen. Toen ging Frobisher aan het werk met afbinden en snijden.

Even later tilde hij het hart uit de borst en liet het voorzichtig in een bekkentje glijden. Er liep bloed in de koude zoutoplossing. Er liep een zuster naar voren die een plastic zak openhield. Frobisher haalde het hart nog een paar keer door de oplossing, toen liet hij het gespoelde orgaan in de zak glijden. Er werd nog meer bevroren zoutoplossing ingegoten. Het hart werd met zak en al in een andere zak gestopt en in de Iglo gelegd.

'Nu jij, DiMatteo,' zei Frobisher. 'Jij rijdt mee in de ziekenauto. Ik rijd er met mijn auto achteraan.'

Abby pakte de Iglo op. Ze liep al door de operatiekamerdeuren toen ze Vivian haar achterna hoorde roepen: 'Laat het niet vallen.'

# 5

*Ik heb het leven van Josh O'Day in mijn handen*, dacht Abby toen ze de Iglo op haar schoot vastklemde. Het verkeer in Boston was, zoals gebruikelijk, druk rond twaalf uur 's middags, maar het week als bij toverkracht uiteen voor de zwaailichten van de ziekenauto. Abby had nooit eerder in een ziekenauto gereden. Onder andere omstandigheden had ze de rit misschien wel leuk gevonden en genoten van het opwindende evenement om de autorijders van Boston, de meest onbeschofte ter wereld, eindelijk te zien zwichten voor een meerdere. Maar op het ogenblik was ze te gericht op de vracht op haar schoot en was ze zich er te hevig van bewust dat iedere seconde die verstreek, weer een seconde was waarin het leven uit Josh O'Day wegsijpelde.

'Zit daar iets levends in, dok?' vroeg de chauffeur van de ambulance. 'G. Furillo' stond er op zijn naamplaatje.

'Een hart,' zei Abby. 'Een aardig hart.'

'Wie krijgt het?'

'Een jongen van zeventien.'

Furillo manoeuvreerde de ziekenauto om een rij auto's die in de file stonden, zijn soepele armen stuurden met een bijna nonchalante élégance. 'Ik heb wel eens niertransporten gereden, vanaf de luchthaven. Maar dit is mijn eerste hart.'

'Het mijne ook,' zei Abby.

'Hoe lang blijft het goed... een uur of vijf?'

'Zoiets.'

Furillo keek haar even aan en grinnikte. 'Rustig maar. Ik zorg dat u er komt met nog vierenhalfuur speling.'

'Ik maak me geen zorgen om het hart. Maar om dat joch. Het laatste wat ik over hem hoorde, was niet zo best.'

Furillo staarde strakker gespannen naar het verkeer. 'We zijn er bijna. Nog vijf minuten, hooguit.'

Er klonk een stem door de radio. 'Eenheid drieëntwintig, dit is Bayside. Eenheid drieëntwintig, hier Bayside.'

Furillo pakte de microfoon. 'Drieëntwintig, Furillo.'

'Drieëntwintig, terug naar de EHBO van Bayside.'

'Onmogelijk. Ik ben onderweg met een levend orgaan naar het Mass Gen. Ontvangt u mij? Ik ben onderweg naar het Mass Gen.'

'Drieëntwintig, uw instructies zijn om direct naar het Bayside terug te keren.'

'Bayside, probeer een andere eenheid, oké? We hebben een levend orgaan aan boord...'

'Dit bevel geldt specifiek voor eenheid drieëntwintig. Keer onmiddellijk terug.'

'Van wie komt dat bevel?'

'Het is direct afkomstig van dr. Aaron Levi. Niet doorrijden naar het Mass Gen. Ontvangt u mij?'

Furillo wierp een blik op Abby. 'Wat is hier verdomme aan de hand?'

*Ze zijn erachter gekomen*, dacht Abby. *O God, ze zijn erachter gekomen. En ze proberen ons tegen te houden...*

Ze keek neer op de Iglo met het hart van Karen Terrio. Ze dacht aan alle maanden en jaren van leven die een jongen van zeventien nog voor zich had liggen.

Ze zei: 'Keer niet om. Rij door.'

'Wat?'

'Ik zei: *Rij door.*'

'Maar ze bevelen me...'

'Eenheid drieëntwintig, hier Bayside,' kwam de radio tussenbeide. 'Graag antwoord.'

'Breng me alleen naar het Mass Gen!' zei Abby. '*Doe dat.*'

Furillo keek even naar de radio. 'Godallemachtig,' zei hij. 'Ik weet niet...'

'Goed, laat me er dan uit,' beval Abby. 'Ik loop de rest wel.'

De radio zei: 'Eenheid drieëntwintig, hier Bayside. Antwoord direct.'

'Och, barst toch,' mompelde Furillo tegen de radio.

En hij gaf meer gas.

Een zuster in groene operatiekleding stond te wachten bij de aankomstplaats voor de ziekenwagens. Toen Abby uitstapte met de Iglo, snauwde de zuster: 'U bent van Bayside?'

'Ik heb het hart.'

'Volgt u mij.'

Abby had net nog tijd om Furillo dankbaar toe te zwaaien en liep toen achter de zuster aan door de EHBO. Ze liepen bijna in een trimmerstempo en Abby ving een blik op van gangen en drukke hallen. Ze stapten in een lift en de zuster haalde een spoedsleutel tevoorschijn.

'Hoe gaat het met de jongen?' vroeg Abby.

'Hij ligt aan de bypass. We konden niet wachten.'

'Hebben ze weer moeten reanimeren?'

'We moeten aan de gang blijven.' De zuster keek even naar de Iglo. 'Dat ding daar is zijn laatste kans.'

Ze liepen de lift uit en snel door een paar automatische deuren de chirurgische vleugel in.

'Hier. Ik neem het hart wel,' zei de zuster.

Door het raam zag Abby een tiental gemaskerde gezichten die zich omdraaiden toen de container door de deur aan een omloopzuster werd aangereikt. De Iglo werd direct opengemaakt en het hart werd uit zijn bed van ijs gehaald.

'Als u schone kleren aantrekt, kunt u naar binnen,' zei een zuster. 'De dameskleedkamer is aan het eind van de gang.'

'Dank u wel. Dat zal ik doen.'

Tegen de tijd dat Abby schone, groene operatiekleding had aangetrokken, een muts had opgezet en overschoenen had aangedaan, had het team in de operatiekamer het zieke hart van Josh O'Day al verwijderd. Abby glipte tussen het zich verdringende personeel en merkte dat ze niets kon zien over al die schouders. Maar ze kon de gesprekken van de chirurgen horen. Die waren ontspannen, zelfs vriendelijk. Alle operatiekamers zien er hetzelfde uit, hetzelfde roestvrij staal, dezelfde blauwgroene gordijnen en felle lichten. Het enige afwijkende was de sfeer van de mensen die in die ruimte werkten en die sfeer werd bepaald door de persoonlijkheid van de hoofdchirurg. Te oordelen aan de losse gesprekstoon was Iwan Tarasoff een prettige chirurg om mee samen te werken.

Abby liep naar het hoofdeinde van de tafel en stond naast de anesthesist. Boven hun hoofd vertoonde de hartmonitor een vlakke lijn. Er sloeg geen hart in de borst van Josh; de bypassmachine deed al het werk. Zijn oogleden waren dichtgeplakt om de hoornvliezen tegen uitdroging te beschermen en er zat een papieren muts over zijn haar. Een donkere streng was ontsnapt en krulde over zijn voorhoofd. *Je leeft nog*, dacht ze. *Je haalt het, jong*.

De anesthesist keek even naar Abby. 'Bent u van Bayside?' fluisterde hij.

'Ik ben de koerier. Hoe gaat het tot nu toe?'

'Het was een tijdje spannend. Maar we hebben het ergste gehad, Tarasoff werkt snel. Hij is al met de aorta bezig.' Hij knikte naar de hoofdchirurg.

Iwan Tarasoff was, met zijn sneeuwwitte wenkbrauwen en vriendelijke blik, het prototype van een lieve opa. Zijn verzoek om een schone hechtnaald en om harder af te zuigen, werden op dezelfde vriendelijke toon gedaan alsof hij om nog een kopje thee, alsjeblieft, vroeg. Geen propagandistisch gedoe, geen ambitieus ego, alleen een rustige specialist die zijn werk deed.

Abby keek omhoog naar de monitor. Nog steeds een vlakke lijn. Nog steeds geen teken van leven.

De ouders van Josh O'Day zaten huilend in de wachtkamer, gesnik vermengd met gelach. Iedereen glimlachte. Het was zes uur 's avonds en hun beproeving was eindelijk voorbij.

'Het nieuwe hart werkt goed,' zei dr. Tarasoff. 'Het begon zelfs al te kloppen voordat we dat verwachtten. Het is een goed en sterk hart. Josh moet er zijn hele leven mee toe kunnen.'

'Dit hadden we niet verwacht,' zei meneer O'Day. 'We hadden alleen maar gehoord dat hij hier naar toe was verplaatst. Dat er sprake van een of andere noodsituatie was. We dachten... we dachten...' Hij wendde zich af en sloeg zijn armen om zijn vrouw. Ze klampten zich zwijgend aan elkaar vast. Ze konden geen woord meer uitbrengen.

Een zuster zei vriendelijk: 'Meneer en mevrouw O'Day? Als u Josh wilt zien, kan dat, hoor. Hij begint wakker te worden.'

Een glimlachende Tarasoff keek toe toen de O'Days naar de verkoeverkamer werden gebracht. Daarna draaide hij zich om en keek Abby aan, zijn blauwe ogen glinsterden achter zijn stalen bril. 'Daar doen we het voor,' zei hij zachtjes. 'Voor ogenblikken als deze.'

'Het was op het nippertje,' zei Abby.

'Te veel op het nippertje.' Hij schudde zijn hoofd. 'En ik word verdomme te oud voor dit soort opwinding.'

Ze liepen naar de koffiekamer van de chirurgen en hij schonk een kopje koffie voor hen beiden in. Nu hij zijn muts had afgezet en zijn grijze haar slordig zat, leek hij eerder een chaotische professor dan een beroemde thorax-chirurg. Hij reikte Abby haar kopje aan. 'Zeg tegen Vivian dat ze me de volgende keer wat eerder waarschuwt,' zei hij. 'Ik krijg een telefoontje van haar en direct daarop ligt dat kind voor mijn deur. *Ik* moest bijna gereanimeerd worden.'

'Vivian wist wat ze deed. Met het kind naar u te sturen.'

Hij lachte. 'Vivian Chao weet altijd wat ze doet. Zo was ze tijdens haar studie al.'

'Ze is een geweldige hoofdassistent-arts.'

'Volg jij de chirurgische opleiding in Bayside?

Abby knikte en nam een slokje warme koffie. 'Tweedejaars.'

'Mooi. Er zijn niet genoeg vrouwen. Te veel macho-slagers. Die willen alleen maar snijden.'

'Die woorden zou je niet van een chirurg verwachten.'

Tarasoff keek even naar de andere artsen die bij de koffiepot stonden. 'Een lichte godslastering is gezond,' fluisterde hij.

Abby dronk haar koffie op en keek hoe laat het was. 'Ik moet terug naar het Bayside. Ik had vermoedelijk niet voor de operatie moeten blijven. Maar ik ben blij dat ik het gedaan heb.' Ze glimlachte tegen hem. 'Dank u wel, dr. Tarasoff. Voor het redden van het leven van die jongen.'

Hij schudde haar de hand. 'Ik ben alleen maar de loodgieter, dr. DiMatteo,' zei hij. 'U heeft het belangrijkste deel gebracht.'

Het was al zeven uur geweest toen de taxi Abby bij de ingang van het Bayside afzette. Terwijl ze naar de deur liep, hoorde ze meteen haar naam door de intercom. Ze pakte de huistelefoon op.

'Met DiMatteo,' zei ze.

'Dokter, we roepen u al urenlang op,' zei de telefoniste.

'Vivian Chao zou voor me waarnemen. Zij heeft mijn pieper.'

'Uw pieper ligt hier op het bureau bij de telefooncentrale. U wordt door meneer Parr gezocht.'

'Jeremiah Parr?'

'Zijn nummer is vijf-zes-zes. Administratie.'

'Het is zeven uur. Is hij er nog?'

'Hij was er vijf minuten geleden nog.'

Abby hing op, haar maag balde zich samen van schrik. Jeremiah Parr was de directeur van het ziekenhuis, en geen arts. Ze had hem maar één keer eerder gesproken, bij de jaarlijkse welkomstpicknick voor nieuw personeel. Ze hadden elkaar een hand gegeven, wat beleefdheden uitgewisseld en toen was Parr verder gegaan om andere assistent-artsen te begroeten. De korte ontmoeting had haar een levendige indruk gegeven van een man die niet van zijn stuk te brengen was. En hij droeg schitterende pakken.

Ze had hem sindsdien natuurlijk wel gezien. Ze glimlachten en knikten elkaar toe wanneer ze elkaar in de liften zagen of in de gang tegenkwamen, maar ze betwijfelde of hij haar naam wist. Nu piepte hij haar om zeven uur 's avonds op.

*Dit kan niets goeds betekenen*, dacht ze. *Dit kan absoluut niets goeds betekenen.*

Ze pakte de telefoon en belde Vivian thuis op. Voor ze Parr sprak, moest ze weten wat er gebeurd was. Vivian zou het weten.

Er werd niet opgenomen.

Abby hing op, haar gevoel voor onheil werd steeds sterker. *Tijd om de consequenties onder ogen te zien. We hebben een besluit genomen; we hebben het leven van een jongen gered. Hoe kunnen ze ons dat kwalijk nemen?*

Met bonzend hart nam ze de lift naar de eerste etage.

De administratievleugel was slechts zwak verlicht door een enkele rij tl-buizen aan het plafond. Abby liep onder de streep licht, haar voetstappen werden gedempt door het tapijt. De kantoren aan weerszijden waren donker, de bureaus van de secretaresses waren verlaten. Maar aan het eind van de gang scheen licht onder een gesloten deur door. Er was iemand in de vergaderkamer.

Ze liep naar de deur en klopte.

Hij zwaaide open. Jeremiah Parr staarde haar aan met een neutrale uitdrukking op zijn gezicht dat in de schaduw lag. Achter hem zaten een stuk of vijf mannen aan de vergadertafel. Ze ving een glimp op van Bill Archer, Mark en Mohandas. Het transplantatieteam.

'Dr. DiMatteo,' zei Parr.

'Het spijt me, ik wist niet dat u probeerde me te bereiken.' zei Abby. 'Ik was niet in het ziekenhuis.'

'We weten waar u was.' Parr kwam de kamer uit. Mark kwam direct achter hem aan. Beide mannen stonden in de schemerachtige gang tegenover Abby. Ze hadden de deur op een kier laten staan en ze zag Archer opstaan en de deur dichtdoen.

'Komt u mee naar mijn kantoor,' zei Parr. Zodra ze binnen waren, sloeg hij de deur dicht en zei: 'Weet u eigenlijk wel wat u hier heeft aangericht? Heeft u daar enig idee van?'

Abby keek naar Mark, maar uit zijn gezicht viel niets op te maken. Dat joeg haar nog de meeste angst aan; dat ze niet door het masker heen kon kijken naar de man van wie ze hield.

'Josh O'Day leeft,' zei ze. 'De transplantatie heeft zijn leven gered. Ik kan dat niet als een vergissing, in welke vorm dan ook, zien.'

'De vergissing ligt in de *manier waarop* het gedaan werd,' zei Parr.

'We stonden aan zijn bed. Te kijken hoe hij stierf. Een jongen van die leeftijd zou niet moeten...'

'Abby,' zei Mark. 'We trekken je instincten niet in twijfel. Die waren goed, natuurlijk waren die goed.'

'Wat is dat voor flauwekul over instincten, Hodell?' snauwde Parr. 'Ze hebben goddomme een hart gestolen! Ze wisten wat ze deden en het kon ze niets schelen wie erbij betrokken werd om het te doen! Zusters. Chauffeurs van ziekenauto's. Zelfs dr. Lim werd beetgenomen!'

'Abby moest de orders van haar hoofdassistent-arts opvolgen. En dat is alles wat ze heeft gedaan. Ze heeft orders opgevolgd.'

'Dit zal onaangename gevolgen hebben. Het ontslaan van de hoofdassistent-arts is niet voldoende.'

*Ontslagen? Vivian?* Abby keek Mark aan of dit waar was.

'Vivian heeft alles toegegeven,' zei Mark. 'Ze heeft bekend dat ze jou en de zusters gedwongen heeft.'

'Ik kan me nauwelijks voorstellen dat dr. DiMatteo zo gemakkelijk te dwingen is,' zei Parr.

'En Lim?' zei Mark. 'Hij was ook in de operatiekamer. Wordt hij ook ontslagen?'

'Lim had er geen idee van wat er aan de hand was,' zei Parr. 'Hij was er alleen om een nier te explanteren. Hij wist alleen dat het Mass Gen een ontvanger op tafel had. En er lag een gericht donatieformulier in de status.' Parr wendde zich tot Abby. 'Opgesteld en als getuige bevestigd door ú.'

'Joe Terrio heeft het vrijwillig ondertekend,' zei Abby. 'Hij was het ermee eens dat het hart naar de jongen zou gaan.'

'Dat betekent dat niemand van orgaandiefstal beschuldigd kan worden,' vond Mark. 'Het was volkomen legitiem, Parr. Vivian wist precies aan welke touwtjes ze moest trekken en dat heeft ze gedaan. Ook bij Abby.'

Abby wilde wat zeggen om Vivian te verdedigen, maar toen zag ze de waarschuwende blik in Marks ogen. *Voorzichtig. Werk jezelf niet verder in de nesten.*

'We hebben een patiënt opgenomen voor een harttransplantatie. En nu hebben we geen hart voor haar. Wat moet ik in vredesnaam tegen haar man zeggen? "Sorry, meneer Voss, maar het hart is *zoekgeraakt*"?' Parr wendde zich tot Abby met een van woede vertrokken gezicht. 'U bent nog maar assistent-arts, dr. DiMatteo. U heeft op eigen houtje een beslissing genomen, een beslissing die u niet mocht nemen. Voss is er al achtergekomen. Nu moet het Bayside ervoor opdraaien. En niet zo zuinig ook.'

'Toe nou, Parr,' zei Mark. 'Zo ver is het nog niet.'

'Denk je dat Victor Voss géén advocaat zal opbellen?'

'Op basis van wat? Er is een geconditioneerde donatietoestemming. Het hart móest naar de jongen gaan.'

'Alleen omdat zíj de man overhaalde te tekenen!' zei Parr en wees boos op Abby.

'Ik heb hem alleen over Josh O'Day verteld,' zei Abby. 'Ik heb hem verteld dat die jongen pas zeventien jaar is...'

'Dat is alleen al voldoende reden voor ontslag,' zei Parr. Hij keek even op zijn horloge. 'Vanaf half acht, dat is nu, bent u uit de opleiding tot assistent-arts gezet.'

Abby staarde hem geschrokken aan. Ze begon te protesteren, maar merkte dat haar keel dicht zat en haar woorden verstikte.

'Dat kun je niet doen,' zei Mark.

'Waarom niet?' zei Parr.

'Ten eerste is dat een beslissing voor het hoofd van de opleiding. Oftewel de generaal, ik denk niet dat hij het leuk vindt als zijn gezag ondermijnd wordt. Ten tweede zitten we al niet al te dik in onze chirurgische assistent-artsen. Als we Abby kwijtraken, betekent dat dat de thoraxmensen om de andere avond dienst hebben. Dan worden ze moe, Parr. En zullen ze fouten gaan maken. Als je advocaten op je stoep wilt hebben, is dàt de manier om het te doen.' Hij keek even naar Abby. 'Jij hebt morgenavond toch dienst?'

Ze knikte.

'Dus, wat doen we, Parr?' zei Mark. 'Ken je een andere tweedejaars assistent-arts die haar kan vervangen?'

Jeremiah Parr keek Mark nijdig aan. 'Dit is tijdelijk. Geloof me, dit is slechts tijdelijk.' Hij wendde zich tot Abby. 'Je zult hier morgen meer over horen. Verdwijn nou maar.'

Abby zag op de een of andere manier kans om wankelend Parrs kantoor uit te lopen. Ze voelde zich te verdoofd om na te denken. Ze kwam tot halverwege de gang voor ze stilstond. Ze voelde de verdoving wijken voor de tranen. Ze zou ter plekke in tranen zijn uitgebarsten als Mark niet naast haar was opgedoken.

'Abby.' Hij draaide haar om om haar aan te kijken. 'Het is hier de hele middag een slagveld geweest. Waar heb je je vandaag in vredesnaam mee ingelaten?'

'Met het redden van het leven van een jongen. Ik dacht dat ik me daarmee had ingelaten!' Haar stem begaf het en ze barstte in tranen uit. 'We hebben hem gered, Mark. Het is precies wat we hàdden moeten doen. Ik volgde geen orders op. Ik volgde mijn eigen instincten. *De mijne.*' Ze veegde driftig haar tranen weg. 'Als Parr me wil pakken, laat hem dan. Ik leg de feiten aan iedere ethische commissie voor. Een jongen van zeventien tegenover de vrouw van de een of andere rijke vent. Ik leg het ze voor, Mark. Misschien word ik alsnog ontslagen. Maar ik ga trappend en schreeuwend ten onder.' Ze draaide zich om en liep de gang verder uit.

'Er is een andere manier. Een gemakkelijkere manier.'

'Ik kan er niet één bedenken.'

'Luister naar me.' Hij pakte haar arm weer beet. 'Laat Vivian de schuld op zich nemen! Dat doet ze toch al.'

'Ik heb meer gedaan dan alleen maar orders opgevolgd.'

'Abby, aanvaard een geschenk wanneer het aangeboden wordt! Vivian heeft de schuld op zich genomen. Ze heeft het gedaan om jou en de zusters te beschermen. Laat het daarbij.'

'En wat gebeurt er met haar?'

'Ze is al ontslagen. Peter Dayne volgt haar op als hoofdassistent-arts.'

'En waar gaat Vivian naar toe?'

'Dat is haar zorg, in ieder geval niet naar het Bayside.'

'Ze heeft precies gedaan wat ze moest doen. Ze heeft het leven van haar patiënt gered. Daar ontsla je iemand niet voor!'

'Ze heeft de belangrijkste regel hier gebroken, namelijk meewerken met het team. Dit ziekenhuis kan zich geen zwevende meningen zoals die van Vivian Chao veroorloven. Een arts is met ons of tegen ons.' Hij zweeg even. 'Waar sta jij?'

'Ik weet het niet.' Ze schudde haar hoofd. Ze voelde dat de tranen weer begonnen te stromen. 'Ik weet niets meer.'

'Overweeg je mogelijkheden, Abby. Of je gebrek eraan. Vivian heeft haar vijf jaar assistent-artsschap erop zitten. Ze is klaar. Ze kan een baan vinden, een chirurgische praktijk beginnen. Jij bent alleen nog maar arts. Als je nu ontslagen wordt, zul je nooit chirurg worden. Wat ga je doen? De rest van je leven onderzoeken voor verzekeringen verrichten? Wil je dat?'

'Nee.' Ze haalde adem en zuchtte van wanhoop. 'Nee.'

'Wat wil je verdomme dàn?'

'Ik weet precies wat ik wil!' Ze veegde haar gezicht af met een woedend handgebaar en haalde nog eens diep adem. 'Ik wist het vandaag. Vanmiddag. Toen ik Tarasoff in de operatiekamer bezig zag. Ik zag hem het donorhart oppakken en het is slap, net een dode vleeskwab. En er ligt een jongen op tafel. Hij verbindt de twee aan elkaar en het hart gaat kloppen. En plotseling is er weer leven...' Ze zweeg even en slikte verder opwellende tranen weg. 'Toen wist ik wat ik wilde. Ik wil doen wat Tarasoff doet.' Ze keek Mark aan. 'Een stukje leven naar kinderen zoals Josh O'Day transplanteren.'

Mark knikte. 'Dan moet je zorgen dat het gebeurt. Abby, we kunnen er nog steeds voor zorgen. Voor je baan, bij het team. Voor alles.'

'Ik zou niet weten hoe.'

'Ik heb je naam genoemd voor het transplantatieteam. Je bent nog steeds mijn eerste keus. Ik kan met Archer en de anderen praten. Als we allemaal achter je staan, moet Parr bakzeil halen.'

'Dat is een grote "als".'

'Jij kunt ervoor zorgen. Laat ten eerste Vivian de schuld op zich nemen. Zij was hoofdassistent-arts. Ze heeft een slechte beoordeling gemaakt.'

'Maar dat is niet waar!'

'Jij ziet de helft maar. Je hebt de andere patiënt niet gezien.'

'Welke andere patiënt?'

'Nina Voss. Die is vanmiddag opgenomen. Misschien zou je nu even naar haar toe moeten gaan. Zelf zien dat de keus niet zo voor de hand liggend was. Dat het mogelijk is dat jij je wél vergist hebt.'

Abby slikte. 'Waar ligt ze?'
'Op de vierde verdieping. Interne Intensive Care-afdeling.'

In de gang kon Abby de herrie van de Interne Intensive Care-afdeling al horen: de kakofonie van stemmen, het gierende geluid van een rijdend röntgenapparaat, twee telefoons die tegelijk rinkelden. Maar zodra ze door de deuropening liep, voelde ze een stilte in de kamer vallen. Zelfs de telefoons zwegen plotseling. Een paar zusters staarden haar aan; de meesten keken nadrukkelijk de andere kant op.

'Dr. DiMatteo,' zei Aaron Levi. Hij was net tevoorschijn gekomen uit kamer vijf en stond haar aan te staren met een blik van nauwelijks onderdrukte woede. 'Misschien zou u hier even naar moeten komen kijken,' zei hij.

Al het personeel ging zwijgend opzij om Abby naar kamer vijf te laten gaan. Ze liep naar het raampje. Door het glas zag ze een vrouw in het bed liggen, een tenger uitziende vrouw met witblond haar en een gezicht zo wit als een laken. Ze was geïntubeerd en lag aan de beademingsmachine. Ze verzette zich tegen de machine, haar borst bewoog zich spastisch terwijl ze probeerde adem te halen. De machine werkte niet mee. Het alarm ging af terwijl het apparaat haar op zijn eigen ritme van lucht voorzag en de wanhopige inademingen van de patiënt negeerde. Beide handen van de patiënt lagen in de onrustbanden. Een assistent-arts van intern was bezig een infuus in één van de polsslagaderen van de patiënt in te brengen. Hij prikte diep onder de huid en schoof een plastic katheter in de slagader. De andere pols die aan het bed vastgebonden zat, leek wel een speldenkussen van infuusslangen en blauwe plekken. Een zuster praatte zachtjes tegen de patiënte en probeerde haar te kalmeren, maar de volledig bij bewustzijn zijnde vrouw staarde naar boven met een blik van pure doodsangst. Het was de blik van een gefolterd dier.

'Dat is Nina Voss,' zei Aaron.

Abby zweeg. Ontsteld over de afschuw die ze in de ogen van de vrouw zag.

'Ze is acht uur geleden opgenomen. Haar conditie is vrijwel vanaf het ogenblik dat ze binnenkwam achteruitgegaan. Om vijf uur moest ze gereanimeerd worden. Kamertachycardie. Twintig minuten geleden moest ze weer gereanimeerd worden. Daarom is ze geïntubeerd. Ze zou vanavond geopereerd worden. Het team stond klaar. De operatiekamer was klaar. De patiënt was meer dan klaar. En toen merkten we dat de donor uren geleden is geopereerd. En het hart dat naar deze vrouw had moeten gaan, gestolen is. Gestólen, dr. DiMatteo.'

Abby zei nog steeds niets. Ze stond als verlamd door de beproeving in kamer vijf waarvan ze getuige was. Op dat ogenblik keek Nina Voss haar aan. Hun ogen wisselden maar een korte blik, een smeekbede om genade. Abby was geschokt om het leed dat ze in die ogen zag.

'Dat wisten we niet,' fluisterde Abby. 'We wisten niet dat haar conditie kritiek was...'

'Beseft u wat er nu gebeurt? Hebt u daar enig idee van?'

'De jongen...' Ze wendde zich tot Aaron. 'De jongen leeft.'

'En hoe zit het met het leven van deze vrouw?'

Abby kon geen antwoord geven. Wat ze ook zei, hoe ze zichzelf ook verdedigde, ze kon het lijden achter dat raam niet rechtvaardigen.

Ze merkte nauwelijks de man op die vanuit de zusterpost op haar afkwam. Pas toen hij zei: 'Is dit dr. DiMatteo?' keek ze de man aan. Hij was in de zestig, lang en goed gekleed, het soort man dat autoriteit afdwingt.

Ze antwoordde rustig: 'Ik ben dr. DiMatteo.' Pas toen ze het had gezegd, besefte ze wat ze in de ogen van de man zag. Pure, zuivere haat. Ze deed bijna een stap achteruit toen de man op haar afkwam met een donker gezicht van woede.

'Dus jij bent de andere,' zei hij. 'Jij en die spleetoog-arts.'

'Meneer Voss. Alstublieft,' zei Aaron.

'Denk je dat je mij kunt belazeren?' schreeuwde Voss tegen Abby. 'Of mijn vrouw? Hier zul je meer van horen, dokter. Verdomme, ik zal ervoor zorgen dat je er meer van hoort.' Met gebalde vuisten deed hij nog een stap in de richting van Abby.

'Meneer Voss,' zei Aaron. 'Geloof me, we handelen dit intern wel met dr. DiMatteo af.'

'Ik wil haar het ziekenhuis uit hebben! Ik wil haar gezicht niet meer zien!'

'Meneer Voss,' zei Abby. 'Het spijt me. Ik kan u niet zeggen hoe naar ik het vind...'

'Verdwijn verdomme uit mijn ogen!' brulde Voss.

Aaron kwam snel tussenbeide. Hij pakte Abby stevig bij haar arm en trok haar uit het kamertje. 'Je kunt maar beter gaan,' zei hij.

'Als ik even met hem kon praten... uitleggen...'

'Je kunt maar het beste nu van de Interne Intensive Care-afdeling weggaan.'

Ze keek achterom naar Voss die breeduit voor kamer vijf stond alsof hij zijn vrouw beschermde tegen een aanval. Abby had nooit eerder zo'n van haat vervulde blik gezien. Daar kon geen praten of uitleg doorheen komen.

Ze knikte gedwee tegen Aaron. 'Goed,' zei ze zachtjes. 'Ik ga wel.'
Ze draaide zich om en liep de Interne Intensive Care-afdeling af.

Drie uur later parkeerde Stewart Sussman op Tanner Avenue en bestudeerde nummer 1451 vanuit zijn auto. Het huis was een bescheiden strandhuis met donkere jaloezieën en een overdekte voorveranda. Het terrein werd door een wit hek omgeven. Hoewel het te donker was voor Sussman om veel van de tuin te zien, voelde hij instinctief aan dat het gras gemaaid zou zijn en de bloembedden onkruidvrij. Er hing een vage rozengeur in de lucht.

Sussman stapte de auto uit en liep door het hek, de treden van de veranda op en naar de voordeur. De bezitters waren thuis. De lichten waren aan en hij kon bewegingen achter de gordijnen voor de ramen waarnemen.

Hij belde aan.

Een vrouw deed open. Ze had een vermoeid gezicht, vermoeide ogen en afhangende schouders alsof ze een verschrikkelijke psychische last meetorste. 'Ja?' zei ze.

'Het spijt me u lastig te moeten vallen. Ik ben Stewart Sussman. Ik vroeg me af of ik Joseph Terrio even kon spreken?'

'Hij spreekt op het ogenblik liever niemand. We hebben net een... verlies geleden in het gezin.'

'Ik begrijp het, mevrouw...'

'Terrio. Ik ben Joe's moeder.'

'Ik weet van uw schoondochter af, mevrouw Terrio. En ik condoleer u. Maar het is belangrijk dat ik uw zoon even spreek. Het heeft met Karens dood te maken.'

De vrouw aarzelde slechts even. Toen zei ze: 'Een ogenblikje' en deed de deur dicht. Hij kon haar horen roepen: 'Joe?'

Een ogenblik later ging de deur weer open en er verscheen een man met roodomrande ogen, iedere beweging was doortrokken van verdriet. 'Ik ben Joe Terrio,' zei hij.

Sussman stak zijn hand uit. 'Meneer Terrio, ik ben door iemand gestuurd die zich zorgen maakt over de omstandigheden waaronder uw vrouw is overleden.'

'Omstandigheden?'

'Ze was een patiënte in het Bayside Medical Center. Klopt dat?'

'Luister, ik begrijp niet waar dit over gaat.'

'Het betreft de medische behandeling die uw vrouw heeft gehad, meneer Terrio. En of er fouten zijn gemaakt. Fatale fouten misschien.'

'Wie bent u?'

'Ik ben advocaat bij Hawkes, Craig en Sussman. Medische nalatigheid is mijn specialiteit.'

'Ik heb geen advocaat nodig. Ik wil vanavond geen verdomde op ambulances jagende advocaat op mijn dak hebben.'

'Meneer Terrio...'

'Rot op, man.' Joe begon de deur dicht te doen, maar Sussman stak een hand uit om dit tegen te gaan.

'Meneer Terrio,' zei Sussman rustig. 'Ik heb redenen om aan te nemen dat één van Karens artsen een fout heeft gemaakt. Een verschrikkelijke fout. Het is mogelijk dat uw vrouw niet dood hoefde te gaan. Ik ben daar nog niet zeker van. Maar met uw toestemming kan ik de status inkijken. Ik kan de feiten blootleggen. Alle feiten.'

Joe liet de deur langzaam weer opengaan. 'Wie heeft u gestuurd? U zei dat u door iemand gestuurd was. Wie was dat?'

Sussman keek hem met een blik vol sympathie aan. 'Een vriend.'

# 6

Abby had er nog nooit eerder zo tegenop gezien om naar haar werk te gaan, maar toen ze die ochtend het Bayside Hospital inliep, had ze het gevoel alsof ze regelrecht het hol van de leeuw inliep. Gisteravond had Jeremiah Parr met gevolgen gedreigd; vandaag zou ze die onder ogen moeten zien. Maar ze was vastbesloten haar plichten waar te nemen tot Wettig haar haar ziekenhuisvoorrechten afnam. Ze had patiënten bij wie ze de ronde moest doen en ze moest opereren. Vanavond had ze dienst. Verdomme, ze ging aan het werk en ze ging het goed doen. Dat was ze haar patiënten verschuldigd... en Vivian. Een uur geleden had ze haar nog aan de telefoon gehad en Vivians laatste woorden waren geweest: 'Iemand moet voor de Josh O'Days in deze wereld opkomen. Ga door, DiMatteo. Voor ons allebei.'

Zodra Abby de Chirurgische Intensive Care-afdeling opkwam, hoorde ze dat de stemmen direct gedempt werden. Iedereen wist inmiddels van Josh O'Day af. Hoewel niemand een woord tegen Abby zei, kon ze het zachte gemompel van de zusters horen en zag ze hun blikken waaruit bleek dat ze zich onbehaaglijk voelden. Ze liep naar het rek en pakte de statussen van haar patiënten om een ronde te maken. Het kostte haar veel inspanning om die ene taak te volbrengen. Ze legde de statussen op een karretje en reed het de zusterpost uit, naar het kamertje van de eerste patiënt op haar lijst. Het was een opluchting om daar naar binnen te gaan, weg van alle starende ogen van iedereen. Ze deed de gordijnen dicht, blokkeerde zo het zicht via de deuropening en wendde zich tot de patiënt.

Mary Allen lag met dichte ogen op het bed, haar armen en benen als stokjes opgetrokken in de foetushouding. Mary's open longbiopsie van twee dagen geleden was gevolgd door twee korte perioden van hypotensie – te lage bloeddruk — daarom was ze ter observatie op de Chirurgische Intensive Care-afdeling gebleven. Volgens het rapport van de zuster was Mary's bloeddruk de afgelopen vierentwintig uur stabiel gebleven en waren er geen abnormale hartritmes meer waargenomen. Het was mogelijk om Mary vandaag naar een gewone kamer op de chirurgische afdeling te verplaatsen.

Abby liep naar het bed en zei: 'Mevrouw Allen?'

De vrouw bewoog zich en werd wakker. 'Dr. DiMatteo,' mompelde ze.

'Hoe gaat het vandaag met u?'

'Niet zo goed. Ik heb nog pijn, hoor.'

'Waar?'

'In mijn borst. Mijn hoofd. Mijn rug ook. Alles doet pijn.'

Abby zag in de status dat de zusters voortdurend morfine gaven. Het was blijkbaar onvoldoende; Abby moest een hogere dosis voorschrijven.

'We zullen u iets sterkers tegen de pijn geven,' zei Abby. 'Zo veel als u nodig hebt om zich prettig te voelen.'

'Ook om me te helpen slapen. Ik kan niet slapen.' Mary zuchtte van dodelijke vermoeidheid en deed haar ogen dicht. 'Ik wil alleen maar slapen, dokter. En niet meer wakker worden...'

'Mevrouw Allen? Mary?'

'Kunt u dat niet voor me doen? U bent mijn arts. U kunt het zo gemakkelijk maken. En zo eenvoudig.'

'We kunnen de pijn wegnemen,' zei Abby.

'Maar u kunt de kanker niet wegnemen. Is het wel?' Ze deed haar ogen weer open en keek Abby aan met een blik die smeekte om absolute eerlijkheid.

'Nee,' zei Abby. 'Die kunnen we niet wegnemen. De kanker is te veel uitgezaaid. We kunnen u chemotherapie geven om het af te remmen. En u wat meer tijd te gunnen.'

'Tijd?' Mary lachte berustend. 'Waar heb ik tijd voor nodig? Om hier nog een week te liggen, of nog een maand? Ik heb het liever achter de rug.'

Abby pakte Mary's hand. Die voelde aan als een stel in perkament gewikkelde botjes, ieder spoortje spieren ontbrak. 'Laten we de pijn eerst te lijf gaan. Als we dat doen, kan dat alles helemaal veranderen.'

Mary draaide zich als antwoord op haar zij, weg van Abby. Ze sloot zichzelf af en Abby buiten. 'U zult wel naar mijn longen willen luisteren,' zei ze.

Ze wisten allebei dat het onderzoek niet meer dan een formaliteit was. Het was een zinloos ritueel, de stethoscoop op de borst en op het hart. Maar Abby deed het toch. Ze had Mary Allen weinig anders te bieden. Toen ze klaar was, bleef haar patiënte met haar rug naar haar toe liggen.

'U kunt van de Chirurgische Intensive Care-afdeling af,' zei Abby. 'U kunt naar een kamer op de afdeling. Daar zal het rustiger zijn en wordt u niet zo veel gestoord.'

Geen antwoord. Alleen een diepe inademing en een lange zucht.

Abby liep het kamertje uit en voelde zich verslagener en nuttelozer dan ooit tevoren. Ze kon zo weinig doen. Geen pijn, was het beste wat ze te bieden had. Dat en de belofte de natuur zijn loop te geven.

Ze sloeg Mary's status open en schreef: 'Patiënte wil sterven. Verhoog morfine ter pijnbestrijding.' Ze schreef de overplaatsingsorders en gaf die aan Cecily, de zuster van Mary.

'Ik wil dat het haar zo veel mogelijk naar de zin gemaakt wordt,' zei Abby. 'Pas de dosis aan haar pijn aan. Geef haar zo veel als ze nodig heeft om te slapen.'

'Wat is de limiet?'

Abby zweeg even. Ze dacht over de ragfijne grens tussen prettig voelen en bewusteloosheid, tussen slaap en coma. Ze zei: 'Geen limiet. Ze is stervende, Cecily. Ze wil sterven. Als de morfine het gemakkelijker maakt, dan moeten we haar dat geven. Zelfs al komt het einde daardoor sneller.'

Cecily knikte met een blik van onuitgesproken instemming in haar ogen.

Toen Abby naar het volgende kamertje liep, hoorde ze Cecily roepen: 'Dr. DiMatteo?'

Abby draaide zich om. 'Ja?'

'Ik... ik wilde u even zeggen. U moet weten, tja...' Nerveus keek Cecily de Chirurgische Intensive Care-afdeling door. Ze zag dat sommige andere zusters keken. Stonden te wachten. Cecily schraapte haar keel. 'Ik wilde zeggen dat wij vinden dat u en dr. Chao juist hebben gehandeld. Om het hart aan Josh O'Day te geven.'

Abby knipperde met haar ogen onverwacht opwellende tranen weg. Ze fluisterde: 'Dank je. Heel erg bedankt.'

Op dat ogenblik zag Abby alle knikjes van goedkeuring pas toen ze door de ruimte keek.

'U bent een van de beste assistent-artsen die we ooit hebben gehad, Dr. D.,' zei Cecily. 'Dat wilden we ook nog zeggen.'

In de stilte die volgde begon een paar handen te klappen. Een ander paar viel bij, toen nog een paar. Abby stond er sprakeloos bij en klemde de status tegen haar borst toen alle zusters van de Chirurgische Intensive Care-afdeling in een luid en spontaan applaus losbarsten. Ze applaudisseerden voor háár.

Het was een staande ovatie.

'Ik wil haar uit het personeelsbestand en uit het ziekenhuis hebben,' zei Victor Voss. 'En ik zal goddomme doen wat ik kan om dat te bereiken.'

Jeremiah Parr had talloze crises onder ogen gezien tijdens zijn achtjarige ambtstermijn als directeur van het Bayside Medical Center. Hij had twee verpleegstersstakingen meegemaakt, verschillende nalatigheidsprocessen van miljoenen dollars en militante Recht-op-Leven actievoerders in de lobby, maar hij had nog nooit een dergelijke onverbloemde woede onder ogen gezien als hij nu in het gezicht van Victor Voss zag. Om tien uur 's ochtends was Voss, samen met twee advocaten, het kantoor van Parr binnengemarcheerd en had een gesprek verlangd. Het liep nu tegen de middag en de groep was uitgebreid met het hoofd van de chirurgische assistent-artsen, Colin Wettig, en Susan Casado, de advocaat die Bayside vertegenwoordigde. Het was Parrs idee om Susan erbij te halen. Er was nog geen sprake van juridische acties, maar Parr kon niet voorzichtig genoeg zijn. Vooral wanneer hij met iemand onderhandelde die zo machtig was als Victor Voss.

'Mijn vrouw is stervende,' zei Voss. 'Begrijp je dat? Stèrvende. Ze haalt misschien de nacht niet meer. Ik stel die twee assistent-artsen volledig aansprakelijk.'

'Dr. DiMatteo is pas tweedejaars,' zei Wettig. 'Zij heeft de beslissing niet genomen. Dat heeft onze hoofdassistent-arts gedaan. En dr. Chao maakt geen deel meer uit van de opleiding.'

'Ik wil dat dr. DiMatteo ook haar ontslag indient.'

'Dat heeft ze niet gedaan.'

'Zoek dan een reden om haar te ontslaan.'

'Dr. Wettig,' zei Parr rustig en redelijk. 'Het moet mogelijk zijn iets te vinden om haar dienstverband te beëindigen.'

'Er is niets,' zei Wettig, die koppig vasthield aan zijn mening. 'Ze heeft uitsluitend uitstekende beoordelingen en die staan allemaal officieel geregistreerd. Meneer Voss, ik begrijp dat dit een akelige situatie voor u is. Ik weet dat het niet meer dan normaal is om de schuld elders te zoeken. Maar ik denk dat uw woede verkeerd gericht is. Het werkelijke probleem ligt in het gebrek aan organen. Duizenden mensen hebben nieuwe harten nodig en er zijn er maar een paar. Overweeg eens wat er zou gebeuren als we dr. DiMatteo zouden ontslaan. Ze kan een klacht indienen. De kwestie zou herzien worden. De zaak zou bekeken worden en er zouden vragen gesteld worden. Er zou gevraagd worden waarom een zeventienjarige dat hart niet van het begin af had gekregen.'

Het was even stil. 'Jezus,' mompelde Parr.

'U begrijpt wat ik zeg?' zei Wettig. 'Dat stelt ons in een slecht daglicht. Het geeft een verkeerd beeld van het ziekenhuis. Dit soort dingen willen we niet in de krant hebben. Verwijzingen naar klassejustitie. De armen trekken aan het kortste eind. Zo zal het gebracht worden. Of het nu waar is of niet.' Wettig keek vragend de tafel rond. Niemand zei iets.

*Onze stilte spreekt boekdelen*, dacht Parr.

'Natuurlijk moeten de mensen niet het verkeerde idee krijgen,' zei Susan. 'Ook al lijkt het nog zo ongehoord, zelfs de schijn van handel in menselijke organen kan voor ons al de genadeslag betekenen als daar ruchtbaarheid aan wordt gegeven.'

'Ik vertel alleen hoe het lijkt,' zei Wettig.

'Het kan me niet schelen hoe het lijkt,' zei Voss. 'Ze hebben dat hart gestolen.'

'Het was een geconditioneerde donatie. Meneer Terrio had alle recht van de wereld om de ontvanger te specificeren.'

'Dat hart was aan mijn vrouw beloofd.'

'Beloofd?' Wettig fronste zijn wenkbrauwen tegen Parr. 'Heb ik iets gemist?'

'Het was voor haar opname afgesproken,' zei Parr. 'De crossmatch was perfect.'

'De crossmatch met de jongen ook,' stelde Wettig ertegenover.

Voss schoot overeind. 'Ik zal jullie eens iets uitleggen. Mijn vrouw is stervende vanwege Abby DiMatteo. Nu kennen jullie me niet erg goed. Maar laat ik je vertellen dat niemand mij of mijn gezin belazert en ermee wegkomt...'

'Meneer Voss,' kwam een van zijn advocaten tussenbeide. 'Misschien moesten we dit in...'

'Laat me godverdomme *uitspreken*!'

'Toe, meneer Voss. Dit is niet in uw belang.'

Voss keek zijn advocaat nijdig aan. Met duidelijke inspanning hield hij zijn uitbarsting in en ging weer zitten. 'Ik wil dat er iets aan dr. DiMatteo wordt gedaan,' zei hij. En hij keek Parr recht aan.

Nu transpireerde Parr. God, het zou zo gemakkelijk zijn om die assistent-arts gewoon te ontslaan. Helaas werkte de generaal niet mee. Die verdomde chirurgen met hun ego's ook; ze verzetten zich tegen iedereen die de baas was. Waarom deed Wettig hier zo koppig over?

'Meneer Voss,' zei Susan Casado met haar liefste stem. Haar leeuwentemmersstem. 'Wat dacht u ervan als we hier allemaal nog eens over nadachten? Het is zelden verstandig om halsoverkop een juridische stap te zetten. Over een paar dagen kunnen we uw zorgen misschien wel oplossen.' Susan keek Wettig nadrukkelijk aan.

De generaal negeerde haar even nadrukkelijk.

'Over een paar dagen is mijn vrouw misschien dood,' zei Voss. Hij stond op en keek Parr met een blik vol verachting aan. 'Ik hoef hier niet over na te denken. Ik wil dat er iets aan dr. DiMatteo wordt gedaan. En ik wil dat het snel gebeurt.'

'Ik zie de kogel,' zei Abby.

Mark richtte de lichtstraal anders, meer op de achterkant van de borstholte. Er glinsterde iets metaalachtigs, toen verdween het achter de zich uitzettende long.

'Goede ogen, Abby. Wil jij hem er misschien uithalen, omdat jij hem ook zag?'

Abby pakte een fijne wondhaak van het instrumentenblad. De longen hadden zich weer uitgezet en belemmerden haar het zicht op de holte. 'De longen moeten heel even stilliggen.'

'Tot uw dienst,' zei de anesthesist.

Abby reikte diep met haar hand in de borstholte en volgde de binnenrand van de ribben. Toen Mark de rechterlong voorzichtig wegtrok, klemde Abby de punt van de wondhaak om het stukje metaal en haalde het voorzichtig uit de holte.

De kogel, een platgedrukte tweeëntwintig, kletterde in het metalen bekkentje.

'Geen bloeding. Het ziet ernaar uit dat we kunnen dichtmaken,' zei Abby.

'Die jongen heeft mazzel gehad,' zei Mark en bekeek de mogelijke weg van de kogel. 'Hij is vlak naast het borstbeen naar binnengegaan. Hij is door de rib van koers veranderd, of zo. En zo de pleuraholte ingeraasd. Hij zal alleen maar een pneumothorax, een ophoping van lucht in de pleuraholte, krijgen.'

'Ik hoop dat hij zijn lesje geleerd heeft,' zei Abby.

'Welk lesje?'

'Nooit kwaad worden op je vrouw.'

'Heeft *zíj* hem neergeschoten?'

'Hé, de tijden zijn veranderd, jongen.'

Ze maakten de borst nu dicht en werkten samen met het vriendschappelijke gemak van twee mensen die elkaar goed kennen. Het was vier uur 's middags en Abby had vanaf vier uur die ochtend dienst gehad. Haar kuiten deden pijn omdat ze de hele dag gestaan had en ze had nog vierentwintig uur dienst voor de boeg. Maar nu kon ze er weer even tegen, opgemonterd door het succes van deze operatie... en door de kans om samen met Mark te opereren. Dit was precies zoals ze zich hun toekomst had voorgesteld: naast elkaar samenwerken, vol vertrouwen in zichzelf en de ander. Mark was een geweldige chirurg, snel maar nauwkeurig. Vanaf de allereerste dag dat ze bij zijn operaties had toegekeken, was Abby onder de indruk geweest van de prettige sfeer in zijn operatiekamer. Mark verloor nooit zijn zelfbeheersing en schreeuwde nooit tegen een zuster, hij verhief zijn stem zelfs nooit. Ze had zich voorgenomen dat als zíj ooit onder het mes moest, Mark Hodell de chirurg was die ze wilde hebben.

Nu werkte ze naast hem, haar gehandschoende hand raakte de zijne aan, hun hoofden naast elkaar gebogen. Ze hield van deze man en dit werk. Heel even kon ze Victor Voss en de crisis vergeten die haar carrière bedreigde. Misschien was de crisis voorbij. Het zwaard was nog niet gevallen, er was nog geen onheilspellende boodschap vanuit het kantoor van Parr gekomen. Colin Wettig had haar die ochtend zelfs terzijde genomen om haar op zijn gebruikelijke norse manier te vertellen dat ze uitstekende beoordelingen voor haar trauma-stage had gekregen.

*Het komt allemaal wel goed*, dacht ze en keek hoe de patiënt naar de verkoeverkamer werd gereden. *Op de een of andere manier komt het allemaal wel goed.*

‘Prima werk, DiMatteo,’ zei Mark en trok zijn operatiejas uit.

‘Ik durf te wedden dat je dat tegen alle assistent-artsen zegt.’ Hij boog zich naar haar toe en zei: ‘Zie ik je zo in de dienstkamer?’

‘Uh... dr. DiMatteo?’

Abby en Mark kregen beiden een kleur toen ze de omloopzuster zagen die net haar hoofd om de deur stak.

‘Het kantoor van meneer Parr is voor u aan de lijn. U moet naar de directie komen.’

‘Nu?’

‘Ze wachten op u,’ zei de zuster en liep weg.

Abby keek Mark angstig aan. ‘O, God. Wat nu?’

‘Laat je niet op stang jagen. Ik weet zeker dat het in orde komt. Zal ik meegaan?’

Ze dacht hier even over na en schudde toen haar hoofd. ‘Ik ben een grote meid. Ik moet dit zelf aankunnen.’

‘Als er problemen zijn, piep me dan op. Ik kom direct.’ Hij kneep even in haar hand. ‘Beloofd.’

Ze produceerde een uiterst zwak glimlachje. Toen liep ze met een grimmig gezicht door de deur van de operatiekamer en naar de lift.

Met hetzelfde angstige gevoel van gisteravond stapte ze op de eerste etage uit en liep door de met tapijt belegde gang naar het kantoor van Jeremiah Parr. De secretaresse van Parr bracht haar naar de vergaderruimte om de hoek. Abby klopte op de deur.

‘Binnen,’ hoorde ze Parr zeggen.

Ze haalde bibberig adem en liep de kamer in.

Parr stond op van zijn stoel aan de vergadertafel. Colin Wettig was ook in de kamer en een vrouw die Abby niet herkende, een brunette van een jaar of veertig in een aardig blauw op maat gemaakt mantelpakje. Aan geen van de gezichten kon Abby ook maar bij benadering aflezen wat het doel van de samenkomst was, maar haar instinct zei haar dat het niet prettig zou zijn.

'Dr. DiMatteo,' zei Parr. 'Ik zal u even voorstellen aan Susan Casado, de rechtspersoon van het ziekenhuis.'

*Een advocate? Dat was niet best.*

De twee vrouwen gaven elkaar een hand. De handdruk van mevrouw Casado voelde onnatuurlijk warm aan tegen Abby's ijskoude huid.

Abby ging naast Wettig zitten. Even bleef het stil, en was alleen het geblader van papieren en Wettigs norse schrapen van zijn keel hoorbaar.

Toen zei Parr: 'Dr. DiMatteo, misschien kunt u ons vertellen wat u zich herinnert over uw behandeling van een zekere mevrouw Karen Terrio.'

Abby fronste haar wenkbrauwen. Dit had ze helemaal niet verwacht. 'Ik was de eerste die mevrouw Terrio onderzocht,' zei ze. 'Toen heb ik haar verwezen naar neurochirurgie. Die hebben haar overgenomen.'

'Dus hoe lang heeft u haar behandeld?'

'Officieel? Een uur of twee. Ongeveer.'

'En wat heeft u precies gedaan tijdens die twee uur?'

'Ik heb haar toestand gestabiliseerd. De noodzakelijke labtests aangevraagd. Dat zou allemaal in de medische verslagen moeten staan.'

'Ja, daar hebben we een kopie van,' zei Susan Casado. Ze tikte op de status die op tafel lag.

'Daar staat het allemaal in,' zei Abby. 'Mijn opname-aantekeningen en orders.'

'Alles wat u heeft gedaan?' zei Susan.

'Ja. Alles.'

'Herinnert u zich iets wat u heeft gedaan dat een negatieve uitwerking op de patiënte gehad kan hebben?'

'Nee.'

'Niets wat u gedaan hàd moeten hebben. Achteraf bekeken?'

'Nee.'

'Ik begrijp dat de patiënte gesuccombeerd is.'

'Ze had zwaar hoofdletsel opgelopen. Een ongeluk met een motorvoertuig. Ze werd hersendood verklaard.'

'Nadat u haar behandeld had.'

Gefrustreerd keek Abby over tafel. 'Kan iemand me alstublieft vertellen wat er aan de hand is?'

‘Wat er aan de hand is,’ zei Parr, ‘is dat onze verzekeringsmaatschappij Vanguard Mutual, dat is ook uw verzekering, een paar uur geleden een schriftelijke mededeling heeft ontvangen. Die werd persoonlijk bezorgd en getekend door een advocaat van Hawkes, Craig en Sussman. Ik vind het vervelend om te zeggen, dr. DiMatteo, maar het ziet ernaar uit dat u, en Bayside, wegens nalatigheid aansprakelijk worden gesteld.’

Abby snakte plotseling naar adem. Ze merkte dat ze de tafel beetpakte en vocht tegen een snel opkomende misselijkheid. Ze wist dat ze op haar reactie zaten te wachten, maar ze kon alleen maar geschrokken rondkijken en ongelovig met haar hoofd schudden.

‘Ik begrijp dat u dit niet verwachtte,’ zei Susan Casado.

‘Ik...’ Abby slikte. ‘Nee. Nee.’

‘Het is nog maar voorlopige informatie,’ zei Susan Casado. ‘U begrijpt natuurlijk dat er een aantal formaliteiten aan het feitelijke proces voorafgaan. Ten eerste zal de zaak herzien worden door een onderzoekscommissie van de staat om vast te stellen of dit wel of geen nalatigheid betreft. Als de commissie bepaalt dat hier geen sprake van is, houdt het dan en daar op. Maar de aanklager heeft desondanks het recht te procederen.’

‘De aanklager,’ mompelde Abby. ‘Wie is de aanklager?’

‘De echtgenoot. Joseph Terrio.’

‘Dat moet een vergissing zijn. Een misverstand...’

‘Reken maar dat het een misverstand is,’ zei Wettig. Iedereen keek naar de generaal die tot dat ogenblik een ijzig stilzwijgen had bewaard. ‘Ik heb het verslag zelf nagekeken. Elke bladzijde. Er is geen nalatigheid. Dr. DiMatteo heeft alles gedaan zoals het moest.’

‘Waarom is zij dan de enige arts die in de aanklacht wordt genoemd?’ vroeg Parr.

‘De enige?’ Abby keek naar de advocate. ‘En neurochirurgie dan? En de EHBO? Wordt er niemand anders genoemd?’

‘Alleen u, dokter,’ zei Susan. ‘En uw werkgever. Bayside.’

Abby leunde verbijsterd achteruit. ‘Ik geloof niet dat...’

‘Ik ook niet,’ zei Wettig. ‘Dit is niet de manier waarop het is gegaan en dat weten we allemaal. Die verdomde advocaten pakken altijd iedere arts die binnen een kilometer afstand van de patiënt is gekomen. Er klopt hier iets niet. Er is iets anders in het spel.’

‘Het is Victor Voss,’ zei Abby zachtjes.

‘Voss?’ Wettig maakte een afwerend gebaar. ‘Hij heeft hier niets mee te maken.’

‘Hij is erop uit om me kapot te maken. Dat heeft hij ermee te maken.’ Ze keek de tafel rond. ‘Waarom denken jullie dat ik de enige arts ben die is genoemd? Voss is op de een of andere manier bij Joe Terrio terechtgekomen. En heeft hem ervan overtuigd dat ik iets verkeerd heb gedaan. Als ik even met Joe kon praten...'

'Onder geen voorwaarde,' zei Susan. 'Dat zou een teken van wanhoop zijn. Een wenk voor de aanklager dat u weet dat u in moeilijkheden verkeert.'

'Ik... zít in moeilijkheden!'

'Nee. Nog niet. Als er hier werkelijk geen sprake van nalatigheid is, gaat het allemaal vroeg of laat wel voorbij. Wanneer de commissie in uw voordeel besluit, is de kans groot dat de andere kant de aanklacht intrekt.'

'En stel dat ze toch willen procederen?'

'Dat zou zinloos zijn. De juridische kosten alleen zouden...'

'Begrijpt u dan niet dat Vóss de rekening betaalt? Het kan hem niet schelen of hij wint of verliest! Hij kan een heel leger advocaten betalen alleen om mij angst aan te jagen. Joe Terrio hoeft alleen maar de eerste aanklacht te zijn. Victor Voss kan iedere patiënt natrekken die ik ooit onder handen heb gehad. En ze stuk voor stuk overtuigen om een aanklacht tegen me in te dienen.'

'En wij zijn haar werkgever. Dat betekent dat ze ook een aanklacht tegen Bayside indienen,' zei Parr. Hij zag er beroerd uit. Bijna zo beroerd als Abby zich voelde.

'Er moet een manier zijn om dit te ontzenuwen,' zei Susan. 'Een manier om meneer Voss te benaderen en de situatie uit de wereld te helpen.'

Niemand zei iets. Maar Abby keek naar Parrs gezicht en kon zijn gedachten lezen: *De snelste manier om dit uit de wereld te helpen is door jou te ontslaan.*

Ze wachtte tot de klap viel, verwachtte het. Hij kwam niet. Parr en Susan wisselden alleen een blik.

Toen zei Susan: 'Het is nog vroeg. We hebben maanden de tijd. Maanden om een antwoord te plannen. Ondertussen...' Ze keek Abby aan. 'Is u de taak toebedeeld om advies aan te vragen bij Vanguard Mutual. Ik stel voor dat u zo snel mogelijk met hun advocaat spreekt. U kunt ook overwegen zelf een advocaat te nemen.'

'Denkt u dat ik die nodig heb?'

'Ja.'

Abby slikte. 'Ik weet niet of ik me een advocaat kan veroorloven...'

'In uw specifieke situatie kunt u zich niet veroorloven er geen te nemen, dr. DiMatteo,' zei Susan.

Het was een geluk bij een ongeluk voor Abby dat ze die avond dienst had. Ze werd door een serie oproepen en oppiepen de hele avond beziggehouden, en behandelde van alles, van een pneumothorax op de Interne Intensive Care-afdeling tot een postoperatieve koortsaanval op de chirurgische afdeling. Er bleef weinig tijd over om over de aanklacht van Joe Terrio na te denken. Maar af en toe zweeg de telefoon even en merkte ze dat ze op het punt stond in tranen uit te barsten. Van alle verdrietige echtgenoten die ze had getroost en raad gegeven, was Joe Terrio de laatste van wie ze had verwacht dat hij haar zou aanklagen. Ze vroeg zich af: *Wat heb ik verkeerd gedaan? Had ik meelevender moeten zijn? Liefdevoller moeten zijn?*

*Verdomme Joe, wat wilde je nog meer van me?*

Wat het ook was, ze wist dat ze niet meer had kunnen geven. Ze had haar uiterste best gedaan. En al haar bezorgdheid om Karen Terrio werd beloond met een klap in het gezicht.

Ze was nu boos, op de advocaten, op Victor Voss, zelfs op Joe. Ze had met Joe Terrio te doen, maar ze voelde zich ook door hem verraden. Door dezelfde man wiens verdriet ze zo scherp had gevoeld.

Om tien uur was ze eindelijk vrij om zich terug te trekken in de dienstkamer. Ze was te veel van streek om haar tijdschriften te lezen, te gedemoraliseerd om met wie dan ook te praten, zelfs met Mark. Ze ging op het bed liggen en staarde naar het plafond. Haar benen leken wel verlamd, haar hele lichaam was levenloos. *Hoe kom ik in vredesnaam de nacht door*, vroeg ze zich af, *wanneer ik mezelf niet eens zo ver kan krijgen van dit bed af te komen?*

Maar ze kwam van bed af toen de telefoon om half elf ging. Ze ging rechtop zitten en pakte de hoorn. 'Dr. DiMatteo.'

'Met de operatiekamer. Dr. Archer en Hodell hebben u hier nodig.'

'Nu?'

'Direct. Er ligt iemand te wachten.'

'Ik kom eraan.' Abby hing op. Zuchtend streek ze met haar beide handen door haar haren. Iedere willekeurige andere keer of avond was ze al overeind geweest en had ze staan trappelen om zich te wassen. Vanavond kon ze nauwelijks de gedachte verdragen Mark en Archer onder ogen te komen aan de andere kant van een operatietafel.

*Verdomme, je bent chirurg, DiMatteo. Gedraag je dan ook zo!*

Het was uit pure afkeer van zichzelf dat ze zich ten slotte omhoog hees en de dienstkamer uitliep.

Mark en Archer zaten boven in de koffiekamer voor chirurgen. Ze stonden zachtjes te praten bij de magnetron. Ze wist aan de manier waarop ze met een schok opkeken dat hun gesprek privé was geweest. Maar zodra ze haar zagen, glimlachten ze allebei.

'Zo, ben je daar?' zei Archer. 'Alles rustig in de loopgraven?'
'Op het ogenblik wel,' zei Abby. 'Ik hoor dat jullie een patiënt hebben?'
'Een transplantatie,' zei Mark. 'Het team komt eraan. De moeilijkheid is dat we Mohandas niet te pakken kunnen krijgen. Hij wordt door een vijfdejaars assistent-arts vervangen, maar we hebben jou misschien ook nodig om te assisteren. Heb je zin om je te gaan wassen?'
'Bij een harttransplantatie?' De snelle stoot adrenaline was precies wat Abby nodig had om haar depressie van zich af te schudden. Ze knikte Mark nadrukkelijk toe. 'Dat lijkt me heerlijk.'
'Er is alleen een klein probleem,' zei Archer. 'De patiënte is Nina Voss.'
Abby staarde hem aan. 'Hebben ze zo snel een hart gevonden?'
'We hebben geluk gehad. Het hart komt uit Burlington. Victor Voss zou vermoedelijk een beroerte krijgen als hij wist dat we jou erbij haalden. Maar wij maken hier de dienst uit. En we hebben misschien een paar extra handen in de operatiekamer nodig. Op zo korte termijn ben jij de logische keuze.'
'Doe je het nog steeds?' vroeg Mark.
Abby aarzelde niet eens. 'Zonder meer,' zei ze.
'Goed,' zei Archer. 'Het ziet ernaar uit dat we onze assistent hebben.' Hij knikte tegen Mark. 'Ik zie jullie beiden over twintig minuten in operatiekamer drie.'

Om half twaalf 's avonds kregen ze het telefoontje van de thoraxchirurg in het Wilcox Memorial Hospital in Burlington, Vermont. De donorexplantatie was uitgevoerd; het orgaan bleek in uitstekende staat te verkeren en werd snel naar de luchthaven gebracht. Geconserveerd bij vier graden Celsius, met een tijdelijk verlamde hartslag door een geconcentreerde spuit kalium zou het hart vier tot vijf uur levensvatbaar gehouden kunnen worden. Zonder bloeddoorstroming naar de kransslagaderen kon iedere minuut die verstreek de dood van een paar meer myocardcellen – hartspiercellen – tot gevolg hebben. Hoe langer dit duurde, hoe minder waarschijnlijk dat het hart zou werken in de borst van Nina Voss.
De vlucht, met een spoedcharter, zou maximaal anderhalf uur duren.
Tegen middernacht stond het transplantatieteam van het Bayside Hospital klaar in groene operatiekleding. Afgezien van Bill Archer, Mark en de anesthesist, Frank Zwick, was er nog een klein leger aan ondersteunend personeel: verpleegkundigen, een specialist voor de hart-longmachine, de cardioloog Aaron Levi en Abby.

Nina Voss werd operatiekamer drie binnengereden.

Om half twee kwam het telefoontje van de luchthaven Logan International: het vliegtuig was veilig geland.

Dat was het teken voor de chirurgen om zich te gaan wassen. Terwijl Abby haar handen bij de wasbak waste, kon ze door het raam operatiekamer drie inkijken waar de rest van het transplantatieteam al bezig was met de voorbereidingen. De zusters legden de instrumenten klaar en scheurden pakken steriele doeken open. De hart-longspecialist was bezig de bypassmachine, die op een kastje leek, te ijken. Een vijfdejaars assistent-arts die zich al gewassen had, stond te wachten om het operatiegebied voor te bereiden.

Nina Voss lag op de operatietafel te midden van een wirwar van ECG-draden en infuusslangen. Ze scheen de drukte om zich heen niet op te merken. Dr. Zwick stond aan Nina's hoofdeinde en mompelde vriendelijk tegen haar toen hij pentobarbital in haar infuusslang spoot. Ze knipperde met haar oogleden en viel in slaap. Zwick legde een masker over haar mond en neus. Met de ambuzak pompte hij snel achter elkaar een paar keer zuurstof naar binnen, toen haalde hij het masker weg.

De volgende stap moest snel gedaan worden. De patiënt was nu bewusteloos en niet in staat op eigen krachten adem te halen. Zwick trok haar hoofd achterover en liet een gebogen laryngoscoop in haar keel glijden, zocht de stembanden en bracht de plastic endotracheaalbuis aan. Een met lucht gevuld manchet zou de buis in haar keel op zijn plaats houden. Zwick verbond de buis met de beademingsmachine en haar borst begon op en neer te bewegen met de luchtstroom van het apparaat. De intubatie had nog geen halve minuut geduurd.

De operatielampen werden aangedraaid en op de tafel gericht. Nina bood een onaards beeld zoals ze daar badend in die schitterende glans lag. Een zuster trok het laken van Nina's lichaam weg en legde de romp bloot, de ribben bogen zich onder de bleke huid, de kleine borsten leken bijna verschrompeld. De assistent-arts ging het operatiegebied verder desinfecteren en smeerde brede stroken jodium over de huid.

De operatiedeuren sloegen open toen Mark, Archer en Abby, schoon gewassen, met opgeheven handen en van water druipende ellebogen naar binnen liepen. Ze werden met steriele handdoeken, jassen en handschoenen begroet. Tegen die tijd was iedereen helemaal gekleed, en Nina Voss voorbereid en behangen met doeken.

Archer liep naar de operatietafel. 'Is het er al?' vroeg hij.

'We wachten er nog op,' zei een zuster.

'Het is maar twintig minuten rijden van Logan.'

'Misschien staan ze in een file.'

'Om twee uur 's ochtends?

'Jezus,' zei Mark. 'Dat kunnen we er nog net bij hebben. Een ongeluk.'

Archer keek even naar de monitors. 'Het is in het Mayo een keer gebeurd. Ze hadden een nier helemaal uit Texas laten overvliegen. Vlak voor de luchthaven botste de ambulance tegen een vrachtauto. Het orgaan werd platgedrukt. Het was nog een prima passend exemplaar ook.'

'Dat meen je niet,' zei Zwick.

'Hé, denk je dat ik gekheid zou maken over een nier?'

De vijfdejaars assistent-arts keek naar de klok op de muur. 'De explantatie was drie uur geleden.'

'Wacht. Wacht nou maar,' zei Archer.

De telefoon ging. Iedereen keek toen de zuster opnam. Seconden later hing ze op en kondigde aan: 'Het is beneden. De koerier is onderweg van de EHBO.'

'Oké,' snauwde Archer. 'Snijden.'

Vanaf de plek waar Abby stond, kon ze alleen maar een paar zijwaartse glimpen opvangen van de werkwijze en zelfs dan werd haar zicht nu en dan belemmerd door Marks schouder. Archer en Mark werkten snel en eensgezind, ze maakten een incisie over het midden van het borstbeen en legden pezen bloot en toen bot.

De intercom aan de muur zoemde. 'Dr. Mapes van het explantatieteam is hier met een speciale bestelling,' kwam de boodschap vanuit de voorkamer van de operatiekamer.

'We zijn canules aan het leggen,' zei Mark. 'Hij mag komen meedoen.'

Abby keek even naar de deur van de operatiekamer. Door het kijkraam kon ze de ruimte daarachter zien liggen waar de artsen zich wasten en nu een man stond te wachten. Naast hem stond op een brancard een kleine Iglo-koeltas. Dezelfde soort koeltas waarmee zij het hart van Karen Terrio had vervoerd.

'Hij komt eraan,' zei de zuster bij het bureau. 'Zodra hij zich heeft verkleed.'

Even later kwam dr. Mapes binnen, nu in groene kleding. Het was een kleine man met bijna Neanderthalerachtige wenkbrauwen en een neus die als een havikssnavel onder het chirurgische masker uitstak.

'Welkom in Boston,' zei Archer en keek even naar de bezoeker. 'Ik ben Bill Archer. Dit is Mark Hodell.'

'Leonard Mapes. Ik heb dr. Nicholls in het Wilcox geassisteerd.'

'Goede vlucht gehad, Len?'

'Ik had niets tegen een borrel gehad.'

Archer glimlachte, dat was zelfs door zijn masker heen te zien. 'En wat heb je voor kerstcadeautje voor ons meegebracht, Len?'

'Een mooi. Ik denk dat je er wel blij mee bent.'

'Laat me dit even afmaken en dan zal ik eens kijken.'

De eerste stap om de patiënt aan de bypassmachine aan te sluiten, was door de canules aan te brengen in de opstijgende aorta. Dat gedrongen doosje dat onder controle van de hart-longspecialist stond, zou tijdelijk het werk van het hart en de longen waarnemen, aderlijk bloed verzamelen, het van zuurstof voorzien en weer terugpompen in de aorta van de patiënt.

Archer gebruikte hechtmateriaal van zijde en naaide twee concentrische hechtingen in de wand van de opstijgende aorta. Met de punt van een scalpel maakte hij een klein gaatje in het bloedvat. Er spoot helderrood bloed uit. Hij stak snel de arteriële canule in de incisie en trok de hechtingen aan. Het bloeden werd gesijpel en stopte toen hij de top van de canule op zijn plaats naaide. Het andere eind van de canule stond met de arteriële slang van de bypassmachine in verband.

Mark begon al aan de aderlijke canules, terwijl Abby de wond voor hem openhield.

'Goed,' zei Archer en liep bij de tafel weg. 'Laten we het cadeautje eens openmaken.'

Een zuster maakte de Iglo-koeltas open en tilde het orgaan eruit, verpakt in twee gewone plastic zakken. Ze haalde de touwtjes eraf en liet het naakte orgaan in een bekken met steriele zoutoplossing glijden.

Archer tilde het gekoelde hart voorzichtig uit zijn bad. 'Keurig uitgeprepareerd,' merkte hij op. 'Jullie hebben goed werk geleverd.'

'Dank je wel,' zei Mapes.

Archer streek met zijn behandschoende vinger over het oppervlak. 'Zachte, gladde slagaderen. Perfect schoon.'

'Het lijkt een beetje klein, hè?' zei Abby en keek even over de tafel. 'Hoe zwaar was de donor?'

'Vierenveertig kilo,' zei dr. Mapes.

Abby fronste haar wenkbrauwen. 'Volwassen?'

'Een tiener, vroeger gezond. Een jongen.'

Abby ving een flikkering van bezorgdheid op in Archers ogen. Toen herinnerde ze zich dat hij twee zoons had die in de puberteit waren. Hij legde het orgaan voorzichtig terug in het bad van gekoelde zoutoplossing.

'We zullen er zuinig op zijn,' zei hij. En hij schonk zijn aandacht weer aan Nina.

Tegen die tijd waren Mark en Abby al klaar met de aderlijke canules. Twee Tygon-slangen met metalen mandjes aan het eind werden via steekwonden in het rechteratrium aangebracht en vastgezet met hechtingen. Deze canules zouden aderlijk bloed verzamelen en naar de oxygenerator, een apparaat om aderlijk bloed met zuurstof te verrijken, vervoeren.

Mark en Archer werkten nu samen en sloten de vena cava inferior en superior – de onderste en bovenste holle ader – af om terugkerend bloed naar het hart tegen te houden.

'Aorta kruislings afgeklemd,' kondigde Mark aan terwijl hij de opstijgende aorta afsloot.

Het hart, dat nu van zowel de aderlijke toestroom als de slagaderlijke uitstroom was afgesloten, was nu een nutteloze zak. De circulatie van Nina Voss was onder volledige controle van de hart-longspecialist en haar magische machine. Haar lichaamstemperatuur viel ook onder haar verantwoordelijkheid. Door het vocht af te koelen, kon het lichaam langzaam worden afgekoeld tot vijfentwintig graden Celsius... zware hypothermie – onderkoeling. Dit zou de pas geïmplanteerde myocardcellen conserveren en de zuurstofopname van het lichaam verminderen.

Zwick zette de beademingsmachine af. Het ritmische gesis van de balgen hield op. Het was niet nodig om lucht in longen te pompen wanneer de bypasmachine het werk deed.

De transplantatie kon nu voortgaan.

Archer sneed in de aorta en de longslagaderen. Het bloed stroomde in de borst en op de grond. Een zuster gooide direct een handdoek neer om de rommel op te zuigen. Archer werkte door, zich niet bewust van de zweetdruppels op zijn voorhoofd door het licht dat fel naar beneden scheen. Vervolgens sneed hij dwars door het atrium. Er spetterde meer bloed, donkerder dit keer, op Archers jas. Hij stak zijn arm tot aan zijn elleboog in de borstholte. Het zieke hart van Nina Voss, bleek en slap, werd nu weggehaald en in een bekken gelegd. Er bleef een gapende holte achter.

Abby wierp een blik op het scherm van de monitor en voelde automatisch een alarmerend gevoel toen ze de vlakke ECG-lijn zag. Natuurlijk werd er niets geregistreerd. Er was geen hart. In feite waren alle klassieke tekenen van leven opgehouden. De longen lagen stil. Het hart was weg. Maar de patiënt leefde nog.

Mark pakte het donorhart uit het bekken en liet het in de borst zakken. 'Sommige mensen noemen dit werk een veredelde loodgietersbaan,' zei hij en draaide het hart een slag zodat het op de linker atriumkamer zou aansluiten. Ze denken dat het net zoiets is als een speelgoedbeest dichtnaaien. 'Maar laat je aandacht geen minuut

verslappen, want voor je het weet naai je het hart er verkeerd om in.'
De vijfdejaars assistent-arts lachte.
'Dat is niet grappig. Het is gebeurd.'
'Zoutoplossing,' zei Archer en een zuster schonk een bekken met gekoelde zoutoplossing over het hart om het koud te houden onder de lampen.
'Er kunnen wel honderd dingen mis gaan,' zei Mark terwijl zijn hechtnaald diepe, bijna wilde, bewegingen in het linkeratrium maakte. 'Medicijnreacties. Anesthesierampen. En verdomme, de chirurg krijgt altijd de schuld.'
'Er hoopt zich hier nogal wat bloed op,' zei Archer. 'Afzuigen, Abby.
Het gesis van de afzuigmachine veroorzaakte een gespannen stilte terwijl de chirurgen nu sneller werkten. Er klonk nu alleen het gezoem van de pomp-oxygenator en het geklik van de naaldklemmen wanneer de getande kaken dichtklapten bij iedere nieuwe steek. Ondanks Abby's herhaalde afzuigen, bleef het bloed de doeken doordrenken en op de grond druppelen. De handdoeken aan hun voeten waren doordrenkt. De chirurgen trapten ze opzij en er werden nieuwe handdoeken neergelegd.
Archer knipte de hechtnaald weg. 'Rechter atriële anastomose is klaar.'
'Infuuskatheter,' zei Mark.
Een zuster gaf hem de katheter. Hij bracht hem in het linkeratrium en spoot er zoutoplossing van vier graden Celsius door. De stroom van gekoelde vloeistof koelde de hartkamer af en spoelde mogelijke luchtbellen weg.
'Mooi,' zei Archer, legde het hart anders neer om de aorta-anastomose aan te naaien. 'Laten we deze buizen eens aanbrengen.'
Mark keek naar de klok aan de muur. 'Moet je kijken. We liggen voor op schema, jongens. Wat een team, zeg.'
De intercom zoemde. Het was de operatiezuster aan het bureau. 'Meneer Voss wil weten hoe het met zijn vrouw gaat.'
'Goed,' riep Archer. 'Geen problemen.'
'Hoe lang duurt het nog, denkt u?'
'Een uur. Zeg maar dat hij daar moet blijven.'
De intercom zweeg. Archer keek Mark even aan. 'Die vent strijkt me tegen de haren in.'
'Voss?'
'Hij wil de touwtjes in handen hebben.'
'Je meent het.'
Archers hechtnaald prikte in en uit de glinsterende aortawand. 'Maar ja, als ik zijn geld had, zou ik ook de baas willen zijn.'

'Waar komt zijn geld vandaan?' vroeg de vijfdejaars assistent-arts.

Archer keek hem verbaasd aan. 'Ken je Victor Voss niet? VMI International? Alles van chemicaliën tot robottechnologie.'

'Is dat die V in VMI?'

'Precies.' Archer hechtte af en knipte de laatste hechting door. 'Aorta is af. Klem gaat eraf.'

'Infuuskatheter komt eruit,' zei Mark en wendde zich tot Abby.

Archer pakte een schone hechtnaald van het blad en begon aan de long-anastomose. Hij was net aan het afhechten toen hij merkte dat het orgaan uitzette. 'Moet je kijken!' zei hij. 'IJskoud en nu al een spontane contractie. Deze jongen staat te springen om aan het werk te gaan.'

'Infuus met Isuprel loopt.' zei Zwick. 'Twee microgram.'

Ze wachtten tot de Isuprel werkte en keken of het hart de contractie herhaalde.

Het lag er log bij als een slappe zak.

'Toe,' zei Archer. 'Laat me nu niet in de steek.'

'Defibrillator?' vroeg de zuster.

'Nee, geef het een kans.'

Langzaam spande het hart zich tot een vuistgrote bol, toen viel het weer slap uit elkaar.

Zwick zei: 'Isuprel verhogen tot drie mics.'

Er volgde nog een contractie. Toen niets.

'Toe maar,' zei Archer. 'Geef het er nog maar eens van langs.'

'Vier mics,' zei Zwick en draaide het infuus hoger.

Het hart spande zich en ontspande. Spande en ontspande.

Zwick keek naar de monitor. Er liepen nu QRS-pieken over het scherm. 'De snelheid is vijftig. Vierenzestig. Zeventig...'

'Titreer tot een op tien,' zei Mark.

'Dat doe ik,' zei Zwick en regelde de Isuprel.

Archer zei tegen de omloopzuster: 'Ga eens naar de intercom. Zeg tegen de verkoeverkamer dat we op het punt staan de zaak dicht te maken.'

'Snelheid is een op tien,' zei Zwick.

'Goed,' zei Mark. 'Laten we haar van de bypass afhalen. Haal die canules er uit.'

Zwick zette de beademingsmachine aan. Iedereen in de ruimte scheen gelijktijdig een zucht van verlichting te slaken.

'Laten we maar hopen dat zij en dit hart met elkaar overweg kunnen,' zei Archer. Hij draaide zich om naar dr. Mapes.

Er stond niemand achter hem.

Abby had zich zo op de operatie geconcentreerd dat ze niet had opgemerkt dat de man was vertrokken.

‘Hij is twintig minuten geleden weggelopen,’ zei een van de zusters.

‘Zomaar?’

‘Misschien moest hij een vliegtuig halen.’

‘Ik heb niet eens de kans gehad om hem een hand te geven,’ zei Archer. Hij wendde zich tot de patiënt op de tafel. ‘Oké. Laten we de boel dichtmaken.’

# 7

Nadiya had er genoeg van. Ze was aan het eind van haar Latijn door al dat gedrein, al die eisen, al die opgekropte jongensenergie waar regelmatig uiting aan gegeven werd in de vorm van gevloek en geduw. Dat en nu de zeeziekte. Gregor, die grote aap, was ook ziek, net zoals de meeste jongens. Op een van de zwaarste dagen, toen de scheepsromp als een hamer gebeukt werd op het aambeeld van de Noordzee, lagen ze allemaal te kreunen in hun kooien, de geluiden en geuren van hun ellende drong zelfs door tot de dekken erboven. Op dergelijke dagen bleef de eetzaal beneden donker en half verlaten, de gangen waren leeg en het schip leek een of ander groot en kreunend spookvaartuig, bestuurd door de handen van een spookbemanning.

Yakov had het nog nooit zo naar zijn zin gehad.

Hij had niet de minste last van zeeziekte en struinde het hele schip af. Niemand hield hem tegen. De bemanning waardeerde zijn aanwezigheid zelfs. Hij zocht Koubichev op in de machinekamer en in die lawaaierige hel van zwoegende zuigers en dieselgeuren schaakten ze samen. Soms won Yakov zelfs. Wanneer hij honger had, slenterde Yakov naar de kombuis waar Lubi de kok hem thee en bietensoep aanbood en medivnyk, de geurig gekruide honingcake uit zijn geboortestreek, de Oekraïne. Lubi zei nooit veel. 'Meer?' en 'Genoeg, hè?' was alles wat hij zei. Het eten dat hij opdiende was welsprekend genoeg. Verder was er het stoffige ruim dat onderzocht moest worden en de marconistenkamer met al die wijzers en knopjes en het dek met de met dekzeil afgedekte reddingsboten om je in te verschuilen. De enige plek waar hij niet mocht rondlopen was het achterdek. Hij kon geen gangen vinden die daar naartoe leidden.

Zijn lievelingsplek was de brug. Kapitein Dibrov en de stuurman begroetten Yakov dan met toegeeflijke glimlachjes en lieten hem op de kaartentafel zitten. Daar volgde hij met de wijsvinger van zijn ene hand de koers die ze al gevaren hadden. Vanuit de haven in Riga, door de Oostzee, door de zeeëngte, langs Malmö en Kopenhagen, rond het topje van Denemarken en door de Noordzee met zijn vele olieplatforms met namen zoals Montrose en Forties en Piper. De Noordzee was groter dan hij had gedacht. Het was geen blauw vijvertje zoals het op de kaart had geleken. Het was twee dagen lang water. De stuurman vertelde dat ze weldra over een nog grotere zee zouden varen, de Atlantische Oceaan.

'Zo lang leven ze niet meer,' voorspelde Yakov.

'Wie niet?'

'Nadiya en de jongens.'

'Natuurlijk wel,' zei de stuurman. 'Iedereen wordt zeeziek op de Noordzee. En na een tijdje went je maag eraan. Het heeft met het binnenoor te maken.'

'Wat heeft je oor met je maag te maken?'

'Daar voel je de beweging. Door te veel beweging komt de zaak in de war.'

'Hoe?'

'Ik weet het niet precies. Maar zo werkt het wel.'

'Ik ben niet ziek. Is er iets anders aan mijn binnenoor?'

'Jij moet een geboren zeeman zijn.'

Yakov keek naar de stomp van zijn linkerarm en schudde zijn hoofd. 'Ik denk van niet.'

De stuurman glimlachte. 'Je hebt een goed stel hersenen. Hersenen zijn veel belangrijker. Die zul je nodig hebben op de plek waar je naar toe gaat.'

'Waarom?'

'Als je handig bent, kun je in Amerika rijk worden. Je wilt toch zeker rijk worden?'

'Ik weet het niet.'

De stuurman en de kapitein lachten allebei.

'Misschien heeft de jongen toch geen hersenen,' zei de kapitein.

Yakov keek hen zonder te glimlachen aan.

'Het was maar een grapje,' zei de stuurman.

'Dat weet ik.'

'Waarom lach je nooit, jongen? Ik heb je nog nooit zien lachen.'

'Ik heb er nooit zin in.'

De kapitein snoof. 'De kleine mazzelaar gaat naar een rijke familie in Amerika. En hij heeft geen zin om te lachen? Wat mankeert hem?'

Yakov haalde zijn schouders op en keek weer naar de kaart. 'Ik huil ook niet.'

Aleksei lag in zijn kooi opgekruld en hield Shu-Shu stevig tegen zijn borst. Hij schrok wakker toen Yakov op zijn matras ging zitten.

'Sta je nou nooit op?' vroeg Yakov.

Alcksei deed zijn ogen dicht. 'Ik ben ziek.'

'Lubi heeft lamsknoedels voor het avondeten gemaakt. Ik heb er negen gegeten.'

'Praat me er niet van.'
'Heb je geen honger?'
'Natuurlijk heb ik honger. Maar ik ben te ziek om te eten.'
Yakov zuchtte en keek in de hut rond. Er stonden acht stapelbedden in de ruimte en zes daarvan waren bezet door jongens die te ziek waren om te spelen. Yakov was al naar de aangrenzende hutten geweest en had gezien dat er andere jongens waren die er net zo aan toe waren. Zou het de hele reis over de Atlantische Oceaan zo blijven?
'Het komt allemaal door je binnenoor,' zei Yakov.
'Waar heb je het over?' kreunde Aleksei.
'Je oor. Dat maakt je misselijk.'
'Er is niets met mijn oren aan de hand.'
'Je bent nu vier dagen ziek. Je moet opstaan en iets eten.'
'Och, laat me toch met rust.'
Yakov pakte Shu-Shu en trok die weg.
'Geef hem terug!' jammerde Aleksei.
'Kom hem maar halen.'
'Geef hem gewoon terug!'
'Eerst opstaan. Toe.' Yakov liep hard weg bij de kooi toen Aleksei een tevergeefse uithaal naar zijn knuffelhondje deed. 'Je zou je beter voelen als je uit bed kwam.'
Aleksei kwam overeind. Even bleef hij in elkaar gedoken zitten op de rand van zijn matras en zijn hoofd zwaaide bij iedere beweging van het schip mee. Plotseling sloeg hij zijn hand voor zijn mond, schoot overeind en wankelde de hut door. Toen gaf hij over in de wasbak. Kreunend klauterde hij weer terug in zijn kooi.
Yakov gaf hem Shu-Shu met een plechtig gebaar weer terug.
Aleksei knelde het speelgoedhondje tegen zijn borst. 'Ik zei toch dat ik ziek was. Ga nou maar weg.'
Yakov verliet de jongensafdeling en slenterde de gang in. Hij klopte bij Nadiya's hut aan. Er kwam geen antwoord. Hij ging verder naar Gregors hut en klopte weer.
'Wie is daar?' werd er gegromd.
'Ik. Yakov. Bent u ook nog steeds ziek?'
'Verdwijn, verdomme.'
Yakov ging weg. Hij zwierf een tijdje over het schip, maar Lubi was al gaan slapen. De kapitein en de stuurman hadden het te druk om met hem te praten. Zoals gewoonlijk was Yakov aan zijn eigen lot overgelaten.
Hij ging naar beneden om Koubichev in de machinekamer op te zoeken.
Ze zetten het schaakbord klaar. Yakov was het eerste aan zet, koningspion E2 naar E4.

'Bent u ooit in Amerika geweest?' vroeg Yakov boven het gerommel van de zuigers uit.
'Twee keer,' zei Koubichev en schoof zijn koninginnepion naar voren.
'Vond u het er leuk?'
'Ik zou het niet weten. We krijgen altijd het bevel in onze hutten te blijven zodra we de haven binnenvaren. Ik zie nooit een barst.'
'Waarom beveelt de kapitein dat?'
'Dat doet de kapitein niet. Dat doen die mensen uit de hut op het achterdek.'
'Wat voor mensen? Die heb ik nooit gezien.'
'Niemand ziet ze ooit.'
'Hoe weet je dan dat ze er zijn?'
'Vraag Lubi maar. Hij kookt voor ze. Iemand eet het eten op dat hij daar naartoe stuurt. Nou, doe je nog een zet, of wat?'
Met grote concentratie schoof Yakov nog een pion naar voren. 'Waarom gaat u niet gewoon van boord wanneer we er zijn?' vroeg hij.
'Waarom zou ik?'
'Om in Amerika te blijven en rijk te worden.'
Koubichev gromde. 'Ze betalen me genoeg. Ik mag niet klagen.'
'Hoeveel betalen ze u?'
'Je bent veel te nieuwsgierig.'
'Is het veel?'
'Meer dan ik normaal verdien. Meer dan veel mensen verdienen. En alleen maar om steeds over die verdomde Atlantische Oceaan heen en weer te varen.'
Yakov verzette zijn koningin. 'Dus het is een goede baan? Om boordwerktuigkundige te zijn?'
'Dat is een domme zet van je, om je koningin nu al in het spel te betrekken. Waarom deed je dat?'
'Ik probeer nieuwe dingen uit. Zal ik op een dag boordwerktuigkundige worden?'
'Nee.'
'Maar u wordt goed betaald.'
'Dat komt omdat ik voor de Sigayev-maatschappij werk. Die betalen erg goed.'
'Waarom?'
'Omdat ik mijn mond houd.'
'Waarom?'
'Hoe moet ik dat nou in godsnaam weten?' Koubichev reikte over het bord. 'Mijn paard slaat jouw koningin. Zie je wel, ik zei toch dat het een domme zet was.'

'Het was een experiment,' zei Yakov.
'Nou, ik hoop dat je er iets van geleerd hebt.'

Een paar dagen later vroeg Yakov de stuurman op de brug: 'Wat is de Sigayev-maatschappij?'
De stuurman keek hem verbaasd aan. 'Hoe weet je die naam?'
'Die heeft Koubichev me verteld.'
'Dat had hij niet moeten doen.'
'Dus u praat er ook niet over,' zei Yakov.
'Precies.'
Even zweeg Yakov. Hij zag de stuurman aan zijn elektronische apparatuur morrelen. Op een klein scherm flitsten steeds getalletjes op en de stuurman schreef die getallen dan in een boek en keek vervolgens op zijn kaart.
'Waar zijn we?' vroeg Yakov.
'Hier.' De stuurman wees op een kruisje op de kaart. Het was midden in de oceaan.
'Hoe weet u dat?'
'Door de getallen. Ik lees ze van het scherm af. De breedtegraad en de lengtegraad. Zie je wel?'
'Je moet zeker wel knap zijn om stuurman te kunnen worden, hè?'
'Niet zo erg knap, hoor.' De man verplaatste nu twee plastic linialen over de kaart. Ze waren met scharnieren aan elkaar verbonden en hij klapte ze tegen elkaar toen hij ze naar de kompasroos aan de rand van de kaart schoof.
'Doet u iets illegaals?' vroeg Yakov.
'Wat?'
'Mag u er daarom niet over praten?'
De stuurman zuchtte. 'Mijn enige verantwoordelijkheid bestaat uit het navigeren van dit schip van Riga naar Boston en weer terug naar Riga.'
'Vervoert u altijd wezen?'
'Nee. Meestal vervoeren we vracht. Kratten. Ik vraag niet wat er in zit. Ik stel geen vragen, punt uit.'
'Dus u zou iets illegaals kunnen doen.'
De stuurman lachte. 'Je bent wel een duiveltje, hoor.' Hij begon weer in zijn aantekenboek te schrijven en de getallen in nette rijtjes te zetten.
De jongen keek een tijdje zwijgend toe. Toen zei hij: 'Denkt u dat iemand mij zal willen adopteren?'
'Natuurlijk.'
'Zelfs hiermee?' Yakov hief zijn stomp op.

De stuurman keek hem aan en Yakov herkende de glimp van medelijden in de ogen van de man. 'Ik weet zeker dat iemand je zal willen adopteren,' zei hij.

'Hoe weet u dat?'

'Er heeft toch iemand voor je overtocht betaald? En je papieren in orde gemaakt.'

'Ik heb mijn papieren nooit gezien. U?'

'Daar heb ik niets mee te maken. Ik moet alleen zorgen dat dit schip in Boston komt.' Hij wuifde Yakov weg. 'Waarom ga je niet weer naar de andere jongens toe? Vooruit.'

'Ze voelen zich nog steeds niet goed.'

'Nou, ga maar ergens anders spelen.'

Met tegenzin verliet Yakov de brug en liep het dek op. Hij was de enige. Hij stond bij de reling en staarde naar het water dat voor de boeg uiteenspatte. Hij dacht aan de vissen die ergens beneden in hun grijze en troebele wereld zwommen en plotseling kreeg hij het benauwd; het beeld van kolkend water was verstikkend. Maar hij bewoog zich niet. Hij bleef bij de reling staan, pakte die met zijn ene hand beet en liet de paniekgedachten van koud en diep water over zich heenspoelen. Hij was heel lang niet meer bang geweest.

Maar nu was hij het wel.

# 8

Ze had twee nachten achter elkaar dezelfde droom gehad. De zusters hadden haar verteld dat het van alle medicijnen kwam die ze slikte. De methylprednisolone en de ciclosporine en de pijnstillers. De chemicaliën tolden door haar hersenen. En na weken in het ziekenhuis gelegen te hebben was het logisch dat ze nare dromen kreeg. Dat had iedereen. Het was niet zorgwekkend. De dromen zouden uiteindelijk afnemen.

Maar die ochtend, toen Nina Voss in haar Intensive Care-bed lag, met de tranen nog in haar ogen, wist ze dat de droom niet weg zou gaan en nooit weg zou gaan. Die hoorde nu bij haar. Net zoals dit hart bij haar hoorde.

Ze raakte zachtjes met haar hand het verband op haar borst aan. Ze was twee dagen geleden geopereerd en hoewel de pijn minder begon te worden, werd ze er 's nachts nog wakker van, een herinnering aan het geschenk dat ze had ontvangen. Het was een goed, sterk hart. Dat had ze binnen een dag na de operatie al geweten. Tijdens de lange maanden van haar ziekte was ze vergeten hoe het voelde om een sterk hart te hebben. Om te lopen zonder naar adem te snakken. Om te voelen hoe het bloed warm en levend naar haar spieren werd gepompt. Om naar haar vingers te kijken en versteld te staan van de roze kleur van haar haarvaten. Ze had zo lang geleefd met het idee te wachten op de dood en de dood te accepteren, dat het leven zelf haar vreemd voorkwam. Maar nu kon ze het aan haar eigen handen zien. Ze kon het voelen in haar vingertoppen.

En aan het kloppen van dit nieuwe hart.

Het voelde nog niet aan alsof het van haar was. Misschien zou het dat nooit worden.

Als kind kreeg ze vaak de kleren van haar oudere zuster, Carolines goede, wollen truien en haar nauwelijks gedragen feestjurken. Hoewel de kleren zonder meer verder van Nina waren, bleef ze ze altijd als die van haar zuster zien. In haar gedachten waren het altijd *Caroline's* jurken en *Caroline's* rokken.

Terwijl haar hand voorzichtig haar borst raakte, vroeg ze zich af: en wiens hart ben jij?

's Middags kwam Victor bij haar bed zitten.

'Ik heb die droom weer gehad,' vertelde ze hem. 'Over die jongen.

Het was dit keer zo duidelijk! Toen ik wakker werd, moest ik nog steeds huilen.'

'Dat komt door de steroïden, lieveling,' zei Victor. 'Ze hebben je gewaarschuwd voor neveneffecten.'

'Ik denk dat het iets betekent. Begrijp je het niet? Ik heb een deel van hem in me. Een deel dat nog steeds leeft. Ik kan hem voelen...'

'De zuster had je nooit moeten vertellen dat het van een jongen afkomstig was.'

'Ik heb het haar gevraagd.'

'Ze had het je toch niet moeten vertellen. Die informatie is nergens goed voor. Niet voor jou. En niet voor de jongen.'

'Nee,' zei ze zachtjes. 'Niet voor de jongen. Maar de familie... als er een familie is...'

'Ik weet zeker dat ze er niet aan herinnerd willen worden. Je moet bedenken dat het een strikt vertrouwelijk proces is, Nina. Daar is een reden voor.'

'Zou het zo slecht zijn? Om de familie een bedankbriefje te sturen? Het zou volledig anoniem zijn. Gewoon een eenvoudig...'

'Nee, Nina. Absoluut niet.'

Nina zonk berustend achterover in de kussens. Ze deed weer raar. Victor had gelijk. Victor had altijd gelijk.

'Je ziet er prima uit vandaag, lieveling,' zei hij. 'Heb je al in een stoel gezeten?'

'Twee keer,' zei Nina. Plotseling scheen de kamer haar heel erg koud toe. Ze keek de andere kant op en rilde.

Pete zat in een stoel bij Abby's bed naar haar te kijken. Hij droeg zijn blauwe welpenuniform, het uniform met alle insignes op de mouwen genaaid en de plastic kralen die van zijn borstzakje hingen, een kraal voor elke prestatie. Hij droeg zijn pet niet. Ze vroeg zich af waar zijn pet was. En toen herinnerde ze zich dat hij die kwijt was, dat zij en haar zusters de weg hadden afgezocht, maar hem nergens hadden kunnen vinden in de buurt van de verfrommelde resten van zijn fiets.

Hij was lange tijd niet bij haar geweest, niet meer sinds de avond dat ze was vertrokken om aan haar studie te beginnen. Wanneer hij kwam, was het altijd hetzelfde. Hij zat haar aan te kijken en zei niets.

Ze zei: 'Waar ben je geweest, Pete? Waarom ben je gekomen als je toch niets zegt?'

Hij bleef haar maar zitten aankijken, met stille ogen en roerloze lippen. De kraag van zijn blauwe hemd was gesteven en stond stijf, net zoals hun moeder hem had geperst voor de begrafenis. Hij draaide zich om en keek naar de andere kamer. Hij scheen geroepen te worden door een muzikale klank; hij begon onduidelijker te worden, zoals water waarin geroerd wordt.

Ze zei: 'Wat kwam je me vertellen?'

Het water kolkte en schuimde nu door al die muziekklanken. Een volgende schrille toon leidde tot de totale ineenstorting. Er was nog slechts duisternis.

En de rinkelende telefoon.

Abby reikte naar de hoorn. 'DiMatteo,' zei ze.

'Met de Chirurgische Intensive Care-afdeling. Ik geloof dat u maar beter even kunt komen.'

'Wat is er aan de hand?'

'Mevrouw Voss in bed vijftien. De transplantatie. Ze heeft koorts, 38,5.'

'En de pols en de bloeddruk?'

'Bloeddruk is honderd over zeventig. Pols zesennegentig.'

'Ik kom eraan.' Abby hing op en deed de lamp aan. Het was twee uur 's morgens. De stoel bij haar bed was leeg. Geen Pete. Ze stapte kreunend uit bed en strompelde door de kamer naar de wasbak waar ze wat koud water over haar gezicht gooide. Ze voelde de temperatuur van het water niet eens. Het leek wel alsof ze verdoofd was. Wakker worden, wakker worden, zei ze bij zichzelf. Je moet weten wat je verdomme doet. Een postoperatieve koorts. Een drie dagen oude transplantatie. Eerste stap, controleer de wond. Onderzoek de longen, de buik. Vraag een longfoto aan en kweken.

*En blijf rustig.*

Ze kon zich geen fouten veroorloven. Niet nu en zeker niet bij deze patiënte.

De afgelopen drie dagen was ze iedere ochtend het Bayside ingelopen niet wetend of ze nog een baan had. En iedere middag om vijf uur slaakte ze een zucht van verlichting dat ze weer vierentwintig uur had overleefd. Met elke dag die verstreek, leek de crisis wat af te nemen en Parrs dreigementen verder weg. Ze wist dat Wettig aan haar kant stond en Mark ook. Met hun hulp kon ze haar baan misschien houden. Ze wilde Parr geen enkele reden geven om haar prestaties als arts in twijfel te trekken, dus was ze extra zorgvuldig in haar werk geweest, had elke labtest en ieder lichamelijk onderzoek nagekeken en weer gecontroleerd. En ze had de kamer van Nina Voss vermeden. Ze stond bepaald niet te wachten op nog zo'n woedende ontmoeting met Victor Voss.

Maar nu had Nina koorts en Abby was de assistent-arts ter plekke. Ze kon dit niet vermijden; ze moest haar werk doen.

Ze trok haar tennisschoenen aan en liep de dienstkamer uit.

Het ziekenhuis was rustig midden in de nacht. De gangen strekten zich leeg voor haar uit, de lichten schenen te fel en door haar vermoeide ogen schenen al die witte muren te slingeren als bewegende tunnels. Ze zwierde nu door een van die tunnels, haar lichaam was nog verdoofd, haar hersenen hadden nog moeite om te werken. Alleen haar hart had volledig op de crisis gereageerd, het bonsde.

Ze sloeg een hoek om, de Chirurgische Intensive Care-afdeling op.

De lichten waren gedempt voor de nacht, de concessie van de moderne technologie aan de dagelijkse noden van menselijke patiënten. In het halfduister van de zusterpost liepen de elektrische lijnen van zestien harten van patiënten over zestien schermen. Een blik op scherm vijftien bevestigde dat de pols van mevrouw Voss verhoogd was. Een polsslag van honderd.

De monitorzuster pakte de rinkelende telefoon op, toen zei ze: 'Dr. Levi voor u. Hij wil de dienstdoende assistent-arts spreken.'

'Ik neem het wel,' zei Abby en pakte de hoorn. 'Hallo, dr. Levi? Met Abby DiMatteo.'

Stilte. 'Heb jij vannacht dienst?' zei hij en ze hoorde een duidelijke klank van ontzetting in zijn stem. Ze begreep de reden daarvan onmiddellijk. Abby was de laatste persoon op aarde die hij bij Nina Voss in de buurt wilde hebben. Maar vannacht was er geen keus; ze was de oudste dienstdoende assistent-arts.

Ze zei: 'Ik stond op het punt naar mevrouw Voss te gaan kijken. Ze heeft koorts.'

'Ja, dat is me verteld.' Weer stilte.

Ze stortte zich in die leegte, vastbesloten hun gesprek puur zakelijk te houden. 'Ik zal de gebruikelijke procedure bij koorts volgen,' zei ze. 'Ik zal haar onderzoeken. Een VBB, volledig bloedbeeld, aanvragen en kweken, urineonderzoek en longfoto. Zodra ik de resultaten binnen heb, zal ik u terugbellen.'

'Goed,' zei hij ten slotte. 'Ik wacht op uw telefoontje.'

Abby trok een steriele jas aan en liep het kamertje van Nina Voss binnen. Er was één lampje aangelaten en dat scheen gedempt boven het bed. Onder dat zachte lichtkegeltje was het haar van Nina Voss een zilverachtige vlek op het kussen. Haar oogleden waren gesloten, haar handen lagen kruislings over haar lichaam en vertoonden een vreemde overeenkomst met de heilige rust. De prinses op haar laatste rustplaats, dacht Abby.

Ze liep naar de kant van het bed en zei zachtjes: 'Mevrouw Voss?'

Nina deed haar ogen open. Langzaam richtte haar blik zich op Abby. 'Ja?'

'Ik ben dr. DiMatteo,' zei Abby. 'Ik ben een van de chirurgische assistent-artsen.' Ze zag de flikkering van herkenning in de ogen van de andere vrouw. *Ze kent mijn naam*, dacht Abby. *Ze weet wie ik ben.* De grafschender. De lichaamsdief.

Nina Voss zei niets en keek haar alleen maar met haar niet te peilen ogen aan.

'U heeft koorts,' legde Abby uit. 'We moeten erachter zien te komen waarom. Hoe voelt u zich, mevrouw Voss?'

'Ik ben... moe. Dat is alles,' fluisterde Nina. 'Alleen maar moe.'

'Ik moet even naar de operatiewond kijken.' Abby draaide het licht feller aan en haalde voorzichtig het verband van de borstwond. De incisie zag er schoon uit, niet rood of gezwollen. Ze haalde haar stethoscoop tevoorschijn en begon aan de rest van de koortsprocedure. Ze hoorde de normale hoeveelheid lucht de longen in- en uitgaan. Ze betastte de buik. Keek in oren, neus en keel. Ze vond niets alarmerends, niets dat koorts kon veroorzaken. Nina onderging het zwijgend, haar blik volgde iedere beweging van Abby.

Ten slotte ging Abby rechtop staan en zei: 'Alles lijkt in orde. Maar er moet een reden voor de koorts zijn. We zullen een longfoto maken en drie buisjes bloed afnemen voor verschillende kweekjes.' Ze glimlachte verontschuldigend. 'Ik ben bang dat er niet veel meer van slapen komt vannacht.'

Nina schudde haar hoofd. 'Ik slaap toch niet veel. Al die dromen. Zo veel dromen...'

'Nare dromen?'

Nina haalde adem en blies die weer uit. 'Over die jongen.'

'Welke jongen, mevrouw Voss?'

'Deze jongen.' Zachtjes raakte haar hand haar borst aan. 'Ze hebben me verteld dat het van een jongen was. Ik weet zijn naam niet eens. Of hoe hij is gestorven. Ik weet alleen dat het van een jongen is.' Ze keek Abby aan. 'Dat was toch zo?'

Abby knikte. 'Dat heb ik in de operatiekamer gehoord.'

'Was u daar bij?'

'Ik heb dr. Hodell geassisteerd.'

Er verscheen een glimlachje op Nina's lippen. 'Vreemd. Dat u daar zou zijn, nadat...' Haar stem stierf weg.

Ze zwegen allebei even, Abby zweeg uit schuldgevoelens, Nina Voss uit... wat? De ironie van deze ontmoeting? Abby draaide het licht weer gedempter. Het kamertje lag weer in het grafkelderachtige schijnsel.

'Mevrouw Voss,' zei Abby. 'Die gebeurtenis van een paar dagen geleden. Dat andere hart, het eerste hart...' Ze keek de andere kant op en kon de vrouw niet aankijken. 'Er was een jongen. Van zeventien. Jongens van die leeftijd willen auto's of vriendinnetjes. Maar deze jongen wilde alleen maar naar huis. Niets anders, alleen maar naar huis.' Ze zuchtte. 'Ik kon het uiteindelijk niet laten gebeuren. Ik kende u niet, mevrouw Voss. U lag niet in dat bed. Hij wel. En ik moest een keus maken.' Ze knipperde met haar ogen en voelde tranen op haar wimpers.

'Heeft hij het gehaald?'

'Ja. Hij heeft het gehaald.'

Nina knikt. Weer raakte ze haar borst aan. Ze scheen met haar hart te beraadslagen. Te luisteren en te communiceren. Ze zei: 'Deze jongen. Deze jongen leeft ook. Ik ben me zo bewust van zijn hart. Van iedere hartslag. Sommige mensen geloven dat je ziel in je hart zit. Misschien geloven zijn ouders dat. Ik denk ook aan hen. En hoe erg het moet zijn. Ik heb nooit een zoon gehad. Ik heb nooit kinderen gehad.' Ze balde haar hand tot een vuist en duwde die tegen het verband. 'Denkt u niet dat het een troost voor hen zou zijn om te weten dat een deel van hem nog in leven is? Als het mijn zoon was geweest, zou ik het hebben willen weten. Ik zou het willen weten.' Ze huilde nu, de tranen vormden een flonkerend spoor langs haar slapen.

Abby pakte de hand van de vrouw en schrok van de kracht van Nina's greep, de koortsachtige huid, de vingers gespannen van verlangen. Nina keek naar haar omhoog, een blik die scheen te glanzen door een wonderlijk, innerlijk vuur. *Als ik je toen had gekend*, dacht Abby, *als ik je in het ene bed had zien sterven en Josh O'Day in het andere, wie zou ik dan gekozen hebben?*

*Ik weet het niet.*

Boven het bed huppelde een lijn over het groene schijnsel van de oscilloscoop. Het hart van een onbekende jongen sloeg honderd slagen per minuut en pompte koortsachtig bloed door de aderen van een vreemde.

Abby kon het kloppen van een pols voelen toen ze Nina's hand vasthield. Een langzame, regelmatige pols.

Niet die van Nina, maar haar eigen.

Het duurde twintig minuten voor de mensen van de röntgenafdeling kwamen en een foto maakten en nog een kwartier voor Abby een ontwikkelde foto in haar handen had. Ze klemde hem aan de lichtkast van de Chirurgische Intensive Care-afdeling en zocht naar tekenen van een longontsteking. Die waren er niet.

Het was drie uur in de ochtend. Ze belde Aaron Levi thuis op.

De vrouw van Aaron nam op met een omfloerste stem van de slaap. 'Hallo?'

'Elaine, met Abby DiMatteo. Sorry dat ik je op dit uur lastigval. Mag ik Aaron even spreken?'

'Hij is naar het ziekenhuis toe.'

'Hoe lang geleden?'

'Eh... vlak na het tweede telefoontje. Is hij er niet?'

'Ik heb hem niet gezien,' zei Abby.

Het was stil aan de andere kant van de lijn. 'Hij is een uur geleden weggegaan,' zei Elaine. 'Hij zou er moeten zijn.'

'Ik zal hem oppiepen. Maak je geen zorgen, Elaine.' Abby hing op, draaide toen het nummer van Aarons pieper en wachtte tot de telefoon overging.

Tegen kwart over drie had hij nog steeds niet gereageerd.

'Dr. D.?' zei Sheila, de zuster van Nina Voss. 'Het laatste bloedmonster is op kweek gezet. Wilt u dat er nog iets anders gedaan wordt?'

Abby vroeg zich af: *wat heb ik over het hoofd gezien?* Ze boog zich voorover naar het bureau, masseerde haar slapen en vocht om wakker te blijven. Denk. Postoperatieve koorts. Waar kwam de ontsteking vandaan? Wat had ze vergeten?

'Misschien het orgaan?' zei Sheila.

Abby keek op. 'Het hart?'

'Het was maar iets wat me te binnen schoot. Maar het zal niet waarschijnlijk zijn...'

'Waar denk je aan, Sheila?'

De zuster aarzelde. 'Ik heb het hier nooit meegemaakt. Maar voor ik in het Bayside werkte, heb ik in het Mayo op de niertransplantatie-afdeling gewerkt. Ik herinner me dat we daar een keer een patiënt hadden, een nierontvanger met postoperatieve koorts. We kwamen er pas achter waar de ontsteking zat nadat hij was overleden. Het bleek een schimmelinfectie te zijn. Naderhand bekeken ze de papieren van de donor en zagen dat de bloedkweken van de donor positief waren, maar die resultaten kwamen pas een week nadat de nieren geëxplanteerd waren. Tegen die tijd was het te laat voor de ontvanger. Onze patiënt.'

Abby dacht hier even over na. Ze keek naar de rij monitors, naar de snelle hartklop van bed vijftien die over het scherm danste.

'Waar worden de donorgegevens bewaard?' vroeg Abby.

'Die zouden in het kantoor van de transplantatiecoördinator moeten liggen, beneden. De hoofdzuster heeft de sleutel.'

'Kun je haar vragen het dossier voor mij te halen?'

Abby maakte de status van Nina Voss open. Ze zocht het donorformulier van de New England Orgaan Bank, het papier dat bij het hart uit Vermont had gezeten. Daar stond de ABO bloedgroep, de

HIV-status, syfillis antilichaamtiters en een lange lijst andere labtesten op verschillende virale infecties. De donor was niet gespecificeerd.

Een kwartier later ging de telefoon. Het was de hoofdzuster voor Abby.

'Ik kan het donordossier niet vinden,' zei ze.

'Staat het niet onder de naam van Nina Voss?'

'Ze staan opgeborgen op het medische dossiernummer van de ontvanger. Er staat hier niets onder het nummer van mevrouw Voss.'

'Kan het verkeerd zijn opgeborgen?'

'Ik heb ook bij alle nier- en levertransplantatiedossiers gekeken. En ik heb het dossiernummer nog eens nagekeken. Weet u zeker dat het niet ergens op de Chirurgische Intensive Care-afdeling ligt?'

'Ik zal vragen of ze even willen kijken. Dank u wel.' Abby hing op en zuchtte. Zoekgeraakte papieren. Daar had ze om deze tijd van de nacht al helemaal geen zin in. Ze keek naar de dossierplank van de Chirurgische Intensive Care-afdeling waar dossiers van vroegere opnames van huidige patiënten werden bewaard. Als het vermiste dossier dáár ergens lag begraven, kon ze een uur zoeken.

Of ze kon het donorziekenhuis direct opbellen. Die konden het dossier pakken, en haar de medische voorgeschiedenis en de labtesten van de donor geven.

De telefonische inlichtingendienst verschafte haar het nummer van het Wilcox Memorial. Ze draaide het nummer en vroeg naar de hoofdzuster.

Even later nam een vrouw op. 'Met Gail DeLeon.'

'Met dr. DiMatteo van het Bayside Hospital in Boston,' zei Abby. 'Wij hebben hier een harttransplantatie-ontvanger liggen die postoperatief koorts heeft gekregen. We weten dat het donorhart van uw operatiekamer afkomstig was. Ik moet wat meer gegevens hebben over de medische voorgeschiedenis van de donor. Ik vroeg me af of u de naam van de patiënt zou weten.'

'De orgaanexplantatie was hier gedaan?'

'Ja. Drie dagen geleden. De donor was een jongen. Een tiener.'

'Ik zal even in het operatiejournaal kijken. Ik bel u zo terug.'

Tien minuten later deed ze dat, maar niet met het antwoord, maar met een vraag. 'Weet u zeker dat u het juiste ziekenhuis hebt opgebeld, dokter?'

Abby keek naar Nina's status. 'Hier staat dat het Wilcox Memorial het donorziekenhuis was. Burlington, Vermont.'

'Tja, dat zijn wij. Maar ik zie geen explantatie in het journaal.'

'Kunt u het operatieschema nakijken? De datum moet geweest

zijn...' Abby keek naar het formulier. '24 september. De explantatie moet ergens rond middernacht gebeurd zijn.'

'Een ogenblikje.'

Abby kon door de hoorn het geluid horen van bladzijden die werden omgeslagen en de zuster die af en toe haar keel schraapte. De stem keerde terug. 'Hallo?'

'Ja,' zei Abby.

'Ik heb het schema voor 23, 24, en 25 september nagekeken. Er staan een paar blindedarmoperaties op het programma, alsmede een galblaas die verwijderd moet worden en een paar keizersneden. Maar nergens een orgaanexplantatie.'

'Die moet er zijn. Wij hebben het hart.'

'Wij hebben het niet gestuurd.'

Abby bekeek de aantekeningen van de operatiezuster en zag de opmerking: *0105: dr. Leonard Mapes arriveert uit het Wilcox Memorial.* Ze zei: 'Een van de chirurgen die meegeopereerd heeft aan de explantatie was dr. Leonard Mapes. Dat is dezelfde vent die het bezorgd heeft.'

'Hier werkt geen dr. Mapes.'

'Hij is een thoraxchirurg...'

'Luister, er is geen dr. Mapes. Ik weet niet eens of er in Burlington wel een dr. Mapes werkt. Ik weet niet waar u uw gegevens vandaan heeft, dokter, maar ze zijn duidelijk verkeerd. Misschien moet u alles nog eens nakijken.'

'Maar...'

'Probeer een ander ziekenhuis.'

Abby hing langzaam op.

Ze zat lange tijd naar de telefoon te kijken. Ze dacht over Victor Voss na en zijn geld, over alle dingen die geld kon kopen. Ze dacht na over de onvoorstelbare samenloop van omstandigheden die Nina Voss een nieuw hart had bezorgd. Een passend hart.

Ze pakte opnieuw de telefoon op.

# 9

'Je reageert te heftig,' zei Mark en bladerde door de Chirurgische Intensive Care-status van Nina Voss. 'Hier moet een redelijke verklaring voor zijn.'

'Die zou ik dan wel eens willen horen,' zei Abby.

'Het was een keurige excisie. Het hart kwam op de juiste manier verpakt aan en werd op de juiste manier bezorgd. Er *waren* donorpapieren bij.'

'Die nu verdwenen schijnen te zijn.'

'De transplantatiecoördinator komt om negen uur. We kunnen haar dan naar de papieren vragen. Ik weet zeker dat ze ergens zullen liggen.'

'Mark, er is nog iets. Ik heb het donorziekenhuis opgebeld. Er werkt daar geen chirurg die Leonard Mapes heet. Er is in heel Burlington geen chirurg die zo heet.' Ze zweeg even en zei toen zachtjes: 'Weten we eigenlijk wel waar dat hart vandaan kwam?'

Mark zei niets. Hij scheen te verbluft en te vermoeid te zijn om helder te kunnen nadenken. Het was kwart over vier. Na Abby's telefoontje had hij zich uit bed gesleept en was naar het Bayside gereden. Postoperatieve koorts vereiste directe aandacht en hoewel hij Abby's bevindingen vertrouwde, wilde hij de patiënte zelf zien. Nu probeerde Mark, in het halfduister van de Chirurgische Intensive Care-afdeling, uit alle macht om iets zinnigs op te maken uit de administratie in de status van Nina Voss. Een rij hartmonitors staarde hem aan en drie heldere groene lijnen werden op zijn spiegelende brillenglazen weerkaatst. In het halfduister gleden de zusters als schaduwen voorbij en spraken op gedempte stem.

Mark deed de status dicht. Met een zucht zette hij zijn bril af en wreef in zijn ogen. 'Die koorts. Waar komt die koorts verdomme vandaan? Dat wil ik alleen weten.'

'Kan het een infectie zijn die afkomstig is van de donor?'

'Onwaarschijnlijk. Dat heb ik nog nooit meegemaakt bij een hart.'

'Maar we weten niets van de donor. Of van zijn medische voorgeschiedenis. We weten niet eens uit welk ziekenhuis dat hart afkomstig is.'

'Abby, dat is een slag in het duister. Ik weet dat Archer de explantatie-chirurg telefonisch heeft gesproken. Ik weet ook dat er papieren zijn geweest. Die zaten in zo'n bruine envelop.'

'Die herinner ik me ook.'

'Mooi. Dan hebben we hetzelfde gezien.'

'Waar is die envelop nou?'

'Hé, ik stond te opereren, weet je nog? Ik zat tot aan mijn ellebogen in het bloed. Ik kan niet op de een of andere stomme envelop letten.'

'Waarom wordt er trouwens zo geheimzinnig over die donor gedaan? We hebben geen dossiers. We weten niet hoe hij heet.'

'Dat is standaard procedure. Donordossiers zijn geheim. Ze blijven altijd gescheiden van de status van de ontvanger. Anders gaan de families contact met elkaar opnemen. De donorkant zou onsterfelijke dank verwachten. De ontvangende kant zou dat vervelend vinden of zich schuldig voelen. Dat leidt tot enorm veel emotionele ellende.' Hij zonk achterover op zijn stoel. 'We zitten hier onze tijd te verspillen. Over een paar uur is het allemaal opgelost. Dus laten we ons op de koorts concentreren.'

'Goed. Maar als er hier ook maar enige vragen over zijn, wil de New England Orgaan Bank hier meer over weten.'

'Hoe is die erbij betrokken geraakt?'

'Ik heb ze opgebeld. Ze zijn vierentwintig uur per dag bereikbaar. Ik heb ze verteld dat jij of Archer nog contact met hen zou opnemen.'

'Dat kan Archer afhandelen. Die kan hier ieder ogenblik komen.'

'Komt hij?'

'Hij maakt zich zorgen om de koorts. En we kunnen Aaron maar niet te pakken krijgen. Heb je hem nog opgepiept?'

'Drie keer. Geen antwoord. Elaine zei dat hij hier naartoe onderweg is.'

'Nou, ik weet dat hij is aangekomen. Ik zag zijn auto net op de parkeerplaats. Misschien is hij druk bezig op Intern.' Mark bladerde door de status van Nina Voss op zoek naar de formulieren voor doktersorders. 'Ik ga verder zonder hem.'

Abby keek even naar het kamertje van Nina Voss. De ogen van de patiënte waren dicht, haar borst ging zachtjes op en neer, een teken dat ze sliep.

'Ik begin met antibiotica,' zei Mark. 'Breed spectrum.'

'Welke infectie behandel je?'

'Ik weet het niet. Het is maar een tijdelijke brug tot de kweken terugkomen. Met haar gebrek aan weerstand kunnen we geen risico nemen dat ze ergens een infectie heeft opgelopen.' Mark stond gefrustreerd op en staarde door het raam van haar kamer naar Nina

Voss. Dat beeld scheen hem te kalmeren. Abby kwam naast hem staan. Ze stonden heel dicht naast elkaar, raakten elkaar bijna aan en toch lag deze crisis als een kloof tussen hen. Aan de andere kant van het raam lag Nina Voss vredig te slapen.

'Het kan een medicijnreactie zijn,' zei Abby. 'Ze slikt zo veel. Op een van die medicijnen kan ze met koorts reageren.'

'Dat is mogelijk. Maar niet waarschijnlijk met corticosteroïden en ciclosporine.'

'Ik kon geen enkele bron voor een ontsteking vinden. Nergens.'

'Ze heeft weinig weerstand. Als we iets over het hoofd zien, is ze dood.' Hij draaide zich om om de status op te pakken. 'Ik ga die beestjes te lijf.'

Om zes uur 's ochtends druppelde de eerste dosis intraveneuze Azactam in Nina's aderen. Er werd een overleg aangevraagd met iemand van infectieziekten en om kwart over zeven kwam dr. Moore langs. Hij was het met Marks beslissing eens. Koorts bij een patiënt met zo weinig weerstand was te gevaarlijk om onbehandeld te laten.

Om acht uur werd er een tweede antibioticum per infuus gegeven, Piperacillin.

Tegen die tijd maakte Abby haar ochtendronde op de Chirurgische Intensive Care-afdeling, haar karretje volgestapeld met statussen. Het was een zware nacht geweest; ze had net een uurtje geslapen voor het telefoontje van twee uur en sindsdien had ze geen seconde rust meer gehad. Opgepept door twee koppen koffie en het einde dat in zicht was, duwde ze de kar langs de rij kamertjes en dacht: *Nog vier uur en dan ben ik weg. Nog maar vier uur voor het middag is.* Ze liep langs bed elf en keek even door het raampje.

Nina was wakker. Ze zag Abby en wenkte haar zwakjes.

Abby liet de statussen bij de deur staan, trok een steriele jas aan en liep de kamer binnen.

'Goedemorgen, dr. DiMatteo,' zei Nina zachtjes. 'Ik ben bang dat u door mijn schuld weinig heeft geslapen.'

Abby glimlachte. 'Dat geeft niet. Ik heb vorige week nog geslapen. Hoe gaat het ermee?'

'Ik ben het middelpunt van de belangstelling.' Nina keek even naar de infuusfles met antibiotica die boven haar bed hing. 'Is dat het medicijn dat me beter moet maken?'

'Dat hopen we. U krijgt een combinatie van Piperacillin en Azobactam. Een breedspectrum antibiotica. Als u een infectie heeft, moet dit helpen.'

'En als het geen infectie is?'

'Dan zal de koorts niet reageren. En dan proberen we iets anders.'

'Dus u weet feitelijk niet wat de oorzaak is.'

Abby zweeg even. 'Nee,' gaf ze toe. 'Dat weten we niet. Het is eigenlijk een schot in het duister.'

Nina knikte. 'Ik dacht wel dat u me de waarheid zou zeggen. Dat deed dr. Archer namelijk niet. Hij was hier vanochtend en hij zei maar steeds dat ik me geen zorgen hoefde te maken. Dat alles onder controle was. Hij gaf geen ogenblik toe dat hij het niet wist.' Nina lachte zachtjes, alsof de koorts, de antibiotica, al die slangen en machines deel uitmaakten van een of andere grillige illusie.

'Hij wilde u vermoedelijk niet ongerust maken,' zei Abby.

'Maar ik ben niet bang voor de waarheid. Echt niet. Artsen vertellen niet vaak genoeg de waarheid.' Ze keek Abby recht aan. 'Dat weten we allebei.'

Abby merkte dat ze automatisch naar de monitors keek. Ze zag dat alle lijnen over het scherm binnen de normale grenzen liepen. Pols. Bloeddruk. Rechteratriumdruk. Het was puur een gewoonte, dat zich richten op getallen. Machines stelden geen moeilijke vragen en verwachtten geen pijnlijk eerlijke antwoorden.

Ze hoorde Nina zachtjes zeggen: 'Victor.'

Abby draaide zich om. Pas toen ze naar de deuropening keek, besefte ze dat Victor Voss net de kamer was binnengekomen.

'Verdwijn,' zei hij. 'Ga de kamer van mijn vrouw uit.'

'Ik kwam alleen maar even bij haar kijken.'

'Ik zei, *verdwijn*!' Hij deed een stap in haar richting en pakte met één hand haar steriele overjas beet.

Abby verzette zich automatisch en trok zich los. De kamer was zo klein dat er geen plaats was om achteruit te lopen, geen plaats om zich snel terug te trekken.

Hij deed een uitval naar haar. Dit keer kreeg hij haar arm te pakken en greep haar met opzet pijnlijk hard beet.

'Victor, niet doen!' zei Nina.

Abby gaf een kreet van pijn terwijl ze vooruit werd getrokken. Hij gooide haar de kamer uit. Door de kracht van zijn duw viel ze achterover tegen het karretje aan. Ze voelde zich vallen terwijl het karretje wegrolde. Ze kwam hard op haar billen terecht. De kar rolde door, sloeg tegen een balie aan en de statussen vielen op de grond. Abby was verbijsterd van de slag en keek op. Victor Voss stond boven haar. Hij haalde zwaar adem, niet van inspanning, maar van woede.

'Kom niet meer in de buurt van mijn vrouw,' zei hij. 'Hoort u me, dokter? *Hoort u me*?' Voss keek naar het geschrokken personeel dat op de Chirurgische Intensive Care-afdeling stond. 'Ik wil deze vrouw niet meer in de buurt van mijn vrouw hebben. Ik wil dat dit in haar status wordt geschreven en op haar deur wordt vermeld. Ik wil dat dit nu gebeurt.' Hij schonk Abby een laatste blik vol afkeer, liep toen de kamer van zijn vrouw in en trok het gordijn met een ruk voor het raam.

Twee zusters haastten zich om Abby overeind te helpen.

'Het gaat wel,' zei Abby en weerde hen af. 'Er is niets aan de hand.'

'Hij is gek,' fluisterde een van de zusters. 'We zouden eigenlijk de beveiliging erbij moeten halen.'

'Niet doen,' zei Abby. 'Laten we het niet erger maken.'

'Maar dat was geweldpleging! U kunt hem aanklagen.'

'Laten we het nou maar vergeten, goed?' Abby liep naar de kar. Haar statussen lagen op de grond. Overal lagen losse vellen papier en labuitslagen verspreid. Met een vuurrode kleur verzamelde ze alle papieren en legde ze terug op de kar. Tegen die tijd vocht ze tegen haar tranen. *Ik kan niet huilen*, dacht ze. *Niet hier. Ik wil niet huilen.* Ze keek op.

Iedereen keek naar haar.

Ze liet de kar staan waar hij stond en liep de Chirurgische Intensive Care-afdeling af.

Mark vond haar drie uur later in de kantine. Ze zat aan een hoektafeltje voorovergebogen over een kop thee en een bosbessenmuffin. Ze had maar één hap van de muffin genomen en het theezakje had zo lang in het water staan weken dat het zo zwart als koffie was geworden.

Mark pakte een stoel tegenover haar en ging zitten. 'Voss schopte een rel, Abby. Jij niet.'

'Ik ben alleen maar degene die ten aanschouwe van iedereen op haar krent terechtkwam.'

'Hij duwde je. Dat kun je gebruiken. Iets tegen die krankzinnige aanklachten.'

'Je bedoelt dat ik hem kan vervolgen wegens geweldpleging?'

'Zoiets.'

Ze schudde haar hoofd. 'Ik wil niet over Victor Voss denken. Ik wil niets met hem te maken hebben.'

'Er waren minstens vijf getuigen. Ze zagen dat hij jou duwde.'

'Mark, laten we het vergeten.' Ze pakte de muffin op, nam ongeinteresseerd een hap en legde hem weer neer. Ze zat ernaar te staren en wilde wanhopig graag van onderwerp veranderen.

Ten slotte zei ze: 'Was Aaron het met de antibiotica eens?'

'Ik heb Aaron de hele dag niet gezien.'

Ze keek met gefronste wenkbrauwen op. 'Ik dacht dat hij hier was.'

'Ik heb hem opgepiept, maar hij heeft niet een keer gereageerd.'

'Heb je hem thuis gebeld?'

'Ik kreeg de huishoudster. Elaine is het weekend naar hun kind in Dartmouth.' Mark haalde zijn schouders op. 'Het is zaterdag. Dit is trouwens Aarons vrije weekend. Hij heeft vermoedelijk besloten dat hij er even tussenuit wilde.'

'Er tussenuit...' Abby zuchtte en wreef over haar gezicht. 'God, dat wil ik ook. Een strand en een paar palmbomen en een pina colada.'

'Klinkt mij ook goed in de oren.' Hij reikte over de tafel en pakte haar hand. 'Mag ik mee?'

'Je houdt niet eens van pina colada's.'

'Maar ik hou wel van stranden en palmbomen. En van jou.' Hij kneep even in haar hand. Dat was precies wat ze op dat ogenblik nodig had. Zijn aanraking. Die voelde stevig en betrouwbaar aan, zoals hij zelf was.

Hij boog zich over de tafel. En kuste haar midden in de kantine. 'Moet je ons zien. Zo maken we er nog een openbare vertoning van ook,' fluisterde hij. 'Je kunt maar beter naar huis gaan, voor we ieders aandacht trekken.'

Ze keek even op haar horloge. Het was twaalf uur en zaterdag. Het weekend was eindelijk begonnen.

Hij ging met haar de kantine uit en naar de ziekenhuislobby. Toen ze door de voordeur liepen, zei hij: 'Dat vergat ik je bijna nog te vertellen. Archer heeft het Wilcox Memorial opgebeld en met een of andere thoraxchirurg gesproken, een zeker Tim Nicholls. Het blijkt dat Nicholls bij de explantatie geassisteerd heeft. Hij bevestigde dat de patiënt van hen afkomstig was. En dat dr. Mapes de excisie heeft gedaan.'

'Maar waarom staat Mapes dan niet op de personeelslijst van het Wilcox?'

'Omdat Mapes per privéjet uit Houston kwam vliegen. We wisten er niets van. Blijkbaar vertrouwde meneer Voss geen enkele chirurg uit het noorden van Amerika genoeg om dat werk te doen. Dus liet hij een specialist komen.'

'Helemaal uit Texas?'

'Met zijn geld kon Voss het hele Baylor-team laten overvliegen.'

'Dus de explantatie is wél in het Wilcox Memorial gedaan.'

'Nicholls zei dat hij erbij was geweest. De zuster die je gisteravond hebt gesproken, moet het verkeerde journaal bekeken hebben. Als je wilt dat ik opbel om het nog eens te laten bevestigen...'

'Nee, laat maar. Het lijkt nu allemaal zo dom. Ik weet niet wat ik dacht.' Ze zuchtte en keek naar haar auto die op zijn gebruikelijke plek aan de andere kant van de parkeerplaats stond. Buiten-Siberië noemden de assistent-artsen de hun toegekende parkeerplaats. Maar ja, slaven mochten blij zijn dat ze nog een parkeerplaats toegewezen kregen. 'Tot straks, thuis' zei ze. 'Als ik nog wakker ben.'

Hij sloeg zijn armen om haar heen, duwde haar hoofd achterover en kuste haar, het ene vermoeide lichaam klampte zich aan het andere vast. 'Rij voorzichtig naar huis,' fluisterde hij. 'Ik hou van je.'

Ze liep wazig van vermoeidheid over de parkeerplaats terwijl die vier woorden door haar hoofd weerklonken.

*Ik hou van je.*

Ze stond stil en keerde zich om om naar hem te zwaaien, maar hij was al door de deuren van de lobby verdwenen.

'Ik hou ook van jou,' zei ze met een glimlach.

Ze draaide zich om naar haar auto, en had de sleutels al uit haar tas gehaald. Toen pas zag ze dat de auto niet op slot zat. Jezus, wat een idioot was ze. Ze had de auto de hele nacht open laten staan.

Ze maakte het portier open.

Bij de eerste vleug lucht deed ze kokhalzend van de stank een stap achteruit. En vol afkeer bij het zien van wat er op de voorbank lag.

Om de schakelpook waren slierten rottende darmen gewikkeld, één uiteinde hing los als een groteske slinger onderaan haar stuur. Een gehakte massa ondefinieerbaar weefsel was over de stoel naast die van de bestuurder gesmeerd. En op de stoel van de bestuurder lag tegen de rugleuning één enkel bloederig orgaan.

Een hart.

Het was een adres in Dorchester, een verlopen buurt in zuidoost Boston. Hij parkeerde aan de overkant van de straat en keek naar het vierkante huis en het grasveld vol onkruid. Er stond een kind van een jaar of twaalf op de oprit met een basketbal te spelen. Hij gooide de bal van tijd tot tijd naar de ring die aan de garage bevestigd was, maar miste iedere keer. Die maakte geen kans op een toekomstige sportbeurs. Te oordelen naar de oude rammelkast die in de garage geparkeerd stond en de algemene armoedige indruk die het huis maakte, zou een beurs zeker van pas komen.

Hij stapte uit zijn auto en stak de straat over. Toen hij de oprit opliep, bleef de jongen plotseling stil staan. Hij klemde de bal tegen zijn borst en bekeek de bezoeker met duidelijk wantrouwen.

'Ik zoek de familie Flynt.'

'Ja,' zei de jongen. 'Dat is hier.'

'Zijn je ouders thuis?'

'Mijn vader wel. Waarom?'

'Misschien kan je hem even gaan vertellen dat hij bezoek heeft.'

'Wie bent u?'

Hij gaf de jongen zijn zakelijke visitekaartje. De jongen las het met slechts vage interesse en probeerde het toen terug te geven.

'Nee, hou maar. Laat het aan je vader zien.'

'U bedoelt, nu direct?'

'Als hij het niet te druk heeft.'

'Goed. Oké.' De jongen liep het huis in; de deur van muskietengaas klapte achter hem dicht.

Even later kwam er een man met een dikke buik naar de deur. Hij glimlachte niet. 'U moet mij hebben?'

'Meneer Flynt, ik ben Stewart Sussman. Ik ben van het advocatenkantoor Hawkes, Craig en Sussman.'

'Ja?'

'Ik heb begrepen dat u een half jaar geleden in het Bayside Medical Center heeft gelegen?'

'Ik heb een ongeluk gehad. Het was de schuld van die andere vent.'

'Uw milt is verwijderd. Klopt dat?'

'Hoe weet u dat allemaal?'

'Ik ben hier in uw belang, meneer Flynt. U hebt een zware operatie ondergaan, is het niet?'

'Ze zeiden dat ik dood had kunnen gaan. Ik denk dat dat betekent dat het zwaar was.'

'Was een van uw artsen een vrouwelijke assistent-arts, een zekere Abigail DiMatteo?'

'Ja. Die kwam iedere dag. Een bijzonder aardige vrouw.'

'Heeft zij of een van de andere artsen u over de gevolgen van het verwijderen van een milt ingelicht?'

'Ze zeiden dat ik lelijke infecties kan oplopen als ik niet uitkijk.'

'Fatale infecties. Hebben ze dat gezegd?'

'Eh... misschien.'

'Hebben ze iets gezegd over een ongelukje tijdens de operatie?'

'Wat?'

'Een scalpel dat de milt raakte. En een hevige bloeding veroorzaakte.'

'Nee.' De man boog zich nu naar hem toe met een blik van grote bezorgdheid. 'Is mij zoiets overkomen?'

'We willen het graag zeker weten. We hebben daar alleen uw toestemming voor nodig om uw medische status te verkrijgen.'

'Waarom?'

'Het is in uw eigen belang, meneer Flynt, om te weten of het verlies van uw milt te wijten was aan een operatiefout. Als er een fout is gemaakt, dan heeft u onnodig schade opgelopen. En dan heeft u recht op schadevergoeding.'

Meneer Flynt zei niets. Hij keek naar de jongen die naar het gesprek stond te luisteren. Hij begreep er vermoedelijk niets van. Toen keek hij naar de pen die hem werd aangeboden.

'Met schadevergoeding bedoelde ik geld, meneer Flynt,' zei de advocaat.

De man pakte de pen en zette zijn handtekening.

Toen Sussman weer in de auto zat, liet hij het getekende aanvraagformulier in zijn aktentas glijden en pakte zijn lijst. Er stonden nog vier namen op, nog vier handtekeningen. Dat zou geen moeilijkheden moeten opleveren. Inhaligheid en vergoeding waren een machtige combinatie.

Hij schrapte de naam *Flynt, Harold*, door en startte de auto.

# 10

'Het was een varkenshart. Ze hebben het vermoedelijk de vorige avond in mijn auto gelegd en het heeft de hele dag in de hitte liggen bakken. Ik ben de stank nog steeds niet kwijt.'

'Die vent is bezig je stapelgek te maken,' zei Vivian Chao. 'Je moet hem net zo aanpakken.'

Abby en Vivian liepen door de voordeur en de lobby naar de liften. Het was zondagmiddag in het Massachusetts General en de openbare lift was al stampvol bezoekers en beterschapsballonnen die boven de hoofden dansten. De deuren gleden dicht en de geur van anjers was direct bedwelmend.

'We hebben geen enkel bewijs,' mompelde Abby. 'We weten niet zeker of hij dit doet.'

'Wie anders? Moet je kijken wat hij al gedaan heeft. Hij produceert aanklachten. Slaat je in het openbaar tegen de grond. Ik verzeker je, DiMatteo, het is tijd om een aanklacht in te dienen. Geweldpleging. Terroristische bedreigingen.'

'De moeilijkheid is dat ik begrijp waarom hij het doet. Hij is overstuur. Zijn vrouw maakt een gevaarlijke postoperatieve tijd door.'

'Hoor ik een klank van schuld?'

Abby zuchtte. 'Het is moeilijk om me niet schuldig te voelen wanneer ik langs haar bed loop.'

Ze liepen op de derde verdieping de lift uit en de gang in naar de afdeling hartchirurgie.

'Hij heeft het geld om jouw leven heel lang tot een hel te maken,' zei Vivian. 'Je hebt al een proces tegen je lopen. Er zullen er nog wel meer volgen.'

'Ik denk dat die er al zijn. De dossierafdeling vertelde me dat ze nog zes aanvragen voor dossierinzage hebben gekregen van Craig, Hawke en Sussman. Dat is het advocatenkantoor dat Joe Terrio vertegenwoordigt.'

Vivian stond stil en staarde haar aan. 'Jezus. Op die manier breng je de rest van je leven in de rechtszaal door.'

'Of tot ik ontslag neem. Zoals jij.'

Vivian liep weer door, haar manier van lopen was net zo fel als altijd. De kleine Aziatische amazone die nergens bang voor was.

'Waarom vecht jíj eigenlijk niet terug?' vroeg Abby.

'Dat probeer ik. Het probleem is alleen dat de man tegen wie we het opnemen, Victor Voss is. Wanneer ik zijn naam tegen mijn advocaat noem, wordt ze wit om de neus. En dat wil wat zeggen voor een zwarte vrouw.'

'Wat was haar advies?'

'Weglopen. En blij zijn dat ik mijn studie achter de rug heb. Ik kan tenminste een andere baan vinden. Of mijn eigen praktijk openen.'

'Is ze zo bang voor Voss?'

'Ze wilde het niet toegeven, maar ja. Er zijn veel mensen bang voor hem. Ik verkeer trouwens niet in de positie om te vechten. Ik had de leiding, dus mijn kop moet rollen. We hebben een hart gestolen, DiMatteo. Zo is het en niet anders. Als het iemand anders was geweest dan Victor Voss, hadden we ermee weg kunnen komen. Nu draai ik ervoor op.' Ze keek Abby aan. 'Maar niet zo erg als jij.'

'Ik heb mijn baan tenminste nog.'

'Hoe lang nog? Je bent pas een tweedejaars assistent-arts. Je moet terug gaan vechten, Abby. Laat je niet door hem te gronde richten. Je bent een te goede arts om eruit gepest te worden.'

Abby schudde haar hoofd. 'Soms vraag ik me af of het allemaal wel de moeite waard is.'

'De moeite waard?' Vivian bleef staan voor kamer 417. 'Ga kijken. En vertel het me dan.' Ze klopte op de deur en liep toen de kamer in.

De jongen zat overeind in bed met de afstandsbediening van de tv te spelen. Als hij de Red Sox-pet niet op zijn hoofd had gehad, zou Abby Josh O'Day niet herkend hebben, zo was zijn uiterlijk veranderd door de rozige gloed van gezondheid. Zodra hij Vivian zag, grijnsde hij breeduit.

'Hé, dr. *Chao*!' riep hij verrukt uit. 'Goh, ik vroeg me al af of u óóit nog kwam.'

'Ik ben geweest,' zei Vivian. 'Twee keer. Maar jij slaapt altijd.' Ze schudde haar hoofd vol spottende afkeer. 'Typisch zo'n luie tiener.'

Ze lachten allebei. Even was het stil. Toen spreidde Josh bijna verlegen zijn armen uit.

Vivian bleef even roerloos staan. Het leek alsof ze niet wist hoe ze moest reageren. Toen rukte ze zich plotseling los van een of andere onzichtbare barrière en liep naar hem toe. De omhelzing was kort en onhandig. Vivian leek bijna opgelucht toen het voorbij was.

'En hoe gaat het ermee?' vroeg ze.

'Echt goed. Hé, hebt u dit gezien?' Hij wees op de tv. 'Mijn vader heeft alle honkbalbanden voor me meegenomen. Maar we weten niet hoe we de video moeten aansluiten. Weet u hoe dat moet?'

'Ik zou de tv vermoedelijk laten exploderen.'

'En u bent arts?'

'Oké. Roep voor je volgende operatie de tv-monteur er dan maar bij, jochie.' Ze knikte naar Abby. 'Je herinnert je dr. DiMatteo nog wel, hè?'

Josh keek Abby onzeker aan. 'Ik geloof van wel. Ik bedoel...' Hij haalde zijn schouders op. 'Sommige dingen ben ik vergeten, weet u. Dingen die verleden week zijn gebeurd. Het lijkt bijna wel alsof ik achterlijk werd of zo.'

'Daar hoef je je geen zorgen om te maken,' zei Vivian. 'Wanneer je hart ophoudt met kloppen, krijgen je hersenen niet voldoende bloed, Josh. Dan kun je dingen vergeten.' Ze raakte zijn schouder aan. Het was geen gebaar dat Vivian Chao normaal gesproken gauw maakte. Maar nu maakte ze waarachtig lichamelijk contact. 'Maar je bent mij tenminste niet vergeten,' zei ze. En voegde er lachend aan toe: 'Hoewel je het misschien wel hebt geprobeerd.'

'Josh keek naar de beddesprei. 'Dr. Chao,' zei hij zachtjes, 'ik wil u nooit vergeten.'

Even zeiden ze geen van beiden iets. Ze schenen in die moeizame houding verstard van verlegenheid, Vivian met haar hand op de schouder van de jongen. De jongen keek omlaag, zijn gezicht verborgen onder de klep van zijn pet.

Abby moest zich afwenden en haar aandacht ergens anders op richten. De trofeeën. Ze waren er allemaal, alle lintjes en medailles op zijn nachtkastje. Niet langer het altaar van een stervende jongen, maar een huldiging aan het leven. Of een wedergeboorte.

Er werd geklopt en een vrouw riep: 'Joshie?'

'Hé, mam,' zei Josh.

De deur zwaaide open en de kamer stroomde vol ouders, broers, zusjes, tantes en ooms die te midden van een veld heliumballonnen en de geur van McDonald's-friet binnenkwamen. Ze zwermden om het bed, overlaadden Josh met omhelzingen, kussen en uitroepen van: *Moet je hem zien! Wat ziet hij er goed uit. Ziet hij er niet goed uit?* Josh onderging het allemaal met een uitdrukking van schaapachtige verrukking. Hij scheen niet te merken dat Vivian van zijn bed was weggeglipt om ruimte te maken voor de drukke schare O'Day's.

'Josh, lieverd, we hebben oom Harry uit Newbury meegenomen. Hij weet alles van video's. Hij kan hem aansluiten, hè, Harry?'

'Jazeker. Ik doe de video's van alle buren.'

'Heb je de goede snoeren meegenomen, Harry? Weet je zeker dat je alle snoeren hebt die je nodig hebt?'

'Denk je dat ik de snoeren zou vergeten?'

'Luister Josh. Drie extra grote porties friet. Dat was het toch, hè? Dr. Tarasoff heeft niet gezegd dat je geen friet mocht hebben, hè?'

'Mam, we zijn de camera vergeten! Ik wilde een foto van Josh's litteken maken.'

'Je wilt geen foto van zijn litteken.'

'Mijn onderwijzer zei dat dat gaaf zou zijn.'

'Jouw onderwijzer is te oud om woorden als gaaf te gebruiken. Geen foto's van littekens. Dat is inbreuk op iemands privacy.'

'Hé, Josh, moet ik je helpen met die friet?'

'Dus je denkt dat je hem kunt aansluiten, Harry?'

'Tjee, ik weet het niet. Dit is een tamelijk oude tv...'

Het was Vivian gelukt om tenminste in de buurt van Abby te komen. Er werd weer op de deur geklopt en een nieuwe lading familie wrong zich de kamer in met nog meer kreten van *Hij ziet er zo goed uit! Ziet hij er niet goed uit?* Door de menigte O'Day's ving Abby een blik op van Josh. Hij keek in hun richting. En schonk hen wuivend een hulpeloos glimlachje.

Abby en Vivian verlieten stilletjes de kamer. Ze stonden in de gang naar de stemmen achter de deur te luisteren. Vivian zei: 'En Abby. Dat is je antwoord op de vraag of het allemaal wel de moeite waard is.'

In de zusterpost vroegen ze dr. Iwan Tarasoff te spreken. De afdelingssecretaresse dacht dat ze daarvoor in de koffiekamer van de chirurgen moesten zijn. En daar troffen Abby en Vivian hem ook, bij een kopje koffie terwijl hij aantekeningen in zijn statussen maakte. Met zijn neerhangende bril en tweed jasje leek dr. Tarasoff meer op een of andere flegmatieke Engelsman dan op de beroemde hartchirurg.

'We hebben Josh net gezien,' zei Vivian.

Tarasoff keek op van zijn met koffie bespatte aantekeningen. 'En wat vindt u ervan, dr. Chao?'

'Ik denk dat het goed werk is. Het kind ziet er fantastisch uit.'

'Hij heeft een beetje last van geheugenverlies door de reanimaties. Maar verder pakt hij het weer op zoals kinderen altijd doen. Hij kan over een week naar huis. Als de zusters hem er niet eerder uitgooien.' Tarasoff sloeg de status dicht en keek Vivian aan. Zijn glimlach verdween. 'Ik heb een bijzonder grote appel met u te schillen, dokter.'

'Met mij?'

'U weet waar ik het over heb. Die andere transplantatiepatiënt uit het Bayside. Toen u de jongen naar ons overplaatste, heeft u me niet het hele verhaal verteld. En dan kom ik er later achter dat het hart al toegezegd was.'

'Dat was het niet. Er was een geconditioneerde donatietoestemming.'

'Verkregen door middel van een zekere hoeveelheid trucjes.' Hij fronste zijn wenkbrauwen boven zijn bril tegen Abby. 'Uw directeur, meneer Parr, heeft me alle details verteld. Net zoals de advocaat van meneer Voss.'

Vivian en Abby keken elkaar aan.

'Zijn advocaat?' vroeg Vivian.

'Ja.' De blik van Tarasoff gleed weer naar Vivian. 'Probeerde u soms om mij aangeklaagd te krijgen?'

'Ik probeerde de jongen te redden.'

'U heeft gegevens achtergehouden.'

'En nu gaat het prima met hem.'

'Ik zeg dit maar één keer. Doe zoiets nooit meer.'

Vivian wilde iets zeggen, maar bedacht zich. In plaats daarvan gaf ze een plechtig knikje. Het was haar eerbiedige Aziatische pose met neergeslagen ogen en het hoofd in een lichte buiging.

Tarasoff trapte er niet in. Hij nam haar op met een blik van milde ergernis. Toen begon hij onverwacht te lachen. Hij wendde zich weer tot zijn statussen en zei: 'Ik had u van Harvard moeten sturen toen ik daar de kans voor had.'

'Klaar om te wenden. Ree!' schreeuwde Mark en duwde het roer van zich af.

De boeg van *Gimme Shelter* draaide met klapperende zeilen door de wind en de fokkeschoot sloeg tegen dek. Rajiv Mohandas haastte zich naar de stuurboordschootlier en begon de fok om te halen. Met een luide klap vulde het zeil zich en *Gimme Shelter* helde naar stuurboord waardoor een stel blikjes limonade in de cabine daaronder op de grond kletterden.

'Loefzij, Abby!' schreeuwde Mark. 'Naar de hoge reling!'

Abby klauterde over het dek naar bakboord, greep zich vast aan de reddingslijn en nam zich heilig voor *nooit meer* mee te gaan. Ze vroeg zich af wat mannen toch met boten hadden. Wat deed de zee met mannen waardoor ze gingen schreeuwen?

Ze schreeuwden *allemaal*, alle vier: Mark en Mohandas, de achttienjarige zoon van Mohandas, Hank, en Pete Jaegly, een derdejaars assistent-arts. Ze schreeuwden over schoten die aangehaald moesten worden, spinnakerbomen en onbenutte windvlagen. Ze schreeuwden over het feit dat Archers boot *Red Eye* hen inhaalde. En van tijd tot tijd schreeuwden ze tegen Abby. Ze had waarachtig een rol bij deze wedstrijd, een rol die beleefdheidshalve bekend stond als *ballast*. Contra-gewicht. Een werkje dat door zandzakken gedaan kon worden. Abby was een zandzak op benen. Ze schreeuwden tegen haar en dan rende ze naar de andere reling waar ze met een zekere regelmaat overgaf. De mannen gaven niet over. Ze hadden het te druk met in hun dure boot rond te hollen en te schreeuwen.

'Bijna bij de boei! Nog één rak. Klaar om te wenden!'

Mohandas en Jaegly hervatten hun zenuwachtige dans op het dek.

'Ree!'

*Gimme Shelter* draaide door de wind en helde naar bakboord. Abby krabbelde naar de andere kant. Zeilen klapperden en schoten beukten. Mohandas bediende de schootlier en de spieren van zijn bruine arm spanden zich bij iedere zwaai aan de hendel.

'Ze lopen op ons in!' riep Hank.

Achter hen was *Red Eye* een halve bootlengte dichterbij gekomen. Ze konden Archer de aanmaningen tegen zíjn bemanning horen schreeuwen: *Vooruit! Schiet op!*

*Gimme Shelter* rondde de boei en begon aan haar voordewindse rak. Jaegly worstelde met de spinnakerboom. Hank trok de fok naar beneden.

Abby gaf over over de reling.

'Shit, hij zit ons vlak op de hielen!' schreeuwde Mark. 'Haal dat verdomde spinnaker omhoog! Toe, toe, *toe*!'

Jaegly en Hank hesen de spinnaker. De wind vulde hem met een donderende klap en *Gimme Shelter* schoot naar voren.

'Mooi zo, liefje!' juichte Mark. 'Liefje, liefje, zo gaat-ie goed!'

'Kijk!' zei Jaegly en wees naar achteren. 'Wat is daar in godsnaam aan de hand?'

Abby hees haar hoofd omhoog en keek achterom naar Archers boot.

*Red Eye* volgde hen niet langer. Ze was bij de boei omgedraaid en voer nu terug naar de haven.

'Ze hebben de motor gestart,' zei Mark.

'Denk je dat ze het opgeven?'

'Archer? Geen schijn van kans.'

'Waarom gaan ze dan terug?'

'Laten we maar eens gaan kijken. Haal de spinnaker maar in.' Mark zette de motor aan. 'We gaan ook terug.'

*Dank u, god!* dacht Abby.

Haar misselijkheid was al wat afgenomen tegen de tijd dat ze de jachthaven invoeren. *Red Eye* lag vastgemaakt aan de kade en haar bemanning was bezig de zeilen te bergen en de lijnen op te schieten.

'Ahoy, *Red Eye*!' schreeuwde Mark toen ze langsvoeren. 'Wat is er aan de hand?'

Archer zwaaide met zijn draagbare telefoon. 'Ik heb een telefoontje van Marilee gehad! Ze zei dat we terug moesten komen. Iets ernstigs. Ze wacht op ons in de jachtclub.'

'Oké. Dan zie ik je wel in de bar,' zei Mark. Hij keek naar zijn bemanning. 'Laten we haar afmeren. We nemen een borrel en dan gaan we weer.'

'Je zult het zonder ballast moeten doen,' zei Abby. 'Ik dros.'

Mark keek haar verbaasd aan. 'Nu al?'

'Heb je me niet over de rand zien hangen? Dat was niet omdat ik bezig was het uitzicht te bewonderen, hoor.'

'Och Abby! Ik zal het goedmaken. Ik zweer het je. Met champagne en bloemen. En een restaurant naar keuze.'

'Laat me alleen maar van die verdomde boot af.'

Hij stuurde de boot lachend naar de kade. 'Tot uw orders, kapitein.'

Toen *Gimme Shelter* langs de bezoekerskade gleed, stapten Mohandas en Hank op de pier en zetten voor- en achterlijnen vast. Abby was binnen één tel van boord. Zelfs de kade leek te deinen.

'Laat haar maar opgetuigd,' zei Mark. 'Tot we weten wat er met Archer aan de hand is.'

'Hij zal niet op ons gewacht hebben met de borrel,' zei Mohandas.

*O, Heer*, dacht Abby toen zij en Mark over de pier liepen, hij had zijn arm met een bezitterig gebaar om haar schouders geslagen. Nog meer gepraat over boten. Gebruinde mannen in poloshirts die met hun gin-tonic en bulderend lachend bij elkaar stonden.

Ze liepen vanuit het zonlicht de schaduw van de club in. Het eerste wat haar opviel was de stilte. Ze zag Marilee met een glas in haar handen bij de bar staan. Archer zat zonder glas alleen aan een tafel, met slechts een bierviltje voor zich. De bemanning van de *Red Eye* stond bij de bar bijeen, niemand bewoog, niemand sprak. Het enige geluid in de ruimte was het tinkelen van de ijsklontjes in Marilees glas toen ze dat naar haar lippen bracht, een slokje nam en het weer op de bar terugzette.

Mark zei: 'Is er iets?'

Marilee keek op en knipperde met haar ogen alsof ze Mark nu pas zag. Toen keek ze weer naar de bar. En naar haar glas.

'Ze hebben Aaron gevonden,' zei ze.

Het was het malen van de Stryker botzaag die het hem meestal deed; dat, of de geur. Deze stonk behoorlijk.

Rechercheur Bernard Katzka van Moordzaken keek over de autopsietafel en zag dat de stank Lundquist te veel geworden was. Zijn jongere partner had zich gedeeltelijk van de tafel afgewend, hield zijn gehandschoende hand voor zijn neus en mond en zijn mooie filmsterren uiterlijk was van misselijkheid vertrokken tot een grimas. Lundquist had nog geen maag ontwikkeld die bestand was tegen autopsies; dat lukte de meeste smerissen nooit. Hoewel het opensnijden van lijken niet Katzka's favoriete hobby was, had hij zich door de jaren heen zover getraind om de procedure als een intellectuele oefening te zien, en zich niet op het menselijke aspect van het slachtoffer te richten, maar op de puur organische aard van de dood. Hij had lijken gezien die door vuur gekookt waren, lijken die van trottoirs waren afgeschraapt na een vrije val van twintig verdiepingen, doodgeschoten lijken of doodgestoken, of allebei, lijken die door knaagdieren waren aangevreten. Wat dat betreft deed het ene lijk niet voor het andere onder wat hem betreft, op kinderen na dan: dat raakte hem altijd diep. Maar verder waren het naakte monsters, die onderzocht en gecatalogiseerd werden. Het was vragen om ellende om het anders te bekijken.

Bernard Katzka was veertig jaar en weduwnaar. Drie jaar geleden had hij zijn vrouw zien sterven aan kanker. Katzka had zijn ergste nachtmerrie al meegemaakt.

Hij richtte zijn aandacht passief op het lijk dat nu ontleed werd. Het lichaam was een vierenvijftigjarige blanke man, gehuwd met twee studerende kinderen, cardioloog van beroep. Zijn identiteit was zowel bevestigd door vingerafdrukken als door een identificatie van de weduwe. De ervaring moest erg schokkend voor haar geweest zijn. Het is al moeilijk genoeg om het lijk van een geliefde te zien. Maar wanneer die geliefde twee dagen lang opgehangen is geweest in een warme en ongeventileerde ruimte, moest het beeld uitzonderlijk gruwelijk zijn.

Hij had gehoord dat de weduwe was flauwgevallen in het mortuarium.

En geen wonder, dacht Katzka terwijl hij naar het lichaam van Aaron Levi keek. Het gezicht was bloedeloos wit; de slagaderlijke toevoer was afgesloten door de druk van de leren riem die om de hals gebonden zat. De uitpuilende tong was schilferig zwart, het slijmerige oppervlak was opgedroogd na twee dagen aan lucht blootgesteld geweest te zijn. De oogleden waren gedeeltelijk dicht. Achter de oogspleetjes waren bloedingen van de oogrok zichtbaar waardoor het oogwit angstaanjagend rood was geworden. Onder de hals, waar de riem zijn afknellende spoor had achtergelaten, toonde de huid het klassieke patroon van een bloedstuwing, een blauwe plekachtige verkleuring van de onderarmen en benen evenals onderhuidse bloedinkjes ter grootte van een speldenknop – Tardieuvlekjes – waar de vaten gescheurd waren. Dit alles was het gevolg van dood door ophanging. Het enige zichtbare letsel, afgezien van de sporen van afknelling rond de hals, was een blauwe plek ter grootte van een muntstuk op de linkerschouder.

Dr. Rowbotham en zijn assistent, beiden met schorten voor, handschoenen aan en veiligheidsbrillen voor, maakten de thoracale-abdominale incisie af. Die liep in een Y-vorm, twee diagonale incisies die bij de schouders begonnen en samenkwamen aan de onderkant van het borstbeen, en dan verder liepen in een verticale snee over de buik tot aan het schaambeen. Rowbotham was tweeëndertig jaar werkzaam geweest als patholoog-anatoom en er was niet veel waar hij versteld van stond of opgewonden van raakte. Hij keek zelfs enigszins verveeld toen hij het lichaam opensneed. Hij dicteerde op zijn gebruikelijke monotone manier terwijl zijn voet op de aan- en uitknop van de bandopname drukte. Nu tilde hij de beschermende driehoek van ribben en borstbeen op en legde de pleuraholte open.

'Kijk maar eens, Slome,' zei hij tegen Katzka. De bijnaam had niets met Katzka's uiterlijk te maken, want die was – hoe je het ook bekeek – gemiddeld. Maar meer met Katzka's onverstoorbare aard. Onder zijn collega's deed het verhaal de ronde dat als Bernard Katzka op maandag beschoten werd, hij misschien op vrijdag zou reageren. Maar alleen wanneer hij zich kwaad maakte.

Katzka boog zich naar voren om in de borstholte te kijken, hij keek net zo neutraal als van Rowbotham. 'Ik zie niets ongebruikelijks.'

'Precies. Misschien een lichte longcongestie. Vermoedelijk door haarvatlekkage als gevolg van hypoxie, een te laag zuurstofgehalte in de weefsels. Maar dat hoort allemaal bij asfyxie – verstikking.'

'Dus we kunnen zeker wel gaan?' zei Lundquist. Hij schuifelde al weg bij de tafel, weg van de geur, vol verlangen om iets anders te gaan doen. Hij was net zoals alle andere jongeren, en wilde graag op jacht. Willekeurig welke jacht. Hij wilde zijn tijd niet aan een zelfmoord door ophanging verspillen.

Katzka verroerde zich niet.

'Moeten we echt alles zien, Slome?' vroeg Lundquist.

'Ze zijn net begonnen.'

'Het is zelfmoord.'

'Ik wéét het niet.'

'Het heeft er alle klassieke tekenen van. Je hebt het net gehoord.'

'Hij komt midden in de nacht uit bed. Staat op, kleedt zich aan en stapt in zijn auto. Moet je je voorstellen. Je stapt uit je lekkere, warme bed om jezelf op de bovenste etage van een ziekenhuis op te hangen.'

Lundquist keek even naar het lijk, toen keek hij weer de andere kant op.

Inmiddels hadden Rowbotham en zijn assistent de luchtpijp en de grote vaten blootgelegd en haalden het hart en de longen als één slaphangende massa weg. Rowbotham legde ze op een weegschaal. De stalen schaal zwaaide een paar keer, piepend onder het gewicht van de organen.

'Het is je enige kans om het te zien,' zei Rowbotham, terwijl zijn scalpel aan de milt begon. 'Als we hier klaar zijn, wordt hij direct begraven. Verzoek van de familie.'

'Is daar een speciale reden voor?' vroeg Lundquist.

'Joods. Je kent dat wel, snelle teraardebestelling. Alle organen moeten naar het lichaam terug.' Rowbotham liet de milt op de weegschaal vallen en keek hoe de naald trilde, en tot rust kwam.

Lundquist rukte zijn autopsieschort af en dat onthulde zijn gespierde schouders. Het gevolg van vele uren sportschool, opdrukken en zweten. Hij bezat een rusteloze energie en dat was nu merkbaar. Altijd op weg naar grotere en betere dingen, zo was Lundquist. Katzka moest nog aan hem werken en de les vandaag was dat je niet op je eerste indruk af moest gaan – geen gemakkelijke les om een jonge diender bij te brengen die zo veel zelfvertrouwen had en zo'n knap uiterlijk. Dat, en een kop vol haar.

Rowbotham ging verder met de ingewanden te verwijderen. Hij sneed de darmen los en haalde er een schijnbaar eindeloze hoeveelheid lussen darm uit. De lever, alvleesklier en maag werden in één haal verwijderd. Ten slotte was het de beurt van de nieren en de blaas om op de piepende weegschaal gegooid te worden. Er werd weer een gewicht genoemd en genoteerd. Nog wat gemompel in de bandrecorder. Er lag nu nog slechts een gapende holte.

Rowbotham liep om het hoofd van het lijk heen. Hij maakte een incisie achter één oor, en sneed recht langs de achterkant van de schedel. Hij trok de schedelhuid in een ruk naar voren en legde die dubbel over het gezicht. Toen trok hij het andere stuk huid over de hals los en legde zo de schedelbasis bloot. Hij pakte de trillende zaag op. Zijn gezicht vertrok in een grimas toen het beendermeel begon te stuiven. Niemand sprak. De zaag maakte te veel lawaai en de procedure was misselijkmakend. Het snijden in een borst en buik was weliswaar grotesk, maar in zekere zin onpersoonlijk. Zoals het slagerswerk bij een koe. Maar om de schedelhuid van een mens over zijn gezicht te leggen was een verminking van het meest menselijke, het meest persoonlijke aspect van een lichaam.

Lundquist was een beetje groen en ging plotseling op een stoel bij de wasbak zitten en liet zijn hoofd in zijn handen zinken. Er hadden veel agenten van deze speciale stoel gebruikgemaakt.

Rowbotham legde de zaag neer en verwijderde het schedeldak. Nu prepareerde hij de hersenen los om ze te verwijderen. Hij sneed de oogzenuwen door, bloedvaten en het ruggenmerg. Toen pakte hij de hersenen er voorzichtig als een trillende massa uit. 'Niets bijzonders,' zei hij en liet alles in een emmer formaline zakken.

'Nu komen we bij de kern van de zaak. De hals.'

Alles wat tot nu toe aan bod was geweest, was slechts een voorspel geweest op wat nu kwam. Door het wegnemen van de inwendige organen en de hersenen had de vloeistof uit de hoofd- en borstholte kunnen lopen. De ontleding van de hals kon voortgaan met een minimum aan hinderlijk bloed en andere vloeistoffen.

De riem rond de hals was eerder tijdens de autopsie verwijderd. Rowbotham onderzocht nu de sporen die op de huid waren achtergebleven.

'De klassieke V-vorm,' merkte hij hardop op. 'Kijk, Slome, er lopen parallelle afknellingsstriemen die overeenkomen met de randen van de riem. En hierachter, zie je dit?'

'Dat lijkt op een afdruk van de gesp.'

'Precies. Tot nu toe niets bijzonders.' Rowbotham pakte zijn scalpel en begon aan de ontleding van de hals.

Lundquist had zich inmiddels hersteld en stond weer bij de tafel met een iets onderdaniger uitdrukking. Misselijkheid was zo heerlijk democratisch, dacht Katzka. Die kreeg zelfs een gespierde smeris met een kop vol haar op zijn knieën.

Het mes van Rowbotham was al door de huid aan de voorkant van de hals heen. Hij sneed dieper en legde de parelmoerachtige witte bovenkanten van het schildvormige kraakbeen vrij.

'Geen breuken. Er is wel een lichte bloeding in de tongspieren. Maar de schildklier en het tongbeen schijnen intact te zijn.'

'En dat betekent?'

'Niets. Ophanging veroorzaakt niet per definitie inwendige schade aan de hals. De dood is puur het gevolg van een onderbreking van de bloeddoorstroming naar de hersenen. Daar is alleen maar druk op de halsslagaderen voor nodig. Het is een relatief pijnloze manier van zelfdoding.'

'Je schijnt er vrij zeker van te zijn dat het zelfmoord is.'

'De enige andere mogelijkheid is een ongeluk. Auto-erotische asfyxie. Maar je zegt dat daar geen aanwijzingen voor waren.'

Lundquist zei: 'Zijn lul zat nog in zijn broek. Het zag er niet naar uit alsof hij zich aan het aftrekken was.'

'Dus hebben we het over zelfmoord. Moorddadige ophanging komt zelden voor. Als hij eerst was gewurgd, zou je een ander afknellingspatroon zien. Niet deze V-vorm. En om een man met zijn hoofd in een strop te dwingen, tja, dan moest hij zonder meer andere verwondingen hebben. Hij zou zich verzetten.'

'Hij heeft die blauwe plek op zijn bovenarm.'

Rowbotham haalde zijn schouders op. 'Hij kan zichzelf op allerlei manier pijn gedaan hebben.'

'Stel dat hij onder invloed van medicijnen was en bewusteloos was voor hij werd opgehangen?'

'We zullen een onderzoek op giftige stoffen doen, Slome, alleen om jou tevreden te stellen.'

Lundquist begon te lachen. 'En we moeten Slome tevreden stellen.' Hij liep van de tafel weg en begon zijn schort uit te trekken. 'Het is vier uur. Ga je mee, Slome?'

'Ik wil graag de rest van de ontleding van de hals zien.'

'Als je dat leuk vindt. Voor mij is het gewoon zelfmoord en daarmee afgelopen.'

'Voor mij ook. Als die lichten er niet waren geweest.'

'Wat voor lichten?' vroeg Rowbotham en zijn ogen keken eindelijk geïnteresseerd achter zijn veiligheidsbril.

'De lampen in die kamer zitten Slome niet lekker,' zei Lundquist.

'Dr. Levi is gevonden in een lege kamer van het ziekenhuis,' legde Katzka uit. 'De arbeider die het lijk vond, was er vrijwel zeker van dat de lichten uit waren.'

'Ga door,' zei Rowbotham.

'Nou, jouw uitspraak over het tijdstip-van-de-dood komt overeen met wat wij denken dat er is gebeurd, namelijk dat dr. Levi zaterdagochtend vroeg is overleden. Lang voor zonsopgang. Dat betekent dat hij zich of zelf heeft opgehangen in het donker, of dat iemand anders het licht heeft uitgedraaid.'

'Of de arbeider herinnerde zich niet meer wat hij zag,' zei Lundquist. 'Die vent stond zijn longen uit zijn lijf te kotsen in het toilet. Denk je dat hij zich zou herinneren of het lichtknopje naar beneden of naar boven stond?'

'Het is gewoon een detail dat me dwarszit.'

Lundquist lachte. 'Ik zit er niet mee,' zei hij en gooide zijn jas in de waszak.

Het was bijna zes uur toen Katzka zijn Volvo de parkeerplaats van het Bayside Hospital opreed. Hij stapte uit, liep de hal in en nam de lift naar de twaalfde verdieping. Verder kon hij zonder een loper niet komen. Hij moest de lift uit en de brandtrap op om de bovenste etage te bereiken.

Het eerste dat hem opviel toen hij van de brandtrap kwam, was de stilte. Het gevoel van leegte. Er was hier maandenlang gerenoveerd. Vandaag waren er geen bouwvakkers geweest, maar hun gereedschap lag overal. Er hing een geur van zaagsel en nieuwe verf...

en iets anders. Een geur die hij vanuit de autopsieruimte kende. Dood. Verwezing. Hij liep langs ladders en een Makita zaag en sloeg de hoek om.

Halverwege de volgende gang was geel plaats-delictlint langs één van de ingangen geplakt. Hij dook onder het lint door en deed de deur open.

In deze kamer waren de renovaties klaar. Er was opnieuw behangen, er stonden op maat gemaakte kasten en een raam dat van de grond tot aan het plafond liep met een uitzicht over de stad. Een penthouse-ziekenhuissuite voor die speciale ziekenhuispatiënt met een onuitputtelijke portefeuille. Hij liep naar de badkamer en draaide het lichtknopje aan de muur aan. Meer luxe. Een marmeren toilettafel, koperen sanitair, een spiegel met fraaie verlichting. Een toilet als een troon. Hij deed het licht uit en liep de badkamer uit.

Hij ging naar de kast.

Hier was dr. Aaron Levi gevonden, opgehangen. Het ene eind van de leren riem was aan een houten pen van de kast bevestigd. Het andere eind was om Levi's hals geslagen. Hij had zijn benen blijkbaar gewoon slap laten hangen waardoor de riem strak om zijn hals was getrokken en het bloed uit de halsslagader op die manier belemmerd werd om naar de hersenen te stromen. Als hij op het laatste ogenblik van gedachten was veranderd, hoefde hij alleen maar zijn voeten weer op de grond te zetten, op te staan en de riem los te maken. Maar dat had hij niet gedaan. Hij had daar de vijf tot tien seconden gehangen die het duurde om buiten bewustzijn te raken.

Zesendertig uur later was een van de arbeiders op een zondagmiddag deze kamer ingelopen om het pleisterwerk van de badkuip af te maken. Hij had er niet op gerekend een lijk te vinden.

Katzka liep naar het raam. Hij stond over de stad Boston uit te kijken. *Dr. Aaron Levi*, dacht hij, *wat kan er in je leven verkeerd zijn gelopen?*

Cardioloog. Een vrouw, een leuk huis, een Lexus. Twee kinderen, groot al, en studerend. Eén onredelijk ogenblik voelde Katzka een vlaag van woede ten opzichte van Aaron Levi. Wat wist hij in godsnaam van wanhoop en hopeloosheid af? Wat kon hij voor reden hebben om een eind aan zijn leven te maken? Lafaard. Katzka wendde zich van het raam af en schrok van zijn eigen woede. Van zijn afkeer van iedereen die voor zo'n einde koos. En waarom dìt einde? Waarom zou je je ophangen in deze eenzame kamer waar het dagen kon duren voor iemand je vond?

Er waren andere manieren om zelfmoord te plegen. Levi was arts. Hij had verdovende middelen, slaapmiddelen, alle mogelijke medicamenten binnen bereik die hij in dodelijke dosis tot zich kon nemen. Katzka wist precies hoeveel phenobarbital ervoor nodig was om een leven te beëindigen. Hij had ervoor gezorgd dat te weten te komen. Hij had een keer de juiste hoeveelheid pillen op zijn eettafel neergelegd en de vrijheid overwogen die ze hem boden. Een eind aan verdriet en wanhoop. Een gemakkelijke, maar definitieve uitweg, wanneer zijn zaken eenmaal in orde waren. Maar de tijd had nooit juist geleken. Hij had te veel verantwoordelijkheden waarvan hij zich eerst nog moest kwijten. Annie's begrafenis regelen. Haar ziekenhuisrekeningen betalen. Toen was er een proces geweest waarbij hij moest getuigen, vervolgens een dubbele moord in Roxbury en de laatste acht afbetalingen op de auto en vervolgens een driedubbele moord in Brookline en weer een proces waarbij hij moest getuigen.

Uiteindelijk had Slome Katzka het gewoon te druk gehad om zelfmoord te plegen.

Nu was het drie jaar later en Annie was begraven en die phenobarbital pillen had hij al lang weggedaan. Hij peinsde tegenwoordig nooit meer over zelfmoord. Maar af en toe dacht hij aan de pillen op zijn eettafel en vroeg hij zich af waarom hij ooit in de verleiding was geweest. Hoe hij ooit zo dicht bij de overgave had kunnen komen. Hij koesterde geen sympathie voor de Slome van drie jaar geleden. En hij kon evenmin sympathie opbrengen voor iemand anders met een flesje pillen en een terminale zaak van zelfmedelijden.

*En wat was jouw reden, dr. Levi?*

Hij keek naar de lichtjes van Boston en bedacht hoe het laatste uur van Aaron Levi's leven geweest moest zijn. Hij probeerde zich voor te stellen hoe het was om om drie uur 's ochtend uit bed te stappen. Naar het ziekenhuis te rijden. Met de lift naar de twaalfde verdieping te gaan en dan de laatste trap op naar de dertiende. Deze kamer in te lopen. De riem aan de houten pen van de kast te binden en je hoofd in de strop te steken.

Katzka fronste zijn wenkbrauwen.

Hij liep naar het lichtknopje en draaide het aan. De lichten gingen aan. Die werkten goed. Dus wie had ze uitgedraaid? Aaron Levi? De arbeider die het lijk had gevonden?

Iemand anders?

*Details*, dacht Katzka. Het waren de details die hem gek maakten.

# 11

'Ik kan het me niet voorstellen,' zei Elaine steeds weer. 'Ik kan het gewoon niet geloven.' Ze huilde niet, maar had met droge ogen de begrafenis beleefd, een feit dat haar schoonmoeder Judith bijzonder stoorde. Zij had luidkeels en schaamteloos gehuild toen de Kaddish bij het graf was opgezegd. Judiths verdriet was net zo openbaar als de ceremoniële scheur in haar blouse, een symbool van een door verdriet verscheurd hart. Elaine had haar blouse niet verscheurd. Elaine had geen traan gelaten. Ze zat nu in een stoel in haar zitkamer, met een schaal broodjes op haar schoot, en ze zei het weer: 'Ik kan me niet voorstellen dat hij er niet meer is.'

'Je hebt de spiegels niet bedekt,' zei Judith. 'Die zou je moeten bedekken. Alle spiegels in huis.'

'Ga je gang,' zei Elaine.

Judith liep de kamer uit op zoek naar lakens voor de spiegels. Even later konden alle gasten in de zitkamer Judith boven kasten horen open en dicht maken.

'Dat moet een joodse gewoonte zijn,' fluisterde Marilee Archer toen ze nog een blad met sandwiches aan Abby doorgaf.

Abby nam een sandwich met olijf en gaf het blad door. Hij ging van hand tot hand langs een hele rij gasten. Niemand at echt. Een beleefd hapje, een slokje soda, meer konden de meesten niet door hun keel krijgen. Abby had ook niet veel zin in eten. Of om te praten. Er waren minstens twintig mensen in de kamer die plechtig op banken en stoelen zaten of in groepjes bij elkaar stonden, maar niemand zei veel.

Boven werd een toilet doorgetrokken. Judith natuurlijk. Elaine kromp een beetje in elkaar van schaamte. Hier en daar verschenen ingehouden glimlachjes op de gezichten van de gasten. Achter de bank waar Abby zat, zei iemand iets over de herfst die dit jaar zo laat was. Het was al oktober en de bladeren begonnen nu pas te verkleuren. De stilte was eindelijk doorbroken. Nu kwamen er nieuwe gesprekken tot leven, gemompel over najaarstuinen en hoe vind je Dartmouth? En was het niet warm voor oktober? Elaine zat er zwijgend tussenin, maar was duidelijk opgelucht dat de anderen wel spraken.

De schotel sandwiches had zijn ronde gedaan en kwam nu leeg terug bij Abby. 'Ik zal hem bijvullen,' zei ze tegen Marilee, stond op van de bank en liep naar de keuken. Daar vond ze het marmeren aanrecht dat vol stond met schalen eten. Niemand zou vandaag honger lijden. Ze was bezig een schaal met garnalen open te maken toen ze uit het keukenraam keek en zag dat Archer, Rajiv Mohandas en Frank Zwick buiten op het betegelde terras stonden. Ze stonden te praten en schudden hun hoofd. Mannen trokken zich altijd terug, bedacht ze. Mannen hadden geen geduld voor rouwende weduwes of lange stiltes; die beproeving lieten ze aan hun vrouwen in het huis over. Ze hadden zelfs een fles whisky mee naar buiten genomen. Die stond op de tafel onder de tuinparasol, klaar om glazen bij te vullen. Zwick pakte de fles en schonk wat in zijn glas. Toen hij de fles dichtmaakte, zag hij Abby. Hij zei iets tegen Archer. Nu keken Archer en Mohandas ook naar haar. Ze knikten allemaal en staken even hun hand op. Toen liepen de drie mannen het terras af en de tuin in.

'Zo veel eten. Ik weet niet wat ik er allemaal mee moet doen,' zei Elaine. Abby had niet gemerkt dat ze de keuken in was gekomen. Elaine stond naar het aanrecht te kijken en schudde haar hoofd. 'Ik heb tegen de mensen van de catering gezegd dat er veertig man zou komen en dan brengen ze me dit. Het is geen trouwpartij. Bij trouwpartijen eet iedereen. Maar na een begrafenis eet niemand veel.' Elaine keek naar een van de bladen en pakte een radijsje dat tot rozet was gesneden. 'Knap, hè, zoals ze dat doen? Zo veel werk voor iets dat je gewoon in je mond stopt.' Ze legde het weer neer en stond in stilte die radijsrozet te bewonderen.

'Ik vind het zo naar, Elaine,' zei Abby. 'Kon ik maar iets zeggen om het gemakkelijker te maken.'

'Ik zou het alleen willen begrijpen. Hij heeft nooit iets tegen me gezegd. Me nooit gezegd...' Ze slikte en schudde haar hoofd. Ze bracht de schaal eten naar de koelkast, zette hem op een plank en deed de deur dicht. Ze draaide zich om en keek Abby aan. 'Jij hebt hem die avond gesproken. Was er iets waar jullie over spraken... iets wat hij gezegd kan hebben...'

'We hebben het over een van onze patiënten gehad. Aaron wilde zeker weten dat ik het goed deed.'

'Dat is alles waar jullie over gesproken hebben?'

'Alleen over de patiënt. Aaron leek mij niet anders dan anders. Alleen bezorgd. Elaine, ik heb nooit gedacht dat hij...' Abby zweeg.

Elaines blik gleed naar een andere schotel. Om de groene uien te versieren, waren de bladeren ingesneden en gekruld tot kanten bolletjes. 'Heb je ooit iets over Aaron gehoord dat... je mij niet zou willen vertellen?'

'Wat bedoel je?'

'Waren er ooit geruchten over andere vrouwen?'

'Nooit.' Abby schudde haar hoofd. En ze zei nog eens nadrukkelijker: 'Nooit.'

Elaine knikte, maar scheen nauwelijks gerustgesteld door Abby. 'Ik heb nooit echt gedacht dat het een vrouw was,' zei ze. Ze pakte weer een schaal op en bracht die naar de koelkast. Toen ze de deur had dichtgemaakt zei ze: 'Mijn schoonmoeder geeft mij de schuld. Ze denkt dat ik iets heb gedaan. Veel mensen moeten zich dat afvragen.'

'Niemand drijft een ander tot zelfmoord.'

'Er was geen waarschuwing. Helemaal niets. O, ik weet dat hij het op zijn werk niet naar zijn zin had. Hij had het er steeds over om uit Boston weg te gaan. Of helemaal op te houden met werken.'

'Waarom had hij het niet naar zijn zin?'

'Daar wilde hij niet over praten. Toen hij zijn eigen praktijk in Natick had, praatte hij altijd over zijn werk. Toen kwam het aanbod van Bayside en dat was te mooi om af te slaan. Maar nadat we hier naartoe waren verhuisd, leek het alsof ik hem niet meer kende. Als hij thuiskwam, ging hij als een zombie voor die verdomde computer zitten en speelde de hele avond videospelletjes. Soms werd ik 's avonds laat wakker van die rare piepjes en klikjes. En dan zat Aaron in zijn eentje een of ander spelletje te spelen.' Ze schudde haar hoofd en staarde naar het aanrecht. En naar nog een schotel onaangeroerd voedsel. 'Jij bent een van de laatste mensen die hem gesproken heeft. Kun je je niets herinneren?'

Abby staarde het keukenraam uit en probeerde zich het laatste gesprek met Aaron voor de geest te halen. Ze kon niets bedenken waarin het onderhoud afweek van ieder willekeurig ander middernachtelijk telefoontje. Ze leken allemaal door elkaar te lopen, een koor van monotone stemmen die iets van haar vermoeide hersenen verlangden.

Buiten keerden de drie mannen terug van hun tuinwandeling. Ze zag hen over het terras naar de keukendeur lopen. Zwick had de fles whisky bij zich die nu halfleeg was. Ze liepen het huis in en knikten haar toe.

'Leuk tuintje,' zei Archer. 'Je moest ook eens gaan kijken, Abby' zei Archer.

'Dat lijkt me een goed idee,' zei ze. 'Elaine, waarom loop je niet even met me mee naar buiten...' Ze zweeg.

Er stond niemand bij de koelkast. Ze keek rond, zag de schotels met eten op het aanrecht staan en een open karton met een rol doorzichtig plastic waarvan een stukje in de lucht fladderde.

Elaine was de keuken uitgelopen.

Er stond een vrouw te bidden bij het bed van Mary Allen. Ze had daar het afgelopen half uur gezeten met gebogen hoofd en de handen samengevouwen terwijl ze hardop tot de goede Heer Jezus mompelde en hem smeekte wonderen op het sterfelijke omhulsel van Mary Allen te bewerken. Haar te genezen, kracht te schenken, haar lichaam en zondige ziel te reinigen zodat ze ten slotte Zijn woord in al zijn glorie zou aanvaarden.

'Neem me niet kwalijk,' zei Abby. 'Het spijt me dat ik stoor, maar ik moet mevrouw Allen onderzoeken.'

De vrouw bleef bidden. Misschien had ze haar niet gehoord. Abby stond op het punt het verzoek te herhalen toen de vrouw eindelijk 'Amen' zei en haar hoofd ophief. Ze glimlachte niet en ze had dof, bruin haar met de eerste draden grijs erin. Ze keek Abby met een geïrriteerde blik aan.

'Ik ben dr. DiMatteo,' zei Abby. 'Ik behandel mevrouw Allen.'

'Ik ook,' zei de vrouw en stond op. Ze deed geen poging om Abby een hand te geven, maar hield de bijbel in haar armen tegen haar borst geklemd. 'Ik ben Brenda Hainey. De nicht van Mary.'

'Ik wist niet dat Mary een nicht had. Ik ben blij dat u kon komen.'

'Ik heb pas twee dagen geleden van haar ziekte gehoord. Niemand heeft de moeite genomen mij te bellen.' De klank van haar stem hield in dat deze onoplettendheid op de een of andere manier Abby's schuld was.

'Wij hadden begrepen dat Mary geen naaste familie had.'

'Dat begrijp ik niet. Maar ik ben er nu.' Brenda keek naar haar tante. 'En het komt goed met haar.'

*Behalve dan dat ze stervende is*, dacht Abby. Ze liep naar het bed en zei zachtjes: 'Mevrouw Allen?'

Mary deed haar ogen open : 'Ik ben wakker, dr. D. Ik rust alleen wat.'

'Hoe voelt u zich vandaag?'

'Nog steeds misselijk.'

'Het kan een neveneffect van de morfine zijn. We zullen u iets geven om uw maag tot rust te brengen.'

Brenda kwam tussenbeide. 'Krijgt ze morfine?'

'Tegen de pijn.'

'Zijn er geen andere middelen om haar pijn te verminderen?'

Abby wendde zich tot de nicht. 'Mevrouw Haines, wilt u even de kamer uitgaan, alstublieft? Ik moet uw tante onderzoeken.'

'Het is juffrouw Hainey,' zei Brenda. 'En ik weet zeker dat tante Mary liever wil dat ik blijf.'

'Ik moet u toch verzoeken weg te gaan.'

Brenda keek even naar haar tante en verwachtte duidelijk een protest. Mary Allen staarde zwijgend recht voor zich uit.

Brenda klemde de bijbel steviger vast. 'Ik ben vlakbij, tante Mary.'

'Lieve Heer,' fluisterde Mary toen de deur achter Brenda dicht ging. 'Dit moet mijn straf zijn.'

'Heeft u het over uw nicht?'

Mary's vermoeide blik richtte zich op Abby. 'Denkt u dat mijn ziel gered moet worden?'

'Het lijkt me dat dat alleen uw zaak is. En van niemand anders.' Abby haalde haar stethoscoop tevoorschijn. 'Mag ik even naar uw longen luisteren?'

Mary tilde gehoorzaam haar ziekenhuishemd omhoog.

Haar ademhalingsgeluiden klonken omfloerst. Toen Abby Mary op de rug klopte hoorde ze de verandering tussen vocht en lucht, en wist ze dat er zich meer vocht in de borst had verzameld sinds het laatste onderzoek.

Abby kwam overeind. 'Hoe gaat het ademhalen?'

'Goed.'

'Misschien moeten we binnenkort wat meer vocht aftappen. Of nog een slang in de borst inbrengen.

'Waarom?'

'Om het ademhalen te vergemakkelijken. Om het aangenamer voor u te maken.'

'Is dat de enige reden?'

'Dat is een heel belangrijke reden, mevrouw Allen.'

Mary zonk terug in de kussens. 'Dan zal ik wel zeggen wanneer het nodig is,' fluisterde ze.

Toen Abby de kamer uitkwam, zag ze Brenda Hainey vlak voor de deur staan wachten. 'Uw tante wil graag even slapen,' zei Abby. 'Misschien kunt u een ander keertje terugkomen.'

'Ik moet iets met u bespreken, dokter.'

'Ja?'

'Ik heb het net bij de zusters nagevraagd. Over die morfine. Is dat echt nodig?'

'Ik denk dat uw tante dat wel zou vinden.'

'Het maakt haar suf. Ze slaapt alleen maar.'

'We proberen haar zo veel mogelijk pijn te besparen. De kanker heeft zich overal uitgezaaid. Naar haar botten en haar hersenen. Het is de meest afschuwelijke pijn die er is. Het beste wat we voor haar kunnen doen is haar met een minimum aan ongemak te helpen gaan.'

'Wat bedoelt u met haar te helpen gaan?'

'Ze is stervende. Daar kunnen we niets aan veranderen.'

'U gebruikte die woorden. *Haar te helpen gaan.* Is die morfine daarvoor?'

'Dat is wat ze op dit ogenblik wil en nodig heeft.'

'Ik ben dit soort kwesties eerder tegengekomen, dokter. Bij andere familieleden. Ik weet toevallig zeker dat het juridisch niet juist is om op medische wijze bij een zelfmoord te helpen.'

Abby voelde dat ze rood werd van kwaadheid. Ze vocht om zelfbeheersing en zei zo kalm mogelijk: 'U hebt me verkeerd begrepen. We proberen alleen het uw tante zo aangenaam mogelijk te maken.'

'Daar zijn andere manieren voor.'

'Zoals?'

'Hogere bronnen om hulp vragen.'

'U bedoelt bidden?'

'Wat is daar verkeerd aan? Het heeft mij door menige moeilijke periode heen geholpen.

'U kunt altijd voor uw tante bidden. Maar voor zover ik me herinner staat er niets tegen morfine in de bijbel.'

Brenda's gezicht verstrakte. Haar weerwoord werd afgesneden door het geluid van Abby's pieper.

'Neemt u me niet kwalijk,' zei Abby koel, liep weg en liet het gesprek in de lucht hangen. Dat was maar goed ook, want ze had op het punt gestaan om echt sarcastisch te worden. Om iets te zeggen in de trant van: *Als u toch tot god aan het bidden bent, waarom vraagt u hem dan niet om een genezing?* Dan had Brenda zeker de pest in gehad. Maar met het proces van Joe Terrio dat haar boven het hoofd hing, kon ze zich al helemaal niet nog een klacht tegen zich veroorloven.

Ze pakte de telefoon op in de zusterpost en draaide het nummer dat op haar pieper verscheen.

Een vrouwenstem antwoordde: 'Informatiebalie.'

'Met dr. DiMatteo. Hebt u me opgepiept?'

'Ja, dokter. Er staat hier een zekere Bernard Katzka aan de balie. Hij vraagt of u even naar de hal kunt komen.'

'Ik ken niemand die zo heet en ik heb het nogal druk. Kunt u hem vragen waarom ik zou moeten komen?'

Er klonk wat gepraat op de achtergrond. Toen de vrouw weer sprak, klonk haar stem vreemd gereserveerd. 'Dr. DiMatteo?'

'Ja.'

'Hij is van de politie.'

De man in de hal zag er vaag bekend uit. Hij was midden veertig, van gemiddelde lengte en gemiddelde bouw met het soort gezicht dat niet knap en niet alledaags was en dat je je ook niet bijzonder gemakkelijk herinnerde. Zijn haar was donkerbruin en begon op zijn kruin dunner te worden, een feit dat hij niet probeerde te verdoezelen zoals sommige mannen dat deden door hun haren camouflerend zijwaarts te kammen. Toen ze naar hem toeliep, had ze de indruk dat hij haar ook herkende. Hij had haar in feite aangekeken vanaf het ogenblik dat ze de lift was uitgekomen.

'Dr. DiMatteo,' zei hij. 'Ik ben rechercheur Bernard Katzka. Moordzaken.'

Ze schrok alleen al bij het horen van dat woord. Waar ging dit over? Ze gaven elkaar een hand. Toen pas, toen ze hem aankeek, wist ze waar ze hem had gezien. Op het kerkhof. Bij de begrafenis van Aaron Levi. Hij had wat afzijdig gestaan, een stille figuur in een donker pak. Tijdens de dienst hadden hun blikken elkaar gekruist. Ze had niets van het gesproken Hebreeuws begrepen en haar aandacht was naar de overige rouwenden gedwaald. Ze had gemerkt dat iemand anders de menigte ook opnam. Ze hadden elkaar aangekeken, een seconde maar en daarna de andere kant opgekeken. Maar hij had nauwelijks enige indruk op haar gemaakt. Nu ze hem weer aankeek, merkte ze dat ze zich op zijn kalme en onverschrokken grijze ogen richtte. Geen mens zou Bernard Katzka ooit opmerken als hij niet van die intelligente ogen had.

Ze zei: 'Bent u een vriend van de familie Levi?'

'Nee.'

'Ik heb u op het kerkhof gezien. Of vergis ik me?'

'U vergist zich niet.'

Ze wachtte op een uitleg, maar hij zei alleen: 'Kunnen we ergens even samen praten?'

'Mag ik vragen waar dit om gaat?'

'Over de dood van dr. Levi.'

Ze keek naar de deuren van de hal. De zon scheen en ze was de hele dag nog niet buiten geweest.

'Er is een tuintje met een paar banken,' zei ze. 'Zullen we daar naartoe gaan?'

Het was warm buiten, een volmaakte oktobermiddag. De tuin was in zijn chrysantenstadium, het ronde bed was beplant met roestkleurig oranje en geel. In het midden sproeide een rustig, kalmerend waterstraaltje uit een fontein. Ze gingen op een van de houten banken zitten. Een paar zusters die op de andere bank zaten, stonden op, liepen weer naar het gebouw en lieten Abby en de rechercheur alleen. Even was het stil. De stilte maakte Abby onrustig, maar het scheen haar metgezel niet in het minst te storen. Hij scheen gewend te zijn aan lange stiltes.

'Elaine Levi gaf me uw naam,' zei hij. 'Ze stelde voor dat ik eens met u praatte.'

'Waarom?'

'U heeft dr. Levi zaterdagochtend vroeg gesproken. Klopt dat?'

'Ja. Telefonisch.'

'Herinnert u zich hoe laat dat was?'

'Rond twee uur in de ochtend, denk ik. Ik was in het ziekenhuis.'

'Hij belde op?'

'Nou, hij belde de Chirurgische Intensive Care-afdeling en vroeg de dienstdoende assistent-arts te spreken. Dat was ik die nacht toevallig.'

'Waarom belde hij?'

'Hij belde over een patiënte. Ze had postoperatief koorts gekregen en Aaron wilde een behandelwijze bespreken. Welke labtesten we zouden aanvragen, welke röntgenfoto's. Wilt u me vertellen waar dit allemaal om gaat?'

'Ik probeer de volgorde van de gebeurtenissen vast te leggen. Dus dr. Levi belde de Chirurgische Intensive Care-afdeling om twee uur 's ochtends en kreeg u aan de lijn.'

'Ja.'

'Heeft u hem daarna nog gesproken? Na dat gesprek om twee uur?'

'Nee.'

'Heeft u geprobeerd om hem te bereiken?'

'Ja, maar hij was al weg. Ik heb Elaine gesproken.'

'Hoe laat was dat?'

'Dat weet ik niet. Misschien drie uur, kwart over drie. Ik lette niet erg op de tijd.'

'U heeft zijn huis die ochtend verder niet meer gebeld?'

'Nee. Ik heb herhaaldelijk geprobeerd hem op te piepen, maar hij gaf geen antwoord. Ik wist dat hij ergens in het gebouw was, omdat zijn auto op de parkeerplaats stond.'

'Hoe laat heeft u die daar gezien?'

'Die heb ik niet gezien. Mijn vriend, dr. Hodell, zag hem staan toen hij om vier uur kwam. Luister, waarom onderzoekt de afdeling Moordzaken dit?'

Hij negeerde haar vraag. 'Elaine Levi zegt dat er om kwart over twee een gesprek kwam. Haar man nam dat gesprek aan. Een paar minuten later kleedde hij zich aan en verliet het huis. Weet u iets over dat telefoontje?'

'Nee. Het kan een van de zusters geweest zijn. Weet Elaine dat niet?'

'Haar man nam de telefoon in de badkamer aan. Ze heeft het gesprek niet gehoord.'

'Dat was ik niet. Ik heb Aaron maar één keer gesproken. Nu zou ik toch werkelijk graag willen weten waarom u me die vragen stelt. Dit kan onmogelijk een routinekwestie zijn.'

'Nee. Het is geen routinekwestie.'

Abby's pieper ging. Ze herkende het nummer op het scherm. Het was de administratie, geen noodgeval, maar ze begon toch genoeg van dit gesprek te krijgen. Ze stond op. 'Rechercheur, ik moet aan het werk. Er zijn patiënten. Ik heb geen tijd om allerlei vage vragen te beantwoorden.'

'Mijn vragen zijn heel specifiek. Ik probeer vast te stellen wie die ochtend op welk tijdstip gesprekken heeft gevoerd. En wat er tijdens die gesprekken is gezegd.'

'Waarom?'

'Dat kan met de dood van dr. Levi te maken hebben.'

'Zegt u dat iemand hem heeft overgehaald zichzelf op te hangen?'

'Ik wil alleen graag weten wie met hem heeft gesproken.'

'Kunt u dat niet opmaken uit de computer van het telefoonbedrijf of zo? Houden die dat niet bij?'

'Het gesprek om half drie naar dr. Levi was afkomstig uit het Bayside Hospital.'

'Dus het kan een zuster zijn geweest.'

'Of iemand anders in het gebouw.'

'Is dat uw theorie? Dat iemand uit het Bayside Aaron heeft opgebeld en hem iets heeft verteld dat dermate schokkend was dat hij zelfmoord heeft gepleegd?'

'We overwegen andere mogelijkheden dan zelfmoord.'

Ze staarde hem aan. Hij had het zo rustig gezegd dat ze zich afvroeg of ze hem goed had verstaan. Ze zakte langzaam weer op de bank neer. Beiden zwegen even.

Een zuster duwde een vrouw in een rolstoel door de tuin. Het paar bleef bij het bloembed staan en bewonderde de chrysanten, toen liepen ze door. Het enige geluid in de tuin was het geklater van de fontein.

'Zegt u dat hij misschien vermoord kan zijn?' zei Abby.

Hij gaf haar niet direct antwoord. En ze kon van zijn gezicht niet aflezen wat zijn antwoord kon zijn. Hij zat roerloos en uit zijn houding, zijn handen en zijn uitdrukking viel niets op te maken.

'Héêft Aaron zich opgehangen?' vroeg ze.

'Volgens de autopsierapporten is hij door verstikking om het leven gekomen.'

'Dat zou je verwachten. Het klinkt naar zelfmoord.'

'Dat kan het ook heel goed zijn.'

'Waarom bent ú daar dan niet van overtuigd?'

Hij aarzelde. Voor het eerst zag ze onzekerheid in zijn ogen en ze wist dat hij zijn volgende woorden zorgvuldig afwoog. Dit was het soort man dat geen beweging maakte zonder alle gevolgen te overwegen. Het soort man voor wie spontaniteit ook een geplande actie was.

Hij zei: 'Twee dagen voor hij stierf heeft dr. Levi een gloednieuwe computer gekocht.'

'Dat is alles? Is dat de basis voor uw vragen?'

'Hij gebruikte die voor verschillende dingen. Ten eerste reserveerde hij een vlucht voor twee personen naar St. Lucia in het Caribisch gebied. Voor rond Kerstmis. Hij stuurde ook e-mails naar zijn zoon in Dartmouth en besprak plannen voor de vrije dagen met Thanksgiving. Moet u nagaan, dokter. Twee dagen voor hij zelfmoord pleegt, maakt deze man plannen voor de toekomst. Hij heeft een leuke vakantie aan het strand in het vooruitzicht. Maar om kwart over twee in de ochtend stapt hij uit bed en rijdt naar het ziekenhuis. Pakt de lift, neemt dan de trap naar een verlaten verdieping. Hij bindt een riem aan de houten pen van de kast, slaat het andere eind om zijn hals en laat zijn benen gewoon slap hangen. Hij raakt niet direct bewusteloos. Hij heeft vijf, misschien tien seconden om van gedachten te veranderen. Hij heeft een vrouw, kinderen en een strand op St. Lucia om zich op te verheugen. Maar hij verkiest het te sterven. Alleen en in het donker.' Katzka bleef haar aankijken. 'Denk daar eens over na.'

Abby slikte. 'Ik weet niet zeker of ik dat wil.'

'Ik heb het gedaan.'

Ze keek naar zijn rustige grijze ogen en vroeg zich af: over wat voor andere nachtmerrieachtige dingen denk jij na? Wat voor man kiest een baan die dergelijke verschrikkelijke denkbeelden vereist?

'We weten dat de auto van dr. Levi op zijn gebruikelijke plek bij het ziekenhuis geparkeerd stond. We weten niet waarom hij hier naartoe is gereden. Of waarom hij eigenlijk van huis is gegaan. Afgezien van die opbeller van kwart over twee, bent u de laatste persoon die we kennen die met dr. Levi heeft gesproken. Zei hij er iets over dat hij naar het ziekenhuis zou komen?'

'Hij maakte zich zorgen om onze patiënt. Hij kan besloten hebben zelf te komen kijken.'

'En het niet aan u over te laten?'

'Ik ben een tweedejaars assistent-arts, rechercheur Katzka, niet de behandelende arts. Aaron was de internist van het transplantatieteam.'

'Ik had begrepen dat hij cardioloog was.'

'Hij was ook internist. Wanneer er een medisch probleem was, zoals koorts, namen de zusters meestal contact met hem op. En hij belde andere specialisten als hij die nodig had.'

'Zei hij tijdens dat telefoongesprek dat hij naar het ziekenhuis zou komen?'

'Nee. We hebben het alleen over de behandelwijze gehad. Ik zei wat ik van plan was. Dat ik de patiënt wilde onderzoeken en bloedonderzoek en foto's zou aanvragen. Daar was hij het mee eens.'

'Dat was alles?'

'Daar kwam het in grote lijnen op neer.'

'Zei hij nog iets dat u vreemd voorkwam?'

Ze dacht er weer over na. En ze herinnerde zich die eerste pauze tijdens hun telefoongesprek. En hoe ontsteld Aaron had geklonken toen zij de hoorn had opgenomen.

'Dr. DiMatteo?'

Ze keek Katzka aan. Hoewel hij haar naam rustig had uitgesproken, had zijn blik een nieuwe, waakzame uitdrukking gekregen.

'Herinnert u zich iets?' vroeg hij.

'Ik herinner me dat hij niet erg blij was dat ik de dienstdoende assistent-arts was.'

'Waarom niet?'

'Vanwege de bewuste patiënt. Haar man en ik... hebben een probleem. Een ernstig probleem.' Ze keek de andere kant op en voelde zich niet op haar gemak bij de gedachte aan Victor Voss. 'Ik weet zeker dat Aaron er de voorkeur aan gegeven zou hebben als ik op kilometers afstand van mevrouw Voss was gebleven.'

Katzka zweeg en ze keek weer op.

'Mevrouw *Victor* Voss?' zei hij.

'Ja. Kent u die naam?'

Katzka leunde achterover en zuchtte zachtjes. 'Ik weet dat hij VMI heeft gesticht. Wat voor operatie heeft zijn vrouw ondergaan?'

'Een harttransplantatie. Het gaat nu veel beter met haar. De koorts is na een paar dagen antibiotica gezakt.'

Katzka staarde naar de fontein waar spuitend water, door zonlicht beschenen, als een gouden ketting schitterde. Hij stond abrupt op.

'Dank u voor uw tijd, dr. DiMatteo,' zei hij. 'Het is mogelijk dat ik u nog eens bel.'

Ze wilde zeggen: 'Dat is goed.' Maar hij had zich al omgedraaid en liep snel weg. De man was vanuit een absoluut roerloze houding met de snelheid van het geluid vertrokken. Onvoorstelbaar.

Haar pieper ging af. Weer de administratie. Ze zette hem af. Toen ze opkeek was Katzka nergens te zien. De magische verdwijnende agent. Ze dacht nog na over zijn vragen toen ze naar de hal terugliep en de huistelefoon oppakte.

'Met Abby DiMatteo. U hebt me opgepiept?'

'O ja. Twee dingen. Er is een buitengesprek van Helen Lewis van de New England Orgaan Bank. Ze wilde weten of u ooit een antwoord heeft gekregen op uw vraag over die transplantatie. U reageerde niet op uw pieper, dus heeft ze opgehangen.'

'Als ze weer belt, zeg dan dat mijn vraag al is opgehelderd. Wat was het andere?'

'Er is hier een aangetekende brief voor u. Ik heb ervoor getekend. Ik hoop dat dat goed is.'

'Aangetekend?'

'Hij werd een paar minuten geleden bezorgd. Ik dacht dat u dat wilde weten.'

'Van wie?'

Er klonk geluid van verschoven papieren. Toen: 'Hij is afkomstig van Craig, Hawkes en Sussman. Advocaten.'

Abby's maag kromp ineen. 'Ik kom eraan,' zei ze en hing op. Weer de aanklacht van Terrio. De raderen van de wet zouden haar zeker verpulveren. Ze had natte handen toen ze met de lift naar de administratie ging. *Dr. DiMatteo, bekend om haar rust in de operatiekamer, is een zenuwpil.*

De secretaresse van de administratie was aan het telefoneren. Ze zag Abby en wees op de postvakjes.

Er lag een envelop in Abby's vakje. *Craig, Hawkes en Sussman* stond er linksboven gedrukt. Ze scheurde hem open.

Eerst begreep ze niet wat ze las. Toen richtte ze zich op de naam van de aanklager en drong de betekenis eindelijk tot haar door. Haar maag kon niet verder samenballen. Hij was al één harde bal. Deze brief ging helemaal niet over Karen Terrio. Hij ging over een andere patiënt, een zekere Michael Freeman. Een alcoholist, er was onverwacht een opgezwollen bloedvat in zijn slokdarm gescheurd en hij was in zijn kamer in het ziekenhuis doodgebloed. Abby was toen de co-assistent geweest. Ze herinnerde het zich als een schokkend en gruwelijk einde. Nu klaagde de vrouw van Michael Freeman haar aan en ze had Craig, Hawkes en Sussman als haar vertegenwoordigers aangewezen. Abby was de verdachte. De enige verdachte die in de aanklacht werd genoemd.

'Dr. DiMatteo. Is alles in orde?'

Abby besefte plotseling dat ze tegen de postvakjes aangeleund stond en dat de kamer niet echt stilstond. De secretaresse keek haar met gefronste wenkbrauwen aan.

'Ja... hoor,' zei Abby. 'Het gaat wel.'

Tegen de tijd dat Abby de kamer uit was, werd het haar echt te veel. Ze vluchtte regelrecht naar de dienstkamer, sloot zichzelf op en ging op het bed zitten. Toen vouwde ze de brief open en las hem nog eens. En nog eens.

Twee processen in twee weken. Vivian had gelijk. Abby zou de rest van haar leven in de rechtszaal doorbrengen.

Ze wist dat ze haar advocaat moest opbellen, maar ze kon zichzelf niet zo ver krijgen dat op dit ogenblik te doen. Dus bleef ze op het bed naar de brief op haar schoot zitten staren. Ze dacht aan al die jaren werk die het had gekost om dit punt van haar carrière te bereiken. Ze dacht aan de nachten waarin ze boven haar boeken in slaap was gevallen terwijl iedereen in de studentenflat uitging. De weekends waarin ze dubbele diensten had gedraaid als ziekenhuislaborant, buisjes bloed had afgenomen om haar lesgeld bijeen te krijgen. Ze dacht aan de honderdtwintigduizend dollar studiefinanciering die ze nog moest afbetalen. De maaltijden van brood met pindakaas. De films en concerten en toneelstukken die ze nooit had gezien.

En ze dacht aan Pete die de reden voor dit alles was geweest. De broer die ze had willen redden, wat ze niet had gekund. Ze dacht hoofdzakelijk aan Pete die altijd tien jaar zou blijven.

Victor Voss won. Hij had gezegd dat hij haar zou vernietigen en dat was precies wat hij aan het doen was.

*Vecht terug*. Het werd tijd om terug te vechten. Alleen kon ze geen manier bedenken waarop ze dat zou doen. Ze was niet handig genoeg. De brief brandde in haar handen. Ze piekerde zich suf hoe ze hem kon tegenhouden, maar ze kon niets vinden behalve de zet die hij haar in de Chirurgische Intensive Care-afdeling had gegeven. Mishandeling en geweldpleging. Het was niet voldoende, niet half voldoende om hem tegen te houden.

*Vecht terug. Je moet een manier bedenken.*

De pieper ging af. Het was een oproep van de chirurgische afdeling. Ze was niet in de stemming om op wat voor verdomde oproepen te reageren. Ze pakte de telefoon en duwde de nummers in. 'DiMatteo,' snauwde ze.

'Dokter, we hebben moeilijkheden met de nicht van Mary Allen.'

'Wat dan?'

'We proberen mevrouw Allen haar dosis morfine van vier uur te geven, maar Brenda staat het niet toe. Misschien kunt u...'

'Ik kom eraan.' Abby smeet de hoorn neer. Die rot-Brenda, dacht ze en duwde de brief van de advocaten in haar zak. Ze nam de trap en rende de twee etages naar beneden. Tegen de tijd dat ze op de afdeling kwam, liep ze te hijgen, niet van inspanning, maar van woede. Ze stapte regelrecht naar de kamer van Mary Allen.

Er stonden twee zusters in de kamer met Brenda te praten. Mary Allen lag wakker in bed, maar ze zag er heel zwak uit en had te veel pijn om iets te zeggen.

'Ze is al versuft genoeg,' zei Brenda. 'Moet je kijken. Ze kan niet eens met me praten.'

'Misschien wil ze niet met u praten,' zei Abby.

De zusters draaiden zich met een blik van opluchting om naar Abby. De gezaghebbende stem was gearriveerd.

'Ga de kamer alstublieft uit, juffrouw Hainey,' zei Abby.

'De morfine is niet nodig.'

'Dat bepaal ik. Gaat u nu weg.'

'Ze heeft niet veel tijd meer over. Ze heeft al haar geestelijke vermogens nodig.'

'Waarvoor?'

'Om de Heer volledig te aanvaarden. Als ze sterft voor ze Hem aanvaard heeft...'

Abby stak haar hand uit naar de zuster. 'Geef mij die morfine. Ik dien het wel toe.'

De spuit werd haar direct aangereikt. Abby liep naar de infuusslang. Toen ze het hoesje van de naald afhaalde, zag ze het zwakke dankbare knikje van Mary Allen.

'Als u haar dat geeft, bel ik een advocaat,' zei Brenda.

'Doe dat,' zei Abby. Ze duwde de naald in het rubber afsluitstuk van het infuus. Ze was net bezig de stamper naar beneden te duwen toen Brenda naar voren schoot en de slang uit de arm van haar tante trok. Het bloed liep uit de wond op de grond. Die helderrode druppels die op het linoleum spatten waren de druppels die de emmer deden overlopen.

Een zuster duwde een gaasje tegen de arm van Mary Allen. Abby wendde zich tot Brenda en zei: 'Ga de kamer uit.'

'U liet me geen keus, dokter.'

'*Eruit!*'

Brenda sperde haar ogen open. Ze deed een stap achteruit.

'Moet ik de beveiliging roepen om u eruit te gooien?' Abby schreeuwde nu en liep op Brenda af die achteruit in de richting van de gang bleef lopen. 'Ik wil u niet meer in de buurt van mijn patiënte! Ik wil niet dat u haar nog lastig valt met uw bijbelse flauwekul!'

'Ik ben familie.'

'*Het interesseert me geen barst wie u bent!*

Brenda's mond viel open. Zonder nog een woord te zeggen, draaide ze zich om en liep weg.

'Dr. DiMatteo, kan ik u even spreken?'

Abby draaide zich om en zag de directrice staan, Georgina Speer.

'Dat was bijzonder ongepast, dokter. Zo spreken we de mensen niet toe.'

'Ze heeft net het infuus uit de arm van mijn patiënte getrokken!'

'Er zijn andere manieren om dit aan te pakken. Bel de beveiliging. Bel om hulp. Maar vloeken is absoluut niet de manier waarop we dat in dit ziekenhuis doen. Begrijp u dat?'

Abby haalde diep adem. 'Ik begrijp het,' zei ze. En voegde er zachtjes aan toe: 'Het spijt me.'

Nadat ze een nieuw infuus bij Mary Allen had aangelegd, trok Abby zich terug in de dienstkamer en ging lusteloos op bed liggen. Ze staarde naar het plafond en vroeg zich af: wat mankeert me in godsnaam? Ze had nog nooit eerder zo haar zelfbeheersing verloren, was nooit eerder geneigd geweest om tegen een patiënt of de familie te vloeken. Ik word gek, dacht ze. De stress wordt me eindelijk te veel. Misschien kan ik geen arts worden.

Haar pieper ging af. God, lieten ze haar dan nooit met rust? Wat zou het heerlijk zijn om een hele dag, een hele week geen pieper of telefoon te hebben en niet lastig gevallen te worden. Het was de ziekenhuistelefoniste die haar oppiepte. Ze pakte de telefoon en draaide een '0'.

'Buitengesprek voor u, dokter,' zei de telefoniste. 'Ik zal u doorverbinden.' Er klonken wat verbindingsklikjes en toen zei een vrouw:

'Spreek ik met dr. DiMatteo?'

'Ja.'

'Met Helen Lewis van de New England Orgaan Bank. U hebt afgelopen zaterdag een boodschap achtergelaten over een hartdonor. We dachten dat iemand van het Bayside ons terug zou bellen, maar dat heeft niemand gedaan. Dus dacht ik, dat ik het even moest nagaan.'

'Het spijt me. Ik had u moeten bellen, maar het is hier nogal een gekkenhuis. Het blijkt dat het allemaal op een misverstand berustte.'

'Nou, dat maakt het gemakkelijk. Want ik kon toch al geen gegevens vinden. Als u nog verdere vragen heeft, laat u het dan...'

'Neem me niet kwalijk,' viel Abby haar in de rede. 'Wat zei u daarnet?'

'Dat ik de gegevens niet kon vinden.'

'Waarom niet?'

'De informatie waar u om vroeg is niet in ons systeem opgenomen.'

Tien lange seconden zweeg Abby. Toen vroeg ze langzaam: 'Weet u heel zeker dat die er niet is?'

'Ik heb onze computerfiles nagekeken. Op de datum die u aangaf voor de explantatie, hebben wij niets staan over een hartdonor. Nergens in Vermont.'

# 12

'Hier staat het,' zei Colin Wettig en legde het Geneeskundig Adresboek open. 'Timothy Nicholls. B.A., Universiteit van Vermont. M.D. Tufts. Adres, Massachusetts General. Specialiteit: Thoraxchirurgie. Aangesloten bij het Wilcox Memorial. Burlington, Vermont.' Hij duwde het boek over de vergadertafel zodat iedereen in de kamer het in kon kijken. 'Dus er bestaat werkelijk een thoraxchirurg met de naam Tim Nicholls die in Burlington werkt. Hij is niet een of ander verzinsel van Archer.'

'Toen ik hem zaterdag sprak,' zei Archer, 'zei Nicholls dat hij bij de explantatie was geweest. En hij zei dat die in het Wilcox Memorial had plaatsgevonden. Helaas heb ik verder niemand kunnen vinden die bij hem in de operatiekamer is geweest. En nu kan ik Nicholls niet te pakken krijgen. Bij hem op kantoor vertelden ze me dat hij voor langere tijd op vakantie is. Ik weet niet wat er aan de hand is, Jeremiah, maar ik wenste bij god dat we er niets mee te maken hadden. Want het begint op een vrij vies zaakje te lijken.'

Jeremiah Parr verschoof onbehaaglijk in zijn stoel en keek even naar de advocate Susan Casado. Hij nam niet de moeite om naar Abby te kijken, die aan het uiteinde van de tafel zat, naast de coördinator van het transplantatieteam, Donna Toth. Misschien wìlde hij haar niet aankijken. Abby was tenslotte degene die deze ellende bij iedereen onder de aandacht had gebracht. Degene die deze bijeenkomst had georganiseerd.

'Wat ìs hier dan precies aan de hand?' vroeg Parr.

Archer zei: 'Ik denk dat Victor Voss heeft geregeld dat de donor buiten het registratiesysteem werd gehouden. Om het hart direct door te sluizen naar zijn vrouw.'

'Kan hij dat doen?'

'Met genoeg geld... vermoedelijk wel.'

'En hij heeft het geld zeker,' zei Susan. 'Ik heb onlangs het laatste overzicht in *Kiplinger* gezien. De vijftig rijkste mensen in Amerika. Hij staat tegenwoordig op nummer veertien.'

'Misschien kun je me beter eens uitleggen hoe donortoewijzingen *zouden moeten* verlopen,' zei Parr. 'Want ik begrijp niet hoe dit is gebeurd.'

Archer keek naar de transplantatiecoördinator. 'Donna regelt dat meestal. Zij kan het wel uitleggen.'

Donna Toth knikte. 'Het systeem is vrij eenvoudig,' zei ze. 'We hebben zowel een regionale als een nationale wachtlijst van patiënten die organen nodig hebben. Het nationale systeem is de United Network for Organ Sharing, kortweg UNOS. De regionale lijst wordt door de New England Orgaan Bank bijgehouden. Beide systemen rangschikken patiënten op basis van hun conditie. De lijst trekt zich niets aan van rijkdom, ras of sociale status. Alleen hoe kritisch hun toestand is.' Ze sloeg een folder open en haalde er een vel papier uit. Dat gaf ze aan Parr. 'Zo ziet de laatste regionale lijst eruit. Ik heb hem vanuit de NEOB in Brookline laten overfaxen. Zoals je kunt zien is hij voorzien van de medische gesteldheid van iedere patiënt, het gewenste orgaan, het dichtstbijzijnde transplantatiecentrum en het telefoonnummer dat gebeld moet worden; dat is meestal van de transplantatiecoördinator.'

'Waar zijn die andere aantekeningen voor?'

'Klinische gegevens. Minimum en maximumlengte en gewicht dat aanvaardbaar is voor de donor. Of de patiënt al eerder transplantaties heeft gehad, dat zou de crossmatch moeilijker maken vanwege de antilichamen.'

'Jij zegt dat dit de lijst is in volgorde van behoefte?'

'Ja. De eerste naam is de patiënt in de meest kritische toestand.'

'Waar stond mevrouw Voss?'

'Op de dag dat ze haar transplantatie kreeg, was ze nummer drie op de AB-bloedgroeplijst.'

'Wat is er met de twee namen daarvoor gebeurd?'

'Dat heb ik nagegaan via de NEOB. Beide namen zijn een paar dagen later afgevoerd als Code 8. Permanent inactief en van de lijst af.'

'Je bedoelt dat ze zijn overleden?' vroeg Susan Casado zachtjes.

Donna knikte. 'Ze hebben nooit een transplantatie gehad.'

'Jezus,' kreunde Parr. 'Dus mevrouw Voss heeft een hart gekregen dat naar iemand anders had moeten gaan.'

'Dat schijnt gebeurd te zijn. We weten niet hoe het geregeld is.'

'Hoe zijn wij op de hoogte gebracht van de donor?' vroeg Susan.

'Telefonisch,' zei Donna. 'Zo gaat dat meestal. De transplantatiecoördinator in het donorziekenhuis regelt dat. Hij of zij bekijkt de laatste NEOB-lijst en belt het contactnummer van de eerste patiënt op de lijst.'

'Dus u bent door de Wilcox Memorial Transplantatie Coördinator gebeld?'

'Ja. Ik heb hem eerder aan de telefoon gehad over andere donoren. Dus er was geen reden om deze donatie in het bijzonder in twijfel te trekken.'

Archer schudde zijn hoofd. 'Ik weet niet hoe Voss dit voor elkaar heeft gekregen. Het leek voor ons volkomen juridisch juist en eerlijk. Bij het Wilcox moet duidelijk iemand betaald zijn. Ik durf te wedden dat het hun transplantatiecoördinator is. Dus de vrouw van Voss krijgt het hart. En Bayside heeft zich laten inpakken door een contanten-voor-organenregeling. En we hebben totaal geen donorpapieren om dit nog eens na te gaan.'

'Zijn die nog steeds niet boven water?' vroeg Parr.

'Ik heb ze niet kunnen vinden,' zei Donna. 'De donorgegevens liggen nergens in mijn kantoor.'

*Victor Voss*, dacht Abby. *Op de een of andere manier heeft hij de papieren laten verdwijnen.*

'Het ergste zijn de nieren,' zei Wettig.

Parr fronste zijn wenkbrauwen tegen de generaal. 'Wat?'

'Zijn vrouw had de nieren niet nodig,' zei Wettig. 'Of de alvleesklier of de lever. Dus wat is daarmee gebeurd? Als die nooit geregistreerd zijn?'

'Die moeten weggegooid zijn,' zei Archer.

'Precies. Dat zijn drie of vier levens die gered hadden kunnen worden. En in plaats daarvan weggegooid zijn.'

Iedereen schudde zijn hoofd en keek ontsteld.

'Wat gaan we hieraan doen?' zei Abby.

Haar vraag werd met een korte stilte beantwoord.

'Ik weet niet zeker wat we zouden moeten doen,' zei Parr. Hij keek naar de advocaat. 'Zijn we verplicht hier iets aan te doen?'

'Ethisch gezien, wel,' zei Susan. 'Maar er is een consequentie als we dit rapporteren. Ik kan zelfs verschillende consequenties bedenken. Ten eerste kunnen we dit nooit buiten de pers houden. Een contanten-voor-organenovereenkomst, vooral waar Victor Voss bij betrokken is, is een prachtig verhaal. En ten tweede verbreken we in zekere zin de privacy van de patiënt. Dat zal een bepaald deel van onze patiëntenbestand niet lekker zitten.'

Wettig snoof. 'Je bedoelt de verdomd rijken.'

'Degene die dit ziekenhuis in stand houden,' verbeterde Parr hem.

'Precies.' Susan ging verder. 'Als zij horen dat Bayside de aanzet heeft gegeven tot een onderzoek naar iemand zoals Victor Voss, dan vertrouwen ze ons ook niet meer dat we hùn gegevens geheim houden. We kunnen op die manier al onze particulier betalende transplantatieverwijzingen verspelen. Omdat het eruit ziet alsof we déél uitmaakten van de samenzwering. We verliezen onze geloofwaardigheid als transplantatiecentrum. Als blijkt dat Voss die donor inderdaad buiten het registratieteam heeft gehouden, zijn wij ook met pek besmeurd.'

Abby keek Archer even aan die verbijsterd leek bij die mogelijkheid. Dit kon het einde betekenen van het Bayside transplantatieprogramma. Het einde van het team.

'Hoeveel hiervan is al in de openbaarheid gekomen?' vroeg Parr. Hij keek eindelijk Abby aan. 'Wat heb je de NEOB hierover verteld, dr. DiMatteo?'

'Toen ik met Helen Lewis sprak, wist ik niet precies wat er aan de hand was. Dat wisten we geen van allen. We probeerden alleen uit te zoeken waarom de donor niet bij hen geregistreerd stond. Daar hebben we het bij gelaten. Onopgelost. Ik heb Archer en dr. Wettig direct na het telefoontje benaderd.'

'En Hodell. U heeft het Hodell natuurlijk verteld.'

'Ik heb Mark nog niet gesproken. Hij is de hele dag in de operatiekamer.'

Parr zuchtte van opluchting. 'Goed. Dus het is alleen in deze kamer. En alles wat mevrouw Lewis weet, is dat het u niet precies bekend is wat er is gebeurd.'

'Inderdaad.'

Susan Casado keek net zo opgelucht als Parr. 'We kunnen de zaak nog redden. Ik denk dat we nu het volgende moeten doen. Dr. Archer belt de NEOB. Hij stelt mevrouw Lewis gerust dat we het misverstand hebben opgelost. Het is goed mogelijk dat ze het daarbij laat. We gaan op discrete wijze door met vragen stellen. We moeten proberen dr. Nicholls weer te bereiken. Hij kan misschien opheldering verschaffen.'

'Niemand schijnt te weten wanneer Nicholls terugkomt,' zei Archer.

'En die andere chirurg?' vroeg Susan. 'Die vent uit Texas?'

'Mapes? Die heb ik nog niet geprobeerd.'

'Dat zou iemand moeten proberen.'

Parr viel in de rede: 'Daar ben ik het niet mee eens. Ik geloof niet dat we hier iemand anders in moeten betrekken.'

'En waarom niet, Jeremiah?'

'Hoe minder mensen ervan afweten, hoe minder we bij deze toestand betrokken raken. We moeten ons er verre van houden. Zeg tegen Helen Lewis dat het een geconditioneerde donatie was. En dat het daarom nooit via de NEOB is gelopen. En laten we dan verder gaan.'

'Met andere woorden,' zei Wettig, 'steek je verdomde kop in het zand.'

'Zie geen kwaad, hoor geen kwaad.' Parr keek de mensen aan de tafel even aan. Hij scheen het gebrek aan reactie als algemene instemming te beschouwen. 'Het is overbodig om te zeggen dat we hier buiten deze kamer niet over spreken.'

Abby kon zich niet inhouden. 'Het probleem is echter dat het kwaad niet weggaat,' zei ze. 'Of we het nu niet horen of zien, het is er nog steeds wél.'

'Bayside is de onschuldige partij,' zei Parr. 'Wij zouden er niet voor hoeven op te draaien. En we hoeven onszelf zeker niet bloot te stellen aan onrechtvaardige en nauwkeurige onderzoeken.'

'En hoe zit het met de ethische kant van de zaak? Dit kan weer voorkomen.'

'Ik betwijfel of mevrouw Voss binnenkort weer een nieuw hart nodig heeft. Het is een op zichzelf staand incident, dr. DiMatteo. Een wanhopige echtgenoot die alle regels met voeten getreden heeft om zijn vrouw te redden. Het is voorbij. We moeten alleen wat veiligheidsmaatregelen treffen om ons ervan te vergewissen dat zoiets zich niet herhaalt.' Parr keek Archer aan. 'Kunnen we dat doen?'

Archer knikte. 'We zullen verdomme wel moeten.'

'Wat gebeurt er met Victor Voss?' zei Abby. De stilte die volgde was haar antwoord: er zou niets gebeuren. Er gebeurde nooit iets met mannen zoals Victor Voss. Hij kon het systeem alle kanten op buigen en een hart kopen, een chirurg kopen, een heel ziekenhuis kopen. En ze konden ook advocaten kopen, een heel leger, voldoende om de dromen van een minderwaardig chirurgisch assistent-artsje tot as te laten vergaan.

Ze zei: 'Hij is erop uit om mij te ruïneren. Ik dacht dat het zou afnemen na de transplantatie van zijn vrouw, maar dat is niet het geval. Hij heeft afval in mijn auto gedeponeerd. Hij heeft aanklachten op touw gezet en ik weet zeker dat er meer volgen. Het is moeilijk voor mij om geen slecht te zien en te horen, wanneer hij zich met dat soort tactieken inlaat.'

'Kunt u bewijzen dat Voss die dingen doet?' vroeg Susan.

'Wie zou het anders zijn?'

'Dr. DiMatteo,' zei Parr. 'De reputatie van dit ziekenhuis staat op het spel. We moeten het allemaal eens zijn, één front vormen. U ook. Dit is ook uw ziekenhuis.'

'En stel dat het toch allemaal naar buiten komt? Stel dat het de voorpagina van de *Globe* haalt? Dan wordt het Bayside beschuldigd van een doofpotaffaire. En dan krijgen jullie dit alles weer voorgeschoteld.'

'Daarom mag het niet buiten deze kamer komen,' zei Parr.

'Het kan toch uitkomen.' Ze stak haar kin in de lucht. 'Dat gebeurt vermoedelijk ook.'

Parr en Susan wisselden een nerveuze blik.

Susan zei: 'Dat risico zullen we moeten nemen.'

Abby trok haar operatiejas uit, gooide hem in de waszak en liep de dubbele deuren door. Het was bijna middernacht. De patiënt, een slachtoffer van een steekpartij, lag nu op de verkoeverkamer, de postoperatieve orders waren door de co-assistent opgeschreven en de EHBO had niets bijzonders. Alles was rustig.

Ze wist niet zeker of ze wel zo blij was met die rust. Dat gaf haar te veel tijd om over alles na te denken wat er tijdens de vergadering van die middag was gezegd.

Mijn enige kans om terug te vechten, dacht ze, en ik kan het niet. Niet als ik een teamspeler ben. Niet als ik de belangen van het Bayside voor laat gaan.

En haar eigen belangen ook. Dat ze nog steeds als deel van het team werd gezien, was een goed teken. Het betekende dat ze een kans had om hier te blijven, een kans om haar assistent-artsschap inderdaad af te maken. Het kwam neer op een overeenkomst met de duivel. Haar mond houden en vasthouden aan de droom. Als Victor Voss dat toestond.

Als haar geweten dat toestond.

Ze had die avond verschillende keren op het punt gestaan om de telefoon te pakken en Helen Lewis op te bellen. Dat was alles wat ze hoefde te doen, één telefoontje om de NEOB in te lichten. Eén telefoontje om Victor Voss te ontmaskeren. Onderweg naar de dienstkamer piekerde ze er nog steeds over. Ze maakte de deur open en liep naar binnen.

Ze merkte de geur als eerste op, nog voor ze het licht had aangedraaid. De geur van rozen en lelies. Ze draaide de lamp aan en staarde verbaasd naar de vaas bloemen op het bureau.

Door het geluid van iemand die tussen lakens lag, werd haar blik naar het bed getrokken. 'Mark?' zei ze.

Hij werd met een schok wakker. Even scheen hij niet te weten waar hij was. Toen zag hij haar en glimlachte. 'Van harte gefeliciteerd.'

'God. Ik was het helemaal vergeten.'

'Ik niet,' zei hij.

Ze liep naar het bed en ging bij hem zitten. Hij was in slaap gevallen met zijn operatiekleding nog aan en toen ze zich voorover boog om hem te kussen, kon ze die bekende dienst geur van Betadinejodium en vermoeidheid ruiken. 'Au. Je moet je scheren.'

‘Ik moet nog een kus hebben.’

Ze gehoorzaamde glimlachend. ‘Hoe lang ben je hier al?’

‘Hoe laat is het?’

‘Middernacht.’

‘Twee uur.’

‘Heb je vanaf tien uur gewacht?’

‘Ik was het niet op deze manier van plan. Ik ben gewoon in slaap gevallen.’ Hij schoof opzij om plaats voor haar te maken op de smalle matras. Ze trok haar schoenen uit en ging naast hem liggen. Ze voelde zich direct op haar gemak door de warmte van het bed en de man. Ze dacht erover hem over de vergadering van deze middag te vertellen, over de tweede aanklacht, maar ze wilde er niet over praten. Ze wilde alleen maar vastgehouden worden.

‘Sorry, ik ben de cake vergeten,’ zei hij.

‘Ik kan me niet voorstellen dat ik mijn eigen verjaardag vergeten ben. Misschien wilde ik hem vergeten. Ik word al achtentwintig.’

Hij sloeg lachend een arm om haar heen. ‘Wat een afgeleefde, oude dame.’

‘Ik vóel me oud. Vooral vanavond.’

‘Tja, nou dan voel ik me stokoud.’ Hij kust zachtjes haar oor. ‘En ik word niet jonger. Dus misschien is dit wel de tijd.’

‘Waarvoor?’

‘Om te doen wat ik maanden geleden had moeten doen.’

‘En dat is?’

Hij draaide haar naar zich toe en pakte haar gezicht tussen zijn handen. ‘Om je te vragen met me te trouwen.’

Ze staarde hem aan en kon geen woord uitbrengen, maar ze voelde zich zo gelukkig dat ze wist dat het antwoord duidelijk aan haar ogen te lezen moest zijn. Ze was zich plotseling vol vreugde bewust van zijn hele wezen. Van zijn hand die haar wang opwarmde. Zijn gezicht vermoeid en niet jong meer, maar daarom niet minder dierbaar voor haar.

‘Ik wist een paar avonden geleden dat ik dit wilde,’ zei hij. ‘Jij had dienst. En ik zat thuis met een diepvriesmaaltijd. Ik ging naar bed en ik zag jouw spullen op de toilettafel. Je haarborstel. Je sieradendoos. Die bh die je nooit schijnt op te ruimen.’ Hij lachte zachtjes. Zij ook. ‘Nou ja, toen wist ik het. Ik wil nooit meer zonder jouw spullen op mijn toilettafel leven. Ik geloof niet dat ik dat zou kunnen. Niet meer.’

‘O, Mark.’

‘Het gekke is dat je nauwelijks ooit thuis bent. En wanneer je thuis bent, ben ik er niet. We komen elkaar af en toe in de gangen tegen. Of houden elkaars hand vast in de lift als we geluk hebben.

Maar het is voor mij belangrijk te weten dat wanneer ik naar huis ga, ik jouw spullen op de toilettafel zie. Ik weet dat je er geweest bent, of komt. En dat is genoeg.'

Ze zag hem door haar tranen heen glimlachen. En ze voelde zijn hart bonzen, alsof hij bang was.

'En, wat denk je ervan, dr. D.?' fluisterde hij. 'Kunnen we een huwelijk in ons strakke schema passen?'

Haar antwoord was een kruising tussen een snik en een lach. 'Ja. Ja, ja, *ja*.' Ze kwam overeind, rolde boven op hem met haar armen om zijn hals en haar mond vond de zijne. Ze lachten allebei, en kusten terwijl de matrasvering afschuwelijk piepte. Het bed was veel te klein; ze zouden er nooit samen in kunnen slapen.

Maar het was wel geschikt om met elkaar naar bed te gaan.

Vroeger was ze mooi geweest. Soms wanneer Mary Allen naar haar eigen handen keek en de rimpels en bruine ouderdomsvlekken zag, vroeg ze zich geschrokken af: van wie zijn die handen? Vast van een vreemde, van een oude vrouw. Het zijn niet mijn handen, niet die van de mooie Mary Hatcher. Dan was de vlaag van verwarring voorbij en keek ze de ziekenhuiskamer door en besefte dat ze weer had gedroomd. Geen echte droom die bij een echte slaap hoorde, maar een soort mist die door haar hersenen zweefde en daar bleef hangen, zelfs wanneer ze wakker was. Dat kwam door de morfine. Ze was blij met de morfine. Die nam haar pijn weg en opende enkele geheime deuren in haar gedachten, liet beelden binnen van een leven dat ze zich herinnerde en dat nu bijna voorbij was. Ze had wel gehoord dat het leven beschreven werd als een cirkel, een terugkomen op het punt waar je begonnen was, maar haar eigen leven leek niet half zo georganiseerd te zijn. Het was meer een wandkleed vol slordig afgewerkte draden, sommige afgebroken, sommige gerafeld, geen van alle recht en werkelijk.

Maar in zo heel veel kleuren geweven.

Ze deed haar ogen dicht en die geheime deur zwaaide open. Een pad naar de zee. Heggen vol strandrozen, roze en zoet geurend. Haar tenen verdwenen in het warme zand. De golven kwamen vanuit de baai aanrollen. De luxe van handen die lotion op haar lichaam wreven.

De handen van Geoffrey.

De deur zwaaide verder open en hij kwam binnen, een complete herinnering. Niet zoals hij was, op dat strand, maar zoals ze hem voor het eerst had gezien, in zijn uniform en met verwarde haren, zijn gezicht lachend naar haar toegewend. De eerste blik die ze elkaar toewierpen. Dat was op een straat in Boston geweest. Zij had een zak boodschappen gedragen, en zag er op en top uit als de efficiënte jonge huisvrouw op weg naar huis om het avondmaal voor haar man te koken. Ze had een zeldzaam lelijke bruine jurk aan gehad; het was oorlogstijd en je moest het doen met wat er in de winkels te krijgen was. Ze had haar haren niet opgestoken en de wind had ze door elkaar geblazen zodat ze er uitzag als een heks. Ze dacht dat ze er vreselijk uitzag. Maar die jongeman stond tegen haar te glimlachen en staarde haar na toen ze hem op de stoep voorbijliep.

De volgende dag stond hij er weer en ze keken elkaar aan, deze keer waren ze geen vreemden meer, maar iets meer.

Geoffrey. Weer een losse draad. Niet een die slechts rafelde en verzwakte tot hij brak, zoals die van haar man, maar een die uit het wandkleed was gescheurd, en een lege groeve achterliet die door het hele weefwerk heenliep.

Ze hoorde een deur opengaan. Een echte deur. Ze hoorde voetstappen, die zachtjes haar bed naderden.

Ze moest moeite doen om vanuit haar morfinewaas haar ogen open te doen. Toen ze dat eindelijk deed, was de kamer donker op een klein lichtje vlakbij na. Ze probeerde haar ogen op het licht te richten. Het danste als een vuurvliegje, toen bleef het stil hangen, als een enkel helder vlekje op haar laken. Ze richtte haar blik er beter op en probeerde de donkere gedaante die naast haar bed opdoemde te herkennen. Iets wat niet helemaal een vaste substantie was, niet helemaal echt. Ze vroeg zich af of dit ook een morfinedroom was. Een of andere niet welkome herinnering die door de deur was gekomen om haar te achtervolgen. Ze hoorde de lakens wegglijden en voelde dat een hand haar arm beetpakte met een greep die kil en rubberachtig was.

Ze ademde angstig. Dit was geen droom. Dit was echt. *Echt.* De hand was hier om haar ergens naar toe te brengen, om haar weg te halen.

In paniek begon ze te spartelen en kon zich aan de greep onttrekken.

Een stem zei zachtjes: 'Rustig maar, Mary. Rustig maar. Het is alleen maar tijd voor je om te gaan slapen.'

Mary werd rustig. 'Wie bent u?'

'Ik zorg vanavond voor u.'

'Is het al tijd voor mijn medicijnen?'

'Ja. Het is tijd.'

Mary zag het schijnsel van het zaklampje weer op haar arm spelen. Haar infuus. Ze keek toen de gehandschoende hand een spuit tevoorschijn haalde. De plastic hoes werd verwijderd en er glinsterde iets in de smalle lichtstraal. Een naald.

Mary voelde zich opnieuw bang worden. Handschoenen. Waarom had deze persoon handschoenen aan?

Ze zei: 'Ik wil dat mijn zuster komt. Roep alstublieft mijn zuster.'

'Dat hoeft niet.' De punt van de naald drong in het rubber afsluitstuk van de infuusslang. De stamper begon aan zijn langzame, maar vastbesloten weg naar beneden. Mary merkte dat er een warm gevoel door haar ader stroomde en toen door haar arm kroop. Ze besefte dat de spuit erg vol was en dat de stamper er veel langer over deed dan normaal om haar de dosis pijnloze vergetelheid te bezorgen. Dit klopt niet, dacht ze, toen de spuit zijn inhoud in haar ader had geleegd. Er klopt iets niet.

'Ik wil mijn zuster,' zei ze. Ze kreeg haar hoofd omhoog en riep zwakjes: 'Zuster! Alstublieft! Ik wil...'

Er werd een hand met een handschoen over haar mond gelegd. Die duwde haar hoofd met zo'n kracht tegen het kussen dat Mary dacht dat haar nek was gebroken. Ze greep naar boven om de hand weg te duwen, maar kon het niet. Hij lag te stevig om haar mond en smoorde haar kreten. Ze trappelde, voelde dat het infuus loskwam, voelde de losse slang met zoutoplossing druppelen. Maar de hand bleef op haar mond. Inmiddels was de vloeibare warmte van haar arm naar haar borst gekropen en stroomde nu naar haar hersenen. Ze probeerde haar benen te bewegen en merkte dat ze het niet kon.

Plotseling kon het haar niet meer schelen.

De hand gleed weg van haar gezicht.

Ze rende. Ze was weer een meisje met lange bruine haren die om haar schouders fladderden. Het zand was warm onder haar blote voeten en de lucht geurde naar strandrozen en de zee. De deur zwaaide wijd open voor haar.

De rinkelende telefoon haalde Abby uit een warme, veilige plek vandaan. Ze werd wakker en voelde een arm om haar middel. Die van Mark. Op de een of andere manier waren ze ondanks het smalle bed samen in slaap gevallen. Ze maakte zich voorzichtig uit zijn omhelzing los en pakte de rinkelende telefoon.

'DiMatteo.'

'Dr. D., met Charlotte van Vier West. Mevrouw Allen is net gesuccombeerd. De co-assistenten zijn allemaal druk bezig, dus vroegen we ons af of u even wilde komen voor de overlijdensverklaring.'

'Goed. Ik kom eraan.' Abby hing op, bleef even liggen en gunde zichzelf de luxe om langzaam wakker te worden. Mevrouw Allen. Dood. Het was sneller gebeurd dan ze had verwacht. Ze voelde zich opgelucht dat de beproeving ten slotte voorbij was en schuldig dat ze zich daarover opgelucht voelde. Om drie uur 's ochtends lijkt de dood van een patiënt eerder lastig dan tragisch, alleen maar weer een reden om niet te kunnen slapen.

Abby ging op de rand van het bed zitten en trok haar schoenen aan. Mark snurkte zachtjes, en had niets van de rinkelende telefoon gemerkt. Ze boog zich glimlachend naar hem toe en gaf hem een kus. 'Ja,' fluisterde ze in zijn oor. En liep de kamer uit.

Ze zag Charlotte in de zusterpost van Vier West. Ze liepen samen naar de kamer van Mary aan het eind van de gang.

'We hebben haar op de ronde van twee uur gevonden. Ik ben om twaalf uur nog bij haar geweest en toen sliep ze, dus het is te eniger tijd daarna gebeurd. Ze is tenminste vredig gegaan.'

'Heb je de familie opgebeld?'

'Ik heb de nicht gebeld. Die in de status stond. Ik heb gezegd dat ze niet hoefde te komen, maar ze stond erop dat wel te doen. Die is nu onderweg. We hebben wat opgeruimd voor het bezoek.'

'Opgeruimd?'

'Mary moet haar infuus eruit getrokken hebben. Er lag zoutoplossing en bloed op de grond.' Charlotte maakte de deur van de kamer van de patiënt open en ze liepen samen naar binnen.

Bij het licht van een lampje naast het bed lag Mary Allen in een serene houding van slaap, haar armen langs haar lichaam, de lakens netjes over haar borst gevouwen. Maar ze sliep niet en dat was snel duidelijk. Haar oogleden hingen half open. Er lag een opgerold washandje onder haar kin om de openzakkende kaak dicht te houden. Familie die afscheid kwam nemen, wilde niet naar de openhangende mond van een geliefde staren.

Abby's werk nam slechts een paar seconden in beslag. Ze legde haar vingers op de halsslagader. Geen pols. Ze tilde het hemd op en legde haar stethoscoop op de borst. Ze luisterde tien seconden. Geen ademhalingen, geen hartslag. Ze scheen met een zaklampje in de ogen. De pupillen waren verstard. Een overlijdensverklaring was slechts een kwestie van papierwerk. De zusters hadden het al duidelijk herkend; Abby hoefde slechts de bevindingen van de zusters te bevestigen en de gebeurtenis in de status vast te leggen. Het was een van die verantwoordelijkheden die je nooit tijdens de studie wordt uitgelegd. Nieuwe co-assistenten hadden vaak geen idee wat ze moesten doen wanneer hen werd gevraagd een overlijdensverklaring te geven. Sommigen staken spontaan een speech af. Of vroegen om een bijbel en haalden op die manier een hoge plek in de annalen van de verpleegsters over domme doktersverhalen.

Een overlijden in een ziekenhuis is geen gelegenheid voor een speech, maar voor handtekeningen en papierwerk. Abby pakte de status van Mary Allen en maakte haar werk af. Ze schreef: 'Geen spontane ademhalingen of pols. Bij auscultatie geen hartklop hoorbaar. Pupillen verstard. Patiënt doodverklaard om 3.05 uur.' Ze deed de status dicht en draaide zich om om weg te gaan.

Brenda Hainey stond in de deuropening.

'Het spijt me, juffrouw Hainey,' zei Abby. 'Uw tante is in haar slaap overleden.'

'Wanneer is dat gebeurd?'

'Ergens na middernacht. Ik weet zeker dat ze niet geleden heeft.'

'Was er iemand bij haar toen het gebeurde?'

'Er waren zusters op de afdeling.'

'Maar er was niemand bij haar. In de kamer?'

Abby aarzelde. En besloot dat de waarheid het beste antwoord was. 'Nee, ze was alleen. Ik weet zeker dat het in haar slaap gebeurd is. Het was een vredige manier om te gaan.' Ze deed een stap bij het bed vandaan. 'U kunt wel even bij haar blijven, als u wilt. Ik zal de zusters vragen u even met rust te laten.' Ze wilde langs Brenda naar de deur lopen.

'Waarom is er niets gedaan om haar te redden?'

Abby draaide zich om en keek haar aan. 'Er kon niets gedaan worden.'

'U kunt het hart toch schokken toedienen? Het weer laten werken?'

'Onder bepaalde omstandigheden.'

'Heeft u dat gedaan?'

'Nee.'

'Waarom niet? Omdat ze te oud was om gered te worden?'

'Haar leeftijd had daar niets mee te maken. Ze had terminale kanker.'

'Ze is pas twee weken geleden in het ziekenhuis opgenomen. Dat heeft ze me verteld.'

'Ze was al heel erg ziek.'

'Ik denk dat jullie haar zieker hebben gemaakt.'

Nu begon Abby's maag zich samen te ballen. Ze was moe, ze wilde terug naar bed en deze vrouw belette haar dat. De ene belediging op de andere. Maar ze moest het nemen. Ze moest kalm blijven.

'We konden niets doen,' herhaalde Abby.

'Waarom zijn haar hart dan geen schokken toegediend?'

'Ze moest niet gereanimeerd worden. Dat betekent dat we geen schokken toedienen. En dat we haar niet aan een beademingsmachine leggen. Dat was de wens van uw tante en die hebben we gerespecteerd. Dat zou u ook moeten doen, juffrouw Hainey.' Ze liep bij Brenda weg voor die nog iets anders kon zeggen. Voor zíj iets zou zeggen waar ze spijt van zou krijgen.

Mark lag nog te slapen in de dienstkamer. Ze kroop in bed, draaide zich op haar zij met haar rug naar zijn borst toegekeerd en trok zijn arm om haar middel. Ze probeerde zich in die veilige, warme haven van bewusteloosheid te nestelen, maar ze bleef Mary Allen voor zich zien met het washandje onder haar openhangende onderkaak, de hangende oogleden over de glazige ogen. Een lichaam in het eerste stadium van verwezing. Ze besefte dat ze vrijwel niets over het leven van Mary Allen wist, wat ze had gedacht, van wie ze had gehouden. Abby was haar arts, en alles wat ze van Mary Allen wist was de manier waarop ze overleden was. In haar slaap in haar bed.

Nee, niet helemaal. Ergens voor haar dood had Mary haar infuus eruit getrokken. De zusters hadden bloed en zoutoplossing op de grond gevonden. Was Mary onrustig geweest? Verward? Wat had haar ertoe gebracht de slang uit haar ader te trekken?

Het was nog een detail over Mary Allen dat ze nooit te weten zou komen.

Mark zuchtte en trok haar dichter naar zich toe. Ze pakte zijn hand en klemde die tegen haar borst, tegen haar hart. *Ja.* Ze glimlachte ondanks het verdriet. Het was het begin van een nieuw leven, dat van haar en Mark. Dat van Mary Allen was voorbij en dat van hen stond op het punt te beginnen. De dood van een oudere patiënt was triest, maar hier in het ziekenhuis stierven nu eenmaal mensen.

En begonnen nieuwe levens.

Het was tien uur 's morgens toen de taxi Brenda Hainey bij haar huis in Chelsea afzette. Ze had niet ontbeten, en niet geslapen sinds het telefoontje van het ziekenhuis, maar ze voelde zich niet moe, of hongerig. Ze voelde zich eigenlijk uitermate vredig.

Ze had tot vijf uur in de ochtend aan het bed van haar tante gebeden toen de zusters waren gekomen om het lichaam naar het mortuarium te brengen. Ze had het ziekenhuis verlaten met de bedoeling direct naar huis te gaan, maar tijdens de taxirit had een gevoel haar dwars gezeten dat ze nog iets moest doen. Het had met de ziel van tante Mary te maken en waar die zich op dit ogenblik in zijn kosmische reis bevond. Als er tenminste sprake van een overgang was. Hij kon ergens vastzitten, zoals een lift tussen twee verdiepingen vast kon zitten. Brenda wist niet zeker of hij naar boven of naar beneden ging, en dat zat haar dwars.

Tante Mary had het zichzelf niet gemakkelijk gemaakt. Ze had niet meegebeden, had Hem niet om vergeving gevraagd, had zelfs niet naar de bijbel gekeken die Brenda op haar nachtkastje had achtergelaten. Tante Mary was trouwens helemaal te onverschillig geweest, dacht Brenda. Je zou niet onverschillig moeten zijn in een dergelijke situatie.

Brenda had het eerder meegemaakt, bij andere stervende vrienden en familie, die gedachteloze vredigheid als het eind naderde. Ze was de enige die de verlossing van hun zielen durfde te noemen, de enige die zich druk scheen te maken over welke weg de lift zou nemen. En het was maar goed dat ze zich druk maakte. Zo druk zelfs dat ze ervoor zorgde op de hoogte te blijven wie er in de familie ernstig ziek was. Waar ze ook in het land waren, ze ging er naartoe en bleef tot het einde bij hen. Het was haar roeping geworden en sommigen zagen haar als de familieheilige. Ze was te bescheiden om een dergelijke titel te aanvaarden. Nee, ze deed eenvoudig wat Hij haar opdroeg, zoals iedere goede dienaar zou doen.

Maar in het geval van tante Mary had ze gefaald. De dood was te snel gekomen, voor haar tante Hem in haar hart had toegelaten. Daarom voelde Brenda een gevoel van tekort geschoten te zijn toen de taxi om kwart voor zes 's ochtend bij het Bayside Hospital wegreed. Zij, Brenda, was niet overtuigend genoeg geweest. Als tante Mary nog een dag had geleefd, had ze misschien genoeg tijd gehad.

De taxi reed langs een kerk. Het was een Episcopaalse kerk, niet Brenda's kerk, maar het was een kerk.

'Stop,' zei ze tegen de chauffeur. 'Ik wil er hier uit.'

En zo zat Brenda om zes uur 's ochtends in een bank in St. Andrew. Ze zat daar tweeënhalf uur, met gebogen hoofd en zachtjes prevelende lippen. Ze bad voor tante Mary, bad dat de zonden van de vrouw, wat die ook geweest mochten zijn, vergeven mochten worden. Dat de ziel van haar tante niet langer tussen verdiepingen vast zou zitten en dat de lift waarmee ze ging naar boven zou gaan en niet naar beneden. Toen Brenda ten slotte opkeek, was het half negen. De kerk was nog steeds leeg. Het ochtendlicht scheen in een mozaïek van blauwe en gouden stralen door de glas-in-loodramen. Toen ze naar het altaar keek, zag ze de vorm van het hoofd van Christus daar geschilderd. Ze wist dat het alleen de weerschijn van het raam was, maar op dat ogenblik leek het een teken. Een teken dat haar gebeden beantwoord waren.

Tante Mary was gered.

Brenda was van de bank opgestaan en voelde zich licht in haar hoofd van de honger, maar vol vreugde. Weer een ziel had het licht gezien en allemaal vanwege haar moeite. Wat heerlijk dat Hij had geluisterd!

Ze ging St. Andrew uit en voelde zich wonderlijk veerkrachtig, alsof ze op slippers van wolkjes liep. Buiten zag ze een taxi die toevallig langs het trottoir stond, op haar te wachten. Weer een teken.

Ze reed in een trance van tevredenheid naar huis.

Toen ze de trappen van haar voorveranda opliep, verlangde ze naar een rustig ontbijt en een lange, welverdiende slaap. Zelfs zijn dienaars hadden rust nodig. Ze maakte de deur open.

Er lag allerlei post op de grond die die ochtend door de brievenbus naar binnen was gegooid. Rekeningen en brieven van de kerk en vragen om giften. Er waren zo veel behoeftige mensen op de wereld! Brenda pakte haar post en liep de stapel door terwijl ze naar de keuken liep. Onder aan de stapel zag ze een envelop met haar naam erop. Dat was het enige wat erop stond, alleen haar naam. Geen afzender.

Ze maakte hem open en vouwde het vel open. Er stond een getypte regel:

*Uw tante stierf geen natuurlijke dood.*

Hij was ondertekend met: een vriend.

De stapel post viel uit Brenda's vingers, de rekeningen en brieven verspreidden zich over de keukenvloer. Ze zonk neer in een stoel. Ze had geen honger meer en voelde zich niet vredig meer.

Ze hoorde een krassend geluid buiten voor haar raam. Ze keek op en zag een kraai op een boomtak vlakbij zitten, zijn gele ogen staarden haar recht aan.

Het was weer een teken.

# 13

Frank Zwick keek op van de patiënt op de operatietafel en zei: 'Ik geloof dat we moeten feliciteren.'

Abby was net met druipende handen van het verplichte tien minuten handen wassen de operatiekamer ingekomen en zag Zwick en twee zusters staan grinniken.

'Ik had nooit gedacht dat die nog eens aan de haak geslagen zou worden. Nog in geen miljoen jaar,' zei de operatiezuster die Abby een handdoek aanreikte. 'Zo zie je maar weer dat vrijgezellendom wél een te genezen ziekte is. Wanneer heeft hij u gevraagd, dr. D.?'

Abby liet haar armen in de steriele operatiejas glijden en trok de handschoenen aan. 'Twee dagen geleden.'

'Heeft u het twee hele dagen geheimgehouden?'

Abby lachte. 'Ik wilde zeker weten dat hij niet plotseling van gedachten zou veranderen.' *En dat is niet gebeurd. We zijn zelfs zekerder van elkaar dan ooit tevoren.* Ze liep glimlachend naar de tafel. De patiënt was al onder narcose en lag klaar met ontblote borst en zijn borst volgesmeerd met geelbruine betadine-jodium. Het zou een eenvoudige thoraxoperatie worden, een verwijdering van een driehoekig stukje longweefsel met een gezwelletje. Ze begon geroutineerd en met het gemak van iemand die dit al heel vaak had gedaan met de voorbereiding. Ze legde steriele doeken neer. Zette klemmen vast. Legde blauwe lappen neer en zette die met andere klemmen vast.

'En wanneer is de grote dag?' vroeg Zwick.

'Daar zijn we nog over bezig.' In feite waren Mark en zij met weinig andere dingen bezig dàn dat. Hoe groot moest de trouwpartij worden? Wie moesten ze uitnodigen. Hielden ze het binnen of buiten? Er lag pas één ding vast. Ze zouden hun huwelijksreis aan een strand doorbrengen. Het kon hen niet schelen welk strand, zolang er maar palmbomen in de buurt waren.

Ze voelde haar glimlach breder worden bij het denkbeeld van warm zand en blauw water. En Mark.

'Ik durf te wedden dat Mark aan een bóót denkt,' zei Zwick. 'Hij zal aan boord van een boot willen trouwen.'

'Geen boot.'

'O, o, dat klinkt definitief.'

Ze was klaar de patiënt te bedekken en keek op toen Mark, net gewassen, binnenkwam. Hij trok een operatiejas en handschoenen aan en nam zijn plaats achter de tafel in tegenover haar.

Ze grinnikten tegen elkaar. Toen pakte ze het scalpel op.

De intercom zoemde. Een stem door de microfoon zei: 'Is dr. DiMatteo aanwezig?'

'Ja,' zei de omloopzuster.

'Kan ze haar operatie onderbreken en naar buiten komen?'

'Ze staan op het punt om met de operatie te beginnen. Kan het niet even wachten?'

Het was even stil. Toen: 'Meneer Parr heeft haar buiten de operatiekamer nodig.'

'Zeg dat we staan te opereren!' zei Mark.

'Dat weet hij. We hebben dr. DiMatteo hier nodig,' herhaalde de intercom. 'Nu.'

Mark keek Abby aan. 'Ga maar. Ik laat wel een van de co-assistenten komen om te assisteren.'

Abby liep bij de tafel weg en trok zenuwachtig haar jas uit. Er zat iets niet goed. Parr zou haar niet bij een operatie weghalen als er geen sprake was van een of andere crisis.

Haar hart klopte al als een razende toen ze door operatiekamerdeuren liep op weg naar de receptie.

Daar stond Jeremiah Parr. Naast hem stonden twee mannen van de beveiliging van het ziekenhuis en de directrice. Niemand glimlachte.

'Dr. DiMatteo,' zei Parr, 'kunt u even met ons meekomen?'

Abby keek naar de mannen van de beveiliging. Ze liepen aan weerszijden van haar. De directrice liep nu achter haar.

'Waar gaat dit allemaal over?' zei Abby. 'Waar gaan we naar toe?'

'Uw kleedkastje.'

'Ik begrijp het niet.'

'Het is alleen maar een routinecontrole, dokter.'

*Hier is niets routinematigs aan.* Abby had weinig keus, nu ze begeleid werd door de twee mannen van de beveiliging, dan om Parr te volgen door de hal naar de dameskleedkamer. De directrice liep als eerste naar binnen om het personeel weg te sturen. Toen wenkte ze Parr en de anderen naar binnen.

'U heeft nummer 72?' zei Parr.

'Ja.'

'Wilt u dat alstublieft openmaken?'

Abby reikte naar het combinatie-hangslot. Ze draaide de schijf een keer rond, toen hield ze op en wendde zich tot Parr. 'Ik wil eerst weten waar dit om gaat.'

'Het is alleen een controle.'

'Ik denk dat ik de leeftijd gehad heb voor middelbare schoolcontroles van kleedkastjes. Wat zoekt u?'

'Maak *het kastje nu maar open.*'

Abby keek even naar de mannen van de beveiliging, en toen naar de directrice. Ze stonden gespannen en vol achterdocht te wachten. Ze dacht: hier kan ik niet tegenop. Als ik weiger open te maken, denken ze dat ik iets te verbergen heb. De beste manier om een eind aan deze krankzinnige situatie te maken, was om mee te werken.

Ze pakte het slot, draaide de combinatie en trok het open.

Parr kwam dichterbij. De mannen van de beveiliging ook. Ze stonden vlak naast hem toen ze de deur openmaakte.

Haar burgerkleren hingen in de kast, haar stethoscoop, haar tas, een gebloemde toilettas voor nachten waarop ze dienst had en de lange witte jas die ze aantrok als ze de ronde deed. Ze wilden medewerking, nou, ze zou hen verdomme medewerking geven. Ze maakte de gebloemde toilettas open en hield die open zodat iedereen erin kon kijken. Er lagen allerlei intieme damestoiletspullen in. Een tandenborstel, tampons en Midol. Eén van de bewakers kreeg een kleur. Hij had zijn kick voor vandaag gehad, Ze ritste de toilettas weer dicht en maakte haar handtas open. Die bevatte ook geen verrassingen. Een portefeuille, cheques, autosleutels, meer tampons. Vrouwen en hun karakteristieke loodgieterswerk. De bewakers keken nu onbehaaglijk en een beetje schaapachtig.

Abby begon er plezier in te krijgen.

Ze legde haar handtas terug in de kast en haalde de witte jas van de haak. Zodra ze die gepakt had, wist ze dat er iets mee aan de hand was. Hij was zwaarder. Ze stak haar hand in de zak en voelde iets cilindervormigs en glads. Een glazen medicijnflesje. Ze haalde het tevoorschijn en staarde naar het etiket.

*Morfine.* Het medicijnflesje was bijna leeg.

'Dr. DiMatteo,' zei Parr. 'Geef dat maar aan mij.'

Ze keek hem aan. Langzaam schudde ze haar hoofd. 'Ik weet niet hoe dat daar komt.'

'Geef mij het flesje.'

Ze was te verbijsterd om iets anders te doen en gaf het hem zonder meer. 'Ik weet niet hoe het daar komt,' zei ze. 'Ik heb het nooit eerder gezien.'

Parr gaf het flesje aan de directrice. Toen wendde hij zich tot de mannen van de beveiliging. 'Wilt u dr. DiMatteo alstublieft naar mijn kantoor brengen.'

'Dit is flauwekul,' zei Mark. 'Iemand heeft haar erin geluisd en dat weet iedereen.'

'We weten helemaal niets,' zei Parr.

'Het valt allemaal onder hetzelfde treiterpatroon! De aanklachten. De bloederige organen in haar auto. En nu dit.'

'Dit is iets heel anders, dr. Hodell. Dit is een dode patiënt.' Parr keek Abby aan. 'Dr. DiMatteo, waarom vertelt u ons niet gewoon de waarheid, dat maakt het voor u en ons veel gemakkelijker.'

Hij wilde een bekentenis. een duidelijke en eenvoudige schuldbekentenis. Abby keek de tafel rond, naar Parr en Susan Casado en de directrice. Mark was de enige die ze niet kon aankijken. Ze was bang om hem aan te kijken, bang dat ze twijfel in zijn ogen zou zien.

Ze zei: 'Ik heb u gezegd dat ik er niets van weet. Ik weet niet hoe die morfine in mijn kastje is gekomen. Ik weet niet hoe Mary Allen is overleden.'

'U heeft de overlijdensverklaring getekend,' zei Parr. 'Twee dagen geleden.'

'De zusters hebben haar gevonden. Ze was al gesuccombeerd.'

'Dat was in de nacht waarop u dienst had.'

'Ja.'

'U was de hele nacht in het ziekenhuis.'

'Natuurlijk. Dáárom hebben we dienst.'

'Dus u was hier de nacht waarin mevrouw Allen succombeerde aan een overdosis morfine. En vandaag vinden we dit in uw kastje.' Hij zette het flesje midden op tafel, op het glanzende, mahoniehouten oppervlak. 'Een substantie die zwaar gecontroleerd wordt. Alleen al het feit dat u het in uw bezit had, is ernstig genoeg.'

Abby staarde Parr aan. 'U zei net dat mevrouw Allen aan een overdosis morfine is overleden. Hoe weet u dat?'

'Een post mortem drugsspiegel. Die was waanzinnig hoog.'

'Ze kreeg een therapeutische dosis, om het makkelijker voor haar te maken.'

'Ik heb de uitslagen hier liggen. Ze zijn vanochtend gekomen. 0.4 mg per liter. Een gehalte van 0.2 is al fataal.'

'Laat mij eens kijken,' zei Mark.

'Jazeker.'

Mark bekeek het labstrookje. 'Waarom zou iemand een post mortem morfinespiegel aanvragen bij een terminale kankerpatiënte?'

'Die is aangevraagd. Meer hoeft u niet te weten.'

'Ik hoef verdomd veel meer te weten.'

Parr keek Susan Casado aan die zei: 'We hadden redenen om aan te nemen dat dit geen natuurlijke dood was.'

'Wat voor redenen?'

'Dat is niet het punt van deze...'

'Wàt voor reden?'

Susan zuchtte diep uit. 'Een van de familieleden van mevrouw Allen vroeg ons dit uit te zoeken. Ze had een of ander briefje gehad dat erop wees dat de dood verdacht was. We hebben dr. Wettig natuurlijk op de hoogte gebracht en hij heeft een autopsie aangevraagd.'

Mark gaf het labbriefje aan Abby. Ze staarde ernaar en herkende het onleesbare handschrift op de regel *aanvragende arts*. Het was inderdaad de handtekening van de generaal. Hij had gisterochtend om elf uur een viervoudige drugstest aangevraagd. Acht uur nadat Mary Allen was overleden.

'Ik had hier niets mee te maken,' zei Abby. 'Ik weet niet hoe ze al die morfine heeft gekregen. Het kan een vergissing van het lab zijn. Een vergissing van het verplegend personeel...'

'Ik sta in voor mijn personeel,' zei de directrice. 'Wij houden de narcotica-uitreiking nauwkeurig bij. Dat weet u allemaal. Er is geen vergissing door het verplegend personeel gemaakt.'

'Dus zegt u dat de patiënt met opzet een overdosis heeft gehad,' zei Mark.

Het was lange tijd stil. Parr zei: 'Ja.'

'Dit is belachelijk! Ik was die nacht bíj Abby in de dienstkamer.'

'De hele nacht?' zei Susan.

'Ja. Ze was jarig en we, eh...' Mark schraapte zijn keel en keek Abby even aan. *We hebben samen geslapen*, dachten ze allebei. 'We hebben het gevierd,' zei hij.

'U bent de hele tijd samen geweest?' zei Parr.

Mark aarzelde. Hij weet het niet echt, dacht Abby. Hij is door de telefoontjes heen geslapen, had zich zelfs niet bewogen toen ze was weggegaan om om drie uur de overlijdensakte van mevrouw Allen te gaan maken en evenmin toen ze om vier uur weer was weggegaan om een infuus aan te leggen. Hij stond op het punt om voor haar te liegen en ze wist dat dit geen zin zou hebben omdat Mark geen idee had wat ze die nacht had gedaan. Parr wel. Hij wist het van de zusters. Van de aantekeningen en orders die ze had opgeschreven, elk voorzien van het tijdstip.

Ze zei: 'Mark was in de dienstkamer bij me. Maar hij heeft de hele nacht geslapen.' Ze keek hem aan. *We moeten de waarheid zeggen. Dat is het enige wat me kan redden.*

'En u, dr. DiMatteo?' zei Parr. 'Bent u in de kamer gebleven?'

'Ik ben een paar keer naar de afdelingen weggeroepen. Maar dat weet u al, is het niet?'

Parr knikte.

'U denkt dat u alles weet,' zei Mark. 'Vertel me dan dit eens, waarom zou ze het doen? Waarom zou ze haar eigen patiënt vermoorden?'

'Het is geen geheim dat ze sympathiek tegenover euthanasie staat,' zei Susan Casado.

Abby staarde haar aan. 'Wàt?'

'We hebben met de zusters gesproken. Dr. DiMatteo heeft eens gezegd, letterlijk... Susan bladerde door de vellen blocnotepapier. ' "... Als de morfine het gemakkelijker maakt, dan moeten we haar dat geven. Zelfs al komt het einde daardoor sneller".' Susan keek Abby aan. 'Dat heeft u toch gezegd, nietwaar?'

'Dat had niets met euthanasie te maken! Ik had het over pijnbestrijding! En het een patiënt zo prettig mogelijk maken.'

'Dus u heeft het gezegd?'

'Misschien wel! Dat weet ik niet meer.'

'En dan hebben we nog de woordenwisseling met de nicht van mevrouw Allen, Brenda Hainey. Die is door verschillende zusters gadegeslagen, evenals door mevrouw Speer hier.' Ze knikte naar de directrice. En weer keek ze op haar kladblok. 'Het was een ruzie. Brenda Hainey vond dat haar tante te veel morfine kreeg. En dr. DiMatteo was het daar niet mee eens en het ontaardde in een ordinaire scheldpartij.'

Dit kon Abby niet ontkennen.

Ze hàd ruzie gemaakt met Brenda. En nu kwam de ene golf beschuldigingen na de andere op haar af. Ze kreeg het er benauwd van, maar bleef roerloos zitten terwijl de golven op haar af bleven denderen.

Er werd geklopt en dr. Wettig kwam binnen en deed de deur zorgvuldig achter zich dicht. Hij zei even niets, maar stond aan het eind van de tafel naar Abby te kijken. Ze wachtte tot de volgende golf op haar af zou komen denderen.

'Ze zegt dat ze er niets van weet,' zei Parr.

'Dat verbaast me niets,' zei Wettig. 'U weet hier werkelijk niets van, hè dr. DiMatteo?'

Abby keek de generaal aan. Ze had het altijd moeilijk gevonden om recht in die uitdrukkingsloze blauwe ogen te kijken. Ze zag daar te veel macht en het was macht over haar toekomst. Maar ze keek hem nu recht aan, vastbesloten om hem te tonen dat ze niets te verbergen had.

'Ik heb mijn patiënt niet vermoord,' zei ze. 'Dat zweer ik.'

'Ik dacht al dat u dat zou zeggen.' Wettig tastte in zijn labjaszakje en haalde een combinatie-hangslot tevoorschijn. Hij legde het met een klap op tafel.

'Wat is dat?' vroeg Parr.

'Dat is van het kastje van dr. DiMatteo. In het afgelopen half uur ben ik een soort specialist geworden in combinatie-hangsloten. Ik heb een sleutelmaker opgebeld. Hij zegt dat het een model met een springveer is, geen kunst om open te maken. Eén gerichte slag is alles. En dan springt het open. Er staat ook een code op de achterkant. Iedere geregistreerde sleutelmaker kan die code gebruiken om de combinatie te weten te komen.'

Parr keek naar het slot, toen haalde hij afwerend zijn schouders op. 'Dat bewijst niets. We blijven met een dode patiënt zitten. En dàt.' Hij wees naar het morfineflesje.

'Wat hebben jullie toch?' zei Mark. 'Kunnen jullie dan niet zien wat er hier gebeurt? Een anonieme brief. Morfine keurig in haar kleedkastje verstopt. Iemand wil haar erin laten lopen.'

'Met welk doel?' zei Susan.

'Om haar in diskrediet te brengen. Om haar te laten ontslaan.'

Parr snoof. 'U suggereert dat iemand waarachtig een patiënt heeft vermoord om de carrière van dr. DiMatteo te saboteren?'

Mark wilde antwoord geven, maar hij bedacht zich. Het was een absurde theorie en dat wisten ze allemaal.

'U moet toch toegeven, dr. Hodell, dat een samenzwering tamelijk vergezocht is,' zei Susan.

'Niet zo vergezocht als wat me tot nu toe al overkomen is,' zei Abby. 'Kijk wat Victor Voss al gedaan heeft. Hij is labiel. Hij is me op de Chirurgische Intensive Care-afdeling te lijf gegaan. En alleen een zieke geest kan op het idee komen om bloederige organen in mijn auto te leggen. En dan zijn er nog die aanklachten... twee al. En dat is nog maar het begin.'

Het was stil. Susan keek Parr even aan. 'Weet ze het niet?'

'Blijkbaar niet.'

'Weet ze wàt niet?' zei Abby.

'We hebben vlak na de lunch een telefoontje van Hawkes, Craig en Sussman gekregen,' zei Susan. 'De aanklachten zijn ingetrokken. Allebei.'

Abby week terug in haar stoel. 'Ik begrijp het niet,' mompelde ze. 'Wat doet hij? Waar is Voss mee bezig?'

'Als Victor Voss al bezig wàs om je dwars te zitten, is hij klaarblijkelijk gestopt. Dit heeft niets met Voss te maken.'

'Hoe wilt u dit dan verklaren?' zei Mark.

'Kijk naar het bewijs.' Susan wees naar het flesje.

'Er zijn geen getuigen, niets om dat speciale flesje met de dood van de patiënt te verbinden.'

'Desondanks denk ik dat we allemaal dezelfde conclusie kunnen trekken.'

De stilte was benauwend. Abby zag dat niemand haar aankeek, zelfs Mark niet.

Ten slotte sprak Wettig. 'Wat stel je voor, Parr? Om de politie te bellen? Om deze toestand in een mediacircus te veranderen?'

Parr aarzelde. 'Het zou prematuur zijn...'

'Of je maakt een sluitende beschuldiging of je trekt die in. Iets anders zou onredelijk zijn tegenover dr. DiMatteo.'

'Mijn god, generaal. Laten we de politie hier buiten houden,' zei Mark.

'Als jullie dit moord willen noemen, dan zóu de politie erbij betrokken moeten worden,' zei Wettig. 'Haal er ook een paar verslaggevers bij, zet je pr-mensen aan het werk. Die houden wel van een beetje opwinding. Het is het beste om het allemaal in de openbaarheid te brengen.' Hij keek Parr recht aan. '*Als* je het moord gaat noemen.'

Het was blufpoker.

Parr trok zich terug. Hij schraapte zijn keel en zei tegen Susan: 'We kunnen er niet zeker van zijn dat het dat is.'

'Je kunt er maar beter zeker van zijn dat het moord is,' zei Wettig. 'Je kunt er maar beter verdòmd zeker van zijn. Voor je de politie belt.'

'De zaak zal nog nader bekeken worden,' zei Susan. 'We moeten een paar zusters op de afdeling ondervragen. Uitzoeken of we iets over het hoofd gezien hebben.'

'Doe dat maar,' zei Wettig.

Het werd weer stil. Niemand keek Abby aan. Ze was onzichtbaar geworden, niemand wilde haar kennen.

Ze schrokken allemaal toen Abby sprak. Ze herkende zelf haar eigen stem nauwelijks; die klonk als die van een vreemde, kalm en rustig. 'Ik zou nu graag naar mijn patiënten teruggaan. Als ik mag,' zei ze.

Wettig knikte. 'Ga maar.'

'Wacht,' zei Parr. 'Ze kan haar werk niet hervatten.'

'U heeft niets bewezen,' zei Abby en stond op. 'De generaal heeft gelijk, of u zorgt voor steekhoudende beschuldigingen, of u neemt ze terug.'

'We hebben zonder meer een aanklacht,' zei Susan. 'Illegaal bezit van een gecontroleerde substantie. We weten niet hoe u aan de morfine bent gekomen, dokter, maar het feit dat die zich in uw kleedkastje bevond, is ernstig genoeg.' Ze keek Parr aan. 'We hebben geen keus. De mogelijkheid van aansprakelijkheid is zeer hoog. Als er iets fout gaat met één van haar patiënten en de mensen merken dat wij iets over die morfinekwestie wisten, hangen we.' Ze wendde zich tot Wettig. 'En de reputatie van uw opleiding ook, generaal.'

Susans waarschuwing had de bedoelde uitwerking. Aansprakelijkheid was iets waar iedereen zich druk over maakte. Wettig was, net zoals alle artsen, bang voor advocaten en aanklachten. Dit keer verzette hij zich niet.

'Wat betekent dat?' zei Abby. 'Ben ik ontslagen?'

Parr stond op, ten teken dat de vergadering voorbij was, en de beslissing getroffen. 'Dr. DiMatteo, u bent tot nader order geschorst. U gaat de afdeling niet op. U komt niet in de buurt van patiënten. Begrijpt u dat?'

Ze begreep het. Ze begreep het uitstekend.

# 14

Yakov had in geen jaren van zijn moeder gedroomd, en had in maanden nauwelijks aan haar gedacht, dus het maakte hem van streek om op zijn dertiende dag op zee wakker te worden met een zo levendige herinnering aan haar dat hij haar geur bijna kon ruiken. Zijn laatste glimp van haar, voor de droom vervaagde, was haar glimlach. Er lag een lok blond haar tegen haar wang. Haar groene ogen schenen dwars door hem heen te kijken, achter hem alsof *híj* degene was die niet echt, niet van vlees en bloed was. Haar gezicht was direct zo bekend voor hem, dat hij wist dat dit zonder meer zijn moeder moest zijn. Hij had in de loop van de jaren zijn best gedaan zich haar te herinneren, maar hij kon zich haar gezicht nooit goed voor de geest halen. Yakov had geen foto's of herinneringen. Maar op de een of andere manier moest hij haar gezicht, als een zaadje in de donkere maar vruchtbare grond van zijn geest, met zich hebben meegedragen. Gisteravond was het eindelijk ontkiemd.

Hij herinnerde zich haar en ze was prachtig.

Die middag was de zee zo glad als een spiegel geworden en de lucht was net zo kil grijs als het water. Yakov stond aan dek, keek over de reling en kon niet zeggen waar de zee ophield en de lucht begon. Ze dreven stuurloos in een enorme grijze viskom. Hij had de kok horen zeggen dat er slecht weer op komst was, dat niemand morgen meer binnen zou kunnen houden dan brood en soep. Maar vandaag was de zee rustig, de lucht zwaar en metaalachtig en het zag er naar uit of het ging regenen. Yakov kreeg Aleksei eindelijk zo ver om zijn kooi uit te komen en op onderzoek te gaan.

De eerste plek waar Yakov hem mee naar toenam was de hel. De machinekamer. Ze slenterden daar een tijdje rond in de duisternis vol lawaai tot Aleksei klaagde over misselijkheid door de oliestank. Aleksei had de maag van een baby... hij moest altijd spugen. Dus nam Yakov hem mee naar de brug waar de kapitein het te druk had om met hen te praten. Evenals de eerste stuurman. Yakov kon niet eens zijn speciale status van een vaste en geaccepteerde bezoeker demonstreren.

Vervolgens gingen ze naar de kombuis, maar de kok was in een kribbige bui en bood hen nog geen boterham aan. Hij moest een maaltijd klaarmaken voor de passagiers van het achterdek, de mensen die niemand ooit zag. Hij klaagde dat het een veeleisend stel was, die veel te veel tijd en aandacht vergden. Hij mopperde toen hij twee glazen en een fles wijn op een blad zette en alles in de etenslift schoof. Hij drukte op een knopje en stuurde het zoemend naar boven, naar hun privéverblijven. Toen wendde hij zich naar het fornuis waar een pan stond te sissen en potten stonden te dampen. Hij tilde een deksel op van een van de pannen waaruit de geur van boter en ui kwam. Hij roerde met een houten lepel door de inhoud.

'Uien moeten langzaam gekookt worden,' zei hij. 'Dan worden ze zo zoet als melk. Het kost geduld om goed te koken, en niemand heeft tegenwoordig nog geduld, iedereen wil alles direct gedaan hebben. Stop het in de magnetron! Je kunt net zo goed oud leer eten.' Hij deed de deksel op de pot en tilde toen het deksel van de braadpan. Daar lagen zes vogeltjes bruin te worden, elk niet groter dan een jongensvuist. 'Als engeltjes die over je tong plassen,' zei hij.

'Dat zijn de kleinste kippen die ik ooit heb gezien,' zei Aleksei verwonderd.

De kok lachte. 'Dat zijn kwartels, idioot.'

'Waarom eten wij nooit kwartels?'

'Omdat je niet van het achterdek bent.' De kok legde de dampende vogels op een schotel en bestrooide ze met gehakte peterselie. Toen deed hij een stap achteruit, met een rood en bezweet gezicht terwijl hij zijn schepping bewonderde. 'Hier kunnen ze niet over klagen,' zei hij en zette de schotel in de etenslift die inmiddels leeg was teruggekomen.

'Ik heb honger,' zei Yakov.

'Jij hebt altijd honger. Snij maar een stuk brood af. Het is al oud, maar je kunt het roosteren.'

De twee jongens rommelden in de laden naar een broodmes. De kok had gelijk, het brood was droog en oud. Yakov hield het brood met de stomp van zijn linkerarm vast, sneed twee sneden af en liep daarmee naar het broodrooster.

'Kijk nou wat je met mijn vloer doet!' zei de kok.

'Je laat overal kruimels vallen. Ruim op.'

'Ruim jij het even op,' zei Yakov tegen Aleksei.

'Jij hebt ze gemorst. Ik niet.'

'Ik maak de toast.'

'Maar ik heb de kruimels niet gemorst.'

'Goed, dan gooi ik jouw snee wel weg.'

'*Iemand* ruimt het op!' bulderde de kok.

Aleksei viel direct op zijn knieën neer en veegde de kruimels op.

Yakov stopte de eerste snee brood in de broodrooster. Plotseling schoot er een grijze bal bont uit een van de openingen en sprong op de grond.

'Een muis!' schreeuwde Aleksei. 'Er is een muis!'

De grijze bal schoot nu langs Alekseis dansende voeten en werd door Yakov naar de ene kant gejaagd, toen door de kok, die voor de goede orde ook nog een deksel naar het dier gooide, naar een andere kant. De muis rende halverwege Alekseis been op, maar die gaf zo'n gil van angst dat hij direct van richting veranderde. Hij viel weer op de grond, ging ervandoor en verdween onder een kastje.

Er stond iets op het fornuis aan te branden. Vloekend rende de kok er naar toe om de vlam uit te draaien. Hij vloekte nog meer toen hij de zwarte verbrande uien uit de pot haalde, de uien die hij zo zorgvuldig in de boter had gekoesterd. 'Een muis in mijn keuken! En moet je dit zien! Helemaal verpest. Ik moet weer van voren af aan beginnen. Die pestmuis ook.'

'Hij zat in het broodrooster,' zei Yakov. Plotseling voelde hij zich een beetje misselijk. Hij dacht hoe de muis daar binnen had rondgekropen en gescharreld.

'Hij heeft hem vermoedelijk helemaal ondergescheten,' zei de kok. 'Pestmuis.'

Yakov keek voorzichtig in de broodrooster, geen muizen meer, maar talrijke raadselachtige bruine korreltjes.

Hij schoof de broodrooster naar de gootsteen met de bedoeling de kruimels eruit te gooien.

De kok gaf een schreeuw. 'Hé! ben je gek? Wat doe je?'

'Ik maak het broodrooster schoon.'

'Er staat water in de gootsteen! En kijk, dat ding zit nog in het stopcontact. Als je hem hierin stopt en het water raakt, ben je dood. Heeft niemand je dat ooit geleerd?'

'Oom Misha had geen broodrooster.'

'Dat geldt niet alleen voor broodroosters. Maar voor alles wat in een stopcontact zit, alles met een elektrisch snoer. Je bent net zo stom als de anderen.' Hij zwaaide met zijn armen en duwde hen naar de deur. 'Vooruit, wegwezen hier, allebei. Jullie zijn lastig.'

'Maar ik heb honger,' zei Yakov.

'Je wacht op je eten, net zoals de anderen.' Hij gooide een nieuw stuk boter in een sauspan. Hij keek even naar Yakov en blafte: 'Verdwijn!'

De jongens gingen.

Ze speelden een tijdje aan dek tot ze het koud kregen. Ze probeerden de brug weer, maar daar werden ze ook weggekeken. Uit pure verveling gingen ze naar de enige plaats aan boord waarvan Yakov wist dat ze niemand in de weg liepen en niemand hen lastig zou vallen. Het was zijn geheime plaats en hij had het Aleksei alleen als beloning willen laten zien en alleen als Aleksei voor een keer geen huilebalk zou zijn. Hij had het gevonden op zijn derde onderzoeksdag toen hij de dichte deur in de machinekamer had opgemerkt. Hij had die deur opengemaakt en gezien dat die naar een trapgat leidde.

Wonderland.

Het trapgat was drie etages hoog. Een wenteltrap draaide naar boven en vanaf de tweede etage liep een dunne, stalen gang die kletterde en trilde als je erop op en neer sprong. De blauwe deur die naar het achterdek leidde was altijd op slot. Yakov probeerde niet eens meer hem open te maken.

Ze klommen helemaal naar boven. Het was gemakkelijk om Aleksei daar, met de vloer duizelingwekkend diep onder hen, bang te maken met een paar lawaaierige sprongen.

'Schei uit!' riep Aleksei. 'Hij beweegt door jou!'

'Dat is de rit. De Wonderland-rit. Vind je het niet leuk?'

'Ik wil geen rit maken!'

'Jij wilt nooit iets.' Yakov had best willen doorspringen en de gang hebben laten trillen, maar Aleksei was bijna hysterisch. Hij hield een hand aan de reling geklemd en met de ander knelde hij Shu-Shu vast.

'Ik wil weer naar beneden,' jammerde Aleksei.

'O, goed dan.'

Ze liepen de trap weer af en maakten heerlijk veel lawaai. Beneden speelden ze een tijdje onder de onderste treden. Aleksei vond wat oud touw en bond een eind aan de leuning van de onderste gang. Hij gebruikte het om er als Tarzan mee heen en weer te slingeren. Het hing nog geen halve meter boven de grond en het was niet erg opwindend.

Toen liet Yakov hem het lege krat zien dat hij in een hoekje onder de trap had gevonden. Ze kropen erin. Daar lagen ze in de duisternis tussen de houtkrullen te luisteren naar het gestamp van de machines in de hel. De zee leek hier erg dichtbij, een grote, donkere wieg die de scheepsromp liet schommelen.

'Dit is mijn geheime plek,' zei Yakov. 'Daar mag je niemand iets over vertellen. Zweer je dat je het niet zal zeggen?'

'Waarom zou ik? Het is een afschuwelijke plek. Het is hier koud en nat. En ik durf te wedden dat er ergens muizen zitten. We liggen vermoedelijk op dit ogenblik al in de muizenkeutels.'

'Er zijn hier geen muizenkeutels.'

'Hoe weet je dat? Je kunt niets zien.'

'Ga dan maar we, als je het niet leuk vindt. Ga dan.' Yakov gaf hem een duw door de houtkrullen heen. Stomme Aleksei. Hij had beter moeten weten dan hem hierheen te brengen. Van iemand die overal een smerig knuffelhondje met zich meesleepte, kon niet verwacht worden dat hij van avonturen genoot. 'Toe dan! Je bent toch een saai hoofd.'

'Ik weet de weg terug niet.'

'Denk je dat ik je die ga vertellen?'

'Jij hebt me hier gebracht, je moet me ook weer terugbrengen.'

'Nou, dat doe ik niet.'

'Je brengt me terug, of ik vertel iedereen over jouw stomme geheime plek. Een walgelijke plek, vol muizenkeutels.' Aleksei klom nu uit het krat en schopte de krullen in Yakovs gezicht. 'Breng me terug of...'

'Hou je *mond*,' zei Yakov. Hij greep Aleksei bij zijn hemd en trok hem terug. Beide jongens vielen in de krullen.

'Klootzak,' zei Aleksei.

'Luister. *Luister*!'

'Wat?'

Ergens boven piepte een deur, en werd dichtgeslagen. De gang rammelde nu, het geluid van iedere voetstap weerklonk duizendvoudig door de trappengang.

Yakov kroop naar de opening en tuurde uit het krat naar de gang boven hem. Iemand klopte op de blauwe deur. Even later werd de deur opengemaakt en hij ving een glimp blond haar op toen de vrouw naar binnenliep. De deur ging weer achter haar dicht.

Yakov trok zich weer in het krat terug. 'Het is alleen Nadiya maar.'

'Is ze daar nog?'

'Nee, ze ging door de blauwe deur.'

'Wat is daar dan?'

'Ik weet het niet.'

'Ik dacht dat jij de grote onderzoeker was.'

'En jij bent de grote klootzak.' Yakov gaf hem nog een schop, maar slaagde er alleen in wat krullen op te laten waaien. 'Hij is altijd op slot. Daar woont iemand.'

'Hoe weet je dat?'

'Omdat Nadiya klopte en ze werd binnengelaten.'

Aleksei trok zich dieper in het krat terug en was van gedachten veranderd over nu al tevoorschijn komen. Hij fluisterde: 'Het zijn de kwartelmensen.'

Yakov dacht aan het blad met de wijnfles en de twee glazen, de uien die in de boter sisten, de zes kleine vogeltjes omringd door gebonden jus. Zijn maag begon plotseling te rammelen.

'Moet je horen,' zei Yakov. 'Ik kan hele gekke geluiden met mijn maag maken.' Hij ademde in en zette zijn buik uit. Ieder ander zou onder de indruk geweest zijn van de symfonie van gegorgel.

Aleksei zei alleen: 'Dat is walgelijk.'

'Jij vindt alles walgelijk. Wat heb je toch?'

'Ik hou niet van walgelijke dingen.'

'Vroeger wel.'

'Nou, nu niet meer.'

'Dat komt door die Nadiya. Daardoor ben je een halve zachte en slijmerig geworden. Je valt voor haar.'

'Nietes.'

'Welles.'

'*Nietes*!' Aleksei gooide een handvol krullen en raakte Yakov midden in zijn gezicht. Plotseling lagen beide jongens te vechten en rolden eerst tegen de ene kant van het krat, toen tegen de andere, vloekten en schopten. Er was niet veel ruimte om te bewegen, dus ze konden elkaar niet echt pijn doen. Toen raakte Aleksei Shu-Shu ergens in de krullen kwijt en hij begon in de duisternis naar zijn hond te zoeken. Yakov had toch al genoeg van het gevecht.

Dus hielden ze allebei op.

Ze rustten een tijdje naast elkaar uit. Aleksei had Shu-Shu tegen zich aan gekneld, Yakov probeerde nieuwe en meer walgelijke geluiden aan zijn maag te ontlokken. Maar ook daar had hij snel genoeg van. Ze lagen stil van verveling, door het slaapverwekkende gestamp van de motoren en door het deinen van de zee.

Aleksei zei: 'Ik ben niet verliefd op haar.'

'Het kan me niet schelen of je dat bent.'

'Maar de andere jongens vonden haar aardig. Heb je niet gehoord hoe ze over haar praten?' Aleksei zweeg even. En voegde eraan toe: 'Ik vind dat ze lekker ruikt. Vrouwen ruiken anders. Ze ruiken zacht.'

'Zacht is geen geur.'

'Jawel. Als je zo'n vrouw ruikt, weet je dat ze zacht is als je haar aanraakt. Dat weet je gewoon.' Aleksei streelde Shu-Shu. Yakov kon zijn hand over de versleten stof horen glijden.

'Mijn moeder rook zo,' zei Alesei.

Yakov herinnerde zich zijn droom. De vrouw, de glimlach. De lok blond haar die over een wang gleed. Ja, Aleksei had gelijk. In zijn droom had zijn moeder inderdaad de geur van zachtheid gehad.

'Het klinkt stom,' zei Aleksei. 'Maar dat herinner ik me. Ik herinner me nog een paar dingen van haar.'

Yakov strekte zich uit en zijn voeten raakten de andere kant van het krat aan. Hij vroeg zich af of hij gegroeid was. Hij hoopte het maar. Was hij maar groot genoeg om met zijn voeten dwars door die wand heen te trappen.

'Denk jij ooit aan je moeder?' vroeg Aleksei.

'Nee.'

'Je zou je haar toch niet herinneren.'

'Ik herinner me dat ze prachtig was. Ze had groene ogen.'

'Hoe kan jij dat nou weten? Oom Misha zegt dat je een baby was toen ze wegging.'

'Ik was vier. Dat is geen baby.'

'Ik was zes toen mijn moeder wegging en ik herinner me nauwelijks iets.'

'Ik zeg je dat ze groene ogen had.'

'Nou, dan had ze groene ogen. Nou, en?'

Door de slag van de deur zwegen ze allebei. Yakov kroop naar de opening van het krat en keek omhoog. Het was Nadiya weer. Ze was net door de blauwe deur gekomen en liep door de gang. Ze verdween door het luik aan de voorkant.

'Ik mag haar niet,' zei Yakov.

'Ik wel. Ik wilde dat ze *mijn* moeder was.'

'Ze houdt niet eens van kinderen.'

'Ze vertelde oom Misha dat ze haar leven aan kinderen wijdt.'

'Geloof je dat?'

'Waarom zou ze het zeggen als het niet waar is?'

Yakov probeerde een antwoord te bedenken, maar kon niets vinden. Zelfs al had hij dat wel gekund, dan zou het voor Aleksei niets uitgemaakt hebben. Stomme Aleksei. Stomme iedereen. Nadiya hield iedereen voor de gek. Elf jongens en ze waren stuk voor stuk verliefd op haar. Ze vochten erom 's avonds naast haar te mogen zitten. Ze keken naar haar, bestudeerden haar en snuffelden aan haar als jonge hondjes. 's Avonds in hun kooien fluisterden ze over Nadiya dit en Nadiya dat. Wat ze lekker vond en wat ze tijdens de lunch had gegeten. Ze vroegen zich van alles af, van hoe oud ze was tot wat voor ondergoed ze droeg onder haar grijze rokken. Ze overwogen of Gregor, aan wie iedereen een hekel had, haar minnaar was en besloten eensgezind van niet. Ze gooiden hun kennis over vrouwelijke anatomie bij elkaar, de oudere jongens legden in sensationele details de werking van tampons uit en hoe en waar die worden ingebracht en veranderden op die manier voor eeuwig de manier waarop de jongere jongens vrouwen bekeken, als wezens met donkere en raadselachtige holten. Dit verhoogde hun fascinering voor Nadiya alleen maar.

Yakov deelde hun interesse, maar niet vanwege aanbidding. Hij was bang voor haar.

Dat kwam door die bloedonderzoeken.

Toen de jongens op hun vierde dag op zee nog lagen te spugen en te kreunen, waren Gregor en Nadiya langsgekomen met een blad naalden en buisjes. Het was maar een klein prikje, zeiden ze, een klein buisje bloed om te bevestigen dat je gezond bent. Niemand zal je adopteren als ze niet zeker weten dat je gezond bent. Het stel was van de ene jongen naar de andere gegaan, een beetje wankel vanwege de ruwe zee, met de glazen buisjes rinkelend op het blad. Nadiya had er ziek uitgezien, alsof ze op het punt stond om over te geven. Gregor nam het bloed af. Bij iedere kooi had hij de jongen om zijn naam gevraagd en hem een plastic armband omgedaan waarop een nummer stond. Daarna had Gregor een grote rubber band om de arm van de jongen gebonden, en een paar keer op de huid geslagen om de ader op te laten zwellen. Sommige jongens hadden gehuild en Nadiya had hun hand vastgehouden en hen getroost terwijl Gregor bloed afnam.

Yakov was de enige jongen die ze niet had kunnen troosten. Wat ze ook deed, ze kon hem niet zo ver krijgen dat hij stil lag. Hij wilde die naald niet in zijn arm. Om dat goed duidelijk te maken, had hij Gregor een trap gegeven. Toen kwam de echte Nadiya tevoorschijn. Ze duwde Yakovs arm op bed en hield hem daar vast. Ze kneep en verdraaide zijn arm gelijktijdig. Terwijl Gregor het bloed afnam, had ze Yakov aangestaard, rustig gesproken, zelfs lief terwijl de naald door zijn huid gleed en het bloed in het buisje stroomde. Iedereen in die kamer die naar Nadiya's stem luisterde, hoorde alleen de gemompelde, geruststellende woorden. Maar Yakov die in haar lichte ogen keek, zag iets heel anders.

Naderhand had hij zijn plastic armband eraf gebeten.

Aleksei droeg de zijne nog. Nummer 307. Zijn bewijs van goede gezondheid.

'Denk je dat ze zelf kinderen heeft?' vroeg Aleksei.

Yakov rilde. 'Ik hoop van niet,' zei hij en kroop naar de opening van het krat. Hij keek op en zag de verlaten gang en de lege trap die als het skelet van een slang naar boven draaide. De blauwe deur was zoals altijd dicht.

Hij sloeg de houtkrullen van zich af terwijl hij uit hun schuilplaats krabbelde. 'Ik heb honger,' zei hij.

Zoals de kok had voorspeld werd de grijze, drukkende middag door een zware zee gevolgd, geen echte storm, maar ruw genoeg om de passagiers, zowel kinderen als volwassenen, in hun hutten te houden. En dat was precies de plek waar Aleksei van plan was te blijven. Geen geld of goede woorden konden hem uit zijn kooi krijgen.

Buiten was het koud en nat, de grond danste onder zijn voeten en hij had geen zin om in donkere, vochtige hoeken te gaan kijken die Yakov zo schenen te fascineren. Aleksei vond zijn eigen bed erg prettig. Hij vond het lekker om een deken over zijn schouders te trekken, genoot van de warme vlagen die in zijn gezicht werden geblazen wanneer hij zich omdraaide of verschoof. En hij vond de geur van Shu-Shu lekker die naast hem op het kussen lag te slapen.

Yakov probeerde Aleksei de hele ochtend uit bed te slepen, om hem voor nog een bezoekje naar Wonderland over te halen. Ten slotte gaf hij het op en ging er alleen naartoe. Hij kwam een paar keer terug om te kijken of Aleksei van gedachten was veranderd, maar Aleksei sliep de hele middag, door het avondeten heen en bleef tot in de avond slapen.

’s Nachts werd Yakov wakker en voelde direct dat er iets anders was. Eerst kon hij niet uitmaken wat het was. Misschien kwam het omdat de storm voorbij was? Hij voelde dat het schip rustiger lag. Toen besefte hij dat de motoren een ander geluid maakten. Het ononderbroken gerommel was afgenomen tot een zacht gegrom.

Hij kroop uit zijn kooi en gaf Aleksei een por. ‘Wakker worden,’ fluisterde hij.

‘Ga weg.’

‘Luister. We bewegen niet meer.’

‘Dat kan me niet schelen.’

‘Ik ga even kijken. Ga mee.’

‘Ik slaap.’

‘Je hebt een hele dag en nacht geslapen. Wil je geen land zien? We moeten vlak bij land zijn. Waarom zou het schip midden op de oceaan stoppen?’ Yakov boog zich dichter naar Aleksei, zijn gefluister klonk zacht en verleidelijk. ‘Misschien zien we lichtjes. Amerika. Dat mis je als je niet meegaat.’

Aleksei zuchtte, bewoog zich een beetje en wist niet precies wat hij zou doen.

Yakov kwam met het beste lokmiddel. ‘Ik heb een aardappel van het avondeten bewaard,’ zei hij. ‘Jij mag hem hebben. Maar alleen als je met me meegaat.’

Aleksei had het avondeten overgeslagen en de lunch ook. Een aardappel zou heerlijk zijn. ‘Goed, goed.’ Aleksei kwam overeind en begon zijn schoenen dicht te doen. ‘Waar is die aardappel?’

‘Eerst naar boven.’

‘Je bent een klootzak, Yakov.’

Ze liepen op hun tenen langs de stapelbedden met slapende jongens en klommen de trap op, naar het dek.

Buiten stond een zacht windje. Ze keken over de reling en probeerden stadslichtjes te zien, maar de sterren eindigden slechts in een zwarte vormeloze horizon.

'Ik zie niets,' zei Aleksei. 'Geef me mijn aardappel.'

Yakov haalde zijn schat uit zijn zak tevoorschijn. Aleksei ging op zijn hurken zitten en verslond hem als een wild dier, koud en wel, ter plekke.

Yakov draaide zich om en keek naar de brug. Hij zag de groenachtige gloed van het radarscherm door het raam en het silhouet van een man die de wacht had. De stuurman. Wat kon hij vanaf die eenzame hoge plek zien?

Aleksei was klaar met zijn aardappel. Nu stond hij op en zei: 'Ik ga naar bed.'

'We kunnen meer eten gaan zoeken in de kombuis.'

'Ik wil geen muizen meer tegenkomen.' Aleksei begon tastend aan zijn weg over het dek terug. 'Bovendien heb ik het koud.'

'Ik heb het niet koud.'

'Dan blijf jíj toch hier.'

Ze waren net bij de trap gekomen toen ze een serie scherpe plof-fen hoorden. Plotseling was het dek helder verlicht. De jongens verstijfden en knipperden tegen de onverwachte schittering.

Yakov greep Alekseis hand beet, trok hem onder de trap naar de brug waar ze allebei ineengedoken tussen de treden door keken. Ze hoorden stemmen en zagen twee mannen de kring van schijnwerperlicht inlopen. Beide mannen hadden witte overalls aan. Ze bukten zich en trokken ergens aan. Er klonk een metaalachtig geluid alsof een of ander deksel opzij werd gedwongen. Nu kwam er een nieuw licht tevoorschijn, dit keer was het blauw. Het scheen midden in de verlichte kring, als de dreigende iris van een oog.

'Die verdomde monteurs ook,' zei een van de mannen. 'Ze kunnen dit nooit repareren.'

De beide mannen kwamen overeind en keken naar de hemel. Naar het gerommel in de verte.

Yakov keek ook op. Het gerommel kwam dichterbij. Het was niet langer gerommel, het was een dieper, ritmischer beng-beng geworden. De twee mannen liepen weg uit de schijnwerpers. Het geluid klonk boven hen en bracht de nacht als een tornado in beweging.

Aleksei sloeg zijn handen voor zijn oren en trok zich dieper in de schaduwen terug. Yakov niet. Hij wachtte onverschrokken toen de helikopter in de poel van licht daalde en op het dek landde. Een van de mannen in overalls kwam weer tevoorschijn, hij rende gebukt. Hij trok de helikopterdeur open. Yakov kon daarbinnen niets onderscheiden; de trapstijl blokkeerde zijn uitzicht. Hij kwam uit de schaduwen tevoorschijn en liep net ver genoeg het dek op om om de stijl heen te kunnen kijken. Hij ving een blik op van de piloot en een passagier, een man.

'Hé!' werd er van boven geschreeuwd. 'Jij daar! Jongen!'

Yakov keek recht omhoog en zag de stuurman vanaf de brug naar hem kijken.

'Wat doe je daar? Kom onmiddellijk boven voor je je bezeert. Kom!'

De man in de overall zag de jongens ook en kwam naar hen toe. Hij keek niet blij.

Yakov liep snel de trap op. Aleksei kwam in paniek vlak achter hem aan.

'Weet je niet dat je van het dek moet wegblijven wanneer er een helikopter landt?' schreeuwde de stuurman. Hij gaf Aleksei een klap op zijn billen en trok hen naar binnen het stuurhuis in. Hij wees op twee stoelen. 'Zit. Allebei.'

'We keken alleen maar,' zei Yakov.

'Jullie horen in bed te liggen.'

'Ik làg in bed,' jammerde Aleksei. 'Hij haalde me eruit.'

'Weet je niet wat een rotorblad met het hoofd van een jongen kan doen? Nou?' De stuurman maakte een snijdende beweging met zijn hand langs Alekseis magere hals. 'Zo. Weg hoofd. En het bloed spuit eruit. Een indrukwekkend gezicht. Je denkt zeker dat ik gekheid maak, hè? Je kunt me geloven, ik ga niet naar beneden als de helikopter komt. Ik zorg wel dat ik uit de buurt blijf. Maar als jullie willen dat je stomme koppen eraf gemaaid worden, ga je gang. Toe maar.'

Aleksei huilde. 'Ik wìlde in bed blijven!'

Door het geklapwiek van de helikopter keken ze alledrie op. Ze keken hoe hij weer opsteeg, de wind van de rotor liet de overalls van de mannen op dek klapperen. Hij maakte een trage bocht van negentig graden, en vloog toen weg in de nacht. Er bleef slechts een licht rommelend geluid hangen dat zachtjes wegstierf als een zich terugtrekkende onweersbui.

'Waar gaat hij naartoe?' vroeg Yakov.

'Denk je dat ze mij dat vertellen?' zei de stuurman. 'Ze bellen me alleen wanneer hij komt om iets te halen en dan leg ik de boeg in de wind. Dat is alles.' Hij reikte naar het paneel met knopjes en drukte erop.

De schijnwerpers gingen direct uit. Het grote dek verdween in de duisternis.

Yakov kwam vlak voor het raam van de brug staan. Het gerommel van de helikopter was nu verdwenen. Overal strekte zich de duisternis van de zee uit.

Aleksei zat nog te huilen.

'Schei nou uit,' zei de stuurman. Hij gaf Aleksei een klapje op zijn schouder bij wijze van standje. 'Een jongen van jouw leeftijd moet zich niet als een vrouw gedragen.'

'Maar waar kwam hij voor? Die helikopter?' vroeg Yakov.

'Dat zei ik al. Hij kwam iets ophalen.'

'Wat kwam hij ophalen?'

'Dat vraag ik niet. Ik doe alleen wat ze me vertellen.'

'Wie?'

'De passagiers in de hut op het achterdek.' Hij trok Yakov weg bij het raam en gaf hem een duw in de richting van de deur. 'Ga terug naar jullie kooien. Zie je dan niet dat ik moet werken?'

Yakov liep achter Aleksei aan naar de deur toen zijn blik op het radarscherm bleef hangen. Hij had al zo vaak naar dat scherm staan staren, gehypnotiseerd door de cirkelvormige zwaai van de lijn die een kring van driehonderdzestig graden maakte. Nu stond hij er weer voor en keek hoe de cirkel rond bleef draaien. Hij zag het één keer, een klein wit stipje aan de rand van het scherm.

'Is dat een ander schip?' vroeg Yakov. 'Daar, op de radar?'

Hij wees naar het stipje dat plotseling witter oplichtte toen de lijn erover heen zwaaide.

'Wat zou het anders zijn. Wegwezen!'

De jongens liepen naar buiten en daalden de trap af naar het grote dek. Yakov keek op en zag tegen het groenig oplichtende raam van de brug het silhouet van de stuurman. Hij stond te kijken. Altijd te kijken.

En hij zei: 'Nu weet ik waar de helikopter naartoe gaat.'

Pyotr en Valentin verschenen niet aan het ontbijt. Tegen die tijd was het nieuws van hun nachtelijke verdwijning al tot Yakovs hut doorgedrongen, dus toen hij die ochtend aan tafel ging zitten en de rij jongens bekeek die tegenover hem zaten, kende hij de reden voor hun zwijgzaamheid. Ze konden geen van allen begrijpen waarom Pyotr en Valentin als eersten van boord moesten, de eersten die gekozen werden. Ze hadden allemaal van het begin af aan gedacht dat Pyotr een van de overblijvers zou zijn, of aan een of ander onwaarschijnlijk gezin zou worden overgedragen dat idiote kinderen leuk vond. Valentin, die in Riga bij de groep was gekomen, was handig genoeg, knap genoeg, maar hij had een heimelijke perversie die de jongere jongens wel kenden. Nadat de lichten 's avonds uit waren, kroop hij zonder zijn ondergoed in hun kooien en fluisterde: 'Voel je dat? Voel je hoe groot ik ben?'

En hij pakte hun handen beet en dwong hen om hem aan te raken.

Maar Valentin was nu weg, hij en Pyotr. Naar nieuwe ouders die hen hadden gekozen, zei Nadiya.

De rest van hen waren overblijvertjes.

's Middags klommen Yakov en Aleksei aan dek en rekten zich uit op de plek waar de helikopter geland was. Ze lagen naar de staalblauwe hemel te kijken. Geen wolken, geen helikopters. Het dek was warm en ze begonnen zich, als twee jonge poesjes bij de verwarming, slaperig te voelen.

'Ik heb eens nagedacht,' zei Yakov met zijn ogen gesloten tegen de zon. 'Als mijn moeder nog leeft, wil ik niet geadopteerd worden.'

'Ze leeft niet meer.'

'Misschien wel.'

'Waarom is ze je dan niet komen halen?'

'Misschien zoekt ze me wel op dit ogenblik. En hier ben ik, midden op zee waar niemand me kan vinden. Behalve met een radar. Ik ga tegen Nadiya zeggen dat ze me terug moet brengen. Ik wil geen nieuwe moeder.'

'Ik wel,' zei Aleksei. Hij was even stil. Toen zei hij: 'Denk je dat er iets aan mij mankeert?'

Yakov lachte. 'Bedoel je afgezien van het feit dat je achterlijk bent?'

Toen Aleksei geen antwoord gaf, keek Yakov zijn vriend met halfdichtgeknepen ogen aan en was verbaasd toen hij zag dat de jongen zijn handen voor zijn gezicht had geslagen en zijn schouders schokten.

'Hé,' zei Yakov. 'Huil je?'

'Nee.'

'Wel waar, toch?'

'Nee.'

'Wat ben je toch een baby. Ik meende het niet. Je bent niet achterlijk.'

Aleksei had zich tot een bal van armen en benen opgevouwen. Hij huilde wel degelijk. Hoewel hij geen geluid maakte, kon Yakov hem krampachtig naar lucht zien happen. Yakov wist niet wat hij hiervan moest denken of wat hij moest zeggen. Er kwam automatisch een nieuwe belediging in hem op. *Stomme meid. Huilebalk.* Maar hij bedacht zich. Hij had Aleksei nooit zo meegemaakt en hij voelde zich een beetje schuldig en een beetje bang. Het was alleen maar een grapje. Waarom kon Aleksei het niet als een grapje opvatten?

'Zullen we naar beneden gaan en aan het touw gaan slingeren?' zei Yakov. Hij porde Aleksei tussen zijn ribben.

Aleksei gaf hem een nijdige por terug en sprong met een rood en nat gezicht overeind.

'Wat is er toch met jou aan de hand?' zei Yakov.

'Waarom hebben ze die stomme Pyotr gekozen in plaats van mij?'

'Ze hebben mij ook niet gekozen,' zei Yakov,

'Maar er mankeert niets aan míj!' huilde Aleksei. Hij rende het dek af.

Yakov bleef heel stil zitten. Hij keek naar de stomp van zijn linkerarm. En hij zei: 'Er mankeert ook niets aan mij.'

'Paard B1 naar C3,' zei Koubichev, de machinist.

'Dat doet u altijd. Probeert u nooit iets anders?'

'Ik geloof in het oude vertrouwde. Ik heb je er elke keer mee verslagen. Jij bent aan zet. Denk er niet de hele dag over na.'

Yakov draaide het schaakbord om en bestudeerde het eerst vanuit de ene hoek en toen vanuit de andere. Hij ging op zijn knieën liggen en tuurde langs de rij pionnen. Hij stelde zich voor dat de zwartgepantserde soldaten in het gelid stonden en op hun orders wachtten.

'Wat doe je nu in hemelsnaam?' zei Koubichev.

'Hebt u nooit gezien dat de koningin een baard had?'

'Wat?'

'Ze heeft een baard. Kijk maar.'

Koubichev gromde. 'Dat zijn alleen maar de halsruches van haar jurk. Doe je nog een zet?'

Yakov zette de koningin terug op het bord en pakte het paard. Hij zette het neer, pakte het weer op. Zette het stuk op een andere plek en pakte het weer op. Rondom hen rommelden de machines van de hel.

Koubichev keek niet meer. Hij had een tijdschrift opengeslagen, bladerde wat en keek naar een rij bekoorlijke gezichten. De honderd mooiste vrouwen van Amerika. Af en toe gromde hij en zei: 'Noem je dàt mooi?' of 'Die zou ik mijn hond nog niet geven.'

Yakov pakte de koningin weer op en verplaatste die naar veld C4. 'Zo.'

Koubichev bekeek Yakovs laatste zet en snoof. 'Waarom maak je altijd dezelfde fout? Je brengt je koningin veel te snel in het spel.' Hij gooide het tijdschrift neer en boog zich voorover om zijn pion te verzetten. Toen zag Yakov het gezicht in het tijdschrift. Het was een vrouw. Met blond haar en een blonde lok die over haar wang viel. Een melancholieke glimlach. Groene ogen die je niet aankeken, maar door je heen keken.

'Dat is mijn moeder,' zei Yakov.

'Wat?'

'Dat is ze. Dat is mijn *moeder*!' Hij deed een uitval naar het tijdschrift en duwde tegen het krat aan dat dienst deed als tafel. Het schaakbord viel om. De pionnen, lopers en paarden vlogen alle kanten op.

Koubichev griste het tijdschrift weg en hield het buiten bereik. 'Wat mankeer jou in godsnaam?'

'Geef het aan mij!' schreeuwde Yakov. Hij graaide naar de arm van de man, helemaal buiten zichzelf om de foto van zijn moeder te pakken te krijgen. 'Geef op!'

'Gekke jongen, dat is je moeder niet!'

'Wel waar! Ik herinner me haar gezicht. Ze zag er zo uit, precies zo.'

'Hou op met me te krabben. Ga weg, hoor je me?'

'Geef het aan mij!'

'Goed, goed. Hier, ik zal het je laten zien. Het is je moeder niet.' Koubichev sloeg het tijdschrift neer op het krat. 'Zie je wel?'

Yakov staarde naar het gezicht. Ieder detail was precies zoals hij het had gedroomd. De manier waarop ze haar hoofd hield, de manier waarop haar huid een kuiltje vertoonde bij haar mondhoeken. Zelfs de manier waarop het licht op haar haren viel. Hij zei: 'Ze is het. Ik heb haar gezicht gezien.'

'Iedereen kent haar gezicht.' Koubichev wees op de naam bij de foto. 'Michelle Pfeiffer. Dat is een actrice. Amerikaanse. Zelfs haar naam is niet Russisch.'

'Maar ik ken haar! Ik heb over haar gedroomd!'

Koubichev lachte. 'Jij en nog veel meer geile jongens.' Hij keek even naar de overal verspreid liggende schaakstukken. 'Kijk eens naar die rommel. We mogen van geluk spreken als we alle pionnen terugvinden. Vooruit, jij hebt de zaak omgegooid. Pak ze nu ook maar op.'

Yakov bewoog zich niet. Hij stond naar de vrouw te staren en herinnerde zich hoe ze tegen hem geglimlacht had.

Koubichev liet zich mopperend op handen en knieën zakken en begon rond te kruipen om de schaakstukken onder de machines vandaan te halen. 'Je hebt haar gezicht vermoedelijk ergens gezien. Op tv, of misschien in een of ander tijdschrift en weer vergeten. En toen heb je over haar gedroomd, dat is alles.' Hij zette twee lopers en een koningin op het bord en hees zich weer overeind. Zijn gezicht was rood, zijn brede borst zwoegde. Hij tikte tegen zijn hoofd. 'Hersenen zijn rare dingen. Ze pakken iets uit het echte leven en maken daar een droom van en we kunnen niet zeggen wat verzonnen is en wat echt. Soms droom ik dat ik aan tafel zit met allemaal heerlijk eten, alles wat ik graag zou willen eten. Dan word ik wakker en zit ik nog steeds op die rotschuit.' Hij reikte naar het tijdschrift en scheurde de bladzijde met Michelle Pfeiffer eruit. 'Alsjeblieft. Je mag haar hebben.'

Yakov pakte het aan, maar zei niets. Hij hield het alleen vast. En keek ernaar.

'Als je wilt doen alsof dat je moeder is, ga je gang. Er zijn erger dingen. En pak nu de stukken op. Hé! Hé, jongen! Waar ga je naar toe?'

Yakov liep, met het papier tegen zich aangedrukt, de hel uit.

Aan dek stond hij bij de reling met zijn gezicht naar de zee toe. De bladzijde was nu verkreukeld en fladderde en wapperde in de wind. Hij keek ernaar en zag dat hij hem te stevig had beetgepakt; er liep nu een vouw over die halfglimlachende lippen.

Hij pakte een hoek met zijn tanden beet en scheurde het papier in tweeën. Het was niet genoeg. Niet genoeg. Hij ademde zwaar, huilde bijna, maar liet geen geluid horen. Hij scheurde de bladzijde nog eens en nog eens doormidden, hij gebruikte zijn tanden als een dier dat aan echt vlees scheurde, en liet de stukken in de wind wegwaaien.

Toen hij klaar was, had hij nog steeds een stukje vast. Het was een oog. Vlak eronder, verfrommeld door zijn vingers, zat een stervormige kreukel. Als de schittering van één enkele traan.

Hij gooide het stukje over de reling en keek hoe het wegdwarrelde en in zee viel.

# 15

Ze was eind veertig en had het magere, uitgedroogde gezicht van een vrouw die lang geleden haar hormonale uitstraling was kwijtgeraakt. Volgens Bernard Katzka maakte dat op zich een vrouw niet onaantrekkelijk. De aantrekkelijkheid van een vrouw lag niet in de glans van haar huid en haar, maar wat haar ogen onthulden. In dat opzicht had hij een aantal boeiende zeventigjarigen leren kennen, waaronder zijn ongetrouwde tante Margaret die hem erg na was komen te staan nadat Annie was overleden. Lundquist, zijn partner, zou waarschijnlijk versteld staan als hij hoorde dat Katzka zich werkelijk verheugde op zijn wekelijkse koffiebabbeltje met tante Margaret. Lundquist ging van het mannelijke idee uit dat vrouwen die de menopauze achter zich hadden liggen het aankijken niet meer waard waren. Het lag zonder twijfel allemaal in de genen vast. Mannen moeten hun energie, of sperma, niet aan onvruchtbare vrouwen verspillen. Geen wonder dat Lundquist zo opgelucht was geweest toen Katzka Brenda Hainey wel had willen ondervragen. Lundquist vond dat vrouwen van die leeftijd voor Bernard Katzka waren, daarmee bedoelde hij dat Katzka de enige rechercheur was bij Moordzaken die het geduld en de zelfbeheersing bezat om hen aan te horen.

En dat was precies wat Katzka het afgelopen kwartier had gedaan, geduldig luisteren naar de bizarre beschuldigingen van Brenda Hainey. Ze was niet gemakkelijk te volgen. De vrouw vermengde mystieke zaken met concrete kwesties en vertelde in een adem over hemelse tekenen en spuiten morfine. Als het een prettige vrouw was geweest, had hij het amusant kunnen vinden, maar dat was Brenda Hainey niet. Er lag geen warmte in haar blauwe ogen. Ze was boos en boze mensen zijn niet aantrekkelijk.

'Ik heb het ziekenhuis hierover aangesproken,' zei ze. 'Ik ben regelrecht naar de directeur gegaan, de heer Parr. Hij heeft beloofd het te onderzoeken, maar dat was vijf dagen geleden en ik heb tot nu toe niets gehoord. Ik bel iedere dag op. Zijn kantoor zegt dat ze er nog steeds mee bezig zijn. Nou, vandaag vond ik dat het genoeg was geweest. Dus heb ik jullie gebeld. En zíj hebben ook geprobeerd me af te poeieren, ze probeerden me eerst met een of ander jong agentje te laten praten. Nou, ik vind dat je altijd naar de hoogste baas moet gaan. Ik doe dat altijd, iedere ochtend wanneer ik bid. In dit geval zou ú de hoogste baas zijn.' Katzka onderdrukte een glimlach.

'Ik heb uw naam in de kranten gezien,' zei Brenda. 'In verband met die dode dokter van het Bayside.'

'U bedoelt dr. Levi?'

'Ja. Ik dacht, gezien het feit dat u al op de hoogte bent van wat er in dat ziekenhuis gebeurt, bent u degene met wie ik moet spreken.'

Katzka zuchtte bijna, maar beheerste zich. Hij wist dat ze het zou aanzien voor wat het was, een teken van vermoeidheid. Hij zei: 'Mag ik de brief zien?'

Ze haalde een opgevouwen vel uit haar tas en gaf het aan hem. Er stond één getypte zin: *Uw tante stierf geen natuurlijke dood. Een vriend.*

'Zat het in een envelop?'

Die werd ook tevoorschijn gehaald. De naam *Brenda Hainey* stond erop getypt. De envelop was dichtgeplakt geweest en daarna opengescheurd.

'Heeft u enig idee wie dit gestuurd heeft?' vroeg hij.

'Ik heb geen idee. Misschien een van de zusters. Iemand die voldoende wist om het mij te zeggen.'

'U zegt dat uw tante terminale kanker had. Ze kan aan natuurlijke oorzaken overleden zijn.'

'Waarom zouden ze me dan die brief sturen? Iemand wist wel beter, iemand wilde dat dit onderzocht werd. *Ik* wil dat het onderzocht wordt.'

'Waar is het lichaam van uw tante nu?'

'In het mortuarium Garden of Peace.' Het ziekenhuis heeft zich er behoorlijk vanaf gemaakt, als u het mij vraagt.'

'Wiens besluit was dat? Dat moet een nabestaande beslist hebben.'

'Mijn tante heeft instructies achtergelaten voor ze stierf. Dat vertelde het ziekenhuis me tenminste.'

'Hebt u met de artsen van uw tante gesproken? Misschien kunnen die hier duidelijkheid in brengen.'

'Ik spreek liever niet met die artsen.'

'Waarom niet?'

'Gezien de situatie weet ik niet zeker of ik die kan vertrouwen.'

'Juist.' Nu zuchtte Katzka toch. Hij pakte zijn pen op en sloeg een schone bladzijde van zijn aantekenboekje open. 'Geeft u me eens de namen van alle artsen van uw tante.'

'De behandelend arts was dr. Colin Wettig. Maar degene die alle beslissingen scheen te nemen was die assistent-arts van hem. Ik denk dat die eens nader aan de tand gevoeld moet worden.'

'Hoe heet die?'

'Dr. DiMatteo.'

Katzka keek haar verbaasd aan. 'Abigail DiMatteo?'

Het was even stil. Katzka zag duidelijk de ontsteltenis op het gezicht van Brenda.

Ze zei voorzichtig: 'U kent haar.'

'Ik heb haar gesproken. Over een andere kwestie.'

'Dat zal uw beoordeling van dit geval toch niet beïnvloeden, hoop ik?'

'Absoluut niet.'

'Weet u dat zeker?' Ze daagde hem uit met een blik die hij irritant vond. Hij werd niet gauw geïrriteerd en hij vroeg zich af waarom deze vrouw hem zo irriteerde.

Lundquist koos dit ogenblik om langs het bureau te lopen en hij wierp een blik op hen die alleen maar gekenschetst kon worden als een sympathiek, maar zelfgenoegzaam lachje. Lundquist had deze vrouw moeten verhoren. Dat zou goed voor hem zijn geweest, een oefening in beleefde terughoudendheid en dat moest Lundquist nog oefenen.

Katzka zei: 'Ik probeer altijd objectief te zijn, juffrouw Hainey.'

'Dan moet u dr. DiMatteo eens wat nader onder de loep nemen.'

'Waarom die in het bijzonder?'

'Zij wilde mijn tante dood hebben.'

Katzka vond Brenda's beschuldigingen onwaarschijnlijk. Maar die brief was er nu eenmaal en iemand had hem gestuurd. De mogelijkheid bestond dat Brenda hem zelf had geschreven; mensen die naar aandacht snakten deden wel gekkere dingen. Dat was gemakkelijk voor hem om te geloven dan wat zij beweerde: dat Mary Allen door haar artsen was vermoord. Katzka had weken doorgebracht toen zijn vrouw langzaam in het ziekenhuis was gestorven, dus hij was goed thuis op kankerafdelingen. Hij had het medeleven van de zusters en de toewijding van de oncologen gezien. Ze wisten wanneer ze moesten vechten voor het leven van een patiënt. Ze wisten ook wanneer het gevecht verloren was, wanneer het lijden zwaarder woog dan de voordelen om nog een dag of een week te leven. Er waren momenten geweest, tegen het einde, dat Katzka de definitieve overgang van Annie wanhopig graag had vergemakkelijkt. Als de artsen een voorstel in die richting hadden gedaan, dan had hij ermee ingestemd. Maar dat hadden ze niet gedaan. Kanker doodde snel genoeg; welke arts zou zijn professionele toekomst op het spel zetten om de dood van een patiënt te versnellen? Zelfs al hadden de artsen van Mary Allen iets dergelijks gedaan, was dat dan echt moord?

Die middag na het bezoek van Brenda Hainey reed hij vol tegenzin naar het Bayside Hospital. Hij was verplicht een paar vragen te stellen. Bij de openbare informatiebalie werd hem bevestigd dat Mary Allen inderdaad gesuccombeerd was op de dag die Brenda had genoemd en dat de diagnose 'ongedifferentieerde carcinomen met uitzaaiingen' was geweest. De receptionist wilde hem verder geen informatie verstrekken. Dr. Wettig, de behandelend geneesheer, was aan het opereren en die middag niet meer bereikbaar. Dus pakte Katzka de telefoon op en piepte Abby DiMatteo op.

Even later belde ze terug.

'Met rechercheur Katzka,' zei hij. 'We hebben elkaar verleden week gesproken.'

'Ja, dat weet ik nog.'

'Ik heb een paar vragen over een andere zaak. Waar kan ik u bereiken?'

'Ik zit in de medische bibliotheek. Duurt dit lang?'

'Ik denk van niet.'

Hij hoorde een zucht. Toen: 'Oké.' Het klonk vol tegenzin. 'De bibliotheek is op de eerste etage van de administratievleugel.'

Katzka's ervaring was dat de meeste mensen – vooropgesteld dat ze niet verdacht waren – graag met agenten van Moordzaken spraken. Mensen waren nieuwsgierig naar moord, naar politiewerk. Hij was verbaasd geweest over de vragen die hèm gesteld waren, zelfs door oude dames met allerliefste gezichtjes, iedereen wilde details horen, hoe bloederiger, hoe beter. Er had echter oprechte tegenzin in de stem van dr. DiMatteo doorgeklonken om met hem te spreken. Hij vroeg zich af waarom.

Hij vond de ziekenhuisbibliotheek verstopt tussen dataprocessing en de boekhouding. Er waren een paar paden met boekenplanken, een bureau van de bibliothecaresse en een stuk of vijf, zes studiehoekjes langs een muur. Dr. DiMatteo stond naast een fotokopieerapparaat en legde een chirurgisch tijdschrift op de plaat. Ze had al een stapel vellen nauwkeurig vergeleken en die op een stapeltje op een bureau in de buurt neergelegd. Hij was verbaasd haar met een dergelijke administratieve taak bezig te zien. Hij was ook verbaasd haar in een rok en blouse aan te treffen in plaats van in de operatiekleding waarvan hij aannam dat die het uniform van alle assistentartsen was. Vanaf de eerste keer dat hij Abby DiMatteo had ontmoet, had hij haar een aantrekkelijke vrouw gevonden. Nu zag hij haar in een flatteuze rok en al dat zwarte haar hing los over haar schouder en hij vond haar absoluut adembenemend.

Ze keek op en gaf hem een knikje. Toen merkte hij nog iets anders aan haar op vandaag. Ze leek zenuwachtig, zelfs een beetje op haar hoede.

'Ik ben bijna klaar,' zei ze. 'Ik moet nog een artikel kopiëren.'
'Geen dienst vandaag?'
'Wat zegt u?'
'Ik dacht dat chirurgen in operatiekleding leefden.'
Ze legde nog een vel onder de kopieermachine en drukte op de aanknop. 'Ik hoef vandaag niet te opereren. Dus doe ik wat literair naslagwerk. Dr. Wettig heeft deze nodig voor een vergadering.' Ze staarde naar de kopieermachine alsof het flitsende licht en het gezoem van de machine al haar aandacht vergden. Toen de laatste bladzijden eruit rolden, nam ze ze mee naar de tafel waar de andere stapels lagen te wachten en ging zitten. Hij ging op een stoel tegenover haar zitten. Ze pakte een nietmachine en zette hem weer neer.
Ze keek hem nog steeds niet aan toen ze vroeg: 'Zijn er nieuwe ontwikkelingen?'
'Wat betreft dr. Levi, nee.'
'Kon ik u maar iets vertellen. Maar ik weet niets.' Ze pakte wat vellen en niette ze aan elkaar met een felle beweging van haar pols.
'Ik ben hier niet vanwege dr. Levi,' zei hij. 'Dit gaat over een andere zaak. Een patiënt van u.'
'O?' Ze pakte weer een stapel papieren en duwde die tussen de kaken van de nietmachine. 'Over welke patiënt gaat het?'
'Een zekere mevrouw Mary Allen.'
Haar hand bleef even midden in de lucht hangen. Toen kwam hij hard neer op de nietmachine.
'Herinnert u zich haar?' vroeg hij.
'Ja.'
'Ik heb begrepen dat ze verleden week is overleden. Hier, in het Bayside.'
'Dat klopt.'
'Kunt u bevestigen dat haar diagnose "uitgezaaide ongedifferentieerde carcinomen" was?'
'Ja.'
'En verkeerde ze in het terminale stadium?'
'Ja.'
'Was haar dood te verwachten?'
Ze aarzelde even. Lang genoeg om zijn interesse te wekken.
Ze zei langzaam: 'Ik zou zeggen dat die te verwachten was.'
Hij nam haar nauwkeuriger op en dat scheen ze te merken. Hij zei even niets meer. Stilte was in zijn ervaring veel verwarrender. Hij vroeg rustig: 'Was haar dood op de een of andere manier bijzonder?'
Eindelijk keek ze hem aan. Hij besefte dat ze roerloos zat. Bijna verstrakt.

'In hoeverre bijzonder?' vroeg ze.
'De omstandigheden. De manier waarop ze is gesuccombeerd.'
'Mag ik vragen waarom u dit onderzoekt?'
'Een familielid van mevrouw Allen kwam met enige bezorgdheid naar ons toe.'
'Bedoelt u Brenda Hainey? Haar nicht?'
'Ja. Ze denkt dat haar tante is overleden aan oorzaken die los stonden van haar ziekte.'
'En u probeert hier moord van te maken?'
'Ik probeer vast te stellen of het de moeite van een onderzoek waard is. Is het dat?'
Ze gaf geen antwoord.
'Brenda Hainey heeft een anonieme brief gehad. Daarin stond dat Mary Allen niet aan natuurlijke oorzaken is overleden. Hebt u enige reden om aan te nemen dat hier een grond van waarheid in zit?'
Hij had de verschillende vermoedelijke reacties kunnen voorspellen. Ze had kunnen lachen en zeggen dat dit allemaal belachelijk was. Ze had hem kunnen vertellen dat Brenda Hainey stapelgek was. Of ze kon verbazing tonen, zelfs boosheid, dat ze aan deze vragen werd onderworpen. Dit soort reacties zouden passend zijn geweest. Haar eigenlijke reactie had hij niet verwacht.
Ze staarde hem met een plotseling bleek geworden gezicht aan. En zei zachtjes: 'Ik weiger verdere vragen te beantwoorden, rechercheur Katzka.'

Een paar seconden nadat de politieman de bibliotheek was uitgelopen, pakte Abby in paniek de dichtsbijstaande telefoon en piepte Mark op. Tot haar opluchting beantwoordde hij haar oproep direct.
'Die rechercheur was er weer,' fluisterde ze. 'Mark, ze weten het van Mary Allen. Brenda heeft contact met hen opgenomen. En die agent stelde vragen over haar dood.'
'Je hebt hem toch niets verteld, hè?'
'Nee, ik...' Ze haalde diep adem. De zucht die volgde was bijna een snik. 'Ik wist niet wat ik moest zeggen. Mark, ik denk dat ik de boel verraden heb. Ik ben bang en ik denk dat hij het weet.'
'Abby, luister. Dit is belangrijk. Heb je hem over de morfine in je kastje verteld?'
'Ik wilde het wel. Jezus, Mark, ik stond op het punt alles te vertellen. Misschien had ik het moeten doen. Als ik gewoon alles eens vertelde...'
'*Niet doen!*'
'Is het niet beter om het hem gewoon te vertellen? Hij komt er

toch achter. Vroeg of laat diept hij het allemaal op. Daar ben ik zeker van.' Ze zuchtte en voelde de eerste tranen in haar ogen prikken. Ze kon elk ogenblik gaan huilen, hier in de bibliotheek waar iedereen haar kon zien. 'Ik zie geen andere uitweg. Ik moet naar de politie.'

'En als die je nou niet gelooft? Ze werpen een blik op het indirecte bewijs, dat de morfine in jouw kleedkast zat en ze trekken de voor de hand liggende conclusie.'

'Wat stel je dan voor dat ik doe? Wachten tot ze me komen arresteren? Ik kan hier niet tegen. Echt niet.' Haar stem trilde. Fluisterend herhaalde ze: 'Echt niet.'

'Tot nu toe heeft de politie niets. Ik zal niets zeggen. Wettig en Parr ook niet, dat weet ik zeker. Ze willen dit net zo min naar buiten brengen als jij. Hou vol, Abby. Wettig doet alles wat hij kan om je te beschermen.'

Het kostte haar een ogenblik om tot zichzelf te komen. Toen ze eindelijk weer sprak, klonk haar stem zacht maar rustig. 'Mark, stel je voor dat Mary Allen inderdaad vermoord is? Dan móet er een onderzoek komen. We zouden zelf de politie erbij kunnen halen.'

'Wil je dat werkelijk doen?'

'Ik weet het niet. Ik denk steeds maar wat ik *zou moeten* doen. Dat we het verplicht zijn. Moreel en ethisch gezien.'

'Het is jouw besluit. Maar ik wil dat je goed over de gevolgen nadenkt.'

Dat had ze al gedaan. Ze had aan de publiciteit gedacht. De mogelijkheid van een arrestatie. Ze had dit telkens weer overwogen, wetend wat ze *zou moeten* doen, maar bang om de stap te zetten. *Ik ben een lafaard. Mijn patiënte is dood, misschien vermoord en ik maak me alleen maar zorgen over het redden van mijn eigen verdomde hachje.*

De ziekenhuisbibliothecaresse liep de ruimte in met een piepend karretje vol boeken. Ze ging aan haar bureau zitten en begon de binnenkanten van de omslagen te bestempelen. *Beng. Beng.*

'Abby,' zei Mark. '*Denk na*, voor je iets doet.'

'Ik spreek je straks nog wel. Ik moet nu gaan.' Ze hing op en liep weer naar de tafel waar ze ging zitten en naar de stapel gefotokopieerde tijdschriftartikelen keek. Dit was de omvang van haar werk vandaag. Hier had ze de hele ochtend aan besteed, het verzamelen van deze stapel papieren. Ze was een arts die niet langer mocht praktiseren, een chirurg die uit de operatiekamer verbannen werd. De zusters en artsen wisten niet wat ze er van denken moesten. Ze wist zeker dat er de meest wilde geruchten de ronde deden. Vanmorgen was ze over de afdelingen gelopen op zoek naar dr.

Wettig en de zusters hadden zich allemaal omgedraaid en naar haar gekeken. Ze vroeg zich af wat ze achter haar rug om zeiden.

Ze was bang om erachter te komen.

Het *beng, beng* was opgehouden. Ze besefte dat de bibliothecaresse was opgehouden haar boekomslagen te bestempelen en nu Abby opnam.

*Net zoals iedereen in dit ziekenhuis, vraagt zij zich ook van alles over mij af.*

Abby kreeg een kleur, pakte haar papieren bij elkaar en bracht ze naar het bureau van de bibliothecaresse.

'Hoeveel kopieën?'

'Het is allemaal voor dr. Wettig. U kunt de rekening naar het kantoor van de assistent-artsen sturen.'

'Ik moet het precieze aantal weten, voor het kopieerjournaal. Dat is de gewoonte hier.'

Abby legde de stapel papier neer en begon de bladzijden te tellen. Ze had kunnen weten dat de bibliothecaresse hierop zou staan. Deze vrouw werkte al eeuwen in het Bayside en ze sloeg geen gelegenheid over om iedere nieuwe groep co-assistenten erop te wijzen dat de zaken hier op háár manier werden gedaan. Abby werd nu boos op deze bibliothecaresse, op het ziekenhuis, op de chaos die haar leven was geworden. Ze was klaar met het laatste artikel te tellen.

'Tweehonderdveertien bladzijden,' zei ze en legde het met een slag boven op de stapel. De naam *Aaron Levi, arts* op de bovenste bladzijde trok scherp haar aandacht. De titel van het artikel was: 'Vergelijking van overlevingskansen na harttransplantatie tussen kritisch zieken en poli-patiënten.' De auteurs waren Aaron, Rajiv Mohandas en Lawrence Kunstler. Ze staarde naar Aarons naam, geschokt door de onverwachte herinnering aan zijn dood.

De bibliothecaresse zag Aarons naam ook en schudde haar hoofd. 'Het is moeilijk te geloven dat dr. Levi er niet meer is.'

'Ik weet wat u bedoelt,' mompelde Abby.

'En om die twee namen bij hetzelfde artikel te zien staan.' De vrouw schudde haar hoofd.

'Wat bedoelt u?'

'Dr. Kunstler en dr. Levi.'

'Ik ken dr. Kunstler jammer genoeg niet.'

'O, hij werkte hier voor u kwam.' De bibliothecaresse deed het kopieerjournaal dicht en legde het weer netjes op een boekenplank. 'Het moet een jaar of zes geleden gebeurd zijn, minstens.'

'Wat is zes jaar geleden gebeurd?'

'Het was net zoiets als dat geval met Charles Stuart. U weet wel, die man die van de Tobinbrug is gesprongen. Daar is dr. Kunstler ook vanaf gesprongen.'

Abby keek zich weer naar het artikel. Naar de twee namen bovenaan de bladzijde. 'Heeft hij zelfmoord gepleegd?'

De bibliothecaresse knikte. 'Net zoals dr. Levi.'

Het gekletter van de mahjongstukken die op de eettafel werden verschoven was te hard om te overschreeuwen. Vivian deed de keukendeur dicht en liep terug naar de gootsteen waar ze het vergiet met taugé had neergezet. Ze ging verder met de verschrompelde uiteinden eraf te breken en de bovenkant in een schaal te gooien. Abby wist niet dat iemand zich ooit druk maakte om de wortels van de taugé af te halen. Alleen die verdomde preciezerige Chinezen, vertelde Vivian haar. De Chinezen deden uren over een of andere schotel die binnen een paar minuten opgeslokt werd. En wie merkte de uiteinden trouwens op? Vivians grootmoeder. En de vriendinnen van haar grootmoeder. Als je een schaal taugé met de uiteinden er nog aan voor die dames neerzette, trokken ze allemaal hun neus op. Dus hier stond de gehoorzame kleindochter, de begaafde chirurge, die binnenkort haar eigen praktijk opende, zich op de gewichtige taak te concentreren om taugéwortels af te breken. Ze deed het snel en efficiënt, iedere beweging typisch Vivian. Ondertussen luisterde ze naar Abby's verhaal, zonder dat haar sierlijke handen rustten.

'Jezus,' bleef Vivian mompelen. 'Jezus, ze hebben je wel te pakken.'

In de kamer ernaast was het gekletter van de stukken opgehouden, er begon een nieuwe ronde. Om de zoveel tijd klonk het geluid van een stuk dat naar het midden werd gegooid tussen het geklets door.

'Wat denk je dat ik moet doen?' zei Abby.

'Hoe je het ook bekijkt, DiMatteo, hij heeft je te pakken.'

'Daarom praat ik ook met jóu. Jij bent door Victor Voss te pakken genomen. Jij weet waar hij toe in staat is.'

'Ja,' zuchtte Vivian. 'Ik weet het maar al te goed.'

'Denk je dat ik naar de politie zou moeten gaan? Of moct ik maar afwachten en hopen dat ze niet verder vragen?'

'Wat denkt Mark ervan?'

'Hij vindt dat ik mijn mond moet houden.'

'Dat ben ik met hem eens. Noem het maar mijn aangeboren wantrouwen ten opzichte van gezag. Je hebt blijkbaar veel meer vertrouwen in de politie dan ik, als je erover denkt jezelf aan te geven en er dan maar het beste van te hopen.' Vivian pakte een handdoek en droogde haar handen af. Ze keek Abby aan. 'Denk je echt dat je patiënt vermoord is?

'Hoe kun je die morfinespiegel anders verklaren?'

'Ze was al aan de morfine. En vermoedelijk tolerant genoeg om enorme doses nodig te hebben wilde ze er enig baat bij hebben. Misschien zijn de doses ten slotte geaccumuleerd.'

'Alleen als ze een extra dosis gekregen heeft. Per ongeluk of met opzet.'

'Om jou erin te laten lopen?'

'Niemand controleert morfinespiegels bij terminale kankerpatiënten! Iemand wilde zeker weten dat haar moord niet onopgemerkt voorbij zou gaan. Iemand die wist dat het moord wàs. En diegene stuurde dat briefje naar Brenda.'

'Hoe weten we dat Victor Voss het heeft gedaan?'

'Hij is degene die me het Bayside uit wil hebben.'

'Is hij de enige?'

Abby staarde Vivian aan. En vroeg zich af: *wie wil me er verder nog uit hebben?*

In de eetkamer was het donderend gekletter van mahjongstukken het teken van het einde van een volgende ronde. Abby schrok van het geluid. Ze begon in de keuken op en neer te ijsberen. Langs de rijstpan die op het aanrecht stond te borrelen, langs het fornuis waar gekruide en exotische damp uit pannen wasemde. 'Dit is waanzin. Ik kan me niet voorstellen dat iemand anders dit zou doen, alleen om mij te laten ontslaan.'

'Jeremiah Parr heeft zijn eigen hachje waar hij aan moet denken. En hij voelt de hete adem van Voss op dit ogenblik in zijn nek. Bedenk dat eens. Het bestuur van het ziekenhuis zit vol met rijke vriendjes van Voss. Die kunnen Parr ontslaan. Tenzij hij jóu eerst ontslaat. Hé, je bent niet gek, DiMatteo. De mensen zíjn erop uit om je te pakken.'

Abby zonk op een stoel bij de keukentafel neer. Ze kreeg hoofdpijn van het geluid van het spel in de aangrenzende kamer. En van het oude-damesgekwebbel. Dit huis was vol lawaai, bezoekers die op bijna schreeuwtoon in het Cantonees spraken, een vriendelijk gesprek dat tot ruzieachtige hoogte steeg. Hoe kon Vivian het opbrengen om haar grootmoeder bij zich te laten inwonen? De herrie alleen zou Abby al stapelgek maken.

'Het komt allemaal steeds terug bij Victor Voss,' zei Abby. 'Op de een of andere manier wil hij wraak nemen.'

'Waarom heeft hij de aanklachten dan ingetrokken? Dat lijkt niet logisch. Hij stuurt stoomwalsen op je af. En plotseling houdt het allemaal op.'

'In plaats van door iedereen aangeklaagd te zijn, word ik van moord beschuldigd. Wat een heerlijk alternatief.'

'Maar zie je dan niet hoe logisch dat is? Voss heeft vermoedelijk aardig wat betaald om die aanklachten op gang te brengen. Hij zou ze niet intrekken. Niet tenzij hij zich zorgen maakte om mogelijke consequenties. Een tegenaanklacht bijvoorbeeld. Was je zoiets van plan?'

'Ik heb het met mijn advocaat besproken, maar die raadde het me af.'

'Waarom hééft Voss de aanklachten dan ingetrokken?'

Het leek Abby ook niet logisch.

Ze overwoog die vraag de hele weg naar huis toen ze van Vivians huis in Melrose terugreed. Het was laat in de middag en het verkeer was zoals gewoonlijk druk op de Route 1. Hoewel het buiten motregende, hield ze haar raampje open. De stank van verrotte varkensorganen hing nog steeds in haar auto. Ze dacht niet dat die geur nog ooit weg zou gaan. Hij zou altijd blijven hangen als een voortdurende herinnering aan de woede van Victor Voss.

De Tobinbrug doemde op, de plek waar Lawrence Kunstler een einde aan zijn leven had gemaakt. Ze remde af. Misschien was het morbide, maar ze keek opzij naar het water terwijl ze de brug opreed. De rivier lag zwart, met witte schuimkopjes door de wind, onder de sombere lucht. Zij zou de verdrinkingsdood niet kiezen. De paniek, het gespartel van armen en benen. Een verstikte keel tegen de toevloed van koud water. Ze vroeg zich af of Kunstler nog bij bewustzijn was geweest toen hij het water raakte. Of dat hij tegen de stroom had ingeworsteld. Ze vroeg zich ook dingen af over Aaron. Twee artsen, twee zelfmoorden. Ze was vergeten om Vivian naar Kunstler te vragen. Als hij zes jaar geleden was doodgegaan, had Vivian misschien van hem gehoord.

Abby's blik werd zo naar het water getrokken dat ze niet merkte dat de auto voor haar vaart had geminderd, dat het verkeer zich voor het tolhuisje had verzameld. Toen ze weer naar de weg keek, zag ze dat de auto voor haar stilstond.

Abby trapte hard op haar rem. Een seconde later werd ze door elkaar geschud door een klap van achteren. Ze keek in de spiegel en zag de vrouw achter zich verontschuldigend met haar hoofd schudden. Het verkeer op de brug stond op dit ogenblik vast. Abby stapte uit haar auto en rende naar de achterkant om de schade op te nemen.

De andere vrouw stapte ook uit. Ze stond zenuwachtig te kijken terwijl Abby haar achterbumper bekeek.

'Het ziet er normaal uit,' zei Abby. 'Niets aan de hand.'

'Het spijt me, ik denk dat ik niet oplette.'

Abby keek even naar de auto van de vrouw en zag dat haar voorbumper ook onbeschadigd was.

'Dit is gênant,' zei de vrouw. 'Ik had het zo druk met die vent achter me in het oog te houden, omdat hij zo vlak op me zat.' Ze wees naar een kastanjebruine bestelauto die achter haar auto stond. 'En dan klap ìk boven op iemand.'

Er werd getoeterd. Het verkeer kwam weer in beweging. Abby liep naar haar auto terug en zette haar rit voort. Terwijl ze langs het tolhuisje reed, kon ze het niet nalaten nog een blik op de brug te werpen waar Lawrence Kunstler zijn fatale sprong vanaf had gemaakt. *Ze kenden elkaar, Aaron en Kunstler. Ze werkten samen. Ze hadden dat artikel samen geschreven.*

Die gedachte bleef haar bezighouden terwijl ze weer naar Cambridge reed.

Twee artsen van hetzelfde transplantatieteam. En beiden plegen zelfmoord.

Ze vroeg zich af of Kunstler een weduwe had achtergelaten. Ze vroeg zich af of mevrouw Kunstler er net zo in de war door was geweest als Elaine Levi was.

Ze reed rondom Harvard Common. Toen ze naar Brattle Street afsloeg, keek ze toevallig in haar achteruitkijkspiegeltje.

Er zat een kastanjebruine bestelwagen achter haar. Die reed ook Brattle in. Ze reed nog een blok, langs Willard Street en keek weer in de spiegel. Hij was er nog steeds. Was het de man die op de brug te dicht op zijn voorganger reed? Ze had toen niet meer dan een blik op hem geworpen en had alleen de kleur van de wagen opgemerkt. Ze wist niet waarom ze zich niet op haar gemak voelde toen ze hem zag. Misschien omdat ze net die brug was overgestoken en die glimp van het water had opgevangen. De herinnering aan de dood van Kunstler. Aan de dood van Aaron.

Impulsief sloeg ze linksaf, Mercer op.

De bestelwagen deed dat ook.

Ze sloeg weer linksaf, Camden op, toen rechtsaf, Auburn op. Ze bleef in haar spiegel kijken en wachtte, verwachtte bijna dat de bestelwagen in zicht kwam. Pas toen ze Brattle Street weer bereikt had en de bestelwagen niet meer was verschenen, slaakte ze een zucht van opluchting. Wat een zenuwpees was ze.

Ze reed regelrecht naar huis en de oprit op. Mark was nog niet thuis. Dat verbaasde haar niets. Ondanks de motregen was hij van plan geweest om het met *Gimme Shelter* nog een keer tegen Archer op te nemen. Slecht weer was geen excuus om niet te zeilen, had hij haar verteld, en zolang er geen orkaan woedde, ging de wedstrijd door.

Ze liep het huis in. Het was mistroostig binnen, het middaglicht scheen grijs en waterig door de ramen. Ze liep naar de lamp op tafel en stond op het punt die aan te doen toen ze het zachte gebrom van een auto in Brewster Street hoorde. Ze keek naar buiten.

Er reed een kastanjebruine bestelauto langs het huis. Toen hij langs haar oprit reed, minderde hij vaart alsof de bestuurder een lange zorgvuldige blik op Abby's auto wierp.

*Doe de deuren op slot. Doe de deuren op slot.*

Ze rende naar de voordeur, schoof de grendel ervoor en duwde de ketting op zijn plaats.

De achterdeur. Was die op slot?

Ze rende de gang door en de keuken. Geen grendel, alleen een sleutel. Ze pakte een stoel, zette die tegen de deur en klemde die onder de hendel.

Ze rende terug naar de zitkamer en stond van achter het gordijn naar buiten te turen.

De bestelauto was weg.

Ze keek beide kanten op en deed haar best een blik van iedere hoek op te vangen, maar ze zag alleen een lege straat, nat van de motregen.

Ze liet de gordijnen open en de lichten uit. Ze ging in de donkere zitkamer naar buiten zitten staren en wachtte tot de bestelauto weer zou komen. Ze vroeg zich af of ze de politie moest bellen. Met welke klacht? Niemand had haar bedreigd. Ze zat bijna een uur naar de straat te kijken en hoopte dat Mark thuis zou komen.

De bestelauto kwam niet. Mark ook niet.

*Kom thuis. Kom van die verdomde boot af en kom thuis.*

Ze dacht aan hem in de baai, met klapperende zeilen boven zich en een overkomende giek bij het overstag gaan. En het water, troebel en kolkend onder grijze luchten. Net zoals de rivier was geweest. De rivier waarin Kunstler was gestorven.

Ze pakte de telefoon op en draaide Vivians nummer. De herrie van de Chao-huishouding was als een levendige flard lawaai door de lijn te horen. Over het geluid van gelach en schreeuwend Cantonees, zei Vivian: 'Ik kan je niet goed verstaan. Zeg dat nog eens?'

'Er was nog een arts bij het transplantatieteam en die is zes jaar geleden gestorven. Kende jij die?'

Vivians antwoord werd teruggeschreeuwd. 'Ja. Maar ik denk niet dat het zo lang geleden was. Eerder vier jaar.'

'Heb je enig idee waarom hij zelfmoord heeft gepleegd?'

'Dat was geen zelfmoord.'

'Wat?'

'Luister, kun je even wachten? Dan ga ik even naar een ander toestel.'

Abby hoorde dat de hoorn werd neergelegd en moest voor haar

gevoel eindeloos wachten voordat Vivian bij het andere toestel de hoorn oppakte. 'Oké, oma! Hang maar op!' schreeuwde ze. Er kwam een abrupt einde aan het Cantonese geklets.

'Wat bedoel je dat het geen zelfmoord was?' vroeg Abby.

'Het was een ongeluk. Er mankeerde iets aan zijn fornuis en de koolmonoxide verzamelde zich in zijn huis. Zijn vrouw en baby kwamen ook om het leven.'

'Wacht. Wacht even. Ik heb het over een zekere Lawrence Kunstler.'

'Ik ken geen Lawrence Kunstler. Dat moet gebeurd zijn voor ik in het Bayside kwam.'

'Over wie heb jij het dan?'

'Een anesthesist. De voorganger van Zwick. Ik kan even niet op zijn naam komen... Hennessy. Ja, zo heette hij.'

'Was hij bij het transplantatieteam?'

'Ja, een jonge vent, net assistent-arts af. Hij was er nog niet lang. Ik herinner me dat hij erover dacht om weer naar het westen te gaan toen het gebeurde.'

'Weet je zeker dat het een ongeluk was?'

'Wat zou het anders zijn?'

Abby staarde uit het raam naar de lege straat en zei niets.

'Abby, is er iets?'

'Ik werd vandaag gevolgd. Door een bestelauto.'

'Toe nou.'

'Mark is nog niet thuis. Het is bijna donker en hij zou nu thuis moeten zijn. Ik moet steeds aan Aaron denken. En aan Lawrence Kunstler. Hij is van de Tobinbrug gesprongen. En nu vertel jij me over Hennessy. Dat zijn er drie, Vivian.'

'Twee zelfmoorden en een ongeluk.'

'Dat is meer dan je in één ziekenhuis zou verwachten.'

'Statistische bundeling? Of misschien is er werkelijk iets bijzonder deprimerends aan het Bayside.' Vivians poging tot humor werkte niet en dat wist ze. Na een korte stilte zei ze: 'Denk je echt dat iemand je volgde?'

'Wat heb je me zelf verteld? *Je bent niet gek. Iemand is er op uit om je te pakken.*

'Ik had het over Victor Voss. Of Parr. Die hebben reden om je te treiteren. Maar om je in een bestelauto te volgen? En wat heeft dat met Aaron of die twee andere jongens te maken?'

'Ik weet het niet.' Abby trok haar benen op de stoel onder zich en sloeg haar armen om zich heen om warm te blijven. En uit zelfbescherming. 'Maar ik begin bang te worden. Ik moet steeds aan Aaron denken. Ik heb je gezegd wat die rechercheur zei, dat Aarons dood misschien geen zelfmoord is.'

'Heeft hij enig bewijs?'

'Als hij het had, zou hij het mij zeker niet vertellen.'

'Misschien zou hij het aan Elaine vertellen.'

Natuurlijk. De weduwe. Degene die het zou willen weten, die het zou eisen te weten.

Nadat ze had opgehangen, zocht Abby Elaines telefoonnummer op. Toen zat ze moed te verzamelen om het gesprek te beginnen. Het was nu donker buiten en de motregen was in een gelijkmatige regen veranderd. Mark was nog steeds niet thuis. Ze deed de gordijnen dicht en draaide het licht aan. Alle lichten. Ze had helderheid en warmte nodig.

Ze pakte de telefoon op en toetste Elaines nummer in.

Die ging vier keer over. Ze schraapte haar keel en bereidde zich voor om een boodschap op het onvermijdelijke antwoordapparaat in te spreken. Toen hoorde ze drie doordringende tonen, gevolgd door een bericht: 'Het nummer dat u heeft gekozen, bestaat niet meer. Controleer het nummer en toets het opnieuw in...'

Abby toetste het nummer nog een keer in en controleerde elk cijfer dat ze indrukte.

De telefoon ging vier keer over, gevolgd door dezelfde doordringende tonen: 'Het nummer dat u heeft gekozen, bestaat niet meer...'

Ze hing op en staarde naar de telefoon alsof die haar had verraden. Waarom had Elaine haar nummer veranderd? Wie probeerde ze te ontlopen?

Buiten reed een auto door de spetterende regen. Abby rende naar het raam en tuurde door een spleet in de gordijnen. Er reed een BMW de oprit in.

Ze deed een schietgebedje van dankbaarheid.

Mark was thuis.

# 16

Mark vulde zijn wijnglas opnieuw. 'Natuurlijk heb ik ze allebei gekend,' zei hij. 'Ik kende Larry Kunstler beter dan Hennessy. Hennessy is niet zo erg lang bij ons geweest. Maar Larry was één van de jongens die me hier naartoe heeft gehaald, direct na mijn assistentartsschap. Dat was een fijne vent.' Mark zette de wijnfles op tafel neer. 'Een echte fijne vent.'

De hoofdkelner kwam langs en begeleidde een opvallend geklede dame naar een naburig tafeltje waar ze door een lawaaierig koor van 'Ach, ben je daar, lieverd' en 'Wat een beeldige jurk!' werd begroet. Abby vond hun op hoge toon geuite vrolijkheid op dat ogenblik gewoon vulgair. Zelfs stuitend. Waren zij en Mark maar thuis gebleven. Maar hij had uit eten gewild. Ze hadden zo weinig gemeenschappelijke vrije avonden en ze hadden hun verloving niet eens behoorlijk gevierd. Hij had wijn besteld, een toost uitgebracht en nu dronk hij de fles leeg... iets wat hij tegenwoordig steeds vaker scheen te doen. Ze zag hem de wijn opdrinken en dacht: alle stress van mijn juridische problemen begint ook zijn uitwerking op Mark te hebben.

'Waarom heb je me nooit iets over ze verteld?' vroeg ze.

'Het kwam nooit ter sprake.'

'Ik zou denken dat íemand toch eens over ze zou spreken. Vooral na de dood van Aaron. Het team heeft in zes jaar tijd drie collega's verloren en niemand praat erover. Het lijkt wel alsof jullie bang zijn om erover te praten.'

'Het is nogal deprimerend om erover te praten. We proberen het onderwerp te vermijden, vooral als Marilee erbij is. Zij kende de vrouw van Hennessy. Ze heeft zelfs een feestje georganiseerd toen die zwanger werd.'

'Van de baby die dood is gegaan?'

Mark knikte. 'Het was een hele schok. Een compleet gezin, zomaar weg. Marilee werd een beetje hysterisch toen ze het hoorde.'

'Het was zonder meer een ongeluk?'

'Ze hadden net een paar maanden daarvoor een huis gekocht. Ze hadden nog geen gelegenheid gehad om nieuwe meubels te kopen. Ja, het was een ongeluk.'

'Maar de dood van Kunstler niet.'

Mark zuchtte. 'Nee. Larry's dood was geen ongeluk.'

'Waarom denk je dat hij het heeft gedaan?'

'Waarom heeft Aaron het gedaan? Waarom pleegt iemand zelfmoord? We kunnen allerlei redenen bedenken, maar we komen er nooit echt achter, Abby. We weten het nooit. En we begrijpen het nooit. We kijken naar het totaalbeeld en zeggen: *het gaat beter. Het gaat altijd beter.* Op de een of andere manier is Larry die zienswijze kwijtgeraakt. Hij zag het totaalbeeld niet meer. En dan storten mensen in. Wanneer ze geen toekomst meer zien.' Hij nam een slok wijn, toen nog een, maar het lekkere scheen eraf te zijn. Ook van het eten.

Ze sloegen het dessert over en liepen allebei stil en gedeprimeerd het restaurant uit.

Mark reed door de dikker wordende mist en de regenbuien. In plaats van een gesprek klonk nu het geluid van de ruitenwissers. *Dan storten mensen in,* had Mark gezegd. *Wanneer ze geen toekomst meer zien.*

Starend in de mist dacht ze: *Ik ben dat punt nabij. Ik zie het niet meer. Ik overzie niet meer wat er met mij gebeurt. Of zelfs met ons.*

Mark zei zachtjes: 'Ik wil je iets laten zien, Abby. Ik wil weten wat jij daarvan denkt. Misschien denk je dat ik alleen maar gek ben. Of misschien ben je wild van het idee.'

'Welk idee?'

'Iets waar ik al heel lang over heb gedroomd.'

Ze reden in noordelijke richting Boston uit en verder, door Revere, Lyn en Swampscott. Bij de jachthaven van Marblehead parkeerde hij de auto en zei: 'Ze ligt hier vlakbij. Aan het eind van de pier.'

Zíj was een jacht.

Abby stond rillend en beduusd aan de kade terwijl Mark langs de boot heen en weer liep. Zijn stem klonk nu opgewekt, opgewekter dan hij de hele avond had geklonken en hij gebaarde enthousiast met zijn armen.

'Het is een motorjacht,' zei hij. 'Achtenveertig voet, volledig uitgerust met alles wat we nodig hebben. Spiksplinternieuwe zeilen, nieuwe navigatieinstrumenten. Allemachtig, ze is nauwelijks gebruikt. We kunnen er overal mee naar toe. Naar het Caribisch gebied. De Grote Oceaan. Je kijkt naar de vrijheid, Abby!' Hij stond op de kade met zijn arm als in een saluut geheven naar de boot. 'De absolute vrijheid!'

Ze schudde haar hoofd. 'Ik kan je niet volgen.'

'Het is een uitweg! We laten de stad doodvallen. We laten het ziekenhuis doodvallen. En we kopen deze boot, en zeilen hier wèg.'

‘Waarheen?’
‘Doet er niet toe.’
‘Dat wil ik niet.’
‘Er is geen reden om te blijven. Niet meer.’
‘Jawel. Voor míj wel. Ik kan niet inpakken en wegwezen! Ik heb nog drie jaar voor de boeg, Mark. Die moet ik nu afmaken, anders word ik nooit chirurg.’
‘Ik bèn chirurg, Abby. Ik ben wat jíj wilt zijn. Wat jij dènkt dat je wilt zijn. En ik verzeker je, *het is het niet waard*.’
‘Ik heb zo hard gewerkt. Ik ga het nu niet opgeven.’
‘En ìk dan?’
Ze staarde hem aan, en besefte dat dit om hem ging. Natuurlijk. De boot, de vlucht naar de vrijheid. De binnenkort getrouwde man, plotseling gegrepen door de drang om van huis weg te lopen. Het was een metafoor die hij misschien zelf niet eens begreep.
‘Ik wil dit, Abby,’ zei hij. Hij liep met koortsachtig schitterende ogen naar haar toe. ‘Ik heb een bod op deze boot gedaan. Daarom was ik zo laat thuis. Ik had een bespreking met de scheepsmakelaar.’
‘Jij hebt een bod gedaan zonder dat mij te vertellen? Zonder me zelfs op te bellen?’
‘Ik weet dat het gek klinkt...’
‘Hoe kun je je zoiets veroorloven? Ik zit tot aan mijn nek in de schulden! Het zal me jaren kosten voor ik mijn studiefinanciering heb afbetaald. En jij koopt een bóót?’
‘We kunnen een hypotheek nemen. Het is net zoiets als een tweede huis kopen.’
‘Dit is geen huis.’
‘Het is wel een investering.’
‘Ik zou er geen geld in steken.’
‘Het is jóuw geld niet.’
Ze deed een stap achteruit en staarde hem aan. ‘Je hebt gelijk,’ zei ze kalm. ‘Het is mijn geld helemaal niet.’
‘Abby.’ Hij kreunde. ‘Jezus, Abby...’
Het begon weer harder te regenen, ze voelde haar gezicht koud worden en verstijven. Ze liep weer naar de auto en stapte in.
Hij stapte ook in. Even zwegen ze allebei. Het enige geluid was het gekletter van de regen op het dak.
Hij zei zachtjes: ‘Ik zal het bod intrekken.’
‘Dat wil ik niet.’
‘Wat wil je dan?’
‘Ik dacht dat we meer deelden. Ik heb het niet over geld. Dat kan me niet schelen. Ik ben gekwetst omdat jij het als jóuw geld ziet. Gaat de toekomst er zo uitzien? Dit is van jou en dat is van mij?

Zullen we er maar advocaten bij halen en de huwelijksvoorwaarden opstellen? De meubels en de kinderen verdelen?'

'Je begrijpt het niet,' zei hij en ze hoorde een vreemde en onverwacht wanhopige klank in zijn stem. Hij startte de auto.

Ze reden zwijgend tot halverwege hun huis.

Toen zei Abby: 'Misschien moeten we nog maar eens nadenken over die verloving. Misschien wil je eigenlijk niet trouwen, Mark.'

'Wil jij niet?'

Ze keek het raam uit en zuchtte: 'Ik weet het niet,' mompelde ze. 'Ik weet het niet meer.'

Het was de waarheid. Ze wist het niet.

TRAGEDIE TREFT GEZIN VAN DRIE MENSEN

*Terwijl dr. Alan Hennessy en zijn gezin 's nachts lagen te slapen, kroop er een moordenaar over de trappen van de kelder. Het dodelijke koolmonoxide, afkomstig van een defect fornuis, was de oorzaak voor de dood op nieuwjaarsdag van de vierendertigjarige Hennessy, zijn vrouw Gail van drieëndertig en hun dochter Linda van een halfjaar. Hun lichamen werden laat in de middag ontdekt door vrienden die waren uitgenodigd om te komen eten...*

Abby schoof de microfilm en de foto's van Hennessy en zijn vrouw opnieuw in het scherm, zijn gezicht was mollig en keek ernstig, het hare was blijkbaar tijdens een lachbui opgenomen. Er was geen foto van de baby. Misschien dacht de *Globe* dat alle baby's van een halfjaar er toch hetzelfde uitzagen.

Abby pakte de microfilms van drieënhalf jaar voor de dood van de Hennessy's. Ze vond het artikel dat ze zocht op de voorpagina van het stadsnieuws.

LIJK VAN VERMISTE ARTS TERUGGEVONDEN IN DE BINNENHAVEN

*Het lijk dat dinsdag drijvend in de haven van Boston is aangetroffen, is geïdentificeerd als dat van dr. Lawrence Kunstler, een plaatselijke thoraxchirurg. De politie vond de auto van dr. Kunstler vorige week verlaten op de zuidelijke vluchtstrook van de Tobinbrug. Men gaat ervan uit dat zijn dood zelfmoord betreft. Er zijn echter tot nu geen getuigen naar voren gekomen en het onderzoek is nog lopende...*

Abby zette de foto van Kunstler in het midden van het microfilmscherm. Hij stond daar in een tamelijk formele houding, compleet met witte jas en stethoscoop. Dr. Kunstler staarde direct in de camera.

En nu staarde hij haar direct aan.

Ze vroeg zich af: *waarom heb je het gedaan? Waarom ben je gesprongen?* En ze kon de volgende gedachte niet onderdrukken: *Of ben je niet gesprongen?*

Het enige voordeel aan haar schorsing was dat Abby er de hele middag tussenuit kon trekken zonder dat iemand in het Bayside het zou merken of het wat kon schelen. Dus toen ze de openbare bibliotheek van Boston uitliep en zich in de menigte van Copley Square mengde, voelde ze zich zowel leeg als opgelucht dat ze niet naar het ziekenhuis terug hoefde. Ze kon de middag indelen zoals ze dat zelf wilde.

Ze besloot naar het huis van Elaine te gaan.

Ze had de afgelopen paar dagen naar het nieuwe telefoonnummer van Elaine gevraagd. Maar noch Marilee Archer noch één van de andere vrouwen van het transplantatieteam hadden zelfs maar geweten dat Elaines nummer veranderd was.

En nu reed ze, met het beeld van Kunstler en Hennessy nog scherp voor de geest, in westelijke richting de Route 9 af naar Newton. Ze verheugde zich niet op een gesprek met Elaine, maar telkens wanneer ze de afgelopen dagen over Kunstler en Hennessy dacht, dacht ze onwillekeurig ook aan Aaron. Ze herinnerde zich de dag van zijn begrafenis en dat niemand het over de twee vorige overlijdensgevallen had gehad. In ieder ander gezelschap zou het onvermijdelijk een onderwerp van gesprek zijn geweest. Iemand zou normaal gesproken hebben opgemerkt: *Dat is de derde*. Of: *Het Bayside heeft wel pech, hoor*. Of: *Denk je dat er hier sprake van eenzelfde oorzaak is?* Maar niemand had iets gezegd. Zelfs Elaine niet, die Kunstler en Hennessy moest hebben gekend.

Zelfs Mark niet.

*Als hij dit voor me verborgen heeft gehouden, wat heeft hij dan nog meer voor me verzwegen?*

Ze reed Elaines oprit op en bleef daar even zitten met haar hoofd in haar handen en probeerde het depressieve gevoel van zich af te zetten. Maar de neerslachtigheid bleef hangen. *Alles stort voor mijn ogen in elkaar*, dacht ze. *Mijn baan. En nu raak ik Mark ook nog kwijt. En het ergste is dat ik geen idee heb van wat er aan de hand is.*

Sinds de avond dat ze het onderwerp Kunstler en Hennessy ter sprake had gebracht, was alles tussen haar en Mark veranderd. Ze leefden in hetzelfde huis en sliepen in hetzelfde bed, maar alles tussen hen was een automatisme geworden. Ook de seks. Ze kon in het donker met haar ogen dicht met iedereen naar bed.

Ze keek naar het huis. En dacht: *Misschien weet Elaine iets*.

Ze stapte uit en liep de trappen naar de voordeur op. Daar zag ze twee kranten, nog opgerold, op de veranda liggen. Ze waren een week oud en begonnen al te vergelen. Waarom had Elaine ze niet opgepakt?

Ze belde aan. Toen er niet werd opengedaan, probeerde ze het met kloppen en belde toen weer. En nog eens. Ze kon de bel in het huis horen weerklinken, gevolgd door stilte. Geen voetstappen, geen stemmen. Ze keek naar de twee kranten en wist dat er iets niet klopte.

De voordeur zat op slot, dus liep ze de veranda af en om het huis naar de achtertuin. Er slingerde een stenen pad om ronde bloembedden met goed verzorgde azalea's en hortensia's. Het grasveld zag eruit of het nog pas gemaaid was, de heg was geknipt, maar de betegelde patio zag er verontrustend leeg uit. Toen herinnerde ze zich de meubels, de parasoltafel en de stoelen die ze op de middag van de begrafenis had gezien. Die waren weg.

De keukendeur was op slot, maar net naast de patio was een schuifpui die niet dicht was. Abby gaf er een ruk aan en hij gleed open. Ze riep: 'Elaine?' en liep naar binnen.

De kamer was leeg. De meubels en de vloerkleden... alles was weg, zelfs de schilderijen. Ze staarde verbijsterd naar de kale muren, naar de vloer waar het vloerkleed een donkere rechthoek op het door de zon verschoten hout had achtergelaten. Ze liep de zitkamer in en haar voetstappen echoden door de kale kamers. Het huis was schoongeveegd en leeg op een paar reclamefolders na die in de brievenbus bij de deur lagen. Ze pakte er een op en zag dat hij geadresseerd was aan 'de Eigenaar'.

Ze liep naar de keuken. Zelfs de koelkast was leeg, de rekken waren schoongemaakt en roken naar een schoonmaakmiddel. De telefoon aan de muur was dood.

Ze liep naar buiten en stond met een totaal gedesoriënteerd gevoel op de oprit. Twee weken geleden was ze nog in ditzelfde huis geweest. Ze had op de bank in de zitkamer gezeten, hapjes gegeten en de foto's van de familie Levi bekeken die op de schoorsteenmantel stonden. Nu vroeg ze zich af of ze zich dat hele schouwspel maar verbeeld had.

Nog steeds als verdoofd stapte ze in haar auto en reed achteruit de oprit af. Ze reed automatisch en lette nauwelijks op de weg, haar gedachten waren bezig met de bizarre verdwijning van Elaine. Waar kon ze naar toe zijn gegaan? Het leek niet erg logisch dat ze haar leven zo abrupt ondersteboven had gegooid na de dood van Aaron. Het had meer weg van een soort paniekreactie.

Plotseling voelde ze zich onbehaaglijk en keek in de achteruitkijkspiegel. Ze had er sinds die zaterdag, toen ze voor het eerst een glimp van de kastanjebruine bestelwagen had opgevangen, een gewoonte van gemaakt om in de spiegel te kijken.

Er reed een donkergroene Volvo achter haar. Had die niet voor het huis van Elaine geparkeerd gestaan? Ze wist het niet zeker. Ze had er geen aandacht aan geschonken.

De Volvo knipperde met zijn lichten tegen haar.

Ze zette vaart.

De Volvo ook.

Ze sloeg rechtsaf, naar een grote hoofdweg. Voor haar lagen een stel benzinestations en kleine winkelcentra. *Getuigen. Talrijke getuigen*. Maar de Volvo zat nog steeds met knipperende lichten achter haar.

Ze had er genoeg van om achtervolgd te worden, genoeg van om angst aangejaagd te worden. Ze konden allemaal barsten. Als hij haar wilde treiteren, zou ze de zaak eens omdraaien en hèm te lijf gaan.

Ze reed onverwacht de parkeerplaats van een winkelcentrum op. Hij volgde haar. Een blik naar buiten zei haar dat er meer dan genoeg mensen in de buurt waren, mensen die boodschappenkarretjes voortduwden en auto's die naar een parkeerplaats zochten. Dit was de plek om het te doen.

Ze ging boven op haar remmen staan.

De Volvo kwam op slechts een paar centimeter afstand van haar achterbumper met piepende remmen tot stilstand.

Ze klauterde snel uit haar auto en rende naar de Volvo toe. Woedend tikte ze op het raampje van de bestuurder. 'Maak open, verdomme! *Maak open!*'

De bestuurder draaide het raampje open en keek haar aan. Toen zette hij zijn zonnebril af. 'Dr. DiMatteo?' vroeg Bernard Katzka. 'Ik dacht al dat u het was.'

'Waarom volgt u me?'

'Ik zag u bij het huis wegrijden.'

'Nee, *daarvoor*. Waarom volgde u me daarvoor al?'

'Wanneer?'

'Zaterdag. In de bestelauto.'

Hij schudde zijn hoofd. 'Ik weet van geen bestelauto af.'

Ze krabbelde terug. 'Dan niet. Maar schei uit met me te volgen, ja?'

'Ik probeerde u naar de kant te laten gaan. Zag u mij niet knipperen met mijn lichten?'

'Ik wist niet dat u het was.'

'Wilt u me vertellen wat u in het huis van dr. Levi deed?'

'Ik ging bij Elaine langs. Ik wist niet dat ze verhuisd was.'

'Waarom parkeert u uw auto niet even? Ik wil graag met u praten. Of weigert u weer om vragen te beantwoorden?'

'Dat hangt van de vragen af.'

'Het gaat over dr. Levi.'

'Alleen daarover? Alleen over Aaron?'

Hij knikte.

Ze dacht even na. En besloot dat vragen aan twee kanten gesteld konden worden. Dat zelfs de zwijgzame rechercheur Katzka misschien bewogen kon worden om gegevens te verstrekken.

Ze keek even naar het winkelcentrum. 'Ik zie daar een donutwinkel. Zullen we er even een kop koffie gaan drinken?'

Smerissen en donuts. De associatie was een bekende mop geworden, versterkt bij het publiek door iedere te dikke agent en iedere patrouillewagen die ooit voor Dunkin Donuts stilstond. Bernard Katzka bleek echter geen donutfan te zijn; hij bestelde alleen een kop zwarte koffie die hij zonder veel animo dronk. Abby dacht niet dat Katzka iemand was die toegaf aan het doen van leuke of schandalige dingen, of dingen die zelfs maar enigszins onnodig waren.

Hij kwam direct ter zake. 'Waarom was u bij dat huis?'

'Ik kwam Elaine opzoeken. Ik wilde met haar praten.'

'Waarover?'

'Persoonlijke dingen.'

'Ik had begrepen dat het alleen maar kennissen van u waren.'

'Heeft zij dat gezegd?'

Hij negeerde de vraag. 'Zou u de relatie zo beschrijven?'

Ze zuchtte. 'Ja, ik denk van wel. We kenden elkaar via Aaron. Meer niet.'

'Dus waarom ging u haar opzoeken?'

Ze haalde weer diep adem. En besefte dat hij haar nervositeit waarschijnlijk merkte. 'Er zijn me de laatste tijd een paar vreemde dingen overkomen. Daar wilde ik met Elaine over praten.'

'Wat voor dingen?'

'Afgelopen zaterdag ben ik gevolgd. Door een kastanjebruine bestelauto. Ik zag hem op de Tobinbrug. En ik zag hem weer toen ik thuiskwam.'

'Verder nog iets?'

'Is dat niet voldoende?' Ze keek hem recht aan. 'Ik vond het griezelig.'

Hij bekeek haar zwijgend alsof hij probeerde uit te maken of hij werkelijk angst in haar gezicht zag. 'Wat heeft dit met mevrouw Levi te maken?'

'Door u ben ik me dingen over Aaron gaan afvragen. Of hij wel werkelijk zelfmoord heeft gepleegd. Toen kwam ik erachter dat er nog twee artsen uit het Bayside zijn overleden.'

Uit Katzka's gefronste wenkbrauwen begreep ze dat hij dit voor het eerst hoorde.

Ze zei: 'Zesenhalf jaar geleden was er een zekere dr. Lawrence Kunstler. Een thoraxchirurg. Hij is van de Tobinbrug afgesprongen.'

Katzka zei niets, maar hij schoof bijna onmerkbaar naar voren op zijn stoel.

'En drie jaar geleden was er een anesthesist,' zei Abby. 'Een zekere dr. Hennessy. Hij en zijn vrouw en baby zijn aan een koolmonoxidevergiftiging gestorven. Het werd een ongeluk genoemd. Een defect fornuis.'

'Dat soort ongelukken gebeuren helaas iedere winter.'

'En toen kwam Aaron. Dat is drie. Allemaal van het transplantatieteam. Vind u dat geen bijzonder ongelukkig toeval?'

'Waar doelt u op? Dat iemand het transplantatieteam besluipt? En de leden ervan stuk voor stuk vermoord?'

'Ik wijs alleen op een patroon. U bent de politieman. U zou het moeten onderzoeken.'

Katzka leunde achterover. 'Hoe bent u hierin verzeild geraakt?'

'Mijn vriend maakt deel van het team uit. Mark geeft het niet toe, maar ik denk dat hij zich zorgen maakt. Ik denk dat het hele team zich zorgen maakt en zich afvraagt wie de volgende is. Maar ze praten er nooit over. Zoals mensen niet over vliegtuigongelukken praten wanneer ze op het punt staan in een vliegtuig te stappen.'

'Dus u maakt zich zorgen om de veiligheid van uw vriend?'

'Ja,' zei ze eenvoudig en liet de grotere waarheid achterwege: dat ze dit deed omdat ze Mark terug wilde hebben. Helemaal. Ze begreep niet wat er tussen hen gebeurde, maar ze wist dat hun verhouding aan het afbrokkelen was. En het was begonnen op de avond dat ze over Kunstler en Hennessy hadden gesproken. Niets van dit alles vertelde ze aan Katzka, omdat het gebaseerd was op gevoelens. Instinct. Katzka was het soort man dat met meer tastbare feiten werkte.

Hij verwachtte blijkbaar dat ze meer zou vertellen. Toen ze bleef zwijgen, vroeg hij: 'Is er nog iets anders dat u me wilde vertellen? Wat dan ook?'

*Hij heeft het over Mary Allen*, dacht ze in een vlaag van paniek. Ze keek hem aan en voelde een bijna onbedwingbare neiging om hem alles te vertellen. Hier en nu. In plaats daarvan ontweek ze snel zijn blik. En reageerde met een eigen vraag.

'Waarom was u bij Elaines huis?' vroeg ze. 'Daar was u toch?'

'Ik heb met de buren gesproken. Toen ik naar buiten kwam, zag ik u wegrijden.'

'Ondervraagt u de buren van Elaine?'

'Dat is routine.'

'Dat geloof ik niet.'

Bijna tegen haar wil keek ze hem aan. Zijn grijze ogen gaven niets toe en lieten niets los.

'Waarom onderzoekt u een zelfmoord nog steeds?'

'De weduwe pakt haar spullen en vertrekt bliksemsnel met de noorderzon. Dat is ongebruikelijk.'

'U zegt toch niet dat Elaine ergens verantwoordelijk voor is?'

'Nee. Ik denk dat ze bang is.'

'Waarvoor?'

'Kunt u me dat vertellen, dr. DiMatteo?'

Ze merkte dat ze zijn blik niet kon ontwijken, dat iets aan die rustige intensiteit in zijn ogen haar in de ban hield. Ze voelde een korte en onverwachte flits van aantrekkingskracht en ze had er geen idee van waarom uitgerekend deze man die zou opwekken.

'Nee,' zei ze. 'Ik heb geen idee waar Elaine voor zou weglopen.'

'Misschien kunt u me dan bij een andere vraag helpen.'

'En die is?'

'Hoe reageerde Aaron op al zijn rijkdom?'

Ze schudde haar hoofd. 'Hij was niet bijzonder rijk, voor zover ik wist. Een goede cardioloog verdient misschien tweehonderdduizend. En daarvan ging heel wat naar zijn studerende kinderen.'

'Had de familie geld?'

'U bedoelt zoals na een erfenis?' Ze haalde haar schouders op. 'Ik heb gehoord dat de vader van Aaron monteur was.'

Katzka leunde peinzend naar achteren. Hij keek haar nu niet aan, maar staarde naar zijn koffiekopje. De intense concentratie van deze man intrigeerde haar. Hij kon een gesprek zonder meer afbreken en haar met een verlaten gevoel laten zitten.

'Rechercheur, over wat voor rijkdom hebben we het?'

Hij keek haar aan. 'Driemiljoen dollar.'

Abby kon hem alleen maar stomverbaasd aanstaren.

'Nadat mevrouw Levi was verdwenen,' zei hij, 'vond ik dat ik de financiële situatie van het gezin eens nader onder de loep moest nemen. Dus heb ik met hun accountant gesproken. Hij vertelde me dat Elaine kort nadat Aaron was overleden tot de ontdekking kwam dat haar man een bankrekening op de Caymaneilanden had. Een rekening waar ze niets van wist. Ze vroeg de accountant hoe ze bij het geld kon komen. En vertrok toen zonder enige waarschuwing.' Katzka keek haar vragend aan.

'Ik heb geen idee hoe Aaron aan zoveel geld kon komen,' mompelde ze.

'Zijn accountant ook niet.'

Ze zwegen even. Abby pakte haar koffie en merkte dat die koud was geworden. Ze had het zelf ook koud.

Zachtjes vroeg ze: 'Weet u waar Elaine is?'

'We hebben een idee.'

'Kunt u me dat vertellen?'

Hij schudde zijn hoofd. 'Ik denk dat ze op het ogenblik niet gevonden wil worden, dr. DiMatteo,' zei hij.

Driemiljoen dollar. Hoe was Aaron aan driemiljoen dollar gekomen?

De hele weg naar huis dacht ze over die vraag na. Ze begreep niet hoe een cardioloog zoveel kon verdienen. Niet met twee kinderen op particuliere universiteiten en een vrouw met een dure smaak voor antiek. En waarom had hij zijn rijkdom verborgen gehouden? De Caymaneilanden was de plek waar mensen hun geld verborgen om het buiten de belasting te houden. Maar zelfs Elaine had niets van de rekening afgeweten tot na Aarons dood. Wat een schok moest het geweest zijn om de papieren van haar overleden man door te lopen. En te ontdekken dat hij een kapitaal voor haar verborgen had gehouden.

Driemiljoen dollar.

Ze reed de oprit op. En speurde de buurt af naar een kastanjebruine bestelwagen. Het werd een gewoonte, die snelle blik beide kanten van de straat op.

Ze liep naar binnen en stapte over de gebruikelijke stapel middagpost. Het waren hoofdzakelijk vaktijdschriften, van elk twee voor de twee artsen in huis. Ze pakte alles op en bracht het naar de keuken. Op de tafel begon ze de post in twee stapels te verdelen. Zijn rommel, haar rommel. Zijn leven, haar leven. Er zat niets belangrijks bij.

Het was vier uur. Ze nam zich voor om vanavond iets lekkers te koken en het met kaarslicht en wijn te serveren. Waarom niet? Ze had nu alle tijd. Terwijl Bayside er de tijd voor nam om over haar toekomst als chirurg te beslissen, kon zij zich bezighouden om de zaken tussen haar en Mark te repareren met romantische dineetjes en vrouwelijke verwennerijtjes. De carrière verliezen, maar de man houden.

*Shit, DiMatteo. Je begint wanhopig te klinken.*

Ze maakte een stapeltje van haar helft van de post, liep ermee naar de vuilnisemmer en trapte op het pedaal zodat de deksel open zou gaan. Op het ogenblik dat de post erin viel, zag ze een grote bruine envelop op de bodem liggen. Het woord *jachten* op de afzender dat er met grote letters op gedrukt stond, trok haar aandacht. Ze haalde de envelop eruit en veegde de koffiedrap en de eierschalen eraf.

Links bovenaan stond gedrukt:

*OOSTENWIND JACHTEN*
*Verkoop en Service*
*Jachthaven Marblehead*

Hij was aan Mark gericht. Maar hij was niet aan hun adres in Brewster Street gericht. Hij was naar een postbus gestuurd.

Ze keek weer naar de woorden: *Jachten Verkoop en Service.*

Ze liep de keuken uit en ging naar Marks bureau in de zitkamer. De onderste la, waar hij zijn dossiers bewaarde, zat op slot, maar ze wist waar de sleutel was. Ze had gehoord hoe hij die in de pennen- en potlodenbak had laten vallen. Ze vond de sleutel en maakte de la open.

In de la lagen alle huishoudelijke papieren, verzekeringspapieren, hypotheekpapieren, autopapieren. Ze vond een etiket waar BOOT op stond. Er was een map voor *Gimme Shelter*, zijn J-35. Er was ook een tweede map. Die zag er nieuw uit. Op het etiket stond *H-48.*

Ze haalde de map met H-48 tevoorschijn. Het was een verkoopcontract van de Oostenwind Werf. H-48 was een afkorting voor het ontwerp van de boot. Een Hinckley-jacht, achtenveertig voet lang.

Ze zonk neer op de stoel en voelde zich misselijk. *Je hebt het geheimgehouden*, dacht ze. *Je zei dat je het bod zou intrekken. En je hebt hem toch gekocht. Het is jouw geld, dat klopt. Ik denk dat dit de deur dicht doet.*

Haar blik gleed naar de onderkant van de bladzijde. Naar het bedrag.

Even later liep ze het huis uit.

'Contanten voor organen. Is dat mogelijk?'

Dr. Iwan Tarasoff hield op met het roeren van de melk in zijn koffie en keek Vivian aan. 'Heb je daar enig bewijs voor?'

'Nog niet. We vragen u alleen of het mogelijk is. En als het mogelijk is, hoe gaat dat dan in zijn werk?'

Dr. Tarasoff leunde achterover op de bank en nam een slokje koffie terwijl hij erover nadacht. Het was kwart voor vijf en afgezien van de incidentele assistent-arts die in operatiekleding langsliep naar de aangrenzende kleedkamer, was het rustig in de chirurgenzitkamer van het Mass Gen. Tarasoff was pas twintig minuten geleden uit de operatiekamer gekomen; hij had de talk van de handschoenen nog aan zijn vingers zitten en er hing een masker om zijn hals. Toen ze hem aankeek, werd Abby weer gerustgesteld door het grootvaderlijke beeld dat hij opriep. De vriendelijke blauwe ogen, het grijze haar. De rustige stem. *De stem van het absolute gezag,* dacht ze, *is van de man die zijn stem nooit hoeft te verheffen.*

'Er zijn natuurlijk geruchten geweest,' zei Tarasoff. 'Telkens wanneer een gevierd persoon een orgaan krijgt, vragen de mensen zich af of er geld in het spel was. Maar er is nooit bewijs voor geleverd. Alleen vermoedens.'

'Wat voor geruchten heeft u gehoord?'

'Dat het mogelijk is een hogere plaats op de lijst te kopen. Ik heb het zelf nooit zien gebeuren.'

'Ik wel,' zei Abby.

Tarasoff keek haar aan. 'Wanneer?'

'Veertien dagen geleden. Bij mevrouw Victor Voss. Ze stond als derde op de wachtlijst en ze kreeg een hart. De twee mensen boven haar op de lijst zijn overleden.'

'UNOS zou dat niet toestaan. NEOB ook niet. Die hebben strenge regels.'

'NEOB wist er niets van. Ze hebben in feite geen enkel gegeven van de donor in hun systeem.'

Tarasoff schudde zijn hoofd. 'Dit is moeilijk te geloven. Als het hart niet via UNOS of NEOB is gekomen, waar kwam het dan vandaan?'

'We denken dat Voss heeft betaald om het buiten het systeem om te houden. Zodat het naar zijn vrouw kon gaan,' zei Vivian.

Abby zei: 'Tot nu toe weten we alleen dat uren voordat de transplantatie voor mevrouw Voss gepland was, de transplantatiecoördinator van het Bayside een telefoontje van het Wilcox Memorial in Burlington heeft gekregen dat ze een donor hadden. Het hart was geëxplanteerd en werd naar Boston overgevlogen. Het kwam rond één uur 's nachts in onze operatiekamer aan, bezorgd door een of andere arts die Mapes heette. De donorpapieren waren erbij, maar zijn op de ene of andere manier zoekgeraakt. Niemand heeft ze sindsdien meer gezien. Ik heb de naam Mapes opgezocht in het Geneeskundig Adresboek. Een dergelijke chirurg bestaat niet.

'Wie heeft de explantatie dan gedaan?'

'We denken dat het een chirurg was die Tim Nicholls heet. Zijn naam staat wél in het Geneeskundig Adresboek, dus we weten dat hij bestaat. Volgens zijn cv is hij tijdens zijn opleiding een aantal jaren bij het Mass Gen geweest. Herinnert u zich hem?'

'Nicholls,' mompelde Tarasoff. Hij schudde zijn hoofd. 'Wanneer is hij hier geweest?'

'Negentien jaar geleden.'

'Dan zou ik de assistent-artsendossiers moeten nakijken.'

'We denken dat het volgende is gebeurd,' zei Vivian. 'Mevrouw Voss had een hart nodig en haar man had het geld om ervoor te betalen. Op de ene of andere manier werd dat bekend. Via geruchten of zo, ik weet het niet. Tim Nicholls had toevallig een donor. Dus liet hij het hart direct naar Bayside doorstromen zonder de NEOB in te schakelen. En verschillende mensen kregen zwijggeld. Inclusief enige personeelsleden van het Bayside.'

Tarasoff keek ontsteld. 'Het is mogelijk,' zei hij. 'Jullie hebben gelijk, zo kan het gebeuren.'

Plotseling zwaaide de deur van de zitkamer open en twee assistent-artsen liepen lachend naar de koffiepot. Ze schenen eindeloos bezig te zijn met melk en suiker. Eindelijk liepen ze de kamer uit.

Tarasoff keek nog steeds verbijsterd. 'Ik heb zelf patiënten naar het Bayside verwezen. We hebben het over één van de toptransplantatiecentra in het land. Waarom zouden die buiten de registratie om werken? En problemen riskeren met NEOB en UNOS?'

'Het antwoord ligt voor de hand,' zei Vivian. 'Geld.'

Ze zwegen weer toen er nog een chirurg de zitkamer binnenliep, zijn operatiehemd was doorweekt van het zweet. Hij gromde van vermoeidheid, zonk op een van de gemakkelijke stoelen neer, leunde achterover en deed zijn ogen dicht.

Abby zei zachtjes tegen Tarasoff: 'We hebben u nodig om het assistent-artsdossier van Tim Nicholls op te zoeken. Om zoveel mogelijk over hem te weten te komen. Om ons te vertellen of hij hier echt is opgeleid. Of dat zijn cv een compleet verzinsel is.'

'Ik zal hem zelf opbellen. En hem de vragen direct stellen.'

'Nee, doe dat niet. We weten nog niet hoe ver dit gaat.'

'Dr. DiMatteo, ik geloof dat het beter is er recht op af te gaan. Als er een schaduwnetwerk op het gebied van orgaanwerving bestaat, wil ik ervan weten.'

'Wij ook. Maar we moeten erg voorzichtig zijn, dr. Tarasoff.' Abby keek ongerust naar de doezelende chirurg in de stoel. Ze liet haar stem tot gefluister dalen: 'In de afgelopen zes jaar zijn er drie artsen van het Bayside overleden. Twee zelfmoorden en een ongeluk. Ze maakten allemaal deel uit van het transplantatieteam.'

Ze zag aan de geschrokken blik op zijn gezicht dat haar waarschuwing het doel niet hadden gemist. 'U probeert me angst aan te jagen,' zei hij. 'Nietwaar?'

Abby knikte. 'U kunt maar beter bang zijn. Wij allemaal.'

Abby en Vivian stonden samen op de parkeerplaats onder een grijze, druilerige hemel. Ze waren met verschillende auto's gekomen en nu was het tijd om allebei hun eigen weg te gaan. De dagen begonnen korter te worden; het was pas vijf uur en het begon al te schemeren. Abby trok rillend haar regenjas dichter om zich heen en keek even over de parkeerplaats. Geen kastanjebruine bestelwagens.

'We hebben niet genoeg,' zei Vivian. 'We kunnen nog geen onderzoek beginnen. En als we het probeerden zou Victor Voss zijn sporen alleen maar verdoezelen.'

'Nina Voss was de eerste niet. Ik denk dat het Bayside dit eerder heeft gedaan. Toen Aaron stierf stond er driemiljoen dollar op zijn rekening. Hij moet al langer steekpenningen hebben aangenomen.'

'Denk je dat hij berouw heeft gekregen?'

'Ik weet dat hij probeerde bij het Bayside weg te komen. Uit Boston. Misschien lieten ze hem niet gaan.'

'Dat kan Kunstler en Hennessy ook overkomen zijn.'

Abby zuchtte diep. Ze keek weer over de parkeerplaats op zoek naar de bestelwagen. 'Ik ben bang dat dit inderdaad is gebeurd.'

'We moeten meer namen hebben, meer transplantaties. Of meer donorgegevens.'

'Alle gegevens over donoren liggen verborgen in het kantoor van de transplantatiecoördinator. Ik zou daar moeten inbreken en ze stelen. Als ze daar al zijn. Herinner je je nog hoe ze de donorpapieren van Nina Voss lieten verdwijnen?'

'Oké, dan werken we het vanuit de kant van de ontvanger.'

'Medische dossiers?'

Vivian knikte. 'Laten we de namen opzoeken van de mensen die een transplantatie ondergaan hebben. En waar ze op de wachtlijst stonden toen de transplantatie plaatsvond.'

'Daar hebben we de hulp van NEOB voor nodig.'

'Precies. Maar eerst hebben we namen en data nodig.'

Abby knikte. 'Dat kan ik wel doen.'

'Ik zou je graag helpen, maar Bayside laat me de deur niet meer in. Ze denken dat ik iets heel angstaanjagends ben.'

'Wij allebei.'

Vivian grinnikte alsof het iets was om trots op te zijn. Ze leek klein, bijna kinderlijk, in haar te grote regenjas. Zo'n tenger uitziende bondgenoot. Maar ook al boezemde haar afmetingen niet veel vertrouwen in, haar blik deed dat wel. Die was oprecht en onbuigzaam. En zag teveel.

'Goed, Abby,' zuchtte Vivian. 'Vertel me nu over Mark. En waarom we dit voor hem verborgen houden.'

Abby zuchtte diep. Het antwoord rolde eruit in een vlaag van angst. 'Ik denk dat hij er deel van uitmaakt.'

'*Mark*?'

Abby knikte. Ze keek naar de motregen die uit de hemel boven haar neerdaalde. 'Hij wil weg bij het Bayside. Hij heeft het over wegvaren. Ontsnappen. Net zoals Aaron voor hij stierf.'

'Jij denkt dat Mark steekpenningen heeft aangenomen?'

'Hij heeft een paar dagen geleden een boot gekocht. Ik bedoel niet gewoon een boot. Een *jacht*.'

'Hij is altijd gek van boten geweest.'

'Deze kost een half miljoen dollar.'

Vivian zei niets.

'En het ergste is nog dat hij in contanten heeft betaald,' fluisterde Abby.

# 17

Het vertrek waar de medische dossiers werden bewaard, lag in de kelder van het ziekenhuis, aan het eind van de gang van pathologie en het mortuarium. Het was een afdeling die iedere arts van het Bayside goed kende. Hier tekenden artsen statussen, dicteerden ze ontslagrapporten en initieerden ze labverslagen en mondelinge orders. Er stonden gemakkelijke stoelen en tafels in de ruimte en om aan de vaak grillige werkuren van de artsen tegemoet te komen, was de afdeling iedere avond tot negen uur open.

Die avond liep Abby om zes uur naar de dossierkamer. Zoals ze had verwacht was de kamer vrijwel leeg rond etenstijd. De enige andere arts was een vermoeid uitziende co-assistent achter een bureau dat hoog opgestapeld lag met statussen van delinquenten.

Met bonzend hart liep Abby naar het bureau van de assistente en zei glimlachend: 'Ik stel statistieken samen voor dr. Wettig. Hij is bezig met een onderzoek naar de morbiditeit bij harttransplantaties. Kunt u een lijst op uw computer aanvragen? Met de namen en dossiernummer van alle harttransplantaties die hier in de afgelopen twee jaar zijn gedaan.'

'Voor een dergelijk onderzoek hebben we een aanvraagformulier van de afdeling nodig.'

'Iedereen is nu naar huis. Kan ik u dat formulier een andere keer geven? Ik wil dit morgen graag voor hem klaar hebben. U weet hoe de generaal is.'

De assistente lachte. Ja, ze wist precies hoe de generaal was. Ze ging achter haar toetsenbord zitten en riep het Zoekprogramma op. Onder diagnose typte ze in: *harttransplantatie*, toen de gevraagde jaren. Ze drukte op de Enter-toets.

Eén voor één verschenen de namen met dossiernummers. Abby keek als gehypnotiseerd naar het scherm. De assistente drukte op de Print-toets. Even later rolde de lijst uit de printer. Ze gaf het vel aan Abby.

Er stonden negenentwintig namen op de lijst. De laatste was Nina Voss.

'Mag ik de eerste tien statussen hebben?' vroeg Abby. 'Ik kan er net zo goed vanavond vast aan beginnen.'

De assistente verdween naar de dossierkamer. Even later kwam ze terug met haar armen vol dossiers. 'Dit zijn er pas drie. Ik zal de rest even halen.'

Abby stapelde de statussen op een bureau op. Ze kwamen met een harde plof neer. Iedere harttransplantatiepatiënt vereiste massa's documentatie en deze twee weken niet van de norm af. Ze maakte de eerste map open en keek naar de patiëntengegevens op het informatievel.

De naam was Gerald Luray, leeftijd vierenvijftig. Particulier verzekerd. Hij woonde in Worcester, Massachusetts. Ze wist niet hoe belangrijk deze gegevens waren, dus ze schreef alles over op haar blocnote. Ze nam ook de datum en het tijdstip van de transplantatie over en de namen van de behandelende artsen. Ze herkende alle namen: Aaron Levi, Bill Archer, Frank Zwick, Rajiv Mohandas. *En Mark.* Zoals ze verwacht had, was er nergens in de status iets over donorgegevens te vinden. Die werden altijd apart van het ontvangerdossier gehouden. Hoewel ze bij de aantekeningen van het verplegend personeel zag staan:

> *08.30 – Explantatie voltooid. Donorhart nu onderweg van Norwalk, Connecticut. Patiënt wordt de operatiekamer binnengereden ter voorbereiding...*

Abby schreef: 08.30 uur. Explantatie in Norwalk, Conn.

De dossiers-assistente kwam met een karretje naar Abby's bureau, legde nog vijf statussen neer en ging terug om meer te halen.

Abby werkte tijdens etenstijd door. Ze hield niet op om te eten, gunde zich geen pauze, alleen om Mark op te bellen en te zeggen dat ze laat thuis zou komen,

Tegen sluitingstijd verging ze van de honger.

Ze stopte bij een McDonald's op weg naar huis en bestelde een Big Mac, een grote portie friet en een vanille milkshake. Cholesterol om haar hersens te voeden. Ze at het terwijl ze aan een tafeltje in een hoekje zat en hield haar blik op de eetzaal gericht. Rond dit tijdstip waren de meeste andere bezoekers mensen die uit de film kwamen, tieners met afspraakjes en hier en daar een paar depressief kijkende vrijgezellen. Niemand scheen zelfs maar te merken dat ze hier was. Ze at haar laatste frietje op en vertrok.

Voor ze de auto startte, keek ze snel even de parkeerplaats rond. Geen bestelauto.

Om kwart over tien kwam ze thuis en zag dat Mark al in bed lag en dat de lichten uit waren. Ze was opgelucht dat ze geen vragen hoefde te beantwoorden. Ze kleedde zich in het donker uit en kroop onder de dekens, maar ze raakte hem niet aan. Ze was bijna bang om hem aan te raken.

Toen hij plotseling bewoog en zijn arm naar haar uitstak, voelde ze haar hele lichaam verstrakken.

'Ik heb je vanavond gemist,' mompelde hij. Hij draaide haar gezicht naar het zijne en gaf haar een lange en intieme kus. Zijn hand gleed langs haar middel en streelde haar heup. Gleed langs haar dijbeen. Ze bewoog niet; ze voelde zich zo koud als een pop en kon niet reageren of zich verzetten. Ze lag met gesloten ogen, haar hartslag dreunde in haar oren toen hij haar in zijn armen trok. Toen hij in haar gleed.

Ze vroeg zich af: *met wie vrij ik?* toen hij telkens weer in haar stootte en hun heupen elkaar met brute kracht raakten.

Toen was het voorbij en hij gleed uit haar.

'Ik hou van je,' fluisterde hij.

Pas lange tijd later, nadat hij in slaap was gevallen, fluisterde ze haar antwoord.

'Ik hou ook van jou.'

Om tien over half acht zat ze weer in de medische dossierkamer. Er waren verschillende bureaus bezet door artsen die bezig waren hun papierwerk af te handelen voor ze op ochtendronde gingen. Abby vroeg nog vijf statussen aan. Ze maakte snel aantekeningen, gaf de statussen aan de assistente terug en vertrok.

Ze bracht de ochtend in de medische bibliotheek door en zocht meer artikelen voor dr. Wettig op. Pas laat in de middag keerde ze terug naar de medische dossierkamer.

Daar vroeg ze nog tien statussen aan.

Vivian at het laatste stuk pizza op. Het was haar vierde stuk en het was Abby een raadsel waar ze het allemaal liet. Dat tere lichaam verorberde calorieën als een vetverbrandingsoven. Sinds ze aan het tafeltje bij McDonald's had gezeten, had Abby maar een paar happen gegeten en zelfs dat was een inspanning geweest.

Vivian veegde haar handen aan een servetje af. 'Dus Mark weet het nog steeds niet?'

'Ik heb geen woord tegen hem gezegd. Ik denk dat ik bang ben.'

'Hoe kun je? In hetzelfde huis wonen en niets zeggen?'

'We praten wel. We praten alleen niet *hier*over.' Abby raakte de stapel aantekeningen aan die op tafel lag, de aantekeningen die ze de hele dag bij zich had gehad. Ze had ze zorgvuldig verborgen op een plek waar Mark ze niet zou vinden. Toen ze gisteravond na McDonald's thuis was gekomen, had ze de aantekeningen onder de bank verstopt. Ze verstopte de laatste tijd zoveel voor hem en ze wist niet hoe lang ze het nog volhield.

'Abby, je zult hier uiteindelijk met hem over moeten praten.'

'Nog niet. Niet tot ik het weet.'

'Je bent toch niet bang voor *Mark*?'

'Ik ben bang dat hij alles zal ontkennen. En ik zou niet weten of hij de waarheid spreekt.' Ze streek met haar hand door haar haren. 'God, het lijkt wel of alle vastigheid in mijn leven verdwenen is. Ik dacht altijd dat ik zo stevig met beide benen op de grond stond. Als ik iets maar graag genoeg wilde, werkte ik er als een gek voor. Nu weet ik niet meer wat ik moet doen, welke kant ik op zal gaan. Alles waar ik zeker van was, is er niet meer.'

'Je bedoelt Mark.'

Abby wreef vermoeid in haar gezicht. 'Vooral Mark.'

'Je ziet er verschrikkelijk uit, Abby.'

'Ik heb niet zo goed geslapen. Er is zoveel om over na te denken. Niet alleen Mark. Maar ook die kwestie met Mary Allen. Ik wacht steeds tot rechercheur Katzka met zijn handboeien op mijn drempel verschijnt.'

'Zou hij jou verdenken?'

'Ik denk dat hij te intelligent is om dat niet te doen.'

'Je hebt niets van hem gehoord. Misschien laat hij het schieten. Misschien sla je hem te hoog aan.'

Abby dacht aan de kalme, grijze ogen van Bernard Katzka. En ze zei: 'Hij is een moeilijk voorspelbare man. Ik denk echter dat Katzka niet alleen intelligent is, maar ook volhardend. Ik ben bang voor hem. En gek genoeg boeit hij me ook.'

Vivian leunde achterover. 'Interessant. De prooi is geïnteresseerd in haar jager?'

'Soms zou ik Katzka zo op willen bellen en alles eruit gooien. Alles achter de rug hebben.' Abby legde haar hoofd in haar handen. 'Ik ben zo moe. Kon ik maar ergens naar toe weglopen. En een hele week slapen.'

'Misschien zou je uit Marks huis weg moeten. Ik heb wel een logeerkamer. Mijn grootmoeder gaat weg.'

'Ik dacht dat ze een blijvende logé was.'

'Ze doet de ronde bij al haar kleinkinderen. Op dit ogenblik heb ik een nicht in Concord die zichzelf voor *het bezoek* aan het schrap zetten is.'

Abby schudde haar hoofd. 'Ik weet niet wat ik moet doen. Weet je, ik hou van Mark. Ik vertrouw hem niet meer, maar ik hou van hem. En ik weet ook dat wij hem kunnen ruïneren met wat we doen.'

'Het kan ook zijn leven redden.'

Abby keek Vivian mistroostig aan. 'Ik red zijn leven. Maar ik vernietig zijn carrière. Daar is hij me misschien niet zo dankbaar voor.'

'Aaron zou je dankbaar geweest zijn. Kunstler ook. De vrouw en baby van Hennessy zouden je dankbaar zijn geweest.'

Abby zei niets.

'Hoe zeker weet je dat Mark erbij betrokken is?'

'Dat weet ik níet zeker. Dat maakt het juist zo moeilijk. Ik wìl in hem geloven. En geen bewijs hebben dat me dit of dat vertelt.' Ze raakte de aantekeningen aan. 'Ik heb tot nu toe twintig dossiers bekeken. Sommige transplantaties zijn van twee jaar geleden. Overal staat Marks naam bij.'

'Ook die van Archer. En die van Aaron. Dat zegt niets. Wat ben je verder te weten geworden?'

'Alle dossiers zien er vrijwel hetzelfde uit. Niets onderscheidt het ene van het andere.'

'Goed, en hoe zit het met de donoren?'

'Dat is interessanter.' Abby keek even het restaurant door. Toen boog ze zich voorover naar Vivian. 'Niet alle statussen vermelden uit welke stad de donororganen komen. Maar sommige wel. En er schijnt een groep te zijn. Vier komen uit Burlington, Vermont.'

'Het Wilcox Memorial?'

'Dat weet ik niet. Het ziekenhuis wordt nooit genoemd in de aantekeningen van het verplegend personeel. Maar ik vind het interessant dat in een relatief kleine stad als Burlington zoveel mensen hersendood blijken te zijn.'

Vivians verbijsterde blik ontmoette de hare. 'Er zit hier iets echt fout. We zaten hypotheses te ontwerpen over een schaduwnetwerk. Donoren die eenvoudig buiten het registratiesysteem worden gehouden. Maar dat verklaart geen groep van donoren in een stad. Tenzij...'

'Tenzij er donoren worden gemaakt.'

Ze zwegen.

*Burlington is een universiteitsstad*, dacht Abby. *Vol jonge, gezonde studenten. Met jonge, gezonde harten.*

'Kan ik de data krijgen van die vier explantaties uit Burlington?' vroeg Vivian.

'Ik heb ze hier bij me. Waarom?'

'Ik ga ze vergelijken met de overlijdensberichten in Burlington. Uitzoeken wie op die data is overleden. Misschien kunnen we de namen van de vier donoren identificeren. En uitzoeken hoe die hersendood heeft plaatsgevonden.'

'Niet alle overlijdensberichten geven de doodsoorzaak.'

‘Dan moeten we misschien de overlijdensakten te pakken zien te krijgen. En dat betekent een reisje naar Burlington voor een van ons beiden. Ik heb er altijd al graag een keer naar toe willen gaan. Níet, dus.’ Vivian stem klonk bijna opgewekt. Het lef van de strijdende vrouw; ze gaf er een overtuigend beeld van. Maar dit keer was het niet voldoende om de klank van ongerustheid te verbergen.

‘Weet je zeker dat je dit wilt doen?’ zei Abby.

‘Als we het niet doen, wint Victor Voss. En de verliezers gaan mensen worden zoals Josh O’Day.’ Ze zweeg. En vroeg: ‘Wil jíj dat doen, Abby?’

Abby liet haar hoofd in haar handen zakken. ‘Ik denk niet dat ik nog veel keus heb.’

Marks auto stond op de oprit.

Abby ging erachter staan en zette de motor uit. Lange tijd bleef ze gewoon zitten en verzamelde energie om uit de auto te stappen en het huis in te lopen. Hem onder ogen te komen.

Ten slotte stapte ze uit en liep naar de voordeur.

Hij zat in de zitkamer naar het late nieuws te kijken. Zodra ze binnenkwam, zette hij de tv uit. ‘Hoe gaat het tegenwoordig met Vivian?’ vroeg hij.

‘Goed. Ze is prima terechtgekomen. Ze koopt zich in in een praktijk in Wakefield.’ Abby hing haar jas op in de kast. ‘En hoe heb jij het gehad?’

‘We hebben een gescheurde aorta binnengekregen. Hij heeft zestien zakken bloed gekost, of het niets was. Ik kwam pas om zeven uur de operatiekamer uit.’

‘Heeft hij het gehaald?’

‘Nee. We zijn hem kwijt.’

‘Wat naar.’ Ze deed de deur van de kast dicht. ‘Ik ben nogal moe. Ik denk dat ik een bad neem.’

‘Abby?’

Ze stond even stil en keek hem aan. De breedte van de zitkamer lag tussen hen. Maar de kloof scheen kilometers breder.

‘Wat is er?’ vroeg hij. ‘Wat is er aan de hand?’

‘Je weet wat er is. Ik maak me zorgen om mijn baan.’

‘Ik heb het over ons. Er is iets met òns.’

Ze zei niets.

‘Ik zie je vrijwel nooit meer. Je zit meer bij Vivian dan hier. Wanneer je thuis bent, doe je alsof je hier een vreemde bent.’

‘Ik denk na, dat is alles. Begrijp je dat dan niet?’

Hij zonk terug en zag er plotseling erg moe uit. ‘Ik moet het weten, Abby. Is er een ander?’

Ze staarde hem aan. Dit was wel het laatste wat ze had verwacht dat Mark zou zeggen. Ze moest bijna lachen om de banale aard van zijn achterdocht. *Was het maar zo eenvoudig. Hadden we maar dezelfde problemen als andere paren.*

'Er is niemand anders,' zei ze. 'Geloof me.'

'Waarom praat je dan niet meer met me?'

'Ik praat nu met je.'

'Dit is geen praten! *Ik* probeer de oude Abby terug te krijgen. Ergens onderweg ben ik haar verloren. Ben ik jóu verloren.' Hij schudde zijn hoofd en keek de andere kant op. 'Ik wil je alleen maar terug hebben.'

Ze liep naar de bank en ging naast hem zitten. Niet dicht genoeg om elkaar aan te raken, maar dicht genoeg om een saamhorigheidsgevoel op te wekken, al was het op een afstandje.

'Praat alsjeblieft met me, Abby.' Hij keek haar aan en plotseling zag ze de oude Mark. Hetzelfde gezicht dat over de operatietafel heen tegen haar gelachen had. Het gezicht waarvan ze hield. 'Toe,' zei hij zachtjes. Hij pakte haar hand en ze trok niet terug. Ze liet zich door hem in zijn armen nemen. Maar zelfs daar, waar ze zich eens zo veilig had gevoeld, kon ze zich niet ontspannen. Ze lag stijf en ongemakkelijk tegen zijn borst.

'Vertel eens,' zei hij. 'Wat is er aan de hand met ons?'

Ze deed haar ogen dicht en voelde de tranen prikken. 'Er is niets,' zei ze.

Ze voelde zijn armen doodstil om zich heen liggen. Zonder zelfs maar naar zijn gezicht te kijken, wist ze dat hij voelde dat ze weer loog.

Om half acht de volgende morgen reed Abby haar parkeerplaats bij het Bayside Hospital op.

Ze bleef even in de auto zitten en keek naar de natte straat en de gestage motregen. Ze bedacht dat het pas midden oktober was, en nu hadden ze al dit mistroostige voorproefje van de winter. Ze had de afgelopen nacht niet goed geslapen. Ze kon zich in feite niet herinneren wanneer ze voor het laatst goed had geslapen. Hoe lang kon iemand het volhouden zonder slaap? Hoe lang duurde het voor vermoeidheid werd omgezet in een psychose? Ze keek in haar achteruitkijkspiegeltje en herkende de vermoeide vreemde die haar aanstaarde nauwelijks. In twee weken tijd scheen ze tien jaar ouder geworden te zijn. Op deze manier zat ze in november in de menopauze.

Ze ving een flits kastanjebruin op.

Ze keek net op tijd om om een bestelwagen achter de volgende rij auto's te zien verdwijnen. Ze wachtte tot ze er weer een glimp van opving. Hij kwam niet meer tevoorschijn.

Ze stapte snel uit en liep naar het ziekenhuis. Het gewicht van haar aktentas voelde als lood aan. Aan haar rechterkant kwam plotseling de motor van een auto tot leven. Ze draaide zich snel om, verwachtte de bestelauto te zien, maar het was een stationcar die van zijn parkeerplaats wegreed.

Haar hart bonsde in haar borst. Ze kalmeerde pas toen ze in het gebouw was. Ze nam de trap naar de kelder en liep naar de medische dossierkamer. Dit zou haar laatste bezoek worden; ze had nog vier namen op haar lijst staan.

Ze legde het aanvraagformulier op de balie en zei: 'Mag ik deze statussen, alstublieft?'

De assistente draaide zich om en keek haar aan. Misschien verbeeldde Abby het zich, maar de vrouw leek ter plekke te verstarren. Ze hadden elkaar eerder gesproken en de assistente had aardig geleken. Vandaag glimlachte ze niet eens.

'Ik heb deze vier statussen nodig,' zei Abby.

De assistente keek naar het aanvraagformulier. 'Het spijt me, dr. DiMatteo. Ik kan die dossiers niet voor u pakken.'

'Waarom niet?'

'Ze zijn niet beschikbaar.'

'Maar u heeft niet eens gekeken.'

'Ik mag u geen dossiers meer overhandigen. Orders van dr. Wettig. Hij zei dat als u kwam, u direct naar zijn kantoor moest komen.'

Abby voelde het bloed uit haar gezicht trekken. Ze zei niets.

'Hij zei dat hij nooit toestemming had gegeven voor enig statusonderzoek.' De toon van de assistent was duidelijk beschuldigend. *U heeft tegen ons gelogen, dr. DiMatteo.*

Abby had geen antwoord. Het leek wel alsof de hele kamer stil was geworden. Ze draaide zich om en zag dat er drie andere artsen in de kamer waren die allemaal naar haar keken.

Ze liep de medische dossierkamer uit.

Haar eerste impuls was om het gebouw uit te lopen. Om de onvermijdelijke confrontatie met Wettig te voorkomen en gewoon weg te rijden. Om te blijven rijden tot dit alles duizenden kilometers achter haar lag. Ze vroeg zich af hoe lang het zou duren om Florida te bereiken met het strand en de palmbomen. Ze was nooit in Florida geweest. Ze had zoveel dingen nooit gedaan die andere mensen hadden gedaan. Ze kon het nu allemaal doen als ze alleen maar dit godvergeten ziekenhuis uitliep, in haar auto stapte en zei: *Barst. Jullie winnen. Jullie winnen allemaal.*

Maar ze liep het gebouw niet uit. Ze stapte in de lift en drukte op de eerste etage.

Tijdens de korte rit naar de directie-afdeling werden haar verschillende dingen direct duidelijk. Ten eerste dat ze te koppig of te dom was om weg te lopen. Ten tweede dat ze niet werkelijk naar het strand wilde. Ze wilde haar droom terug.

Ze liep de lift uit en de gang met de vaste vloerbedekking door. Het kantoor van de klinische opleiding lag om de hoek, na de directie-ruimten van Jeremiah Parr. Toen ze langs de secretaresse van Parr liep, zag ze de vrouw overeind gaan zitten en naar de telefoon grijpen.

Abby sloeg de hoek om en liep het kantoor van de klinische opleiding in. Daar stonden twee mannen bij het bureau van de secretaresse; Abby had geen van beiden ooit eerder gezien. De secretaresse keek Abby met dezelfde verbijsterde blik aan die over het gezicht van de secretaresse van Parr was gegleden en gooide eruit: 'O! Dr. DiMatteo...'

'Ik moet dr. Wettig spreken,' zei Abby.

De twee mannen draaiden zich om en keken haar aan. Het volgende ogenblik schrok Abby van een lichtflits. Ze deinsde achteruit toen het licht telkens weer flitste. Een cameraflitslicht.

'Wat doet u?' wilde ze weten.

'Dokter, wilt u commentaar geven op de dood van Mary Allen?' vroeg een van de mannen.

'Wat?'

'Dat was toch uw patiënte?'

'Wie bent u in godsnaam?'

'Gary Starke van de *Boston Herald*. Is het waar dat u een voorstandster bent van euthanasie? We weten dat u verklaringen in die richting heeft afgegeven.'

'Ik heb nooit zoiets...'

'Waarom bent u geschorst?'

Abby deed een stap achteruit. 'Ga weg. Ik spreek niet met u.'

'Dr. DiMatteo...'

Abby draaide zich om om weg te hollen. Ze botste bijna tegen Jeremiah Parr op die net binnenkwam.

'Ik wil jullie verslaggevers nú mijn ziekenhuis uit hebben,' snauwde Parr. Toen wendde hij zich tot Abby. 'Dokter, gaat u eens met me mee.'

Abby liep achter Parr aan de kamer uit. Ze liepen snel de gang door en zijn kantoor in. Hij deed de deur dicht en draaide zich om om haar aan te kijken.

'De *Herald* is een halfuur geleden begonnen met bellen,' zei hij.

‘Toen volgde de *Globe*, daarna nog een stuk of zes andere kranten. De telefoon heeft niet stil gestaan.’

‘Heeft Brenda Hainey het hen verteld?’

‘Ik denk niet dat zij het was. Ze schijnen van de morfine af te weten. En het flesje in uw kleedkast. Dingen die zij niet wist.’

Ze schudde haar hoofd. ‘Hoe weten ze dat?’

‘Het is op de een of andere manier uitgelekt.’ Parr zonk in de stoel achter zijn bureau. ‘Dit gaat ons onze nek kosten. Een strafrechtelijk onderzoek. Politie in de gangen.’

*De politie. Natuurlijk. Nu weet die er ook van.*

Abby staarde Parr aan. Haar keel voelde te droog aan om een woord uit te brengen. Ze vroeg zich af of *hij* de bron van het lek was, maar besloot dat dit onwaarschijnlijk was. Dit schandaal zou hem ook raken.

Er werd driftig op de deur getikt en dr. Wettig kwam binnen. ‘Wat moet ik in vredesnaam met die verslaggevers?’ zei hij.

‘U zult een verklaring moeten afgeven, generaal. Susan Casado is onderweg. Ze zal u helpen met de formulering. Tot die tijd zwijgt iedereen.’

Wettig knikte kort. Toen richtte hij zijn blik op Abby. ‘Mag ik uw aktentas zien, dr. DiMatteo?’

‘Waarom?’

‘U weet waarom. U had geen toestemming om die patiëntendossiers te bekijken. Die zijn privé en vertrouwelijk. Ik gebied u alle aantekeningen die u gemaakt heeft af te geven.’

Ze deed niets en zei niets.

‘Ik kan me nauwelijks voorstellen dat nog een extra beschuldiging van diefstal uw zaak zal helpen.’

‘Diefstal?’

‘Iedere informatie die u via dat illegale statusonderzoek heeft opgedaan, was gestolen. Geef me de aktentas. *Geef hier.*’

Zwijgend reikte ze hem aan. Ze keek hoe hij hem openmaakte. Zag hem door de papieren rommelen en haar aantekeningen wegnemen. Ze kon niets anders doen dan haar hoofd verslagen laten hangen. Ze waren haar weer de baas geweest. Zij hadden als eerste toegeslagen en ze was er niet op voorbereid geweest, maar ze had beter moeten weten en de aantekeningen moeten verbergen voor ze hier kwam. Maar ze was te veel gericht geweest op wat ze zou zeggen en hoe ze het tegenover Wettig zou verklaren.

Hij deed haar aktentas dicht en gaf hem haar terug. ‘Is dat alles?’ vroeg hij.

Ze kon alleen maar knikken.

Wettig keek haar even zwijgend aan. Toen schudde hij zijn hoofd.

‘U zou zo’n goede chirurg geworden zijn, DiMatteo. Maar ik denk dat het tijd wordt om toe te geven dat u hulp nodig heeft. Ik raad u aan om een psychiatrische beoordeling aan te vragen. En u bent uit de assistent-artsenopleiding ontslagen, met ingang van vandaag.’ Tot haar verrassing hoorde ze een gemeende toon van spijt in zijn stem toen hij eraan toevoegde: ‘Het spijt me.’

# 18

Rechercheur Lundquist was een knappe, blonde man, het Germaanse schoonheidsideaal. Hij had Abby nu twee uur, ijsberend in de nauwe verhoorkamer, ondervraagd. Als het een tactiek was om haar een bedreigd gevoel te geven, dan werkte dat. In het kleine stadje in Maine waar Abby was grootgebracht, waren smerissen mannen die vanuit hun auto's naar je zwaaiden, die opgewekt door de stad liepen met rammelende sleutels aan hun riem en die prijzen overhandigden bij behaalde eindexamens. Het waren geen mensen waar je bang voor was.

Abby was bang voor Lundquist. Ze was bang voor hem geweest vanaf het ogenblik dat hij de kamer was ingelopen en een taperecorder op tafel had gezet. Ze was nog banger geworden toen hij een kaart uit zijn borstzakje tevoorschijn had gehaald en haar haar rechten had voorgelezen. Zíj was degene die uit eigen beweging het politiebureau was binnengelopen. Ze had gevraagd om met rechercheur Katzka te kunnen spreken. In plaats daarvan hadden ze Lundquist gestuurd en hij had haar met de nauwelijks beheerste agressie van een arresterende agent ondervraagd.

De deur ging open en Bernard Katzka liep de kamer in. Het was een opluchting voor Abby om eindelijk iemand te zien die ze kende, maar Katzka's ondoorgrondelijke gezicht stelde haar niet erg gerust. Hij stond tegenover haar voor de tafel waar ze aan zat en nam haar met een vermoeid gezicht op.

'Ik begrijp dat u geen advocaat hebt gebeld,' zei hij. 'Wilt u dat nu doen?'

'Sta ik onder arrest?' vroeg ze.

'Op het ogenblik niet.'

'Dus ik kan gaan en staan waar ik wil?'

Hij zweeg en keek Lundquist aan die zijn schouders ophaalde. 'Dit is slechts een voorlopig onderzoek.'

'Denkt u dat ik een advocaat nodig heb, rechercheur?'

Katzka aarzelde weer. 'Dat is in feite uw beslissing, dr. DiMatteo.'

'Hoor eens, ik ben hier uit eigen beweging naartoe gekomen. Dat heb ik gedaan omdat ik met u wìlde spreken. Om u te vertellen wat er is gebeurd. Ik heb bereidwillig alle vragen van deze man beantwoord. Als u me arresteert, zal ik inderdaad een advocaat opbellen. Maar ik wil van het begin af duidelijk maken dat het niet is omdat ik iets verkeerd heb gedaan.' Ze keek Katzka aan. 'Dus ik denk dat mijn antwoord is dat ik geen advocaat nodig heb.'

Weer wisselden Lundquist en Katzka een blik en de betekenis daarvan ontging haar. Toen zei Lundquist: 'Ga je gang, Slome.' Hij trok zich in een hoek terug.

Katzka ging bij de tafel zitten.

'Ik neem aan dat u dezelfde vragen weer gaat stellen,' zei Abby.

'Ik heb het begin gemist. Maar ik denk dat ik uw meeste antwoorden al gehoord heb.'

Hij knikte naar de spiegel in de andere muur. Het was een kijkraam, begreep ze. Hij had naar de sessie met Lundquist geluisterd. Ze vroeg zich af hoeveel anderen achter dat raam naar haar stonden te kijken. Het gaf haar een bloot gevoel. Een inbreuk op haar privacy. Ze verschoof op haar stoel, wendde zich van het raam af en merkte dat ze Katzka nu recht aankeek.

'Wat gaat u me dan vragen?'

'U zei dat u dacht dat iemand u in de val wilde laten lopen. Kunt u ons vertellen wie?'

'Ik dacht dat het Victor Voss was. Nu weet ik het niet zeker meer.'

'Heeft u meer vijanden?'

'Blijkbaar wel.'

'Iemand die u voldoende haat om uw patiënten te vermoorden? Alleen om u in de val te laten lopen?'

'Misschien was het geen moord. Dat morfinegehalte is nooit bevestigd.'

'Jawel. Mevrouw Allen is een paar dagen geleden opgegraven, op verzoek van Brenda Hainey. De patholoog-anatoom heeft vanochtend de kwantiteitstest gedaan.'

Abby verteerde zijn informatie zwijgend. Ze kon de taperecorder horen, hij draaide nog. Ze zonk terug in haar stoel. Er was nu geen twijfel meer mogelijk. Mevrouw Allen was aan een overdosis overleden.

'Een paar dagen geleden vertelde u me dat u gevolgd werd door een paarse bestelauto, dr. DiMatteo.'

'Kastanjekleurig,' fluisterde ze. 'Het was een kastanjekleurige bestelauto. Die heb ik vandaag weer gezien.'

'Heeft u het nummerbord gezien?'

'Hij was niet dicht genoeg bij.'

'Eens kijken of ik dit goed begrijp. Iemand dient uw patiënte, mevrouw Allen, een overdosis morfine toe. Dan legt hij, of zij, een medicijnflesje morfine in uw kleedkastje. En nu wordt u door de stad gevolgd door een bestelauto. En u denkt dat deze incidenten allemaal door Victor Voss op touw worden gezet?'

'Dat dacht ik. Maar misschien is het iemand anders.'

Katzka leunde achterover en keek haar aan. Zijn vermoeidheid bleek nu ook uit zijn naar voren hangende schouders.

'Vertelt u ons nog eens over de transplantaties.'

'Ik heb alles al verteld.'

'Het is me niet duidelijk in hoeverre die verband houden met deze zaak.'

Ze haalde diep adem. Ze had dit al aan Lundquist verteld. Had hem het hele verhaal van Josh O'Day gedaan en de verdachte omstandigheden van de transplantatie van Nina Voss. Te oordelen naar de ongeïnteresseerde reactie van Lundquist was het tijdverspilling geweest. Nu werd er van haar verwacht dat ze het verhaal herhaalde en dat zou nog meer tijdverspilling zijn. Verslagen deed ze haar ogen dicht. 'Ik zou graag wat water willen hebben.'

Lundquist liep de kamer uit. Toen hij weg was, spraken Katzka en zij niet. Ze zat daar alleen met haar ogen dicht en wenste dat het voorbij was. Maar het zou nooit voorbij zijn. Ze zou een eeuwigheid in deze kamer blijven en eeuwig dezelfde vragen moeten beantwoorden. Misschien had ze toch een advocaat moeten bellen. Misschien zou ze weg moeten lopen. Katzka had gezegd dat ze niet onder arrest stond. Nog niet.

Lundquist kwam terug met een papieren bekertje met water. Ze dronk het in een paar slokken leeg en zette het lege bekertje op de tafel.

'Hoe zat dat met die harttransplantaties, dokter?' spoorde Katzka haar aan.

Ze zuchtte. 'Ik denk dat Aaron op die manier aan zijn driemiljoen dollar is gekomen. Door donorharten te vinden voor rijke ontvangers die niet hun beurt op de lijst willen afwachten.'

'De lijst?'

Ze knikte. 'Alleen in dit land al hebben vijfduizend mensen een harttransplantatie nodig. Veel van hen zullen sterven omdat er een gebrek aan donorharten is. Donoren moeten jong zijn en in een goede gezondheid verkeerd hebben; dat betekent dat de grote meerderheid van de donoren, traumaslachtoffers zijn die hersendood zijn. En daarvan zijn er niet voldoende.'

'En wie bepaalt welke patiënt een hart krijgt?'

'Er is een gecomputeriseerde registratie. Ons regionale systeem wordt door de New England Orgaan Bank geleid. Die doet dat absoluut democratisch. Je wordt beoordeeld op basis van je toestand. Niet op rijkdom. Dat betekent dat als je onder aan de lijst staat, je lang moet wachten. Stel nou dat je rijk bent en je bent bang dood te gaan voor er een hart gevonden wordt. Dan zul je duidelijk geneigd zijn om buiten het systeem om een orgaan te zoeken.'

'Kan dat?'

'Dan moet er sprake zijn van een schaduwnetwerk. Een manier om potentiële donoren buiten het systeem te houden en hun harten direct naar rijke patiënten door te sluizen. Of er is een nog ergere mogelijkheid.'

'En die is?'

'Dat er nieuwe donoren gemaakt worden.'

'U bedoelt door mensen te vermóórden?' zei Lundquist. 'Waar zijn al die lijken dan? De rapporten van vermiste personen?'

'Ik zei niet dat dit gebeurde. Ik vertel u hoe het kan gebeuren.' Ze zweeg even. 'Ik denk dat Aaron Levi er deel van uitmaakte. Dat zou zijn driemiljoen dollar verklaren.'

Katzka's uitdrukking was nauwelijks veranderd. Zijn onverstoorbaarheid begon haar te irriteren.

Ze zei nu geanimeerder: 'Begrijpt u het niet? Het wordt me nu duidelijk waarom die aanklachten tegen mij zijn ingetrokken. Ze hoopten vermoedelijk dat ik zou ophouden met vragen stellen. Maar ik ben niet opgehouden. Ik bleef maar steeds meer vragen. En nu móeten ze me in diskrediet brengen. Omdat ik de boel anders verraad. Ik kan alles verzieken.'

'Waarom vermoorden ze u dan niet gewoon?' Lundquist stelde de vraag op een duidelijk sceptische toon.

Ze zweeg even. 'Dat weet ik niet. Misschien denken ze dat ik niet genoeg weet. Of zijn ze bang voor de reactie daarop. Zo snel na de dood van Aaron.'

'Dit is bijzonder vindingrijk,' zei Lundquist en hij lachte.

Katzka legde Lundquist met een kort handgebaar het zwijgen op. 'Dr. DiMatteo,' zei hij, 'ik zal eerlijk tegen u zijn. Dit scenario klinkt niet erg waarschijnlijk.'

'Het is het enige wat ik kan bedenken.'

'Zal ik er u één aan de hand doen?' zei Lundquist. 'Eén scenario dat volkomen logisch klinkt?' Hij liep naar de tafel en keek Abby aan. 'Uw patiënte Mary Allen lijdt. Misschien heeft ze u gevraagd haar het laatste zetje te geven. Misschien dacht u dat het menselijk was om te doen. En dat wàs het ook. Iets dat iedere zorgzame arts zou overwegen. Dus gaf u haar een extra dosis morfine. Het probleem is echter dat een van de zusters het u zag doen. En ze stuurt een anoniem briefje naar de nicht van Mary Allen. Plotseling zit u in de moeilijkheden en alleen maar omdat u menselijk probeerde te zijn. Nu staat u voor een beschuldiging van moord. De gevangenis.

Het wordt allemaal nogal angstaanjagend, hè? Dus verzint u een samenzweringstheorie. Eén die niet bewezen, of onbewezen kan worden. Klinkt dat niet veel logischer, dokter? Voor mij wel.'

'Maar zo is het niet gegaan.'

'Wat is er gebeurd?'

'Dat heb ik verteld. Ik heb u alles verteld...'

'Heeft u Mary Allen vermoord?'

'Nee.' Ze boog zich voorover en haar handen lagen tot vuisten gebald op de tafel. 'Ik heb mijn patiënte niet vermoord.'

Lundquist keek Katzka aan. 'Ze liegt niet overtuigend, vind je wel?' zei hij en liep de kamer uit.

Even zwegen Abby en Katzka allebei.

Toen vroeg ze zachtjes: 'Sta ik nu onder arrest?'

'Nee. U kunt gaan.' Hij stond op.

Zij ook. Ze stonden elkaar aan te kijken alsof ze er geen van beiden helemaal zeker van waren dat het verhoor voorbij was.

'Waarom word ik vrijgelaten?' vroeg ze.

'Hangende verder onderzoek.'

'Dus u denkt dat ik schuldig ben?'

Hij aarzelde. Ze wist dat hij geen antwoord op die vraag mocht geven, maar het leek alsof hij een zekere hoeveelheid eerlijkheid in zijn antwoord wilde leggen. Uiteindelijk verkoos hij het de vraag helemaal te ontwijken.

'Dr. Hodell staat op u te wachten,' zei hij. 'Bij de receptie.' Hij draaide zich om om de deur open te maken. 'Ik spreek u nog wel, dokter DiMatteo,' zei hij en liep de kamer uit.

Ze liep de gang door naar de wachtkamer.

Daar stond Mark. 'Abby?' vroeg hij zachtjes.

Ze liet zich door hem in zijn armen nemen, maar haar lichaam registreerde zijn aanraking met een vreemd, verdoofd gevoel. Afstandelijk. Alsof zijzelf boven hen beiden zweefde en van een afstand keek hoe twee vreemden elkaar omhelsden en kusten.

En vanuit diezelfde afstandelijkheid hoorde ze hem zeggen: 'Laten we naar huis gaan.'

Door het veiligheidsglas zag Bernard Katzka het paar naar de deur lopen en hoe intiem Hodell de vrouw vasthield. Zoiets zag een smeris niet iedere dag. Genegenheid. Liefde. Meestal waren het bekvechtende paren met gekneusde gezichten, gescheurde lippen en beschuldigende vingers. Of het was pure hartstocht. Hij zag voortdurend hartstocht. Het lag voor het grijpen, zo duidelijk als de hoeren die over de straten liepen in Bostons gedoogzone. Katzka was niet immuun voor die incidentele behoefte aan een vrouwenlichaam.

Maar liefde was iets wat hij in lange tijd niet gevoeld had. En op dat ogenblik benijdde hij Mark Hodell.

'Hé, Slome!' riep iemand. 'Telefoon op lijn drie.'

Katzka pakte de telefoon. 'Rechercheur Katzka,' zei hij.

'U spreekt met het kantoor van de patholoog-anatoom. Een ogenblikje alstublieft, dan verbind ik u door met dr. Rowbotham.'

Terwijl Katzka wachtte, gleed zijn blik naar de wachtruimte en hij zag dat Abby DiMatteo en Hodell waren verdwenen. Het paar dat alles had, dacht hij. Uiterlijk. Geld. Machtige carrières. Zou een vrouw in haar benijdenswaardige positie dat allemaal op het spel zetten, alleen om de pijn van een stervende patiënt weg te nemen?

Rowbotham kwam aan de lijn. 'Slome?'

'Ja. wat is er?'

'Een verrassing.'

'Goed of slecht?'

'Laten we het onverwacht noemen. Ik heb de weefselresultaten GC-MS van dr. Levi vanmorgen teruggekregen.'

GC-MS, oftewel gas chromatografie-massa spectrometrie, was een methode die door het gerechtelijk laboratorium werd gebruikt om drugs en vergiften te herkennen.

'Ik dacht dat je alles al had uitgesloten,' zei Katzka.

'We hebben de gebruikelijke drugs uitgesloten. Narcotica, barbituraten. Maar dat was met gebruikmaken van immunotesten en chromatografie. Maar dit betreft een arts, dus dacht ik dat we niet het gebruikelijke pad moesten volgen. Ik heb het ook nagekeken op fentanyl, phencyclidine, een paar van de vluchtiger soorten. En het spierweefsel was positief. Succinylcholine.'

'Wat is dat?'

'Het is een neuromusculair blokkerend middel. Het wedijvert met de lichaamsneurotransmitter, acetylcholine. Het effect is een soort van D-tubocurarine.'

'Curare?'

'Precies, maar succinylcholine heeft een ander chemisch mechanisme. Het wordt altijd in operatiekamers gebruikt. Om de spieren te ontspannen voor de operatie. Daardoor kan gemakkelijker beademd worden.'

'Zeg je dat hij verlamd was?'

'Volkomen hulpeloos. Het ergste ervan is dat hij bij bewustzijn geweest zal zijn, maar niet in staat om zich te verzetten.' Rowbotham zweeg. 'Een gruwelijke manier om te sterven, Slome.'

'Hoe was dat spul toegediend?'

'Per injectie.'

'We hebben geen sporen van naalden op het lichaam gevonden.'

'Het kan in de schedel geweest zijn. Verborgen in het haar. We hebben het over een speldenprik. Dat kunnen we gemakkelijk over het hoofd hebben gezien met alle huidveranderingen post mortem.'

Katzka dacht hier even over na. En hij herinnerde zich iets wat Abby DiMatteo hem pas een paar dagen geleden had verteld, iets wat hij niet verder uitgezocht had.

Hij zei: 'Kun je een paar oude lijkschouwingsrapporten voor me nakijken? Eentje van zo'n zes jaar geleden, een vent die van de Tobinbrug is gesprongen. Een zekere Lawrence Kunstler.'

'Spel dat eens... Goed, dat heb ik. En verder?'

'Dr. Hennessy. Zijn voornaam weet ik niet. Dat was drie jaar geleden. Een ongeluk met een koolmonoxidevergiftiging. Het hele gezin is toen ook omgekomen.'

'Dat herinner ik me nog. Daar was een baby bij.'

'Precies. Ik zal eens kijken of ik geen toestemming voor opgraving kan krijgen.'

'Wat zoek je, Slome?'

'Ik weet het niet. Iets wat ik tot nu toe over het hoofd gezien heb. Iets wat we nu misschien kunnen oppikken.'

'In een lijk dat al zes jaar dood is?' De lach van Rowbotham klonk ronduit sceptisch. 'Je bent wel een optimist, hoor.'

'Nog meer bloemen, mevrouw Voss. Ze zijn net bezorgd. Zal ik ze hier neerzetten? Of in de gang?'

'Breng ze maar hier.' Nina zat in een stoel bij het raam waar ze het liefste voor zat en keek hoe het meisje de vaas in de slaapkamer op het nachtkastje zette. Ze schikte de bloemen een beetje, verzette de stengels en de geur van salie en flox dreef Nina tegemoet.

'Zet ze hier maar neer, naast me.'

'Uitstekend, mevrouw.' Het meisje zette de vaas op het nachtkastje naast Nina's stoel. Ze moest er ruimte voor maken door een andere vaas met Oosterse lelies weg te halen. 'Dat zijn niet uw gebruikelijke bloemen, hè?' zei het meisje en haar toon klonk niet helemaal goedkeurend toen ze de overweldigende vaas bekeek.

'Nee.' Nina glimlachte over de onstuimige bloemschikking. Haar tuinmansoog had iedere kleur al opgenomen. Russische salie en roze flox. Paarse korenbloemen en andere gele bloemen. En margrieten. Heel veel margrieten. Zulke gewone, algemene bloemen. Hoe vond je margrieten zo laat in het seizoen?

Ze veegde met haar hand over de bloemen en inhaleerde de geuren van de late zomer, de geuren van de tuin waar ze te ziek voor was geweest om voor te zorgen. Nu was de zomer verstreken en hun huis in Newport was gesloten voor de winter. Wat had ze een hekel aan dit jaargetijde! Het verwelken in de tuin. De terugkeer naar Boston, naar dit huis met zijn plafond van bladgoud, zijn gebeeldhouwde deuren en badkamers van Carrara-marmer. Ze vond al dat donkere hout benauwend. Hun zomerhuis was gezegend met licht, warme windvlagen en de geur van zee. Maar dit huis liet haar aan de winter denken. Ze pakte een margriet op en ademde zijn scherpe aroma in.

'Heeft u niet liever de lelies naast u?' vroeg het meisje. 'Die ruiken zo heerlijk.'

'Ik krijg er hoofdpijn van. Van wie zijn deze bloemen?'

Het meisje trok een envelopje los dat aan de vaas geplakt zat en maakte het open. 'Aan mevrouw Voss. Een snel herstel gewenst. Joy.' Meer staat er niet.'

Nina fronste haar wenkbrauwen. 'Ik ken niemand die Joy heet.'

'Misschien schiet het u nog te binnen. Wilt u nu naar bed? Meneer Voss zegt dat u moet rusten.'

'Ik heb genoeg van het in bed liggen.'

'Maar meneer Voss zegt...'

'Ik ga straks wel naar bed. Ik wil hier nog graag een tijdje blijven zitten. Alleen.'

Het meisje aarzelde. Toen verliet ze met tegenzin de kamer.

*Eindelijk*, dacht Nina. *Eindelijk alleen.*

De afgelopen weken, sinds ze het ziekenhuis uit was, was ze door mensen omringd geweest. Privézusters, artsen en dienstmeisjes. En Victor. Hoofdzakelijk Victor die bij haar bed bleef hangen. Haar hardop alle beterschapskaarten voorlas, al haar telefoontjes opving. Haar beschermde en isoleerde. Haar gevangen hield in dit huis.

Allemaal omdat hij van haar hield. Misschien hield hij te veel van haar.

Vermoeid leunde ze achterover in de stoel en merkte dat ze naar het portret keek dat aan de muur tegenover haar hing. Het was haar portret, geschilderd vlak na hun huwelijk. Victor had er de opdracht voor gegeven en hij had zelfs de jurk uitgekozen die ze moest dragen, een lange lila zijden jurk met een vaag rozenpatroon. Op het schilderij stond ze onder een door wijnranken bedekt prieel, een enkele witte roos in haar hand, haar andere hand hing onhandig langs haar zij. Haar glimlach was verlegen en onzeker alsof ze bij zichzelf dacht: *Ik sta hier alleen maar in de plaats van een ander.*

Nu ze dat portret van haar jongere zelf bestudeerde, besefte ze hoe weinig ze was veranderd sinds de dag dat ze als een jonge bruid in de tuin had geposeerd. De jaren hadden haar lichamelijk natuurlijk veranderd. Ze had haar robuuste gezondheid verloren. Maar op zoveel manieren was ze niet veranderd. Nog steeds verlegen, nog steeds onhandig. Nog steeds de vrouw die Victor Voss zijn bezit noemde.

Ze hoorde zijn voetstappen en keek op toen hij de slaapkamer in kwam.

'Louisa zei dat je nog steeds op was,' zei hij. 'Je zou je middagdutje moeten doen.'

'Ik voel me goed, Victor.'

'Je ziet er nog niet sterk genoeg uit.'

'Het is drieënhalve week geleden. Dr. Archer zegt dat zijn andere patiënten tegen deze tijd al weer van alles ondernemen.'

'Jij bent niet zoals andere patiënten. Ik denk dat je zou moeten rusten.'

Ze keek hem aan. Vastbesloten zei ze: 'Ik blijf hier zitten, Victor. Ik wil uit het raam kijken.'

'Nina, ik heb alleen het beste met je voor.'

Maar ze had zich al van hem afgewend en staarde naar het park. In de bomen begonnen de najaarskleuren al in winterbruin te veranderen. 'Ik zou graag een eindje gaan rijden.'

'Dat is te vroeg.'

'... naar het park. De rivier. Kan me niet schelen waar naartoe, gewoon weg uit dit huis.'

'Je luistert niet naar me, Nina.'

Ze zuchtte. En zei triest: 'Jij bent degene die niet luistert.'

Ze zwegen. 'Wat zijn dat?' zei hij en wees op de vaas bloemen die bij haar stoel stond.

'Die zijn net gekomen.'

'Van wie?'

Ze haalde haar schouders op. 'Van een zekere Joy.'

'Je kunt dit soort bloemen langs de kant van de weg vinden.'

'Daarom worden het veldbloemen genoemd.'

Hij tilde de vaas op en zette hem op een tafel in de verste hoek. Toen bracht hij de Oosterse lelies terug en zette die naast haar. 'Dat is tenminste geen onkruid,' zei hij en liep de kamer uit.

Ze staarde naar de lelies. Ze wáren prachtig. Exotisch en volmaakt. Ze werd misselijk van hun doordringende geur.

Ze knipperde een onverwachte waas tranen weg en richtte zich op het envelopje dat op tafel lag en met de wilde bloemen was gekomen.

Joy. Wie was Joy?

Ze maakte de flap van de envelop open en haalde de ingesloten kaart tevoorschijn. Toen pas zag ze dat er iets achter op de kaart geschreven stond. Ze draaide hem om.

*Sommige artsen spreken altijd de waarheid*, stond er.

En daaronder stond een telefoonnummer.

Abby was alleen thuis toen Nina Voss om vijf uur opbelde.
'Spreek ik met dr. DiMatteo?' zei een zachte stem. 'Degene die altijd de waarheid spreekt?'
'Mevrouw Voss? U heeft mijn bloemen gekregen.'
'Ja, dank u. En ik heb uw wonderlijke briefje gekregen.'
'Ik heb op allerlei manieren geprobeerd contact met u op te nemen. Brieven. Telefoontjes.'
'Ik ben al een week thuis.'
'Maar u bent niet bereikbaar.'
Het bleef even stil. Toen een kalm: 'Juist, ja.'
*Ze heeft er geen idee van hoe geïsoleerd ze is geweest*, dacht Abby. *Geen idee hoe haar man haar van de buitenwereld afsluit.*
'Luistert er iemand mee?' vroeg Abby.
'Ik ben alleen in mijn kamer. Waar gaat dit over?'
'Ik moet u spreken, mevrouw Voss. En zonder medeweten van uw man. Kunt u dat regelen?'
'Vertel me eerst waarom.'
'Het is niet gemakkelijk om dat telefonisch te vertellen.'
'Ik wil u niet zien voordat u het me vertelt.'
Abby aarzelde. 'Het gaat over uw hart. Dat u in het Bayside heeft gekregen.'
'Ja?'
'Niemand schijnt te weten van wie dat hart was. Of waar dat vandaan kwam.' Ze zweeg even. En vroeg rustig. 'Weet u het, mevrouw Voss?'
De stilte die volgde werd alleen verbroken door Nina's ademhaling, snel en onregelmatig.
'Mevrouw Voss?'
'Ik moet ophangen.'
'Wacht. Wanneer kan ik u spreken?'
'Morgen.'
'Hoe? Waar?'
Er volgde weer een pauze. Vlak voordat de verbinding werd verbroken, zei Nina: 'Ik vind wel een manier.'

De regen sloeg onophoudelijk op de gestreepte luifel boven Abby's hoofd. Ze had nu al veertig minuten voor Cellucci's Kruidenierswinkel staan rillen onder het smalle overhangende tentdoek. Er hadden allerlei bezorgende vrachtauto's stilgestaan om uit te laden, de mannen hadden op wagentjes kartonnen dozen naar binnen gereden. Snapple en Frito-Lay en Winston-sigaretten. Kleine Debbie had een snack voor u.
Om tien voor half vijf begon het harder te regenen, de druppels

werden voortgedreven door de wind. Regenvlagen kwamen onder de overspanning door en spetterden tegen haar schoenen. Haar voeten waren bevroren. Er was een uur verstreken; Nina Voss zou niet meer komen.

Abby dook in elkaar toen er plotseling een Progresso Foods vrachtwagen bij het trottoir wegdaverde en uitlaatgassen uitspuwde. Toen ze weer opkeek, zag ze dat er aan de overkant van de straat een zwarte limousine was gestopt. Het raampje van de bestuurder werd een paar centimeter naar beneden gedraaid en een man riep: 'Dr. DiMatteo? Komt u in de auto.'

Ze aarzelde. De ramen waren van te donker getint glas dat Abby naar binnen kon kijken, maar ze zag het silhouet van één enkele passagier op de achterbank.

'We hebben niet veel tijd,' drong de chauffeur aan.

Ze stak met gebogen hoofd onder de neerstriemende regen de straat over en maakte het achterportier open. Ze knipperde het water uit haar ogen en richtte haar aandacht op de passagier op de achterbank. Ze schrok van wat ze zag.

In de duisternis van de auto zag Nina Voss er bleek en verschrompeld uit. Haar huid was lijkbleek. 'Stapt u alstublieft in, dokter,' zei Nina.

Abby schoof naast haar en deed de deur dicht. De limousine reed bij het trottoir weg en mengde zich zachtjes tussen de rest van het verkeer.

Nina was zo diep in een zwarte mantel en sjaal ingepakt dat haar gezicht lichaamsloos in de schaduwen van de auto leek te zweven. Dit was niet het beeld van een herstellende transplantatiepatiënt. Abby herinnerde zich het blozende gezicht van Josh O'Day en zijn vrolijkheid en lachen.

Nina Voss zag eruit als een levend lijk.

'Het spijt me dat we laat zijn,' zei Nina. 'Het was moeilijk om het huis uit te komen.'

'Weet uw man dat u mij ontmoet?'

'Nee,' Nina leunde achterover, haar gezicht werd bijna opgeslokt door alle zwarte wol. 'Ik heb in de loop der jaren geleerd dat je Victor bepaalde dingen niet moet vertellen. Het werkelijke geheim van een gelukkig huwelijk is zwijgen, dr. DiMatteo.'

'Dat klinkt me nauwelijks als een gelukkig huwelijk in de oren.'

'Dat is het vreemd genoeg toch wel.' Nina glimlachte en keek naar buiten. Het waterige licht wierp verwrongen schaduwen op haar gezicht. 'Mannen moeten tegen zoveel dingen beschermd worden. Hoofdzakelijk tegen zichzelf. Daarom hebben ze ons nodig, weet u. Het grappige is, dat ze het nooit zullen toegeven. Ze denken dat ze voor òns zorgen. En ondertussen weten wij de waarheid.' Ze wendde zich tot Abby en haar glimlach verdween. 'Nu moet ik het weten. Wat heeft Victor gedaan?'

'Ik hoopte dat u me dat kon vertellen.'

'U zei dat het met mijn hart te maken had.' Nina raakte met haar hand haar borst aan. In de duisternis van de auto leek het bijna een godsdienstig gebaar. Vader, Zoon, Heilige Geest. 'Wat weet u ervan?'

'Ik weet dat uw hart niet via de normale kanalen is gekomen. Voor vrijwel alle transplantatieorganen worden via een centrale registratie passende ontvangers gezocht. Voor het uwe niet. Volgens de orgaanbank heeft u nooit een hart gehad.'

Nina's hand rustte nog op haar borst en was tot een gespannen witte bal samengeknepen. 'Waar kwam dit dan vandaan?'

'Ik weet het niet. U?'

Het lijkbleke gezicht staarde haar zwijgend aan.

'Ik denk dat uw man het weet,' zei Abby.

'Hoe zou hij?'

'Hij heeft het gekocht.'

'Mensen kunnen niet zo maar harten kopen.'

'Met genoeg geld kunnen mensen alles kopen.'

Nina zei niets. Haar stilte gaf haar aanvaarding van die fundamentele waarheid toe. *Geld kan alles kopen.*

De limousine reed de Embarkment Road op. Ze reden in westelijke richting langs de Charles-rivier. Het oppervlak was grijs en gestippeld door de regen.

Nina vroeg: 'Hoe bent u dit te weten gekomen?'

'Ik heb de laatste tijd niet zo veel te doen gehad. Het is onvoorstelbaar wat je kunt bereiken wanneer je plotseling werkeloos bent. Binnen een paar dagen ben ik heel wat te weten gekomen. Niet alleen over uw transplantatie, maar ook over andere. En hoe meer ik te weten kom, mevrouw Voss, hoe banger ik word.'

'Waarom komt u naar mij toe? Waarom zoekt u het niet hogerop?'

'Heeft u het niet gehoord? Ik heb een nieuwe bijnaam tegenwoordig. *De morfine-arts*. Ze zeggen dat ik mijn patiënten uit barmhartigheid vermoord. Het is natuurlijk helemaal niet waar, maar mensen zijn altijd bereid het ergste te geloven.' Vermoeid staarde Abby naar de rivier. 'Ik heb geen baan. Geen geloofwaardigheid. En geen bewijs.'

'Wat heeft u wel?'

Abby keek haar aan. 'Ik weet de waarheid.'

De limousine reed door een plas. Het water kletterde tegen de onderkant van de auto. Ze waren van de rivier weggereden en de weg naar de Baxck Bay Fens lag nu voor hen.

Abby zei: 'Het Bayside Hospital kreeg om tien uur 's avonds, op de avond van uw transplantatie, een telefoontje dat er een donor was gevonden in Burlington, Vermont. Drie uur later werd het hart in onze operatiekamer bezorgd. De explantatie zou in het Wilcox Memorial Hospital zijn gedaan door een chirurg die Timothy Nicholls heet. Uw transplantatie vond plaats en er was niets bijzonders mee. Het was in zoveel opzichten net zoals iedere andere transplantatie die in het Bayside wordt verricht.' Ze zweeg even. 'Met één enorm verschil. Niemand weet waar uw donorhart vandaan kwam.'

'U zei dat het uit Burlington kwam.'

'Ik zei dat het daar naar alle waarschijnlijkheid vandaan kwam. Maar dr. Nicholls is verdwenen. Misschien verschuilt hij zich. Of misschien is hij dood. En het Wilcox Memorial ontkent enige wetenschap van een explantatie die avond.'

Nina had zich in zwijgen teruggetrokken. Ze scheen ineen te krimpen in de wollen mantel.

'U was niet de eerste,' zei Abby.

Het witte gezicht staarde haar als verdoofd aan. 'Zijn er anderen?'

'Minstens vier. Ik heb de dossiers van de afgelopen twee jaar bekeken. Het gaat altijd op dezelfde manier. Het Bayside krijgt een telefoontje van Burlington dat ze een donor hebben. Het hart wordt te eniger tijd na middernacht in onze operatiekamer bezorgd. De transplantatie vindt plaats en het is allemaal routine. Maar ergens klopt iets niet aan dit beeld. We hebben het over vier harten, vier dode mensen. Een vriendin en ik hebben de overlijdensberichten van Burlington op deze data nagekeken. Geen van de donornamen verscheen.'

'Waar komen die harten dan vandaan?'

Abby zweeg. Ze ontmoette Nina's ongelovige blik en zei: 'Ik weet het niet.'

De limousine was naar het noorden gegaan en reed weer langs de oever van de Charles-rivier, terug in de richting van Beacon Hill.

'Ik heb geen bewijs,' zei Abby. 'Ik kan niet tot de New England Orgaan Bank doordringen, of tot iemand anders. Ze weten allemaal dat ik onder verdenking sta. Ze denken dat ik gek ben. Daarom ben ik naar u gegaan. Die avond dat we elkaar op de Intensive Care-afdeling leerden kennen, dacht ik: *Daar is een vrouw die ik als vriendin zou willen hebben.*' Ze zweeg even. 'Ik heb uw hulp nodig, mevrouw Voss.'

Nina zei lange tijd niets. Ze keek niet naar Abby, maar staarde recht voor zich uit, haar gezicht zo bleek als geloogde botten. Eindelijk scheen ze een besluit genomen te hebben. Ze zuchtte diep en zei: 'Ik zal u nu afzetten. Is deze hoek goed?'

'Mevrouw Voss, uw man heeft dat hart gekocht. Als hij dat deed, kunnen andere mensen dat ook doen. We weten niet wie de donoren zijn! We weten niet hoe ze eraan komen...'

'Híer,' zei Nina tegen de chauffeur.

De limousine stopte bij het trottoir.

'Stapt u alstublieft uit,' zei Nina.

Abby bewoog zich niet. Ze bleef even zwijgend zitten. De regen tikte monotoon op het dak.

'Alstublieft,' fluisterde Nina.

'Ik dacht dat ik u kon vertrouwen. Ik dacht...' Abby schudde langzaam haar hoofd. 'Dag, mevrouw Voss.'

Een hand raakte haar arm. Abby keek op in de gekwelde ogen van de andere vrouw.

'Ik hou van mijn man,' zei Nina. 'En hij houdt van mij.'

'Is het daarom goed?'

Nina gaf geen antwoord.

Abby stapte uit en deed het portier dicht. De limousine reed weg. Toen ze auto in de schemering zag wegrijden, dacht ze: die zie ik nooit meer terug.

Toen draaide ze zich met hangende schouders om en liep weg in de regen.

'Naar huis, mevrouw Voss?' De stem van de chauffeur klonk neutraal en blikkerig door de intercom en Nina schrok op uit haar trance.

'Ja,' zei ze. 'Breng me thuis.'

Ze trok haar cocon van zwarte wol dichter om zich heen en staarde naar de regen die langs haar raampje striemde. Ze bedacht wat ze tegen Victor zou zeggen. En wat ze niet kon en wilde zeggen. *Dat is er van onze liefde geworden*, dacht ze. *Geheimen op geheimen. En hij bewaart het vreselijkste geheim van allemaal.*

Ze liet haar hoofd hangen en begon te huilen, om Victor en om wat er met hun huwelijk was gebeurd. Ze huilde ook om zichzelf, omdat ze wist wat haar te doen stond en ze was bang.

De regen stroomde als tranen langs het raampje. En de limousine bracht haar thuis, naar Victor.

# 19

Shu-Shu moest in bad. De oudere jongens hadden het al dagen gezegd en zelfs gedreigd Shu-Shu in zee te gooien als Aleksei haar geen goede wasbeurt gaf. Ze zeiden dat ze stonk en dat het geen wonder was met al Alekseis gesnotter op haar. Aleksei vond niet dat Shu-Shu stonk. Hij vond dat ze lekker rook. Ze was nooit gewassen en iedere geur van haar hield een andere herinnering in. De geur van dikke jus die hij op haar staart had gemorst, deed hem denken aan de maaltijd van gisteravond toen Nadiya hem een dubbele portie van alles had gegeven. (En ook tegen hem had geglimlacht!) Het aroma van sigaretten was de geur van oom Misha, nors, maar warm. De zure-bietenlucht was van de laatste paasochtend, toen ze hadden gelachen en gekookte eieren hadden gegeten en hij soep op Shu-Shu's kop had gemorst. En als hij zijn ogen dichtdeed en diep inademde, kon hij soms een andere geur waarnemen, zwakker, maar hij was er na al die jaren nog. Hij kon hem niet rangschikken als zuur of zoet. Hij herkende hem eerder aan de gevoelens die hij in hem losmaakte. Door de geur die naar zijn hart werd gebracht. Het was de geur uit zijn babytijd. De geur van liefde, liedjes zingen en liefde.

Aleksei klemde Shu-Shu dichter tegen zich aan onder zijn deken. Ik laat hen jou nooit in bad doen, dacht hij.

Bovendien waren er niet zo véél meer over om hem te pesten. Vijf dagen geleden was er weer een boot uit de mist opgedoemd en had naast hen gedobberd. Terwijl alle jongens zich naar de reling hadden gehaast om te kijken, hadden Nadiya en Gregor heen en weer gelopen en de ene naam na de andere afgeroepen. *Nikolai Alekseyenko! Pavel Prebrazhensky!* Er klonken triomfantelijke uitroepen, er werden vuisten in de lucht gestoken bij iedere nieuwe naam die genoemd werd. *Ja! Ik ben gekozen!*

Naderhand bleven degenen die niet gekozen waren, de achterblijvers, in een groepje bij de reling staan en keken zwijgend toe hoe de motorbarkas de uitgekozen jongens naar het andere schip bracht.

'Waar gaan ze naartoe?' had Aleksei gevraagd.

'Naar gezinnen in het westen,' antwoordde Nadiya. 'Ga nou weg bij die reling. Het wordt hier koud.'

De jongens verroerden zich niet. Na een tijdje scheen het Nadiya niet meer te kunnen schelen of ze aan dek bleven of niet en ze ging naar beneden.

'Die gezinnen in het westen moeten stom zijn,' zei Yakov.

Aleksei draaide zich naar hem om. Yakov staarde fier naar zee, zijn kin in de lucht als iemand die graag een robbertje wil vechten. 'Jij denkt dat iedereen stom is,' zei Aleksei.

'Dat is ook zo. Iedereen op deze boot, tenminste.'

'Jij dus ook.'

Yakov had geen antwoord gegeven. Hij had zich alleen met zijn ene hand aan de reling vastgeklemd en zijn blik op het andere schip gericht dat in de mist weggleed. Toen was Yakov weggelopen.

De volgende paar dagen zag Aleksei hem nauwelijks.

Vanavond was Yakov zoals gewoonlijk direct na het eten verdwenen. Hij zat vermoedelijk in zijn stomme Wonderland, dacht Aleksei. Verborgen in dat krat met al die muizenkeutels.

Aleksei trok de deken over zijn hoofd. En zo viel hij in slaap, opgekruld in zijn kooi met de smerige Shu-Shu tegen zijn gezicht gedrukt.

Een hand schudde hem wakker. Een stem in de nacht riep hem zachtjes. 'Aleksei. Aleksei.'

'Mammie,' zei hij.

'Aleksei, het is tijd om wakker te worden. Ik heb een verrassing voor je.'

De slaap verdween langzaam en hij kwam bij in de duisternis. De hand schudde hem nog steeds. Hij herkende Nadiya's geur.

'Het is tijd om te gaan.' fluisterde ze.

'Waar naartoe?'

'Je moet je klaarmaken om je nieuwe moeder te leren kennen.'

'Is ze er?'

'Ik zal je naar haar toebrengen, Aleksei. Van alle jongens ben jij gekozen. Je hebt erg geboft. Kom nou. Maar wees stil.'

Aleksei kwam overeind. Hij was nog niet helemaal wakker, en wist niet zeker of hij niet droomde. Nadiya strekte haar armen naar boven en hielp hem uit zijn kooi.

'Shu-Shu,' zei hij.

Nadiya stopte de hond in zijn armen. 'Natuurlijk mag je Shu-Shu meenemen.' Ze pakte zijn hand. Ze had hem nooit eerder bij de hand beetgepakt. De plotseling vlaag van blijdschap maakte hem helemaal wakker. Hij hield haar hand vast en ze liepen samen naar zijn nieuwe moeder. Het was donker en hij was bang in het donker, maar Nadiya zou ervoor zorgen dat hem niets overkwam. Hij herinnerde het zich, op de een of andere manier herinnerde hij het zich: *Zo voelt het als je je moeders hand vasthoudt.*

Ze liepen de hut uit en de zwak verlichte gang door. Hij struikelde in zijn vreugdevolle waas, en lette niet op waar ze naartoe gingen, want Nadiya zorgde overal voor. Ze sloegen een andere gang in. Deze herkende hij niet. Ze liepen door een deur.

Wonderland in.

De stalen gang strekte zich voor hen uit. Daarachter was de blauwe deur.

Aleksei stond stil.

'Wat is er?' vroeg Nadiya.

'Daar wil ik niet naar toe.'

'Maar dat moet.'

'Daar wonen mensen.'

'Aleksei, doe nou niet zo moeilijk.' Nadiya pakte zijn hand stevig beet. 'Daar moet je naartoe...'

'*Waarom*?'

Plotseling scheen ze te begrijpen dat er een andere tactiek vereist was. Ze hurkte neer zodat ze elkaar aankeken en pakte hem stevig bij zijn schouders. 'Wil je alles bederven? Wil je haar boos maken? Ze verwacht een gehoorzame jongen en nu ben jij vervelend.'

Zijn lippen trilden. Hij deed zo zijn best om niet te huilen, omdat hij wist dat volwassenen een hekel hebben aan kindertranen. Maar de tranen begonnen toch te stromen en nu had hij vermoedelijk alles bedorven. Net zoals Nadiya had gezegd. Hij bedierf altijd alles.

'Er staat nog niets vast,' zei Nadiya. 'Ze kan nog altijd een andere jongen kiezen. Wil je dat?'

Aleksei snikte: 'Nee.'

'Waarom gedraag je je dan niet?'

'Ik ben bang voor de kwarteltjes-mensen.'

'Wat? Je doet belachelijk. Het zou me niets verbazen als níemand je ooit zou willen hebben.' Ze ging rechtop staan en pakte zijn hand weer. 'Kòm.'

Aleksei keek naar de blauwe deur. Hij fluisterde: 'Draag me.'

'Je bent te groot. Dat kan mijn rug niet hebben.'

'Draag me alsjeblieft.'

'Je zult moeten lopen, Aleksei. Nou, vooruit, anders zijn we te laat.' Ze legde een arm om hem heen.

Hij begon te lopen, alleen omdat zij naast hem liep en hem dicht tegen zich aan hield. Zoals hij Shu-Shu dicht tegen zich aan hield. Zolang ze elkaar vasthielden, zij drieën, zou er niets ergs gebeuren.

Nadiya klopte op de blauwe deur.

Die zwaaide open.

Yakov hoorde hen in de gang boven. Alekseis gedrein. Nadiya's ongeduldige gevlei. Hij kroop naar de rand van het krat en tuurde voorzichtig naar hen. Ze liepen nu naar de blauwe deur, even later verdwenen ze daardoor.

*Waarom gaat Aleksei daarin en ik niet?*

Yakov kroop uit het krat en liep de trap op naar de blauwe deur. Hij probeerde hem open te maken, maar die was zoals altijd op slot.

Verslagen ging hij terug naar zijn krat. Het was nu een heel comfortabele schuilplaats. De afgelopen week had hij een deken op de kop getikt, een zaklantaarn en een aantal tijdschriften met naakte dames erin. Hij had van Koubichev ook een aansteker weggepakt en een pakje sigaretten. Soms rookte Yakov er een, maar er waren zo weinig sigaretten dat hij ze zorgvuldig bewaarde. Een keer had hij de houtkrullen per ongeluk in brand gezet. Dat was spannend geweest. Maar meestal vond hij het gewoon prettig om sigaretten in de buurt te hebben, het pakje vast te houden, en telkens weer het etiket te lezen onder de straal van de zaklantaarn.

Dat had hij zitten doen toen hij Aleksei en Nadiya in de gang had gehoord.

Nu wachtte hij tot ze weer de blauwe deur uitkwamen. Het duurde lang. Wat deden ze daar?

Yakov gooide de sigaretten neer. Het was niet eerlijk.

Hij keek naar een paar plaatjes in de tijdschriften. Oefende met de aansteker aan en uit te doen. Toen merkte hij dat hij slaperig werd. Hij krulde zich in zijn deken op en dommelde weg.

Enige tijd later werd hij wakker van een rommelend geluid. Eerst dacht hij dat er iets aan de scheepsmotoren mankeerde, toen besefte hij dat het geluid toenam en dat het niet uit de hel afkomstig was, maar van het dek boven hem.

Het was de helikopter.

Gregor draaide de dop erop en zette de plastic zak in de koeltas. Hij gaf hem aan Nadiya. 'Nou, neem maar mee.'

Eerst scheen ze het niet te horen. Toen keek ze hem met een bleek gezicht aan en hij dacht: *het kreng kan er niet tegen*. 'Er moet ijs bij. Nou, vooruit.' Hij duwde de koeltas naar haar toe.

Ze scheen vol afschuw terug te deinzen. Toen haalde ze diep adem, pakte de tas aan, droeg hem de kamer door en zette hem op het aanrecht neer. Ze begon ijs in de koeltas te scheppen. Hij merkte dat ze niet erg stevig op haar benen stond. De eerste keer was altijd een schok voor het lichaam. Zelfs Gregor had de eerste keer zijn vlagen van misselijkheid gekend. Nadiya kwam er wel overheen.

Hij wendde zich tot de operatietafel. De anesthesist had de lijkenzak al dichtgeritst en pakte nu de bloederige doeken op. De chirurg maakte geen beweging om te helpen. In plaats daarvan hing hij tegen het aanrecht alsof hij op adem probeerde te komen. Gregor bekeek hem vol afkeer. Er was iets bijzonder walgelijks aan een arts die zichzelf zo afschuwelijk vet liet worden. De chirurg zag er vanavond niet goed uit. Hij had de hele operatie door fluitend adem gehaald en zijn handen hadden erger getrild dan anders.

'Ik heb hoofdpijn,' kreunde de chirurg.

'Je hebt te veel gedronken. Je hebt vermoedelijk een verdomde kater.' Gregor liep naar de tafel en pakte een eind van de lijkenzak beet. Samen tilden hij en de anesthesist hun last op en legden die op de brancard. Vervolgens pakte Gregor de stapel vuile kleren en legde die ook op de brancard. Hij vergat bijna het knuffelhondje. Het lag op de grond, het morsige bont zat onder het bloed. Hij gooide het boven op de vuile kleren, toen reden hij en de anesthesist de brancard naar de afvalstortkoker. Ze maakten het luik open en lieten de lijkenzak, de kleren en de hond in de koker vallen.

De chirurg kreunde. 'Dit is verdomme de ergste hoofdpijn...'

Gregor negeerde hem. Hij trok zijn handschoenen uit en liep naar de wasbak om zijn handen te wassen. Je wist maar nooit wat je kon oppikken van die vieze kleren. Misschien wel luizen. Hij boende zich grondig af zoals een arts die een operatie voor de boeg heeft.

Er klonk een harde slag en het gekletter van vallende metalen instrumenten. Gregor keerde zich om.

De chirurg lag op de grond, zijn gezicht was vuurrood en zijn ledematen bewogen schokkerig als die van een ongecontroleerde marionet.

Nadiya en de anesthesist stonden verstijfd van afschuw.

'Wat is er met hem aan de hand?' wilde Gregor weten.

'Ik weet het niet,' zei de anesthesist.

'Nou, doe er iets aan!'

De anesthesist knielde naast de zich spastisch bewegende man en deed een paar hulpeloze pogingen om hem tot leven te brengen. Hij maakte de operatiejas van de man los en legde een zuurstofmasker op zijn gezicht. De stuiptrekkingen waren nu erger, de armen fladderden als ganzevleugels.

'Houd dat masker voor me op zijn plaats!' zei de anesthesist. 'Ik geef hem een injectie!'

Gregor knielde naast het hoofd van de man en hield het masker vast. Het gezicht van de chirurg was weerzinwekkend, pafferig en vettig. Er druppelde speeksel uit zijn mond en dat maakte het zuurstofmasker glibberig. Zijn huid begon blauw aan te lopen. Terwijl

Gregor naar de steeds erger wordende cyanose – een blauwe verkleuring van huid en slijmvliezen – keek, wist hij dat hun pogingen zinloos waren.

Even later was de man dood.

Lange tijd stonden ze met zijn drieën naar het lijk te staren. Het leek nog opgeblazener en nog grotesker te zijn. De buik was opgezet en de vlezige plooien van zijn gezicht waren als bij een botloze kwal uitgespreid.

'Wat doen we nou verdomme?' zei de anesthesist.

'We moeten een andere chirurg hebben,' zei Gregor.

'Daar kom je er op zee weinig van tegen. We zullen eerder de haven moeten inlopen dan we van plan waren.'

'Of de levende lading...' Gregor keek plotseling op. Nadiya en de anesthesist ook. Ze hoorden het nu allemaal: het *wap-wap* van de helikopter. Hij keek naar de koeltas op het aanrecht. 'Is die klaar?'

'Ik heb hem vol ijs geschept,' zei Nadiya.

'Ga dan. Breng hem naar hen toe.' Gregor keek weer naar het karkas van de dode chirurg. Hij trapte er vol afkeer tegen.

'Wij zullen wel voor de walvis zorgen.'

De blauwe ogen schenen op het dek.

Vanuit zijn schuilplaats onder de trap van de brug, had Yakov eerst het blauwe licht zien schitteren, gevolgd door de omringende cirkel van witte lichten. Ze waren nu allemaal aan, zo helder dat hij er niet recht in kon kijken. In plaats daarvan keek hij naar de hemel, naar de helikopter die boven hem hing. Hij daalde uit de duisternis neer en Yakov deed zijn ogen dicht toen de windvlaag van de rotors over zijn gezicht streek. Toen hij zijn ogen weer open deed, zag hij dat de helikopter geland was.

De deur zwaaide open, maar er kwam niemand uit. Hij wachtte tot iemand aan boord kwam.

Yakov kroop naar voren zodat hij door het gat tussen twee treden recht naar de helikopter kon kijken. *Bofte die Aleksei even*, dacht hij. *Aleksei moest vanavond vertrekken.*

Hij hoorde de slag van een deur die werd dichtgeslagen en er verscheen een figuur aan de rand van de verlichte cirkel. Het was Nadiya. Ze liep over het dek, haar lichaam voorovergebogen en haar billen in de lucht. Ze was bang dat die rotors haar stomme kop eraf zouden slaan. Ze boog zich voorover in de deuropening van de helikopter, haar billen staken er nog uit terwijl ze met de piloot sprak. Toen liep ze achteruit weer terug naar de rand van het licht.

Even later steeg de helikopter op.

De lichten gingen uit en het dek was weer in duister gehuld.

Yakov liep langs de trap om te kijken terwijl de helikopter opsteeg. Hij zag de staart wegzwaaien als een enorme slinger aan een touw. Toen vloog het voertuig met een donderend geraas laag over het water weg en verdween in de nacht.

Een hand greep Yakov bij zijn arm. Hij gaf een schreeuw terwijl hij achteruit werd getrokken en omgedraaid.

'Wat doe jij hier, verdomme?' zei Gregor.

'Niets!'

'Wat heb je gezien?'

'Alleen de helikopter...'

'*Wat heb je gezien*?'

Yakov staarde hem alleen maar aan en was te bang om antwoord te geven.

Nadiya hoorde hun stemmen. Nu liep ze over het dek naar hen toe. 'Wat is er?'

'De jongen stond weer te kijken. Ik dacht dat je de hut op slot had gedaan.'

'Dat heb ik ook gedaan. Hij moet er eerder uitgeslopen zijn.' Ze keek Yakov aan. 'Het is altijd dezelfde. Ik kan niet op hem blijven letten.'

'Ik heb toch al genoeg van hem.' Gregor gaf een ruk aan Yakovs arm en trok hem naar het luik van de trap. 'Hij kan niet terug naar de anderen.' Hij draaide zich om om het luik open te maken.

Yakov trapte hem in zijn knieholten.

Gregor gaf een gil en liet hem los.

Yakov rende. Hij hoorde Nadiya schreeuwen en voetstappen achter zich aanrennen. Toen meer voetstappen die van de trap naar de brug kwamen roffelen. Hij holde naar voren, naar de boeg. Te laat besefte hij dat hij recht naar het landingsdek was gerend.

Er klonk een luide *peng* en de deklichten gingen aan.

Yakov zat in de val in het centrum van hun schijnsel. Hij hield zijn handen voor zijn ogen en strompelde blindelings weg van de geluiden van zijn achtervolgers. Maar ze waren allemaal om hem heen en kwamen dichterbij. Grepen zijn hemd beet. Hij zwaaide wild met zijn armen.

Iemand sloeg hem in zijn gezicht. Door de slag viel Yakov op de grond. Hij probeerde weg te kruipen, maar zijn benen werden onder hem vandaan geschopt.

'Zo is het genoeg,' zei Nadiya. 'Je hoeft hem niet te vermoorden!'

'Kleine klootzak,' gromde Gregor.

Yakov werd bij zijn haar overeind gesleept. Gregor duwde hem naar voren over het dek, naar het luik bij de trap. Yakov bleef struikelen, en werd weer verder aan zijn haren voortgesleept. Hij kon niet zien waar ze naartoe gingen. Hij wist alleen dat ze enkele treden afliepen en door een gang liepen. Gregor vloekte de hele weg. Hij hinkte ook een beetje en dat gaf Yakov wel wat voldoening.

Er zwaaide een deur open en Yakov werd over de drempel gesmeten.

'Daar kun je een tijdje in blijven rotten,' zei Gregor. En hij sloeg de deur dicht.

Yakov hoorde het slot dichtdraaien. Hoorde voetstappen wegsterven. Hij was alleen in de duisternis.

Hij trok zijn knieën op en sloeg zijn armen om zich heen. Zijn lichaam werd door een vreemd trillen bevangen en hij probeerde het tegen te gaan, maar dat lukte niet. Hij kon zijn eigen tanden horen klapperen, niet van de kou, maar van een of ander schokken diep in zijn ziel. Hij deed zijn ogen dicht en werd geconfronteerd met de beelden die hij vanavond had gezien. Nadiya die het dek over liep, zweefde, dreef door een onaards veld van licht. De open helikopterdeur en het wachten. Nu boog Nadiya zich voorover, reikte naar voren terwijl ze de piloot iets aangaf.

Een doos.

Yakov trok zijn benen nog dichter tegen zijn borst aan, maar het trillen hield niet op.

Jammerend stopte hij zijn duim in zijn mond en begon te zuigen.

# 20

De ochtenden waren het ergst voor Abby. Ze werd wakker met dat slaperige gevoel vol verwachting voor de dag die voor haar lag. Dan herinnerde ze zich plotseling: *ik kan nergens naartoe*. Dat besef kwam even hard aan als een lichamelijke klap. Ze lag dan in bed te luisteren hoe Mark zich aankleedde. Ze hoorde hem in de nog donkere slaapkamer rondlopen en ze voelde zich zo overspoeld door depressieve gevoelens dat ze geen woord tegen hem kon zeggen. Ze deelden een huis en een bed, maar ze hadden in dagen nauwelijks meer een woord gewisseld. *Zo sterft liefde*, dacht Abby en hoorde hem de voordeur uitlopen. *Niet met boze woorden, maar met stilte.*

Toen Abby twaalf was, was haar vader ontslagen bij de looierij waar hij werkte. Weken daarna was hij iedere ochtend weggereden alsof hij zoals gewoonlijk naar zijn werk reed. Abby was er nooit achtergekomen waar hij naartoe ging of wat hij deed. Hij had het haar tot op de dag van zijn dood nooit verteld. Het enige wat Abby wist, was dat haar vader doodsbenauwd was om thuis te blijven en zijn eigen falen onder ogen te moeten zien. Dus had hij zich op deze schertsvertoning geconcentreerd en was iedere ochtend het huis ontvlucht.

Net zoals Abby vandaag deed.

Ze liet de auto thuis staan en liep in plaats daarvan straten ver zonder dat het haar veel uitmaakte waar ze naartoe ging. Gisteravond was het koud geworden en tegen de tijd dat ze eindelijk in een broodjeswinkel had gepauzeerd, was haar gezicht verdoofd geweest van de kou. Ze had koffie gekocht en een sesambroodje en was aan een van de tafeltjes gaan zitten. Ze had net twee happen genomen toen ze toevallig een blik op de man wierp die aan het volgende tafeltje zat. Hij las een *Boston Herald*.

Abby's foto stond op de voorpagina.

Ze had wel de deur uit willen kruipen. Ze keek heimelijk het café door en verwachtte eigenlijk dat iedereen haar aan zat te staren, maar niemand keek.

Ze snelde van haar tafeltje weg, gooide het broodje in de afvalbak en liep naar buiten. Haar eetlust was verdwenen. Bij een kiosk een straat verder, kocht ze een *Herald* en las weggekropen en rillend in een portiek het artikel snel door.

*MEEDOGENLOOSHEID IN DE CHIRURGISCHE OPLEIDING KAN TOT TRAGEDIE GELEID HEBBEN*

*Dr. Abigail DiMatteo was volgens iedereen een uitstekend assistent-arts, een van de besten in het Medisch Centrum Bayside, volgens het hoofd van de afdeling dr. Colin Wettig. Maar ergens in de afgelopen maanden, kort nadat dr. DiMatteo aan haar tweede jaar van de opleiding begon, ging er iets verkeerd...*

Abby moest ophouden met lezen; haar ademhaling ging te hard en te snel. Het kostte haar een paar ogenblikken om voldoende te kalmeren en het artikel uit te kunnen lezen. Toen ze dat ten slotte had gedaan, was ze echt misselijk.

De verslaggever had alles erbij gehaald. De aanklachten. De dood van Mary Allen. De schreeuwerige ruzie met Brenda. Het was allemaal waar. Alle elementen bij elkaar gaven een beeld van een onevenwichtige, zelfs gevaarlijke persoonlijkheid. Het speelde regelrecht in op de geheime angst van het publiek om aan de genade van een getikte arts overgeleverd te zijn.

*Ik kan me niet voorstellen dat ze het over mij hebben.*

Zelfs als ze er al in slaagde haar bul te houden, zelfs al maakte ze haar assistent-artsschap af, een dergelijk artikel zou haar eeuwig blijven achtervolgen. Evenals de twijfel. Geen patiënt met een beetje verstand zou zich door een psychopaat laten opereren.

Ze wist niet hoe lang ze met die krant in haar hand geklemd had rondgelopen. Toen ze ten slotte stilstond, stond ze op Harvard University Common en deden haar oren pijn van de kou. Ze besefte dat het al lang lunchtijd was geweest. Ze had de hele ochtend rondgelopen en nu was de halve dag al voorbij. Ze wist niet waar ze nu naar toe moest gaan. Alle anderen op de Common, studenten met rugzakken, ruige hoogleraren in tweeds, schenen een doel te hebben. Maar zij niet.

Ze keek weer naar de krant. De foto die ze hadden gebruikt, kwam uit het assistent-artsenbestand, een foto die was genomen toen ze nog co-assistente was. Ze had recht in de camera geglimlacht, met een fris en enthousiast gezicht, de blik van een jonge vrouw die klaar en bereid was om te werken voor haar droom.

Ze gooide de krant in de dichtstbijzijnde afvalbak en liep naar huis met de gedachte: *Terugvechten. Ik moet terugvechten.*

Maar zij en Vivian hadden geen aanwijzingen meer. Vivian was gisteren naar Burlington gevlogen. Toen ze Abby gisteravond had opgebeld, was dat met slecht nieuws geweest: de praktijk van Tim Nicholls was gesloten, en niemand wist waar hij was. Dat spoor leidde dus nergens heen. Het Wilcox Memorial had evenmin verslagen van enige explantatie op die vier data. Nog een doodlopend spoor. Ten slotte had Vivian bij de plaatselijke politie nagetrokken of er aangiften van vermiste personen waren gedaan en of er ongeïdentificeerde lichamen waren geweest waar harten uit gesneden waren. Het laatste doodlopende spoor.

*Ze hebben hun sporen goed uitgewist. We verslaan ze nooit.*

Zodra ze door de voordeur binnenkwam, zag ze het antwoordapparaat knipperen. Het was een boodschap van Vivian om haar terug te bellen. Ze had een nummer in Burlington opgegeven. Abby draaide het nummer, kreeg geen gehoor en hing dus op.

Vervolgens belde ze de NEOB, maar zoals gewoonlijk wilden die haar niet met Helen Lewis doorverbinden. Niemand scheen de laatste theorieën van de psychopatische dr. DiMatteo aan te willen horen. Ze wist niet wie ze anders moest opbellen. Ze liep de lijst door van mensen die ze bij Bayside kende. Dr. Wettig. Mark. Mohandas en Zwick. Susan Casado. Jeremiah Parr. Ze vertrouwde er niet een van. Niet één.

Ze had net de hoorn opgepakt om nog eens te proberen Vivian op te bellen toen ze toevallig even naar buiten keek. Aan het eind van de straat stond een kastanjekleurige bestelauto geparkeerd.

*Klootzak. Dit keer ben je erbij!*

Ze rende naar de kast in de gang en haalde haar verrekijker eruit. Ze richtte zich op het raam en kon net het kenteken lezen.

*Hebbes*, dacht ze triomfantelijk. *Hebbes*.

Ze griste de telefoon en draaide het nummer van Katzka. Toen drong het tot haar door, terwijl ze wachtte tot hij zou opnemen, hoe wonderlijk het was, dat ze hèm opbelde. Misschien was het een automatische reactie. Als je hulp nodig hebt, bel je de politie. En hij was de enige agent die ze kende.

'Rechercheur Katzka,' zei hij op zijn gebruikelijke vlakke en zakelijke toon.

'De bestelauto is er weer!' gooide ze eruit.

'Wat zegt u?'

'Met Abby DiMatteo. De bestelauto die me volgde, die staat nu voor mijn huis geparkeerd. Het kenteken is 539TDV. Hij komt uit Massachusetts.'

Het was even stil terwijl hij dit opschreef. 'U woont toch in Brewster Street, hè?'

'Ja. Stuur alstublieft direct iemand. Ik weet niet wat hij gaat doen.'

'Blijf daar en houdt de deuren dicht. Begrepen?'

'Oké.' Ze zuchtte zenuwachtig. 'Oké,'

Ze wist dat de deuren al op slot zaten, maar ze controleerde ze toch nog even. Alles zat dicht. Ze keerde terug naar de zitkamer en ging bij het gordijn zitten, af en toe keek ze even naar buiten om zeker te weten of hij er nog was. Ze wilde dat hij bleef staan waar hij was. Ze wilde de reactie van de eigenaar zien wanneer de politie kwam.

Een kwartier later kwam er een bekende groene Volvo aanrijden die langs het trottoir parkeerde, tegenover de bestelauto. Ze had niet verwacht dat Katzka zelf zou komen, maar daar was hij en hij stapte uit zijn auto. Bij haar eerste glimp van hem, voelde ze een overweldigend gevoel van opluchting. Hij zou weten wat hij moest doen, dacht ze. Katzka was knap genoeg, die kon alles aan.

Hij stak de straat over en liep langzaam naar de bestelauto.

Abby drukte zich dichter tegen het raam aan, plotseling bonsde haar hart. Ze vroeg zich af of Katzka's pols net zo snel klopte als de hare. Hij liep met een bijna sierlijke elegance naar de bestuurderskant. Pas toen hij iets anders ging staan en zich een beetje in Abby's richting wendde, zag ze dat hij zijn revolver had getrokken. Ze had hem er zelfs niet naar zien grijpen.

Ze was nu bijna bang om te kijken. Bang om hèm.

Hij liep voorzichtig vooruit en keek door het raampje. Hij zag blijkbaar niets verdachts. Hij liep om de achterkant van de bestelauto heen en keek door het achterraam. Toen stopte hij zijn revolver weg en keek de straat door.

In een naburig huis zwaaide de voordeur plotseling open en een man in een grijze overall kwam schreeuwend en zwaaiend de treden van de veranda afgestormd. Katzka reageerde met zijn handelsmerk, zijn onverstoorbaarheid, en haalde zijn penning tevoorschijn. De andere man keek er even naar en gaf hem toen terug. Daarop haalde hij zijn portefeuille te voorschijn en toonde zíjn identiteitsbewijs.

De mannen stonden een tijdje te praten en wezen af en toe naar de bestelauto en het huis. Eindelijk liep de man in overall weer naar binnen.

Katzka liep naar Abby's huis.

Ze liet hem door de voordeur binnen. 'Wat is er gebeurd?'

'Niets.'

'Van wie is die auto? Waarom volgt hij me?'

'Hij zegt dat hij er geen idee van heeft waar u het over hebt.'

Ze liep achter hem aan de zitkamer in. 'Ik ben niet blind! Ik heb die bestelauto eerder gezien. In deze straat.'

'De eigenaar zegt dat hij hier nooit eerder is geweest.'

'Wie ís de eigenaar eigenlijk?'

Katzka haalde zijn aantekenboekje te voorschijn. 'John Doherty, zesendertig jaar oud, inwoner van Massachusetts. Erkend loodgieter. Hij zegt dat dit zijn eerste werkje in Brewster Street is. De bestelauto is van de Back Bay Loodgieterij. En zit vol gereedschap.' Hij deed zijn aantekenboekje dicht en liet het in de zak van zijn jas glijden. Toen nam hij haar met zijn gebruikelijke afstandelijkheid op.

'Ik wist het zo zeker,' mompelde ze. 'Ik wist zo zeker dat het dezelfde was.'

'U houdt vol dat er een bestelauto was?'

'Ja, verdomme!' snauwde ze. 'Er wàs een bestelauto!'

Hij reageerde met een enigszins opgetrokken wenkbrauw op haar uitbarsting. Ze dwong zichzelf diep adem te halen. Een uitbarsting van drift was wel het laatste waar deze man op zou reageren. Hij was een en al logica en rede. Meneer Spock met een penning.

Ze zei nu kalmer: 'Ik verbeeld me geen dingen. En ik verzin ze ook niet.'

Hij keek haar rustig aan en zei: 'Als u denkt dat u de bestelauto weer ziet, noteer het kenteken dan.'

'Als ik dènk dat ik hem zie?'

'Ik zal de Back Bay Loodgieterij opbellen om Doherty's verhaal na te trekken. Maar ik geloof dat hij echt een loodgieter is.' Katzka keek even naar haar zitkamer. De telefoon ging. 'Neemt u hem niet op?'

'Gaat u alstublieft niet weg. Nog niet. Ik moet u nog een paar dingen zeggen.'

Hij had al naar de deurknop gegrepen. Nu stond hij even stil, en keek terwijl ze de telefoon oppakte.

'Hallo?' zei ze.

Een vrouwenstem reageerde zachtjes: 'Dr. DiMatteo?'

Abby wierp direct een blik op Katzka. Hij scheen uit haar blik alleen al te begrijpen dat dit een belangrijk telefoontje was. 'Mevrouw Voss?' zei Abby.

'Ik ben iets te weten gekomen,' zei Nina. 'Ik weet niet wat het betekent. Als het al iets betekent.'

Katzka kwam naast Abby staan. Hij had het zo zachtjes gedaan, zo stilletjes, dat ze zijn nadering nauwelijks merkte. Hij boog zijn hoofd naar de hoorn en luisterde mee.

'Wat ben u te weten gekomen?' vroeg Abby.

'Ik heb wat telefoontjes gepleegd. Met de bank en onze accountant. Op 23 september heeft Victor geld overgemaakt naar een bedrijf dat Amity Corporation heet. In Boston.'

'Bent u zeker van de datum?'

'Ja.'

*23 september*, dacht Abby. Een dag voor de transplantatie van Nina Voss.

'Wat weet u van Amity? vroeg Abby.

'Niets. Victor heeft de naam nooit genoemd. Transacties van dit soort omvang besprak hij meestal...' Het werd stil. Abby hoorde stemmen op de achtergrond en toen het geluid van zenuwachtig geschuifel. Nina's stem kwam terug aan de telefoon, meer gespannen. Zachter. 'Ik moet neerleggen.'

'U zei dat het een grote transactie was. Hoe groot?'

Even kwam er geen antwoord. Abby dacht dat Nina misschien al had opgehangen. Toen hoorde ze het gefluisterde antwoord.

'Vijf miljoen,' zei Nina. 'Hij heeft vijf miljoen dollar overgemaakt.'

Nina hing op. Ze hoorde Victors voetstappen, maar ze keek niet op toen hij de slaapkamer inkwam.

'Met wie sprak je?' vroeg hij.

'Met Cynthia. Ik heb haar gebeld om haar voor de bloemen te bedanken.'

'Welke waren dat ook weer?'

'De orchideeën.'

Hij keek naar de vaas op de toilettafel. 'O, ja. Erg mooi.'

'Cynthia zegt dat ze volgend voorjaar naar Griekenland gaan. Ik denk dat ze genoeg hebben van het Caribisch gebied.' Wat loog ze gemakkelijk tegen hem. Wanneer was dat begonnen? Wanneer waren ze opgehouden elkaar de waarheid te zeggen?

Hij ging naast haar op bed zitten. Ze voelde dat hij haar opnam. 'Wanneer je helemaal beter bent,' zei hij, 'kunnen wij misschien ook weer naar Griekenland gaan. Misschien kunnen we zelfs met Cynthia en Robert samen gaan. Zou je dat leuk vinden?'

Ze knikte en keek naar de beddesprei. Naar haar handen, de knokige en uitgeteerde vingers. *Maar ik word nooit meer beter. Dat weten we allebei.*

Ze liet haar benen van onder de dekens wegglijden. 'Ik moet naar de wc,' zei ze.

'Zal ik je helpen?'

'Nee. Het gaat prima.' Ze stond op en voelde zich even duizelig. Ze was de laatste tijd vaak duizelig wanneer ze opstond of zich ook maar een beetje inspande. Ze zei er niets over tegen Victor, maar wachtte gewoon tot het gevoel verdween. Toen liep ze langzaam naar de badkamer.

Ze hoorde hem de telefoon oppakken.

Pas toen ze de deur van de badkamer had dichtgedaan, besefte ze plotseling haar fout. Het laatste nummer dat ze had gebeld, zat nog in het geheugen van de telefoon. Victor hoefde alleen maar op de Redial-toets te drukken en hij zou weten dat ze tegen hem had gelogen. Het was net iets voor Victor om dat te doen. Hij zou erachter komen dat ze niet met Cynthia had gebeld. Hij zou erachter komen, hij zou er op de een of andere manier achter komen dat ze met Abby DiMatteo had gesproken.

Nina stond met haar rug tegen de badkamerdeur gedrukt te luisteren. Ze hoorde hem de telefoon weer ophangen. Ze hoorde hem zeggen: 'Nina?'

Ze werd weer door een duizeling bevangen. Ze liet haar hoofd hangen en vocht tegen de duisternis die haar gezichtsvermogen begon te beïnvloeden. Haar benen leken onder haar weg te smelten. Ze voelde zich naar beneden glijden.

Hij rammelde aan de deur. 'Nina, ik moet je spreken.'

'Victor,' fluisterde ze, maar ze wist dat hij haar niet kon horen. Niemand kon haar horen.

Ze lag op de grond van de badkamer, te zwak om zich te bewegen, te zwak om hem te roepen.

Ze voelde haar hart in haar borst fladderen als de vleugels van een vlinder.

'Dit kan niet goed zijn,' zei Abby.

Zij en Katzka stonden geparkeerd in een haveloze straat in Roxbury. Het was een buurt van winkeletalages met tralies ervoor en zaken die op het punt stonden failliet te gaan. De enige blijkbaar goedlopende onderneming was een studio voor bodybuilding een paar huizen verderop. Door de open ramen konden ze het geluid van gewichten en af en toe mannengelach horen. Naast de studio stond een leeg gebouw met een bord te huur erop. En daarnaast stond het gebouw van Amity, een herenhuis van drie etages hoog. Boven de ingang hing het bord:

AMITY MEDISCHE VOORRADEN
Verkoop en Service

Achter de etalage met tralies stond een sjofele uitstalling van de producten van het bedrijf: krukken en stokken. Zuurstofcilinders. Schuimrubber matrassen tegen doorliggen. Po-stoelen. Een pop met een verpleegstersuniform en kap regelrecht uit de jaren zestig.

Abby keek vanaf de overkant naar de sjofele vertoning en ze zei: 'Dit kan niet de goede Amity zijn.'

'Het is de enige die in het telefoonboek stond,' zei Katzka.

‘Waarom zou hij vijf miljoen dollar naar dìt bedrijf overmaken?’
‘Het kan alleen een tak van een grotere onderneming zijn. Misschien dacht hij een goede investering te doen.’
Ze schudde haar hoofd. ‘Het tijdstip is verkeerd. Denk u eens in dat u Victor Voss bent. Zijn vrouw is stervende. Hij is wanhopig om haar de operatie te laten ondergaan die ze moet hebben. Hij denkt niet aan investeringen.’
‘Dat hangt ervan af hoeveel hij om zijn vrouw geeft.’
‘Hij geeft heel veel om haar.’
‘Hoe weet u dat?’
Ze keek hem aan. ‘Dat weet ik.’
Hij nam haar op zijn rustige manier op. Ze bedacht dat het wonderlijk was dat zijn blik haar niet langer een onbehaaglijk gevoel gaf.
Hij maakte zijn portier open. ‘Ik zal eens kijken wat ik kan uitvinden.’
‘Wat gaat u doen?’
‘Eens kijken. Wat vragen stellen.’
‘Ik ga mee.’
‘Nee, u blijft in de auto.’ Hij wilde uitstappen, maar ze trok hem terug.
‘Luister,’ zei ze. ‘Ik ben degene die alles te verliezen heeft. Ik ben mijn baan al kwijt. Ik raak mijn bul kwijt. En nu noemen de mensen me een moordenares of psychotisch of allebei. Het is míjn leven dat ze verziekt hebben. Dit kan mijn enige kans zijn om terug te vechten.’
‘Laten we het dan niet verpesten, hè? Daarbinnen kan iemand u herkennen. Dan zouden ze zeker gewaarschuwd zijn. Wilt u dat risico lopen?’
Ze ging weer recht zitten. Katzka had gelijk. Verdomme, hij had gelijk. Hij had van het begin af al niet gewild dat ze mee kwam, maar ze had volgehouden. Ze had gezegd dat ze hier op eigen houtje naartoe kon rijden, met of zonder hem. Dus hier zat ze en ze kon het gebouw niet eens inlopen. Ze kon haar eigen gevechten niet eens meer leveren. Dat hadden ze haar ook al afgenomen. Ze zat haar hoofd te schudden en was boos om haar eigen onmacht. Boos op Katzka omdat hij haar erop gewezen had.
Hij zei: ‘Doe de portieren op slot.’ En hij stapte uit.
Ze zag hem oversteken en de sjofele deur doorlopen. Ze kon zich wel voorstellen wat hij binnen zou aantreffen. Een trieste uitstalling van rolstoelen en bekkentjes. Rekken met uniformen voor verplegend personeel onder geelwordende plastic hoezen. Dozen met orthopedische schoenen. Ze kon zich elk detail voor de geest halen

omdat ze in een dergelijke winkel was geweest voor haar eigen eerste uniformen.

Er verstreken vijf minuten. Toen tien.

Katzka, Katzka. Wat doe je daar?

Hij had gezegd dat hij wat vragen ging stellen, dat hij zou proberen niets te laten blijken. Ze vertrouwde op zijn oordeel. De gemiddelde smeris van Moordzaken was vermoedelijk slimmer dan de gemiddelde chirurg. Maar misschien niet slimmer dan de gemiddelde internist. Dat was het bekende mopje onder de inwonende artsen: de stomheid van chirurgen. Internisten vertrouwden op hun hersenen, chirurgen op hun kostbare handen. Als een internist in een lift staat en de deur gaat te vroeg dicht, steekt hij zijn hand ertussen om die tegen te houden. Een chirurg steekt zijn hoofd ertussen. Ha, ha.

Er waren twintig minuten voorbij. Het was nu na vijven en het waterige zonnetje was al in een mistroostige schemering veranderd. Door een spleetje van het raam kon ze de voortdurend voorbijrijdende auto's op de Martin Luther King Boulevard horen. Spitsuur. Er kwamen twee mannen met een indrukwekkende biceps uit de gymstudio de straat op en sjokten naar hun auto's.

Ze bleef naar de ingang kijken en wachten tot Katzka tevoorschijn kwam.

Het was twintig minuten over vijf.

Het verkeer werd drukker, zelfs in deze straat. Tussen de rijdende auto's door ving ze af en toe een glimp op van de ingang. Plotseling was er een pauze in het verkeer en ze keek recht de straat over toen er een man tevoorschijn kwam uit de zijdeur van het Amitygebouw. Hij bleef even op het trottoir staan en wierp een blik op zijn horloge. Toen hij weer opkeek, voelde Abby haar hart sneller gaan slaan. Ze herkende dat gezicht. Die groteske, zware wenkbrauwen. Die haviksneus.

Het was dr. Mapes. De besteller die het donorhart van Nina Voss naar de operatiekamer had gebracht.

Mapes liep door. Halverwege de straat stond hij stil bij een blauwe Trans-Am die langs het trottoir geparkeerd stond. Hij haalde zijn autosleutels te voorschijn.

Abby keek om naar het Amitygebouw en hoopte en bad dat Katzka zou verschijnen. *Toe, toe. Ik verlies Mapes uit het oog!* Ze keek weer naar de Trans-Am. Mapes stapte nu in en deed zijn veiligheidsgordel om. Hij startte de motor. Hij reed een eindje bij het trottoir weg en wachtte tot hij zich in het verkeer kon voegen.

Abby wierp een zenuwachtige blik op het contactslot en zag dat Katzka zijn sleutels had laten hangen.

Dit kon haar kans zijn. Haar enige kans.

De blauwe Trans-Am reed de straat op.
Er was geen tijd meer om na te denken.
Abby schoof naar de bestuurdersplaats en startte Katzka's auto. Ze schoot tussen het verkeer en ontlokte piepende banden en woedend getoeter van een auto achter haar.
Een straat verder reed Mapes net over een kruispunt toen het licht op rood sprong.
Abby kwam met krijsende remmen tot stilstand. Er stonden vier auto's tussen haar en het kruispunt en er was geen manier om daar langs te komen. Tegen de tijd dat het licht weer op groen sprong, kon Mapes straten verderop zijn. Ze zat de seconden te tellen, vervloekte de verkeerslichten van Boston en de automobilisten van Boston en haar eigen onzekerheid. Was ze maar eerder bij het trottoir weggereden! De Trans-Am was nu nauwelijks meer te zien, alleen nog een glimp blauw te midden van een stroom auto's. Wat mankeerde dat licht in vredesnaam?
Eindelijk werd het groen, maar iedereen bleef nog steeds staan. De automobilist moest achter het stuur in slaap gevallen zijn. Abby toeterde heftig en liet een oorverdovend lawaai horen. De auto's voor haar begonnen eindelijk in beweging te komen. Ze trapte op het gaspedaal, toen liet ze het opkomen.
Er stond iemand op de zijkant van haar auto te bonzen.
Ze keek naar rechts en zag Katzka naast het andere portier meerennen. Ze remde.
Hij rukte het portier open. 'Wat doe je in godsnaam?'
'Stap in.'
'Nee, eerst kom je hier zitten...'
'*Stap goddomme in!*'
Hij knipperde met zijn ogen van verbazing. En stapte in.
Ze trapte het gaspedaal direct diep in en ze schoten over het kruispunt. Twee straten verderop ging een flits blauw naar rechts. De Trans-Am sloeg af naar Cottage Street. Als ze niet vlak achter hem kwam te zitten, zou ze hem in het verkeer kwijtraken. Ze zwaaide naar links over de dubbele lijn, haalde in ijltempo drie auto's achter elkaar in en kwam met gillende banden weer net op tijd op haar eigen rijstrook terug. Ze hoorde Katzka zijn veiligheidsgordel omdoen. Mooi. Want dit kon wel eens een enorm wilde rit worden. Ze sloegen af naar Cottage.
'Vertel me eens iets,' zei hij.
'Hij kwam uit een zijdeur van het Amitygebouw. Die vent in de blauwe auto.'
'Wie is dat?'
'De orgaankoerier. Hij zei dat hij Mapes heette.' Ze zag weer een

opening in het verkeer en maakte nog een inhaalmanoeuvre naar links en weer terug.

Katzka zei: 'Ik denk dat ik beter kan rijden.'

'Hij nadert een rotonde. Waarheen nu? Waar gaat hij heen...'

De Trans-Am reed over de rotonde en sloeg af in oostelijke richting.

'Hij rijdt naar de snelweg,' zei Katzka.

'Wij dus ook.' Abby reed de rotonde op en reed met gierende banden de Trans-Am achterna.

Katzka had goed geraden. Mapes reed naar de oprit van de snelweg. Ze volgde hem, haar hart bonsde in haar borst, haar handen die op het stuur lagen waren nat. Hier kon ze hem kwijtraken. De snelweg om half zes was één file auto's die met een snelheid van negentig kilometer per uur bumper aan bumper reden, iedere automobilist was een maniak die naar huis wilde. Ze voegde zich in het verkeer en zag Mapes een heel eind voor zich uit de linker rijstrook oprijden.

Ze probeerde op dezelfde manier van rijstrook te veranderen, maar het enige wat er gebeurde was dat een vrachtauto zich ertussen wrong en weigerde opzij te gaan. Abby knipperde met haar lichten en reed dichter naar zijn rijstrook. De vrachtauto maakte de opening alleen maar kleiner. Dit begon nu een gevaarlijk spelletje te worden en Abby veranderde van richting naar de vrachtauto, maar die bleef waar hij was. Ze was te volgepompt met adrenaline om bang te zijn en te vastbesloten om Mapes niet kwijt te raken. Achter het stuur was ze in een andere vrouw veranderd, een wanhopige vreemde die walgelijke taal uitsloeg en die ze nauwelijks herkende. Ze vocht nu terug en dat voelde prettig aan. Het gaf een fantastisch gevoel. Abby DiMatteo, de macho.

Ze duwde het gaspedaal tegen de grond en schoot naar links, vlak voor de vrachtauto.

'Jezus Christus!' gilde Katzka. 'Probeer je ons te vermoorden?'

'Het kan me geen barst schelen. Ik wil die vent hebben.'

'Ben je ook zo in de operatiekamer?'

'O, ja. Ik ben echt een verschrikking. Heb je dat niet gehoord?'

'Help me onthouden dat ik niet ziek word.'

'Wat doet hij nou?'

Voor hen was de Trans-Am weer van rijstrook veranderd. Hij ging naar rechts naar de afslag voor de Callahan Tunnel.

'*Shit*,' zei Abby en reed ook naar rechts. Ze schoot over twee rijbanen en ze reden de spelonkachtige duisternis van de tunnel in. Ze passeerde graffiti. Betonnen muren echoden de geluiden van banden over bestrating, het sissende geluid dat auto's maken wanneer ze door lucht rijden. De terugkomst in het grijze licht van de schemering was een schok voor hun ogen.

De Trans-Am reed van de snelweg af. Abby volgde hem.

Ze waren nu in Oost-Boston, de toegangsweg naar de luchthaven Logan International. Daar moest Mapes naar op weg zijn, dacht ze. Dc luchthaven.

Ze was dan ook verbaasd toen hij in plaats daarvan over een spoorweg reed en in westelijke richting ging, weg van de luchthaven. Hij reed een wirwar van straten in.

Abby ging langzamer rijden en gaf hem wat ruimte. De vloedgolf van adrenaline die ze tijdens de uitzinnige achtervolging op de snelweg had gevoeld, nam af. De Trans-Am zou haar in deze buurt niet ontkomen. Nu was het zaak om niet opgemerkt te worden.

Ze reden langs de kades van de binnenhaven van Boston.

Achter harmonikagaas stonden lange rijen ongebruikte scheepscontainers, drie op elkaar gestapeld, als enorme Lego-dozen. En achter de containeropslagplaats lag de waterkant. Tegen de ondergaande zon doemden de silhouetten van laadkranen en voor anker liggende schepen op. De Trans-Am sloeg linksaf, reed door een open hek de containeropslagplaats op.

Abby ging naast het hek staan en parkeerde. Ze tuurde door een opening tussen een vorkheftruck en een container en zag de Trans-Am naar het begin van de pier rijden en stoppen. Mapes stapte uit. Hij liep de kade op waar een schip voor anker lag. Het leek een klein vrachtschip.

Mapes riep iets. Even later verscheen een man aan dek die hem aan boord wenkte. Mapes liep de loopplank op en verdween in het vaartuig.

'Waarom is hij hier naar toe gegaan?' vroeg ze. 'Waarom een schip?'

'Weet je zeker dat het dezelfde man is?'

'Als hij het niet is, werkt Mapes' zijn tweelingbroer bij Amity.' Ze zweeg even en bedacht zich plotseling waar Katzka het afgelopen half uur was geweest. 'Wat ben je daar trouwens te weten gekomen?'

'Je bedoelt voor ik merkte dat jij er met mijn auto vandoor was?' Hij haalde zijn schouders op. 'Het zag eruit zoals het eruit hoorde te zien. Een medische groothandel. Ik zei dat ik een ziekenhuisbed nodig had voor mijn vrouw en ze hebben me de laatste modellen gedemonstreerd.'

'Hoeveel mensen zijn er in het gebouw?'

'Ik heb er drie gezien. Een vent in de showroom. Twee op de eerste etage die telefonische orders afhandelden. Ze zagen er geen van allen uit of ze hun werk daar met plezier deden.

'En de bovenste twee etages?'

'Voorraadruimte, denk ik. Er is aan dat gebouw werkelijk niets dat nader onderzoek nodig maakt.'

Ze keek langs het hek naar de blauwe Pontiac. 'Je kunt op hun financiële overzichten beslag laten leggen. Uitzoeken waar de vijf miljoen van Voss zijn gebleven.'

'We hebben geen reden om op welke overzichten dan ook beslag te leggen.'

'Hoeveel bewijs heb je nodig? Ik wéét dat hij de koerier was! Ik weet wat deze mensen doen.'

'Jouw getuigenis zal geen rechter overhalen. Zeker niet onder de gegeven omstandigheden.' Zijn antwoord was eerlijk, meedogenloos eerlijk. 'Het spijt me, Abby. Maar je weet net zo goed als ik dat je een enorm probleem met je geloofwaardigheid hebt.'

Ze voelde hoe ze zich van hem afsloot en zich in haar woede terugtrok. 'Je hebt helemaal gelijk,' zei ze. 'Wie zou me geloven? Het is alleen maar weer die psychotische onzin van dr. DiMatteo.'

Hij gaf geen antwoord op die verklaring van zelfbeklag. In de daaropvolgende stilte had ze spijt dat ze het gezegd had. Het geluid van haar eigen stem, gekwetst en sarcastisch scheen tussen hen te hangen.

Ze zeiden een tijdje niets. Boven ging met een gierend geluid een jet voorbij, de schaduw van zijn vleugels gleed als die van een roofvogel over hen heen. Hij klom hoger, en glinsterde in de laatste ondergaande zonnestralen. Pas toen het gebrul van de jet was weggestorven sprak Katzka weer.

'Ik zei niet dat ik je niet geloofde,' zei hij.

Ze keek hem aan. 'Niemand gelooft me. Waarom jij wel?'

'Vanwege dr. Levi. En de manier waarop die is doodgegaan.' Hij staarde recht voor zich uit naar de donkerwordende weg. 'Dat was niet de manier waarop mensen zelfmoord plegen. In een kamer waar je dagenlang onopgemerkt blijft. We vinden het geen prettig idee dat ons lichaam vergaat. We willen gevonden worden voor de maden aan ons begonnen zijn. Voor we zwart en opgeblazen zijn. Zolang we nog als mens herkenbaar zijn. En dan waren er nog alle plannen die hij had gemaakt. De reis naar het Caribisch gebied. Thanksgiving met zijn zoon. Hij keek vooruit, verwachtte een toekomst.' Katzka keek even opzij naar een straatlantaarn die net in de toenemende duisternis was aangegaan. 'Ten slotte was er nog zijn vrouw, Elaine. Ik moet vaak met overlevende partners praten. Sommigen zijn geschrokken, sommigen hebben verdriet. Sommigen zijn alleen maar opgelucht. Ik ben zelf weduwnaar. Ik herinner me nadat mijn vrouw was overleden dat ik alleen maar met pijn en moeite

’s morgens uit bed kon kruipen. Maar wat doet Elaine Levi? Ze belt een verhuisbedrijf, pakt haar meubels in en trekt de stad uit. Dat is niet de daad van een partner met verdriet. Dat doet iemand die zich schuldig voelt. Of bang is.’

Abby knikte. Dat had zij ook bedacht. Dat Elaine bang was.

‘Toen vertelde u me over Kunstler en Hennessy,’ zei hij. ‘En plotseling heb ik niet één dode. Maar een hele serie. En die van Aaron Levi begint er steeds minder als zelfmoord uit te zien.’

Er steeg weer een jet op, het gebrul van de motoren maakte een gesprek onmogelijk. Hij maakte een bocht naar links en gleed door de avondnevel die nu boven de haven hing. Zelfs nadat de jet in de westelijke hemel was verdwenen, kon Abby het gedreun nog in haar oren voelen.

‘Dr. Levi heeft zichzelf niet opgehangen,’ zei Katzka.

Abby fronste haar wenkbrauwen en keek hem aan. ‘Ik dacht dat de autopsie dat had bevestigd.’

‘We hebben iets gevonden bij toxicologie. We hebben net vorige week resultaten teruggekregen van het gerechtelijk lab.’

‘Is er iets boven water gekomen?’

‘In zijn spierweefsel. Daar hebben ze sporen succinylcholine gevonden.’

Ze staarde hem aan. *Succinylcholine.* Dat werd dagelijks bij de anesthesie gebruikt als spierontspanner tijdens de operatie. In de operatiekamer was het een belangrijk en nuttig medicijn. Buiten de operatiekamer kon de toediening ervan de afschuwelijkste vormen van dood veroorzaken. Totale verlamming bij volledig bewustzijn.

Hoewel wakker en bij bewustzijn, zou je niet in staat zijn om te bewegen of adem te halen. Het was als verdrinken in een zee van lucht.

Ze slikte, haar keel was plotseling droog. ‘Het was geen zelfmoord.’

‘Nee.’

Ze haalde diep adem en blies de lucht langzaam uit. Even was ze te veel vervuld van afschuw om te spreken. Ze durfde zelfs niet te overwegen hoe de dood van Aaron geweest moest zijn. Ze keek door het hek naar de pier. De avondmist hing boven de haven en begon zich in slierten boven het water uit te spreiden. Mapes was niet tevoorschijn gekomen. Het vrachtschip tekende zich flauw, zwart en stil, af tegen het afnemende licht.

‘Ik wil weten wat er op die boot is,’ zei ze. ‘Ik wil weten waarom hij daar naartoe is gegaan.’ Ze pakte het portier beet.

Hij hield haar tegen. ‘Nog niet.’

‘Wanneer dan?’

'Laten we een straat verderop rijden en daar gaan staan. Daar kunnen we wachten.' Hij keek even naar de hemel en toen naar de nevel die dikker werd boven het water. 'Het is dadelijk donker.'

# 21

‘Hoe lang zitten we hier nu?’

‘Pas een uur ongeveer,’ zei Katzka.

Abby sloeg haar armen om zich heen en huiverde. De avond was zelfs kouder geworden en de ramen in de auto besloegen door hun adem. In de mist buiten verspreidde de lamp in de verte een zwavelkleurige, gele glans.

‘Interessant dat je dat zo zegt. *Pas een uur*. Ik heb het gevoel alsof we al de hele nacht zitten te wachten.’

‘Het is maar hoe je het bekijkt. Ik heb er veel surveillance-diensten op zitten. Toen ik pas begon.’

Katzka als jonge man, dat kon ze zich niet voorstellen, ze kon zich hem niet als een beginnend agentje voorstellen. ‘Waarom ben je bij de politie gegaan?’ vroeg ze.

Hij haalde zijn schouders op, een fractie van een schaduw in de donkere auto. ‘Het leek me wel wat.’

‘Dat zegt alles.’

‘Waarom ben jij arts geworden?’

Ze veegde met haar hand over de beslagen voorruit en staarde naar buiten naar de vierkante gangen die door de scheepscontainers werden gevormd. ‘Ik weet niet precies hoe ik dat moet beantwoorden.’

‘Is het zo’n moeilijke vraag?’

‘Het antwoord is gecompliceerd.’

‘Dus het was niet eenvoudig. Zoals voor het welzijn van de mensheid.’

Nu was het haar beurt om haar schouders op te halen. ‘De mensheid zal mijn afwezigheid nauwelijks opmerken.’

‘Je gaat acht jaar naar school. Je volgt nog eens vijf jaar een opleiding. Het moet een tamelijk dringende reden zijn.’

Het raam was weer beslagen. Ze veegde er met haar hand over en de condens voelde vreemd warm tegen haar huid. ‘Ik denk dat als ik een reden moest geven, mijn broer dat zou zijn. Toen hij tien jaar was, moest hij naar het ziekenhuis. Ik heb veel naar zijn artsen gekeken. En gezien hoe ze werkten.’

Katzka wachtte tot ze verder ging. Toen ze dat niet deed, zei hij zachtjes. ‘Je broer heeft het niet overleefd?’

Ze schudde haar hoofd. 'Het is al lang geleden.' Ze keek naar de nattigheid op haar hand. Warm als tranen, dacht ze. En een twijfelachtig ogenblik dacht ze dat ze echt zou gaan huilen. Ze was blij dat Katzka zweeg; ze had geen zin om meer vragen te beantwoorden, om opnieuw beelden van de EHBO te beleven, van Pete op een brancard met bloed op zijn spiksplinternieuwe tennisschoenen. Wat hadden die schoenen klein geleken, veel te klein voor een jongen van tien jaar. En toen de maanden waarin hij in coma had gelegen, te zien hoe zijn spieren verschrompelden, zijn ledematen verstarden in een continue zelfomarming. De avond waarop hij was gestorven, had Abby hem uit bed getild en in haar armen gewiegd. Hij had zo licht en teer als een baby aangevoeld.

Ze zei hier niets over tegen Katzka, maar ze voelde dat hij alles begreep wat hij moest begrijpen. Communicatie door middel van empathie. Het was een onverwacht talent in hem. Maar er waren zo veel dingen aan Katzka die ze verbazingwekkend vond.

Hij keek naar buiten en zei: 'Ik denk dat het donker genoeg is.'

Ze stapten de auto uit en liepen door het open hek de containeropslagplaats op. Het vrachtschip doemde op in de mist. Het enige licht aan boord van het schip was een geheimzinnige groene gloed vanuit een van de lagere patrijspoorten. Verder leek het schip verlaten. Ze liepen de pier op, langs een toren van lege kratten die op een pallet gestapeld stonden.

Bij de loopplank van het schip stonden ze even stil en luisterden naar het gekabbel van het water tegen de romp en allerlei geluiden van staal en kabels. Ze schrokken allebei van het gebrul van weer een opstijgende jet en terwijl ze keek hoe de lichtjes van het vliegtuig verdwenen, had ze het stuurloze gevoel dat zij degene was die zich door de ruimte en tijd bewoog. Ze pakte bijna Katzka beet om zich staande te houden. Ze vroeg zich af: *Hoe kom ik met deze man op deze pier terecht? Wat voor vreemde aaneenschakeling van gebeurtenissen heeft me naar dit onverwachte ogenblik in mijn leven gebracht?*

Katzka pakte even haar arm beet, zijn aanraking was warm en stevig. 'Ik ga aan boord kijken.' Hij liep de loopplank op. Nadat hij slechts een paar passen in de richting van het schip had gedaan stond hij stil en keek even achterom naar de pier.

Er kwamen net een paar koplampen door het hek gereden. Het voertuig kwam nu naar hen toe, over de opslagplaats van containers. Het was een bestelauto.

Abby had geen gelegenheid om weg te duiken achter de kratten. De koplampen hadden haar al aan het eind van de pier in hun schijnsel gevangen.

De bestelauto kwam slippend tot stilstand. Abby beschermde

haar ogen tegen het felle licht, maar ze kon bijna niets zien. Ze hoorde portieren opengaan en dicht gesmeten worden en voetstappen over het grind knarsen toen de mannen dichterbij kwamen en iedere ontsnapping onmogelijk maakten.

Katzka kwam vlak bij haar tevoorschijn. Ze had hem niet eens van de loopplank horen aflopen, maar plotseling was hij er en stapte tussen haar en de bestelauto in. 'Rustig aan, maar,' zei hij. 'We zijn hier niet om moeilijkheden te veroorzaken.'

De twee mannen vormden silhouettes in de koplampen en aarzelden slechts één seconde. Toen kwamen ze op hen af.

'Laat ons erlangs!' zei Katzka.

Abby's zicht op de mannen werd gedeeltelijk belemmerd door Katzka's rug. Ze zag niet wat er vervolgens gebeurde. Ze wist alleen dat hij plotseling hurkte en dat er gelijktijdig een paar revolverschoten klonken en het suizende geluid van iets dat tegen de betonnen pier achter haar aanketste.

Zij en Katzka wierpen zich tegelijkertijd voor dekking achter de kratten. Hij duwde haar hoofd op de grond toen er meer revolverschoten klonken en de houtsplinters rondvlogen.

Katzka vuurde terug. Drie snelle schoten.

Het geroffel van zich terugtrekkende voetstappen klonk. Een korte woordenwisseling.

Toen het geluid van de bestelauto die startte, de opkomende motor en banden die grind deden opspatten.

Abby tilde haar hoofd op om te kijken. Tot haar afschuw zag ze dat de bestelauto als een beukende stormram op hen achter de kratten afkwam.

Katzka richtte en schoot. Vier salvo's die de voorruit versplinterden.

De auto hotste als een gek de pier op, zwenkte naar rechts, toen naar links, een onbestuurbare stormram.

Katzka vuurde twee laatste wanhopige salvo's af.

De auto bleef doorrijden.

Abby zag een verblindende glimp van koplampen. Toen wierp ze zich van de pier en suisde de pikdonkere duisternis in.

De plons in het ijskoude water was een schok. Ze kwam proestend boven, kokhalzend van de pekel en gemorste dieselolie, en sloeg wild met haar armen en benen in het zwarte water. Ze hoorde mannen schreeuwen op de pier boven zich, toen een daverende plons. Het water kolkte en ze ging kopje onder. Ze kwam weer hoestend boven. Aan het eind van de pier leek het water fosforescerend groen te zijn. De bestelauto. Hij gleed onder het wateroppervlak, uit de koplampen schenen twee waterige lichtstralen. Terwijl hij zonk, veranderde de groenachtige gloed in zwart.

Katzka. Waar was Katzka?

Ze draaide zich snel om in het water en speurde zwemmend de duisternis af. Het oppervlak borrelde nog, er sloegen golfjes in haar gezicht, en ze moest haar best doen om door het zout dat in haar ogen prikte, heen te kijken.

Ze hoorde een zacht plonsje en op nauwelijks een meter van haar vandaan kwam een hoofd uit de pekel tevoorschijn. Watertrappend keek Katzka naar haar en zag dat ze het redde. Toen keek hij omhoog naar het geluid van andere stemmen... van het schip vandaan? Er stonden twee mannen, misschien drie, hun voetstappen denderden over de pier op en neer. Ze liepen tegen elkaar te schreeuwen, maar hun geschreeuw leek verminkt en onverstaanbaar.

*Geen Engels*, dacht Abby, maar ze kon de taal niet thuisbrengen.

Er verscheen een licht boven haar hoofd, de straal sneed door de mist en tastte langzaam het water af.

Katzka dook onder. Abby ook. Ze zwom zo ver weg als ze haar adem in kon houden, weg van de pier naar de duisternis van het open water. Ze kwam telkens boven, hapte lucht en dook weer onder. Toen ze voor de vijfde keer bovenkwam, trapte ze water in de duisternis.

Er gleden nu twee lichten over de pier, de stralen speurden de mist af als een paar nieuwsgierige ogen. Ze hoorde ergens in de buurt het gespetter van water, toen een snel inademen en ze wist dat Katzka ergens vlakbij boven gekomen moest zijn.

'Ik ben mijn revolver kwijt,' hijgde hij.

'Wat is er in godsnaam aan de hand?'

'Blijf zwemmen. Tot de volgende pier!

De nacht werd plotseling verlicht door een schokkende helderheid. Het vrachtschip had zijn deklampen aangedraaid en ieder detail op de pier werd verlicht. Er stond een man op de loopplank en eentje kroop met een zoeklicht over de rand van de pier. Naast hem doemde een derde man op die zijn geweer op het water gericht hield.

'*Weg*!,' zei Katzka.

Abby dook en klauwde zich een weg door de natte duisternis. Ze was nooit een goede zwemster geweest. Ze was bang voor diep water. Nu zwom ze door zulk donker water dat het net zo goed bodemloos kon zijn. Ze kwam boven om adem te halen, maar het leek alsof ze niet genoeg lucht kon krijgen, hoe diep ze ook adem haalde.

'Abby, blijf bewegen!' drong Katzka aan. 'Alleen maar tot de volgende pier!'

Abby keek achterom naar het vrachtschip. Ze zag dat de zoeklichten een steeds grotere cirkel over het water bestreken. Dat de straal naar hen toe kwam.

Ze gleed weer onder water.

Tegen de tijd dat Katzka en zij eindelijk aan land klauterden, kon Abby haar armen en benen nauwelijks meer bewegen. Ze kroop tegen de stenen op die glibberig waren van de olie en het zeewier. Gehurkt in de duisternis terwijl de mosselen tegen haar knieën schaafden, gaf ze over in het water.

Katzka pakte haar arm en ondersteunde haar. Ze trilde zo van de inspanning dat ze dacht dat ze zou omvallen als hij haar niet had vastgehouden.

Eindelijk was haar maag leeg. Met moeite tilde ze haar hoofd op.

'Beter?' fluisterde hij.

'Ik bevries van de kou.'

'Laten we een warme plek opzoeken.' Hij keek naar de pier die zich boven hen afstak. 'Ik denk dat we wel tegen die palen op komen. Kom.'

Samen klauterden ze over de stenen, slipten en gleden over mos en zeewier. Katzka was het eerst op de pier, toen stak hij zijn hand uit en trok haar naar boven. Ze kwamen gehurkt omhoog.

Het zoeklicht gleed door de mist en ving hen in zijn schijnsel.

Er kaatste een kogel tegen het beton achter Abby.

'*Lopen*!' zei Katzka.

Ze renden weg. Het zoeklicht achtervolgde hen, de straal zigzagde door de duisternis. Ze waren nu van de betonnen pier af en renden naar de containeropslagplaats. Kogels spatten rondom hen op het grind. Voor hen doemden de containers op, opgestapeld in een enorm doolhof van schaduwen. Ze doken het eerste pad tussen de containers door in en hoorden kogels tegen het metaal aanketsen. Toen hield het schieten op.

Abby ging langzamer lopen om op adem te komen. Ze was nog uitgeput van de zwempartij en voelde zich zwak van het overgeven van het zeewater. En nu trilde ze zo hevig dat ze over haar eigen voeten struikelde.

Er kwamen stemmen dichterbij. Ze schenen van twee kanten te komen.

Katzka greep haar hand en trok haar dieper het doolhof van containers in.

Ze renden naar het einde van de rij, sloegen linksaf en bleven rennen. Toen stonden ze allebei stil.

Aan het eind van de rij containers knipperde een licht.

*Ze zijn vóór ons!*

Katzka ging rechtsaf, langs een andere rij. De opgestapelde containers torenden boven hen uit als de wanden van een kloof. Ze hoorden stemmen en veranderden weer van richting. Ze waren nu zo vaak omgedraaid dat Abby niet meer wist of ze in rondjes liepen en even tevoren niet ook zo hadden gelopen.

Er danste een lichtje voor hen.

Ze stonden stil en draaiden zich om om terug te lopen. En zagen een andere zaklantaarn knipperen. Hij zwaaide naar achteren en naar voren en kwam op hen toe.

*Ze zijn voor ons. En achter ons.*

In paniek struikelde ze achteruit. Ze stak haar handen uit om haar evenwicht te bewaren en voelde de spleet tussen twee containers. Hij was nauwelijks breed genoeg.

Het licht van de zaklantaarn kwam dichterbij.

Ze greep Katzka's arm, wrong zich in de opening en trok hem achter zich aan. Ze wurmde zich steeds dieper door een filigreinwerk van spinnenwebben tot ze tegen de wand van een aangrenzende container aanstootte. Ze kon niet verder. Ze zaten hier vast, strak ingesloten in een ruimte smaller dan die van een doodkist.

Het geknars van voetstappen op grind kwam dichterbij.

Katzka's hand pakte de hare, maar dat verminderde haar paniek niet. Haar hart bonsde tegen haar ribben. De voetstappen kwamen dichterbij.

Ze hoorde nu stemmen, een man riep iets tegen een ander, toen gaf een tweede man antwoord in een of andere onherkenbare taal. Of kwam het door het bloed dat door haar oren raasde dat ze hun woorden onbegrijpelijk vond?

Er danste een licht langs de spleet. De twee mannen stonden dichtbij en praatten op verbaasde toon. Ze hoefden hun straal alleen maar in de opening te schijnen en ze zouden hun prooi in de spleet zien staan. Iemand trapte op de grond en het grind schoot weg en kletterde tegen de container aan.

Abby deed haar ogen dicht, ze was te bang om te kijken. Ze wilde niet toekijken wanneer die lichtstraal in hun schuilplaats scheen. Katzka pakte haar hand steviger beet. Haar ledematen stonden strak van de spanning; haar adem kwam in korte, oppervlakkige stootjes. Ze hoorde nog een schoen over de grond geschraapt worden, nog meer geknars van grind.

Toen liepen de voetstappen weg.

Abby durfde zich niet te bewegen. Ze wist niet zeker of ze zich kòn bewegen; haar benen voelden aan alsof ze nooit meer een andere stand konden aannemen. *Over god weet hoeveel jaar zullen ze me hier vinden staan, met een stijfbevroren skelet van angst.*

Katzka maakte de eerste beweging. Hij liep voorzichtig naar de opening en stond op het punt om zijn hoofd om de hoek te steken toen ze een zacht klikje hoorden. Er ging een lichtje aan en weer uit. Iemand had een lucifer aangestoken. Katzka stond doodstil. De geur van sigarettenrook dreef door de duisternis.

Ergens in de verte riep een man.

De sigarettenroker bromde een antwoord en toen stierven zijn voetstappen weg.

Katzka bewoog zich niet.

Ze bleven als verstijfd met de handen in elkaar staan en durfden geen van beiden een woord te zeggen. Twee keer hoorden ze hun achtervolgers langskomen; beide keren liepen de mannen door.

Er klonk gerommel in de verte, als het geluid van de donder ergens ver weg aan de horizon.

Toen hoorden ze lange tijd niets.

Pas uren later kwamen ze ten slotte uit hun schuilplaats tevoorschijn. Ze kropen langs de rij containers en stopten om de waterkant af te turen. De nacht was zenuwslopend stil geworden. De mist was opgetrokken en aan de hemel schitterden de sterren zwakjes in de weerschijn van de stadsverlichting.

De volgende pier was donker. Ze zagen geen mannen, geen lichten, zelfs geen gloed uit de patrijspoort. Er was alleen het lange, lage silhouet van de betonnen pier die uitstak en de glinstering van het maanlicht op het water.

Het vrachtschip was verdwenen.

# 22

Het alarm op de hartmonitor leek dolgedraaid, de lijn maakte snerpend een chaotische dodendans over het scherm.

'Meneer Voss,' Een zuster pakte Victor bij de arm en probeerde hem bij Nina's bed weg te trekken. 'De artsen hebben ruimte nodig om te kunnen werken.'

'Ik laat haar niet alleen.'

'Meneer Voss, ze kunnen niets doen als u hier bent!'

Victor schudde de hand van de vrouw met zo'n geweld van zich af dat ze terugdeinsde alsof ze geslagen was. Hij bleef aan het voeteneinde van het bed van zijn vrouw staan en pakte de spijlen zo stevig vast dat zijn knokkels wel glanzend wit leken.

'Achteruit,' kwam een commando. 'Iedereen achteruit!'

'Meneer Voss!' Dr. Archer sprak nu, zijn stem klonk snijdend door de heksenketel. 'We moeten het hart van uw vrouw een shock toedienen! U moet nú bij het bed weg.'

Victor liet de spijl los en deed een stap terug.

De shock werd toegediend. Hij sloeg door Nina's lichaam in een enkele, woeste stoot. Ze was te klein, te tenger om op die manier behandeld te worden! Woedend deed hij een stap naar voren, klaar om de paddles weg te pakken. Toen stond hij stil.

Op de monitor boven het bed was de rafelige lijn veranderd in een rustige, ritmische serie piepjes. Hij hoorde iemand zuchten en voelde hoe hij zelf snel en diep uitademde.

'Systole is zestig. Vijfenzestig...'

'Het ritme schijnt het te houden.'

'Systolische druk is vijfenzeventig.'

'Goed, draai het infuus maar lager.'

'Ze beweegt haar arm. Kunnen we hier een onrustband krijgen?'

Victor drong zich langs de zusters naar Nina's kant. Niemand probeerde hem tegen te houden. Hij pakte haar hand en drukte die tegen zijn lippen. En hij proefde het zout van zijn eigen tranen op haar huid.

*Blijf bij me. Blijf alsjeblieft bij me.*

'Meneer Voss?' De stem scheen hem vanuit de verte te roepen. Hij draaide zich om en keek dr. Archer aan.

'Kunnen we naar de gang gaan?' zei Archer.

Victor schudde zijn hoofd.

'Het gaat nu wel met haar,' zei Archer. 'Al deze mensen zorgen goed voor haar. We blijven vlak voor de kamer. Maar ik moet u spreken. Nu.'

Eindelijk knikte Victor. Hij legde Nina's hand met een teder gebaar neer en liep achter Archer aan het kamertje uit.

Ze stonden in een rustige hoek van de Intensive Care-afdeling. De lichten waren gedempt voor de avond en tegen de rij groene schermen stak het silhouet van de monitorzuster af die stil en roerloos zat te observeren.

'De transplantatie is uitgesteld,' zei Archer. 'Er was een probleem met de explantatie.'

'Wat bedoelt u?'

'Die kon vanavond niet gedaan worden. We zullen voor morgen moeten voorbereiden.'

Victor keek naar het kamertje van zijn vrouw. Door het raam zonder gordijn kon hij haar hoofd zien bewegen. Ze werd wakker. Ze had hem nodig.

Hij zei: 'Morgenavond kan er niets misgaan.'

'Nee.'

'Dat zei u ook na de eerste transplantatie.'

'Organen kunnen afgestoten worden en dat kunnen we niet altijd tegengaan. Hoe hard we ook ons best doen om dat te voorkomen, het kan gebeuren.'

'Hoe weet ik dat het niet weer gebeurt? Met een tweede hart?'

'Ik kan niets beloven. Maar op dit ogenblik hebben we geen alternatief, meneer Voss. De ciclosporine hielp niet. En ze had een overgevoeligheidsreactie op OKT-3. Er zit niets anders op dan een andere transplantatie.'

'En die vìndt dan ook morgen plaats?'

Archer knikte. 'We zullen ervoor zorgen dat het morgen gebeurt.'

Nina was nog niet helemaal bij bewustzijn toen Victor naar haar bed terugkeerde. Hij had al zo vaak toegekeken als ze sliep. In de loop van de jaren had hij de veranderingen in haar gezicht gezien. De lichte rimpels die zich bij haar mondhoeken hadden gevormd. De langzaam uitzakkende kaaklijn. Het nieuwe, witte waas over haar haren. Hij had om iedere verandering getreurd, omdat het hem eraan hielp herinneren dat hun reis samen slechts een vergankelijke doorgang was door een kille en eenzame eeuwigheid.

En toch was het háár gezicht en hij had van iedere verandering gehouden.

Uren later deed ze haar ogen open. Eerst besefte hij niet dat ze wakker was. Hij zat in een stoel naast haar bed, zijn schouders hingen naar voren van vermoeidheid toen hij om de een of andere reden zijn hoofd ophief en haar aankeek.

Ze lag hem aan te kijken. Ze opende haar hand in een stille vraag om zijn aanraking. Hij greep die en kuste hem.

'Alles,' fluisterde ze, 'komt goed.'

Hij glimlachte. 'Ja. Ja natuurlijk komt het goed.'

'Ik heb zo geboft, Victor. Zo geboft...'

'Wij allebei.'

'Maar nu moet je leren om mij los te laten.'

Victors glimlach verdween. Hij schudde zijn hoofd. 'Zeg dat niet.'

'Er ligt nog zo veel voor je.'

'En wíj dan?' Hij pakte haar hand nu met zijn beide handen beet, als een man die probeert water vast te houden dat wegloopt. 'Jij en ik, Nina, wij zijn niet iedereen! Dat hebben we altijd tegen elkaar gezegd. Weet je dat niet meer? Wij waren anders. Wij waren bijzonder. En ons kon toch niets overkomen?'

'Maar dat is wel gebeurd, Victor,' mompelde ze 'Er is mij iets overkomen.'

'*En ik zal er iets aan doen.*'

Ze zei niets, schudde alleen verdrietig haar hoofd.

Het kwam Victor voor alsof het laatste wat hij van Nina zag toen ze haar ogen weer dicht deed, een blik van zwijgende ongehoorzaamheid was. Hij staarde naar haar hand die hij met zo'n bezittersgebaar had vastgehouden. En hij zag dat die dicht was, tot een vuist gebald.

Het was bijna middernacht toen rechercheur Lundquist een uitgeputte Abby voor haar voordeur afzette. Ze zag Marks auto niet op de oprit staan. Toen ze het huis inliep, voelde ze de leegte net zo duidelijk als je een kloof aan je voeten voelt gapen. Hij zal een spoedgeval in het ziekenhuis hebben gehad, dacht ze. Het was niet ongebruikelijk voor hem om 's avonds laat het huis uit te gaan, omdat hij naar het Bayside was geroepen om een schotwond of een steekwond te behandelen. Ze probeerde zich hem voor te stellen zoals ze hem zo vaak had gezien in de operatiekamer, zijn gezicht gemaskerd in blauw, zijn blik naar beneden gericht, maar ze kon zich hem niet voor de geest halen. Het was alsof de herinnering, die oude werkelijkheid, was gewist.

Ze liep naar het antwoordapparaat en hoopte dat hij een memo op de recorder had achtergelaten. Maar ze hoorde alleen twee telefonische boodschappen. Beide van Vivian en het nummer dat ze had achtergelaten had een netnummer van buiten de staat. Ze was nog steeds in Burlington. Het was te laat om haar nu te bellen. Ze zou het morgen proberen.

Boven trok ze haar natte kleren uit, gooide ze in de wasmachine en ging onder de douche staan. Ze zag dat de tegels droog waren; Mark had vanavond geen douche genomen. Was hij eigenlijk wel thuis geweest?

Terwijl het warme water op haar schouders neerstroomde, dacht ze met dichte ogen na. Ze zag er tegenop wat ze tegen Mark moest zeggen. Daarom was ze vanavond naar zijn huis teruggegaan. Het werd tijd om een confrontatie met hem aan te gaan en antwoorden te eisen. De onzekerheid was ondraaglijk geworden.

Nadat ze onder de douche vandaan was gekomen, ging ze op bed zitten en liet Mark oppiepen. Ze schrok toen de telefoon vrijwel direct ging.

'Abby?' Het was Mark niet, maar Katzka. 'Ik wilde alleen even zeker weten of alles in orde was. Ik heb daarnet ook gebeld, maar toen werd er niet opgenomen.'

'Ik stond onder de douche. Het gaat goed, Katzka. Ik wacht alleen tot Mark thuiskomt.'

Even stilte. 'Ben je alleen?'

Ze moest een beetje glimlachen om zijn bezorgdheid. Als je door dat pantser van hem heen was, zat daar toch een echte man onder.

'Ik heb alle deuren en ramen op slot gedaan,' zei ze. 'Net zoals je zei.' Ze hoorde op de achtergrond gezoem van stemmen, en het schrille geluid van de politieradio en ze zag hem weer voor zich staan op die kade, terwijl de blauwe zwaailichten over zijn gezicht flitsten. 'Wat is daar aan de hand?' vroeg ze.

'We wachten op de duikers. De apparatuur is al klaar.'

'Denk je echt dat de bestuurder nog in de bestelauto vastzit?'

'Ik ben bang van wel.' Hij zuchtte en het klonk zo intens vermoeid, dat ze bezorgd zei:

'Je zou naar huis moeten gaan, Katzka. Je hebt een warme douche nodig en wat kippensoep. Dat is mijn recept.'

Hij lachte. Het was een verrassend geluid, dat ze bij hem nooit eerder had gehoord. 'Nu hoef ik alleen nog maar een apotheek te zoeken die dat voor me doet.' Iemand zei iets tegen hem. Het klonk als een andere smeris, een vraag over kogelbanen. Katzka draaide zich om om de man antwoord te geven en kwam weer terug aan de lijn. 'Ik moet gaan. Alles is echt in orde? Je gaat niet liever naar een hotel?'

'Alles is in orde.'

'Goed.' Ze hoorde Katzka weer zuchten. 'Maar ik wil dat je morgen een smid laat komen. Laat hem grendels op al je deuren zetten. Vooral als je 's avonds vaak alleen thuis bent.'

'Dat zal ik doen.'

Het bleef even stil. Hij moest dringend aan het werk, maar wilde eigenlijk niet ophangen. Uiteindelijk zei hij: 'Ik bel je morgen nog wel.'

'Dank je, Katzka.' Ze hing op.

Weer piepte ze Mark op. Toen ging ze op bed liggen wachten tot hij terugbelde. Dat deed hij niet.

Naarmate de uren verstreken, probeerde ze haar toenemende bezorgdheid te kalmeren door alle redenen op te tellen waarom hij niet reageerde. Hij kon in een van de dienstkamers van het ziekenhuis liggen te slapen. Zijn pieper kon kapot zijn. Hij kon aan het opereren zijn en niet ter beschikking zijn.

*Of hij kon dood zijn. Zoals Aaron Levi. Zoals Kunstler en Hennessy.*

Ze piepte hem weer op. En weer.

Om drie uur ging de telefoon eindelijk. Ze was direct klaarwakker en pakte de hoorn.

'Abby, met mij.' Marks stem knetterde door de lijn, alsof hij van ver kwam.

'Ik heb je al uren opgepiept,' zei ze. 'Waar zat je?'

'Ik zit in de auto en ben nu op weg naar het ziekenhuis.' Hij zweeg even. 'Abby, we moeten praten. De dingen zijn... veranderd.'

Ze zei zachtjes: 'Tussen ons, bedoel je.'

'Nee. Nee, dit heeft niets met jou te maken. Dat heeft het nooit gehad. Het heeft met míj te maken. Jij bent er alleen bij betrokken geraakt, Abby. Ik heb geprobeerd hen op te laten houden, maar nu zijn ze te ver gegaan.'

'Wíe is te ver gegaan?'

'Het team.'

Ze was bang om de volgende vraag te stellen, maar ze had nu geen keus meer. 'Jullie allemaal? Jullie zijn er allemaal bij betrokken?'

'Niet meer.' De verbinding verzwakte even en ze hoorde iets dat leek op het geluid van voorbijgaand verkeer. Zijn stem werd weer sterker. 'Mohandas en ik hebben vanavond een beslissing genomen. Ik ben vanavond bij hem thuis geweest. We hebben gepraat en dingen vergeleken. Abby, het is misschien link. Maar we hebben besloten dat het tijd is om hier een eind aan te maken. We kunnen het niet langer. Mohandas en ik maken het openbaar. En iedereen kan barsten. Het Bayside kan barsten.' Hij zweeg, zijn stem trilde plotseling. 'Ik ben een lafaard geweest. Het spijt me.'

Ze deed haar ogen dicht. 'Je wist het. Je hebt het al die tijd geweten.'

'Ik wist er íets van, niet alles. Ik had geen idee hoe ver Archer ging. Ik wìlde het niet weten. Toen begon jij al die vragen te stellen.

En ik kon er mijn ogen niet langer voor sluiten...' Hij zuchtte diep en fluisterde. 'Dit is mijn einde, Abby.'

Ze had haar ogen nog steeds dicht. Ze zag hem in het donker in de auto zitten met één hand aan het stuur en in de ander de draagbare telefoon geklemd. Ze zag de ellende op zijn gezicht. En de moed; bovenal de moed.

'Ik hou van je,' fluisterde hij.

'Kom thuis, Mark. Alsjeblieft.'

'Nog niet. Ik heb een afspraak met Mohandas in het ziekenhuis. We gaan die donordossiers halen.'

'Weet je waar die bewaard worden?'

'We hebben een idee. Met zijn tweeën kan het een tijdje duren voor we alle dossiers hebben doorzocht. Als je ons zou willen helpen, zijn we er tegen de ochtend wel door.'

Ze kwam overeind in bed. 'Ik kan vannacht toch niet veel slapen. Waar ontmoet je Mohandas?'

'In de medische dossierkamer. Hij heeft de sleutel.' Mark aarzelde. 'Weet je zeker dat je hieraan wilt meewerken, Abby?'

'Ik wil overal zijn waar jíj bent. We doen dit samen, oké?'

'Oké,' zei hij zachtjes. 'Tot straks.'

Vijf minuten later liep Abby de voordeur uit en stapte ze in haar auto.

De straten van West Cambridge waren verlaten. Ze sloeg Memorial Drive in en reed in zuidoostelijke richting langs de oever van de Charles-rivier naar de River Streetbrug. Het was kwart over drie 's ochtends, maar ze kon zich niet herinneren zich ooit zo wakker gevoeld te hebben. Zo levend.

*Eindelijk gaan we hen verslaan!*, dacht ze. *En we doen het samen. Zoals we het van het begin af aan hadden moeten doen.*

Ze reed over de brug en ging de oprit voor de tolweg op. Er reden niet veel auto's op dat tijdstip en ze kon gemakkelijk invoegen tussen het spaarzame verkeer dat naar het oosten reed.

Een kilometer of vijf later hield de tolweg op. Ze wisselde van rijstrook en wilde de zuidafrit van de grote weg nemen. Toen ze die opreed, werd ze zich plotseling bewust van een paar koplampen die op haar neerschenen.

Ze voerde haar tempo op en voegde in op de grote weg in zuidelijke richting.

De koplampen kwamen dichterbij, hoge stralen die haar achteruitkijkspiegeltje verblindden. Hoe lang hadden die al achter haar gezeten? Ze had er geen idee van. Maar ze kwamen nu dichterbij als een stel landingslichten uit de hel.

Ze maakte vaart.

De andere auto ook. Plotseling zwenkte hij naar links naar de aangrenzende rijstrook. Hij kwam naast haar rijden tot ze bijna gelijk lagen.

Ze keek even opzij. Ze zag dat het raam van de andere auto omlaag gedraaid was. Ze ving het silhouet op van een man in de bijrijdersstoel.

In paniek gaf ze plankgas.

Te laat zag ze de auto voor haar die was blijven stilstaan. Ze stond boven op haar remmen. Haar auto draaide rond en kaatste tegen de betonnen vangrail. Plotseling lag de wereld schuin. Toen draaide alles over de kop. Ze zag duisternis en licht. Duisternis en licht.

Duisternis.

'... herhaal, dit is mobiele eenheid eenenveertig. Onze verwachte aankomsttijd is over drie minuten. Begrepen?'

'Begrepen, eenenveertig. Hoe zijn pols en bloeddruk?'

'Systole vijfennegentig. Pols honderdtien. Er loopt een infuus met een gewone zoutoplossing. Hé, het lijkt of ze begint te bewegen.'

'Houd haar geïmmobiliseerd.'

'We hebben haar in een halskraag en een wervelplank gelegd.'

'Oké. We staan klaar.'

'Tot straks in het Bayside...'

... Licht.

En pijn. Korte, scherpe explosies van pijn in haar hoofd.

Ze probeerde te schreeuwen, maar ze gaf geen geluid. Ze probeerde zich van het felle licht weg te draaien, maar haar hals scheen in een verstikkende greep vast te zitten. Ze dacht dat als ze aan het licht kon ontsnappen en zich weer in de duisternis kon terugtrekken, de pijn weg zou gaan. Ze draaide uit alle macht en probeerde los te komen van de verlamming die zich van haar ledematen had meester gemaakt.

'Abby. Abby, lig stil!' commandeerde een stem. 'Ik moet in je ogen kijken.'

Ze draaide de andere kant op en voelde de onrustbanden langs haar polsen en enkels schaven. Ze besefte dat haar bewegingen niet door een verlamming werden belemmerd. Ze was vastgebonden, alle vier haar ledematen lagen vast aan de brancard.

'Abby, ik ben het, dr. Wettig. Kijk me aan. Kijk naar het licht. Toe, doe je ogen open. *Open*.'

Ze deed haar ogen open, dwong zichzelf ze open te houden, zelfs al leek de lichtstraal van zijn zaklampje een mes te zijn dat recht door haar schedel heensneed.

'Volg het licht. Vooruit. Mooi, Abby. Oké, allebei de pupillen reageren. Alles normaal.' Het zaklampje werd gelukkig uitgeschakeld. 'Toch wil ik die CAT-scan hebben.'

Abby kon nu figuren herkennen. Ze zag de schaduw van het hoofd van dr. Wettig tegen het heldere licht dat de lampen aan het plafond verspreidden. Ze zag van terzijde andere hoofden bewegen en het witte gordijn om haar onderzoekruimte heen bolde als een wolk uit in de verte. Er prikte iets pijnlijk in haar linkerarm; ze trok terug.

'Rustig, Abby.' Het was een vrouwenstem, zacht en kalmerend. 'Ik moet een beetje bloed afnemen. Blijf even stil liggen. Ik moet heel wat buisjes hebben.'

Nu een derde stem. 'Dr. Wettig, de röntgen is klaar voor haar.'

'Een ogenblikje,' zei Wettig. 'Ik wil er een grotere infuusnaald in hebben. Nummer zestien. Toe, mensen.'

Abby voelde weer een steek, dit keer in haar rechterarm. De pijn verdreef haar verwarring en ze werd plotseling schrikbarend helder. Ze wist precies waar ze was. Ze kon zich niet herinneren hoe ze hier was gekomen, maar ze wist dat ze in de EHBO van het Bayside was en dat er iets verschrikkelijks gebeurd moest zijn.

'Mark.' Ze probeerde te gaan zitten. 'Waar is Mark?'

'Niet bewegen! Dat kost een infuus!'

Er werd een hand over haar elleboog gelegd en haar hand werd tegen de brancard gedrukt. De greep was te stevig om voorzichtig te zijn. Ze deden haar allemaal pijn, staken haar met naalden en hielden haar vast als een gevangen dier.

'Mark!' riep ze.

'Abby, luister naar me.' Het was Wettig weer, zijn stem zacht en ongeduldig. 'We proberen Mark te bereiken. Ik weet zeker dat hij zo komt. Nu moet je alleen even meewerken, anders kunnen we je niet helpen. Begrijp je dat? Abby, begrijp je dat?'

Ze staarde hem aan en bleef stil liggen. Ze had zich al zo vaak als assistent-arts geïntimideerd gevoeld door die ondoorgrondelijke, blauwe ogen. Nu ze was vastgebonden en hulpeloos, voelde ze zich meer dan geïntimideerd door die blik. Ze was diep in haar hart werkelijk bang. Ze keek de kamer even door, op zoek naar een vriendelijk gezicht, maar iedereen had het te druk met infuzen en bloedbuisjes en haar pols en bloeddruk.

Ze hoorde hoe het gordijn opengerukt werd en voelde een plotselinge beweging toen de brancard begon te rijden. Nu flitste het plafond langs in een snelle opeenvolging van lichten en ze wist dat ze haar dieper het ziekenhuis mee in namen. Het hart van de vijand in. Ze probeerde zich niet eens te verzetten, je kon je niet tegen de onrustbanden verzetten. *Denk*, dacht ze. *Ik moet nadenken.*

Ze sloegen een hoek om, de röntgenafdeling op. Nu een ander gezicht, dat van een man die boven haar brancard verscheen. De röntgenassistent van de CAT-scan. Vriend of vijand? Ze wist het niet meer. Ze brachten haar naar de tafel en bonden haar vast over haar borst en heupen.

'Heel stil liggen,' beval de röntgenassistent, 'anders moeten we alles weer opnieuw doen.'

Toen de scanner over haar hoofd werd gedaan, voelde ze een plotselinge vlaag van claustrofobie. Ze herinnerde zich hoe andere patiënten CAT-scans hadden beschreven: *Alsof je hoofd in een puntenslijper wordt geramd.* Abby deed haar ogen dicht. Machines klikten en zoemden rondom haar hoofd. Ze probeerde te denken, om zich het ongeluk te herinneren.

Ze herinnerde zich dat ze in de auto was gestapt. De tolweg was opgereden. Toen was er een leemte in haar geheugen. Retrograde amnesie: het ongeluk zelf was volkomen gewist. Maar de gebeurtenissen die eraan vooraf waren gegaan, kwamen langzaam weer in beeld.

Tegen de tijd dat de scan klaar was, had ze voldoende geheugenfragmenten aan elkaar geplakt om te begrijpen wat ze nu moest doen. Als ze in leven wilde blijven.

Ze was rustig en werkte mee toen de CAT-scanassistent haar weer op de brancard legde, zo rustig dat hij haar polsen niet in onrustbanden deed en alleen een riem over haar borst vastbond. Toen reed hij haar naar de wachtkamer van de röntgenafdeling.

'De EHBO komt u zo ophalen,' zei hij. 'Als u me nodig heeft, roep dan maar. Ik zit hiernaast.'

Door de open deur kon ze hem horen telefoneren. *Ja, met de CAT-scan. We zijn hier klaar. Dr. Blaise bekijkt de scan nu. Wilt u haar komen halen?*

Abby tastte naar boven en maakte voorzichtig de borstriem los. Toen ze overeind kwam, begon de kamer te draaien. Ze duwde haar handen tegen haar slapen en alles scheen weer normaal te worden.

Het infuus.

Ze rukte de pleister van haar arm, kromp in elkaar bij het stekende gevoel en trok de slang eruit. Zoutoplossing druppelde uit de slang op de grond. Ze negeerde de zoutoplossing en concentreerde zich er alleen op om de bloeding uit haar ader te stoppen. Een gat van naald nummer zestien is een groot gat. Hoewel ze het strak dichtbond, bleef het sijpelen. Ze kon zich er nu niet druk over maken. Ze kwamen haar achterna.

Ze klom van de brancard af en haar blote voeten kwamen in een plas NaCl terecht. In de kamer ernaast was de assistent bezig de CAT-scantafel schoon te maken. Ze hoorde het geluid van zacht papier dat verfrommeld werd en de klank van het deksel van de afvalbak.

Ze pakte een labjas van de deurhaak en trok die over haar ziekenhuishemd heen aan. Alleen die inspanning scheen haar al uit te putten. Ze had moeite met nadenken en duidelijk door een wit waas van pijn te zien toen ze naar de deur liep. Haar benen voelden traag aan alsof ze door drijfzand waadde. Ze dwong zichzelf naar de gang.

Die was leeg.

Nog steeds wadend door het drijfzand liep ze door de gang, af en toe steunend tegen de muur om overeind te blijven. Ze sloeg een hoek om. Aan het eind van de gang was een nooduitgang. Ze spande zich enorm in en dacht: als ik die deur maar kan bereiken, ben ik in veiligheid.

Ergens achter haar, het leek heel ver weg, hoorde ze stemmen. Het geluid van snelle voetstappen.

Ze graaide naar de grendel van de nooduitgang en duwde ertegen, de duisternis in. Er begonnen alarmbellen te rinkelen. Ze begon direct te rennen en vluchtte in paniek de duisternis in. Ze struikelde van het trottoir af de parkeerplaats op. Er drong gebroken glas en grind in haar blote voeten. Ze had geen ontsnappingsplan of doel in gedachten; ze wist alleen dat ze uit het Bayside weg moest zien te komen.

Er klonken stemmen achter haar. Een schreeuw.

Ze keek even achterom en zag drie bewakers de EHBO-ingang uitrennen.

Ze dook weg achter een auto, te laat. Ze hadden haar gezien.

Ze sprong overeind en begon weer te rennen. Haar benen werkten niet goed. Ze struikelde toen ze tussen geparkeerde auto's doorrende.

De voetstappen van haar achtervolgers kwamen roffelend en van twee kanten tegelijk dichterbij.

Ze sloeg tussen twee geparkeerde auto's linksaf.

Ze omsingelden haar. Een bewaker pakte haar linkerarm, een ander haar rechter. Ze schopte en sloeg. Ze probeerde hen te bijten.

Maar nu waren ze met zijn drieën en ze sleepten haar terug naar de EHBO. Terug naar dr. Wettig.

'Ze vermoorden me!' schreeuwde ze. 'Laat me los! Ze gaan me vermoorden!'

'Niemand zal u iets doen, dame.'

'U begrijpt het niet. *U begrijpt het niet*!'

De deuren van de EHBO zwaaiden open. Ze werd naar binnengebracht, het licht in en de brancard op. Vastgebonden ook al trappelde en worstelde ze nog zo erg.

Het gezicht van dr. Wettig verscheen, wit en gespannen boven het hare. 'Vijf milligram Haldol, in de spieren,' snauwde hij.

'Nee,' gilde Abby. '*Nee*!'

'Schiet op, ik wil dat het STAT gegeven wordt.'

Er verscheen een zuster met een spuit in haar hand. Ze haalde de beschermkap van de naald.

Abby deed een uithaal en probeerde zich van de onrustbanden te ontdoen.

'Hou haar tegen,' zei Wettig. 'Godverdomme, kan ze dan niet geïmmobiliseerd worden?'

Er werden handen over haar polsen gelegd. Ze werd opzij gedraaid, haar rechterbil ontbloot.

'Toe,' smeekte Abby en keek de zuster aan. 'Laat hij me geen pijn doen. Laat hem dat niet doen.'

Ze voelde de ijzige veeg alcohol, toen de prik van de naald die in haar bil werd gestoken.

'Alsjeblieft,' fluisterde ze. Maar ze wist dat het al te laat was.

'Het komt wel goed,' zei de zuster. En ze glimlachte tegen Abby. 'Alles komt in orde.'

# 23

'Geen slipsporen op de pier,' zei rechercheur Carrier. 'De voorruit is aan diggelen. En de bestuurder heeft volgens mij een kogelinslag boven het rechteroog. Je kent het, Slome. Het spijt me, maar we moeten je revolver hebben.'

Katzka knikte. Hij staarde vermoeid naar het water. 'Zeg tegen de duiker dat mijn revolver hier ergens ligt. Tenzij het door het getij versleept is.'

'Denk je dat je acht kogels afgevuurd hebt?'

'Misschien wel meer. Ik weet dat ik met een vol magazijn begonnen ben.'

Carrier knikte en sloeg Katzka op zijn schouder. 'Ga naar huis. Je ziet er uit als een opgewarmd lijk, Slome.'

'Zo goed?' zei Katzka. En hij liep weer over de pier, langs de verzameling mensen van het gerechtelijk lab. De bestelauto was uren tevoren uit het water gehesen en stond nu aan de rand van de containeropslagplaats. Er hingen slierten zeewier aan de as. Vanwege de lucht in de banden was de bestelauto in het water gekanteld en het dak was in de bodem gezonken. De ramen zaten vol aangekoekte modder. Ze hadden al nagetrokken dat hij van het Bayside Hospital afkomstig was, van de afdeling Beheer en Voorzieningen. Volgens de manager was de bestelauto er een van de drie die het ziekenhuis had en werd hij voor doeleinden gebruikt zoals voorraden en personeel naar omliggende klinieken heen en weer te vervoeren. De manager had niet gemerkt dat een van zijn bestelauto's ontbrak tot de politie hem een uur geleden had gebeld.

Het portier aan de bestuurderskant hing nu open en een fotograaf leunde naar binnen en maakte foto's van het dashboard. Het lijk was een half uur geleden verwijderd. Zijn rijbewijs had hem geïdentificeerd als Oleg Boravoy, leeftijd 39, een inwoner van Newark, New Jersey. Ze wachtten nog op verdere gegevens.

Katzka wist wel beter dan naar het voertuig toe te gaan. Zijn daden werden in twijfel getrokken en hij moest zich afzijdig houden van het bewijsmateriaal. Hij liep over de containeropslagplaats naar de plek waar zijn eigen auto buiten het hek geparkeerd stond en ging achter het stuur zitten. Kreunend sloeg hij zijn handen voor zijn gezicht. Om twee uur 's morgens was hij naar huis gegaan om te douchen en een paar uur te slapen. Kort na zonsopgang had hij weer op de pier gestaan. *Ik ben hier te oud voor*, dacht hij, *minstens tien jaar te oud voor*. Al dat rondrennen en schieten in het donker is goed voor die jonge honden, maar niet voor een smeris van middelbare leeftijd. En hij voelde zich heel erg van middelbare leeftijd.

Iemand tikte tegen zijn raampje. Hij keek op en zag dat het Lundquist was. Katzka draaide het raampje omlaag.

'Hé, Slome. Alles goed?'

'Ik ga naar huis om wat te slapen.'

'Ja, nou voor je dat doet, wil je misschien wel wat over de bestuurder horen.'

'Is er iets bekend geworden?'

'Ze hebben de naam Oleg Boravoy door de computer gehaald. En bingo, hij stond erin. Russische immigrant, is in '89 hiernaartoe gekomen. Het laatste bekende adres is Newark, New Jersey. Drie arrestaties, geen veroordelingen.'

'Wat voor beschuldigingen?'

'Ontvoering en afpersing. De aanklachten konden nooit hard gemaakt worden omdat de getuigen steeds verdwenen.' Lundquist boog zich voorover, en dempte zijn stem. 'Je bent gisteravond in een smerig zaakje betrokken geraakt. De smerissen van Newark zeggen dat Boravoy Russische maffia is.'

'Hoe zeker weten ze dat?'

'Zij moeten het weten. In New Jersey zetelt de Russische maffia. Slome, vergeleken bij die lui zijn de Colombianen de Rotary Club. Ze slaan niet alleen raak. Ze hakken voor de lol eerst je vingers en tenen eraf.'

Katzka fronste zijn wenkbrauwen en herinnerde zich de paniek van gisteravond. Watertrappend in de duisternis terwijl de mannen op de pier boven hen renden en woorden schreeuwden in een taal die hij niet verstond. Hij kreeg nu beelden voor ogen van losse vingers en tenen, van straten in Boston vol met her en der verspreid liggende lichaamsdelen. En dat deed hem aan scalpels denken. Operatiekamers.

'Wat is het verband tussen Boravoy en Bayside?' vroeg hij.

'Dat weten we niet.'

'Hij reed in een voertuig van hen.'

'En de bestelauto ligt vol medische apparatuur,' zei Lundquist. 'Ter waarde van een paar duizend dollar. Misschien is een zwarte markt-kwestie. Boravoy kan partners in het Bayside hebben gehad die drugs en voorraden verdonkeremaanden. En jij betrapte hen terwijl hij de waren naar de vrachtboot bracht.'

'Hoe zit dat met die vrachtboot? Heb je met de havenmeester gesproken?'

'Het schip staat geregistreerd bij een of andere maatschappij in New Jersey dat Sigayev heet. Haar laatste haven was Riga.'

'Waar ligt dat?'

'Letland. Ik denk dat dat zo'n onafhankelijk Russisch staatje is.'

De Russen weer, dacht Katzka. Als dit inderdaad de Russische maffia was, dan stonden ze tegenover misdadigers die berucht waren om hun pure bloederige wreedheid. Met iedere legale golf immigranten kwam een schaduwgolf roofdieren, misdadige netwerken, die hun landgenoten volgden naar het land van de mogelijkheden. Het land van de gemakkelijke prooi.

Hij dacht aan Abby DiMatteo en plotseling nam zijn ongerustheid toe. Hij had haar niet meer gesproken sinds dat gesprek om één uur 's ochtends. Hij had haar een uur geleden weer willen bellen. Maar terwijl hij het nummer draaide, besefte hij dat zijn hart sneller sloeg. En hij herkende dat teken. Verwachting. Een vreugdevol, pijnlijk, compleet onredelijk verlangen om haar stem te horen. Het waren gevoelens die hij in jaren niet had gehad en hij begreep maar al te goed wat ze betekenden.

Hij had snel de verbinding verbroken. En was het afgelopen uur steeds depressiever geworden.

Nu staarde hij naar de pier. Hij zei tegen Lundquist. 'Ik wil alles weten wat er over de Sigayev-maatschappij te weten is. Ik wil ieder verband met Amity en het Bayside Hospital.'

'Genoteerd, Slome.'

Katzka startte zijn auto. Hij keek Lundquist aan. 'Zit jouw broer nog bij de kustwacht?'

'Nee. Maar hij heeft daar nog wel vrienden.'

'Geef hen dit eens door. Eens kijken of ze onlangs die vrachtboot hebben aangedaan.'

'Ik betwijfel het. Als ze net vanuit Riga is gekomen.' Lundquist zweeg even en keek op. Rechercheur Carrier liep naar hen toe en zwaaide.

'Hé, Slome,' zei Carrier. 'Heb je die boodschap over dr. DiMatteo gekregen?'

Katzka zette de motor direct uit. Maar hij kon het plotselinge bonzen van zijn eigen hart niet afzetten. Hij staarde Carrier aan en verwachtte het ergste.

'Er is een ongeluk gebeurd.'

Er ratelde een lunchkarretje door de gang. Abby werd met een schok wakker en merkte dat haar lakens vochtig van het zweet waren. Haar hart bonsde nog na van de nachtmerrie. Ze probeerde zich in bed om te draaien, maar merkte dat dit niet ging; haar handen zaten vastgebonden, haar polsen deden pijn van het schaven. En ze besefte dat ze helemaal niet had gedroomd. Dit wàs de nachtmerrie en het was er één waaruit ze niet wakker kon worden.

Met een snik van frustratie zonk ze terug in de kussens en staarde naar het plafond. Ze hoorde een stoel kraken. Ze draaide haar hoofd om.

Katzka zat bij het raam. In het verblindende licht van de middag leek zijn ongeschoren gezicht ouder en vermoeider dan ze hem ooit eerder had gezien.

'Ik heb gevraagd of ze de onrustbanden wilden weghalen,' zei hij. 'Maar ze zeiden dat je er te veel infuzen had uitgetrokken.' Hij stond op en liep op haar bed toe. Daar stond hij op haar neer te kijken. 'Welkom terug, Abby. Je hebt enorm veel geluk gehad.'

'Ik herinner me niet wat er is gebeurd.'

'Je hebt een ongeluk gehad. Je auto is over de zuidelijke snelweg gekanteld.'

'Was er iemand anders...'

Hij schudde zijn hoofd. 'Er is verder niemand gewond. Maar je auto is zo goed als total loss.' Het was stil. Ze besefte dat hij haar niet langer aankeek, maar naar iets op haar kussen.

'Katzka?' vroeg ze zachtjes. 'Was het mijn schuld?'

Hij knikte met tegenzin. 'Volgens de slipsporen schijn je met hoge snelheid gereden te hebben. Je moet geremd hebben om een voertuig te ontwijken dat op jouw rijstrook stilstond. Je auto sloeg tegen de vangrail. En kantelde om, over twee rijbanen.'

Ze deed haar ogen dicht. 'O, mijn god.'

Weer was er een pauze. 'Ik denk dat je de rest nog niet gehoord hebt,' zei hij. 'Ik heb met de dienstdoende agent gesproken. Ik ben bang dat ze een versplinterde fles wodka in je auto hebben gevonden.'

Ze deed haar ogen open en staarde hem aan. 'Dat is onmogelijk.'

'Abby, je kunt je niet herinneren wat er is gebeurd. Gisteravond hebben we op de pier een traumatische ervaring gehad. Misschien wilde je je ontspannen. Thuis wat drinken.'

'Dàt zou ik me herinneren. Ik zou het me herinneren als ik had gedronken...'

'Luister, op dit moment is het belangrijk...'

'Dìt is belangrijk. Zie je het dan niet, Katzka? Ze zijn weer bezig me in de val te laten lopen!'

Hij wreef met zijn hand over zijn ogen, het onwillekeurige gebaar van een man die moeite heeft om wakker te blijven. 'Het spijt me, Abby,' mompelde hij. 'Ik begrijp dat dit niet gemakkelijk voor je is om toe te geven. Maar dr. Wettig heeft me net de uitslag van je alcoholpromillage getoond. Ze hebben het gisteravond in de EHBO afgenomen. Het was twee punt een.'

Hij keek haar nu niet aan, maar staarde met een neutrale uitdrukking op zijn gezicht het raam uit, alsof haar aankijken hem al te veel was. Ze kon zelfs haar lichaam niet naar hem toewenden om hem recht aan te kijken; de onrustbanden lieten dat niet toe. Ze gaf een felle ruk aan haar banden en de pijn die haar in geschaafde polsen drong, bracht bijna tranen naar haar ogen. Ze ging niet huilen. Verdomme, ze ging niet huilen.

Ze deed haar ogen dicht en concentreerde zich erop om haar woede in de juiste banen te leiden. Dat was alles wat ze nog had, het enige wapen waarmee ze kon terugvechten. Ze hadden haar verder alles afgenomen. Ze hadden haar zelfs Katzka afgenomen.

Ze zei langzaam: 'Ik heb niet gedronken. Dat moet je geloven. Ik was niet dronken.'

'Kun je me vertellen waar je om drie uur 's nachts naartoe onderweg was?'

'Ik reed naar het Bayside. Dat herinner ik me nog. Mark had me opgebeld en ik was op weg naar...' Ze zweeg. 'Is hij hier geweest? Waarom is hij hier niet?'

Zijn stilte was ijzingwekkend. Ze keerde haar hoofd om om hem aan te kijken, maar kon zijn gezicht niet zien.

'Katzka?'

'Mark Hodell reageert niet wanneer hij opgepiept wordt.'

'Wat?'

'Zijn auto staat niet op de parkeerplaats van het ziekenhuis. Niemand schijnt te weten waar hij is.'

Ze probeerde iets te zeggen, maar haar keel voelde aan alsof hij zo opgezwollen was dat ze geen woord meer kon uitbrengen en ze bracht alleen een gefluisterd: 'Nee' voort.

'Het is te vroeg om al conclusies te trekken, Abby. Zijn pieper kan kapot zijn. We weten nog niets.'

Maar Abby wist het. Ze wist het met een onmiddellijke en vernietigende zekerheid. Haar hele lichaam voelde plotseling als verdoofd aan. Levenloos. Ze besefte niet dat ze huilde, voelde zelfs de tranen niet over haar wangen glijden tot Katzka met een papieren zakdoekje in zijn hand opstond en voorzichtig haar wang afveegde.

'Het spijt me,' mompelde hij. Hij streek haar haren uit haar gezicht, en heel even bleef zijn hand met de vingers beschermend op haar voorhoofd rusten. Hij zei nog zachter: 'Ik vind het heel erg.'

'Zoek hem voor me,' fluisterde ze. 'Alsjeblieft. Zoek hem alsjeblieft voor me.'

'Dat zal ik doen.'

Even later hoorde ze hem de kamer uitlopen. Toen pas merkte ze dat hij de onrustbanden had losgemaakt. Ze kon uit haar bed weg en door de kamer lopen. Maar dat deed ze niet.

Ze draaide haar gezicht in het kussen en huilde.

Tegen de middag kwam er een zuster binnen om het infuus te verwijderen en een lunchblad achter te laten. Abby keek niet eens naar het eten. Het blad werd later onaangeroerd weggehaald.

Om twee uur kwam dr. Wettig binnen. Hij stond bij haar bed, bladerde door de papieren van haar status en maakte klakkende geluiden met zijn tong toen hij bij de labresultaten kwam. Eindelijk sloeg hij de status dicht en keek op haar neer. 'Dr. DiMatteo?'

Ze gaf hem geen antwoord.

'Rechercheur Katzka zegt dat je ontkent gisteravond alcohol te hebben gedronken,' zei hij.

Ze zei niets.

Wettig zuchtte. 'De eerste stap naar herstel is te erkennen dat je een probleem hebt. Ik had beter moeten opletten. Ik had moeten begrijpen waar de problemen al die tijd vandaan kwamen. Maar nu is het duidelijk geworden. En het is tijd om het probleem te lijf te gaan.'

Ze keek hem aan. 'Wat zou dat voor zin hebben?' vroeg ze ongeinteresseerd.

'Dat zou zoveel zin hebben, omdat je een zekere toekomst hebt die de moeite waard is om gered te worden. Een drankprobleem is een ernstige handicap, maar je bent een intelligente vrouw. Er zullen andere carrières voor je openstaan afgezien van medicijnen.'

Ze bleef zwijgen. Het verlies van haar carrière was op dit ogenblik vrijwel onbelangrijk vergeleken met het veel grotere verlies dat ze voelde over het verdwijnen van Mark.

'Ik heb dr. O'Connor gevraagd een beoordeling over je te maken,' zei Wettig. 'Hij komt vanavond langs.'

'Ik heb geen psychiater nodig.'

'Ik denk van wel, Abby. Ik denk dat je veel hulp nodig hebt. Je moet deze vervolgingswaanzin van je af zetten. Ik ontsla je niet uit het ziekenhuis voordat O'Connor daarmee akkoord gaat. Misschien vindt hij het nodig dat je naar een psychiatrische afdeling wordt overgebracht. Dat is dan zijn beslissing. We kunnen niet toestaan dat je jezelf geweld aandoet zoals je gisteravond probeerde te doen. We zijn erg bezorgd om je, Abby. *Ik* maak me zorgen om je. Daarom vraag ik een psychiatrische beoordeling aan. Het voor je eigen bestwil, geloof me.'

Ze keek hem recht aan. 'Barst, generaal.'

Tot haar immense tevredenheid, kromp hij in elkaar en deed een stap van het bed vandaan. Hij sloeg de kaart dicht. 'Ik kom straks nog naar u kijken, dr. DiMatteo,' zei hij en liep de kamer uit.

Lange tijd lag ze naar het plafond te staren. Een paar seconden voordat Wettig was binnengekomen, had ze zich te moe gevoeld om te vechten. Nu was iedere spier gespannen en haar maag was in beroering. Haar handen deden pijn. Ze keek naar beneden en besefte dat die tot vuisten gebald waren.

*Jullie kunnen allemaal barsten.*

Ze ging overeind zitten. De duizeligheid duurde maar een paar seconden, toen was die voorbij. Ze had te lang in bed gelegen. Het was tijd om in beweging te komen. Om haar leven weer in eigen hand te nemen.

Ze liep de kamer door en deed de deur op een kier.

Een zuster keek op van haar bureau en Abby recht aan. Op haar naamplaatje stond *Zr. W. Soriano.* 'Kan ik iets voor u doen?'

'O, nee,' zei Abby en trok zich snel weer terug achter haar gesloten deur.

Shit. Shit, ze pasten op haar alsof ze een gevangene was.

Op blote voeten ijsbeerde ze in een kringetje door de kamer en probeerde een plan te ontwerpen. Ze kon nu niet over Mark denken. Als ze dat deed, zou ze zich alleen maar op bed opkrullen en huilen. Dat wilden ze dat ze deed, dat verwachtten ze van haar.

Ze liep naar de stoel bij het raam en ging zitten om na te denken. Ze overwoog welke mogelijkheden ze had, maar kon niets bedenken. Gisteravond had Mark gezegd dat Mohandas aan hun kant stond, maar nu werd Mark vermist. Ze zou Mohandas niet vertrouwen. Ze zou niemand in dit ziekenhuis meer vertrouwen.

Ze liep naar het nachtkastje en pakte de telefoon. Er klonk een kiestoon. Ze belde Vivians nummer en kreeg het antwoordapparaat. Toen herinnerde ze zich dat Vivian nog steeds in Burlington was.

Ze belde haar eigen huis, drukte haar toegangscode in en luisterde naar de boodschappen op het antwoordapparaat. Er was nog een gesprek van Vivian en aan haar stem te oordelen was het dringend geweest. Ze had een nummer in Burlington achtergelaten.

Abby draaide het.

Dit keer nam Vivian op. 'Je hebt me nog net te pakken. Ik stond op het punt hier weg te gaan.'

'Kom je terug?'

'Ik heb een vlucht om zes uur naar Logan. Luister, deze reis is een slag in het duister geweest. Er zijn geen explantaties in Burlington geweest.'

'Hoe weet je dat?'

'Ik heb de luchthaven hier gecontroleerd. En iedere andere landingsbaan in de buurt. Op de avonden van die transplantaties waren er geen middernachtelijke vluchten van hier naar Boston. Niet één klein miezerig vliegtuigje. Burlington is alleen een dekmantel voor hen. En Tim Nicholls heeft voor het officiële papierwerk gezorgd.'

'En nu is Nicholls verdwenen?'

'Of ze hebben zich van hem ontdaan.'

Ze zwegen allebei. Toen zei Abby zachtjes: 'Mark wordt vermist.'

'Wat?'

'Niemand weet waar hij is. Rechercheur Katzka zegt dat ze zijn auto niet kunnen vinden. En Mark reageert niet op zijn pieper.' Ze zweeg en haar keel werd dichtgeknepen.

'O, Abby. Abby...' Vivians stem beefde.

In de korte stilte hoorde Abby een klik in de lijn. Ze pakte de hoorn zo stevig vast dat haar vingers er pijn van deden.

'Vivian?' zei ze.

Er klonk weer een klik. En toen was de lijn dood.

Ze hing op en probeerde opnieuw op te bellen, maar er klonk geen kiestoon meer. Ze probeerde de telefoniste te bellen, probeerde weer op te hangen en weer. Nog steeds geen kiestoon.

Het ziekenhuis had haar telefoon afgesloten.

Katzka stond op het nauwe voetpad van de Tobinbrug en staarde naar het water diep onder zich. De Mystic-rivier kwam vanuit het westen en voegde zich bij het water van de Chelsea-rivier voordat dit in de haven van Boston en de zee uitmondde. Het was een lange val, dacht Katzka en stelde zich het geweld voor waarmee een lichaam in het water terecht kwam. Het was bijna zeker een fatale val.

Hij draaide zich om, staarde langs het namiddagverkeer dat voorbij zoefde en richtte zijn blik op de andere kant van de brug. Hij ging de hypothetische volgorde van de gebeurtenissen na die zouden volgen op de plons van een lichaam. Het lijk zou door de stroom naar de haven gevoerd worden. Eerst zou het onder het wateroppervlak drijven, misschien langs het bodemslib. Uiteindelijk zouden de inwendige gassen het lijk in omvang laten toenemen. Dit zou over een tijdspanne van uren tot dagen gebeuren. Dat hing van de watertemperatuur af en de snelheid waarmee de gasvormende bacteriën zich in de rottende ingewanden vermenigvuldigden. Op een gegeven ogenblik zou het lijk naar de oppervlakte drijven.

En dan zou het gevonden worden. In een dag of twee. Opgeblazen en onherkenbaar.

Katzka wendde zich tot de agent die naast hem stond. Hij moest schreeuwen om boven het geluid van het verkeer uit te komen.

'Hoe laat zag je de auto?'

'Rond vijf uur 's ochtends. Hij stond op de noordelijke vluchtstrook. Precies daar.' Hij wees naar de rijstroken met voorbijzoevende auto's. 'Een mooie groene BMW. Ik stond gelijk stil.'

'Je zag niemand bij de BMW?'

'Nee, meneer. Hij zag er verlaten uit. Ik heb het kenteken opgevraagd en bevestigd gekregen dat hij niet als gestolen was aangegeven. Ik vermoedde dat de bestuurder misschien motorpech had gehad en was weggegaan om hulp te zoeken. De auto stoorde het overige verkeer op de plek waar hij stond, dus ik heb de sleepwagen gebeld.'

'Geen sleutels in de auto? Geen briefje?'

'Nee, meneer. Niets. Het was brandschoon binnen.'

Katzka keek weer naar het water. Hij vroeg zich af hoe diep de rivier op dit punt was en hoe snel de stroom was.

'Ik heb geprobeerd om naar het huis van dr. Hodell te bellen, maar er werd niet opgenomen,' zei de agent. 'Ik wist toen niet dat hij als vermist was opgegeven.'

Katzka zei niets. Hij bleef naar de rivier staren, dacht aan Abby en vroeg zich af wat hij tegen haar moest zeggen. Ze had er zo hartverscheurend breekbaar uitgezien in dat ziekenhuisbed en hij moest er niet aan denken haar nog een klap te verduren te geven. Nog meer verdriet.

*Ik vertel het haar niet. Nog niet*, besloot hij. *Pas als we een lichaam vinden.*

De agent keek ook naar de rivier. 'Jezus. Denkt u dat hij gesprongen is?'

'Als hij daar beneden is,' zei Katzka, 'dan is dat niet omdat hij gesprongen is.'

De telefoons hadden de hele dag gerinkeld, twee zusters hadden zich ziek gemeld en de hoofdzuster, Wendy Soriano, had de lunch overgeslagen. Ze was niet in de stemming om een dubbele dienst te draaien. Maar het was nu half vier 's middags en er stonden haar nog acht uur dienst te wachten.

Haar kinderen hadden al twee keer opgebeld. *Mamma, Jeffy slaat me weer. Mammie, hoe laat komt pappa thuis? Mammie, mogen we de magnetron gebruiken? We beloven dat we het huis niet in brand zullen steken.* Mammie, mammie, mammie.

Waarom vielen ze hun vader niet lastig op zijn werk?

*Omdat pappa's werk zo verdomd veel belangrijker is.*

Wendy sloeg haar handen voor haar gezicht en staarde naar de stapel statussen gemarkeerd met doktersorders. De assistent-artsen vonden het heerlijk om orders voor te schrijven. Ze kwamen binnenwaaien met hun mooie Cross-pennen en schreven wereldschokkende dingen zoals: 'Magnesiummelk tegen constipatie' of ''s Nachts rekken om het bed'. Dan gaven ze de gemarkeerde statussen aan de zusters als god die Mozes de tien geboden openbaarde. *Gij zult geen constipatie dulden.*

Met een zucht pakte Wendy de eerste status.

De telefoon ging. Als het de kinderen toch waren, dacht ze. Niet weer een *mammie, hij slaat me*-belletje. Ze nam op met een geïrriteerd: 'Zes Oost, Wendy.'

'Met dr. Wettig.'

'O.' Ze ging automatisch rechtop zitten. Je hing niet op een stoel als je met dr. Wettig sprak. Zelfs al was het door de telefoon. 'Ja, dokter?'

'Ik wil die alcoholbloedproef van dr. DiMatteo herhalen. En ik wil het naar het MedMark Labs gestuurd hebben.'

'Niet naar ons lab?'

'Nee. Stuur het direct naar MedMark.'

'Jazeker, dokter,' zei Wendy en schreef de order op. Het was een ongebruikelijke vraag, maar je vroeg de orders van de generaal niet verder na.

'Hoe gaat het met haar?' vroeg hij.

'Een beetje onrustig.'

'Heeft ze geprobeerd om weg te gaan?'

'Nee. Ze komt niet eens uit haar kamer.'

'Mooi. Zorg ervoor dat ze daar blijft. En onder geen voorwaarde bezoek. Dat geldt ook voor al het medische personeel, behalve die ik in mijn orders heb genoemd.'

'Ja, dr. Wettig.'

Wendy hing op en staarde naar haar bureau. Tijdens het gesprek waren er nog drie gemarkeerde statussen neergelegd. Verdomme. Ze zou de hele avond ordervellen zitten bijwerken. Plotseling voelde ze zich duizelig van de honger. Ze had nog steeds niet geluncht. Had zelfs in geen uren gepauzeerd.

Ze keek om zich heen en zag twee zusters in de gang staan kletsen. Was zij de enige die zich kapot werkte?

Ze scheurde de order voor de test voor de alcoholproef van het blok en legde die in de doos voor de laborante. Toen ze van het bureau opstond, begon de telefoon te rinkelen. Ze negeerde het; tenslotte waren daar afdelingssecretaresses voor.

Ze liep weg bij twee rinkelende telefoons.

Voor de afwisseling kon iemand anders dat verdomde apparaat eens oppakken.

De vampier was terug met haar blad vol bloedbuisjes, labaanvragen en naalden. 'Het spijt me, dr. DiMatteo. Maar ik moet u weer prikken.'

Abby stond bij het raam en wierp alleen even een blik op de laborante. Toen keek ze weer naar het uitzicht. 'Dit ziekenhuis heeft al het bloed opgezogen dat ik te geven had,' zei ze en staarde naar het droefgeestige beeld buiten het raam. Op de parkeerplaats beneden haastten zusters met wapperende haren en fladderende regenjassen zich door de wind naar de deuren van het ziekenhuis. In het oosten balden zich zwarte en dreigende wolken samen. Abby vroeg zich af of de lucht ooit zou opklaren?

Achter haar klonk het geluid van kletterende glazen buizen. 'Dokter, ik moet dit bloed echt hebben.'

'Ik hoef geen onderzoeken meer.'

'Maar dr. Wettig heeft het aangevraagd,' voegde de laborante er met een stille klank van wanhoop aan toe. 'Maakt u het me alstublieft niet zo moeilijk.'

Abby draaide zich om en keek naar de vrouw. Ze leek erg jong. Abby moest aan zichzelf denken lang geleden. Een tijd toen zij ook doodsbenauwd was geweest voor dr. Wettig, bang om het fout te doen, om alles kwijt te raken waar ze voor had gewerkt. Ze was daar nu niet meer bang voor. Maar deze vrouw wel.

Met een zucht liep Abby naar haar bed en ging zitten.

De laborante zette haar blad op het nachtkastje en begon steriele pakjes met gaasjes open te maken, een weggooibare naald en een vacutainerspuit. Te oordelen naar het aantal gevulde bloedbuizen op haar blad, had ze het vandaag al tientallen keren gedaan. Er stonden nog maar een paar lege buisjes.

'Goed, welke arm wilt u het liefste?'

Abby strekte haar linkerarm uit en keek gelaten toe toen de rubber tourniquet met een klik op zijn plaats werd gelegd. Ze maakte een vuist. De ader in de elleboog zwol op en werd zichtbaar, vol blauwe plekken van eerdere prikken. Toen de naald door haar huid gleed, keek Abby de andere kant op. Ze keek naar het blad van de laborante, naar alle keurig geëtiketteerde buisjes bloed. Een snoepdoos van een vampier.

Plotseling bleef haar blik op één monster in het bijzonder hangen, een buisje met een paarse dop en het etiket was naar haar toegedraaid. Ze schrok van de naam.

*VOSS, NINA*
*CHIRURGISCHE INTENSIVE CARE-AFDELING, BED 8*

'Dat was het,' zei de vampier en trok haar naald eruit. 'Kunt u het gaasje even vasthouden?'

Abby keek op. 'Wat?'

'Even het gaasje vasthouden terwijl ik een pleister pak.'

Abby drukte automatisch het gaasje tegen haar arm. Ze keek weer naar de buis met het bloed van Nina Voss. De naam van de behandelend arts was net zichtbaar in de hoek van het etiket. *Dr. Archer.*

*Nina Voss ligt weer in het ziekenhuis*, dacht Abby. *Weer op cardiologie.*

De laborante verdween.

Abby liep naar het raam en keek naar de donker wordende wolken. Er vlogen stukjes papier rond op de parkeerplaats. Het raam trilde na een nieuwe geselende windvlaag.

*Er was iets fout gegaan met haar nieuwe hart.*

Dat had ze zich twee dagen geleden moeten realiseren toen ze haar in de limousine had gezien. Ze herinnerde zich hoe Nina er had uitgezien in het halfdonker van de auto. Het bleke gezicht, het blauwachtige waas om haar lippen. Zelfs toen was haar transplantaat het al aan het begeven.

Abby liep naar de kast. Daar zag ze een uitpuilende plastic tas met erop geschreven: *eigendommen van de patiënt*. Daar zaten haar schoenen in, haar met bloed bevlekte lange broek en haar tas. Haar portefeuille ontbrak. Die zat vermoedelijk in de ziekenhuiskluis. Een grondige speurtocht in haar tas leverde een paar losse stuivers en een dubbeltje op. Ze zou het allemaal nodig hebben.

Ze ritste haar broek dicht, stopte haar ziekenhuishemd erin en trok haar schoenen aan. Toen liep ze naar de deur en keek om de hoek.

Zuster Soriano zat niet aan haar bureau. Er stonden echter twee andere zusters in de zusterpost, een was aan de telefoon de ander zat over papierwerk gebogen. Ze keken geen van beiden in Abby's richting.

Ze keek even de gang in en zag de kar met de bladen avondeten de afdeling komen opratelen, geduwd door een oudere vrijwilligster in roze uniform. De kar kwam voor het bureau van de zusters tot stilstand. De vrijwilligster haalde twee bladen tevoorschijn en droeg die de dichtstbijzijnde patiëntenkamer in.

Op dat ogenblik glipte Abby de gang in. De etenskar belemmerde het zicht van de zusters toen Abby rustig langs hun bureau liep en de afdeling afwandelde.

Ze kon het risico niet nemen om in de liften gezien te worden, dus liep ze regelrecht naar het trappenhuis.

Zes etages hoger kwam ze op de elfde verdieping uit. Ze liep rechtstreeks naar de operatievleugel; om de hoek lag de Chirurgische Intensive Care-afdeling. Ze pakte een operatiejas, een gebloemd kapje en schoenovertrekken van de linnenkar in de operatiekamergang. Volledig verkleed in blauw, net zoals ieder ander, kon ze misschien onopgemerkt doorlopen.

Ze sloeg de hoek om en liep de Chirurgische Intensive Care-afdeling op.

Daar heerste chaos. De patiënt in bed twee moest gereanimeerd worden. Te oordelen aan de gespannen staccato stemmen en de hoeveelheid personeel die zich in het kamertje perste, verliep de reanimatie niet best. Niemand keek zelfs in Abby's richting toen ze langs de monitorbalie naar kamer acht liep.

Ze wachtte net lang genoeg voor het kijkraampje om te zien dat Nina Voss inderdaad in het bed lag. Toen ging ze het kamertje in. De deur zwaaide achter haar dicht en dempte de stemmen van het reanimatieteam. Ze trok de gordijnen voor het raam om alle zicht op de kamer af te sluiten en liep naar het bed.

Nina lag te slapen, rustig en zich onbewust van alle nerveuze activiteit die achter de gesloten deur plaatsvond. Ze scheen geslonken te zijn sinds Abby haar voor het laatst had gezien, als een kaars die langzaam verteerd wordt door de vlam van haar ziekte. Het lichaam onder die lakens zag eruit als dat van een kind.

Abby pakte het klembord van het verplegend personeel dat aan het voeteneind van het bed hing. In een blik nam ze alles in zich op wat daar genoteerd stond. De stijgende longdruk. De langzaam afnemende hartprestaties. De stijging van dobutamine in een zinloze poging de hartwerking te ondersteunen.

Abby hing het klembord terug aan de haak. Toen ze rechtop ging staan, zag ze dat Nina's ogen open stonden en haar aanstaarden.

'Hallo, mevrouw Voss,' zei Abby.

Nina glimlachte en mompelde: 'De arts die altijd de waarheid vertelt.'

'Hoe voelt u zich?'

'Tevreden,' Nina zuchtte. 'Ik ben tevreden.'

Abby liep naar het bed toe. Ze keken elkaar zwijgend aan.

Toen zei Nina: 'U hoeft het me niet te vertellen. Ik weet het al.'

'Wat weet u, mevrouw Voss?'

'Dat het bijna voorbij is.' Nina deed haar ogen dicht en haalde diep adem.

Abby pakte de hand van de andere vrouw beet. 'Ik heb nooit de kans gehad om u te bedanken. Voor uw poging om mij te helpen.'

'Ik probeerde Victor te helpen.'

'Dat begrijp ik niet.'

'Hij is als die man uit die Griekse mythe. Degene die naar Hades ging om zijn vrouw terug te halen.'

'Orpheus.'

'Ja. Victor is als Orpheus. Hij wil me terughalen, ongeacht wat dan ook. Wat het ook kost.' Ze deed haar ogen open en haar blik was schrikbarend helder. 'Uiteindelijk kost het hem te veel,' fluisterde ze.

Ze spraken niet over geld. Abby begreep dat direct. Ze hadden het over de ziel.

De kamerdeur werd plotseling geopend. Abby wendde zich om en zag een zuster haar verbaasd aanstaren.

'O! Dr. DiMatteo, wat doet u...' Ze wierp een blik op de gesloten gordijnen, toen zwierf haar blik snel naar alle monitoren en infuusslangen. *Ze controleert alles op tekenen van sabotage.*

'Ik heb niets aangeraakt,' zei Abby.

'Wilt u alstublieft vertrekken?'

'Ik kwam alleen maar even langs. Ik hoorde dat ze terug was op de Chirurgische Intensive Care-afdeling en...'

'Mevrouw Voss heeft haar rust nodig.' De zuster maakte de deur open en leidde Abby snel het kamertje uit. 'Heeft u het bordje met *Geen Bezoek* niet gezien? Ze wordt vanavond geopereerd. Ze mag niet gestoord worden.'

'Wat voor operatie?'

'De nieuwe transplantatie. Ze hebben een donor gevonden.'

Abby staarde naar de gesloten deur van kamer acht. Ze vroeg zachtjes: 'Weet mevrouw Voss dat?'

'Wat?'

'Heeft ze toestemming gegeven voor een operatie?'

'Haar man heeft het voor haar getekend. Wilt u nu alstublieft *onmiddellijk* vertrekken?'

Zonder nog een woord te zeggen, draaide Abby zich om en liep de afdeling af. Ze wist niet of iemand haar vertrek opmerkte; ze liep gewoon de gang uit tot ze bij de liften kwam. De deur ging open; de lift stond vol mensen. Ze liep naar binnen en draaide zich snel om naar de andere passagiers en keek naar de deur.

*Ze hebben een donor gevonden*, dacht ze toen de lift naar beneden ging. *Ze hebben op de een of andere manier een donor gevonden. Vanavond zal Nina Voss een nieuw hart hebben.*

Tegen de tijd dat ze beneden was, had ze de volgorde van de gebeurtenissen van vanavond al uitgewerkt. Ze had de dossiers van andere transplantaties in het Bayside gelezen en wist wat er ging gebeuren. Ergens rond middernacht zouden ze Nina de operatiekamer binnenrijden waar Archers team haar zou voorbereiden. Daar zouden ze op het telefoontje wachten. En op dat exacte ogenblik zou een ander chirurgisch team in een andere operatiekamer al klaar staan bij een andere patiënt. Ze zouden naar hun scalpels grijpen en door de huid en spierlagen snijden. Er zouden beenzagen gieren. Er zouden ribben opgetild worden en de schat daaronder blootleggen. Een levend kloppend hart.

De explantatie zou snel en steriel gebeuren.

*Vanavond*, dacht ze, *gebeurt het net zoals het eerder gebeurde.*

De deur van de lift ging open. Ze stapte met gebogen hoofd en ogen op de grond gericht uit. Ze liep door de voordeuren de geselende wind in.

Twee straten verderop dook ze koud en bibberend een telefooncel in. Ze gebruikte haar kostbare contanten van dubbeltjes en stuivers en draaide het nummer van Katzka.

Hij zat niet aan zijn bureau. De politieman die opnam, bood aan een boodschap aan te nemen.

'Met Abby DiMatteo,' zei ze. 'Ik moet hem nu spreken! Kan hij niet opgepiept worden of zo?'

'Ik zal u met de telefoniste doorverbinden.'

Ze hoorde twee verbindingsklikjes, toen nam de telefoniste op. 'Ik zal zijn auto laten oproepen,' zei ze.

Even later kwam de telefoniste weer aan de lijn. 'Het spijt me, we wachten nog tot rechercheur Katzka opneemt. Kan hij u op uw huidige nummer bereiken?'

'Ja, ik bedoel, ik weet het niet. Ik zal proberen hem later terug te bellen.' Abby hing op. Ze had geen kleingeld meer en kon niet meer bellen.

Ze draaide zich om, keek door de glazen deur van de telefooncel en zag krantenflarden rondwaaien. Ze wilde de wind niet weer in, maar ze wist niet wat ze anders moest doen.

Er was nog één mens die ze kon bellen.

Het halve telefoonboek was weggescheurd. Met een gevoel van doelloosheid bladerde ze toch door de witte bladzijden. Ze schrok toen ze hem inderdaad tegenkwam: *I. Tarasoff.*

Haar handen trilden toen ze collect belde. *Praat alsjeblieft met me. Neem het gesprek aan.*

Na vier keer overgaan, hoorde ze zijn vriendelijke: 'Hallo?' Ze kon gekletter van porselein horen, het geluid van een tafel die gedekt werd, de lieflijke flarden van klassieke muziek. Toen: 'Ja, ik neem het gesprek aan.'

Ze was zo opgelucht dat ze over haar woorden struikelde: 'Ik wist niet wie ik anders moest bellen! Ik kon Vivian niet bereiken. En verder wil niemand naar me luisteren. *U* moet naar de politie gaan. Zòrg dat ze luisteren!'

'Kalm aan, Abby. Vertel eens wat er aan de hand is.'

Ze haalde diep adem. Voelde haar hart bonzen door de behoefte haar last te delen. 'Nina Voss krijgt vanavond een tweede harttransplantatie,' zei ze. 'Dr. Tarasoff, ik denk dat ik er nu achter ben hoe het in elkaar zit. Ze vliegen geen harten over van elders. De explantaties worden híer gedaan. In *Boston*.'

'Waar? In welk ziekenhuis?'

Haar blik richtte zich plotseling op een auto die langzaam door de straat reed. Ze hield haar adem in tot de auto de hoek om was en verdween.

'Abby?'

'Ja. Ik ben er nog.'

'Luister, Abby, ik begrijp van meneer Parr dat je de laatste tijd onder zware druk hebt gestaan. Is het niet mogelijk dat dit...'

'*Luister. Luistert u alstublieft naar me!*' Ze deed haar ogen dicht en dwong zich om kalm te blijven. Om rationeel te klinken. Hij moest niet aan haar geestelijke gezondheid twijfelen. 'Vivian heeft me vandaag uit Burlington gebeld. Ze is erachter gekomen dat er daar geen explantaties worden gedaan. De organen komen niet uit Vermont.'

'Waar worden de explantaties dan gedaan?'

'Dat weet ik niet precies. Maar ik denk dat ze in een gebouw in Roxbury uitgevoerd worden. Amity Medische Voorraden. De politie moet daar voor middernacht zijn. Voor er geëxplanteerd kan worden.'

'Ik weet niet of ik ze kan overtuigen.'

'Dat móet u! Rechercheur Katzka van Moordzaken. Als u hem kunt bereiken, denk ik dat hij wel naar ons zal luisteren. Dr. Tarasoff, dit is niet alleen een netwerk van orgaandistributie. Ze maken donoren. Ze *vermoorden* mensen.'

Op de achtergrond hoorde Abby een vrouw roepen: 'Iwan, kom je nog eten? Het wordt koud.'

'Ik zal het moeten overslaan, lieverd,' zei Tarasoff. 'Er is een spoedgeval...' Zijn stem kwam weer aan de lijn, zacht en dringend. 'Ik hoef je zeker niet te vertellen dat deze hele affaire me angst aanjaagt, hè, Abby?'

'Ik ben zelf ook doodsbenauwd.'

'Laten we dan regelrecht naar de politie gaan. Laten we het aan hèn overlaten. Het is te gevaarlijk voor ons.'

'Afgesproken. Honderd procent.'

'We doen het samen. Hoe meer man, des te overtuigender.'

Ze aarzelde. 'Ik ben bang dat het de kwestie geen goed doet als ik erbij ben.'

'Ik ken alle details niet, Abby. Jíj wel.'

'Goed,' zei ze na even gezwegen te hebben. 'Goed. We gaan samen. Kunt u me komen halen? Ik sta hier te bevriezen. En ik ben bang.'

'Waar ben je?'

Ze keek even uit het raampje van de telefooncel. Twee straten verderop schenen de lichten van het ziekenhuis te trillen in de vliegende duisternis. 'Ik sta in een telefooncel. Ik weet niet welke straat. Een paar straten ten oosten van het Bayside.'

'Ik vind je wel.'

'Dr. Tarasoff?'

'Ja?'

'Maakt u alstublieft voort,' fluisterde ze.

# 24

Toen het vliegtuig van Vivian Chao op Logan International landde, voelde ze zich nog ongeruster worden. Dat kwam niet door de vlucht. Vivian was niet bang voor vliegen en kon als een blok door de ergste turbulentie heenslapen. Nee, nu het vliegtuig naar de gate reed en ze haar handbagage uit het bagagerek boven zich pakte, maakte ze zich zorgen over dat laatste telefoongesprek met Abby. Die abrupte verbreking. Het feit dat Abby nooit had teruggebeld.

Vivian had geprobeerd om Abby thuis te bereiken, maar daar had niemand opgenomen. Tijdens de vlucht had ze erover nagedacht en zich gerealiseerd dat ze niet wist waar vandaan Abby had gebeld. Hun verbinding werd te snel verbroken om daar achter gekomen te zijn.

Ze sjouwde haar handbagage met zich mee en liep het vliegtuig uit en het stationsgebouw in. Ze schrok van de enorme menigte die bij de gate stond te wachten. Er dansten massa's ballonnen en een drom tieners hielden borden omhoog met: '*Welkom thuis, Dave!* en *Goed zo, jongen!* en *Onze Held!* Wie Dave ook was, hij had een publiek dat hem aanbad. Ze hoorde gejuich en toen ze achterom keek, zag ze vlak achter zich een grinnikende jongeman uit de verhoogde gang aankomen. De menigte stroomde naar voren en slokte Vivian vrijwel op in hun enthousiasme om Dave, de plaatselijke held, te begroeten. Vivian moest zich door een troep schreeuwende kinderen heen werken.

Kinderen, allemachtig. Ze staken allemaal minstens een kop boven haar uit.

Er was de stuwkracht van een stevige rugbyspeler voor nodig om zich een weg door die menigte te banen. Tegen de tijd dat ze uit de menigte tevoorschijn kwam, werd ze met zo'n vaart vooruit geduwd dat ze bijna een man omver liep die in de buurt stond. Ze mompelde een snelle verontschuldiging en liep door. Pas toen ze een paar stappen verder was, bedacht ze dat hij geen woord terug had gezegd.

Ze liep eerst naar de toiletten. Al die spanning begon op haar blaas te werken. Ze ging naar binnen om gebruik van een van de toiletten te maken en liep weer naar buiten.

Toen zag ze de man weer... de man tegen wie ze kort tevoren was opgebotst. Hij stond bij een cadeauwinkeltje tegenover de damestoiletten. Hij scheen een krant te lezen. Ze wist dat hij het was, omdat de kraag van zijn regenjas omgekeerd zat. Toen ze daarnet tegen hem was opgebotst, was haar blik op die binnenstebuiten gekeerde kraag gevallen.

Ze liep door naar de bagageband.

Tijdens die lange wandeling langs een eindeloze rij luchtlijngates begonnen haar hersenen eindelijk te werken. Waarom stond de man bij haar gate te wachten tenzij hij iemand wilde afhalen. En als hij een passagier hàd aangetroffen, waarom was hij dan nu alleen?

Ze stond stil bij een kiosk, pakte een willekeurig tijdschrift en liep daarmee naar de kassa. Toen de vrouw het bedrag intoetste, bewoog Vivian zich net ver genoeg om een snelle blik om zich heen te werpen.

De man stond bij een doe-het-zelf vliegverzekeringsbalie. Hij scheen de instructies te lezen.

*Oké, Chao, hij volgt je dus. Misschien is het een kwestie van liefde op het eerste gezicht. Misschien heeft hij een blik op je geworpen en wilde hij niet dat je zonder meer weer uit zijn leven verdween.*

Terwijl ze voor het tijdschrift betaalde, voelde ze haar hart bonzen. *Denk na. Waarom volgt hij je?*

Dat was gemakkelijk. Het telefoongesprek met Abby. Als iemand had meegeluisterd, wisten ze dat Vivian met de vlucht van zes uur 's middags uit Burlington op Logan zou aankomen. Vlak voordat het gesprek werd verbroken, had ze klikjes in de verbinding gehoord.

Ze besloot een tijdje bij de kiosk te blijven rondhangen. Ze neusde door de boeken, haar ogen gleden over de omslagen en haar hersenen maakten overuren. De man had vermoedelijk geen wapen bij zich: dan was hij niet door de veiligheidscontrole gekomen. Zo lang ze de luchthaven niet verliet, was ze veilig.

Ze keek voorzichtig over de plank met boeken.

De man was weg.

Ze kwam de winkel uit en keek rond. Hij was nergens te zien.

*Wat ben je toch een idioot. Geen mens volgt je.*

Ze bleef doorlopen, langs de veiligheidscontrole en de trap af naar de bagageband.

De koffers van de vlucht van Burlington rolden net binnen. Ze herkende haar rode Samsonite die langs kwam rollen. Ze stond op het punt er naartoe te lopen toen ze de man in de regenjas herkende. Hij stond bij de uitgang en las zijn krant.

Ze keek direct de andere kant op, maar haar hart klopte in haar keel. Hij stond te wachten tot ze haar bagage oppakte. Om langs hem te lopen door die uitgang, de duisternis in.

Haar rode Samsonite maakte een nieuwe ronde.

Ze haalde diep adem en liep naar de rand van de drom passagiers toe die op hun bagage stonden te wachten. Haar Samsonite kwam weer langs. Ze pakte hem niet op, maar volgde hem terloops terwijl hij zijn langzame kring beschreef. Toen ze aan de andere kant van de bagageband stond, blokkeerde de band haar het zicht op de man in de regenjas.

Ze liet haar handbagage vallen en rende weg.

Er lagen twee bagagebanden voor haar, beide werden op het ogenblik niet gebruikt. Ze rende erlangs en vloog toen de uitgang uit die het verst weg lag.

Ze dook op in de winderige avond. Links van haar hoorde ze lawaai. De man in de regenjas was net een andere uitgang uitgerend. Een tweede man kwam vlak achter hem aan. Een van hen wees naar Vivian en blafte iets onverstaanbaars.

Vivian rende weg en vloog het trottoir op. Ze wist dat de mannen haar achterna zaten; ze kon de klap horen van een bagagekarretje dat omviel en de woedende kreten van een kruier.

Er klonk een plòp en ze voelde iets door haar haren strijken.

*Een kogel.*

Haar hart bonsde, haar longen snakten naar adem in de lucht die vergeven was van busuitlaatgassen.

Ze zag een deur voor zich. Ze dook erin en rende naar de dichtstbijzijnde roltrap. Die liep de verkeerde kant op. Ze holde met twee treden tegelijk omhoog. Toen ze de bovenste etage had bereikt, hoorde ze weer een plòp. Dit keer sneed er pijn langs haar slapen en ze voelde een warm straaltje over haar wang lopen.

De balie van de American Airline lag voor haar. Die was volledig bemand en er stond een rij mensen voor.

Ze hoorde voetstappen achter zich op de roltrap bonzen. Hoorde een van de mannen woorden schreeuwen die ze niet kon verstaan.

Ze rende naar de balie, liep een man omver en een bagagewagentje en sprong boven op de balie. Door haar snelheid vloog ze eroverheen. Ze kwam aan de andere kant terecht en haar lichaam sloeg tegen de bagageband die achter de balie liep.

Vier verbaasde mensen van het luchthavenpersoneel staarden op haar neer.

Ze stond op haar benen te trillen toen ze overeind kwam. Voorzichtig keek ze over de bovenkant van de balie. Ze zag alleen maar een menigte verbijsterde omstanders. De mannen waren verdwenen.

Vivian keek naar het personeel dat nog steeds verstard op hun plaats zat. 'Nou, zouden jullie de bewaking er niet eens bij roepen?'

Zonder een woord te zeggen pakte een van de vrouwen de telefoon.

'En als je dan toch bezig bent,' zei Vivian. 'Draai dan ook 911.'

Een donkere Mercedes reed langzaam langs het trottoir en kwam naast een telefooncel tot stilstand. Abby kon net met behulp van de lampen van een passerende auto het profiel van de bestuurder zien. Het was Tarasoff.

Ze rende naar het portier aan de passagierskant en stapte in. 'Goddank dat u er bent.'

'Je moet bevroren zijn. Doe mijn jas maar aan. Die ligt op de achterbank.'

'Gaat u nu alstublieft maar. Laten we hier weggaan.'

Toen Tarasoff van het trottoir wegreed, keek ze om om te kijken of ze gevolgd werden. De weg achter hen was donker.

'Zie je auto's?' vroeg hij.

'Nee. Ik denk dat alles in orde is.'

Tarasoff zuchtte rillend. 'Ik ben hier niet erg goed in. Ik hou er niet eens van om naar misdaadfilms te kijken.'

'U doet het goed. Rij nou maar naar het politiebureau. We kunnen Vivian opbellen en vragen of ze daar naartoe komt.'

Tarasoff keek zenuwachtig in zijn achteruitkijkspiegeltje. 'Ik geloof dat ik net een auto zag.'

'Wat?' Abby keek achterom, maar zag niets.

'Ik keer hier om. Laten we eens kijken wat er dan gebeurt.'

'Ga uw gang. Ik blijf wel kijken.'

Terwijl ze de hoek omsloegen, bleef Abby naar de weg achter hen kijken. Ze zag geen koplampen, ze zag helemaal geen andere auto's. Pas toen ze langzaam tot stilstand kwamen, draaide ze zich om en keek voor zich. 'Wat is er aan de hand?'

'Er is niets aan de hand.' Tarasoff zette de koplampen uit.

'Waarom...' Abby's woorden bleven in haar keel steken.

Tarasoff had op de knop gedrukt om de portieren open te maken.

Ze keek in paniek naar rechts toen haar portier openzwaaide. Er waaide een windvlaag naar binnen. Plotseling reikten handen naar binnen en werd ze de nacht ingesleept. Haar haren vielen voor haar ogen en belemmerden haar het zicht. Ze vocht blindelings tegen haar overmeesteraars, maar slaagde er niet in hun greep te verminderen. Haar handen werden achter haar rug gerukt en de polsen bij elkaar gebonden. Haar mond werd met plakband dichtgeplakt. Toen werd ze opgetild en in de achterbak van een in de buurt staande auto gegooid.

De achterklep werd dichtgeslagen en ze zat gevangen in de duisternis.

De auto kwam in beweging.

Ze rolde op haar rug en trapte naar boven. Ze bleef tegen de achterklep aantrappen tot haar dijbenen er pijn van deden en ze haar benen nauwelijks meer kon optillen. Het was zinloos, niemand kon haar horen.

Uitgeput krulde ze zich op haar zij en dwong zich om na te denken.

*Tarasoff. Hoe was Tarasoff erbij betrokken?*

Langzaam viel de puzzel in elkaar, stukje voor stukje. Terwijl ze in de benauwde duisternis lag en de weg onder haar voortdaverde, begon ze het te begrijpen. Tarasoff was directeur van een van de meest gerespecteerde harttransplantatieteams aan de oostkust. Zijn reputatie trok wanhopig zieke patiënten overal ter wereld aan, patiënten met het geld en de middelen om iedere chirurg te nemen die ze wilden. Ze eisten het beste en ze konden zich veroorloven daarvoor te betalen.

Wat ze niet konden kopen, wat het systeem hen nooit zou toestaan om te kopen, was wat ze nodig hadden om in leven te blijven: harten. Menselijke harten.

Daarin kon het Bayside-transplantatieteam voorzien. Ze herinnerde zich dat Tarasoff eens had gezegd: '*Ik verwijs steeds patiënten naar het Bayside.*'

Hij was Baysides bemiddelaar. Hij was hun koppelaar.

Ze voelde de auto remmen en draaien. De banden reden over grind en stonden stil. Er klonk gebrul in de verte, ze herkende het geluid van een opstijgende jet. Ze wist precies waar ze waren.

De klep van de achterbak ging open. Ze werd eruit getild, in een teisterende wind die naar dieseluitlaatgassen en naar de zee rook. Ze droegen en sleepten haar half de pier af en de loopplank op. Haar gegil werd gesmoord door het plastic plakband over haar mond en ging verloren in het donderende geraas van de opstijgende jet. Ze ving slechts glimpen op van het dek van de vrachtboot, van veranderende duisternis en geometrische schaduwen en toen werd ze naar beneden gesleept, klepperende en kletterende trappen af. Eén etage, nog één.

Met een schril geluid werd een deur opengemaakt en werd ze naar binnen gegooid, de duisternis in. Haar handen waren nog steeds op haar rug gebonden; ze kon haar val niet breken. Haar kin sloeg tegen de metalen vloer aan en de schok was verblindend. Ze was te verbijsterd om zich te bewegen of om zelfs maar een jammerklachtje te uiten toen de pijn messcherp door haar schedel sloeg.

Er klonken andere voetstappen op de trap. Ze hoorde Tarasoff gedempt zeggen: 'Het is tenminste niet helemaal verspild. Haal dat plakband van haar mond. Ze mag niet stikken.'

Ze rolde zich op haar rug en worstelde om goed te kunnen zien. Ze kon Tarasoffs silhouet herkennen dat in de zwak verlichte deuropening stond. Ze dook in elkaar toen een van de mannen zich bukte en het plakband wegrukte.

'Waarom?' fluisterde ze. 'Het was de enige vraag die ze kon bedenken. 'Waarom?'

Het silhouet haalde zwakjes zijn schouders op alsof de vraag niet ter zake doende was. De andere twee mannen liepen achteruit de kamer uit. Ze stonden op het punt haar op te sluiten.

'Gaat het om het geld?' riep ze. 'Is dat het enige antwoord?'

'Geld betekent niets,' zei Tarasoff, 'als je er niet voor kunt kopen wat je nodig hebt.'

'Zoals een hart?'

'Zoals het leven van je eigen kind. Of je eigen vrouw, je eigen zuster of broer. Dat zou jij zeker moeten begrijpen, dr. DiMatteo. We zijn allemaal op de hoogte van de kleine Pete en zijn ongeluk. Hij was pas tien jaar, hè? We weten dat je je eigen privétragedie hebt meegemaakt. Denk eens na, dokter, wat zou je ervoor over hebben gehad om het leven van je broer te redden?'

Ze zei niets. Uit haar zwijgen kon hij het antwoord opmaken.

'Zou je daar niet alles voor gegeven hebben? Alles voor gedaan hebben?'

*Ja*, dacht ze, en die erkenning kwam zonder nadenken. *Ja*.

'Moet je je voorstellen,' zei hij, 'dat je toekijkt hoe je eigen kind sterft. Om al het geld in de wereld te hebben en te weten dat ze toch op haar beurt moet wachten. Achter de alcohol- en drugsverslaafden aan. En de geestelijk onvolwaardigen. En de werkelozen die geen dag in hun leven iets hebben uitgevoerd.' Hij zweeg even. En zei zachtjes: 'Stel je dat eens voor.'

De deur zwaaide dicht. Het slot werd piepend omgedraaid.

Ze lag in het pikduister. Ze hoorde het gerammel van de trap toen de drie mannen weer naar het dek liepen en zwakjes het geluid van een luik dat werd dichtgemaakt. Toen hoorde ze een tijdje alleen de wind en het gekreun van het schip dat aan de touwen trok.

*Stel je voor.*

Ze deed haar ogen dicht en probeerde niet aan Pete te denken. Maar hij stond voor haar, trots gekleed in zijn welpenuniform. Ze dacht aan zijn woorden toen hij vijf jaar was: dat Abby het enige meisje was met wie hij wilde trouwen. En ze dacht eraan hoe overstuur hij was geweest toen hij hoorde dat hij niet met zijn eigen zuster kon trouwen...

*Wat zou ik gedaan hebben om jou te redden? Alles. Wat dan ook.*

Er ritselde iets in de duisternis.

Abby verstijfde. Ze hoorde het weer, een heel lichte beweging. *Ratten.*

Ze kronkelde weg van het geluid en hees zich op haar knieën. Ze kon niets zien, maar kon zich alleen de enorme knaagdieren voorstellen die op de grond om haar heen ronddribbelden. Ze kwam met moeite overeind.

Er klonk een zacht *klikje.*

Het plotselinge schijnsel van licht scheen in haar ogen. Ze deinsde met een ruk achteruit. Een kaal peertje zwaaide boven haar hoofd en ketste zachtjes tegen het hangende trekkoord.

Het was geen rat die ze in de duisternis had horen bewegen. Het was een jongen.

Ze staarden elkaar aan, geen van beiden sprak een woord. Hoewel hij doodstil stond, zag ze de behoedzame blik in zijn ogen. Zijn benen waren dun en bloot onder een korte broek en klaar om weg te rennen. Maar hij kon nergens naartoe.

Hij leek een jaar of tien, erg bleek en erg blond, zijn haar was bijna zilverkleurig onder het zwaaiende peertje. Ze zag een blauwachtige veeg op zijn wang en begreep met een plotselinge woede dat die veeg geen vuil was, maar een blauwe plek. Zijn diepliggende ogen leken ook twee blauwe plekken in zijn bleke gezicht.

Ze deed een stap naar hem toe. Hij ging direct achteruit. 'Ik zal je niets doen,' zei ze. 'Ik wil alleen maar met je praten.'

Hij fronste zijn wenkbrauwen. Hij schudde zijn hoofd.

'Ik beloof je dat ik je niets zal doen.'

De jongen zei iets, maar zijn antwoord was onbegrijpelijk voor haar. Nu was het haar beurt om haar wenkbrauwen te fronsen en haar hoofd te schudden.

Ze keken elkaar in eensgezinde verwarring aan.

Plotseling keken ze allebei naar boven. De motoren van het schip waren aangezet.

Abby verstijfde, luisterde naar het geratel van de ketting en het gekrijs van de hydraulica. Even later voelde ze het wiegen van de scheepsromp toen die door water gleed. Ze hadden de kade verlaten en waren nu onderweg.

*Zelfs al kan ik mezelf losmaken en deze kamer uit komen, dan kan ik nog nergens naar toe.*

Wanhopig keek ze de jongen weer aan.

Hij lette niet langer op het geluid van de motoren. In plaats daarvan was zijn blik naar haar middel gedwaald. Hij liep langzaam opzij en staarde naar haar vastgebonden polsen die dicht tegen haar rug aan lagen. Hij keek naar zijn eigen arm. Toen pas zag Abby dat zijn rechterhand ontbrak, dat zijn onderarm in een stomp eindigde. Hij drukte die dicht tegen zijn lichaam aan en hield zijn mismaaktheid uit het zicht. Nu scheen hij die te bestuderen.

Hij keek haar weer aan en zei iets.

'Ik versta niet wat je zegt,' zei ze.

Hij herhaalde het, dit keer met een licht geprikkelde klank in zijn stem. Waarom kòn ze het niet verstaan? Wat mankeerde er aan haar?

Ze schudde eenvoudig haar hoofd.

Ze keken elkaar beiden even gefrustreerd aan. Toen stak de jongen zijn kin in de lucht. Ze begreep dat hij een beslissing had genomen. Hij liep naar haar rug en trok aan haar polsen in een poging om met zijn ene hand de boeien los te maken. Het koord zat te strak vastgesnoerd. Nu knielde hij op de grond achter haar. Ze voelde zijn tanden, de warmte van zijn adem tegen haar huid. Terwijl het peertje boven hun hoofd heen en weer zwaaide, begon hij als een kleine, maar vastbesloten muis aan haar boeien te knagen.

'Het spijt me, maar het bezoekuur is voorbij,' zei een zuster. 'Wacht, daar kunt u niet naartoe. Stop!'

Katzka en Vivian liepen regelrecht langs de zusterpost en kamer 621 in. 'Waar is Abby?' wilde Katzka weten.

Dr. Colin Wettig draaide zich om om hen aan te kijken. 'Dr. DiMatteo wordt vermist.'

'U zei dat ze hier bewaakt werd,' zei Katzka. 'U verzekerde me dat haar niets kon overkomen.'

'Ze wèrd bewaakt. Er is hier niemand binnengekomen zonder mijn uitdrukkelijke orders.'

'Wat is er dan met haar gebeurd?'

'Die vraag moet u aan dr. DiMatteo stellen.'

Katzka raakte geïrriteerd door Wettigs vlakke stem. Dat en de ongeëmotioneerde blik. Hier stond een man die niets onthulde, een man die de touwtjes in handen had. Katzka herkende zichzelf plotseling en de onthulling was schrikbarend.

'Ze was aan úw zorgen toevertrouwd, dokter. Wat hebben jullie met haar gedaan?'

'Ik vind dat geen prettige implicatie.'

Katzka liep de kamer door, pakte Wettig bij de revers van zijn witte jas beet en duwde hem achteruit tegen de muur.

'Godverdomme,' zei hij. '*Waar heb je haar naartoe gebracht*?'

Wettigs blauwe ogen verraadden eindelijk een spoor van angst. 'Ik heb u gezegd dat ik niet weet waar ze is! De zusters hebben me om half zeven gebeld om me te vertellen dat ze verdwenen was. We hebben de bewaking op de hoogte gebracht. Ze hebben het ziekenhuis al afgezocht, maar ze kunnen haar niet vinden.'

'Je weet waar ze is, nietwaar?'

Wettig schudde zijn hoofd.

'*Nietwaar*?' Katzka gaf hem nog een duw.

'Ik weet het niet!' hijgde Wettig.

Vivian deed een stap naar voren en probeerde ze uit elkaar te trekken. 'Schei uit! U laat hem stikken! Katzka, laat hem lòs!'

Katzka liet Wettig abrupt los. De oudere man zwaaide achteruit tegen de muur aan en haalde zwaar adem. 'Ik dacht, gezien al haar waandenkbeelden dat ze veiliger in het ziekenhuis zou zijn.' Wettig kwam overeind en wreef zijn hals waar de kraag van zijn witte jas een felrode wurgingsafdruk had achtergelaten. Katzka staarde ernaar en was geschokt over het bewijs van zijn eigen gewelddadigheid.

'Ik heb me niet gerealiseerd,' zei Wettig, 'dat ze toch de waarheid sprak.' Wettig haalde een papiertje uit zijn zak en gaf dat aan Vivian. 'Dat gaven de zusters me net.'

'Wat is dat?' vroeg Katzka.

Vivian fronste haar wenkbrauwen. 'Dit is het alcoholpromillage in Abby's bloed. Hier staat dat het nul is.'

'Ik heb het vanmiddag opnieuw laten afnemen en naar een onafhankelijk lab laten sturen,' legde Wettig uit. 'Ze bleef volhouden dat ze niet had gedronken. Ik dacht, als ik haar met het onweerlegbare bewijs kan confronteren dat ik haar ontkenning kon doorbreken...'

'Dit resultaat komt van een ander lab?'

Wettig knikte. 'Volledig onafhankelijk van het Bayside.'

'U zei dat haar alcoholpromillage twee punt een was.'

'Dat was het, volgens het onderzoek dat om vier uur in het lab van het Bayside is gedaan.'

Vivian zei: 'De halfwaardetijd van alcohol in bloed zit ergens tussen de twee tot veertien uur. Als het om vier uur 's morgens zo hoog was, dan zou er op deze test toch minstens nog een spoor te zien moeten zijn.'

'Maar er zit geen alcohol in haar lichaam,' zei Katzka.

'Dat wil zeggen dat haar lever ontstellend knap is in het metaboliseren ervan,' zei Wettig, 'of dat het lab van Bayside een fout heeft gemaakt.'

'Noemt u dat zo?' vroeg Katzka. 'Een fout?'

Wettig zei niets. Hij zag er uitgeput uit. En erg oud. Hij ging op het verkreukelde bed zitten. 'Ik heb niet beseft... wilde de mogelijkheid niet overwegen...'

'Dat Abby de waarheid vertelde?' vroeg Vivian.

Wettig schudde zijn hoofd. 'Mijn God,' mompelde hij. 'Dit ziekenhuis moet gesloten worden. Als het waar is wat zij zei.'

Katzka voelde Vivians blik. Hij keek haar aan.

Ze zei zachtjes: 'Twijfelt u daar nog aan?'

De jongen had vier uur in haar armen geslapen, zijn ademhaling blies warme wolkjes tegen haar hals. Hij lag slap, armen en benen scheef zoals kinderen doen wanneer ze diep en vol vertrouwen slapen. Hij had gerild toen ze hem de eerste keer omhelsd had. Ze had zijn blote benen gemasseerd en het leek wel of ze koude, droge stokjes aan het opwrijven was. Uiteindelijk was hij opgehouden met rillen en toen zijn ademhaling langzamer was gegaan, had ze die golf warmte gevoeld die kinderen verspreiden wanneer ze eindelijk in slaap vallen.

Zij had ook een tijdje geslapen.

Toen ze wakker werd, waaide het harder. Ze kon het aan het gekreun van het schip horen. Het kale peertje boven hen zwaaide heen en weer.

De jongen jammerde en bewoog zich. Er was iets ontroerends aan de geur van jonge jongens, dacht ze, net zoals aan de geur van warm gras. Iets aan die zoete tweeslachtigheid van hun lichamen. Ze herinnerde zich hoe haar broertje Pete had aangevoeld als hij tegen haar schouder aanzakte wanneer hij op de achterbank van de auto in slaap viel. Kilometers lang, terwijl hun vader reed, had Abby het zachte geklop van Petes hart gevoeld, net zoals ze het hart van deze jongen nu in zijn borst voelde kloppen.

Hij kreunde zachtjes en werd huiverend wakker. Toen hij haar aankeek, zag ze de herkenning langzaam in zijn ogen terugkomen.

'Ah-bee,' fluisterde hij.

Ze knikte. 'Ja. Abby. Dat heb je goed onthouden.' Glimlachend streelde ze zijn gezicht, haar vinger gleed over de blauwe plek. 'En jij bent... Yakov.'

Hij knikte.

Ze glimlachten allebei.

Buiten kermde de wind en Abby voelde de vloer onder hen schommelen. Er gleden schaduwen over het gezicht van de jongen. Hij bekeek haar met een bijna hongerige blik.

'Yakov,' zei ze weer. Ze streek met haar mond over een zijdeachtige blonde wenkbrauw. Toen ze haar hoofd ophief, voelde ze iets nats op haar lippen. Geen tranen van de jongen, maar van haar. Ze wreef haar gezicht tegen haar schouder om de tranen af te vegen. Toen ze hem weer aankeek, zag ze dat hij haar nog steeds met die vreemde, verrukte zwijgzaamheid zat op te nemen.

'Ik ben hier,' mompelde ze. En glimlachend streek ze met haar vingers door zijn haar.

Na een tijdje zakten zijn oogleden weer dicht en zijn lichaam ontspande zich in de vertrouwde slapte van de slaap.

'Lang leve het bevel voor huiszoeking,' zei Lundquist en hij trapte de deur in. Die vloog open en sloeg tegen de muur. Voorzichtig liep hij de kamer in en verstijfde. 'Wat is dit, goddomme?'

Katzka draaide het lichtknopje aan de muur aan.

Beide mannen knipperden met hun ogen toen het licht in hun ogen scheen. Het scheen met verblindende kracht neer vanuit drie lampen aan het plafond. Overal waar Katzka keek, zag hij glanzende oppervlakken. Roestvrijstalen kastjes. Instrumentenbladen en infuusstandaarden. Monitors bezet met knopjes en schakelaars.

Midden in de kamer stond een operatietafel.

Katzka liep naar de tafel en staarde naar de riemen die aan de zijkanten hingen. Twee voor de polsen, twee voor de enkels, twee langere riemen voor het middel en de borst.

Zijn blik zwierf naar de anesthesiekar, die aan het hoofdeinde van de tafel stond. Hij liep er naartoe en trok de bovenste la open. Daar lag een rij glazen spuiten en naalden in plastic hoezen.

'Wat doet dit in vredesnaam hier?' vroeg Lundquist.

Katzka deed de la dicht en maakte de volgende open. Daarin zag hij glazen ampulletjes liggen. Hij haalde er één uit. *Kaliumchloride.* Die was halfleeg. 'Dit is gebruikte apparatuur,' zei hij.

'Dit is bizar. Wat voor operaties worden hier uitgevoerd?'

Katzka keek weer naar de tafel. Naar de riemen. Plotseling dacht hij aan Abby, die met haar polsen aan het bed lag vastgebonden, en bij wie de tranen langs het gezicht liepen. De herinnering was zo pijnlijk dat hij zijn hoofd schudde om het beeld kwijt te raken. Het was moeilijk voor hem om na te denken met die angst. Als hij niet kon denken, kon hij haar niet helpen. Of redden. Hij liep abrupt weg van de tafel.

'Slome?' Lundquist keek hem verwonderd aan. 'Alles oké?'

'Ja.' Katzka draaide zich om en liep de deur uit. 'Met mij gaat het goed.'

Weer buiten op het trottoir stond hij in de fel waaiende wind en keek tegen het Amity-gebouw op. Vanaf de straat was er niets bijzonders aan te zien. Het was gewoon een van de haveloze gebouwen in een haveloze straat. Vuile voorkant van bruinrode steen en ramen waar de airconditioners uitstaken. Toen hij de vorige dag binnen was geweest, had hij alleen gezien wat hij verwacht had te zien. Wat de bedoeling was dat hij zag, de smoezelige showroom, de versleten bureaus vol voorraadcatalogi. Een paar verkopers die lusteloos telefoneerden. Hij had de bovenste etage niet gezien, had nooit verwacht dat een enkele rit met de lift hem naar die kamer zou leiden.

Naar die tafel met zijn riemen.

Nog geen uur geleden had Lundquist uitgevonden dat het gebouw eigendom was van de maatschappij Sigayev, net zoals het vrachtschip dat onder de vlag van die maatschappij in New Jersey voer. Weer die verbinding met de Russische maffia. Hoe diep zat die met het Bayside verweven? Of stonden de Russen alleen maar in contact met iemand in het ziekenhuis? Een handelspartner misschien, in zwarte-marktgoederen?

Lundquists pieper ging af. Hij keek naar het schermpje en pakte in de auto de draagbare telefoon.

Katzka bleef voor het gebouw staan, zijn gedachten zwierven terug naar Abby en waar hij nu moest zoeken. Iedere kamer in het ziekenhuis was al doorzocht. Evenals de parkeerplaats en het omringende gebied. Het zag ernaar uit dat Abby in haar eentje was vertrokken. Waar kon ze naartoe gegaan zijn? Wie zou ze gebeld hebben? Het zou iemand geweest zijn die ze vertrouwde.

'Slome!'

Katzka draaide zich om en zag Lundquist met de telefoon zwaaien. 'Wie heb je aan de lijn?'

'De kustwacht. Ze hebben een helikopter voor ons klaarstaan.'

Er klonken voetstappen op de trap.

Abby keek direct op. Yakov sliep in haar armen door, zich nergens van bewust. Haar hart bonsde zo hart dat ze dacht dat hij er zeker wakker van moest worden, maar hij verroerde zich niet.

De deur zwaaide open. Tarasoff, begeleid door twee mannen, stond naar haar te kijken. 'Het is tijd om te gaan.'

'Waarheen?' vroeg ze.

'Een klein eindje lopen maar.' Tarasoff keek even naar Yakov. 'Maak hem wakker. Hij gaat ook mee.'

Abby trok Yakov dichter naar zich toe. 'De jongen niet,' zei ze.

'Juist de jongen.'

Ze schudde haar hoofd. 'Waarom?'

'Hij is AB-positief. De enige AB die we op het ogenblik in voorraad hebben.'

Ze staarde Tarasoff aan. Toen keek ze op Yakov neer, zijn gezicht rood van de slaap. Door zijn dunne borst kon ze het zachte kloppen van zijn hart voelen. *Nina Voss*, dacht ze. *Nina Voss is AB-positief...*

Een van de mannen pakte haar bij haar arm beet en hees haar

overeind. Ze verloor haar greep op de jongen; hij viel op de grond waar hij verward met zijn ogen lag te knipperen. De andere man gaf Yakov een scherpe duw met zijn schoen en blafte een commando in het Russisch.

De jongen stommelde slaperig overeind.

Tarasoff liep voorop. Door een slecht verlichte gang, toen door een afgesloten luikopening. Een trap op en door weer een luikopening naar een stalen trap. Recht voor hen lag een blauwe deur. Tarasoff liep er naartoe, de gang rammelde onder zijn gewicht.

Plotseling weigerde de jongen om verder te lopen. Hij wrong zich los en rende terug, de kant op waar ze vandaan gekomen waren. Een van de mannen griste hem bij zijn hemd. Yakov draaide zich om en beet de man in zijn arm. Huilend van de pijn sloeg de man Yakov in zijn gezicht. De slag was zo hard dat de jongen tegen de grond sloeg.

'Schei uit!' schreeuwde Abby.

De man rukte Yakov overeind en gaf hem nog een klap. Nu wankelde de jongen naar Abby. Ze sloeg direct haar armen om hem heen. Yakov klemde zich aan haar vast en huilde tegen haar schouder. De man liep naar haar toe alsof hij hen wilde scheiden.

'Je blijft verdomme van hem af!' gilde Abby.

Yakov trilde en jammerde onverstaanbaar. Ze duwde haar lippen in zijn haar en fluisterde. 'Liefje, ik ben bij je. Ik ben vlak bij je.'

De jongen hief zijn hoofd op. Toen ze in zijn doodsbenauwde ogen keek, dacht ze: *Hij weet wat er met ons gaat gebeuren.*

Ze werd naar voren geduwd, door de gang en door de blauwe deur.

Ze kwamen in een andere wereld terecht.

De gang daarachter was met panelen van gebleekt hout bekleed, de vloer was met wit linoleum bedekt. Boven hun hoofd verspreidde zich een lichtwaas van indirecte verlichting. Hun voetstappen weerklonken toen ze langs een wenteltrap liepen en een hoek omsloegen. Aan het einde van de gang was een brede deur.

De jongen rilde nu nog erger. En hij werd zwaar. Ze zette hem neer en legde haar hand om zijn gezicht. Heel even keken ze elkaar aan en wat niet in woorden gecommuniceerd kon worden, werd gedeeld in die ene enkele blik. Ze pakte Yakov bij de hand en kneep er even in. Samen liepen ze naar de deur. Een man voor hen, een achter hen. Tarasoff voorop. Toen hij de deur openmaakte, verplaatste Abby haar gewicht iets naar voren, iedere spier gespannen voor de volgende beweging. Ze had Yakovs hand al losgelaten.

Tarasoff duwde tegen de deur, die zwaaide open en toonde een spierwitte kamer.

Abby deed een uitval. Haar schouders sloegen tegen de man voor haar aan en duwden hem tegen Tarasoff op die over de drempel struikelde en op zijn knieën terecht kwam.

'Klootzakken!' schreeuwde Abby en haalde naar hen uit. '*Klootzakken!*'

De man achter haar probeerde haar armen te pakken te krijgen. Ze draaide zich om en sloeg naar zijn gezicht, haar vuist kwam met een bevredigende klap neer. Ze ving een flits van een beweging op. Dat was Yakov die wegschoot en om de hoek verdween. Nu was de man die ze een duw had gegeven weer overeind gekomen en kwam vanuit de andere kant naar haar toe. De mannen vingen haar samen tussen hen op en tilden haar van de grond. Ze bleef doorvechten en slaan toen ze haar door de deuropening de witte kamer indroegen.

'Jullie moeten haar rustig zien te krijgen!' zei Tarasoff.

'De jongen...'

'Vergeet de jongen! Hij kan nergens naartoe. Leg haar op de tafel!'

'Ze wil niet stil blijven liggen!'

'*Klootzakken!*' gilde Abby en schopte een been vrij.

Ze hoorde Tarasoff in de kastjes rommelen. Toen snauwde hij: 'Geef me haar arm! Ik heb een arm nodig!'

Tarasoff kwam dichterbij met een spuit in zijn hand. Abby schreeuwde toen de naald in haar werd gestoken. Ze kronkelde, maar kon niet loskomen. Ze kronkelde weer en dit keer reageerden haar ledematen nauwelijks. Ze kon ook niet goed meer zien. Haar oogleden wilden niet open blijven. Haar stem was nauwelijks meer dan een zucht. Ze probeerde te schreeuwen, maar kon geen adem meer halen.

*Wat is er met me? Waarom kan ik me niet bewegen?*

'Leg haar in de kamer hiernaast!' zei Tarasoff. 'We moeten nu intuberen, anders zijn we haar kwijt.'

De mannen droegen haar naar de aangrenzende kamer en legden haar op een tafel. De lichten boven haar gingen verblindend schel aan. Hoewel ze compleet wakker was en zich overal van bewust was, kon ze geen vin verroeren. Maar ze voelde alles. De riemen die om haar polsen en enkels werden gebonden. De druk van Tarasoffs hand op haar voorhoofd toen hij haar hoofd achterover duwde. Het koude stalen blad van de laryngoscoop dat door haar keel gleed. Haar gil van afschuw weerklonk alleen in haar hoofd; ze gaf geen kik. Ze voelde de plastic endotracheaalslang verstikkend langs haar stembanden, door haar keel in haar luchtpijp glijden. Ze kon niet wegdraaien, kon zelfs niet om lucht vechten. De slang werd op haar gezicht vastgeplakt en verbonden met een ambubag. Tarasoff kneep in de zak en Abby's borst ging in drie snelle levensreddende ademhalingen op en neer. Nu haalde hij de ambubag weg en verbond de endotracheaalslang aan een beademingsapparaat. De machine nam het over en pompte met regelmatige tussenpozen lucht in haar longen.

'Ga nu de jongen halen!' snauwde Tarasoff. 'Nee, niet allebei. Ik heb iemand nodig die me assisteert.'

Een van de mannen verdween. De ander liep dichter naar de tafel toe.

'Maak die borstriem vast,' zei Tarasoff. 'De succinylcholine is in een minuut of twee uitgewerkt. We kunnen niet hebben dat ze te keer gaat terwijl ik het infuus inbreng.'

*Succinylcholine. Zo is Aaron gestorven. Niet in staat om zich te verzetten. Niet in staat om adem te halen.*

Het effect van de drug begon al te verminderen. Ze voelde dat de spieren van haar borst zich al begonnen te verzetten tegen de slang. En ze kon haar ogen nu openmaken, het gezicht van de man zien die over haar heen gebogen stond. Hij knipte haar kleren weg, zijn blik vertoonde interesse toen hij haar borsten ontblootte en vervolgens haar buik.

Tarasoff bracht het infuus in haar arm in. Toen hij overeind kwam, zag hij dat Abby's ogen helemaal open waren en hem aanstaarden. Hij las de vraag in haar blik.

'Een gezonde lever,' zei hij, 'is iets wat we als vanzelfsprekend aannemen. Er is een heer in Connecticut die al meer dan een jaar op een donor wacht.' Tarasoff pakte een tweede infuuszak en hing die aan de standaard. Toen keek hij haar aan. 'Hij was opgetogen toen hij hoorde dat we eindelijk een goede hadden gevonden.'

*Al dat bloed dat ze me in de EHBO hebben afgenomen*, dacht ze. *Dat hebben ze gebruikt voor weefseltypering.*

Hij ging verder met zijn werk. Hij verbond de tweede zak aan de lijn. Trok medicamenten op in spuiten. Ze kon hem alleen maar stom aankijken terwijl de beademingsmachine lucht in haar longen pompte. Haar spierfunctie begon terug te keren. Ze kon haar vingers al bewegen, haar schouders ophalen. Er gleed een transpiratiedruppel langs haar slaap. Ze transpireerde van de inspanning om te bewegen. Om haar lichaam weer onder bedwang te krijgen. Op een klok aan de muur zag ze dat het kwart over elf was.

Tarasoff had het blad vol spuiten gelegd. Hij hoorde het geluid van de deur die open en dicht ging en draaide zich om. 'De jongen is er vandoor,' zei hij. 'Ze zijn nog naar hem op zoek. Dus doen we de lever eerst.'

Er kwamen voetstappen naar de tafel toe. Er kwam weer een gezicht in beeld dat op Abby neerkeek.

Ze had dat gezicht zo vaak over de operatietafel heen aangekeken. Ze had die ogen zo vaak zien glimlachen boven een chirurgisch masker. Nu glimlachten ze niet.

*Nee*, huilde ze, maar het enige geluid dat hoorbaar was, was een zachte luchtvlaag door de endotracheaalslang. *Nee...*

Het was Mark.

# 25

Gregor wist dat de enige manier om uit de achterplecht weg te komen door de blauwe deur was en die was op slot. De jongen moest de wenteltrap zijn opgegaan.

Gregor keek naar boven langs de treden, maar hij zag alleen draaiende schaduwen. Hij begon te klimmen, de wankele trap galmde onder zijn gewicht. Zijn arm deed nog pijn op de plek waar de jongen hem gebeten had. Het klootzakkie. Dat joch had van het begin af voor problemen gezorgd.

Hij bereikte de volgende etage en liep de trap af een dik tapijt op. Hij was nu in het woongedeelte van de chirurg en diens assistent. Op de achterplecht waren twee privéhutten met een gemeenschappelijk toilet en douche. Aan de voorkant was een goed ingerichte salon. De enige manier hieruit was weer terug langs de trap. De jongen zat in de val.

Gregor liep eerst naar achteren.

De eerste hut was van de dode chirurg. Het stonk er naar tabak. Hij knipte het licht aan en zag een onopgemaakt bed, een openstaande kast en een bureau met een overvolle asbak. Hij liep naar de kast. Daar hingen kleren die naar rook stonken, er lag een lege wodkafles en een geheime stapel pornografische tijdschriften. Geen jongen.

Gregor zocht daarna de hut van de chirurgische assistent door. Die was veel netter, het bed was opgemaakt, de kleren hingen netjes geperst in de kast. Maar de jongen was nergens.

Hij keek even in het toilet en liep toen naar de salon. Voor hij daar was, hoorde hij geluid. Het was een gesmoord gejammer.

Hij liep de salon in en draaide het licht aan. Zijn blik gleed snel door de kamer, zag de bank, de eettafel, de stoelen en de tv met de stapel videobanden. Waar was de jongen? Hij liep de kamer door, stond toen stil en staarde naar de voorste muur.

De etenslift.

Hij rende ernaar toe en trok met moeite de deurtjes open. Hij zag alleen maar kabels. Hij sloeg op de up-knop en de kabel begon kreunend met zijn zware last te bewegen. Gregor boog naar voren, klaar om de jongen beet te pakken.

In plaats daarvan staarde hij naar een lege etenslift.

De jongen was al in de kombuis ontsnapt.

Gregor liep terug naar de trap. Dat was geen ramp. De kombuis was al afgesloten. Gregor was die iedere avond met een hangslot af gaan sluiten, nadat hij had gemerkt dat de bemanning heimelijk eten uit de keuken haalde. De jongen zat nog steeds in de val.

Gregor duwde de blauwe deur open en liep door de gang.

'Het spijt me, Abby,' zei Mark. 'Ik heb nooit gedacht dat het zo ver zou komen.'

*Alsjeblieft*, dacht ze. *Doe dit alsjeblieft niet...*

'Als er een andere manier was...' Hij schudde zijn hoofd. 'Je bent te fanatiek geweest. En ik kon je niet tegenhouden. Ik had je niet onder controle.'

Er liep een traan uit haar oog en sijpelde in haar haren. Een ogenblik zag ze een flits van verdriet in zijn gezicht. Hij wendde zich af.

'Het is tijd om te beginnen,' zei Tarasoff. 'Wil jij de eer hebben? Hij gaf Mark een spuit. 'Pentobarbital. We willen tenslotte menselijk blijven.'

Mark aarzelde. Toen pakte hij de spuit en wendde zich tot de infuusstandaard. Hij haalde de hoes van de naald en duwde die in het rubber afsluitstuk van het infuus. Weer aarzelde hij. Hij keek Abby aan.

*Ik heb van je gehouden*, dacht ze. *Ik heb zoveel van je gehouden.*

Hij drukte de stamper in.

Het licht werd zwakker. Ze zag zijn gezicht weifelen, toen verdween het in een steeds dieper wordende grijze poel.

*Ik heb van je gehouden.*

*Ik heb van je gehouden...*

De deur van de kombuis was afgesloten.

Yakov trok telkens weer aan de knop, maar de deur gaf niet mee. Wat nu? Weer de etenslift? Hij haastte zich er naartoe terug en drukte op de knop. Er gebeurde niets.

Hij keek radeloos door de kombuis rond en overwoog alle mogelijke verstopplekken. De voorraadkamer. De kasten. De grote koelkast. Uiteindelijk zouden de mannen op al die plekken kijken. Uiteindelijk zouden ze hem vinden.

Hij zou het moeilijk voor hen moeten maken.

Hij keek naar de lampen. Er hingen drie kale peertjes boven hem. Hij rende naar de kast en haalde er een zware aardewerk koffiekop uit. Hij gooide hem naar het dichtstbijzijnde lampje.

Het peertje versplinterde en het werd donker.

Hij viste nog meer koppen uit de kast. Drie worpen en het tweede peertje versplinterde.

Hij stond op het punt om op het laatste peertje te mikken toen zijn blik plotseling op de radio van de kok viel. Die stond op zijn gebruikelijke plek boven op de kast. Zijn blik volgde het verlengsnoer dat over de bovenkant van het aanrecht naar de plek liep waar het broodrooster stond.

Yakov keek even naar het fornuis en zag een lege soeppan. Hij sleepte de pan van het fornuis, droeg hem naar de gootsteen en draaide de kraan open.

Een radio stond op volle sterkte aan.

Gregor duwde de deur van de kombuis open en liep naar binnen. De muziek stond in de duisternis te blèren. Trommels en elektrische gitaren. Hij tastte op de muur naar het lichtknopje en draaide het aan. Geen licht. Hij probeerde het nog een paar keer, maar er gebeurde niets. Hij deed een stap naar voren en hij voelde dat zijn leren zool op glas knarste.

*Het klootzakkie had de lichten uitgegooid. Hij gaat proberen in het donker langs me te glippen.*

Gregor deed de deur dicht. Bij het licht van een lucifer stak hij de sleutel in het slot en schoof de grendel ervoor. Geen ontsnapping meer mogelijk. De lucifer ging uit.

Hij keerde zich naar de duisternis. 'Kom op, knul!' schreeuwde hij. 'Er overkomt je niets!'

Hij hoorde alleen de radio blèren die ieder ander geluid overstemde. Hij liep naar het geluid toe en stond toen stil om een nieuwe lucifer aan te steken. De radio stond op het aanrecht vlak voor hem. Toen hij de muziek uitzette, zag hij het slagersmes op het aanrecht liggen. Daarnaast lagen stukjes die eruit zagen als bruin rubber.

*Dus hij had een van de koksmessen te pakken gekregen, hè?*

De lucifer flikkerde uit.

Gregor haalde zijn revolver tevoorschijn en riep: 'Jongen?'

Toen pas merkte hij dat zijn voeten nat waren.

Hij stak een derde lucifer aan en keek naar beneden.

Hij stond in een plas water. Het was zijn leren schoenen al binnengedrongen en die waren zeker bedorven. Waar kwam dat water vandaan? In het flakkerende licht van het vlammetje keek hij verder dan zijn voeten en zag dat het water zich over de halve vloer verspreid had. Toen zag hij het verlengsnoer, met afgesneden uiteinde, een spiraalwinding glinsterde aan de rand van de plas. Verward keek hij naar het lange snoer dat over de vloer gekronkeld lag, omhoog liep en met een lus over een stoel lag.

Het laatste dat Gregor zag, vlak voordat de lucifer uitging, was de flauwe glans van blond haar en het figuur van de jongen die met uitgestrekte arm naar het stopcontact in de muur greep.

Het einde van het snoer had hij in zijn hand.

Tarasoff hield hem het scalpel voor. 'Maak jij de eerste incisie maar,' zei hij en zag de blik van ontsteltenis in de ogen van de andere man. *Je hebt geen keus, Hodell*, dacht hij. *Jij hebt geprobeerd haar erbij te halen. Jij hebt de fout gemaakt. Nu moet je het rechtzetten.*

Hodell pakte het scalpel aan. Ze waren nog niet eens begonnen met de operatie en het zweet brak hem al uit op zijn voorhoofd. Hij wachtte even met het mes boven de blote buik. Ze wisten allebei dat dit een test was, misschien wel de definitieve.

*Vooruit. Archer heeft zijn aandeel geleverd bij Mary Allen. Net zoals Zwick het met Aaron Levi heeft gedaan. Nu is het jouw beurt. Bewijs dat je nog steeds deel uitmaakt van het team. Snij de vrouw open die je eens hebt liefgehad.*

*Doe het.*

Mark pakte het scalpel even anders beet alsof hij het beter wilde vasthouden. Toen haalde hij adem en duwde het mes tegen de huid.

*Doe het.*

Mark sneed. Een lange, ronde incisie. De huid week en er welde een streep bloed op die op de chirurgische doeken druppelde.

Tarasoff ontspande zich. Hodell zou toch geen probleem vormen. Hij was in feite het 'point of no return' jaren geleden al gepasseerd, als chirurgische assistent-arts. Een nacht zwaar drinken en een paar snuiven cocaïne. De volgende ochtend in een vreemd bed met een leuke leerling-verpleegster die gewurgd op het kussen naast hem lag. En Hodell kon zich niet herinneren wat er werkelijk was gebeurd. Het was allemaal erg overtuigend.

En dan was er het geld om het lidmaatschap te versterken.

Goedschiks of kwaadschiks. Het werkte vrijwel altijd. Het had met Archer en Zwick en Mohandas gewerkt. En met Aaron Levi ook, een tijdje. Ze hadden een gesloten gemeenschap, en ze waren heel secuur in het bewaren van hun geheimen. En hun winsten. Niemand anders in het Bayside, Colin Wettig niet, zelfs Jeremiah Parr niet, had ook maar een vermoeden hoeveel geld er van eigenaar wisselde. Het was voldoende geld om de allerbeste artsen te kopen, het allerbeste team – een team dat Tarasoff had gecreëerd. De Russen voorzagen alleen in de onderdelen en wanneer dat nodig was, in bruut geweld. In de operatiekamer was het het team dat wonderen verrichtte.

Geld alleen was niet voldoende geweest om Aaron Levi bij hen te houden. Maar Hodell hoorde er nog bij. Dat bewees hij nu met iedere snee van zijn scalpel.

Tarasoff assisteerde, hield wondspreiders vast en klemde bloedingen af. Het was heerlijk om met zulk jong en gezond weefsel te werken. De vrouw verkeerde in een uitstekende conditie. Ze had een minimum aan onderhuids vetweefsel en haar buikspieren waren plat en stevig, zo stevig dat hun assistent die aan het hoofdeinde van de tafel stond, meer succinylcholine in het infuus moest spuiten om ze te laten ontspannen voor een gemakkelijker wondspreiding.

Het mes van het scalpel had de spierlaag doorkliefd. Ze waren nu in de buikholte. Tarasoff spreidde de wondspreiders. Onder de dunne sluier van het buikvlies glinsterden de lever en lussen dunne darm. Het zag er allemaal zo heerlijk gezond uit! Het menselijk organisme was een prachtig gezicht om naar te kijken.

De lichten flikkerden en gingen bijna helemaal uit.

'Wat is er aan de hand?' vroeg Hodell.

Ze keken allebei naar de lampen. De lampen brandden weer in volle glorie.

'Alleen maar een storing,' zei Tarasoff. 'Ik hoor de generator nog.'

'Dit is geen optimale omgeving. Een wiebelend schip. Stroom die uitvalt...'

'Het is een tijdelijke maatregel. Tot we vervanging vinden voor het gebouw van Amity.' Hij knikte naar de operatiewond. 'Ga door.'

Hodell tilde zijn scalpel op en hield even op. Hij was opgeleid voor thoraxchirurg; een leverresectie was een procedure die hij maar een paar keer eerder had gedaan. Misschien had hij extra aanwijzingen nodig.

Of misschien begon de werkelijkheid van wat hij deed nu tot hem door te dringen.

'Is er iets?' vroeg Tarasoff.

'Nee,' Mark slikte. Hij begon weer te snijden, maar zijn hand trilde. Hij tilde het scalpel op en haalde een paar keer diep adem.

'We hebben niet veel tijd, dr. Hodell. We moeten nog een andere donor explanteren.'

'Ik vind het alleen... is het niet warm hier?'

'Het is mij niet opgevallen. Ga door.'

Hodell knikte. Hij pakte het scalpel stevig beet en stond op het punt weer te snijden toen hij plotseling verstarde.

Tarasoff hoorde een geluid achter zich, alsof de deur zachtjes dichtsuisde.

Mark staarde recht vooruit en tilde zijn scalpel op.

De explosie scheen in zijn gezicht te slaan. Hodells hoofd sloeg achterover. Er sproeiden bloed en botdeeltjes over de tafel.

Tarasoff draaide zich om om naar de deur te kijken en hij ving een glimp op van blond haar en het bleke jongensgezicht.

De revolver vuurde voor de tweede keer.

De kogel miste zijn doel en versplinterde een glazen deur in de voorraadkast. Het regende scherven op de grond.

De anesthesist dook voor dekking achter de beademingsmachine.

Tarasoff liep achteruit, zijn blik op de revolver gericht. Het was Gregors revolver, zo stevig en licht dat zelfs een kind het kon vasthouden. Maar de hand die het vuurwapen nu vasthield, trilde te hevig om recht te schieten. *Het is maar een jongen*, dacht Tarasoff. Een bange jongen wiens arm bleef aarzelen tussen de anesthesist en Tarasoff.

Tarasoff keek even naar het instrumentenblad en hij zag de spuit met succinylcholine. Er zat meer dan genoeg in om het kind buiten gevecht te stellen. Langzaam liep hij zijdelings over het lichaam van Hodell en door de groter wordende plas bloed. Toen het wapen weer op hem werd gericht, verstijfde hij.

De jongen huilde nu, zijn adem kwam in snelle, huilerige schokken.

'Rustig maar,' kalmeerde Tarasoff hem. En hij glimlachte. 'Je hoeft niet bang te zijn. Ik help je vriendin alleen maar. Ik maak haar weer beter. Ze is erg ziek. Wist je dat niet? Ze heeft een dokter nodig.'

De blik van de jongen richtte zich op de tafel. Op de vrouw. Hij deed een stap naar voren en nog een. Plotseling liet hij een hoog en scherp gejammer horen. Hij hoorde de anesthesist niet die achter hem langsglipte en de kamer uitvluchtte. Hij scheen ook het vage gerommel van de helikopter niet te horen. Die naderde en maakte zich klaar om te landen om de bestelling op te halen.

Tarasoff pakte de spuit van het blad. Rustig liep hij dichter naar de tafel.

De jongen hief zijn hoofd op en zijn schreeuw steeg tot een wanhopige gil.

Tarasoff hief de spuit op.

Op dat ogenblik keek de jongen hem aan. En er lag niet langer angst, maar woede in de ogen van de jongen toen hij Gregors wapen richtte.

En voor een laatste keer schoot.

# 26

De jongen week niet van haar bed. Vanaf het ogenblik dat de zusters haar de verkoeverkamer hadden uitgereden en de Chirurgische Intensive Care-afdeling op, had hij vlak naast haar gezeten, een bleek spookje dat haar bed achtervolgde. De zusters hadden hem twee keer bij de hand gepakt en uit het kamertje geleid. De jongen had twee keer de weg terug weer gevonden. Nu stond hij met de beddenspijlen van de rekken stevig in zijn handen, zijn blik zwijgend smekend dat ze wakker zou worden. Hij was tenminste niet hysterisch meer, zoals hij was geweest toen Katzka hem aan boord had aangetroffen. Hij had de jongen gevonden terwijl hij boven Abby's verminkte lichaam stond te huilen en haar smeekte te leven. Katzka had geen woord verstaan van wat de jongen zei. Maar hij begreep zijn paniek uitstekend. Zijn wanhoop.

Er werd op het raampje van het kamertje getikt. Katzka draaide zich om en zag dat Vivian Chao hem wenkte. Hij maakte de deur open en kwam buiten bij haar staan.

'Dat kind kan hier niet de hele nacht blijven,' zei ze. 'Hij staat in de weg. Bovendien ziet hij er niet zo schoon uit.'

'Hij begint te schreeuwen zodra ze proberen hem weg te halen.'

'Kunt u niet met hem praten?'

'Ik spreek geen Russisch. U?'

'We wachten nog op de ziekenhuistolk. Waarom oefent u niet wat mannelijke autoriteit uit? Sleep hem er gewoon uit.'

'Gun de jongen wat tijd met haar, ja?' Katzka draaide zich om en staarde door het raam naar het bed. En merkte dat hij worstelde met het alles overheersende beeld dat hem de rest van zijn leven zou achtervolgen: Abby met opengesneden buik op de operatietafel, haar ingewanden glinsterend onder de operatielampen. De jammerende jongen die haar gezicht tussen zijn handen hield. En op de grond in een zee van hun eigen bloed de twee mannen, Hodell, die al dood was, en Tarasoff bewusteloos en bloedend, maar nog wel in leven. Net zoals alle anderen aan boord van het vrachtschip, was Tarasoff in verzekerde bewaring gesteld.

Er zouden weldra meer arrestaties volgen. Het onderzoek begon pas. Op dit ogenblik waren de federale autoriteiten bezig de maatschappij Sigayev te omsingelen. Gebaseerd op wat de bemanning van de vrachtboot hen al had verteld, was de omvang van de orgaanverkoop breder, en gruwelijker, dan Katzka zich had kunnen voorstellen.

Hij knipperde met zijn ogen en richtte zijn blik op het hier en nu: Abby die aan de andere kant van dat raampje lag, haar buik met verband omzwachteld. Haar borst ging op en neer. De monitor gaf het regelmatige ritme van haar hart aan. Heel even had hij dezelfde flits van paniek ervaren die hij aan boord had gevoeld toen Abby's hartslag wild over het monitorscherm had gehuppeld. Toen had hij gedacht dat hij op het punt stond haar te verliezen en de helikopter die Vivian en Wettig naar het schip zou brengen was nog kilometers bij hen vandaan geweest. Hij raakte het glas aan en merkte dat hij weer met zijn ogen knipperde. En weer.

Achter hem zei Vivian zachtjes: 'Katzka, het komt wel goed met haar. De generaal en ik leveren goed werk.'

Katzka knikte. Zonder een woord te zeggen liep hij weer het kamertje in.

De jongen keek hem aan, met net zo'n vochtige blik als die van Katzka. 'Ah-bee,' fluisterde hij.

'Ja, joh. Zo heet ze.' Katzka glimlachte.

Ze keken allebei naar het bed. Er scheen lange tijd voorbij te gaan. De stilte werd alleen verbroken door het zachte en regelmatige gepiep van de hartmonitor. Ze stonden naast elkaar samen de wacht te houden bij deze vrouw die ze geen van beiden goed kenden, maar om wie ze al intens veel gaven.

Ten slotte strekte Katzka zijn hand uit. 'Kom. Je hebt slaap nodig, jong. En zij ook.'

De jongen aarzelde. Even bestudeerde hij Katzka. Toen pakte hij vol tegenzin de aangeboden hand.

Ze liepen samen over de Chirurgische Intensive Care-afdeling, de plastic schoenen van de jongen sloften over het linoleum. Zonder waarschuwing ging de jongen langzamer lopen.

'Wat is er?' vroeg Katzka.

De jongen was langs een ander kamertje gelopen. Katzka keek ook door het raam.

Achter het raam zat een man met zilvergrijze haren in een stoel bij het bed van de patiënt. Zijn hoofd was gebogen en hij hield zijn handen voor zijn gezicht, zijn hele lichaam schokte van de ingehouden snikken. *Er zijn dingen die zelfs Victor Voss niet kan kopen*, dacht Katzka. *Nu staat hij op het punt om alles te verliezen. Zijn vrouw. Zijn vrijheid.* Katzka keek naar de vrouw die in het bed lag. Haar gezicht was bleek en leek zo broos als porselein. Haar half geopende ogen hadden de doffe glans van de naderende dood.

De jongen drukte zich dichter tegen het glas.
Op het ogenblik dat hij zich naar voren boog, schenen de ogen van de vrouw een laatste glimp van leven te tonen. Ze richtte zich op de jongen. Langzaam plooiden haar lippen zich tot een stille glimlach. Toen deed ze haar ogen dicht.
Katzka mompelde: 'Het is tijd om te gaan.'
De jongen keek op. Hij schudde vastbesloten zijn hoofd. Terwijl Katzka in hulpeloos zwijgen toekeek, draaide de jongen zich om en liep terug naar Abby's kamertje.
Plotseling voelde Katzka zich doodmoe. Hij keek naar Victor Voss, een geruïneerd man die nu in wanhoop voorovergebogen zat. Hij keek naar de vrouw in het bed, haar ziel gleed weg terwijl hij toekeek. En hij dacht: *zo weinig tijd. We hebben zo weinig tijd op deze aarde met de mensen van wie we houden.*
Hij zuchtte. Toen draaide hij zich ook om naar Abby's kamertje.
En ging naast de jongen zitten.

# DIAGNOSE BESMET

*Voor Jacob, Adam en Josh,*
*de mannen in mijn leven*

Veel dank aan:

Emily Bestler, die van ieder boek een juweeltje maakt.
Dr. Ross Davis, neurochirurg en man van de Renaissance.
Jack Young, die opgewekt mijn vreemdste vragen beantwoordde.
Patty Kahn, voor haar assistentie bij al het onderzoek.
Jane Berkey en Don Cleary, mijn navigatoren in de uitgeverswereld.
En vooral aan Meg Ruley, die me altijd de juiste richting wijst.
En met me meegaat.

# 1

Een scalpel is een prachtig ding.

Dat was dokter Stanley Mackie nog nooit eerder opgevallen, maar terwijl hij met gebogen hoofd onder de lampen van de operatiekamer stond, zag hij plotseling hoe het licht met een diamantachtige schittering weerkaatste op het lemmet. Het was een kunstwerk, dat vlijmscherpe stukje roestvrij staal. Zó mooi zelfs, dat hij het nauwelijks durfde oppakken, uit angst dat hij op de een of andere manier de magische schoonheid teniet zou doen. In het oppervlak zag hij een regenboog van kleuren, het licht gebroken in zijn zuiverste elementen.

'Dokter Mackie? Is er iets?'

Hij keek op en zag dat de operatiezuster hem over haar masker aankeek. Hij had nooit eerder gezien hoe groen haar ogen waren. Het leek of hij zoveel dingen voor de eerste keer zag, wérkelijk zag. De romige zachtheid van de huid van de verpleegster. Het adertje dat over haar slaap liep. Het moedervlekje vlak boven haar wenkbrauw.

Was het eigenlijk wel een moedervlekje? Hij staarde ernaar. Het bewoog, het kroop als een veelpotig insect naar haar ooghoek...

'Stan?' zei dokter Rudman, de anesthesist, nu. Zijn stem doorbrak de ontsteltenis van Mackie. 'Is er iets met je?'

Mackie schudde zijn hoofd. Het insect verdween. Het was weer een moedervlekje, niet meer dan een klein rondje zwart pigment op de bleke huid van de verpleegster. Hij haalde diep adem en pakte het scalpel van het instrumentenblad. Hij keek neer op de vrouw die op de tafel lag.

Het licht boven de tafel was al op de onderbuik van de vrouw gericht. Blauwe operatiedoeken waren op hun plaats geklemd, om een rechthoek van naakte huid heen. Het was een mooie, platte buik met een streepje van een bikini tussen de twee heupbeenderen – een verbazingwekkend gezicht in deze tijd van sneeuwstormen en witte wintergezichten. Wat jammer dat hij in deze maagdelijke buik zou moeten snijden. In de toekomst zou haar in het Caribisch gebied opgedane bruine kleur zeker worden ontsierd door het litteken van de blindedarmoperatie.

Hij zette het puntje van het lemmet op de huid, zijn incisie beginnend bij het punt van McBurney, halverwege de navel en de ronding van het rechter heupbeen. Daar zat de appendix ongeveer. Met het scalpel in de aanslag, aarzelde hij plotseling.

Zijn hand beefde.

Hij begreep het niet. Dit was nog nooit eerder gebeurd. Stanley Mackie had altijd een uiterst vaste hand gehad. Nu kostte het alleen al enorme inspanning om het handvat vast te houden. Hij slikte en tilde het lemmet op. *Rustig aan. Haal een paar keer diep adem. Dit gaat over.*

'Stan?'

Mackie keek op en zag dat dokter Rudman zijn voorhoofd fronste. De twee verpleegsters ook. Mackie zag de vragen in hun ogen, dezelfde vragen die mensen al weken over hem fluisterden. *Is de oude Mackie nog wel capabel? Zou hij op zijn vierenzeventigste nog wel mogen opereren?* Hij negeerde hun blikken. Hij had zich al verdedigd voor de Medische Tuchtraad. Hij had hun een bevredigende verklaring gegeven van de omstandigheden waaronder zijn laatste patiënt was overleden. Uiteindelijk was opereren niet zonder risico. Als er te veel bloed in de buik komt, is het vaak moeilijk je goed te oriënteren en is de verkeerde snee snel gemaakt.

De Raad, in haar wijsheid, had hem van alle blaam gezuiverd.

Toch waren er twijfels gerezen bij de staf van het ziekenhuis. Hij zag het aan de gezichten van de verpleegsters, aan de frons van dokter Rudman. Al die ogen die hem gadesloegen. Plotseling voelde hij ook andere ogen. Hij ving een glimp op van duizenden oogbollen die in de lucht zweefden en hem allemaal aanstaarden.

Hij knipperde met zijn ogen en het vreselijke beeld was verdwenen.

*Mijn bril,* dacht hij. *Ik moet mijn bril laten controleren.*

Een zweetdruppel gleed over zijn wang. Hij klemde het handvat van het scalpel steviger vast. Dit was niet meer dan een eenvoudige blindedarmoperatie, iets dat de eerste de beste assistentarts ook kon. Dan moest *híj* het toch zeker kunnen, zelfs met bevende handen.

Hij concentreerde zich op de buik van de patiënte, die platte buik met zijn goudbruine kleur. Jennifer Halsey, 36 jaar. Ze kwam uit een andere staat en was vanmorgen in haar motelkamer in Boston wakker geworden met pijn rechts in de onderbuik. Toen de pijn erger werd, was ze door een dichte sneeuwstorm naar de eerstehulpafdeling van het Wicklin-ziekenhuis gereden en doorverwezen naar de dienstdoende chirurg: Mackie. Ze wist niets van de geruchten over zijn bekwaamheid, niets van de leugens en het gefluister die langzaam zijn praktijk kapotmaakten. Ze was alleen maar een vrouw die pijn had en wier ontstoken appendix eruit gehaald moest worden.

Hij drukte het lemmet op de huid van Jennifer. Zijn hand was vast geworden. Hij kon het. Natuurlijk kon hij het. Hij maakte de incisie, een soepele, nette snee. De operatiezuster assisteerde, sponsde bloed op, gaf hem hemostatica. Hij sneed dieper, door het gele, onderhuidse vet, af en toe even ophoudend om een adertje dicht te branden. *Geen probleem. Alles gaat goed.* Hij zou naar binnen gaan, de appendix eruit halen, en er weer uit gaan. Dan zou hij die middag naar huis gaan. Misschien had hij alleen maar wat rust nodig.

Hij sneed door het glinsterende buikvlies en kwam in de buikholte. 'Openhouden,' zei hij.

De operatiezuster pakte de roestvrijstalen tangen en trok voorzichtig de wond open.

Mackie stak zijn hand in de opening en voelde de warme, glibberige ingewanden om zijn gehandschoende hand kronkelen. Wat een heerlijk gevoel, genesteld te zijn in de warmte van het menselijk lichaam. Het was alsof je weer in de baarmoeder werd opgenomen. Hij legde de appendix bloot. Eén blik op het rode en gezwollen weefsel vertelde hem dat zijn diagnose juist was geweest; de appendix zou eruit moeten. Hij pakte het scalpel.

Pas toen hij weer naar de incisie keek, besefte hij dat er iets niet helemaal klopte.

Er zaten veel te veel ingewanden in de buik, twee keer zoveel als er moesten zijn. Veel meer dan de vrouw nodig had. Dit kon niet. Hij trok aan de lus van een dun stuk darm, voelde het warm en glibberig over zijn gehandschoende handen glijden. Met het scalpel sneed hij het overtollige stuk eraf en legde de druipende kronkel op het blad. Ziezo, dacht hij. Dat was een stuk beter.

De operatiezuster staarde hem aan, haar ogen groot boven haar masker. 'Wat dóet u?' riep ze.

'Te veel darm,' antwoordde hij kalm. 'Dat kunnen we niet hebben.' Hij stak zijn hand in de buik en pakte nog een lus darm. Al dat overtollige weefsel was niet nodig. Het belemmerde alleen maar zijn overzicht.

'Dokter Mackie, néé!'

Hij sneed. Het bloed spoot in een warme boog uit het doorgesneden stuk darm.

De verpleegster greep zijn gehandschoende hand. Hij schudde zich los, kwaad dat zo'n domme verpleegster de gang van zaken durfde te onderbreken.

'Haal een andere operatiezuster,' beval hij. 'Er moet afgezogen worden. Al dat bloed moet weg.'

Met zijn vrije hand pakte Mackie de afzuigkatheter en stak de punt in de buikholte. Het bloed gorgelde de buis in en stroomde in het reservoir.

Een andere hand pakte zijn jas en trok hem weg bij de tafel. Het was dokter Rudman. Mackie probeerde hem van zich af te schudden, maar Rudman liet niet los.

'Leg het scalpel neer, Stan.'

'Ze moet schoongemaakt worden. Er zijn te veel ingewanden.'

'Leg het néér!'

Mackie rukte zich los en draaide zich om naar Rudman. Hij was vergeten dat hij het scalpel nog steeds in zijn hand had. Het lemmet sneed door de nek van de andere man.

Rudman slaakte een kreet en klemde zijn hand om zijn keel.

Mackie deinsde achteruit, starend naar het bloed dat tussen de vingers van Rudman doorsiepelde. 'Mijn schuld niet,' zei hij. 'Het is mijn schuld niet!'

Een verpleegster schreeuwde in de intercom: 'Stuur de bewakingsdienst! Hij is gek aan het worden! Laat onmiddellijk de bewakingsdienst komen!'

Mackie wankelde achteruit, door glibberige plassen bloed. Het bloed van Rudman. Het bloed van Jennifer Halsey. Een steeds groter wordend meer van bloed. Hij draaide zich om en rende weg.

Ze zaten achter hem aan.

In blinde paniek vluchtte hij de gang door en raakte verdwaald in een doolhof van gangen. Waar was hij? Waarom kwam niets hem bekend voor? Toen, recht voor zich uit, zag hij het raam, en daarachter de warrelende sneeuw. *Sneeuw.* Dat koude, witte kant zou hem zuiveren, zou het bloed van zijn handen wassen.

Achter hem kwamen voetstappen dreunend dichterbij. Er werd 'Hált!' geroepen.

Mackie rende drie stappen en sprong naar de rechthoek van licht.

Glas versplinterde in een miljoen diamanten. Daarna floot de koude lucht langs hem heen en was alles wit. Een prachtig, kristalachtig wit.

En hij viel.

# 2

Buiten was het bloedheet, maar de chauffeur had de airconditioning vol aanstaan, en Molly Picker had het een beetje koud achter in de auto. De koude lucht die uit de ventilator bij haar knieën kwam, leek regelrecht onder haar minirok te blazen. Ze boog zich naar voren en tikte op de afscheiding van plexiglas.

'Hallo?' zei ze. 'Hallo, meneer? Kan die airconditioning wat lager? Meneer?' Ze tikte nog een keer.

De chauffeur scheen haar niet te horen. Of misschien negeerde hij haar. Het enige wat ze zag, was de achterkant van zijn blonde hoofd.

Bibberend sloeg ze haar armen over elkaar en schoof opzij, weg bij die ventilator. Ze keek uit het raampje en zag de straten van Boston voorbijglijden. Ze kende deze buurt absoluut niet, maar ze wist dat ze naar het zuiden reden. Dat had er op het laatste bord gestaan, Washington Street, South. Nu zag ze vierkante gebouwen en dichtgespijkerde ramen, groepjes mannen die voor de deur op de stoep zaten, hun gezichten glimmend van het zweet. Het was nog niet eens juni en het was al boven de dertig graden. Alleen al door naar de mensen op straat te kijken, kon Molly zien hoe heet het was. Het lome afhangen van hun schouders, hun langzame geschuifel over de trottoirs. Molly vond het leuk naar mensen te kijken. Meestal keek ze naar de vrouwen, omdat ze die zoveel interessanter vond. Dan keek ze naar hun kleding en vroeg zich af waarom sommige zwart droegen midden in de zomer, waarom de dikzakken met een breed achterwerk felgekleurde stretchbroeken kozen, waarom niemand tegenwoordig meer een hoed droeg. Dan keek ze hoe de knappe vrouwen liepen, licht wiegend met hun heupen, volmaakt balancerend op hun hoge hakken. Ze vroeg zich af welke geheimen die knappe vrouwen kenden. Welke lessen had hun moeder aan hen doorgegeven, lessen die Molly op de een of andere manier niet had gekregen? Dan keek ze lang en aandachtig naar hun gezicht, in de hoop een goddelijk inzicht te krijgen in wat een vrouw mooi maakt. Welke speciale magie zij bezaten, die zij, Molly Picker, niet had.

De auto stopte voor een rood licht. Op de hoek stond een vrouw met plateauzolen, een heup naar voren gestoken. Net als Molly was het een prostituee, maar ouder – achttien misschien, met glanzend zwart haar, dat weelderig over haar gebruinde schouders viel. Zwart haar zou niet gek zijn, bedacht Molly een beetje spijtig. Dat viel op. Het was geen nietszeggende kleur, zoals het slappe haar van Molly, dat blond noch bruin was, en helemaal niet opviel. Het raam van de auto was donker getint en het meisje kon niet zien dat Molly naar haar keek. Maar ze leek het te voelen, omdat ze zich langzaam naar de auto omdraaide op haar plateauzolen.

Uiteindelijk was ze toch niet zo knap.

Molly leunde achterover, op een vreemde manier teleurgesteld.

De auto sloeg linksaf en reed verder in zuidoostelijke richting. Ze waren nu ver uit Molly's buurt en reden een wijk binnen die onbekend en bedreigend was. De hitte had de mensen uit hun flats verdreven en in de schaduwrijke portieken zaten ze zich koelte toe te wuiven. Hun blik volgde de voorbijrijdende auto. Ze wisten dat hij niet in deze buurt thuishoorde. Net zoals Molly wist dat ze hier niet thuishoorde. Waar stuurde Romy haar heen?

Hij had haar geen adres gegeven. Meestal kreeg ze een papiertje met een adres in haar hand gedrukt en moest ze zelf maar voor een taxi zorgen. Maar deze keer had er aan de stoeprand een auto op haar staan wachten. Een mooie auto ook nog, zonder veelzeggende vlekken op de achterbank en stinkende proppen tissuepapier in de asbakken. Het was allemaal zo schoon. Ze had nog nooit in zo'n schone auto gezeten.

De chauffeur ging linksaf, een smalle straat in. Er zat hier niemand buiten op de stoep, maar ze wist dat ze haar gadesloegen. Ze voelde het. Ze viste een sigaret uit haar tas en stak hem aan. Ze had nog maar twee trekjes genomen, toen een vlakke stem plotseling zei: 'Wil je hem uitmaken.'

Molly keek geschrokken om zich heen. 'Wat?'

'Maak hem uit, zei ik. Er mag niet gerookt worden in de auto.'

Met een blos van schaamte maakte ze snel de sigaret uit in de asbak. Toen zag ze het kleine luidsprekertje in het tussenschot.

'Hallo? Kunt u me horen?' zei ze.

Geen antwoord.

'Als dat zo is, wilt u dan de airconditioning afzetten? Ik vries hier dood. Hallo? Meneer de chauffeur?'

De koude luchtstroom hield op.

'Dánk u wel,' zei ze. En zachtjes voegde ze eraan toe: 'Klootzak.'

Ze vond het knopje van het elektrische raam en zette het een stukje open. De lucht van zomer in de stad kwam naar binnen, heet en zwavelachtig. Ze had geen last van de hitte. Het deed haar aan thuis denken. Zoals alle vochtige, klamme zomers uit haar jeugd in Beaufort. Verdomme, ze had trek in een sigaret. Maar ze had geen zin ruzie te maken met dat kleine doosje.

De auto kwam tot stilstand. De stem uit de luidspreker zei: 'Hier is het. Je kunt nu uitstappen.'

'Wat, hier?'

'Het gebouw staat vlak voor je.'

Molly keek naar het drie verdiepingen hoge, stenen gebouw. De ramen op de begane grond waren dichtgespijkerd. Op de stoep lagen glasscherven. 'Dat is zeker een grapje,' zei ze.

'De voordeur is open. Ga twee trappen op naar de tweede verdieping. Het is de laatste deur rechts. Je hoeft niet te kloppen, ga maar meteen naar binnen.'

'Romy heeft hier niets van gezegd.'

'Romy zei dat je zou meewerken.'

'Ja, nou...'

'Het hoort gewoon bij de fantasie, Molly.'

'Welke fantasie?'

'Die van de klant. Je weet hoe het gaat.'

Molly slaakte een diepe zucht en keek nogmaals naar het gebouw. Klanten en hun fantasieën. Waar droomde deze vent dan van? Tussen de ratten en de kakkerlakken te neuken? Een beetje gevaar, een beetje troep ter verhoging van de opwinding? Waarom pasten de fantasieën van de klanten nooit bij de hare? Een schone hotelkamer, een Jacuzzi. Richard Gere en 'Pretty Woman' met een glas champagne.

'Hij wacht.'

'Ja, ik ga al, ik ga al.' Molly deed het portier open en stapte op het trottoir. 'U wacht toch op me?'

'Ik blijf hier staan.'

Ze keek naar het gebouw en haalde diep adem. Vervolgens liep ze de stoep op en duwde de voordeur open.

Binnen was het even erg als het er vanbuiten uitzag. Overal op de muren zat graffiti, de hal lag vol kranten en een roestige spiraal van een bed. Iemand had hier flink vuil geloosd.

Ze ging de trap op. Het was angstig stil in het gebouw en het lawaai van haar schoenen weerklonk in het trappenhuis. Toen ze op de eerste verdieping kwam, stond het zweet in haar handen.

Dit voelde fout. Helemaal fout.

Ze bleef op de overloop staan en keek naar de tweede verdieping. *Waar heb je me in vredesnaam heen gestuurd, Romy? Wie is die klant eigenlijk?*

Ze veegde haar klamme handen af aan haar blouse. Vervolgens zuchtte ze nog een keer en ging de volgende trap op. In de gang van de tweede verdieping bleef ze voor de laatste deur rechts staan. Ze hoorde een zoemend geluid in de kamer erachter – een airconditioning? Ze deed de deur open.

Koele lucht stroomde naar buiten. Ze ging naar binnen en tot haar verbazing bevond ze zich in een kamer met spierwitte muren. In het midden stond een soort medische onderzoektafel, bekleed met roodbruin vinyl. Daarboven hing een enorme lamp. Verder waren er geen meubels. Zelfs geen stoel.

'Hallo, Molly.'

Ze draaide zich met een ruk om, zoekend naar de man die zojuist haar naam had gezegd. Er was verder niemand in de kamer. 'Wie bent u?' vroeg ze.

'Je hoeft nergens bang voor te zijn. Ik ben alleen een beetje verlegen. Eerst wil ik je graag goed bekijken.'

Molly keek naar een spiegel, die aan de achterste muur was aangebracht. 'U zit daarachter, is het niet? Is dat een soort doorkijkspiegel?'

'Heel goed.'

'Nou, wat moet ik doen?'

'Praat tegen me.'

'Is dat alles?'

'Er komt nog meer.'

Natuurlijk. Er kwam altijd meer. Bijna nonchalant liep ze naar de spiegel toe. Hij had gezegd dat hij verlegen was. Dat gaf haar een beter gevoel. Alsof ze de zaak meer in de hand had. Ze ging met één hand op haar in minirok gehulde heup staan. 'Oké, als u wilt praten, het is úw geld.'

'Hoe oud ben je, Molly?'

'Zestien.'

'Ben je regelmatig ongesteld?'

'Wat?'

'Je menstruatie.'

Ze lachte. 'Het is niet te geloven.'

'Geef antwoord op de vraag.'

'Ja. Die is redelijk regelmatig.'

'En de laatste keer was twee weken geleden?'

'Hoe weet ú dat?' vroeg ze. Daarna mompelde ze hoofdschuddend: 'O, dat heeft Romy verteld.' Romy wist dat natuurlijk. Hij wist altijd wanneer zijn meisjes feest hadden.

'Ben je gezond, Molly?'

Ze keek nijdig naar de spiegel. 'Zie ik er niet gezond uit?'

'Geen bloedziektes? Hepatitis? HIV?'

'Ik ben schoon. U zult niets oplopen, als u zich daar zorgen over maakt.'

'Syfilis? Gonorroe?'

'Luister,' zei ze bits. 'Wilt u neuken of niet?'

Er viel een stilte. Toen zei de stem zacht: 'Trek je kleren uit.'

Dat leek er meer op. Dit was wat ze verwachtte.

Ze stapte dichter naar de spiegel toe, zo dicht dat haar adem het glas deed beslaan. Hij zou elk detail willen zien. Dat wilden ze altijd. Ze begon de knoopjes van haar blouse los te maken. Ze deed het langzaam, de voorstelling rekkend. Toen de stof uit elkaar week, dacht ze nergens meer aan. Ze voelde dat ze zich terugtrok in een veilige, geestelijke kast waar mannen niet bestonden. Ze bewoog haar heupen, wiegde op denkbeeldige muziek. De blouse gleed van haar schouders op de grond. Haar borsten waren nu bloot, haar tepels trokken samen door de kilte in de kamer. Ze deed haar ogen dicht. Daardoor was het op de een of andere manier niet zo vervelend. *Laten we opschieten,* dacht ze. *Naaien en wegwezen.*

Ze maakte de rits van haar rok open en stapte eruit. Vervolgens trok ze haar slipje uit. Dat deed ze allemaal met haar ogen dicht. Romy had tegen haar gezegd dat ze een goed lichaam had. Dat als ze er goed gebruik van maakte, niemand zou merken dat haar gezicht niet knap was. Nu gebruikte ze dat lichaam, dansend op een ritme dat zij alleen kon horen.

'Het is goed zo,' zei de man. 'Je kunt ophouden met dansen.'

Ze deed haar ogen open en keek verbaasd naar de spiegel. Ze zag haar eigen spiegelbeeld. Slap bruin haar, kleine, maar puntige borsten, smalle heupen, als van een jongen. Toen ze met haar ogen dicht aan het dansen was geweest, had ze een rol gespeeld. Nu keek ze naar haar eigen beeld. Haar echte ik. Onwillekeurig kruiste ze haar armen over haar naakte borst.

'Ga naar de tafel,' zei hij.

'Wat?'

'De onderzoektafel. Ga erop liggen.'

'Goed. Als je daar geil van wordt.'

'Daar word ik geil van.'

Iedereen had zo zijn eigenaardigheden. Ze klom op de tafel. Het donkerrode vinyl was koud aan haar blote billen. Ze ging liggen en wachtte tot er iets gebeurde.

Er ging een deur open en ze hoorde voetstappen. Met grote ogen keek ze hoe de man naar het voeteneind van de tafel liep en boven haar uittorende. Hij was helemaal in het groen gehuld. Het enige wat ze van zijn gezicht kon zien, waren zijn ogen, kil staalblauw. Ze keken haar boven een chirurgenmasker aan.

Geschrokken kwam ze overeind.

'Ga liggen,' beval hij.

'Wat ga je in vredesnaam doen?'

'Ga líggen, zei ik.'

'Man, ik smeer hem...'

Hij greep haar arm. Pas toen zag ze dat hij handschoenen aan had. 'Luister, ik zal je geen pijn doen,' zei hij met zachtere stem. Vriendelijker. 'Begrijp je het niet? Dít is mijn fantasie.'

'Je bedoelt – doktertje spelen?'

'Ja.'

'Moet ik dan je patiënt zijn?'

'Ja. Vind je dat eng?'

Ze dacht erover na. Ze dacht terug aan alle andere fantasieën die ze zich had moeten laten welgevallen voor haar klanten. Daarbij vergeleken leek dit betrekkelijk tam.

'Goed,' zuchtte ze en ging weer liggen.

Hij klapte de voetsteunen uit, zodat ze aan het uiteinde van de tafel uitstaken. 'Vooruit, Molly,' zei hij. 'Je weet toch wel wat je met je voeten moet doen.'

'Moet het?'

'Ik ben de dokter, weet je nog?'

Ze staarde naar zijn gemaskerde gezicht en vroeg zich af wat er achter dat rechthoekige lapje zat. Een doodgewone man, ongetwijfeld. Ze waren allemaal zo vreselijk gewoon. Het waren hun fantasieën die ze weerzinwekkend vond. Die haar bang maakten.

Met tegenzin hief ze haar benen op en legde ze in de steunen.

Hij maakte de onderkant van de tafel los en klapte die naar beneden. Ze lag met haar dijbenen gespreid en haar blote billen hingen bijna over de rand van de tafel. Ze liet zichzelf voortdurend aan mannen zien, maar deze houding had iets vreselijk kwetsbaars. Die felle lampen die tussen haar benen schenen. Haar volkomen naaktheid op de onderzoektafel. En de man, wiens blik met bijna klinische afstandelijkheid op haar meest intieme anatomie was gericht.

Hij sloeg een band om haar enkel.

'Hé,' zei ze. 'Ik hou er niet van te worden vastgebonden.'

'Ik wél,' zei hij zacht, terwijl hij de andere band vastmaakte. 'Ik heb mijn meisjes graag zo.'

Haar gezicht vertrok toen hij zijn gehandschoende vingers naar binnen bracht. Hij boog zich naar haar toe en kneep zijn ogen geconcentreerd wat dicht, terwijl zijn vingers dieper voelden. Ze sloot haar ogen en probeerde haar gedachten los te maken van wat er tussen haar benen gebeurde, maar het gevoel was moeilijk te negeren. Als een knaagdier dat zich diep in haar begroef. Hij drukte met één hand boven op haar buik en de vingers van zijn andere hand bewogen vanbinnen. Op de een of andere manier leek dit een ergere verkrachting dan een gewone neukpartij, en ze wilde dat het achter de rug was. *Word je hier geil van, engerd?* vroeg ze zich af. *Ben je al stijf? Wanneer komt het ervan?*

Hij trok zijn hand terug. Ze huiverde opgelucht. Toen ze haar ogen opendeed, zag ze dat hij niet meer naar haar keek. In plaats daarvan was zijn blik gericht op iets buiten haar gezichtsveld. Hij knikte.

Pas toen besefte ze dat er nog iemand in de kamer was.

Er werd een rubber masker op haar mond en neus gedrukt. Ze probeerde haar gezicht weg te draaien, maar haar hoofd werd hard tegen de tafel gedrukt. Ze stak haar handen omhoog en trok heftig aan de randen van het verdovingsmasker. Haar handen werden meteen weggetrokken en haar polsen werden snel en stevig vastgebonden. Ze ademde een bitter ruikend gas in, voelde het in haar keel schroeien. Haar borst verzette zich met een hoestbui. Ze schudde heftiger met haar hoofd, maar het masker ging niet weg. Ze haalde nog een keer adem; ze kon er niets aan doen. Nu gleed al het gevoel uit haar ledematen weg. Het licht leek vager te worden. Het felle wit veranderde in grijs.

In zwart.

Ze hoorde een stem zeggen: 'Tap het bloed nu af.'

Maar de woorden betekenden niets voor haar. Helemaal niets.

'Man, man, wat een troep heb je gemaakt.'

Het was de stem van Romy – dat kon ze in ieder geval bedenken. Maar verder wist ze niet zo bar veel. Waar was ze? Waar was ze geweest?

Waarom had ze hoofdpijn en was haar keel zo droog?

'Vooruit, Molly Wolly. Doe je ogen open.'

Ze kreunde. Het geluid van haar eigen stem deed haar hoofd al bonzen.

'Verdomme, doe je ogen open, Molly. Je maakt de hele kamer smerig.'

Ze draaide zich op haar rug. Het licht filterde bloedrood door haar oogleden. Ze deed haar best ze open te doen, naar het gezicht van Romy te kijken.

Hij keek op haar neer met een uitdrukking van walging in zijn donkere ogen. Zijn zwarte haar zat naar achteren geplakt en glom van de brillantine. Het weerkaatste licht als een koperen helm. Sophie was er ook. Ze keek een beetje smalend, met haar armen over haar enorme boezem geslagen. Molly voelde zich nog ellendiger nu ze Sophie en Romy zo dicht bij elkaar zag staan, als mensen die ooit intiem met elkaar waren geweest. Misschien nog steeds waren. Die Sophie met haar paardenkop was altijd in de buurt en probeerde Molly buiten te sluiten. En nu was ze in de kamer van Molly gekomen, een plek die verboden terrein voor haar was.

Verontwaardigd probeerde Molly overeind te komen, maar het werd wazig voor haar ogen en ze zakte op het bed terug. 'Ik ben misselijk,' zei ze.

'Je bent misselijk gewéést,' zei Romy. 'Ga je nu wassen. Sophie zal je helpen.'

'Ik wil niet dat ze me aanraakt. Ze moet mijn kamer uit.'

Sophie snoof. 'Ik zou toch niet in die stinkende kamer van je willen blijven, Miss Strijkplank,' zei ze en ging weg.

Molly kreunde. 'Ik herinner me niet wat er is gebeurd, Romy.'

'Er is niets gebeurd. Je bent teruggekomen en naar bed gegaan. En toen heb je op je kussen gekotst.'

Weer probeerde ze overeind te komen. Hij hielp haar niet, raakte haar niet eens aan. Zó stonk ze. Hij liep al naar de deur, haar alleen latend om haar eigen vieze lakens op te ruimen.

'Romy?' zei ze.

'Ja?'

'Hoe ben ik hier gekomen?'

Hij lachte. 'Jezus, je hebt hem wel geraakt, hè?' En hij ging de kamer uit.

Ze bleef lange tijd op de rand van het bed zitten en probeerde zich de laatste paar uur te herinneren. En de duizeligheid van zich af te schudden.

Er was een klant geweest – dat herinnerde ze zich nog. Een man helemaal in het groen. Een kamer met een reusachtige spiegel. En er was een tafel geweest.

Maar de seks kon ze zich niet herinneren. Misschien had ze dat verdrongen. Misschien was het zo'n walgelijke ervaring geweest dat ze hem in haar onderbewustzijn had weggeduwd, zoals ze met succes zoveel uit haar jeugd had verdrongen. Slechts af en toe liet ze een klein stukje herinnering uit haar jeugd weer bovenkomen. De goede herinneringen hoofdzakelijk; ze had inderdaad een paar goede herinneringen aan de jaren dat ze was opgegroeid in Beaufort, en die kon ze naar believen oproepen. Of onderdrukken.

Maar ze kon zich nauwelijks iets herinneren van de gebeurtenissen van die middag.

God, wat stonk ze. Ze keek naar haar blouse en zag dat er vlekken op zaten van het overgeven. De knoopjes zaten helemaal verkeerd dicht en door een open stuk was haar blote huid te zien.

Ze begon zich uit te kleden. Ze trok de minirok uit, knoopte de blouse los en gooide ze op een hoop op de grond. Daarna stommelde ze naar de douche en zette het water aan.

Koud. Ze wilde het koud.

Terwijl ze onder de sputterende sproeier stond, voelde ze haar hoofd helderder worden. Terwijl dat gebeurde, kwam er een andere herinnering boven. De man in het groen die boven haar uittorende. Op haar neerkeek. En de banden die strak om haar polsen en enkels zaten.

Ze keek naar haar handen en zag de blauwe plekken, als ronde manchetten om haar polsen. Hij had haar vastgebonden – niet zo ongebruikelijk. Mannen en hun idiote spelletjes.

Toen zag ze een andere blauwe plek, in de holte van haar linkerarm. Hij was zo vaag, dat ze het kleine, blauwe rondje bijna over het hoofd zag. Precies in het midden, als de punt in een schietschijf, zat een prik van een naald.

Ze probeerde zich de naald te herinneren, maar dat ging niet. Het enige wat ze zich herinnerde was de man met het chirurgenmasker.

En de tafel.

Koud water druppelde over haar schouders. Huiverend keek Molly naar het litteken van de prik en vroeg zich af wat ze nog meer was vergeten.

# 3

De stem van een verpleegster riep haar via de intercom aan de muur. 'Dokter Harper, we hebben u hier nodig.'

Toby Harper schrok wakker en merkte dat ze aan haar bureau in slaap was gevallen, met een stapel medische tijdschriften als kussen. Met tegenzin hief ze haar hoofd op, met haar ogen knipperend tegen het licht van de leeslamp. Het koperen bureauklokje gaf aan dat het half vijf in de morgen was. Had ze werkelijk bijna veertig minuten geslapen? Het leek alsof ze haar hoofd pas een ogenblik geleden had neergelegd. De woorden van het artikel dat ze had zitten lezen waren wazig geworden en ze had gedacht haar ogen even een beetje rust te gunnen. Meer was ze niet van plan geweest, slechts een ogenblikje respijt van het saaie verhaal en de akelig kleine lettertjes. Het tijdschrift lag nog open bij het artikel dat ze had geprobeerd in zich op te nemen. De bladzijde was nu gekreukeld doordat haar gezicht erop had gelegen. 'Een steekproefsgewijze bestudering van de effectiviteit van lamivudine en zidovudine bij de behandeling van HIV-patiënten met minder dan 500 CD4+-cellen per kubieke centimeter.' Ze sloeg het tijdschrift dicht. Geen wonder dat ze in slaap was gevallen.

Er werd op de deur geklopt en Maudeen stak haar hoofd om de hoek van de dokterskamer. Ex-Milva majoor Maudeen Collins had een stem als een megafoon – helemaal niet wat je van zo'n klein poppetje zou verwachten. 'Toby? Je sliep toch niet?'

'Ik denk dat ik ben weggedommeld. Wat is er aan de hand?'

'Een zere teen.'

'Nú, om half vijf?'

'De patiënt had geen colchicine meer en hij denkt dat zijn jicht opspeelt.'

Toby kreunde. 'Jezus, waarom denken die idiote patiënten nooit vooruit?'

'Ze denken dat we gewoon een apotheek zijn die de hele nacht open is. Luister, we zijn zijn gegevens nog aan het opnemen. Dus waarom doe je het niet rustig aan?'

'Ik kom zó.'

Toen Maudeen weg was, gunde Toby zich een ogenblik de tijd om helemaal wakker te worden. Ze wilde enigszins intelligent klinken als ze met de patiënt sprak. Ze stond op van het bureau en liep naar de wastafel. Ze had nu al tien uur dienst en tot nu toe was er niets gebeurd. Dat was het prettige aan het werken in een rustige voorstad als Newton. Er waren vaak lange perioden dat er absoluut niets gebeurde op de eerstehulpafdeling van het Springer-ziekenhuis, perioden dat Toby op het bed in de dokterskamer kon gaan liggen en een dutje kon doen, als ze daar zin in had. Ze wist dat de andere dienstdoende artsen dat deden, maar Toby bood meestal weerstand aan de verleiding. Ze werd betaald om de nachtdienst van twaalf uur te doen en ze vond het niet professioneel enige van die uren in bewusteloze toestand door te brengen.

*Daar ga je, met je niet professioneel,* dacht ze, terwijl ze zichzelf in de spiegel bekeek. Ze was tijdens haar werk in slaap gevallen en ze zag de gevolgen ervan aan haar gezicht. Haar groene ogen waren dik. Het medische tijdschrift had zwart afgegeven op haar wang. Haar dure kapsel zag eruit alsof het door een handmixer was opgeklopt en haar haar stond in korte, blonde plukjes overeind. Dit was de keurige en elegante dokter Harper zoals ze werkelijk was – uiteindelijk toch niet zo elegant.

Walgend van zichzelf zette Toby de kraan aan en wreef energiek de drukinkt van haar gezicht. Ze maakte ook haar haar nat en kamde het met haar vingers naar achteren. Daar ging haar dure kapsel. In ieder geval zag ze er niet langer uit als een uitgebloeide paardenbloem. Aan de dikke ogen of de trekken van vermoeidheid kon ze niets doen. Op haar achtendertigste kon Toby zich niet meer pijlsnel herstellen van een hele nacht doorhalen zoals ze als studente van vijfentwintig had gedaan.

Ze verliet de kamer en liep de gang door naar de afdeling eerste hulp.

Daar was niemand. Er zat niemand aan de balie, de wachtkamer was verlaten. 'Hallo?' riep ze.

'Dokter Harper?' antwoordde een stem via de intercom.

'Waar is iedereen?'

'We zijn in de stafkamer. Kunt u hierheen komen?'

'Moet ik niet naar een patiënt kijken?'

'We hebben een probleem. We hebben u nú nodig.'

*Probleem?* Dat woord beviel Toby niet. Haar pols begon meteen sneller te kloppen. Ze liep haastig naar de stafkamer en duwde de deur open.

Er ging een flitslicht af. Ze bleef stokstijf staan toen een koor van stemmen begon te zingen: 'Lang zal ze leven! Lang zal ze leven...'

Toby keek omhoog naar de rode en groene slingers aan het plafond. Daarna keek ze naar de taart met tientallen brandende kaarsjes erop. Toen de laatste noten van *Lang zal ze leven* wegstierven, sloeg ze haar hand voor haar gezicht en kreunde. 'Het is niet te geloven. Ik was het helemaal vergeten.'

'Nou, wij niet,' zei Maudeen, terwijl ze nog een foto maakte met haar Instamatic. 'Je bent zeventien geworden, toch?'

'Ik wou dat het waar was. Wie is die grapjas die een miljoen kaarsjes op de taart heeft gezet?'

Morty, de laborant, stak zijn mollige hand op. 'Niemand heeft gezegd wanneer ik moest ophouden.'

'Zie je, Morty wilde onze sprinklerinstallatie testen – '

'Eigenlijk is het een longfunctietest,' zei Val, de andere verpleegster van de eerste hulp. 'Je moet kijken, Toby, of je ze allemaal in één keer kunt uitblazen.'

'En als dat niet lukt?'

'Dan gaan we intuberen!'

'Vooruit, Toby! Doe een wens!' drong Maudeen aan. 'En maak hem lang, donker en knap.'

'Op mijn leeftijd neem ik genoegen met klein, dik en rijk.'

Arlo, van de bewakingsdienst, deed een duit in het zakje: 'Hé! Ik voldoe aan twee van de drie voorwaarden!'

'Je hebt ook een vrouw,' kaatste Maudeen terug.

'Vooruit, Toby! Doe een wens!'

'Ja, doe een wens!'

Toby ging voor de taart zitten. De andere vier kwamen lachend en duwend als opgewonden kinderen om haar heen staan. Ze waren haar tweede familie, niet door bloed aan haar verwant, maar door jaren gedeelde crises op de eerstehulpafdeling. De Vrouwenbrigade noemde Arlo het nachtteam van de eerste hulp. God mocht de mannelijke patiënt helpen die met een urologische klacht binnenkwam.

*Een wens,* dacht Toby. *Wat heb ik te wensen? Waar moet ik beginnen?* Ze haalde adem en blies. Alle kaarsjes waren uit en er werd luid geklapt.

'En nu aanvallen,' zei Val, en ze begon de kaarsjes uit de taart te halen. Plotseling keek ze naar het raam. Dat deden de anderen ook.

Er was net een politieauto met blauw zwaailicht het parkeerterrein van de eerste hulp opgereden.

‘We hebben een klant,’ zei Maudeen.

‘Goed,’ zuchtte Val, ‘de dames moeten aan het werk. Jongens, eet niet alle taart op terwijl wij weg zijn.’

Arlo boog zich naar Morty en fluisterde: ‘Ach, die meiden zijn toch altijd op dieet…’

Toby liep voorop de gang door. De drie vrouwen kwamen net bij de balie toen de automatische deuren van de eerstehulpafdeling openzwaaiden.

Een jonge agent stak zijn hoofd om de hoek. ‘Zeg, we hebben een ouwe vent in de auto zitten. Hij was aan het zwerven in het park. Zouden jullie naar hem willen kijken, dames?’

Toby volgde de agent naar buiten, naar het parkeerterrein. ‘Is hij gewond?’

‘Ik geloof het niet. Maar hij is behoorlijk in de war. Ik heb geen alcohol geroken, dus denk ik alzheimer, misschien. Of een diabetische shock.’

Geweldig, dacht Toby. Een politieman die denkt dat hij arts is. ‘Is hij volledig bij bewustzijn?’ vroeg ze.

‘Ja. We hebben hem achterin zitten.’ De agent deed het achterportier van de patrouillewagen open.

De man was helemaal naakt. Hij zat opgerold in een bal van dunne armen en benen, terwijl hij heen en weer wiegde met zijn kale hoofd. Hij zat tegen zichzelf te mompelen, maar ze kon niet goed horen wat hij zei. Iets over dat hij naar bed moest.

‘We hebben hem op een bankje in het park gevonden,’ zei de andere agent, die er nog jonger uitzag dan zijn maat. ‘Toen had hij zijn ondergoed aan, maar dat heeft hij in de auto uitgetrokken. De rest van zijn kleren hebben we in het park gevonden. Die liggen voorin.’

‘Goed, we kunnen hem beter naar binnen brengen.’ Toby knikte naar Val, die al klaarstond met een rolstoel.

‘Vooruit, maat,’ spoorde de agent aan. ‘Deze dames zullen voor je zorgen.’

De man sloeg zijn armen vaster om zich heen en begon op zijn blote billen heen en weer te wiegen. ‘Kan mijn pyjama niet vinden…’

‘We zullen een pyjama voor u halen,’ zei Toby. ‘Gaat u maar met ons mee naar binnen. We laten u een ritje maken in deze stoel.’

Langzaam draaide de oude man zich om en keek haar aan. ‘Maar ik ken u niet.’

‘Ik ben dokter Harper. Zal ik u uit de auto helpen?’ Ze stak haar hand naar hem uit.

Hij keek ernaar alsof hij nog nooit eerder een hand had gezien. Ten slotte pakte hij hem. Ze sloeg haar arm om zijn middel en hielp hem de auto uit. Het was alsof ze een bos droge takken oppakte. Val kwam haastig aan met de rolstoel, net toen de benen van de man onder hem leken dubbel te klappen. Ze bonden hem in de stoel en zetten zijn blote voeten op de voetsteunen. Daarna reed Val hem door de deuren van de eerste hulp. Toby en een van de jonge agentjes liepen erachteraan.

'Weet u iets van hem?' vroeg Toby hem.

'Nee, mevrouw. Hij kon ons niets vertellen. Hij leek niet gewond of zo.'

'Heeft hij papieren bij zich?'

'Er zit een portefeuille in zijn broekzak.'

'Goed, we moeten contact opnemen met zijn familie en uitzoeken of hij medische problemen heeft.'

'Ik zal zijn spullen uit de auto halen.'

Toby ging de onderzoekkamer binnen.

Maudeen en Val hadden de patiënt al op de brancard gelegd en waren nu de polsbanden aan de zijkant aan het vastbinden. Hij brabbelde nog steeds over zijn pyjama en deed halfslachtige pogingen overeind te komen. Hij was naakt, op een laken na dat discreet over zijn kruis was gelegd. Af en toe kreeg hij kippenvel op zijn blote borst en armen.

'Hij zegt dat hij Harry heet,' zei Maudeen, terwijl ze een band om zijn arm wikkelde om zijn bloeddruk te meten. 'Geen trouwring. Geen blauwe plekken. Hij ruikt alsof hij hard aan een bad toe is.'

'Harry,' zei Toby. 'Heb je ergens pijn?'

'Doe het licht uit. Ik wil naar bed.'

'Harry...'

'Ik kan niet slapen met dat verrekte licht aan.'

'Bloeddruk is tachtig om honderdvijftig,' zei Maudeen. 'Een pols van honderd en regelmatig.' Ze pakte de elektronische thermometer. 'Vooruit, schat. Stop dit in je mond.'

'Ik heb geen honger.'

'Dit is niet om op te eten. Ik ga je temperatuur opmeten.'

Toby deed even een stap achteruit en bekeek de man alleen maar. Hij kon alle vier zijn ledematen bewegen en hoewel hij aan de magere kant was, zag hij er goed gevoed uit en zijn spieren waren niet verslapt. Het was zijn hygiëne die haar verontrustte. Hij had een grijze stoppelbaard van minstens een week, en de nagels van zijn vingers waren vies en niet geknipt. Maudeen had gelijk over die lucht. Harry had beslist een bad nodig.

De elektronische thermometer piepte. Maudeen haalde hem uit de mond van de man en zag de gouden kronen glimmen – het waren er vijf. Alleen al door naar de tanden te kijken, kon je een hoop te weten komen over de maatschappelijke status van een patiënt. Vullingen en gouden kronen betekenden middenklasse of beter. Rotte tanden en ontstoken tandvlees zeiden *lege bankrekening.* Of een ziekelijke angst voor tandartsen. Zijn adem rook niet naar alcohol, er was ook geen fruitige lucht die op een tekort aan suiker kon duiden.

Ze begon het lichamelijk onderzoek bij zijn hoofd. Terwijl ze haar vingers over zijn schedel liet glijden, bespeurde ze geen duidelijke fracturen of bulten. Met haar kleine lampje testte ze de reactie van zijn pupillen. Normaal. Evenals zijn extra-oculaire bewegingen en slikreflex. Alle hersenzenuwen leken intact.

'Waarom ga je niet weg,' zei hij. 'Ik wil slapen.'

'Heb je jezelf pijn gedaan, Harry?'

'Kan mijn verdomde pyjama niet vinden. Heb jij mijn pyjama afgepakt?'

Toby keek Maudeen aan. 'Goed, laten we zijn bloed maar eens nakijken, en zijn urine zal waarschijnlijk ook moeten.'

'Komt voor elkaar.' Maudeen had de tourniquet en de injectiespuit al klaar. Terwijl Val de arm van de man vasthield, tapte Maudeen het bloed af. De patiënt leek nauwelijks te voelen dat de naald erin ging.

'Goed zo, lieverd,' zei Maudeen, terwijl ze een verbandje deed op de plek waar ze had geprikt. 'Je bent een heel goede patiënt.'

'Weet jij waar ik mijn pyjama heb gelegd?'

'Ik ga nu meteen een schone voor je halen. Wacht maar even.' Maudeen pakte de buisjes met bloed. 'Ik zal deze wegsturen onder Jan Zondernaam.'

'Zijn naam is Harry Slotkin,' zei een van de agenten. Hij was teruggekomen van de patrouillewagen en stond nu in de deuropening, met de broek van Harry in zijn handen. 'Ik heb in zijn portefeuille gekeken. Volgens zijn identiteitsbewijs is hij zesenzeventig en woont hij op Titwillow Lane 119. Dat is een stukje verderop, in dat nieuwe complex op Brant Hill.'

'Naaste familie?'

'Er staat hier dat ene Daniel Slotkin gewaarschuwd moet worden bij een ongeval. Het is een nummer in Boston.'

'Ik zal hem bellen,' zei Val. Ze ging de kamer uit, het gordijn voor de privacy achter zich dichttrekkend.

Toby bleef alleen achter met de patiënt. Ze ging verder met het lichamelijk onderzoek. Ze luisterde naar het hart en de longen, voelde aan de buik, tikte op pezen. Ze duwde en prikte en kneep, en vond niets bijzonders. Misschien is het gewoon alzheimer, dacht ze, terwijl ze een stap achteruit deed om de patiënt te bekijken. Ze kende de verschijnselen van alzheimer maar al te goed: het verminderende geheugen, het nachtelijke rondzwerven. De persoonlijkheid die stukje bij beetje afbrokkelde. Duisternis was verontrustend voor deze patiënten. Als het daglicht vervaagde, verdween ook hun visuele contact met de realiteit. Misschien was Harry Slotkin een slachtoffer van de nachtelijke psychose die zo vaak voorkwam bij patiënten met alzheimer.

Toby pakte het klembord van de eerste hulp en begon haar bevindingen te noteren.

'Toby?' riep Val door het gordijn. 'Ik heb de zoon van meneer Slotkin aan de lijn.'

'Ik kom,' zei Toby. Ze draaide zich om teneinde het gordijn opzij te schuiven. Ze realiseerde zich niet dat er aan de andere kant een kastje met instrumenten stond. Ze stootte tegen het blad en een stalen bekken viel kletterend op de grond.

Terwijl Toby bukte om het op te rapen, hoorde ze een ander geluid achter zich – een vreemd, ritmisch gerammel. Ze keek naar de brancard.

Het rechterbeen van Harry Slotkin schokte heen en weer.

*Heeft hij een beroerte?*

'Meneer Slotkin!' zei Toby. 'Kijk me aan. Harry, kijk me aan!'

De blik van de man richtte zich op haar gezicht. Hij was nog steeds bij bewustzijn, nog steeds in staat bevelen op te volgen. Hoewel zijn lippen bewogen en woorden vormden, kwam er geen geluid.

Het schokken hield plotseling op en het been lag stil.

'Harry?'

'Ik ben zo moe,' zei hij.

'Wat gebeurde er daarnet, Harry? Probeerde je je been te bewegen?'

Hij deed zijn ogen dicht en zuchtte. 'Doe het licht uit.'

Toby keek hem met gefronste wenkbrauwen aan. Was het een beroerte geweest? Of alleen maar een poging zijn vastgebonden enkel los te krijgen? Hij zag er nu heel kalm uit, beide benen lagen bewegingloos.

Ze stapte door het gordijn en liep naar de verpleegstersbalie.

'De zoon is op lijn drie,' zei Val.

Toby pakte de hoorn op. 'Hallo, meneer Slotkin? Met dokter Harper, Springer-ziekenhuis. Uw vader is zojuist op onze afdeling eerste hulp binnengebracht. Hij is niet gewond, maar hij – '

'Wat is er met hem aan de hand?'

Toby zweeg even, verbaasd over de scherpe reactie van Daniel Slotkin. Was het irritatie of angst wat ze in zijn stem hoorde? Kalm antwoordde ze: 'Hij is in een park gevonden en de politie heeft hem hierheen gebracht. Hij is geagiteerd en in de war. Ik kan geen oorzaak voor neurologische problemen vinden. Lijdt uw vader aan alzheimer? Of zijn er medische problemen?'

'Nee. Nee, hij is nog nooit ziek geweest.'

'En hij lijdt niet aan dementie?'

'Het verstand van mijn vader is scherper dan het mijne.'

'Wanneer hebt u hem voor het laatst gezien?'

'Ik weet het niet. Een paar maanden geleden, denk ik.'

Toby liet die informatie in stilte tot zich doordringen. Als Daniel Slotkin in Boston woonde, was dat minder dan dertig kilometer bij zijn vader vandaan. Zeker geen afstand die verklaarde waarom ze elkaar zo weinig zagen.

Alsof hij haar onuitgesproken vraag aanvoelde, voegde Daniel Slotkin eraan toe: 'Mijn vader heeft een heel druk leven. Golf. Elke dag kaarten op de country club. Het is voor ons niet altijd makkelijk iets af te spreken.'

'Was hij een paar maanden geleden goed bij zijn verstand?'

'Laten we het zó stellen. De laatste keer dat ik mijn vader heb gezien, heeft hij een hele verhandeling tegen me gehouden over beleggingen, van opties tot de prijs van sojabonen. Het ging míjn pet te boven.'

'Gebruikt hij medicijnen?'

'Niet dat ik weet.'

'Weet u de naam van zijn huisarts?'

'Hij gaat naar een specialist in die privékliniek op Brant Hill, waar hij woont. Ik geloof dat die arts Wallenberg heet. Luister, hoe erg is mijn vader eigenlijk in de war?'

'De politie heeft hem op een bankje in het park gevonden. Hij had zijn kleren uitgetrokken.'

Er volgde een lange stilte. 'Jezus.'

'Ik kan geen letsel vinden. Aangezien u zegt dat hij niet aan dementie lijdt, moet er iets acuuts aan de hand zijn. Misschien een kleine beroerte. Of een metabolisch probleem.'

'Metabolisch?'

'Een abnormaal bloedsuikergehalte, bijvoorbeeld. Of een laag natriumgehalte. Dat kan allebei verwardheid geven.'

Ze hoorde de man diep zuchten, een vermoeid geluid. En misschien geïrriteerd. Het was vijf uur in de ochtend. Iedereen zou er doodmoe van worden als hij op die tijd werd gewekt en met zo'n crisis te maken kreeg.

'Het zou misschien helpen als u kwam,' zei Toby. 'Misschien stelt een bekend gezicht hem gerust.'

De man zweeg.

'Meneer Slotkin?'

Hij zuchtte. 'Ik zal wel moeten.'

'Als er iemand anders van de familie is die het kan doen – '

'Nee, er is niemand anders. Hij zal trouwens verwachten dat ik kom. Om ervoor te zorgen dat alles goed gedaan wordt.'

Terwijl Toby ophing, troffen de laatste woorden van Daniel Slotkin haar als een beetje bedreigend: *Om ervoor te zorgen dat alles goed gedaan wordt.* En waarom zou ze dat níet doen?

Ze pakte de telefoon en liet een boodschap achter op het antwoordapparaat van de Brant Hill Kliniek, met de mededeling dat hun patiënt Harry Slotkin verward en gedesoriënteerd op de eerstehulp was binnengebracht. Daarna piepte ze de röntgenlaborant van het Springer-ziekenhuis op.

Even later belde hij met een slaapdronken stem van huis op. 'Met Vince. Hebt u mij opgepiept?'

'Met dokter Harper van de eerste hulp. We hebben u nodig om een hersenscan te maken.'

'Wat is de naam van de patiënt?'

'Harry Slotkin. Een man van zesenzeventig met plotselinge verwardheid.'

'Goed. Ik ben er over tien minuten.'

Toby hing op en bekeek haar aantekeningen. *Wat heb ik over het hoofd gezien?* vroeg ze zich af. *Waar moet ik nog meer naar zoeken?* Ze liet alle mogelijke oorzaken voor plotseling optredende dementie de revue passeren. Beroertes. Tumoren. Intracraniale bloedingen. Infecties.

Ze keek nogmaals naar de gegevens. Maudeen had een orale temperatuur gemeten van 37.9 graden. Niet echt koorts, maar ook niet helemaal normaal. Er zou een ruggenmergpunctie gedaan moeten worden – maar niet voor de hersenscan was gemaakt. Als er een gezwel in zijn schedel zat, zou een ruggenmergpunctie kunnen leiden tot een rampzalige verandering van de druk in de hersenen.

Ze keek op toen ze een sirene hoorde.

'Wat nu?' zei Maudeen.

Toby schoot overeind en stond al bij de ingang van de eerste hulp te wachten toen de ziekenauto luidruchtig tot stilstand kwam. De achterdeur vloog open.

'Een spoedgeval!' schreeuwde de chauffeur.

Iedereen haastte zich de brancard uit te laden. Toby ving een glimp op van een dikke vrouw, met een bleek gezicht en een slaphangende kaak. Er was al een beademingsslang aangebracht.

'We zijn onderweg haar bloeddruk kwijtgeraakt – we dachten dat we beter hierheen konden gaan in plaats van door te rijden naar Hahnemann – '

'Wat is de voorgeschiedenis?' vroeg Toby bits.

'Op de grond gevonden. Zes weken geleden een infarct gehad. Man zegt dat ze Digoxine gebruikt – '

Ze reden de patiënt haastig door de deuren van de eerste hulp, waarbij de chauffeur onhandig op de borst pompte, terwijl de brancard de gang doorvloog naar de behandelkamer. Val drukte op de lichtknop. De verblindend felle lichten aan het plafond gingen aan.

'Goed, hebben jullie haar allemaal goed vast? Ze is zwaar. Pas op dat infuus! Eén, twee, drie, nú!' riep Maudeen.

Met één soepele beweging schoven vier paar handen de patiënte van de brancard op de behandeltafel. Iedereen wist wat hij moest doen. Ondanks de schijnbare verwarring bij dit soort spoedgevallen, was er orde in de chaos. De chauffeur bleef op de borst drukken. De andere ziekenbroeder bleef zuurstof in de longen pompen. Maudeen en Val liepen om de tafel heen om infuzen te ontwarren en EKG-draden aan de hartmonitor aan te sluiten.

'We hebben sinus-ritme,' zei Toby, naar het scherm kijkend. 'Hou even op met de hartmassage.'

De chauffeur hield op met op de borst te drukken.

'Ik heb nauwelijks een pols,' zei Val.

'Zet dat infuus hoger,' zei Toby. 'Hebben we al bloeddruk?'

Val keek op van de band om de arm. 'Vijftig om nul. Dopamine-infuus?'

'Ja. Ga verder met de hartmassage.'

De chauffeur kruiste zijn handen op het borstbeen en begon weer te pompen. Maudeen liep haastig naar het instrumentenwagentje en pakte ampullen en spuiten.

Toby plaatste haar stethoscoop op de borst en luisterde naar de rechterlong, daarna naar de linker. Aan beide kanten hoorde ze duidelijk ademhalingsgeluiden. Dat vertelde haar dat de beademingsslang op de goede plaats zat en dat er lucht in de longen kwam. 'Ophouden met masseren,' zei ze en plaatste de stethoscoop op het hart.

Ze hoorde het nauwelijks kloppen.

Toen ze weer naar de monitor keek, zag ze een snel sinus-ritme over het scherm gaan. Het elektrische systeem van het hart was intact. Waarom had de vrouw geen pols? Of de patiënte verkeerde in shocktoestand door bloedverlies. Of...

Toby keek naar de nek en het antwoord werd haar meteen duidelijk. Omdat de vrouw zo dik was, was niet te zien geweest dat haar halsslagaderen uitpuilden.

'U zei dat ze zes weken geleden een infarct heeft gehad?' vroeg Toby.

'Ja,' bromde de chauffeur, terwijl hij weer op de borst begon te drukken. 'Dat zei haar man.'

'Gebruikt ze nog andere medicijnen behalve Digoxine?'

'Er stond een grote fles aspirine op het nachtkastje. Ik denk dat ze artritis heeft.'

*Dat is het,* dacht Toby. 'Maudeen, geef me een spuit van vijftig cc en een hartnaald.'

'Komt eraan.'

'En gooi me een paar handschoenen en Betadine toe!'

Het pakje vloog naar haar toe. Toby ving het op en scheurde het open. 'Ophouden met masseren,' beval Toby.

De chauffeur stapte achteruit.

Toby ontsmette de huid snel met Betadine, trok de handschoenen aan en pakte de vijftig-cc-spuit. Ze keek nog een laatste keer op de monitor. Het ritme was nog steeds een snelle sinus. Ze haalde diep adem. 'Goed. Laten we eens kijken of dit helpt...' Het zwaardvormig aanhangsel van het borstbeen als oriëntatiepunt gebruikend, prikte ze door de huid en richtte de punt van de naald recht op het hart. Ze voelde haar eigen hart bonzen, terwijl ze de naald langzaam verder drukte. Tegelijkertijd haalde ze de zuiger naar achteren, een lichte negatieve druk uitoefenend.

Er schoot een scheut bloed in de spuit.

Precies op die plek hield ze stil. Haar handen waren volkomen vast. *God, laat de naald op de juiste plek zitten.* Ze trok de zuiger terug en zoog langzaam bloed in de spuit. Twintig cc. Dertig. Vijfendertig...

'Bloeddruk?' riep ze en hoorde het geluid van het snel opblazen van de band.

'Ja. Ik heb wat!' zei Val. 'Tachtig om vijftig!'

'Ik denk dat we nu weten wat er aan de hand is,' zei Toby. 'We hebben een chirurg nodig. Maudeen, bel dokter Carey. Zeg dat we een pericardiale tamponade hebben.'

'Door het infarct?' vroeg de chauffeur van de ambulance.

'Daar komt nog bij dat ze een hoge dosis aspirine gebruikt, dus krijgt ze makkelijk een bloeding. Ze heeft waarschijnlijk een gat in haar myocardium gekregen.' Als het omgeven was door bloed in de gesloten zak van het pericardium, zou het hart niet in staat zijn te zwellen, zou het niet kunnen pompen.

De spuit was vol. Toby haalde de naald eruit.

'De druk is nu vijfennegentig,' zei Val.

Maudeen hing de wandtelefoon op. 'Dokter Carey komt eraan. Zijn team ook. Hij zegt dat we haar stabiel moeten houden.'

'Dat is makkelijker gezegd dan gedaan,' mompelde Toby, met haar vingers naar een pols zoekend. Ze voelde iets, maar het bleef heel vaag. 'Waarschijnlijk loopt het weer vol. Ik heb zo meteen weer een spuit en een naald nodig. Kunnen we haar bloedgroep vaststellen. En laten we dan meteen een bezinking maken.'

Maudeen pakte een handvol bloedbuisjes. 'Acht eenheden?'

'Minstens. Vers bloed als we het kunnen krijgen. En laat wat net ingevroren plasma komen.'

'Bloeddruk zakt naar vijfentachtig,' zei Val.

'Verdomme. We zullen het nog een keer moeten doen.'

Toby scheurde een pakje met een nieuwe spuit open en gooide de verpakking opzij. De vloer raakte al vol met de stukken papier en plastic die zich in zo'n geval altijd ophoopten. *Hoe vaak zal ik dit moeten herhalen?* vroeg ze zich af, terwijl ze de naald in positie bracht. 'Schiet op, Carey. Ik kan die vrouw niet in mijn eentje redden...

Toby wist ook niet zeker of dokter Carey de patiënte zou kunnen redden. Als de vrouw inderdaad een gat in de wand van het ventrikel had, had ze meer nodig dan alleen een thorax-chirurg – dan had ze een volledig bypass-team nodig. Het Springer-ziekenhuis was een klein streekziekenhuis, volkomen berekend op keizersneden en eenvoudige galblaasoperaties, maar voor grote operaties was het niet uitgerust. Ambulances met ernstige gevallen reden normaal gesproken het Springer-ziekenhuis voorbij en gingen rechtstreeks naar een van de grotere medische centra, zoals Brigham of Mass General.

Maar vanmorgen had de ambulance zonder het te weten een chirurgische crisis bij Toby afgeleverd. En ze had de training – noch de staf – om het leven van deze vrouw te redden.

De tweede spuit zat al vol met bloed. Weer vijftig cc – en het klonterde niet.

'De bloeddruk zakt weer,' zei Val. Tachtig.'

'Dokter, ze is in V-tach!' zei een van de ziekenbroeders.

Toby's blik schoot naar de monitor. Het ritme was veranderd in het hoekige patroon van ventriculaire tachycardie. Het hart gebruikte nu maar twee van de vier kamers en sloeg te snel om efficiënt te zijn.

'Defibrilleren!' zei Toby kortaf. 'Met driehonderd joules.'

Maudeen drukte op de laadknop van de defibrillator. De naald klom naar driehonderd watt-seconden.

Toby plakte twee elektroden op de borst van de patiënt. Er zat een laagje gel op, waardoor elektrisch contact werd gemaakt met de huid. 'Achteruit!' zei ze, en drukte op de ontlaadknop.

Alle spieren van de patiënte trokken tegelijk samen toen de stroom door haar lichaam schoot.

Toby keek naar de monitor. 'Goed, we hebben weer een sinus.'

'Geen pols. Ik heb geen pols,' zei Val.

'Hartmassage!' zei Toby. 'Geef me nog een spuit.'

Terwijl ze het pakje openmaakte en de pericardiocentese-naald erop draaide, wist Toby dat ze het gevecht aan het verliezen waren. Ze kon liters bloed wegzuigen, maar er zou weer meer bijkomen en het hart samendrukken. *Hou haar in leven tot de chirurg er is,* dacht Toby, en de woorden werden haar mantra. *Hou haar in leven. Hou haar in leven...*

'Terug in V-tach!' zei Val.

'Laden tot driehonderd. Breng een bolus lidocaine in!'

De wandtelefoon ging. Maudeen nam op. Even later riep ze: 'Arlo kan niet aan het juiste bloed komen! De patiënte is B-negatief!'

*Verdomme. Wat kan er nog meer fout gaan?* Toby plakte de elektrodes op de borst. 'Iedereen achteruit!'

Weer schokte het lichaam van de vrouw. Weer keerde het ritme terug tot een snelle sinus.

'Ik heb een pols,' zei Val.

'Geef die lidocaine nú. Waar is ons ingevroren plasma?'

'Arlo is ermee bezig,' zei Maudeen.

Toby keek naar de klok. Ze waren nu bijna twintig minuten met de patiënte bezig. Het leken wel uren. Omringd door chaos, met een rinkelende telefoon en iedereen die door elkaar heen praatte, kreeg ze plotseling even een gevoel alsof ze naar een film keek. Haar handen zweetten in haar handschoenen en het rubber was klam tegen haar huid. Ze begon de controle over de crisis te verliezen...

*Controle* was het woord waar Toby bij leefde. Ze streefde naar orde in haar leven, orde op haar eerstehulpafdeling. Nu liep het fout, terwijl zij de leiding had, en ze kon er niets tegen doen. Ze was niet opgeleid om een borst open te maken en een gescheurd ventriculum dicht te maken.

Ze keek naar het gezicht van de vrouw. Het was gevlekt en de slappe wangen begonnen paars te worden. Terwijl ze keek, wist ze dat de hersencellen zuurstofgebrek leden. Stierven.

De chauffeur was uitgeput door het pompen op de borst en zijn maat nam zijn plaats in. Een vers paar handen begon te drukken.

Op de monitor maakte het hart een hoekige, chaotische lijn. Ventriculaire fibrillatie. Een fataal ritme.

Het team reageerde met het gebruikelijke beleid. Meer bolussen antiaritmica. Lidocaine. Bretylium. Steeds sterkere schokken. Wanhopig haalde Toby nog eens vijftig cc bloed uit het pericard.

De lijn van het hart werd een zwakke golfbeweging.

Toby keek om zich heen naar de andere gezichten. Ze wisten allemaal dat het voorbij was.

'Goed.' Toby slaakte een diepe zucht en haar stem klonk ijzig kalm. 'We houden ermee op. Hoe laat is het?'

'Elf over zes,' zei Maudeen.

We hebben haar vijfenveertig minuten aan de gang gehouden, dacht Toby. Meer dan dat konden we niet doen. Niemand had meer kunnen doen.

De ziekenbroeder stapte naar achteren. Dat deden alle anderen ook. Het was bijna een reflex, dat lichamelijk afstand nemen, die paar seconden respectvolle stilte.

De deur vloog open en dokter Carey, de hartchirurg, kwam op zijn gebruikelijke, dramatische wijze binnen. 'Waar is dat tamponadegeval?' vroeg hij bits.

'Ze is zojuist overleden,' zei Toby.

'Wat? Hebben jullie haar niet stabiel gehouden?'

'Dat hebben we geprobeerd. We konden haar niet aan de gang houden.'

'Hoe lang zijn jullie dan bezig geweest?'

'Geloof me,' zei Toby. 'Het was lang genoeg.' Ze schoof langs hem heen en verliet het vertrek.

Ze ging aan de verpleegstersbalie zitten en probeerde even haar gedachten te ordenen voor ze het eerstehulprapport invulde. Ze hoorde dokter Carey op luide toon klagen in de behandelkamer. Ze hadden hem om half zes in de morgen uit bed gehaald en waarom? Een patiënt die niet gestabiliseerd kon worden? Konden ze niet nádenken voor ze zijn nachtrust verpestten? Wisten ze niet dat hij een hele dag moest gaan opereren?

*Waarom zijn chirurgen zulke klootzakken?* vroeg Toby zich af en liet haar hoofd in haar handen zakken. God, zou er nooit een eind aan de nacht komen? Ze moest nog twee uur…

Door de vermoeidheid die haar hersenen wazig maakte heen, hoorde ze de deuren van de eerste hulp zoevend opengaan. 'Neem me niet kwalijk,' zei een stem. 'Ik kom voor mijn vader.'

Toby keek op naar de man die tegenover haar stond. Hij had een mager gezicht en keek haar zonder een glimlach, met een bijna bittere trek om zijn mond aan.

Toby stond op van haar stoel. 'Bent u meneer Slotkin?'
'Ja.'
'Ik ben Toby Harper.' Ze stak haar hand uit.
Hij schudde hem automatisch, zonder enige warmte. Zelfs de aanraking van zijn huid was koud. Hoewel hij minstens dertig jaar jonger moest zijn dan zijn vader, was de gelijkenis van de man met Harry Slotkin meteen duidelijk. Het gezicht van Daniel Slotkin was net zo scherp en hoekig en had hetzelfde smalle voorhoofd. Maar de ogen van deze man waren anders. Ze waren klein en donker en ongelukkig.
'We zijn nog met uw vader bezig,' zei ze. 'Ik heb nog geen uitslagen van het lab gezien.'
Hij keek om zich heen en maakte een ongeduldig geluid. 'Ik moet om acht uur in de stad terug zijn. Kan ik hem nu spreken?'
'Natuurlijk.' Ze kwam achter de balie vandaan en nam hem mee naar de onderzoekkamer van Harry Slotkin. Toen ze de deur opendeed, zag ze dat er niemand was. 'Dan is hij zeker op de röntgenafdeling. Ik zal even bellen of hij klaar is.'
Slotkin volgde haar terug naar de balie en sloeg haar gade, terwijl ze de telefoon opnam. Zijn blik gaf haar een onprettig gevoel. Ze keerde zich van hem af en draaide het nummer.
'Röntgen,' antwoordde Vince.
'Met dokter Harper. Hoe is het met de scan?'
'Die heb ik nog niet gemaakt. Ik ben alles nog aan het klaarmaken.'
'De zoon van de patiënt wil hem spreken. Ik stuur hem naar je toe.'
'De patiënt is niet hier.'
'Wat?'
'Ik heb hem hier niet. Hij is nog op eerste hulp.'
'Maar ik heb net in zijn kamer gekeken. Hij is niet – ' Toby zweeg even. Daniel Slotkin luisterde mee en hij had de ontsteltenis in haar stem gehoord.
'Is er een probleem?' vroeg Vince.
'Nee. Geen probleem.' Toby hing op. Ze keek Slotkin aan. 'Een ogenblik,' zei ze en liep de gang door naar Onderzoekkamer Drie. Ze duwde de deur open. Er was geen Harry Slotkin. Maar de brancard was er en het laken dat ze over hem heen hadden gelegd, lag verkreukeld op de grond.
*Iemand moet hem op een andere brancard hebben gelegd, hem naar een andere kamer hebben gebracht.*
Toby stak de gang over naar Onderzoekkamer Vier en schoof het gordijn opzij.

Geen Harry Slotkin.

Ze voelde haar hart bonzen terwijl ze de gang doorliep naar Onderzoekkamer Twee. De lichten waren uit. Niemand zou de patiënt in een donkere kamer hebben gelegd. Toch deed ze het licht aan.

Weer een lege brancard.

'Weten jullie niet waar jullie mijn vader hebben gelegd?' vroeg Daniel Slotkin bits. Hij was achter haar aan gelopen.

Ze negeerde zijn vraag, ging de behandelkamer binnen en trok het gordijn achter zich dicht. 'Waar is meneer Slotkin?' fluisterde ze tegen de verpleegsters.

'Die oude man?' vroeg Maudeen. 'Heeft Vince hem niet meegenomen naar de röntgen?'

'Hij zegt dat hij hem nooit heeft gekregen. Maar ik kan de man niet vinden. En de zoon staat hier op de gang.'

'Heb je in kamer drie gekeken?'

'Ik heb in álle kamers gekeken!'

Maudeen en Val keken elkaar aan.

'Dan kunnen we beter op zoek gaan,' zei Maudeen en zij en Val schoten haastig de gang in.

Toby bleef achter met de zoon.

'Waar is hij?' vroeg Slotkin.

'We proberen te achterhalen waar hij is.'

'Ik dacht dat hij op de afdeling eerste hulp was.'

'Er is ergens een vergissing gemaakt.'

'Is hij hier of is hij hier niet?'

'Meneer Slotkin, waarom gaat u niet even in de wachtkamer zitten? Ik zal u een kop koffie brengen.'

'Ik wil geen koffie. Mijn vader heeft een of andere medische crisis. En nu kunt u hem niet vinden?'

'De verpleegsters kijken op de röntgenafdeling.'

'Ik dacht dat u die net had gebeld!'

'Als u even naar de wachtkamer wilt gaan, zullen wij uitzoeken wat er precies...' Toby's stem zakte weg toen ze de twee verpleegsters haastig naar zich toe zag komen.

'We hebben Morty gebeld,' zei Val. 'Hij en Arlo zijn op het parkeerterrein aan het kijken.'

'Jullie hebben hem niet gevonden?'

'Hij kan niet ver weg zijn.'

Toby voelde het bloed uit haar wangen wegtrekken. Ze durfde Daniel Slotkin niet aan te kijken. Ze durfde hem niet in de ogen te kijken. Maar het geluid van zijn woede kon ze niet buitensluiten.

'Wat is hier aan de hand?' vroeg hij.

De twee verpleegsters zeiden niets. Ze keken allebei naar Toby.

Ze wisten beiden dat op de eerste hulp de arts de kapitein op het schip was. Degene op wiens schouders de uiteindelijke verantwoordelijkheid rustte. Degene die uiteindelijk de schuld kreeg.

'Waar is mijn vader?'

Langzaam keerde Toby zich naar Daniel Slotkin. Haar antwoord was nauwelijks een gefluister. 'Ik weet het niet.'

Het was donker en zijn voeten deden pijn, maar hij wist dat hij naar huis moest. Het probleem was dat hij zich niet kon herinneren hóe hij naar huis moest. Harry Slotkin kon zich niet eens herinneren waarom hij in deze verlaten straat liep te strompelen. Hij overwoog bij een van de huizen waar hij langskwam om hulp te vragen, maar overal waren de ramen donker. Als hij ergens op de deur zou kloppen en om hulp zou vragen, zouden er vragen komen en felle lichten en zou hij bijna zeker vernederd worden. Harry was een trots man. Hij was geen man die iemand om hulp vroeg. Hij bood ook niet aan anderen te helpen – zelfs zijn eigen zoon niet. Hij had altijd geloofd dat liefdadigheid op de lange duur slap maakt en hij had geen slappeling groot willen brengen. *Kracht is onafhankelijkheid. Onafhankelijkheid is kracht.*

Op de een of andere manier zou hij zelf de weg naar huis vinden.

Als de engel maar weer verscheen.

Ze was tot hem gekomen op die plaats der verschrikkingen, waar hij op een koude tafel was gelegd en lichten zijn ogen hadden verblind, waar vreemden hem gestoken hadden met naalden en hun tastende vingers in hem hadden gedrukt. Toen was de engel verschenen. Ze had hem helemaal geen pijn gedaan. In plaats daarvan had ze met een glimlach zijn handen en voeten losgemaakt, en ze had gefluisterd: 'Ga weg, Harry! Voor ze bij je terugkomen.'

Nu was hij vrij. Het was hem gelukt te ontsnappen!

Hij liep verder door de straat met donkere, stille huizen, op zoek naar iets bekends. Iets wat hem kon vertellen waar hij was.

*Ik moet de weg zijn kwijtgeraakt,* dacht hij. *Gaan wandelen en verdwaald.*

Plotseling voelde hij een steek van pijn in zijn voeten. Hij keek naar beneden en bleef verbijsterd staan.

In het licht van een straatlantaren zag hij dat hij geen schoenen aan had. Ook geen sokken. Hij staarde naar zijn blote voeten. En zijn blote benen. En zijn penis, die daar slap en verschrompeld en heel zielig hing.

*Ik heb geen kleren aan!*

In paniek keek hij om zich heen of iemand naar hem keek. De straat was verlaten.

Met zijn handen voor zijn geslachtsdelen vluchtte hij weg uit het licht van de straatlantaren, het duister in. Wanneer was hij zijn kleren kwijtgeraakt? Hij kon het zich niet herinneren. Hij hurkte neer op het koude, kortgeknipte grasveld van een voortuin en probeerde na te denken, maar door zijn paniek kon hij zich niets herinneren van wat er eerder die nacht was gebeurd. Hij begon te jammeren, een zacht gekreun en gesnik, terwijl hij heen en weer wiegde op zijn blote voeten.

*Ik wil naar huis. O, kon ik alsjeblieft maar wakker worden in mijn eigen bed...*

Hij zat nu met zijn armen om zich heen geslagen, zo volkomen wanhopig dat hij de koplampen die de hoek omkwamen niet zag. Pas toen de bestelauto vlak naast hem stopte, realiseerde Harry zich dat hij was gezien.

Hij klemde zijn armen dichter om zich heen, terwijl hij zichzelf bibberend opkrulde in zijn eigen omhelzing.

Een stem riep zacht door het duister. 'Harry?'

Hij hief zijn hoofd niet op. Hij durfde zijn lichaam niet te ontvouwen, hij durfde zijn vernederende toestand van naaktheid niet te laten zien. Hij probeerde zichzelf tot een steeds kleinere bal te persen.

'Harry, ik kom je naar huis brengen.'

Langzaam hief hij zijn hoofd op. Hij kon het gezicht van de chauffeur niet zien, maar de stem kende hij. Of dacht hij te kennen.

'Stap in de bestelauto, Harry.'

Hij wiegde heen en weer op zijn hielen en voelde het natte gras tegen zijn blote billen vegen. Zijn stem was een hoog, dun gejammer. 'Maar ik heb geen kleren!'

'Thuis heb je kleren. Een hele kast vol kleren. Weet je nog?' Er klonk een zachte klik, het schuiven van metaal over metaal.

Harry keek op en zag dat de deur van de bestelauto openstond. Daarachter gaapte het duister. Het silhouet van een man stond naast de auto. De man stak uitnodigend zijn hand uit.

'Kom, Harry,' fluisterde hij. 'Laten we naar huis gaan.'

# 4

*Hoe moeilijk kan het zijn een naakte man te vinden?*

Toby zat in haar auto en tuurde naar het parkeerterrein van het ziekenhuis. Het was al halverwege de ochtend en het zonlicht leek ongewoon fel aan haar aan de nacht gewende ogen. Wanneer was de zon opgekomen? Ze had hem niet zien opgaan, had geen enkel moment vrij gehad om naar buiten te kijken, en het daglicht was een schok voor haar pupillen. Dat had je ervan als je voor de nachtdienst koos. Ze begon een nachtdier te worden.

Ze zuchtte en startte de Mercedes. Eindelijk was het tijd om naar huis te gaan. Tijd om de rampspoed van die nacht achter zich te laten.

Maar terwijl ze van het ziekenhuis wegreed, kon ze haar sombere stemming niet van zich afschudden. Binnen één uur tijd was ze twee patiënten kwijtgeraakt. Ze was ervan overtuigd dat de dood van de vrouw niet te voorkomen was geweest, dat ze niets had kunnen doen om haar te redden.

Harry Slotkin was een andere zaak. Toby had een verwarde patiënt bijna een uur alleen laten liggen. Zij was de laatste die Harry had gezien, en hoe ze ook haar best deed, ze kon zich niet herinneren of ze zijn polsen had vastgebonden voor ze de kamer uitging. *Ik moet hem los hebben laten liggen. Dat is de enige manier waarop hij ontsnapt kan zijn. Het is mijn schuld. Harry was mijn schuld.*

Zelfs al was het níet haar schuld geweest, ze was nog steeds de baas van het team, degene die uiteindelijk verantwoordelijk was. Nu liep ergens een naakte, verwarde oude man rond.

Ze ging langzamer rijden. Hoewel ze wist dat de politie deze buurt al had doorzocht, tuurde ze de straten af, in de hoop een glimp op te vangen van haar voortvluchtige patiënt. Newton was een betrekkelijk veilige voorstad van Boston, en de buurt waar ze nu doorheen reed, zag er welvarend uit. Ze reed een straat met bomen erlangs in en zag goed onderhouden huizen, gesnoeide heggen en opritten met een ijzeren hek ervoor. Niet het soort buurt waar een oude man overvallen zou worden. Misschien had iemand hem binnengelaten. Misschien zat Harry op dit moment wel ergens in een gezellige keuken en kreeg hij een ontbijt.

*Waar ben je, Harry?*

Ze reed de buurt rond, terwijl ze zich de straten probeerde voor te stellen zoals Harry ze moest hebben gezien. Het zou donker zijn geweest, verwarrend, koud zonder zijn kleren. Waar dacht hij dat hij heen ging?

*Naar huis. Hij zou proberen de weg naar huis te vinden, naar Brant Hill.*

Ze moest twee keer stoppen om de weg te vragen. Toen ze ten slotte bij de afslag naar Brant Hill Road kwam, reed ze er bijna voorbij. Er stond niets aangegeven: de weg werd slechts aangeduid door twee stenen pilaren naast de ingang. Daartussenin was een open hek. Ze stopte tussen de pilaren en zag dat er twee letters waren verwerkt in het ontwerp van het smeedijzeren hek, een elegant barokke B en H. Achter de pilaren ging de weg slingerend verder en verdween achter grote loofbomen. Dus hier woont Harry, dacht ze.

Ze reed het open hek door, Brant Hill Road op.

Hoewel de weg pas geplaveid was, waren de esdoorns en de eiken erlangs volgroeid. Sommige bladeren hadden al de eerste felle herfstkleuren. Het was al september, dacht ze; wanneer was het zomer geweest? Ze volgde de slingerende weg, kijkend naar de bomen aan weerskanten. Ze zag de dichte struiken eronder en alle donkere plekken waar een lichaam verborgen zou kunnen zijn. Had de politie die struiken doorzocht? Als Harry in het donker deze kant op was gegaan, zou hij verdwaald kunnen zijn in dat struikgewas. Ze zou de politie van Newton bellen om te zeggen dat ze deze weg nog eens goed moesten bekijken.

Voor haar uit werden de bomen plotseling dunner en maakten plaats voor een panorama dat zó onverwacht was, dat Toby abrupt stopte. Aan de kant van de weg stond een bord in groen en goud:

*Brant Hill*
*Alleen Toegang voor Bewoners en Gasten*

Achter het bord strekte zich een panorama uit dat uit een weelderig schilderij van een Engels landschap genomen zou kunnen zijn. Ze zag zacht glooiende grasvelden, een tuin met in allerlei dierfiguren geknipte buxusstruiken, en groepjes berken en esdoorns in herfstkleuren. Er was een vijver met wilde irissen die fonkelde als een edelsteen. Een paar zwanen gleed sereen tussen de waterlelies door. Achter de vijver was een 'dorp,' een elegante groep huizen, elk met een eigen tuin met een hek eromheen. Het belangrijkste middel van vervoer leken golfkarretjes met groene en witte zonnedakjes. De karretjes waren overal, ze stonden op opritten geparkeerd of reden over de paden van het dorp. Toby zag er ook een paar over de golfbaan rijden om spelers van de ene green naar de andere te brengen.

Ze keek weer naar de vijver en vroeg zich plotseling af hoe diep het water was en of iemand erin kon verdrinken. 's Nachts, in het donker, zou een man die in de war was zó dat water in kunnen lopen.

Ze reed de weg verder af, naar het dorp. Vijftig meter verder zag ze een afslag naar rechts, en weer een bord:

*Brant Hill Kliniek en Dagverblijf*

Ze sloeg rechtsaf.

De weg slingerde zich door een dennenbos en kwam plotseling en onverwachts uit op een parkeerterrein. Een gebouw met twee verdiepingen doemde voor haar op. Aan één kant was een begin gemaakt met de bouw van een nieuwe vleugel. Door het gazen hek dat eromheen stond, zag ze dat het gat voor de fundering al was gegraven. Aan de rand van het gat stond een groepje mannen met helmen op te praten met bouwtekeningen in de hand.

Toby parkeerde haar auto en liep de kliniek binnen.

Ze werd begroet door het gefluister van klassieke muziek. Toby bleef even staan, onder de indruk van haar omgeving. Dit was niet de gebruikelijke wachtkamer. De banken waren met zacht leer bekleed en er hingen originele olieverfschilderijen aan de muur. Ze bekeek de tijdschriften. *Architectural Digest. Town and Country.* Geen leesmap van een halfjaar oud op deze salontafel.

'Kan ik u helpen?' Een vrouw in een roze verpleegstersuniform glimlachte haar toe vanachter het raampje van de receptie.

Toby liep naar haar toe. 'Ik ben dokter Harper van het Springer-ziekenhuis. Ik heb vannacht een van uw patiënten onderzocht. Ik heb geprobeerd de arts van de patiënt te bellen om meer medische gegevens te vragen, maar ik kan hem niet bereiken.'

'Welke arts?'

'Dokter Carl Wallenberg.'

'O, die is naar een conferentie. Hij is maandag weer terug.

'Mag ik de gegevens van de patiënt bekijken? Dat zou een paar medische vragen voor me kunnen ophelderen.'

'Het spijt me, maar zonder toestemming van de patiënt kunnen we geen gegevens verstrekken.'

'De patiënt is niet in staat zijn toestemming te geven. Zou ik niet met een van de andere artsen van de kliniek kunnen spreken?'

'Laat me eerst de kaart pakken.' De verpleegster liep naar een dossierkast. 'De achternaam?'

'Slotkin.'

De verpleegster trok een lade open en liep de mappen door. 'Harold of Agnes Slotkin?'

Toby zweeg even. 'Is er een Agnes Slotkin? Is ze familie van Harry?'

De verpleegster keek op de kaart. 'Dat is zijn vrouw.'

*Waarom heeft de zoon van Harry me niet verteld dat er een vrouw was?* vroeg ze zich af. Ze haalde een pen uit haar tas. 'Zou u me het telefoonnummer van de vrouw kunnen geven? Ik moet echt met haar praten over Harry.'

'Ze heeft geen telefoon op haar kamer. U kunt er gewoon met de lift heen.'

'Waarheen?'

'Agnes Slotkin is boven op de verpleegafdeling. Kamer drie vier één.'

Toby klopte op de deur. 'Mevrouw Slotkin?' riep ze. Er kwam geen antwoord. Ze stapte de kamer binnen.

Binnen speelde de radio zacht, hij was afgestemd op een klassieke zender. Er hingen witte gordijnen voor het raam en door de dunne stof kwam de ochtendzon met een vaag schijnsel naar binnen. Op het nachtkastje stond een vaas met roze rozen, die aan het uitvallen waren. De vrouw die in het bed lag, was zich nergens van bewust. Niet van de bloemen, niet van het zonlicht, niet van de aanwezigheid van een bezoeker in haar kamer.

Toby liep naar het bed toe. 'Agnes?'

De vrouw bewoog zich niet. Ze lag op haar linkerzij, met haar gezicht naar de deur. Haar ogen waren half open, maar ze zag niets. Haar lichaam werd in positie gehouden door kussens die in haar rug waren gelegd. Haar armen waren in een foetale omhelzing om haar lichaam geslagen. Boven het bed hing een zak roomwitte vloeistof die in een voedingsslangetje druppelde, dat via het neusgat van de vrouw naar binnen ging. Hoewel het beddengoed er schoon uitzag, hing er een onfrisse lucht, die door de geur van de rozen niet werd verhuld. Het was de lucht van talkpoeder en urine en kamferspiritus. De lucht van een lichaam dat langzaam wegkwijnde.

Toby pakte de hand van de vrouw. Zachtjes trok ze de arm recht. De elleboog strekte zich zonder al te veel moeite. Er was nog geen blijvende verstijving opgetreden; het verplegend personeel was ijverig met oefeningen bezig geweest. Toby legde de hand neer en zag hoe mollig het vlees was. Ondanks haar comateuze toestand, was de patiënte goed van voeding en vocht voorzien.

Toby keek naar het slappe gezicht en vroeg zich af of die ogen naar haar keken. Kon de vrouw iets zien, iets begrijpen?

'Hallo, mevrouw Slotkin,' zei ze zacht. 'Mijn naam is Toby.'

'Agnes kan geen antwoord geven,' zei een stem achter haar. 'Maar ik geloof dat ze u wel kan horen.'

Verbaasd draaide Toby zich om naar de man die zojuist had gesproken. Hij stond in de deuropening – eigenlijk vúlde hij de deuropening, een reus van een man met een breed, zwart gezicht en een glimmende, dikke neus. Het was een aardig gezicht, vond ze, omdat hij vriendelijke ogen had. Hij droeg een witte doktersjas en hield een kaart met patiëntengegevens in zijn hand.

Met een glimlach stak hij zijn hand uit. Zijn arm was zo lang dat zijn pols uit de rand van zijn mouw stak. Maakten ze wel witte jassen voor een man die zo lang was? vroeg ze zich af.

'Dokter Robbie Brace,' zei hij. 'Ik ben de dokter van mevrouw Slotkin. Bent u familie?'

'Nee.' Toby gaf de man een hand en voelde de zijne als een warme, bruine handschoen om de hare sluiten. 'Ik ben eerstehulparts in het Springer-ziekenhuis, even verderop. Toby Harper.'

'Een beroepsmatige visite?'

'In zekere zin. Ik hoopte dat mevrouw Slotkin me iets over de medische geschiedenis van haar man kon vertellen.'

'Is er iets met meneer Slotkin?'

'Hij is vannacht op de eerste hulp gebracht. Hij was in de war en wist niet waar hij was. Voor ik mijn onderzoek kon afmaken, heeft Harry het ziekenhuis verlaten. Nu kunnen we hem niet vinden en ik heb geen idee wat er met hem aan de hand is. Weet u iets van zijn voorgeschiedenis af?'

'Ik heb alleen de zorg voor de verpleeghuispatiënten. U zou het een van de artsen van de kliniek beneden kunnen vragen.'

'Harry is een patiënt van dokter Wallenberg. Maar Wallenberg is de stad uit. En de kliniek wil mij geen gegevens verstrekken zonder zijn goedkeuring.'

Robbie Brace haalde zijn schouders op. 'Zo wordt er hier gewerkt.'

'Kent u Harry? Is er een medisch probleem waar ik van zou moeten weten?'

'Ik ken meneer Slotkin maar oppervlakkig. Ik zie hem als hij Agnes komt bezoeken.'

'Dus u hebt Harry gesproken.'

'Ja, we groeten elkaar, meer niet. Ik werk hier pas een maand en ik probeer nog steeds namen bij gezichten te onthouden.'

'Kunt u mij de gegevens van Harry verstrekken?'

Hij schudde zijn hoofd. 'Dat kan alleen dokter Wallenberg, en daarvoor heeft hij de schriftelijke toestemming van de patiënt nodig.'

'Maar dit zou belangrijk kunnen zijn voor de medische verzorging van de patiënt.'

Hij fronste zijn wenkbrauwen. 'Hebt u niet gezegd dat Harry uit uw afdeling is weggelopen?'

'Ja, dat is zo.'

'Dus is hij eigenlijk geen patiënt meer van u?'

Toby zweeg even, want daar kon ze niets tegen inbrengen. Harry was inderdaad weggelopen van de afdeling eerste hulp. Hij had zich inderdaad aan haar zorg onttrokken. Ze had geen dringende reden om zijn gegevens te willen hebben.

Ze keek neer op de vrouw in het bed. 'Ik denk dat mevrouw Slotkin me ook niets kan vertellen.'

'Ik ben bang dat Agnes überhaupt niet kan praten.'

'Was het een beroerte?'

'Een hersenbloeding. Volgens haar kaart ligt ze hier al een jaar. Schijnt in een vegetatief stadium te blijven. Maar af en toe kijkt ze me als het ware aan. Nietwaar, Agnes?' zei hij. 'Kijk je me niet aan, lieverd?'

De vrouw in het bed bewoog zich niet, ze knipperde niet eens met haar ogen.

Hij liep naar het bed toe en begon zijn patiënt te onderzoeken. Zijn zwarte handen staken opvallend af tegen de bleekheid van de vrouw. Met zijn stethoscoop luisterde hij naar hart en longen, en controleerde haar buik op geluiden in de ingewanden. Hij scheen met een lampje in haar pupillen. Hij strekte haar ledematen uit om te kijken of ze voldoende weerstand gaven. Ten slotte rolde hij haar naar zich toe en bekeek de huid van haar rug en billen. Geen doorgelegen plekken. Voorzichtig legde hij haar weer terug tegen de kussens en vouwde het laken over haar borst.

'Het ziet er goed uit, Agnes,' mompelde hij, haar een klopje op de schouder gevend. 'Een prettige dag vandaag.'

Toby volgde hem de kamer uit. Ze voelde zich een dwerg die achter een reus aan liep. 'Haar conditie is goed voor iemand die al een jaar in vegetatieve toestand is.'

Hij vouwde de kaart open en maakte een aantekening. 'Natuurlijk. Wij geven echte Rolls-Royce-verzorging.'

'Tegen Rolls-Royce-prijzen?'

Brace keek op van de kaart, met voor het eerst iets van een lach om zijn lippen. 'Laten we zeggen dat we geen ziekenfondspatiënten hebben.'

'Ze betalen het allemaal zelf?'

'Ze kunnen het zich permitteren. We hebben een aantal zeer vermogende bewoners.'

'Is het hier uitsluitend voor gepensioneerden?'

'Nee, we hebben een paar mensen die hun beroep nog uitoefenen en zich op Brant Hill hebben ingekocht, alleen om ervoor te zorgen dat ze in de toekomst goed verzorgd zullen worden. Wij verschaffen onderdak, maaltijden, medische verzorging. Langdurige verzorging, als dat nodig wordt. U heeft waarschijnlijk gezien dat we de verpleegafdeling al gaan uitbreiden.'

'Ik heb ook een heel mooie golfbaan gezien.'

'Er zijn ook tennisbanen, een bioscoop en een overdekt zwembad.' Hij sloeg de kaart dicht en lachte naar haar. 'Je krijgt bijna zin om vroeg met pensioen te gaan, nietwaar?'

'Ik denk niet dat ik me zou kunnen permitteren hier met pensioen te gaan.'

'Ik zal u een geheim verklappen: ik óók niet.' Hij keek op zijn horloge. 'Het was leuk kennis met u te maken, dokter Harper. Als u me wilt excuseren, ik moet nog naar een heleboel patiënten.'

'Hoe zou ik meer over Harry te weten kunnen komen?'

'Dokter Wallenberg is maandag terug. Dan kunt u met hem spreken.'

'Ik zou nú graag willen weten waar ik mee te maken heb. Het zit me echt dwars. Zou u zijn gegevens niet kunnen bekijken? En me bellen als u iets vindt dat van belang zou kunnen zijn?' Ze schreef haar privénummer op een kaartje en gaf het hem.

Aarzelend pakte hij het kaartje aan. 'Ik zal kijken wat ik kan doen,' was het enige wat hij zei. Daarna draaide hij zich om en liep de kamer van een patiënt binnen, Toby alleen in de gang achterlatend.

Met een zucht keerde ze zich van de gesloten deur af. Ze had haar best gedaan informatie op te sporen, maar Brant Hill werkte niet mee. Ze kreeg nu last van honger en vermoeidheid en ze voelde haar lichaam commando's geven. *Eten. Slapen. Nu.* Langzaam, met slepende tred, begon ze naar de lift te lopen. Halverwege bleef ze staan.

Er schreeuwde iemand.

Het kwam uit een van de patiëntenkamers aan het eind van de gang – geen geschreeuw van pijn, maar van angst.

Terwijl Toby in de richting van het geschreeuw rende, hoorde ze achter zich andere stemmen de gang inkomen, hoorde ze voetstappen achter haar aanrennen. Toby was het eerst bij de kamer en duwde de deur open.

Eerst zag ze alleen de bejaarde man op handen en knieën op het bed. Hij was naakt vanaf zijn middel, en zijn gerimpelde billen gingen op en neer in een hondachtige paringsdans.

Toen zag Toby de vrouw die onder hem gevangen zat, haar broze lichaam bijna verstopt tussen de wirwar van dekens en lakens.

'Haal hem weg! Haal hem alsjeblieft weg!' riep de vrouw.

Toby greep de man bij zijn arm en probeerde hem weg te trekken. Hij reageerde met een duw die zó krachtig was, dat Toby achterover op de grond viel. Een verpleegster rende de kamer binnen.

'Meneer Hackett, hou op! Hou óp!' De verpleegster probeerde de man weg te trekken, maar zij werd ook opzijgegooid.

Toby krabbelde weer overeind. 'Pak jij zijn ene arm, dan pak ik de andere!' zei ze, naar de andere kant van het bed lopend. Samen pakten zij de man bij zijn armen vast. Zelfs terwijl hij van de vrouw af werd getrokken, bleef hij stoten als een groteske, seksuele robot zonder knop om hem af te zetten. De vrouw op het bed rolde zich op in foetale houding en begon te huilen, terwijl ze tussen de dekens haar armen om zich heen sloeg.

Plotseling maakte de man een draaiende beweging en gaf Toby een stoot met zijn elleboog onder haar kin. Haar kaken werden met een klap op elkaar geslagen en een steek van pijn schoot dwars door haar schedel. Ze zag sterretjes en liet hem bijna los, maar uit pure woede bleef ze vasthouden. Hij haalde weer naar haar uit. Ze vochten nu als beesten en ze rook zijn zweet, voelde alle spieren in zijn lichaam zich spannen van verzet. De verpleegster struikelde en liet hem los. De oude man stak zijn arm achter Toby's hoofd en greep een handvol van haar haar. Hij stootte nu naar háár, zijn stijve penis duwde tegen haar heup. Walging en woede welden op in haar keel. Ze spande haar heup, klaar om hem een knietje in zijn kruis te geven.

Toen was haar doelwit verdwenen. De man werd weggetild door een paar grote, zwarte handen. Robbie Brace slingerde de man halverwege de kamer door en blafte tegen de verpleegster: 'Ga Haldol halen! Vijf milligram intramusculair!'

De verpleegster rende de kamer uit. Een ogenblik later kwam ze terug, met een spuit in de hand.

'Vooruit, ik kan hem niet eeuwig vasthouden,' zei Brace.
'Ik moet bij zijn achterwerk kunnen.'
'Schiet nou op!'
'Maar hij schiet telkens weg.'
'Man, wat is die vent sterk. Wat hebben jullie hem gegeven?'
'Hij is protocolpatiënt – plus dat hij alzheimer heeft – ik kan er niet bij komen!'
Brace verschoof zijn greep, het achterwerk van de man naar de verpleegster draaiend. Ze pakte een plooi blote bil en stak de naald erin. De oude man slaakte een kreet. Met een ruk trok hij zich van Brace los. Met één snelle beweging griste hij een waterglas van de wastafel en haalde ermee uit naar het gezicht van de arts.
Het glas sloeg kapot tegen de slaap van Brace.
Toby sprong naar de oude man toe en greep zijn pols voor hij nog een keer kon uithalen. Ze gaf een harde draai aan zijn hand en het kapotte glas viel op de grond.
Brace sloeg zijn reusachtige armen om de schouders van de man en riep: 'Geef hem de rest van de Haldol!'
Weer stak de verpleegster de naald in de bil van de man en drukte de spuit leeg. 'Het zit er allemaal in! God, ik hoop dat dit beter werkt dan de Melleril.'
'Krijgt die vent Melleril?'
'Dag en nacht. Ik heb tegen dokter Wallenberg gezegd dat het hem niet in bedwang hield. Die alzheimerpatiënten moeten elke seconde in de gaten worden gehouden of ze – ' De verpleegster hield plotseling haar adem in. 'Dokter Brace, u bloedt!'
Toby keek op en zag tot haar schrik dat er bloed over de wang van Brace liep en op zijn witte jas spetterde. Het kapotte glas had de huid van zijn slaap opengehaald.
'We moeten dat bloeden stoppen,' zei Toby. 'Ik denk dat het gehecht moet worden.'
'Laten we eerst deze vent eens fatsoenlijk in bedwang zien te krijgen. Vooruit, meneer. Terug naar je kamer.'
De oude man spuwde een grote klodder uit. 'Nikker! Laat me los!'
'Man, man,' zei Brace. 'Je probeert echt aardig tegen me te zijn, is het niet?'
'Ik hou niet van nikkers.'
'Ja, je bent niet de enige,' zei Brace, meer vermoeid klinkend dan kwaad. Half slepend en half duwend, nam hij de man mee de kamer uit de gang op. 'Zo maat, het ziet ernaar uit dat je een dagje dwangbuis hebt verdiend.'

'Oef. Ik wil er niet zo uitzien als het monster van Frankenstein, hoor.'

Zachtjes drukte Toby de spuit met xylocaine leeg en trok de naald eruit. Ze had plaatselijke verdoving ingespoten langs de randen van Robbies verwonding en gaf nu een zacht prikje in de huid. 'Doet dat pijn?'

'Nee. Het is verdoofd.'

'Weet je zeker dat je niet liever door een plastisch chirurg wordt gehecht?'

'Je bent eerstehulparts. Jullie doen dit soort dingen toch voortdurend?'

'Ja, maar als je je zorgen maakt over het cosmetisch resultaat.'

'Waarom zou ik? Ik ben al zo verrekt lelijk. Een litteken zal een verbetering zijn.'

'Ach, het geeft je gezicht karakter,' lachte Toby en pakte de naaldvoerder en hechtingsdraad. Ze had alles wat ze nodig had gevonden in de goed voorziene behandelkamer. Zoals alle andere dingen op Brant Hill, was het instrumentarium fonkelnieuw en eersteklas. De tafel waar Robbie Brace op lag, kon in allerlei standen worden gezet, waardoor je alles kon behandelen van hoofdwonden tot aambeien. De lampen boven de tafel waren fel genoeg om te kunnen opereren. En in de hoek, klaar voor spoedgevallen, stond de reanimatiekar, het allernieuwste model natuurlijk.

Ze bette de wond nogmaals met betadine en stak de gebogen hechtnaald door de randen van de snee. Robbie Brace lag op zijn zij, doodstil. De meeste patiënten zouden hun ogen dicht hebben gedaan, maar hij hield de zijne wijd open en keek naar de muur tegenover hem. Hoewel hij indrukwekkend groot was, leken zijn ogen elke dreiging ongedaan te maken. Ze waren zachtbruin, met dikke wimpers als van een kind.

Ze bracht nog een hechting aan en trok de draad door zijn huid. 'Die oude man heeft behoorlijk diep gesneden,' zei ze. 'Je hebt geluk dat hij je oog niet heeft geraakt.'

'Ik denk dat hij het op mijn keel voorzien had.'

'En hij wordt dag en nacht gesedeerd?' Ze schudde haar hoofd. 'Je kunt beter de dosis verdubbelen en hem opgesloten houden.'

'Dat is hij meestal ook. We hebben de alzheimerpatiënten op een afzonderlijke afdeling, waar we hun bewegingen in de gaten kunnen houden. Ik denk dat meneer Hackett is ontsnapt. En je weet dat die ouwe kerels soms problemen hebben met hun libido. De zelfbeheersing is er niet meer, maar het lichaam wil nog steeds.'

Toby bracht de laatste hechting aan. De wond was nu dicht en ze begon de plek met alcohol te deppen. 'Op welk protocol zit hij?' vroeg ze.

'Hm?'

'De verpleegster zei dat meneer Hackett op een of ander protocol zat.'

'O, dat is iets wat dokter Wallenberg aan het uitproberen is. Hormooninjecties bij oudere mannen.'

'Met welk doel?'

'De eeuwige jeugd, wat anders? We hebben vermogende cliënten en de meesten willen eeuwig leven. Ze willen allemaal graag meedoen aan de nieuwste behandelingsgril.' Hij ging op de rand van de tafel zitten en schudde even met zijn hoofd, alsof hij plotseling duizelig was geworden. Toby dacht met plotselinge paniek: Hoe groter ze zijn, hoe harder ze vallen. En hoe moeilijker je hen van de grond kunt oprapen.

'Ga weer liggen,' zei ze. 'Je bent te snel overeind gekomen.'

'Ik voel me best. Ik moet weer aan het werk.'

'Nee, je blijft hier zitten, oké? Anders val je en moet ik de andere kant van je gezicht hechten.'

'Nog een litteken,' gromde hij. 'Nog meer karakter.'

'Je hebt al karakter genoeg, dokter Brace.'

Hij glimlachte, maar zijn blik was een beetje wazig. Ze sloeg hem een ogenblik argwanend gade, klaar om hem op te vangen als hij flauwviel, maar hij slaagde erin rechtop te blijven zitten.

'Vertel me nog eens wat over dat protocol,' zei ze. 'Welke hormonen injecteert Wallenberg?'

'Het is een cocktail. Groeihormoon. Testosteron. DHEA. En nog een paar. Er is een hele hoop onderzoek naar gedaan.'

'Ik weet dat een groeihormoon bejaarden meer spieren geeft. Maar ik heb niet veel studies gezien waarbij het in combinatie wordt gebruikt.'

'Maar het klinkt logisch, nietwaar? Naarmate je ouder wordt, doet je hypofyse het niet zo goed meer. Maakt al die sappige, jonge hormonen niet meer. De theorie is dat we daarom ouder worden. Onze hormonen geven het op.'

'Dus vervangt Wallenberg ze.'

'Het schijnt wel énig effect te hebben. Kijk naar meneer Hackett. Energie genoeg.'

'Te veel. Waarom geven jullie hormonen aan een alzheimerpatiënt? Hij kan geen toestemming geven.'

'Dat heeft hij waarschijnlijk jaren geleden gedaan, toen hij nog bij zijn volle verstand was.'

'Is die studie al zo lang aan de gang?'

'Wallenberg is in tweeënnegentig met zijn onderzoek begonnen. Kijk maar in de *Index medicus*. Dan zie je zijn naam bij een tiental publicaties. Iedereen die met geriatrie bezig is, kent de naam van Wallenberg.' Voorzichtig liet hij zich van de tafel zakken. Na een ogenblik knikte hij. 'Dat gaat prima. Wanneer mogen de hechtingen eruit?'

'Over vijf dagen.'

'En wanneer krijg ik de rekening?'

Ze glimlachte. 'Geen rekening. Doe me alleen een plezier.'

'O, jee.'

'Zoek de gegevens van Harry Slotkin op. Bel me als er iets is wat ik zou moeten weten. Als er iets is wat ik over het hoofd gezien zou kunnen hebben.'

'Denk je dat dat zou kunnen?'

'Ik weet het niet. Maar ik vind het vervelend als ik iets niet goed heb gedaan, echt waar. Misschien is Harry helder genoeg om de weg terug te vinden naar Brant Hill. Misschien zelfs naar de kamer van zijn vrouw. Kijk naar hem uit.'

'Ik zal het tegen de verpleegsters zeggen.'

'Hij is niet moeilijk te herkennen.' Ze pakte haar tas. 'Hij is poedelnaakt.'

Toby reed haar oprit in, parkeerde naast de Honda van Bryan en zette de motor af. Ze stapte niet uit de auto, maar bleef nog een ogenblik zitten, luisterend naar het tikken van de afkoelende motor. Ze genoot van die rustige momenten, die niet werden verstoord doordat anderen een beroep op haar deden. En dat gebeurde maar al te vaak. Ze zuchtte diep en liet haar hoofd tegen de hoofdsteun rusten. Het was half tien, een tijd dat het rustig was in deze buitenwijk van werkende mensen. Echtparen waren naar hun werk gegaan, de kinderen waren naar school of naar de crèche, en de huizen stonden leeg te wachten op de komst van werksters, die gingen stofzuigen en boenen en daarna verdwenen, een geur van boenwas achterlatend. Het was een veilige buurt met goed verzorgde huizen, niet het deftigste gedeelte van Newton, maar het voldeed aan Toby's behoefte aan een soort orde in haar leven. Na de onvoorspelbaarheid van een nacht werken op de eerste hulp, had een keurig geknipt grasveld zijn aantrekkelijkheden.

Verderop kwam een bladblazer plotseling met veel lawaai tot leven. Haar ogenblik van stilte was voorbij. De mannen van de gemeentewerken waren aan hun dagelijkse invasie van de buurt begonnen.

Met tegenzin stapte ze uit de Mercedes en liep de treden van de veranda op.

Bryan, de betaalde oppas van haar moeder, stond al met zijn armen over elkaar bij de voordeur te wachten, met een afkeurende uitdrukking op zijn gezicht. Hij was zo groot als een jockey, een keurig miniatuurmannetje, maar hij vormde een indrukwekkende barrière.

'Je moeder was door het dolle heen vanmorgen,' zei hij. 'Je moet haar dit niet aandoen.'

'Heb je niet tegen haar gezegd dat ik laat thuis zou zijn?'

'Dat helpt niet. Je weet dat ze dat niet kan begrijpen. Ze verwacht dat je vroeg thuiskomt, en als je niet komt, blijft ze maar heen en weer lopen naar het raam om te kijken of ze je auto ziet.'

'Het spijt me, Bryan, er was niets aan te doen.' Toby liep langs hem heen naar binnen en legde haar tas op het tafeltje in de gang. Ze hing uitgebreid haar jasje op en dacht: *Maak je niet kwaad. Word niet driftig. Je hebt hem nodig. Mam heeft hem nodig.*

'Mij kan het niet schelen als je twee uur te laat bent,' zei hij. 'Ik word betaald, en heel behoorlijk ook. Maar je arme moeder, die begrijpt er niets van.'

'We hadden wat problemen op het werk.'

'Ze wilde haar ontbijt niet opeten. Nu heeft ze een bord met koude eieren.'

Toby deed de deur van de kast met een klap dicht. 'Ik zal een nieuw ontbijt voor haar maken.'

Er volgde een stilte.

Ze stond met haar rug naar hem toe, haar hand nog tegen de kast gedrukt, en dacht: Het was niet mijn bedoeling zo kwaad te klinken. Maar ik ben moe. Ik ben zo vreselijk moe.

'Nou,' zei Bryan, en met dat ene woord maakte hij alles duidelijk. Hij was gekwetst en trok zich terug.

Ze draaide zich naar hem om. Ze kenden elkaar nu twee jaar, toch waren ze nooit verder gegaan dan de relatie werkgever/werknemer, waren nooit echt vrienden geworden. Ze was nooit bij hem thuis geweest, had Noel, de man met wie hij samenwoonde, nooit ontmoet. Toch besefte ze op dat moment dat ze van Bryan meer afhankelijk was geraakt dan van wie dan ook. Híj was degene die haar leven in goede banen hield en ze kon zich niet veroorloven hem te verliezen.

Ze zei: 'Het spijt me. Ik kan alleen nu niet nóg een crisis erbij hebben. Ik heb echt een rotnacht gehad.'

'Wat is er gebeurd?'

‘We zijn twee patiënten kwijtgeraakt. Binnen één uur. En dat zit me vreselijk dwars. Ik had het niet op jou willen afreageren.’

Hij knikte even, met moeite haar excuses aanvaardend.

‘En hoe was jouw nacht?’ vroeg ze.

‘Ze heeft de hele nacht doorgeslapen. Ik heb haar net naar de tuin gebracht. Dat lijkt haar altijd te kalmeren.’

‘Ik hoop niet dat ze alle sla eruit heeft gehaald.’

‘Ik vind het vervelend het je te moeten zeggen, maar je sla is een maand geleden al doorgeschoten.’

*Goed, dus tuinieren kan ik ook al niet,* dacht Toby, terwijl ze door de keuken naar de achterdeur liep. Elk jaar begon ze met grote verwachtingen aan een moestuin. Dan plantte ze rijen sla en courgette en sperziebonen en wist die tot een redelijke grootte te brengen. Dan werd onvermijdelijk haar leven te druk en verwaarloosde ze de tuin. De sla schoot door, de boontjes en de courgettes werden veel te groot. Nijdig trok ze het er dan allemaal uit en beloofde zichzelf het volgende jaar een betere tuin, wetende dat er dan alleen maar weer een oogst van courgettes zou komen die zo oneetbaar waren als een honkbalknuppel.

Ze ging de tuin in. Eerst zag ze haar moeder niet. De zomerse bloementuin was een kinhoge jungle geworden van bloemen en onkruid. Deze tuin had altijd een prettige rommeligheid gehad, alsof de bloembedden zonder enig plan waren aangelegd, maar seizoen na seizoen waren ontwikkeld uit de invallen van de oorspronkelijke tuinier. Toen Toby het huis acht jaar geleden had gekocht, was ze van plan geweest de wat wild geworden planten eruit te trekken en de tuin meedogenloos een vorm van discipline op te leggen. Het was Ellen die het idee uit haar hoofd had gepraat, Ellen die had uitgelegd dat je in een tuin wanorde moest koesteren.

Toby stond nu bij de achterdeur en keek uit over een tuin die zó overwoekerd was, dat ze het stenen pad niet eens kon zien. Er ritselde iets tussen de stelen van de bloemen en er kwam een strohoed te voorschijn. Het was Ellen, die op haar knieën over de grond kroop.

‘Mam, ik ben thuis.’

De strohoed wipte omhoog, met daaronder het ronde, gebruinde gezicht van Ellen Harper. Ze zag haar dochter en zwaaide. Ze hield iets in haar hand. Terwijl Toby door de wirwar van planten de tuin doorliep, kwam haar moeder overeind en Toby zag dat ze een aantal paardenbloemen in haar hand geklemd hield. Het was een van de ironische dingen van de ziekte van Ellen, dat hoewel ze heel veel was vergeten – hoe je moest koken, hoe ze zich moest wassen – ze niet was vergeten wat onkruid was en wat niet, en dat zou waarschijnlijk ook nooit gebeuren.

'Bryan zegt dat je niet hebt gegeten,' zei Toby.

'Nee, ik geloof van wel. Of niet?'

'Nou, ik ga ontbijt maken. Waarom kom je niet binnen en eet je met me mee?'

'Maar ik heb zoveel te doen.' Met een zucht keek Ellen om zich heen naar de bloembedden. 'Het lijkt wel of ik het nooit klaar krijg. Zie je die dingen daar? Die lelijke dingen?' Ze zwaaide met de slappe planten die ze in haar hand had.

'Dat zijn paardenbloemen.'

'Ja. Nou, die dingen overwoekeren alles. Als we ze er niet uittrekken, gaan ze tussen die paarse bloemen daar groeien. Hoe heten ze...'

'Die paarse bloemen? Ik weet het echt niet, mam.'

'Hoe dan ook, de ruimte is beperkt, dus moeten er dingen worden uitgedund. Het is een gevecht om meer plaats. Ik heb zoveel te doen en ik heb nooit genoeg tijd.' Ze keek de tuin rond., haar wangen gekleurd door de zon. *Zoveel te doen, nooit genoeg tijd.* Dat was de mantra van Ellen, een telkens terugkerend aantal woorden dat intact bleef, terwijl de rest van haar geheugen afbrokkelde. Waarom was die zin in de geest van Ellen blijven hangen? Had haar leven als weduwe en moeder van twee meisjes zo onder druk gestaan van de tijd, van taken die niet volbracht waren?

Ellen zakte weer op haar knieën en begon weer in de aarde te wroeten. Toby wist niet wat ze zocht; misschien nog meer van die gehate paardenbloemen. Toby keek op en zag dat er geen wolkje aan de hemel was, het was een heerlijk warme dag. Ellen kon hier best zonder toezicht blijven. Het hek was op slot en ze maakte een tevreden indruk. Dit was hun dagelijkse manier van doen in de zomer. Toby maakte een sandwich voor haar moeder en zette die op het aanrecht neer, en dan ging ze naar bed. Om vier uur 's middags werd ze dan wakker en gebruikten zij en Ellen samen de avondmaaltijd.

Ze hoorde de auto van Bryan wegrijden. Om half zeven zou hij weer terug zijn om de nacht bij Ellen te blijven. En dan ging Toby weer naar haar werk in het ziekenhuis.

*Zoveel te doen, nooit genoeg tijd.* Het begon ook Toby's mantra te worden. Zo moeder, zo dochter, nooit genoeg tijd.

Ze haalde diep adem en ademde langzaam uit. De adrenaline van de crisis van vanmorgen was uitgewerkt en nu voelde ze de vermoeidheid als een zware last op haar schouders. Ze wist dat ze meteen naar bed moest gaan, maar het leek of ze niet kon bewegen. In plaats daarvan stond ze naar haar moeder te kijken. Ze bedacht hoe jong Ellen eruitzag, helemaal niet bejaard, meer als een meisje met een rond gezicht met een slappe hoed. Een meisje dat blij zandtaartjes zat te maken in de tuin.

*Ik ben nu de moeder,* dacht Toby. En net als elke moeder, was ze zich er plotseling van bewust hoe snel de tijd voorbijging, hoe snel ogenblikken voorbij waren.

Ze knielde naast haar moeder in het zand.

Ellen keek haar van opzij aan, met iets van verwarring in haar lichtblauwe ogen. 'Heb je iets nodig, lieverd?' vroeg ze.

'Nee, mam. Ik dacht je alleen te helpen met onkruid uittrekken.'

'O.' Ellen glimlachte en hief een vuil geworden hand op om een lok haar van Toby's wang weg te strijken. 'Weet je zeker welke je eruit moet trekken?'

'Waarom laat jij het me niet zien?'

'Hier.' Zachtjes bracht Ellen Toby's hand naar een pol groen. 'Begin maar met deze.'

En naast elkaar knielden moeder en dochter op de grond en begonnen paardenbloemen uit te trekken.

# 5

Angus Parmenter zette de snelheid van de loopband hoger en voelde de bewegende band onder zijn voeten even schokken. Hij versnelde zijn pas tot een stevige tien kilometer per uur. Zijn pols ging ook sneller; dat kon hij zien op het metertje op de handgrepen van de tredmolen. 112, 116, 120. Hij moest die hartslag opvoeren, het bloed laten stromen. *Vooruit! Zuurstof in, zuurstof uit. Laat die spieren pompen.*

Op het beeldscherm voor hem werden tegen de verveling beelden getoond van de hobbelige, stenen straatjes van een Grieks dorp. Maar zijn blik bleef op het metertje gericht. Hij zag zijn pols klimmen naar 130. Eindelijk, het streefgetal. Hij zou proberen het zo te houden gedurende de volgende twintig minuten en zichzelf een goede aerobics-training geven. Daarna zou hij afkoelen, zijn pols langzaam naar honderd laten zakken, en dan naar tachtig, en daarna naar zijn gebruikelijke hartslag in rust van achtenzestig. Dan was het tijd voor een sessie op de Nautilus, een training van het bovenlichaam, en daarna zou hij een douche nemen. Dan zou het tijd zijn om te gaan lunchen, een maaltijd met weinig vet, veel proteïnen en vezels, die werd geserveerd in de eetzaal van de country club. Daar zou hij een aantal van zijn dagelijkse pillen bij krijgen: vitamine E, vitamine C, zink, selenium. Een arsenaal magische middelen om de jaren op een afstand te houden.

Het leek allemaal te werken. Angus Parmenter was tweeëntachtig en had zich in zijn leven nog nooit zo goed gevoeld. En hij genoot van de vruchten van zijn inspanningen. Hij had hard gewerkt voor zijn vermogen, harder dan een van die zeurende kinderen ooit in zijn leven zou werken. Hij had geld en hij was van plan lang genoeg te leven om het uit te geven, tot op de laatste cent. De volgende generatie moest zijn vermogen zelf maar verdienen. Dit was zíjn tijd om te spelen.

Na de lunch zou hij een partijtje gaan golfen met Phil Dorr en Jim Bigelow, zijn bevriende rivalen. Daarna kon hij met het busje van Brant Hill mee naar de stad, als hij daar zin in had. Vanavond waren ze van plan naar het Wang Centrum te gaan, naar een voorstelling van *Cats.* Dat zou hij waarschijnlijk overslaan. Al die dames vonden die zingende katten misschien prachtig, maar dat was niets voor hem; hij had de show op Broadway gezien en één keer was meer dan genoeg.

Hij hoorde dat de fiets naast hem begon te zoemen en hij keek opzij. Jim Bigelow was driftig aan het fietsen.

Angus knikte. 'Ha, Jim.'

'Hallo, Angus.'

Een ogenblik lang waren ze naast elkaar aan het zweten, te geconcentreerd met hun training bezig om iets te zeggen. Op het beeldscherm veranderde de video van een Grieks dorp in een modderige weg in een regenwoud. Het hart van Angus bleef gestaag op honderddertig slagen per minuut.

'Heb je al iets gehoord?' vroeg Bigelow boven het gezoem van zijn fiets uit. 'Over Harry?'

'Nee.'

'Ik heb ze gezien... de politie... ze zijn in de vijver aan het dreggen.' Bigelow was aan het hijgen, het kostte hem moeite tegelijk te fietsen en te praten. Zijn eigen schuld, dacht Angus. Bigelow hield van toetjes en hij kwam maar één keer per week trainen. Hij had een hekel aan lichaamsbeweging en gezond eten. Bigelow was zesenzeventig en dat was hem aan te zien.

'Ik heb gehoord... bij het ontbijt... ze hebben hem nog niet gevonden...' Bigelow leunde naar voren, zijn gezicht rood van inspanning.

'Dat is ook het laatste wat ik heb gehoord,' zei Angus.

'Gek. Niets voor Harry.'

'Nee, dat is zo.'

'Hij deed raar... in het weekend. Heb je 't gezien?'

'Wat bedoel je?'

'Had zijn shirt binnenstebuiten. Twee verschillende sokken aan. Helemaal niets voor Harry.'

Angus hield zijn blik strak op het videoscherm voor hem gericht. Voor hem weken lianen uiteen. Een boa constrictor gleed over een boomtak boven zijn hoofd.

'En heb je... zijn handen gezien?' hijgde Bigelow.

'Wat was daarmee?'

'Ze beefden. Vorige week.'

Angus zei niets. Hij klemde zijn handen om de stang van de tredmolen en concentreerde zich op zijn tempo. *Stap. Stap. Pompen met die kuiten, hou ze stevig en jong.*

'Verrekt vreemd,' zei Bigelow. 'Die kwestie met Harry. Je denkt toch niet...'

'Ik denk niets, Jim. Laten we hopen dat hij gewoon weer boven water komt.'

'Ja.' Bigelow hield op met fietsen. Buiten adem zat hij naar het tv-scherm te kijken, waar een tropische regenbui nu op de varens van de jungle kletterde. 'Het probleem is,' zei hij zacht, 'dat ik niet verwacht dat dat zal gebeuren. Hij is al twee dagen weg.'

Angus zette abrupt de loopband af. Niks afkoelen. Hij zou meteen met het bovenlichaam beginnen. Hij sloeg zijn handdoek over zijn schouder en liep naar de Nautilus. Tot zijn ergernis stapte Bigelow van de fiets en kwam achter hem aan.

Angus negeerde Bigelow, ging op de bank zitten en begon met het trainen van zijn rugspieren.

'Angus,' zei Bigelow. 'Baart het jou geen zorgen?'

'We kunnen er niets aan doen, Jim. De politie is aan het zoeken.'

'Nee, ik bedoel, doet het je niet denken aan...' De stem van Bigelow zakte tot een gefluister. '... wat er met Stan Mackie is gebeurd?'

Angus verstarde, zijn handen klemden zich om de katrollen van de Nautilus. 'Dat was maanden geleden.'

'Ja, maar het was hetzelfde. Weet je nog hoe hij met zijn gulp open liep? En toen vergat hij de naam van Phil. Je vergeet de naam van je beste vriend niet.'

'Phil vergeet je makkelijk.'

'Wat doe je daar luchtig over! Eerst raken we Stan kwijt. En nu Harry. Stel dat – ' Bigelow zweeg even en keek om zich heen, alsof hij bang was dat iemand het zou horen. 'Stel dat er iets fout gaat? Stel dat we allemaal ziek worden?'

'Stan heeft zelfmoord gepleegd.'

'Dat is wat ze zéggen. Maar mensen springen niet zomaar zonder reden uit het raam.'

'Kende je Stan goed genoeg om te zeggen dat hij geen reden had?'

Bigelow sloeg zijn ogen neer. 'Nee...'

'Nou, dan.' Angus ging weer verder met de katrollen. *Trekken, loslaten. Trekken, loslaten. Hou die spieren jong...*

Bigelow zuchtte. 'Toch vraag ik het me af. Ik ben er nooit gerust op geweest. Misschien is dit een soort... ik weet het niet. Goddelijke gerechtigheid. Misschien is het wat we verdienen.'

'Doe niet zo katholiek, Jim! Jij verwacht altijd dat je door de bliksem getroffen zult worden. Ik ben hier al anderhalf jaar mee bezig en ik heb me nog nooit van mijn leven zo goed gevoeld.' Hij strekte zijn been. 'Kijk mijn quadriceps eens! Zie je die spieren? Die waren er twee jaar geleden niet.'

'Mijn quadriceps is niet verbeterd,' merkte Bigelow knorrig op.

'Dat komt doordat je er niets aan doet. En je loopt te veel te piekeren.'

'Ja, dat zal wel.' Bigelow zuchtte en sloeg zijn handdoek om zijn nek. Daardoor zag hij eruit als een oude schildpad die zijn kop uit zijn schild steekt. 'Gaat het nog door vanmiddag?'

'Phil heeft niet gezegd van niet.'

'Goed. Dan zie ik je bij de eerste boom.'

Angus keek zijn vriend na. Bigelow zag er oud uit, en geen wonder; hij had maar tien minuten op de fiets gezeten, dat kon je nauwelijks trainen noemen. Sommige mensen konden zich gewoon niet inzetten voor hun eigen gezondheid. In plaats daarvan verspilden ze hun energie door zich zorgen te maken over dingen waar ze niets aan konden doen.

Zijn rugspieren gloeiden met die prettige pijn van een grondige training. Hij liet de katrollen los en rustte even uit. Om zich heen kijkend, zag hij dat alle andere machines bezet waren, hoofdzakelijk door vrouwen, de grootmoeders in hun trainingspakken en tennisschoenen. Enkele dames keken zijn kant op, met die lonkende glimlach die hij zo belachelijk vond bij vrouwen van hun leeftijd. Ze waren veel te oud naar zijn smaak. Een vrouw van zo'n jaar of vijftig zou hij veel aantrekkelijker vinden. Maar alleen als ze slank was en fit genoeg om hem bij te houden, in alle opzichten.

Het was tijd om aan de borstspieren te gaan werken.

Hij stak zijn handen uit naar de bijbehorende handgrepen en wilde net voor de eerste keer knijpen, toen hij merkte dat er iets niet goed was aan de machine. De rechter handgreep leek te trillen.

Hij liet los en staarde naar de handgreep. Hij was volkomen stil, hij trilde helemaal niet. Toen keek hij naar beneden en kreeg het ineens koud. *Wat is er aan de hand?*

Zijn rechterhand beefde.

Molly Picker hief haar hoofd op van het toilet en trok door. Ze had niets meer in haar maag; ze had alles overgegeven. Pepsi, frites en chips. Duizelig ging ze op de grond zitten, met haar rug tegen de muur van de badkamer geleund, en luisterde naar het water dat door de leidingen suisde. Drie weken, dacht ze. Ik ben nu al drie weken misselijk.

Ze hees zich overeind en strompelde terug naar bed. Ze krulde zich op op de hobbelige matras en viel snel in een diepe slaap.

Om twaalf uur werd ze wakker, toen Romy haar kamer binnenkwam. Hij nam niet de moeite eerst te kloppen; hij ging op het bed zitten en schudde aan haar. 'Hé, Molly Wolly. Heb je nog steeds last van je maag?'

Kreunend keek ze hem aan. Romy deed haar denken aan een reptiel, met zijn glimmende, naar achteren geplakte haar, en zijn ogen, die zo donker waren dat je de pupillen niet kon zien. Een hagedis-mens. Maar de hand die haar haar streelde was zacht – een kant van Romy die ze al zo lang niet meer had gezien. Hij glimlachte naar haar. 'Niet zo lekker vandaag, hè?'

'Ik heb weer overgegeven. Het houdt maar niet op.'

'Ja, nou, daar heb ik eindelijk iets voor.' Hij zette een flesje met pillen op het nachtkastje. Er zat een etiket op met een met de hand geschreven instructie: *Om de acht uur een pil tegen misselijkheid.* Romy ging naar de badkamer, vulde een glas met water, en kwam terug naar Molly's bed. Hij maakte het flesje open, schudde er een pil uit en hielp haar rechtop zitten. 'Neem maar in,' zei hij.

Met gefronste wenkbrauwen keek ze naar de pil. 'Wat is dat?'

'Medicijn.'

'Hoe kom je eraan?'

'Het is in orde. De dokter heeft het voorgeschreven.'

'Welke dokter?'

'Probeer ik aardig te zijn, te zorgen dat je je beter voelt, en dan krijg ik een grote mond. Het kan me eigenlijk geen bal schelen of je die pil neemt of niet.'

Ze wendde zich af en ze voelde zijn hand tegen haar rug drukken, zich ballend tot een vuist. Toen ontspande hij onverwachts en begon met warme, strelende bewegingen over haar rug te wrijven.

'Toe nou, Moll. Je weet dat ik goed op je pas. Dat heb ik altijd gedaan en zal ik altijd doen.'

Ze lachte bitter. 'Alsof dat me bijzonder maakt.'

'Dat ben je. Je bent mijn bijzondere liefje. Mijn eigen meisje.' Hij liet zijn hand onder haar shirt glijden en streelde haar huid. 'Je bent de laatste tijd zo prikkelbaar. Ik had geen zin lief tegen je te doen. Maar je weet dat ik altijd goed op je pas, Molly lolly.' Hij proefde aan haar oorlelletje en zei zacht: 'Jammie.'

'Maar wat zit er in die pil?'

'Dat heb ik je gezegd. Iets om je te laten ophouden met kotsen zodat je weer gaat eten. Een meisje in de groei moet eten.' Zijn lippen gleden naar haar hals, over haar schouder. 'Als je niet eet, moet ik je binnenkort naar het ziekenhuis brengen. Wil je in het ziekenhuis terechtkomen? Bij een stel vreemde dokters?'

'Ik wil niet naar een dokter.'

Ze keek naar de pil in haar hand en kreeg plotseling een gevoel van verwondering, niet over de pil, maar over Romy. Hij was al maanden niet zo aardig tegen haar geweest, had niet veel aandacht aan haar besteed. Niet zoals eerst, toen ze inderdaad zijn bijzondere meisje was geweest. Toen ze samen avonden in bed hadden doorgebracht, met kijken naar MTV, ijs eten en bier drinken. Toen hij de enige was die haar aanraakte. Die haar aan mócht raken. Vóór alles tussen hen was veranderd.

Hij glimlachte, niet zijn gebruikelijke, gemene glimlach, maar zelfs zijn ogen lachten mee.

Ze nam de pil in en slikte hem door met wat water.

'Goed zo.' Hij legde haar terug op het kussen en stopte haar in. 'Ga nu maar slapen.'

'Blijf bij me, Romy.'

'Ik heb van alles te doen, liefje.' Hij stond op. 'Zaken.'

'Ik moet je iets vertellen. Ik denk dat ik weet waarom ik zo misselijk ben geweest.'

'Daar praten we een andere keer over, goed?' Hij gaf haar een klopje op haar hoofd en ging de kamer uit.

Molly staarde naar het plafond. *Drie weken is te lang voor buikgriep,* dacht ze. Ze legde haar handen op haar buik en verbeeldde zich dat ze hem al dikker voelde worden. *Wanneer ben ik in de fout gegaan? Welke vent heeft er een levende ingepompt?* Ze was altijd voorzichtig, had altijd haar eigen condooms bij zich, had geleerd ze aan te brengen bij het zachte strelen van het voorspel. Ze was niet stom; ze wist dat je daar ziek kon worden.

Nu was ze écht ziek, en ze kon zich niet herinneren wanneer ze de vergissing had gemaakt.

Romy zou háár de schuld geven.

Toen ze van het bed opstond, voelde ze zich licht in haar hoofd. Dat kwam door de honger. Ze had tegenwoordig altijd honger, zelfs als ze misselijk was. Terwijl ze zich aankleedde, knabbelde ze op wat chips. Het zout smaakte goed. Ze had er handenvol van kunnen verslinden, maar er waren er nog maar een paar over. Ze scheurde de zak helemaal open en likte de kruimels op. Toen zag ze zichzelf in de spiegel, haar lippen vol met zout, en ze walgde zo van haar spiegelbeeld dat ze de zak in de prullenbak gooide en de kamer uitging.

Het was nog maar kwart over een en er was nog niets te beleven. Verderop in de straat zag ze Sophie in een portiek geleund staan. Ze stond uit een blikje Pepsi te drinken. Sophie was één en al kont en geen hersens. Vastbesloten haar te negeren, liep Molly strak voor zich uit kijkend langs haar heen.

'Nee maar, daar is Miss Strijkplank,' zei Sophie.

'Hoe meer tieten, hoe minder hersens.'

'Dan moet jij een verdomde hoop hersens hebben, meid.'

Molly liep door, ze versnelde haar pas om aan het hinnikende gelach van Sophie te ontsnappen. Ze bleef doorlopen tot ze bij de telefooncel was, twee straten verder. Ze zocht in het gehavende exemplaar van de Gele Gids, stopte een kwartje in de gleuf en draaide.

Een stem antwoordde: 'Abortus Adviescentrum.'

'Ik moet met iemand praten,' zei Molly. 'Ik ben zwanger.'

Een zwarte auto kwam langzaam tot stilstand langs het trottoir. Romy stapte achterin en deed het portier dicht.

De chauffeur draaide zich niet naar hem om; dat deed hij nooit. Meestal keek Romy naar het achterhoofd van de man, een smal hoofd met witblond haar. Die kleur haar zag je niet vaak, niet bij een kerel. Romy vroeg zich af of de wijven erop vielen. Maar voor zover hij het zag, kon het die wijven eigenlijk niet schelen of je haar op je kop had, zolang je maar geld in je portemonnee had.

Romy's portemonnee voelde aardig leeg de laatste tijd.

Hij keek om zich heen in de auto, zoals altijd vol bewondering, maar tegelijk had hij er de pest over in dat de man achter het stuur hem in meer dan één opzicht de baas was. Je hoefde niet te weten hoe hij heette of wat hij deed, je kon zijn superioriteit rúíken, net zoals je kon ruiken dat de bekleding van leer was. Voor zo'n kerel was Romulus Bell niet meer dan een stuk vuil dat in de auto was gewaaid en er zó weer uit zou worden gegooid. Niet de moeite waard om je hoofd naar om te draaien.

Romy keek naar de blote nek van de man en bedacht hoe gemakkelijk het zou zijn de rollen om te keren. Als hij wilde. Dat gaf hem een beter gevoel.

'Hebt u me iets te vertellen?' vroeg de chauffeur.

'Ja. Ik heb er weer een zwanger.'

'Weet u het zeker?'

'Zeg, ik ken mijn meisjes, vanbinnen en vanbuiten. Ik weet het eerder dan zij. Die andere keren had ik toch ook gelijk?'

'Dat is waar.'

'Hoe zit het met het geld? Ik zou mijn geld krijgen.'

'Er is een probleem.'

'Hoezo, probleem?'
De chauffeur stak zijn hand omhoog en draaide aan de achteruitkijkspiegel. 'Annie Parini is vanmorgen niet op haar afspraak verschenen.'
Romy verstrakte, zijn handen klemden zich om de stoel voor hem. 'Wat?'
'Ik kon haar niet vinden. Ze stond niet op de afgesproken hoek te wachten.'
'Ze was er wel. Ik heb haar er zelf heen gebracht.'
'Dan moet ze zijn weggegaan voor ik kwam.'
*Het stomme wijf,* dacht hij. Hoe kon je een zaak draaiende houden als die wijven altijd dwars lagen, de boel altijd verziekten? Wijven hadden geen hersens. En nu lieten ze hém een slechte indruk maken.
'Waar is Annie Parini, meneer Bell?'
'Ik zoek haar op.'
'Doe het snel. Ze kan niet langer dan nog een maand wegblijven.' De man wuifde met zijn hand. 'U kunt nu uitstappen.'
'En mijn geld dan?'
'Er wordt vandaag niet betaald.'
'Maar ik heb u gezegd dat ik er weer een zwanger heb.'
'Deze keer willen we eerst dat er afgeleverd wordt. De tweede week van november. En raak de koopwaar niet kwijt. Uitstappen nu, meneer Bell.'
'Ik moet – '
'Uítstappen.'
Romy deed wat hem werd gezegd en smeet het portier dicht. De auto reed meteen weg. Hij keek hem woedend na.
Hij liep Tremont Street in. Bij elke stap werd hij kwader. Hij wist waar Annie Parini uithing; hij wist dat hij haar kon vinden en dat zou gebeuren.
De woorden van de chauffeur speelden steeds maar door zijn hoofd. *En raak de koopwaar niet kwijt.*

De telefoon ging en wekte Toby uit een slaap die zó diep was, dat ze het gevoel had dat ze door lagen modder naar boven kwam. Op de tast zocht ze de hoorn en stootte hem van de haak. Hij viel met een klap op de grond. Terwijl ze zich in bed omdraaide om de telefoon te pakken, keek ze op het klokje naast haar bed. Het was twaalf uur 's middags – dat was voor haar hetzelfde als midden in de nacht. De hoorn was aan de andere kant van het nachtkastje gevallen. Aan het koord trok ze hem weer omhoog.
'Hallo?'

'Dokter Harper? Met Robbie Brace.'

In haar verdoofde toestand moest ze haar uiterste best doen om zich te herinneren wie de man was en waarom zijn stem zo bekend klonk.

'Verpleeghuis Brant Hill?' zei hij. 'We hebben elkaar twee dagen geleden ontmoet. Je vroeg me naar Harry Slotkin.'

'O. Ja.' Ze ging rechtop zitten, ineens was haar hoofd helder. 'Bedankt voor het bellen.'

'Ik ben bang dat er niet veel te melden is. Ik heb hier de kaart van meneer Slotkin voor me en hij is volkomen gezond.'

'Er staat helemaal niets?'

'Niets wat zijn ziekte zou kunnen verklaren. Geen bijzonderheden bij het lichamelijk onderzoek. Labtests zien er goed uit...' Door de hoorn hoorde Toby het geritsel van bladzijden die werden omgeslagen. 'Hij heeft een volledig endocrinologisch onderzoek gehad, alles normaal.'

'Wanneer was dat?'

'Een maand geleden. Dus wat je op de eerste hulp hebt gezien, moet redelijk acuut zijn geweest.'

Ze deed haar ogen dicht en voelde haar maag weer samentrekken van spanning. 'Heb je nog iets gehoord?' vroeg ze.

'Ze hebben vanmorgen de vijver gedregd. Ze hebben hem niet gevonden. Dat is goed, denk ik.'

*Ja. Het betekent dat hij nog in leven zou kunnen zijn.*

'Hoe dan ook, meer heb ik niet te melden.'

'Bedankt,' zei ze en hing op. Ze wist dat ze moest proberen weer te gaan slapen. Ze had vannacht weer dienst en ze had nog maar vier uur geslapen. Maar door het telefoontje van Robbie Brace was ze klaarwakker.

De telefoon ging nogmaals.

Ze greep de hoorn en zei: 'Robbie Brace?'

De stem aan de andere kant klonk verbaasd. 'Eh, nee. Met Paul.' Paul Hawkins was het hoofd van de eerste hulp van Springer. Officieel was hij haar baas, maar verder was hij een welwillend oor en een van haar weinige goede vrienden onder de medische staf.

'Sorry, Paul,' zei ze. 'Ik dacht dat je iemand anders was die terugbelde. Wat is er aan de hand?'

'We hebben een probleem hier. Je moet vanmiddag komen.'

'Maar ik ben net een paar uur vrij. Ik heb vannacht weer dienst.'

'Dit is niet om te werken. Het is voor een bespreking met het bestuur. Ellis Corcoran heeft erom gevraagd.'

In de artsenhiërarchie van het Springer-ziekenhuis stond Corcoran, het hoofd van de chirurgische staf, boven aan de autoriteitspiramide. Paul Hawkins en alle andere afdelingshoofden waren Corcoran verantwoording schuldig.

Toby ging rechtop zitten. 'Waar gaat die bespreking over?'

'Een aantal dingen.'

'Harry Slotkin?'

Het was even stil. 'Gedeeltelijk. Er zijn andere dingen die ze willen bespreken.'

'Ze? Wie zijn er nog meer bij?'

'Dokter Carey. Het bestuur. Ze hebben vragen over wat er die nacht is gebeurd.'

'Ik heb je verteld wat er is gebeurd.'

'Ja, en ik heb geprobeerd het hun uit te leggen. Maar Doug Carey blijft er maar over doorgaan. Hij heeft geklaagd bij Corcoran.'

Ze kreunde. 'Weet je waar het werkelijk om gaat, Paul? Het heeft niets te maken met Harry Slotkin. Het gaat over die jongen, Freitas, die een paar maanden geleden is overleden. Carey probeert wraak op me te nemen.'

'Dit staat er geheel los van.'

'Nee. Carey heeft een fout gemaakt en de jongen is overleden. En dat heb ik hem gezegd.'

'Je hebt hem niet alleen gezegd dat hij een fout had gemaakt. Je hebt ervoor gezorgd dat hij werd aangeklaagd.'

'De familie van die jongen vroeg mijn mening. Moest ik dan tegen hen liegen? Trouwens, hij hoorde ook aangeklaagd te worden. Een jongen met een gescheurde milt op een zaal zonder monitor laten liggen? Ik ben degene die moest proberen het arme kind te redden.'

'Goed, hij heeft een fout gemaakt. Maar je had discreter kunnen zijn met je opvattingen.'

En daar lag het werkelijke probleem. Toby was niet discreet geweest.

Het was het soort geval geweest waar elke arts bang voor is: een stervend kind. Gillende ouders op de gang. Tijdens haar worsteling om de jongen in leven te houden, had Toby er geïrriteerd uitgeflapt: 'Waarom ligt die jongen niet op intensive care?'

De ouders hadden het gehoord. De advocaten uiteindelijk ook.

'Toby, we moeten ons op dit moment bepalen tot waar het nu om gaat. De bespreking is vanmiddag om twee uur. Ze waren niet van plan je erbij te vragen, maar daar heb ik op gestaan.'

'Waarom ben ik niet gevraagd? Is dit een geheime lynchpartij?'

'Probeer er nu maar te zijn, goed?'

Ze hing op en keek op de klok. Het was al half een; ze kon niet weg voor ze iemand had om bij haar moeder te blijven. Ze pakte meteen de telefoon weer op en belde Bryan. Ze hoorde hem vier keer overgaan en toen kwam het antwoordapparaat. *Hallo, met Noel! En met Bryan! We willen je heel graag spreken, dus laat een boodschap achter...*

Ze verbrak het gesprek en draaide een ander nummer – dat van haar zus. *Wees alsjeblieft thuis. Deze ene keer, Vickie, doe iets voor me...*

'Hallo?'

'Met mij,' zei Toby, met een zucht van opluchting.

'Kun je even wachten? Ik heb iets op het gas staan...'

Toby hoorde de hoorn neervallen en het gerammel van een deksel. Daarna kwam Vickie weer aan de lijn.

'Sorry. De partners van Steve komen vanavond eten en ik ben een nieuw dessert aan het proberen.'

'Vickie, ik zit in nood. Je moet een paar uur op mama passen.'

'Je bedoelt... nú?' Vickie lachte scherp en ongelovig.

'Ik heb een spoedbespreking in het ziekenhuis. Ik zet haar bij je af en haal haar weer op zodra de bespreking voorbij is.'

'Toby, ik krijg vanavond bezoek. Ik sta te koken, het huis moet nog worden schoongemaakt en de kinderen komen uit school.'

'Je hebt echt geen last van mama. Ze houdt zichzelf wel bezig in de achtertuin.'

'Ik kan haar niet hebben in de tuin! We hebben net gras gezaaid – '

'Zet haar dan voor de tv. Ik moet nu weg, anders haal ik het niet.'

'Toby – '

Ze gooide de telefoon op de haak. Ze had geen tijd of geduld om te argumenteren; het huis van Vickie was een halfuur rijden.

Ze vond Ellen buiten. Ze was vrolijk in de composthoop aan het scheppen.

'Mam,' zei Toby. 'We moeten naar Vickie toe.'

Ellen richtte zich op en tot haar ontsteltenis zag Toby dat haar moeders handen smerig waren en dat haar jurk vol modder zat. Er was geen tijd om haar te wassen en te verkleden. Vickie zou een toeval krijgen.

'Laten we naar de auto gaan,' drong Toby aan. 'We moeten opschieten.'

'We moeten Vickie eigenlijk niet lastigvallen.'

'Je hebt haar al weken niet gezien.'

'Ze heeft het druk. Vickie heeft het altijd heel druk. Ik wil haar niet storen.'

'Mam, we moeten nu weg.'

'Ga jij maar. Ik blijf gewoon thuis.'

'Het is maar een paar uurtjes. Dan gaan we meteen weer terug.'

'Nee, ik denk dat ik gewoon wat ga opruimen hier in de tuin.' Ellen ging op haar hurken zitten en stak haar schepje diep in de zwarte hoop compost.

'Mam, we moeten wég!' Geïrriteerd greep Toby haar moeder bij de arm en trok haar zo abrupt weer overeind dat Ellen geschokt naar adem hapte.

'Je doet me pijn!' jammerde Ellen.

Toby liet haar meteen los. Ellen deed een stap naar achteren. Over haar arm wrijvend keek ze haar dochter verbijsterd aan.

Het zwijgen van Ellen en de tranen die in haar ogen glinsterden, bezorgden Toby een steek in haar hart.

'Mam.' Toby schudde haar hoofd, misselijk van schaamte. 'Het spijt me. Echt waar. Maar je moet nu echt meewerken. Alsjeblieft.'

Ellen keek naar haar hoed, die was gevallen en nu in het gras lag. De strooien rand trilde in de wind. Langzaam bukte ze om hem op te rapen. Daarna richtte ze zich weer op en drukte de hoed tegen haar borst. Verdrietig liet ze haar hoofd zakken en knikte. Vervolgens liep ze naar het tuinhek en wachtte tot Toby het opendeed.

Onderweg naar Vickie probeerde Toby het goed te maken met Ellen. Geforceerd vrolijk praatte ze over wat ze dit weekend zouden doen. Ze zouden nog een hekwerk voor rozen tegen het huis bevestigen en een New Dawn planten, of misschien een Blaze. Ellen was dol op rode rozen. Ze zouden compost uitspreiden en een bollentuin aanleggen. Ze zouden broodjes met verse tomaat gaan eten en limonade drinken. Er was zoveel om naar uit te kijken!

Ellen staarde naar de hoed in haar schoot en zei niets.

Toby stopte op de oprit van Vickie en ze zette zich schrap voor wat er komen ging. Vickie zou natuurlijk luidruchtig protesteren en klagen over de enorme overlast. Vickie en al haar verantwoordelijkheden! Een baan als docente biologie aan het Bentley College. Een verwaande man die directeur was en het altijd over zichzelf had. Een zoon en een dochter, die allebei last hadden van de puberteit. Wat een geluksvogel was Toby, zonder man en kinderen! Natuurlijk was het duidelijk dat zij degene was die voor mama moest zorgen.

*Wat zou ik anders met mijn leven doen?*

Toby hielp Ellen uitstappen en liep met haar de stoep op. De voordeur vloog open en Vickie kwam met een rood hoofd van ergernis naar buiten.

'Toby, dit is het meest ellendige tijdstip – '

'Voor ons allebei, geloof me. Ik zal proberen haar zo snel mogelijk weer op te halen.' Toby gaf haar moeder een duwtje naar voren. 'Toe maar, mam. Veel plezier.'

'Ik ben aan het koken,' zei Vickie. 'Ik kan niet op haar letten.'

'Ze redt zich wel. Zet haar maar voor de tv. Ze kijkt graag naar stomme films.'

Vickie keek fronsend naar de jurk van Ellen. 'Wat is er met haar kleren gebeurd? Ze is smerig. Mam, is er iets met je arm? Waarom wrijf je er steeds over?'

'Pijn.' Ellen schudde treurig haar hoofd. 'Toby is kwaad op me geworden.'

Toby voelde haar gezicht rood worden. 'Ik moest haar in de auto zien te krijgen. Ze wilde de tuin niet uit. Daarom is ze zo vies.'

'Nou, zó kan ik haar niet hebben. Ik krijg om zes uur bezoek!'

'Ik beloof dat ik voor die tijd terug ben.' Toby gaf Ellen een kus op haar wang. 'Tot straks, mam. Doe wat Vickie zegt.'

Zonder nog om te kijken, ging Ellen het huis binnen. *Ze straft me,* dacht Toby. *Ze wil dat ik me schuldig voel omdat ik kwaad ben geworden.*

'Toby,' zei Vickie, achter haar aanlopend naar de auto. 'De volgende keer moet je me eerder waarschuwen. Hier betalen we Bryan toch voor?'

'Hij is er niet. Je kinderen komen dadelijk thuis. Zij kunnen op haar letten.'

'Dat willen ze niet.'

'Probeer hén dan te betalen. Jouw kinderen zijn toch zo dol op geld?' Toby smeet het portier dicht en startte de motor. *Waarom heb ik dat in vredesnaam gezegd?* dacht ze, terwijl ze wegreed. *Ik moet afkoelen. Ik moet mezelf weer in de hand hebben en me voorbereiden op die bespreking.* Maar bij Vickie was ze al uit haar vel gesprongen. Nu was haar zuster nijdig op haar, en Ellen ook. Misschien was de hele wereld wel nijdig op haar.

Ze had ineens zin om een dot gas te geven en door te blijven rijden, alles achter zich te laten. Om een nieuwe identiteit te zoeken, een nieuwe stad, een nieuw leven. Het leven dat ze nu had was een puinhoop en ze wist niet wiens schuld dat was. Beslist niet alleen haar schuld; ze deed gewoon zo goed mogelijk haar best.

Het was tien over twee toen ze bij het Springer-ziekenhuis parkeerde. Ze had geen tijd om haar gedachten te ordenen; de bespreking was al aan de gang en ze wilde niet dat Doug Carey zijn grote mond opendeed, terwijl ze er niet bij was. Als hij van plan was haar aan te vallen, wilde ze erbij zijn om zich te verdedigen. Ze haastte zich meteen naar de administratieve afdeling op de eerste verdieping en ging de vergaderzaal binnen.

Binnen hield iedereen op met praten.

Toen ze de tafel rondkeek, zag ze vriendelijke gezichten onder de zes mensen die daar zaten. Paul Hawkins, Maudeen en Val. Toby ging in de stoel naast Val zitten, tegenover Paul, die haar met een zwijgend knikje begroette. Als ze naar iemand moest kijken, kon het maar beter een knappe man zijn. Ze keek nauwelijks naar dokter Carey, die aan de andere kant van de tafel zat, maar het was onmogelijk zijn vijandige aanwezigheid te negeren. Carey was in meer dan één opzicht een kleine man, maar compenseerde dat door een kaarsrechte houding en een dreigend directe blik. Een valse, kleine Chihuahua. Op dat moment keek hij strak naar Toby.

Ze negeerde Carey en richtte in plaats daarvan haar blik op Ellis Corcoran, het hoofd van de chirurgische staf. Ze kende Corcoran niet goed; ze vroeg of er iemand in het ziekenhuis was die dat wél deed. Het was moeilijk door zijn gereserveerdheid heen te komen. Hij toonde zelden emotie en deed dat nu ook niet. Ira Beckett, het hoofd van de administratieve dienst, deed dat evenmin, terwijl hij met zijn dikke buik tegen de tafel gedrukt zat. De stilte duurde zó lang dat het onaangenaam werd. Haar handpalmen waren vochtig; onder de tafel veegde ze haar handen aan haar broek af.

Ira Beckett nam het woord. 'U zei, juffrouw Collins?'

Maudeen schraapte haar keel. 'Ik probeerde u uit te leggen dat alles tegelijk gebeurde. We hadden die vrouw met die hartproblemen in de behandelkamer. Dat nam al onze aandacht in beslag. We dachten dat meneer Slotkin stabiel genoeg was.'

'Dus u hebt hem aan zijn lot overgelaten?' vroeg Carey.

'Dat hebben we niet gedaan.'

'Hoe lang hebt u hem dan alleen gelaten?' vroeg Beckett.

Maudeen keek naar Toby met een stilzwijgende smeekbede om hulp.

'Ik ben de laatste die meneer Slotkin heeft gezien,' zei Toby. 'Dat was om een uur of vijf, kwart over vijf. Het was even na zessen toen ik besefte dat hij er niet meer was.'

'Dus u heeft hem bijna een uur alleen gelaten?'

'Hij lag te wachten op een hersenscan. We hadden de röntgentechnicus al gebeld. Op dat moment konden we niets anders voor hem doen. We weten nog steeds niet hoe het hem is gelukt de kamer uit te komen.'

'Omdat jullie hem niet in de gaten hebben gehouden,' zei Carey. 'Jullie hadden hem niet eens vastgebonden.'

'Hij was wél vastgebonden,' zei Val. 'Aan zijn enkels en zijn polsen!'

'Dan moet hij een soort Houdini zijn geweest. Niemand komt los uit vierpuntsgordels. Of heeft iemand vergeten de riemen vast te binden?'

De verpleegsters zeiden geen van beiden iets; ze keken beiden naar de tafel.

'Dokter Harper?' zei Beckett. 'U zei dat u de laatste was die meneer Slotkin heeft gezien. Zaten zijn riemen vast?'

Ze slikte. 'Ik weet het niet.'

Paul keek haar met gefronste wenkbrauwen aan. 'Je hebt tegen mij gezegd van wel.'

'Ik dácht dat ze vastzaten. Ik bedoel, ik veronderstelde dat ik het had gedaan. Maar het was zo'n verwarrende toestand. Nu – nu weet ik het niet zo zeker meer. Het lijkt me onmogelijk dat hij ontsnapt zou zijn als hij vastgebonden was.'

'In ieder geval beginnen we nu eindelijk eerlijk te worden,' zei Carey.

'Ik ben nooit níet eerlijk geweest!' snauwde ze terug. 'Als ik een fout maak, geef ík het tenminste toe.'

Paul kwam tussenbeide. 'Toby – '

'Soms zijn we met een half dozijn crises tegelijk aan het goochelen. We herinneren ons niet elk klein detail van wat fout gaat tijdens een dienst!'

'Zie je, Paul?' zei Carey. 'Dat is wat ik bedoel. Ik word voortdurend met die verdedigende houding geconfronteerd. En het is áltijd de nachtdienst.'

'Jij bent de enige die erover klaagt,' zei Paul.

'Ik kan een half dozijn anderen noemen die problemen hebben gehad. We worden midden in de nacht gebeld om patiënten op te nemen die niet opgenomen hoeven te worden. Het is een beoordelingsprobleem.'

'Welke patiënten bedoelt u?' vroeg Toby.

'Ik heb de namen nu niet voor me.'

'Zorg dan dat u die krijgt. Als u mijn oordeel in twijfel trekt, wil ik feiten.'

Corcoran zuchtte. 'We dwalen af.'

'Nee, hier gaat het juist om,' zei Carey. 'De competentie van de eerstehulpstaf van Paul. Weet je wat er die nacht op de eerste hulp aan de hand was? Ze hadden verdomme een verjaardagsfeestje! Ik ben naar de stafkamer gegaan om een kop koffie te halen en daar hing het vol met slingers! Een taart en een stel uitgebrande kaarsjes. Dát is er waarschijnlijk gebeurd. Ze hadden het zo druk met feesten, dat ze niet de moeite hebben genomen – '

'Dat is klinkklare onzin,' zei Toby.

'Er was toch een feestje?' vroeg Carey.

'Eerder tijdens de dienst, ja. Maar dat heeft ons niet van ons werk afgeleid. Toen dat tamponadegeval binnenkwam, zaten we tot over onze oren in de problemen. Deze patiënt eiste al onze aandacht op.'

'En jullie zijn haar nog kwijtgeraakt ook,' zei Carey.

Zijn opmerking was als een klap in haar gezicht en Toby voelde haar wangen warm worden. Het ergste was, dat hij gelijk had. Ze was de patiënt inderdaad kwijtgeraakt. Haar dienst was inderdaad in een ramp veranderd – en met een hoop getuigen. Nieuwe patiënten waren de wachtkamer binnengekomen en hadden een boze monoloog van de zoon van Harry Slotkin gehoord. Daarna was een ambulance gekomen met iemand met pijn in de borst, en de politie was gekomen – twee patrouillewagens die waren gebeld om te helpen zoeken naar de verdwenen patiënt. Toby's strak geregelde eerstehulpafdeling was in een toestand van chaos geraakt.

Ze boog zich naar voren, haar handen tegen de tafel gedrukt. Ze keek niet naar Carey, maar naar Paul. 'We waren niet uitgerust voor een tamponadegeval. Die patiënte hoorde in een traumacentrum. We hebben haar zo lang mogelijk in leven gehouden. Ik betwijfel zelfs of de geweldige dokter Carey haar had kunnen redden.'

'U hebt me veel te laat gebeld om nog iets te kunnen doen,' zei Carey.

'We hebben u gebeld zodra we beseften dat ze een tamponade had.'

'En hoe lang hebt u daarvoor nodig gehad?'

'Een paar minuten na haar binnenkomst.'

'Volgens de gegevens van de ambulance, is de patiënte om vijf uur twintig gekomen. U hebt mij pas om kwart voor zes gebeld.'

'Nee, we hebben u eerder gebeld.' Ze keek naar Maudeen en Val, die beiden instemmend knikten.

'Dat staat nergens in het verslag,' zei Carey.

'Wie had er tijd om iets op te schrijven? We deden onze uiterste best haar leven te redden!'

Corcoran kwam tussenbeide: 'Alsjeblíeft, jongens! We zijn hier niet om met elkaar op de vuist te gaan. We moeten bespreken hoe we de nieuwe crisis moeten aanpakken.'

'Welke nieuwe crisis?' vroeg Toby.

Iedereen keek haar verbaasd aan.

'Ik heb geen kans gehad het je te vertellen,' zei Paul. 'Ik heb het zelf net gehoord. Een of andere krant heeft het verhaal opgepikt. Iets in de trant van "Vergeten patiënt verdwijnt van eerste hulp". Er heeft een verslaggever gebeld met de vraag om details.'

'Waarom is dit nieuws?'

'Het is net als met die chirurg die het verkeerde been afzet. Mensen willen horen over dingen die fout gaan in een ziekenhuis.'

'Maar wie heeft het aan de kranten verteld?' Ze keek de tafel rond en even ontmoette haar blik die van Carey. Hij wendde zijn ogen af.

'Misschien heeft de familie Slotkin het hun verteld,' zei Beckett. 'Misschien leggen ze de basis voor een rechtszaak. We weten werkelijk niet hóe de pers erachter is gekomen.'

Met kalm venijn in zijn stem zei Carey: 'Fouten vallen nu eenmaal op.'

'De uwe gaan op de een of andere manier altijd de doofpot in,' zei Toby.

'Tóe nou,' zei Corcoran. 'Als de patiënt ongedeerd wordt gevonden, zijn we uit de moeilijkheden. Maar er zijn nu al twee dagen voorbij, en voor zover ik weet, heeft niemand iets gezien. We zullen gewoon moeten hopen dat ze hem levend en wel vinden.'

'Een verslaggever heeft vanmorgen al twee keer de eerste hulp gebeld,' zei Maudeen.

'Niemand heeft iets tegen hem gezegd, hoop ik?'

'Nee, de verpleegsters hebben opgehangen.'

Paul lachte schamper. 'Nou, dat is ook een manier om de pers aan te pakken.'

Corcoran zei: 'Als ze die man nu maar kunnen vinden, zouden we er zonder schade doorheen kunnen rollen. Helaas kunnen die alzheimerpatiënten kilometers ver rondzwerven.'

'Hij heeft geen alzheimer,' zei Toby. 'Dat klopt niet met zijn medische voorgeschiedenis.'

'Maar je zei dat hij in de war was.'

'Ik weet niet waarom. Ik heb niets kunnen vinden toen ik hem onderzocht. Het bloedonderzoek gaf een normaal beeld. Helaas hebben we nooit die scan kunnen maken. Ik wou dat ik een diagnose kon geven, maar ik heb het onderzoek niet af kunnen maken.' Ze zweeg even. 'Maar ik vroeg me wél af of hij misschien toevallen had.'

'Heb je er een meegemaakt?'

'Ik zag zijn been trekken. Ik kon niet zien of het vanzelf ging of niet.'

'O, God.' Paul zakte achterover in zijn stoel. 'Laten we hopen dat hij niet op een of andere snelweg terechtkomt, of bij water. Dan zou hij in de problemen kunnen komen.'

Corcoran knikte. 'Wij ook.'

Toen de bespreking afgelopen was, vroeg Paul Toby met hem mee te gaan naar de cafetaria van het ziekenhuis. Het was drie uur en de lunch was een uur geleden afgelopen, dus namen ze hun toevlucht tot de automaten, die vol zaten met crackers en chips en een nooit eindigende hoeveelheid koffie, die zo sterk was dat je er maagpijn van kreeg. De cafetaria was verlaten en ze konden overal gaan zitten, maar Paul liep naar het tafeltje in de hoek, het verst van de deuropening. Het verst van luisterende oren.

Hij ging zitten zonder haar aan te kijken. 'Dit is niet gemakkelijk voor me,' zei hij.

Ze nam een slokje koffie en zette het kopje met zorgvuldige aandacht neer. Hij keek haar nog steeds niet aan, maar hield zijn ogen op de tafel gericht. Neutraal terrein. Het was niets voor Paul haar blik te mijden. In de loop der jaren waren ze tot een prettige, open vriendschap gekomen. Zoals bij alle vriendschappen tussen mannen en vrouwen, waren er natuurlijk kleine oneerlijkheden tussen hen. Ze zou nooit bekennen hoe sterk ze zich tot hem aangetrokken voelde, omdat het nergens toe diende, en ze zijn vrouw Elizabeth veel te aardig vond. Maar in bijna alle andere opzichten konden zij en Paul eerlijk tegen elkaar zijn. Dus deed het haar nu pijn hem naar de tafel te zien kijken, omdat ze zich daardoor afvroeg wanneer hij was opgehouden helemaal eerlijk te zijn.

'Ik ben blij dat je erbij was,' zei hij. 'Ik wilde dat je meemaakte waar ik het tegen moet opnemen.'

'Je bedoelt Doug Carey?'

'Het is niet alleen Carey. Toby, ze hebben me gevraagd de directievergadering bij te wonen, aanstaande donderdag. Ik weet dat deze kwestie aan de orde zal komen. Carey heeft vrienden bij de directie. En hij wil bloed zien.'

'Dat wil hij al maanden, al sinds de dood van die jongen Freitas.'

'Nou, dit is de wraak waar hij op heeft gewacht. De zaak-Slotkin is nu in de openbaarheid gekomen en de directie heeft een open oor voor al Carey's klachten over jou.'

'Denk je dat zijn klachten gegrond zijn?'

'Als dat zo was, Toby, zou je niet in mijn staf zitten. Dat meen ik.'

'Het probleem is,' zuchtte ze, 'dat ik bang ben dat ik deze keer een fout heb gemaakt. Ik begrijp niet hoe Harry Slotkin ontsnapt zou kunnen zijn als hij vastgebonden was geweest. Hetgeen betekent dat ik het niet gedaan moet hebben. Ik kan me gewoon niet herinneren...' Haar ogen prikten door gebrek aan slaap en de koffie gaf een branderig gevoel in haar maag. Nu raak *ík* mijn geheugen kwijt, dacht ze. Is dit het eerste teken van alzheimer? Is dit ook voor mij het begin van het einde? 'Ik moet steeds aan mijn moeder denken,' zei ze. 'Hoe ik me zou voelen als *zíj* ergens op straat rondzwierf. Hoe kwaad ik zou zijn op de mensen die verantwoordelijk waren. Ik ben slordig geweest en heb een hulpeloze, oude man in gevaar gebracht. De familie van Harry Slotkin heeft het volste recht me met hun advocaten te achtervolgen. Ik verwacht gewoon dat dat zal gebeuren.'

Ze keek op omdat Paul bleef zwijgen.

Zacht zei hij: 'Ik denk dat dit het moment is om het je te vertellen.'

'Wat?'

'De familie heeft om een kopie van het eerstehulpverslag gevraagd. Het verzoek is vanmorgen via hun advocatenkantoor gekomen.'

Ze zei niets. Het branderige gevoel in haar maag was overgegaan in misselijkheid.

'Het betekent niet dat ze een aanklacht indienen,' zei Paul. 'Om te beginnen heeft de familie het geld nauwelijks nodig. En de omstandigheden zijn misschien te gênant om er ruchtbaarheid aan te geven. Een vader die naakt in het park rondzwerft – '

'Als Harry ergens dood wordt aangetroffen, weet ik zeker dat ze wél een aanklacht zullen indienen.' Ze steunde met haar hoofd in haar handen. 'O, God. Dat is mijn tweede proces in drie jaar.'

'De laatste keer was een lachertje, Toby. Dat heb je met glans gewonnen.'

'Dat zal deze keer niet gebeuren.'

'Slotkin is tweeënzeventig – die heeft niet zo lang meer te leven. Dat zou de financiële schade kunnen beperken.'

'Tweeënzeventig is jong! Hij zou nog heel wat jaren mee kunnen.'

'Maar het is duidelijk dat hij ziek was op de eerste hulp. Als ze zijn lijk vinden, als ze kunnen aantonen dat hij al ongeneeslijk ziek was, zal dat in jouw voordeel zijn bij de rechtbank.'

Ze wreef over haar gezicht. 'Dat is de laatste plaats waar ik terecht wil komen. Voor de rechtbank.'

'Laten we ons daar geen zorgen over maken voor het zover is. Op dit moment zijn er andere politieke kwesties aan de orde. We weten dat het nieuws de media al heeft bereikt, en ze zijn dol op griezelverhalen over artsen. Als de directie onder druk wordt gezet door het publiek, zullen ze bij míj aankomen. Ik zal alles doen om je te beschermen. Maar, Toby, ik kan ook vervangen worden.' Hij zweeg even. 'Mike Esterhaus heeft al laten merken dat hij graag chef van de eerste hulp zou worden.'

'Dat zou een ramp zijn.'

'Hij zou een ja-knikker zijn. Hij zou zich niet tegen hen verzetten zoals ik. Telkens als ze weer een gediplomeerd verpleegster van onze staf af willen halen, schreeuw ik moord en brand. Mike zal hen beleefd hun zin geven.'

Voor het eerst drong het tot haar door: *Ik sleep Paul met me mee.*

'Het enige wat we moeten hopen,' zei hij, 'is dat ze de patiënt vinden. Dan ebt de crisis weg. Geen mediabelangstelling meer, geen dreiging van een proces. Hij moet gevonden worden – levend en wel.'

'Hetgeen met het uur minder waarschijnlijk wordt.'

Zwijgend zaten ze bij elkaar. Hun koffie werd koud, hun vriendschap werd tot het uiterste op de proef gesteld. Daarom moeten artsen nooit met elkaar trouwen, dacht ze. Vanavond gaat Paul naar huis, naar Elizabeth, wier werk niets met medicijnen te maken heeft. Dit soort spanningen zal niet tussen hen in hangen, hun avondeten zal niet bedorven worden door gemeenschappelijke zorgen over Doug Carey of rechtszaken. Elizabeth zal hem helpen aan deze crisis te ontsnappen, voor vanavond in ieder geval.

*En wie helpt mij?*

# 6

Geen rubber kip vanavond, zag dokter Robbie Brace, toen een serveerster een bord voor hem neerzette. Hij keek naar de lamskoteletjes, de nieuwe aardappeltjes en gestoomde groente. Alles zag er mals en heel vers uit. Terwijl zijn mes door het vlees sneed, dacht hij: de bevoorrechten eten alleen wat jong is. Maar vanavond voelde hij zich niet bijzonder bevoorrecht, ondanks het feit dat hij aan een door kaarsen verlichte tafel zat, met een glas champagne naast zijn bord. Hij keek naar zijn vrouw Greta, die naast hem zat, en zag een frons op haar blanke voorhoofd. Hij vermoedde dat die frons niets te maken had met de kwaliteit van de maaltijd; aan haar verzoek om een vegetarische schotel was royaal voldaan en haar eten was artistiek opgediend. Terwijl ze om zich heen keek naar de twee dozijn andere tafeltjes in de eetzaal, merkte ze misschien op wat haar man al had gezien: dat ze zo ver mogelijk van het podium waren neergezet. Verbannen naar een hoek waar ze nauwelijks zouden worden opgemerkt.

De helft van de stoelen aan hun tafel was leeg en op de andere drie plaatsen zaten mensen van de leiding van het verpleeghuis en een stokdove investeerder in Brant Hill. Hun tafel was een soort Siberië. Terwijl hij de zaal rondkeek, zag hij dat alle andere artsen op een betere plek zaten. Dokter Chris Olshank – die in dezelfde week was aangenomen als Robbie – zat aan een tafel veel dichter bij het podium. *Misschien heeft het niets te betekenen. Misschien is er gewoon iets fout gegaan bij de tafelschikking.* Maar onwillekeurig merkte hij het essentiële verschil op tussen Chris Olshank en hemzelf.

Olshank was blank.

*Man, je haalt je maar wat in je hoofd.*

Hij nam een slok champagne en slikte die nijdig door, zich er voortdurend intens van bewust dat hij de enige zwarte mannelijke gast was op het diner. Aan een andere tafel zaten nog twee zwarte vrouwen, maar hij was de enige zwarte man. Het was iets waar hij altijd naar keek, iets wat altijd op de voorgrond van zijn bewustzijn zweefde, als hij ergens binnenkwam waar veel mensen waren. Hoeveel waren er blank, hoeveel Aziatisch, hoeveel zwart? Als er van welke groep dan ook te veel waren, voelde hij zich niet op zijn gemak, alsof een door hemzelf aanvaarde rassenverhouding werd verstoord. Zelfs nu, als arts, kon hij die pijnlijke bewustheid van zijn eigen huidskleur niet van zich afzetten. Zijn artsendiploma had geen enkele verandering gebracht.

Greta raakte hem aan, haar hand klein en bleek tegen zijn zwartheid. 'Je eet niet.'

'Jawel.' Hij keek naar haar bord vol groenten. 'Hoe is het konijnenvoer?'

'Heel lekker. Proef maar.' Ze stopte een vork aardappelen met knoflook in zijn mond. 'Lekker, hè? En beter voor je bloedvaten dan dat arme lam.'

'Eens een carnivoor – '

'Ja, altijd een carnivoor. Maar ik blijf hopen dat je het licht gaat zien.'

Ten slotte glimlachte hij, bedenkend hoe mooi zijn eigen vrouw was. Greta had meer dan een oppervlakkige schoonheid; je zag vuur en intelligentie in haar gezicht. Hoewel ze niet leek te merken wat ze voor effect had op het andere geslacht, was Brace zich er pijnlijk van bewust hoe andere mannen naar haar keken. Hij was zich er ook van bewust hoe ze naar hèm keken, een zwarte man getrouwd met een vrouw met rood haar. Jaloezie, afgunst, verbazing – hij zag het in de ogen van de mannen als ze van de man naar de vrouw keken, van zwart naar blank.

Een tikje op de microfoon trok hun aandacht. Brace keek op en zag dat Kenneth Foley, de directeur van Brant Hill, achter het spreekgestoelte stond.

De lichten werden gedimd en er verscheen een dia op het scherm boven het hoofd van Foley. Het was het logo van Brant Hill, een B met veel krullen en een H erdoorheen, en daaronder de woorden:

*Waar welzijn de beste beloning is*

'Wat een walgelijke slogan,' fluisterde Greta. 'Waarom zeggen ze niet gewoon: *Waar de rijken wonen?'*

Brace gaf een waarschuwend kneepje in haar knie. Hij was het natuurlijk met haar eens, maar je kwam niet met je socialistische denkbeelden te midden van de mensen met bontjassen en diamanten.

Op het podium begon Foley met zijn presentatie. 'Zes jaar geleden was Brant Hill nog maar een concept. Geen uniek concept, natuurlijk; naarmate de Amerikanen ouder worden, komen overal in het land bejaardencomplexen van de grond. Wat Brant Hill uniek maakt, is niet het concept. Het is de úitvoering. Het is de mate waarin we de dróóm uitvoeren.'

Er verscheen een nieuwe dia op het scherm: een foto van het Brant Hill-terrein, met de zwanenvijver op de voorgrond en de golvende heuvels van de golfbaan die zich uitstrekten in een zacht, mistig waas.

'We weten dat de dróóm niets te maken heeft met een prettige oude dag gevolgd door een prettige dood. De droom heeft te maken met léven. Met een begin, niet met een einde. Dát is wat we onze cliënten bieden. Wij hebben de droom tot werkelijkheid gemaakt. En kijk eens hoever we zijn gekomen! Brant Hill, Newton, breidt zich uit. Brant Hill, La Jolla, is helemaal verkocht. Afgelopen maand zijn we begonnen met de bouw van ons derde complex, in Naples, Florida, en vijfenzeventig van die nog te bouwen eenheden zijn al verkocht. En vanavond, op de zesde verjaardag van het storten van de eerste fundering, kom ik het meest opwindende nieuws aankondigen.' Hij zweeg even, en op het scherm boven hem verscheen het logo van Brant Hill opnieuw, tegen een achtergrond van koningsblauw. 'Morgen om acht uur,' zei hij, 'zullen we onze eerste aandelen op de beurs aanbieden. Ik denk dat u allemaal begrijpt wat dát betekent.'

*Geld,* dacht Brace, terwijl hij het opgewonden gemompel om hem heen hoorde. Een fortuin voor de oorspronkelijke investeerders. En voor Brant Hill zelf zou het een toestroom van geld betekenen waarmee ze in andere staten nieuwe complexen konden bouwen. Geen wonder dat er champagne op tafel stond; vanaf morgenochtend zou de helft van de aanwezigen zeer vermogend zijn.

Het publiek begon luid te klappen.

Greta deed niet mee, zag Robbie met enig ongemak. Het oude gezegde dat roodharigen zo koppig waren, ging op voor zijn vrouw. Ze zat met haar armen over elkaar, haar kin naar voren gestoken, het toonbeeld van een boze socialist.

Er verschenen nog meer dia's op het scherm, die in een steeds veranderende collage van kleuren werden gereflecteerd op het gezicht van Greta. Foto's van Brant Hill in La Jolla, een villadorp in mediterrane stijl, uitkijkend over de Stille Oceaan. Een foto van de fitnessruimte in Newton, waar een tiental bejaarde dames in elegante trainingspakken aan aerobics deed. Een opname van Newtons vijfde green, met twee mannen naast hun overdekte golfkarretje. Vervolgens een foto van bewoners aan het diner in het country club-restaurant, met een fles champagne in een zilveren ijsemmer.

*Waar de rijken wonen.*

Brace schoof heen en weer in zijn stoel, zich pijnlijk bewust van wat Greta van dit alles moest denken. Voor rijke mensen zorgen, was niet wat hij als zijn levenswerk had gezien toen hij medicijnen studeerde. Maar hij had ook niet gedacht dat de financiële druk door de leningen voor zijn studie, zijn huis, en het sparen voor de kinderen zo hoog zou zijn. Hij had niet gedacht dat hij gedwongen zou zijn zichzelf te verkopen.

Greta sloeg haar benen over elkaar en terwijl haar dijbeen langs het zijne ging, voelde hij onverwachts een steek van boosheid dat ze zijn kant van de zaak niet kon zien. Zij was de vrouw, zij kon aan háár principes vasthouden. Hij was degene die hun gezin voedsel en onderdak moest verschaffen. En waarom was het zondig voor de rijken te zorgen? De rijken werden ook ziek, net als ieder ander, ze hadden artsen nodig, ze hadden compassie nodig.

Ze betaalden hun rekeningen.

Hij sloeg zijn armen over elkaar, terwijl hij zowel lichamelijk als emotioneel Greta probeerde te negeren, en keek naar het projectiescherm. Dus dit was wat Ken Foley werkelijk met het diner voorhad – opwinding wekken over de beursgang, vraag naar de nieuwe aandelen stimuleren. De toespraak van Foley was bedoeld voor een veel breder gehoor van investeerders dan nu hier aanwezig was. Brant Hill moest overal in het land al op de radarschermen van makelaars in effecten zijn verschenen. Elk woord dat hij vanavond zei, zou rechtstreeks naar de financiële rubrieken gaan.

Er verscheen een nieuwe dia, een maquette van de nieuwe verpleeghuisafdeling, die nu werd gebouwd. Gisteren was de betonnen fundering gestort, en volgende week begon het grondwerk voor nog een tweede uitbreiding. Ze bouwden zo snel als ze konden, maar de vraag zou alleen maar blijven groeien.

Foley had het product beschreven; nu legde hij uit wat de markt ervoor was. De volgende dia was een grafiek met de groei van de bejaarde bevolking in de VS, de geboortegolf die steeds ouder werd en zich voortbewoog als een big die door een slang was opgegeten en werd verteerd. De ik-generatie ging de ski's inruilen tegen een wandelstok. Dit is de bevolkingsgroep waar we op mikken, zei Foley, de statistische big in de slang aanwijzend. Onze toekomstige cliënten. Tegen het jaar 2005 gaat de geboortegolf met pensioen en Brant Hill is precies het soort complex dat ze zullen kiezen. Ze zullen uitkijken naar een opwindende, nieuwe fase in hun leven. Ze willen zich geen zorgen maken over ziekte of zwakheid. Velen van hen zullen geld hebben gespaard – veel geld. Ze zullen oud worden, maar ze willen zich niet oud vóelen.

*En wie wel?* dacht Brace. Wie van ons kijkt niet in de spiegel zonder met enige ontsteltenis te zien dat het gezicht dat terugkijkt ouder is dan je had gedacht?

Eindelijk werd het dessert en de koffie ook bij hun tafel gebracht. Greta proefde iets kunstmatigs in de slagroom en at het hare niet op. Brace at hun beider toetjes op in een deprimerende orgie van calorieën. Hij had zijn mond vol slagroom, toen hij zijn naam hoorde noemen door de microfoon.

Greta stootte hem aan. 'Sta op,' fluisterde ze. 'Ze stellen de nieuwe artsen voor.'

Brace schoot overeind, per ongeluk een klodder slagroom over de voorkant van zijn pak morsend. Hij bleef slechts even staan, met een servet frommelend terwijl hij naar de aanwezigen zwaaide. Daarna zakte hij snel weer terug in zijn stoel. De andere drie nieuwe artsen stonden op. Ze zwaaiden terwijl ze werden voorgesteld, en geen van de anderen had slagroom op zijn kleren, of een strak gezicht van schaamte. *Ik ben als op één na de beste afgestudeerd,* dacht hij. *Ik ben tot assistent van het jaar gekozen. Tegen alle verwachtingen in is het me gelukt en zonder een cent hulp van mijn familie. En nu zit ik hier en voel me verdomme een imbeciel.*

Onder de tafel raakte Greta zijn knie aan. 'De lucht is me hier te zwaar,' fluisterde ze. 'Ik geloof dat ik stik in al dat stofgoud.'

'Wil je weg?'

'En jij?'

Hij keek naar het podium, waar Foley nog steeds over geld stond te praten. Rendement op investeringen, groei van de bejaardenmarkt. Er zit goud in die oude lieden.

Hij gooide zijn servet op tafel. 'We smeren hem.'

Angus Parmenter voelde zich niet goed, helemaal niet goed. Sinds donderdag was het trillen van zijn rechterhand twee keer gekomen en weer weggetrokken. Hij merkte dat als hij zich concentreerde, hij het kon onderdrukken, maar dat kostte veel inspanning en hij kreeg er pijn in zijn arm van. Beide keren hield het trillen vanzelf op. De afgelopen twee dagen was het helemaal niet gebeurd en hij had zichzelf ervan weten te overtuigen dat de aanvallen niets te betekenen hadden. Te veel koffie, misschien. Of te veel tijd aan het Nautilus-apparaat, te veel inspanning voor die armspieren. Hij was opgehouden met de Nautilus en het beven was niet teruggekomen, hetgeen een goed teken was.

Maar nu was er iets ánders aan de hand.

Hij had het gemerkt toen hij wakker werd na zijn middagdutje. Het was donker, hij had de lamp aangedaan en zijn slaapkamer rondgekeken. Alle meubels leken scheef te staan. Wanneer was dat gebeurd? Had hij vandaag dingen verschoven? Hij kon het zich niet herinneren. Maar het nachtkastje stond een heel eind buiten zijn bereik. Het stond half op z'n kant, klaar om te vallen. Hij staarde ernaar en probeerde te begrijpen waarom het niet omviel, waarom het glas water dat erbovenop stond niet op de grond gleed.

Hij draaide zich om en keek naar het raam. Dat was ook van plaats veranderd. Het was nu heel ver weg, een klein vierkant aan het eind van een lange tunnel.

Hij stapte uit bed en begon onmiddellijk te wankelen. *Was dat een aardbeving?* De vloer leek te golven alsof hij op open zee was. Hij struikelde de ene kant uit en toen de andere, en greep zich ten slotte aan de ladenkast vast. Daar bleef hij staan, zich aan de rand vastklemmend, terwijl hij probeerde zijn gevoel voor evenwicht terug te vinden. Hij voelde iets op zijn voet druppelen. Hij keek naar beneden en zag dat het kleed nat was. Hij rook de warme, zure lucht van urine. Wie had er in vredesnaam in zijn slaapkamer geplast?

Hij hoorde gerinkel. De tonen leken als kleine, zwarte ballonnetjes door de kamer te zweven. Kerkklokken? Een klok? Nee, er belde iemand aan.

Hij wankelde de slaapkamer uit, zich vasthoudend aan muren, deurposten, alles wat hij te pakken kon krijgen. De gang leek steeds langer te worden en de deur gleed weg van zijn uitgestrekte hand. Plotseling sloten zijn vingers zich om de knop. Met een gebrom van triomf trok hij met een ruk de deur open.

Verbijsterd staarde hij naar de twee dwergen die op zijn stoep stonden.

'Ga weg,' zei hij.

De dwergen keken hem aan en maakten miauwende geluiden.

Angus wilde de deur dichtgooien, maar het lukte hem niet. Er was een vrouw verschenen die hem openhield.

'Wat doe je, vader? Waarom ben je niet aangekleed?'

'Ga weg. Ga mijn huis uit.'

'Vader!' De vrouw probeerde nu met geweld binnen te komen.

'Ga weg!' zei Angus. 'Laat me met rust!' Hij draaide zich om en wankelde de gang in, in een poging te vluchten voor de vrouw en de twee dwergen. Maar ze kwamen achter hem aan, de dwergen zachtjes huilend, de vrouw schreeuwend. 'Wat is er aan de hand? Wat heb je?'

Hij struikelde over het kleed. Wat er vervolgens gebeurde, ging heel sierlijk, als een langzame dans onder water. Hij voelde zijn lichaam naar voren vliegen, zweven. Hij voelde hoe zijn armen zich als vleugels uitstrekten, terwijl hij door de vloeibare lucht zweefde.

Hij voelde de klap niet eens.

'Vader! O, mijn God.'

Die verrekte dwergen gilden en voelden aan zijn hoofd. Nu bukte de vrouw zich over hem heen. Ze legde hem op zijn rug.

'Vader, heb je ergens pijn?'

'Ik kan vliegen,' fluisterde hij.

Ze keek naar de dwergen. 'Ga naar de telefoon. Bel negen elf. Vooruít!'

Angus bewoog zijn arm, hij klapte ermee als met een vleugel.

'Blijf stil liggen, vader. We bellen een ambulance.'

*Ik kan vliegen!* Hij zweefde door de lucht. *Ik kan vliegen.*

'Ik heb hem nog nooit zo gezien. Hij herkent me niet en het lijkt of hij zijn eigen kleinkinderen niet kent. Ik wist niet wat ik anders moest doen, dus heb ik de ambulance gebeld.' De vrouw keek nerveus de onderzoekkamer in, waar de verpleegsters de bloeddruk en de pols van Angus Parmenter probeerden te meten. 'Het is zeker een soort beroerte?'

'Ik zal meer kunnen zeggen als ik hem heb onderzocht,' zei Toby.

'Maar klinkt het niet als een beroerte?'

'Het is mogelijk.' Toby pakte de vrouw even bij haar arm. 'Waarom gaat u niet in de wachtkamer zitten, mevrouw Lacy? Ik kom naar u toe zodra we meer weten.'

Edith Lacy knikte. Met afhangende schouders liep ze naar de wachtkamer en zakte tussen haar twee dochtertjes in op de bank neer. Ze sloegen hun armen om elkaar heen, een warm, eigen wereldje vormend.

Toby ging terug naar de onderzoekkamer.

Angus was met vierpuntsgordels vastgebonden op de brancard en lag iets te mompelen over vreemden in zijn huis. Voor een man van tweeëntachtig waren zijn ledematen strak en verbazend gespierd. Hij had alleen zijn hemd aan. Zo had zijn dochter hem gevonden, vanaf zijn middel naakt.

Maudeen maakte de band van de bloeddrukmeter los en borg

hem netjes op. 'De bloeddruk is goed, zeventig om honderddertig. Zijn pols is vierennegentig en regelmatig.'

'Temperatuur?'

'Achtendertig,' zei Val.

Toby ging naast het hoofd van de man staan en probeerde zijn aandacht te trekken. 'Meneer Parmenter? Angus? Ik ben dokter Harper.'

'...kwamen zomaar mijn huis binnen... wilden me niet met rust laten...'

'Angus, ben je gevallen? Heb je jezelf pijn gedaan?'

'...verdomde dwergen, kwamen mijn geld stelen. Iedereen is op mijn geld uit.'

Maudeen schudde aan zijn hoofd. 'Ik kan niets zinnigs uit hem krijgen.'

'De dochter zegt dat hij altijd gezond is geweest. Niet ziek geweest de laatste tijd.' Toby scheen met haar lampje in de ogen van de man. Beide pupillen werden kleiner. 'Twee weken geleden heeft ze hem nog aan de telefoon gehad en toen klonk hij prima. Angus! Angus, wat is er met je gebeurd?'

'...proberen altijd dat verrekte geld van me te stelen...'

'Er is maar één ding belangrijk,' zuchtte Toby, terwijl ze het lampje uitdeed. Ze ging verder met haar onderzoek, eerst keek ze of ze een hoofdwond kon vinden, waarna ze verder ging met het onderzoek van de craniale zenuwen. Ze kon niets vinden wat de oorzaak van de verwarring van de man zou kunnen zijn. De dochter had gezegd dat hij wankelend liep. Had de man een bloedinkje in de kleine hersenen gehad? Dat zou invloed kunnen hebben op de coördinatie.

Ze maakte zijn linkerpols los. 'Angus, kun je mijn vinger aanraken?' Ze hield haar hand voor zijn gezicht. 'Steek je hand uit en raak mijn vinger aan.'

'Je bent te ver weg,' zei hij.

'Hij is hier, vlak voor je. Vooruit, probeer hem aan te raken.'

Hij stak zijn arm omhoog. Hij slingerde in de lucht, als een dansende cobra.

De telefoon ging. Maudeen nam op.

De arm van Angus Parmenter begon te trillen, een heftig ritmisch schokken dat de brancard deed rammelen.

'Wat doet hij?' zei Val. 'Heeft hij een toeval?'

'Angus!' Toby pakte de man bij zijn gezicht en keek hem aan. Hij keek niet naar haar; hij staarde naar zijn eigen arm.

'Kun je praten, Angus?'

'Daar is het weer,' zei hij.

'Wat? Bedoel je het beven?'
'Die hand – wiens hand is dat?'
'Het is jóuw hand.'
Het beven hield plotseling op. De arm viel als een stuk lood op de brancard. Angus sloot zijn ogen. 'Ziezo,' zei hij. 'Dat is over.'
'Toby?' Het was Maudeen, die zich omdraaide van de telefoon. 'Er is een dokter Wallenberg aan de lijn. Hij wil je spreken.'
Toby pakte de hoorn. 'Dokter Wallenberg, met Toby Harper. Ik ben de dienstdoende arts op de eerste hulp vanavond.'
'U hebt mijn patiënt daar.'
'U bedoelt meneer Parmenter?'
'Ik heb net gehoord dat hij per ambulance bij u is gebracht. Wat is er gebeurd?'
'Hij is helemaal in de war thuis aangetroffen. Hij is nu wakker en zijn pols en bloeddruk zijn goed. Maar hij heeft ataxie en is zeer gedesoriënteerd. Hij herkent zijn eigen dochter niet eens.'
'Hoe lang is hij er al?'
'De ambulance heeft hem rond negen uur gebracht.'
Wallenberg zweeg even. Op de achtergrond hoorde Toby gelach en stemmen. Een feestje.
'Ik ben er over een uur. Houd hem maar stabiel tot ik er ben.'
'Dokter Wallenberg – '
Hij had al opgehangen.
Ze keerde zich naar de patiënt. Hij lag heel stil, zijn ogen aandachtig op het plafond gericht. Nu verschoof zijn blik, eerst naar rechts, daarna naar links, alsof hij naar een tenniswedstrijd in slow motion keek.
'Laten we een hersenscan van deze man maken,' zei Toby. 'En we moeten zijn bloed onderzoeken.'
Val haalde een handvol glazen buisjes uit de la. 'De gebruikelijke dingen?'
'Kijk ook of hij drugs heeft gebruikt. Het lijkt of hij hallucineert.'
'Ik zal de röntgenafdeling bellen,' zei Maudeen, nogmaals de telefoon pakkend.
'Dames,' zei Toby. 'Nog één ding.'
Beide verpleegsters keken haar aan.
'Wat er vannacht ook gebeurt, we laten deze man geen seconde alleen. Niet voor hij van onze afdeling wordt weggehaald.'
Val en Maudeen knikten.
Toby pakte de losse hand van Angus Parmenter en bond hem stevig aan de zijkant van de brancard vast.

‘Daar komt het,’ zei de röntgenlaborant.

Toby keek naar het computerscherm terwijl de puntjes het eerste beeld vormden, een ovaal in verschillende tinten grijs. Ze keek naar een dwarsdoorsnede van de hersens van Angus Parmenter. Duizenden op zijn schedel gerichte röntgenstralen waren door de computer geanalyseerd en de verschillende diktes van bot, vloeistof en hersenweefsel hadden dit beeld opgeleverd. De schedel verscheen als een dikke, witte rand, als de schil van een vrucht. Binnen de schil waren de hersens te zien als een grijzige massa, met zwarte, wormachtige inkepingen erin.

Er verscheen een reeks beelden op het scherm, elk een iets andere doorsnede van het cranium van de patiënt. Op het eerste gezicht waren er geen anatomische veranderingen, bestond er geen asymmetrie. Geen spoor van bloed dat ergens in de hersenen was gelekt.

‘Ik zie niets acuuts,’ zei Toby. ‘Wat denk jij ervan?’

Vince was geen arts maar als röntgenlaborant had hij veel meer scans gezien dan Toby. Met gefronste wenkbrauwen keek hij naar het scherm toen een nieuwe doorsnede verscheen. ‘Wacht,’ zei hij. ‘Die opname ziet er een beetje vreemd uit.’

‘Wat?’

‘Daar.’ Hij wees op een vlek in het midden. ‘Dat is de sella turcica. Zie je dat de rand een beetje vaag is aan deze kant?’

‘Zou de patiënt bewogen kunnen hebben?’

‘Nee, de overige opnamen zijn volkomen scherp. Hij heeft niet bewogen.’ Vince pakte de telefoon en belde het huisnummer van de radioloog. ‘Hallo, dokter Ritter. Komen de beelden goed door op uw computer? Mooi. Dokter Harper en ik zijn ze nu aan het bekijken. We vragen ons af bij die laatste doorsnede...’ Hij tikte iets in en het vorige beeld kwam weer op het scherm. ‘Wat denkt u van die sella turcica?’

Terwijl Vince met dokter Ritter overlegde, boog Toby zich dichter naar het scherm. Wat Vince had gezien was een hele kleine verandering – zo klein dat het haarzelf zou zijn ontgaan. De sella turcica was een kleine holte van dun bot onder in de hersenen waar de hypofyse in zat. De klier was uiterst belangrijk, hij zorgde voor de productie van de hormonen voor een groot aantal functies, van vruchtbaarheid tot groei, tot de dagelijkse cyclus van slapen en wakker zijn. Kon die kleine erosie van de sella turcica de oorzaak zijn van de symptomen van de patiënt?

‘Goed, ik zal de doorsneden van het hoofd maken,’ zei Vince. ‘Moet ik verder nog iets doen?’

‘Geef mij Ritter even,’ zei Toby. Ze pakte de telefoon. ‘Hallo, George, met Toby. Wat vind je van die sella?’

'Niet veel,' zei Ritter. Ze hoorde zijn stoel kraken – leer waarschijnlijk. George Ritter hield van luxe. Ze kon zich voorstellen hoe hij in zijn werkkamer verschanst zat, omgeven door de nieuwste computertechnologie. 'Bij een man van zijn leeftijd zijn adenomen van de hypofyse niet ongewoon. Dat komt bij twintig procent van de tachtigjarigen voor.'

'Groot genoeg om de sella te eroderen?'

'Nou, nee. Deze is een beetje groot geworden. Wat is zijn endocriene status?'

'Die heb ik nog niet bekeken. Hij is net de eerste hulp binnengebracht met acute verwardheid. Zou dit de oorzaak kunnen zijn?'

'Alleen als het adenoom een secundaire afwijking in de stofwisseling heeft veroorzaakt. Heb je zijn bloed onderzocht?'

'We wachten op de uitslag.'

'Als dat normaal is en de endocrine status is in orde, denk ik dat je een andere reden voor zijn verwardheid moet zoeken. Deze tumor is te klein om veel anatomische druk te veroorzaken. Ik heb Vince gevraagd wat detaildoorsneden te maken van het hoofd. Dan moet je het wat beter kunnen zien. Je zult waarschijnlijk ook een MRI willen laten maken. Wie is de huisarts?'

'Dokter Wallenberg.'

Het was even stil. 'Is het een patiënt van Brant Hill?'

'Ja.'

Ritter zuchtte geïrriteerd. 'Ik wou dat je me dat eerder had verteld.'

'Waarom?'

'Ik bekijk geen patiënten van Brant Hill. Zij hebben een eigen radioloog om al hun röntgenopnames te interpreteren. Hetgeen betekent dat ik hiervoor niet word betaald.'

'Dat spijt me. Dat wist ik niet. Wanneer is die regeling begonnen?'

'Springer heeft een maand geleden een overeenkomst met hen getekend. Hun patiënten horen niet via de eerste hulp te gaan. De artsen van Brant Hill nemen hen rechtstreeks op. Hoe is deze bij jou terechtgekomen?'

'De dochter is in paniek geraakt en heeft de ambulance gebeld. Wallenberg is onderweg hierheen.'

'Goed. Laat Wallenberg dan maar beslissen wat er verder gedaan moet worden. Ik ga naar bed.'

Toby hing op en keek Vince aan. 'Waarom heb je me niet verteld dat Brant Hill een gesloten verwijssysteem had?'

Vince keek haar schaapachtig aan. 'Ik wist niet dat dit een patiënt van Brant Hill was.'

'Vertrouwen ze onze radiologische staf niet?'

'Wij maken de opnames, maar de radioloog van Brant Hill interpreteert ze. Ik denk dat ze proberen het honorarium binnen hun groep te houden.'

Daar had je die ziekenhuispolitiek weer, dacht ze. Iedereen vocht om de steeds minder wordende vergoedingen binnen te krijgen.

Ze stond op en keek door het raam de scanruimte in. De patiënt lag stil op de tafel. Zijn ogen waren dicht en zijn lippen bewogen geluidloos. Het trillen van zijn rechterhand was niet teruggekomen. Toch zou er een EEG gemaakt moeten worden om toevallen uit te sluiten. En waarschijnlijk een ruggenmergpunctie. Vermoeid leunde ze tegen het glas, terwijl ze probeerde te bedenken wat ze over het hoofd gezien zou kunnen hebben, wat ze niet over het hoofd móócht zien.

Sinds Harry Slotkin twee weken geleden van haar afdeling was verdwenen, wist ze dat haar verrichtingen met argusogen door de directie werden gevolgd en ze was nog grondiger geweest dan anders. Elke middag werd ze wakker met de vraag of dit de dag was dat ze het lijk van Harry Slotkin zouden vinden, of dit de dag was dat haar naam nogmaals in de openbaarheid zou komen. De eerste berichten in de pers waren al pijnlijk genoeg geweest. De week van de verdwijning van Harry was het verhaal van de vermiste patiënt door alle lokale tv-stations uitgezonden. Die storm had ze weten te doorstaan en nu was het oud nieuws, waarschijnlijk vergeten door het grote publiek. Maar zodra ze het lijk van Harry vinden, dacht ze, zal de zaak weer volop in de publiciteit staan. En dan zal ik zwaar onder vuur worden genomen, door advocaten zowel als verslaggevers.

Achter haar ging een deur open en een stem zei: 'Is dat mijn patiënt op de tafel?'

Toby draaide zich om en zag tot haar verbazing een opvallend lange man in een smoking. Hij keek naar Vince, zag onmiddellijk dat het de laborant was en keurde hem verder geen blik waardig. Vervolgens liep hij naar het raam van de scanruimte en keek door het glas naar Angus Parmenter. 'Ik heb niet om een scan gevraagd. Wie heeft daar opdracht voor gegeven?'

'Ik,' zei Toby.

Nu richtte de blik van Wallenberg zich op háár, alsof hij eindelijk besefte dat ze zijn aandacht waard was. Hij was niet ouder dan veertig, maar hij bekeek haar met een duidelijk superieure uitdrukking op zijn gezicht. Misschien kwam het door de smoking; een man die er uitzag alsof hij zó uit een herenmodeblad was gestapt, had alle reden zich superieur te voelen. Hij deed Toby denken aan een jonge leeuw. Zijn bruine haar was keurig geknipt en in een dikke bos naar achteren gekamd, zijn ogen waren amberkleurig, alert, niet bepaald vriendelijk. 'Bent u dokter Harper?'

'Ja. Ik wilde u wat tijd besparen bij het onderzoek, daarom heb ik opdracht gegeven voor de scan.'

'Laat me dat de volgende keer zelf maar doen.'

'Maar het leek me efficiënter het nu te laten doen.'

De amberkleurige ogen versmalden zich. Het leek of hij iets wilde zeggen, maar zich bedacht. In plaats daarvan knikte hij alleen maar en wendde zich tot Vince. 'Wil je mijn patiënt weer op de brancard leggen. Hij gaat naar de tweede verdieping, opnameafdeling.' Hij maakte aanstalten weg te lopen.

'Dokter Wallenberg,' zei Toby. 'Wilt u de uitslag van de scan nog horen?'

'Was er iets bijzonders?'

'Een kleine erosie van de sella turcica. Er zit waarschijnlijk een adenoom aan de hypofyse.'

'Was er verder nog iets?'

'Nee, maar u zult waarschijnlijk de zaak meer in detail willen bekijken. Aangezien hij al onder de scan ligt – '

'Dat zal niet nodig zijn. Zorg maar dat hij boven komt en dan vul ik de papieren voor opname verder wel in.'

'En het gezwel? Ik weet dat het adenoom geen spoedgeval is, maar het zal misschien moeten worden weggehaald.'

Met een zucht van ongeduld keek hij haar aan. 'Ik ben mij héél goed bewust van het adenoom, dokter Harper. Ik hou het nu al twee jaar in de gaten. Verder onderzoek zou geldverspilling zijn. Maar bedánkt voor uw suggestie.' Hij liep weg.

'Jezus,' mompelde Vince. 'Wat een stuk sacherijn.'

Toby keek door het kijkraam naar Angus Parmenter, die nog steeds zachtjes in zichzelf lag te mompelen. Ze was het niet met Wallenberg eens; ze vond dat er wél aanleiding was nog meer röntgenfoto's te maken. Maar de patiënt was niet langer haar verantwoordelijkheid.

Ze keek naar Vince. 'Vooruit. Laten we hem op de brancard leggen.'

# 7

Op de deur hing een bordje met zachtblauwe letters op een grijze ondergrond: *Prenataal Advies*. In de kamer daarachter hoorde Molly een telefoon rinkelen en ze aarzelde in de gang. Met haar hand op de deurknop luisterde ze naar het zachte gemompel van een vrouwenstem achter de gesloten deur.

Ze haalde diep adem en ging naar binnen.

De receptioniste zag haar eerst niet; ze was te druk bezig aan de telefoon. Molly ging aan de andere kant van het bureau staan en wachtte tot ze opgemerkt zou worden. Ze durfde deze vrouw die het zo druk had niet te storen. Ten slotte hing de receptioniste op en keek haar aan. 'Kan ik je helpen?'

'Eh, ik zou met iemand praten...'

'Ben jij Molly Picker?'

'Ja.' Molly knikte opgelucht. Ze wisten dat ze kwam. 'Dat ben ik.'

De receptioniste glimlachte, een glimlach die bij de mond begint, maar niet verder komt. 'Ik ben Linda. We hebben elkaar door de telefoon gesproken. Ga je mee naar de andere kamer?'

Molly keek om zich heen. 'Moet ik niet naar een verpleegster of zo? Want ik moet misschien eerst plassen.'

'Nee, vandaag maken we alleen een praatje, Molly. Het toilet is op de gang, als je daar eerst heen moet.'

'Ik denk dat ik wel kan wachten.'

Ze volgde de vrouw naar de kamer ernaast. Het was een klein kantoortje met een bureau en twee stoelen. Aan één muur hing een gigantische poster van de buik van een zwangere vrouw, getekend alsof die buik precies doormidden was gesneden, zodat je de baby erin zag liggen, de mollige armpjes en beentjes opgekruld, de oogjes dicht. Op het bureau stond een plastic model van een zwangere baarmoeder, een soort puzzel die laag voor laag uit elkaar gehaald kon worden, buik, baarmoeder en dan de baby. Er was een groot prentenboek, dat openlag bij een tekening van een lege kinderwagen, wat ze een merkwaardige afbeelding vond om neer te leggen.

'Ga maar zitten,' zei Linda. 'Wil je een kop thee? Een glas appelsap?'

'Nee, mevrouw.'

'Weet je het zeker? Het is echt geen moeite.'

'Ik heb geen dorst, dank u wel, mevrouw.'

Linda ging tegenover Molly zitten, zodat ze elkaar recht aankeken. De glimlach van de vrouw was veranderd in een uitdrukking van bezorgdheid. Ze had lichtblauwe ogen, die met een beetje make-up mooi geweest zouden zijn, als ze niet bij zo'n poeslief en humorloos gezicht hadden gehoord. Niets aan deze vrouw – noch haar burgerlijke huisvrouwenpermanent, noch haar hooggesloten jurk, noch haar zuinige mondje – stelde Molly op haar gemak. Ze had net zo goed van een andere planeet kunnen komen, zó anders waren ze. Ze wist dat de andere vrouw dat verschil ook voelde, ze zag het aan de manier waarop Linda achter haar bureau zat, haar schouders recht, haar benige handen gevouwen. Molly had plotseling behoefte de zoom van haar jurk naar beneden te trekken, haar armen voor haar borst te slaan. En ze voelde iets wat ze lange tijd niet had gevoeld.

Ze schaamde zich.

'En,' zei Linda. 'Vertel eens iets van je omstandigheden, Molly.'

'Mijn, eh, omstandigheden?'

'Je zei door de telefoon dat je zwanger bent. Heb je symptomen?'

'Ja, mevrouw. Ik denk het wel.'

'Kun je me vertellen wat die symptomen zijn?'

'Ik, eh...' Molly keek naar haar schoot. Het korte rokje schoof omhoog over haar dijbenen. Ze schoof even heen en weer in haar stoel. ''s Morgens ben ik misselijk. Ik moet steeds plassen. En ik ben al een tijdje niet ongesteld geweest.'

'Wanneer was de laatste keer?'

Molly haalde haar schouders op. 'Ik weet het niet echt zeker. Ik geloof dat het ergens in mei was.'

'Dat is meer dan vier maanden geleden. Was je niet ongerust dat je zo laat was?'

'Ach, ik heb er eigenlijk niet op gelet. En toen kreeg ik die buikgriep en dacht ik dat het daardoor kwam. En ook, ik – ik denk dat ik er niet over wilde nadenken. Over wat het zou kunnen betekenen. U weet hoe het is.'

Dat wist Linda kennelijk niet. Ze bleef Molly alleen maar aankijken met die toegeknepen ogen. 'Ben je getrouwd?'

Molly lachte verbaasd. 'Nee, mevrouw.'

'Maar je hebt wel... seks gehad.' Het woord kwam eruit alsof ze haar keel schraapte, een laag, gesmoord geluid.

Molly schoof heen en weer in haar stoel. 'Eh, ja,' antwoordde ze.

'Zonder bescherming?'

'Bedoelt u of ik condooms gebruik? Ja, natuurlijk. Maar ik denk dat ik... een ongelukje heb gehad.'

Weer maakte de vrouw dat geluid of ze haar keel schraapte. Ze vouwde haar handen op het bureau. 'Molly, weet je hoe je baby er nu uitziet?'

Molly schudde haar hoofd.

'Je begrijpt toch wel dat je een baby in je draagt?' De vrouw schoof het prentenboek naar Molly toe en bladerde naar een bladzijde aan het begin. Ze wees naar een illustratie, een miniatuurbaby, die helemaal opgerold zat tot een klein, vlezig balletje. 'Zo ziet hij eruit met vier maanden. Hij heeft een klein gezichtje en kleine handjes en voetjes. Zie je hoe volmaakt hij al is? Het is een echte baby. Is hij niet schattig?'

Molly schoof ongemakkelijk heen en weer.

'Heb je al een naam voor hem? Denk je niet dat je hem een naam moet geven? Want binnenkort zal je voelen dat hij zich gaat bewegen vanbinnen, en dan kun je niet zomaar *jij daar* tegen hem zeggen. Weet je hoe de vader heet?'

'Nee, mevrouw.'

'En hoe heet jóuw vader dan?'

Molly slikte. 'William,' fluisterde ze. 'Mijn vader heet William.'

'Dat is een mooie naam! Waarom noemen we de baby niet Willie?' Ze glimlachte. 'En als het een meisje is, zouden we haar ook naar jezelf kunnen noemen.'

Molly keek haar verbijsterd aan. Zacht vroeg ze: 'Waarom doet u me dit aan?'

'Wat bedoel je?'

'Wat u doet...'

'Ik probeer je een keus te geven. De enige keus. Je draagt een baby bij je. Een foetus van vier maanden. De Heer heeft je een heilige verantwoordelijkheid gegeven.'

'Maar mevrouw, de Heer heeft me niet genaaid.'

De vrouw hapte naar adem, haar hand vloog naar haar keel.

Molly schoof heen en weer. 'Ik denk dat ik beter kan gaan – '

'Nee, nee. Ik probeer je alleen de mogelijkheden te vertellen – allemaal. Want je hebt de keus, Molly, en laat niemand je iets anders wijsmaken. Je kunt het leven kiezen voor die baby. Voor de kleine Willic.'

'Noem hem alstublieft niet zo.' Molly stond op.

Linda ook. 'Hij heeft een naam. Hij ís iemand. Ik kan je in contact brengen met een adoptiebureau. Er zijn mensen die je baby graag willen hebben– duizenden gezinnen die erop wachten. Het is tijd aan iemand anders te denken behalve jezelf.'

'Maar ik moet aan mezelf denken,' fluisterde Molly. 'Omdat niemand anders het doet.' Ze liep het kantoortje uit, het gebouw uit.

In een telefooncel vond ze een Gele Gids van Boston. Er stond een kliniek voor gepland ouderschap in, aan de andere kant van de stad.

*Ik moet aan mezelf denken omdat niemand anders het doet. Niemand heeft dat ooit gedaan.*

Ze nam de bus, stapte twee keer over en stapte een straat bij haar bestemming vandaan uit.

Er stond een menigte mensen op het trottoir. Molly hoorde dat er leuzen werden geroepen, maar ze kon de woorden niet verstaan. Het was een luid koor van stemmen dat ritmisch de lucht in dreunde. Aan de kant stonden twee politieagenten met hun armen over elkaar verveeld toe te kijken.

Molly bleef staan, ze wist niet of ze dichterbij moest gaan. De menigte richtte zijn aandacht plotseling op de straat, waar een auto net langs de stoeprand was gestopt. Twee vrouwen kwamen het gebouw uit en liepen snel en kordaat tussen de mensenmenigte door. Ze hielpen een angstig kijkende vrouw uit de auto stappen. Ze sloegen hun armen om haar heen en liepen terug naar het gebouw.

De twee agenten kwamen eindelijk in actie en duwden de mensen opzij om de weg vrij te maken voor de drie vrouwen.

Een man schreeuwde: 'Dit doen ze met baby's in dat gebouw daar!' en hij gooide een fles op het trottoir.

Glas versplinterde. Bloed spetterde op het trottoir in een schokkende, felrode spray.

De menigte begon te roepen: '*Babymoordenaars. Babymoordenaars. Babymoordenaars.*'

De drie vrouwen doken weg met hun hoofd en volgden blindelings de agent de stoep op en het gebouw in. De deur sloeg met een klap dicht.

Molly voelde een rukje aan haar arm en een man stopte haar een brochure in de hand.

'Vecht met ons mee, zuster,' zei hij.

Molly keek naar de brochure die ze in haar hand had. Het was een afbeelding van een glimlachend kind met krullend blond haar. *We zijn allemaal Gods engelen,* stond er.

'We hebben nieuwe soldaten nodig,' zei de man. 'Dat is de enige manier om Satan te bestrijden. We zouden je graag verwelkomen.' Hij stak zijn hand naar haar uit, zijn vingers waren benig als van een skelet.

In tranen vluchtte Molly weg.

Ze nam de bus terug naar haar eigen buurt.

Het was bijna vijf uur toen ze de trap opging naar haar kamer. Ze was zo moe dat ze haar benen nauwelijks kon bewegen, ze kon zich nauwelijks de laatste treden ophijsen.

Even nadat ze op haar bed was neergevallen, duwde Romy de deur open en kwam binnen. 'Waar ben je geweest?'

'Wandelen.'

Hij gaf een schop tegen haar bed. 'Je schnabbelt er toch niet wat bij? Denk erom dat ik je in de gaten hou.'

'Laat me met rust. Ik wil slapen.'

'Ben je soms op eigen houtje wezen neuken?'

'Ga mijn kamer uit.' Met haar voet duwde ze hem van het bed af.

Dat was een grote vergissing. Romy greep haar zo hard bij haar pols dat ze dacht dat ze het bot voelde breken.

'Hou op!' schreeuwde ze. 'Je breekt mijn arm!'

'En jij vergeet wie je bent, Molly Wolly. Wie ik ben. Ik hou er niet van als je ervandoor gaat zonder me te zeggen waar je uithangt.'

'Laat me los. Toe nou, Romy. Doe me alsjeblieft geen pijn.'

Met een laatdunkend gebrom liet hij haar los. Hij liep naar het oude rotan kastje waar ze haar tas op had neergelegd. Hij keerde hem om en liet de inhoud op de grond vallen. Uit haar portemonnee haalde hij elf dollar – al het geld dat ze had. Als ze op eigen houtje bezig was geweest, werd ze er in ieder geval niet voor betaald. Terwijl hij het geld in zijn zak stopte, zag hij plotseling de brochure – die met de afbeelding van het blonde kind.

*We zijn allemaal engelen van God.*

Hij raapte hem op en lachte. 'Wat is dat voor onzin over die engelen?'

'Het is niks.'

'Hoe kom je eraan?'

Ze haalde haar schouders op. 'Een of andere kerel heeft het aan me gegeven.'

'Wie?'

'Ik weet zijn naam niet. Het was bij Gepland Ouderschap. Er was een heel stel idioten op straat, die liepen te schreeuwen en mensen lastig te vallen.'

'En wat deed *jíj* daar?'

'Niets. Ik deed niets.'

Hij kwam weer terug naar haar bed en legde zijn hand onder haar kin. Zacht zei hij: 'Je bent toch niet iets gaan doen zonder het me te vertellen?'

'Wat bedoel je?'

'Niemand komt aan je zonder mijn toestemming. Heb je dat begrepen?' Zijn vingers drukten in haar gezicht en plotseling werd ze bang. Romy sprak zacht en als hij kalm werd, werd hij gemeen. Ze had de blauwe plekken gezien die hij op het gezicht van andere meisjes had achtergelaten. De bloederige gaten waar hun tanden hadden gezeten. 'Ik dacht dat we het daar lang geleden al over eens waren geworden.'

De druk van zijn vingers deed de tranen in haar ogen springen. Ze fluisterde: 'Ja, ja, ik...' Ze sloot haar ogen en zette zich schrap voor de klap. 'Romy, ik heb iets fouts gedaan. Ik denk dat ik zwanger ben.'

Tot haar verbazing kwam de klap niet. In plaats daarvan liet hij haar los en maakte een bijna grinnikend geluid. Ze durfde hem niet aan te kijken, maar hield smekend haar hoofd gebogen.

'Ik weet niet hoe het is gebeurd,' zei ze. 'Ik durfde het je niet te vertellen. Ik dacht dat ik het gewoon zou kunnen regelen, je weet wel. En dan had ik niets tegen je hoeven zeggen.'

Hij legde zachtjes zijn hand op haar hoofd. 'Je weet dat we zo niet met elkaar omgaan. Je weet dat ik voor je zorg. Je moet leren me te vertrouwen, Molly Wolly. Je moet leren me alles te vertellen.' Zijn vingers gleden zacht strelend over haar wang. 'Ik ken een dokter.'

Ze verstrakte.

'Ik regel het, Moll, net zoals ik alle andere dingen regel. Dus jij moet niet zelf iets gaan doen. Begrepen?'

Ze knikte.

Toen hij de kamer uit was, strekte ze langzaam haar ledematen en slaakte een diepe zucht. Deze keer was ze er makkelijk van afgekomen. Nu pas, nu het gesprek voorbij was, besefte ze hoe weinig het had gescheeld of hij had haar geslagen. Je ging niet tegen Romy in, niet als je je tanden wilde houden.

Ze had weer honger, ze had voortdurend honger. Ze stak haar hand onder het bed om de zak chips te pakken en herinnerde zich toen dat ze ze die morgen allemaal had opgegeten. Ze stond op en liep de kamer door om te kijken of ze nog iets anders te eten kon vinden.

Haar blik viel op het plaatje van de blonde baby. De brochure lag op de grond, waar Romy hem had neergegooid.

*We zijn allemaal engelen van God.*

Ze raapte de brochure op en bekeek het gezicht van de baby. Was het een meisje of een jongen? Ze kon het niet zien. Ze herinnerde zich slechts vaag dat ze haar jongere zusje op schoot had gehouden. Ze herinnerde zich het geknisper van het plastic broekje over Lily's luier, de zoete, poederige geur van haar huid. En dat Lily geen nek had, alleen die zachte bult tussen haar schouders.

Ze ging liggen en legde haar handen op haar buik. Ze voelde haar eigen baarmoeder, stevig als een sinaasappel, onder haar huid. Ze dacht aan de afbeelding in het boek van Linda – de baby met de volmaakte vingertjes en teentjes. Zó klein dat je hem in één hand kon houden.

*We zijn allemaal engelen van God.*

Ze sloot haar ogen en dacht vermoeid: *En ik dan? Je bent mij vergeten, God.*

Toby trok haar handschoenen uit en gooide ze in de afvalbak. 'Keurig dichtgenaaid. Nu heb je iets om aan de andere kinderen op school te laten zien.'

De jongen had eindelijk de moed om naar zijn elleboog te kijken. Hij had zijn ogen stijf dicht gehouden en niet één keer durven kijken terwijl Toby aan het hechten was. Nu staarde hij vol ontzag naar de bobbeltjes van blauw nylondraad. 'Tsjonge. Hoeveel hechtingen?'

'Vijf.'

'Is dat veel?'

'Het zijn er vijf te veel. Misschien moet je dat skateboard met pensioen sturen.'

'Nee. Dan val ik wel op een andere manier.' Hij ging rechtop zitten en gleed van de behandeltafel af. Hij begon meteen te wankelen.

'O, jee,' zei Maudeen. Ze ving hem op onder zijn armen en zette hem op een stoel. 'Je gaat te snel, jochie.' Ze duwde zijn hoofd tussen zijn knieën en rolde met haar ogen naar Toby. Tieners. Een grote mond en geen ruggengraat. Deze zou morgenochtend waarschijnlijk met veel bravoure de school binnenstappen en zijn nieuwe, in de strijd opgelopen litteken laten zien. Hij zou vergeten erbij te vertellen dat hij bijna was flauwgevallen in de armen van de verpleegster.

De intercom zoemde. Het was Val. 'Dokter Harper, er is een spoedgeval op west drie!'

Toby schoot overeind. 'Ik kom eraan.'

Ze rende de gang door naar de trap, langs de lift. Ze zou sneller zijn op haar eigen twee benen.

Twee trappen hoger kwam ze op de gang in west drie en zag een verpleegster een reanimatiekar door een deur heen rijden. Toby volgde haar de kamer van de patiënt binnen.

Twee verpleegsters van de afdeling stonden al naast het bed. De een hield een masker op het gezicht van de patiënt en pompte zuurstof in de longen, de andere verpleegster deed hartmassage. De verpleegster met de reanimatiekar trok EKG-draden naar buiten en plakte elektroden op de borst van de patiënt.

'Wat is er gebeurd?' vroeg Toby.

De verpleegster die op de borst pompte gaf antwoord. 'Hij had een toeval. Toen werd hij helemaal slap – hield op met ademen!' Haar woorden kwamen er met horten en stoten uit, terwijl ze vooroverleunde en weer losliet. 'Dokter Wallenberg is onderweg.'

*Wallenberg?* Toby keek naar het hoofd van de patiënt. Ze had hem niet herkend, omdat ze het gezicht niet kon zien door het zuurstofmasker. 'Is dit meneer Parmenter?'

'Het ging de laatste dagen niet zo goed met hem. Ik heb vanmorgen geprobeerd hem naar de intensive care over te laten brengen.'

Toby liep naar het hoofdeinde van het bed. 'Sluit die EKG-draden aan. Ik zal de beademingskatheter inbrengen. *Buis* nummer zeven.'

De verpleegster met de reanimatiekar gaf haar de laryngoscoop en scheurde de steriele verpakking van de katheter open.

Toby boog zich over het hoofd van de patiënt. 'Goed, daar gaan we.'

Het zuurstofmasker werd weggehaald. Toby hield het hoofd van de patiënt achterover en liet de spiegel van de laryngoscoop in de keel van de patiënt glijden. Ze zag onmiddellijk de stembanden en bracht de plastic katheter aan. De zuurstof werd weer aangesloten en de verpleegster ging verder met pompen.

'Ik zie iets,' zei de verpleegster die bij de monitor op het wagentje stond. 'Het lijkt V. fib.'

'Laden tot honderd joules. Geef me de defibrillatie – elektrodes! En maak een bolus lidocaine klaar – honderd milligram.'

Het waren te veel opdrachten tegelijk en de verpleegster keek wat verward. Op de eerste hulp zou alles in een oogwenk zijn gedaan, zonder dat de arts iets hoefde te zeggen. Nu wenste Toby dat ze Maudeen mee naar boven had genomen.

Toby legde de elektrodes op de borst. 'Achteruit!' beval ze en drukte op de knop.

Honderd joules elektriciteit schoten door het lichaam van Angus Parmenter.

Iedereen keek naar de monitor.

De hartlijn schoot omhoog en zakte weer terug. Er verscheen een hobbeltje, daarna nog een en nog een.

'Já!' zei Toby. Ze voelde aan de halsslagader. Ze voelde iets kloppen, zwak, maar duidelijk aanwezig.

'Bel de intensive care,' zei Toby. 'We hebben een bed nodig.'

'Ik krijg bloeddruk – vijfentachtig systolisch.'

'Kunnen we een elektrolytbepaling doen? En geef me een spuit om het bloedgas te meten.'

'Alstublieft, dokter.'

Toby maakte de bloedgasnaald open. Ze verspilde geen tijd met het zoeken naar de arterie in de pols; ze ging meteen naar de femoralis. Ze stak de naald in de lies en richtte hem naar de slagader. Een flits helderrood bloed vertelde haar dat ze haar doel had gevonden. Ze zoog drie cc op en gaf de spuit aan de verpleegster.

'Goed, goed.' Toby drukte op het gaatje in de lies en haalde diep adem, terwijl ze zichzelf een kostbaar ogenblik gunde om de situatie in ogenschouw te nemen. Er was luchttoevoer, het hart klopte en de bloeddruk was redelijk. Het ging niet slecht. Nu kon ze over de vraag nadenken: Waarom was de patiënt in een kritieke toestand geraakt?

'Je zei dat hij een toeval had voor zijn bloeddruk wegzakte?' vroeg ze.

Een verpleegster antwoordde: 'Ik ben er vrij zeker van dat het een toeval was. Ik vond hem tijdens mijn ronde van tien uur. Hij trok met zijn arm en hij reageerde nergens op. We hebben opdracht hem indien nodig intraveneus valium te geven en ik was de dosis aan het klaarmaken toen hij ophield met ademhalen.'

'Intraveneus valium? Heeft Wallenberg daartoe opdracht gegeven?'

'Voor de stuiptrekkingen.'

'Hoe vaak heeft hij die gehad?'

'Sinds hij is opgenomen? Zes keer misschien. Ongeveer één keer per dag. Meestal is het zijn rechterarm. Hij heeft ook moeite met zijn evenwicht.'

Toby keek met gefronst voorhoofd naar de patiënt. Ze moest ineens aan het trekkende been van Harry Slotkin denken. 'Wat is hun diagnose? Weten zij het?'

'Ze zijn nog met het onderzoek bezig. Ze hebben er een neuroloog bijgehaald, maar ik geloof niet dat hij al weet wat het probleem is.'

'Hij is hier al een week en ze hebben nog geen idee?'

'Niemand heeft míj iets verteld.' De verpleegster keek naar haar collega's en ze schudden allemaal het hoofd.

Ze hoorden Wallenberg voor ze zich realiseerden dat hij was binnengekomen. 'Hoe is de toestand hier?' vroeg hij. 'Hebt u hem gestabiliseerd?'

Toby draaide zich naar hem om. Terwijl ze elkaar aankeken, dacht ze even een flits van ergernis in zijn ogen te zien.

'Hij fibrilleerde,' zei Toby. 'Voorafgegaan door stuiptrekkingen en ademhalingsstilstand. We hebben hem een shock gegeven en nu is hij in sinusritme. We wachten op een intensive-care-bed.'

Wallenberg knikte en pakte automatisch de kaart van de patiënt. Meed hij haar blik? Ze zag hem de kaart bekijken en bewonderde onwillekeurig zijn onverstoorbaarheid. Zijn elegantie. Er zat geen haartje verkeerd, geen kreukeltje in zijn witte jas. In haar gebruikelijke, wijde operatiejas voelde Toby zich als een vod dat uit de wasmand was opgediept.

'Ik heb begrepen dat hij een aantal toevallen heeft gehad,' zei Toby.

'We weten niet zeker of het toevallen zijn. Het EEG heeft het niet bevestigd.' Hij legde de kaart neer en keek naar de hartmonitor, waar een normaal sinusritme op te zien was. 'Het ziet ernaar uit dat alles onder controle is. Ik zal het nu verder overnemen, dank u wel.'

'Heeft u toxinen uitgesloten? Een mogelijke infectie?'

'Er is een neuroloog bij geweest.'

'Heeft die daar specifiek naar gekeken?'

Wallenberg keek haar verbaasd aan. 'Waarom?'

'Omdat Harry Slotkin dezelfde verschijnselen had. Hij had ook toevallen. Een acuut optredende verwardheid.'

'Helaas is verwardheid iets wat bij deze leeftijdsgroep voorkomt. Ik denk echt niet dat het iets is dat je kunt oplopen, zoals een gewone verkoudheid.'

'Maar ze woonden beiden op Brant Hill. Ze vertoonden beiden hetzelfde klinische beeld. Misschien gaat het om een gemeenschappelijk toxine.'

'Welke toxine? Kunt u dat nader bepalen?'

'Nee, maar een neuroloog misschien wel.'

'We hebben er een neuroloog bij gehaald.'

'Heeft hij een diagnose?'

'Heeft ú die, dokter Harper?'

Ze zweeg even, verbaasd over zijn vijandige toon. Ze keek naar de verpleegsters, maar die keken snel de andere kant op.

'Dokter Harper?' Een leerling-verpleegster stak haar hoofd om de hoek van de deur. 'Eerste hulp is aan de lijn. Ze hebben een patiënt beneden. Hoofdpijn.'

'Zeg maar dat ik er zó aankom.' Toby keerde zich weer naar Wallenberg, maar hij had zijn stethoscoop in zijn oren gedaan, daarmee elke verdere discussie afbrekend. Geïrriteerd verliet ze de kamer.

Terwijl ze naar beneden liep, zei ze steeds tegen zichzelf dat Angus Parmenter haar patiënt niet was, haar zorg niet. Dokter Wallenberg was gespecialiseerd in geriatrie; hij was vast meer ter zake kundig dan zij.

Maar ze bleef erover inzitten.

De volgende tien uur hield ze zich bezig met de gebruikelijke reeks klachten tijdens de nachtdienst, de pijn in de borst en in de maag en de baby's met koorts. Maar af en toe was het even stil en gingen haar gedachten meteen weer naar Angus Parmenter.

En naar Harry Slotkin, die nog steeds niet was gevonden. Hij was nu al meer dan drie weken verdwenen. De afgelopen nacht was de temperatuur gezakt tot om het vriespunt en ze had zich afgevraagd hoe het moest zijn om naakt in die kou rond te zwerven. Ze wist dat het alleen maar een manier was om zichzelf te straffen. Harry Slotkin had niet te lijden van die koude nacht. Het was bijna zeker dat hij dood was.

Toen het licht begon te worden, was de wachtkamer eindelijk leeg en trok Toby zich terug in de artsenkamer. Boven het bureau hing een plank met medische boeken. Ze bekeek de titels en pakte een boek over neurologie. In de index zocht ze 'verwardheid' op. Het stond meer dan twintig keer vermeld en de differentiaaldiagnosen omvatten van alles, van koorts tot alcoholgebruik.

Ze kwam tot de conclusie dat 'verwardheid' een te brede omschrijving was; ze had iets specifiekers nodig, een lichamelijk verschijnsel, of een labtest, dat haar in de richting van de juiste diagnose zou brengen. Ze herinnerde zich het been van Harry Slotkin, dat lag te schokken op de brancard. En ze herinnerde zich wat de verpleegster had gezegd over de schokkende arm van meneer Parmenter. Toevallen? Volgens Wallenberg had het EEG dat uitgesloten.

Toby deed het boek dicht en stond kreunend op. Ze moest de kaart van meneer Parmenter nog een keer bekijken. Misschien was er een afwijkende labtest, een lichamelijk verschijnsel dat nog niet was bekeken.

Het was zeven uur, haar dienst zat er eindelijk op.

Ze nam de lift naar de vierde verdieping en liep de intensive care binnen. Op de verpleegsterspost bewogen zeven EKG-lijnen over de schermen van de monitors. Een verpleegster zat er als gehypnotiseerd naar te staren.

'In welk bed ligt meneer Parmenter?' vroeg Toby.

De verpleegster leek zich los te schudden uit haar trance. 'Parmenter? Die naam zegt me niets.'

'Hij is hier vannacht heen gebracht van west drie.'

'Er is niemand binnengekomen. We hebben dat infarct dat u van eerste hulp hebt doorgestuurd – '

'Nee, Parmenter moet vannacht zijn overgebracht.'

'O, ik weet het al. Dat is niet doorgegaan.'

'Waarom niet?'

'Dat zou u west drie moeten vragen.'

Toby nam de trap naar de derde verdieping.

Er was niemand op de verpleegsterspost en het lichtje van de telefoon knipperde. Ze liep naar het rek met de kaarten en bekeek de namen, maar kon Parmenter niet vinden. Met groeiende ergernis liep ze de gang door naar de kamer van de patiënt en duwde de deur open.

Ze bleef stokstijf staan, verbijsterd over wat ze zag.

Het felle morgenlicht scheen door het raam naar binnen en viel op het bed waar Angus Parmenter lag. Zijn ogen waren half open. Zijn gezicht was blauwachtig wit, de kaak hing slap op zijn borst. Alle slangen en draden naar de monitors waren losgekoppeld. Het was duidelijk dat hij dood was.

Ze hoorde een deur opengaan en toen ze zich omdraaide, zag ze aan de overkant van de gang een verpleegster uit een kamer komen met een medicijnenkar. 'Wat is er gebeurd?' vroeg Toby haar. 'Wanneer is meneer Parmenter overleden?'

'Ongeveer een uur geleden.'

'Waarom ben ik er niet bij geroepen?'

'Dokter Wallenberg was hier op de afdeling. Hij besloot geen poging tot reanimatie meer te doen.'

'Ik dacht dat de patiënt naar de intensive care gebracht zou worden.'

'Dat hebben ze ingetrokken. Dokter Wallenberg heeft de dochter gebeld en ze waren het er beiden over eens dat het geen zin had de patiënt over te brengen. Of buitengewone maatregelen te treffen. Dus hebben ze hem laten gaan.'

Het was een besluit waar Toby niets tegenin kon brengen; Angus Parmenter was tweeëntachtig jaar oud geweest en had al een week in coma gelegen, met weinig hoop op herstel.

Ze had nog één vraag: 'Heeft de familie toestemming gegeven voor de autopsie?'

De verpleegster keek op van haar medicijnenkar. 'Ze doen geen autopsie.'
'Maar er moet een autopsie komen.'
'De begrafenis is al geregeld. De begrafenisonderneming komt het lijk halen.'
'Waar is dc kaart?'
'Die is al bij de secretaresse. We wachten alleen nog tot dokter Wallenberg de overlijdensakte heeft gemaakt.'
'Dus hij is nog in het ziekenhuis?'
'Ik geloof het wel. Hij is bij een patiënt op de operatieafdeling.'
Toby ging meteen naar de verpleegsterspost. De secretaresse zat niet aan haar bureau, maar ze had de losse bladzijden van de gegevens van meneer Parmenter op de balie liggen. Toby bladerde snel naar de laatste aantekening en las wat Wallenberg had opgeschreven.

*Familie op de hoogte gebracht – verpleegsters niet in staat pols te vinden. Met stethoscoop geen hartslag waarneembaar. Pupillen reageren niet. Dood verklaard 0558.*

Er stond niets over een autopsie, niets over de mogelijke doodsoorzaak.
Het gepiep van draaiende wielen deed haar opkijken. Twee ziekenbroeders kwamen de lift uit met een brancard. Ze duwden hem naar kamer 341.
'Wacht,' zei Toby. 'Bent u hier voor meneer Parmenter?'
'Ja.'
'Wacht even. Laat hem nog even hier.'
'De lijkwagen is al onderweg.'
'Het lijk blijft waar het is. Ik moet met de familie spreken.'
'Maar – '
'Wácht nu maar.' Toby pakte de telefoon en piepte Wallenberg op op west drie. Er werd niet opgenomen. De ziekenbroeders bleven in de gang staan wachten en keken elkaar schouderophalend aan. Weer pakte ze de telefoon en deze keer belde ze de dochter van de patiënt, wier nummer op de kaart stond. Hij ging zes keer over. Ze hing op, haar ergernis was het kookpunt nu genaderd, en ze zag dat de ziekenbroeders de brancard de kamer van de patiënt in hadden gereden.
Ze rende achter hen aan. 'Ik heb u gezegd dat de patiënt híer blijft.'
'Mevrouw, we hebben opdracht gekregen hem op te halen en naar beneden te brengen.'

'Er is een vergissing gemaakt, dat weet ik. Dokter Wallenberg is nog in het ziekenhuis. Wacht tot ik dit met hem heb besproken.'

'Wat met mij hebt besproken, dokter Harper?'

Toby draaide zich om. Wallenberg stond in de deuropening.

'Een autopsie,' zei ze.

Hij stapte de kamer binnen en liet de deur zacht zoevend achter zich dichtvallen. 'Hebt ú mij laten oppiepen?'

'Ja. Ze brengen het lichaam naar de begrafenisondernemer. Ik heb gezegd dat ze moesten wachten tot u een autopsie kon regelen.'

'Een autopsie is niet nodig.'

'U weet niet waarom hij in een kritieke toestand is geraakt. En u weet niet wat de oorzaak van zijn verwardheid was.'

'Een infarct is de meest waarschijnlijke oorzaak.

'Dat was op de scan niet te zien.'

'Die scan kan te vroeg zijn gemaakt. En een infarct aan de hersenstam is daarop meestal niet te zien.'

'Dat zijn vermoedens, dokter Wallenberg.'

'Wat wilt u dan? Een scan laten maken van een dode patiënt?'

De ziekenbroeders sloegen de verhitte discussie gefascineerd gade. Hun blikken schoten heen en weer. De ogen van de mannen waren nu op Toby gericht, wachtend op haar antwoord.

Ze zei: 'Harry Slotkin had dezelfde symptomen. Een acuut optredende verwardheid en een soort van toevallen. Beide mannen woonden op Brant Hill. Beiden waren eerst gezond.'

'Mannen in die leeftijdsgroep krijgen vaak een infarct.'

'Maar er zou iets anders aan de hand kunnen zijn. Dat kan alleen bij een autopsie worden vastgesteld. Is er een reden waarom u daartegen bent?'

Wallenberg werd rood. Het was zó duidelijk te zien dat hij kwaad was, dat Toby bijna een stap achteruit deed. Ze keken elkaar een ogenblik aan en toen leek hij zijn kalmte te hervinden.

'Er komt geen autopsie,' zei hij, 'omdat de dochter dat heeft geweigerd. En ik eerbiedig haar wensen.'

'Misschien begrijpt ze niet hoe belangrijk dit is. Als ik nu eens met haar sprak – '

'Daar moet u niet eens aan denken, dokter Harper. Dan maakt u inbreuk op haar privacy.' Hij keerde zich naar de ziekenbroeders op een manier die duidelijk maakte dat hij het volledig voor het zeggen had. 'Jullie kunnen hem nu naar beneden brengen.' Met een laatste neerbuigende blik naar Toby verliet hij de kamer.

Toby keek zwijgend toe, terwijl de ziekenbroeders de brancard naar het bed reden en op de rem zetten.

'Eén, twee, drie, hopla.'

Ze schoven het lichaam op de brancard en bonden het vast met een riem over de borst. Het was niet uit veiligheid, maar om esthetische redenen. De brancard kon ergens tegenaan rijden, een afrit kon steil zijn, en je wilde niet dat een lijk per ongeluk op de grond terechtkwam. Boven het lijk werd een namaakmatras vastgemaakt en over het geheel werd een groot laken gelegd. Iemand die in de gang toevallig passeerde, zou denken dat het niet meer was dan een lege brancard.

Ze reden het lijk de kamer uit.

Toby bleef alleen achter en luisterde naar het zwakker wordende gepiep van de wielen. Ze dacht aan wat er nu zou gebeuren. Beneden, in het mortuarium, zou nog een aantal formulieren moeten worden ingevuld. Daarna zou de overledene in de lijkwagen worden geladen en naar de begrafenisonderneming worden gebracht, waar het lichaam zou worden gebalsemd.

Of zou het een crematie worden? vroeg ze zich af. Een vurig terugbrengen tot as en sporenelementen waardoor er geen antwoorden achterbleven?

Dit was haar laatste kans om achter de diagnose van Angus Parmenter te komen. En misschien ook achter die van Harry Slotkin. Ze pakte de telefoon en draaide nogmaals het nummer van de dochter.

Deze keer nam een stem op met een zacht 'Hallo?'

'Mevrouw Lacy? Met dokter Harper. We hebben elkaar vorige week ontmoet, op de eerstehulpafdeling.'

'Ja, dat weet ik nog.'

'Het spijt me heel erg van uw vader. Ik heb het net gehoord.'

De vrouw zuchtte, meer vermoeid dan verdrietig. 'Eigenlijk verwachtten we het wel. En om eerlijk te zijn, is het een beetje een... ach, een opluchting. Dat klinkt afschuwelijk. Maar na hem een week zo gezien te hebben...' Weer zuchtte ze. 'Hij zou zo niet hebben willen leven.'

'Geloof me, dat zouden we geen van allen willen.' Toby aarzelde, zoekend naar de juiste woorden. 'Mevrouw Lacy, ik weet dat dit niet het juiste moment is om er met u over te praten, maar het kan echt niet anders. Dokter Wallenberg heeft me verteld dat u geen autopsie wilt. Ik begrijp hoe moeilijk het voor de familie is om voor zoiets toestemming te geven. Maar ik denk echt dat het in dit geval van het grootste belang is. We weten niet waaraan uw vader is gestorven en het zou kunnen blijken – '

'Ik heb geen bezwaar gemaakt tegen een autopsie.'

'Maar dokter Wallenberg zei dat u had geweigerd.'

'We hebben het er nooit over gehad.'

Toby zweeg even. *Waarom heeft Wallenberg tegen me gelogen?* Ze zei: 'Mag ik dan uw toestemming hebben voor een autopsie?'

Mevrouw Lacy aarzelde slechts een paar seconden. 'Als u denkt dat het nodig is, ja.'

Toby hing op. Ze dacht even de afdeling pathologie te bellen, maar besloot het niet te doen. Zelfs met toestemming van de familie zou geen enkele patholoog van Springer een autopsie doen – niet als de behandelend arts bezwaar maakte.

*Waarom is Wallenberg zo vastbesloten een autopsie te vermijden? Waar is hij bang voor?*

Ze keek naar de telefoon. *Neem een besluit. Je moet nu een besluit nemen.* Ze pakte de telefoon en belde Inlichtingen. 'Stadhuis van Boston,' zei ze. 'De lijkschouwingsdienst.'

Het duurde even voor ze het goede telefoonnummer kreeg en nog even voor ze met de juiste afdeling was doorverbonden. Terwijl ze wachtte, kon ze zich de gang van het lichaam van Angus Parmenter naar het mortuarium voorstellen. Met de lift naar beneden. De deur naar het souterrain die zoevend openging. De gang met de kreunende waterleidingen.

'Lijkschouwingsdienst. Met Stella.'

Toby schrok op uit haar overpeinzingen. 'Met dokter Harper van het Springer-ziekenhuis in Newton. Mag ik het hoofd van de dienst spreken?'

'Dokter Rowbotham is met vakantie, maar ik kan u zijn assistent geven, dokter Dvorak.'

Er klonken een paar klikken en daarna zei een vlakke, vermoeide mannenstem: 'Met dokter Dvorak.'

'Ik heb een patiënt die zojuist is overleden,' zei ze. 'Ik denk dat er aanleiding is voor een autopsie.'

'Mag ik vragen waarom?'

'Hij is hier een week geleden opgenomen. Ik heb hem op de eerste hulp behandeld toen hij met de ambulance werd binnengebracht.'

'Waren er verwondingen?'

'Nee, hij was verward, gedesoriënteerd. Er waren tekenen van een stoornis in de kleine hersenen. Vanmorgen vroeg heeft hij een ademstilstand gehad en is overleden.'

'Denkt u dat er misdaad in het spel is?'

'Eigenlijk niet, maar – '

'Dan kan de patholoog in uw eigen ziekenhuis de autopsie doen. U hoeft een overlijden niet aan onze dienst te melden tenzij de patiënt binnen vierentwintig uur na opname sterft.'

'Ja, ik besef dat het niet het gebruikelijke geval is voor een gerechtelijke lijkschouwing. Maar de behandelend arts weigert opdracht te geven voor een autopsie, hetgeen betekent dat onze patholoog het niet zal doen. Daarom bel ik u. De familie heeft al toestemming gegeven.'

Ze hoorde een lange zucht en het geritsel van papieren, ze kon de man bijna aan zijn bureau zien zitten, vermoeid en overwerkt, omringd door talloze zaken die aan de dood deden denken. Een vreugdeloos beroep, dacht ze, en dokter Dvorak had de stem van iemand die niet gelukkig is.

Hij zei: 'Dokter Harper, ik denk dat u niet goed op de hoogte bent van de rol van onze dienst. Tenzij er een misdrijf in het spel is of de publieke gezondheid wordt bedreigd.'

'Dat zóu het geval kunnen zijn.'

'Hoezo?'

'Het is het tweede geval dat ik deze maand op de afdeling eerste hulp heb gezien. Twee oudere mannen, allebei met acuut optredende verwardheid, cerebellaire verschijnselen, en toevallen. En dit is wat me zorgen baart: deze beide patiënten woonden in hetzelfde bejaardencomplex. Ze dronken hetzelfde water, aten in dezelfde eetzaal. Ze kenden elkaar waarschijnlijk.'

Dokter Dvorak zei niets.

'Ik weet niet waar we mee te maken hebben,' zei Toby. 'Het zou van alles kunnen zijn, van virale meningitis tot onkruidverdelgers. Ik zou het vreselijk vinden als we een te voorkomen ziekte over het hoofd zagen. Zeker als er andere mensen gevaar lopen.'

'U zegt dat er twee patiënten zijn geweest.'

'Ja. De eerste was drie weken geleden op mijn eerste hulp.'

'Dan zou de autopsie op die eerste patiënt u antwoord moeten geven.'

'Die is niet gedaan. Hij is uit het ziekenhuis verdwenen. Zijn lichaam is nooit gevonden.'

De man ademde zacht uit en was even stil. Toen hij verder ging, hoorde ze de nieuwe ondertoon van belangstelling. 'U zei dat u in het Springer-ziekenhuis bent? Hoe heet de patiënt?'

'Angus Parmenter.'

'En is het lichaam er nog?'

'Daar zal ik voor zorgen,' zei ze.

Ze rende de vier trappen af en kwam in het souterrain. Een van de tl-lampen flikkerde als een stroboscooplamp en haar benen maakten schokkerige schaduwen op de muur. Ze rende de gang door naar een deur met het opschrift: Geen toegang voor onbevoegden. Ze stapte het mortuarium binnen.

De lichten waren aan en op de balie stond een radio te spelen, maar er was niemand op het kantoortje.

Toby ging het autopsielab binnen. De roestvrijstalen tafel was leeg. Vervolgens keek ze in de koude kamer, de gekoelde kluis waar de lijken werden bewaard voor de autopsie. Een kille, licht onaangenaam ruikende damp kwam uit de kluis. De lucht van dood vlees. Ze deed het licht aan en zag twee brancards. Ze ging naar de eerste en ritste de lijkzak open. Ze zag het gezicht van een bejaarde vrouw. Haar ogen waren open en het oogwit was afschuwelijk rood door bloedingen. Met een huivering deed ze de lijkzak dicht en liep naar de tweede brancard. Het was een groot lijk en er kwam een smerige lucht naar boven toen ze de rits opendeed. Bij de eerste aanblik van het gezicht van de man wendde ze meteen haar gezicht af, vechtend tegen de misselijkheid. Het vlees van de rechterwang was weg, weggevreten door bacteriën.

'U mag hier niet komen,' zei een stem.

Ze draaide zich om en zag de man die in het mortuarium werkte. 'Ik zoek Angus Parmenter. Waar is hij?'

'Ze hebben hem naar de uitgang gereden.'

'Nemen ze hem al mee?'

'De lijkwagen is net gekomen.'

'Barst,' mompelde ze en rende het mortuarium uit.

Ze holde snel de gang door en kwam bij de uitgang van het mortuarium. Ze ging de deuren door en de morgenzon scheen haar recht in het gezicht. Knipperend tegen het felle licht nam ze de situatie snel in zich op. De ziekenbroeder die bij de lege brancard stond. De wegrijdende lijkwagen. Ze rende langs de ziekenbroeder heen en holde mee met de optrekkende lijkwagen, terwijl ze op het raampje van de chauffeur tikte.

'Stop. Stop de auto!'

De chauffeur trapte op de rem en draaide zijn raampje open. 'Wat is er?'

'U kunt het lijk niet meenemen.'

'Het ziekenhuis heeft het vrijgegeven.'

'Het gaat naar de gerechtelijke lijkschouwer.'

'Dat heeft niemand me gezegd. Voor zover ik weet, heeft de familie de begrafenis al geregeld.'

'Dit is nu een zaak van de gerechtelijke lijkschouwer. U kunt dokter Dvorak van de dienst bellen.'

De chauffeur keek achterom naar de uitgang van het mortuarium, waar de ziekenbroeder verbaasd stond toe te kijken. 'Tjee, ik weet het niet...'

‘Luister, ik neem de verantwoordelijkheid op me,’ zei ze. ‘Achteruit nu. We moeten het lijk uitladen.’

De chauffeur haalde zijn schouders op. ‘U zegt het maar,’ mompelde hij en schakelde in de achteruit. ‘Maar iemand krijgt hier vreselijk voor op zijn lazer. En ik hoop van harte dat ík dat niet ben.’

# 8

Lisa flirtte weer met hem. Het was een van de dagelijkse irritaties waar dokter Daniel Dvorak mee had leren leven: de knipperende wimpers waarmee zijn vrouwelijke assistente hem door de beschermende bril aankeek, haar niet te bevredigen nieuwsgierigheid naar zijn privéleven, en haar duidelijke ergernis dat hij niet op haar avances inging. Hij begreep niet waarom ze hem interessant vond; hij vermoedde dat het niets anders was dan de uitdaging van een zwijgzame man.

*Een oudere man,* gaf hij zichzelf berustend toe terwijl hij naar zijn jeugdige assistente keek. Lisa had geen rimpels, geen grijze haren, geen slapper wordende huid. Ze was zesentwintig en was, om met de onsterfelijke woorden van zijn eigen tienerzoon te spreken, een blond stuk. En hoe noemt mijn zoon *míj* achter mijn rug? vroeg hij zich af. Ouwe zak? Voor een knul van veertien als Patrick, moest vijfenveertig even ver weg zijn als de volgende ijstijd.

Maar we staan allemaal dichter bij de dood dan we beseffen, dacht Dvorak, terwijl hij naar het naakte lichaam op de tafel van het mortuarium keek. De lampen boven de tafel wierpen er een fel en meedogenloos licht op, de nadruk leggend op elke rimpel en moedervlek op de huid van het lijk. De grijze haren op de borst. De zwarte bobbeltjes in de nek. De onvermijdelijke veranderingen van het ouder worden. Zelfs de blonde en gebruinde Lisa zou op een dag levervlekken krijgen.

'Het ziet ernaar uit dat we met een buitenman te maken hebben,' merkte hij op, terwijl hij zijn gehandschoende vinger over een ruw stukje huid op het voorhoofd van het lijk liet glijden. 'Dit is een beschadiging door de zon.'

'Maar mooie borstspieren voor zo'n ouwe vent.' Lisa zag zulke details natuurlijk. Ze was verslaafd aan fitness, waar ze twee jaar geleden mee was begonnen, en haar streven naar lichamelijke volmaaktheid ging zóver dat ze het voortdurend over de toestand van haar spieren had. Vaak zag Dvorak dat Lisa naar zichzelf keek in de spiegel boven de wastafel. Zat haar haar goed? Krulde die blonde lok op haar voorhoofd wel de goede kant op? Was ze nog bruin genoeg, of moest ze weer twintig minuten op haar dakterras gaan liggen? Dvorak vond haar jeugdige, overdreven aandacht voor haar uiterlijk zowel amusant als verwarrend.

Dvorak keek zelden meer in de spiegel. Als hij naar zichzelf keek, was hij altijd verbaasd te zien dat er nu net zoveel zilver als zwart in zijn haar zat. Hij zag het voorbijgaan der jaren in zijn gezicht, de dieper wordende rimpels rond zijn ogen, de permanente frons tussen zijn wenkbrauwen. Hij zag ook hoe moe en afgetobd hij eruit was gaan zien. Sinds zijn scheiding drie jaar geleden was hij afgevallen en sinds zijn zoon Patrick twee maanden geleden naar kostschool was gegaan, was hij nog meer gewicht kwijtgeraakt. Terwijl er steeds meer laagjes van zijn persoonlijke leven waren verdwenen, was dat met de ponden ook gebeurd.

Vanmorgen had Lisa een opmerking over zijn nieuwe figuur gemaakt. 'U ziet er de laatste tijd goed uit!' had ze kirrend gezegd, waaruit alleen maar bleek hoe blind die jonge mensen waren. Dvorak vond niet dat hij er goed uitzag. Als hij in de spiegel keek, zag hij een kandidaat voor Prozac.

Deze autopsie zou zijn stemming niet verbeteren.

Hij zei tegen Lisa: 'Laten we hem omdraaien. Ik wil eerst zijn rug bekijken.'

Samen rolden ze het lijk op zijn kant. Dvorak verstelde het licht en zag de vlekken die werden veroorzaakt door het uitvloeien van bloed na de dood, evenals bleke stukken op de billen waar het gewicht van het lichaam de zachte weefsels had ingedrukt. Met een gehandschoende vinger drukte hij op een blauwige verkleuring. Die werd bleek.

'Nog geen livor mortis,' merkte hij op. 'Hier is de huid door, bij het rechter schouderblad. Maar niets opvallends.'

Ze rolden het lijk weer op zijn rug.

'De rigor mortis is volledig,' zei Lisa.

Dvorak keek op de medische gegevens. 'Hij is om 5.58 uur overleden, dus dat klopt wel.'

'En die blauwe plekken op de polsen?'

'Het ziet ernaar uit dat hij vastgebonden is geweest.' Dvorak bekeek de gegevens nog een keer en zag de notitie van de verpleegster: Patiënt blijft geagiteerd en in vierpuntsgordels. Waren alle gevallen die hij kreeg maar zo goed gedocumenteerd. Als een lichaam zijn autopsieruimte werd binnengereden, had hij geluk als er alleen al bekend was wie het was, en nog meer geluk als het lichaam intact was en niet stonk. Als de stank heel erg was, trokken hij en zijn assistente een beschermend pak aan en droegen een zuurstofmasker. Maar vandaag werkten ze met de gewone handschoenen en brillen, aan een lijk dat in het ziekenhuis al was gecontroleerd op HIV en hepatitis. Hoewel een autopsie nooit prettig was, zou deze een betrekkelijk makkelijk geval zijn. En waarschijnlijk niets opleveren.

Hij richtte het licht weer recht op de tafel. De armen van het lijk zaten vol speldenprikken – typerend voor iemand die in het ziekenhuis was overleden. Dvorak telde vier verschillende prikplaatsen op de linker bovenarm, vijf op de rechter. Er was ook een injectiewond in de rechterlies – waarschijnlijk omdat er bloed uit de ader was getapt. Deze patiënt was niet kalm en vredig heengegaan.

Hij pakte het scalpel en maakte zijn Y-incisie. Door het sternum in zijn geheel op te tillen, legde hij de borst en de buikholte open.

De organen zagen er heel gewoon uit.

Hij begon ze te verwijderen, terwijl hij al werkend zijn bevindingen dicteerde.

'Dit is het lichaam van een goed gevoede, blanke man van tweeëntachtig...' Hij zweeg even. De leeftijd kon niet goed zijn. Hij keek naar de voorkant van de kaart en controleerde de geboortedatum. De leeftijd klopte.

'Ik zou vijfenzestig hebben gedacht,' zei Lisa.

'Tweeëntachtig, staat hier.'

'Zou dat een vergissing kunnen zijn?'

Dvorak bekeek het gezicht van het lijk. Hoe oud men eruitzag was een kwestie van genen en manier van leven. Hij had vrouwen van tachtig gezien die voor zestig konden doorgaan. Hij had ook een alcoholicus van vijfendertig gezien die er stokoud uit had gezien. Misschien was Angus Parmenter alleen maar gezegend met jeugdige genen.

'Ik zal de leeftijd later bevestigen,' zei hij en ging verder met dicteren. 'De man is vandaag om 0558 overleden in het Springer-ziekenhuis, waar hij zeven dagen geleden was opgenomen.' Weer pakte hij het scalpel.

Dvorak had deze handelingen al zo vaak verricht dat veel ervan hem automatisch afging. Hij sneed de oesophagus en de trachea door, evenals de grote bloedvaten, en verwijderde het hart en de longen. Lisa legde ze op een weegschaal, noemde het gewicht en legde het hart op de snijplank. Dvorak sneed de slagaderen open.

'Ik denk niet dat we met een infarct te maken hebben,' zei hij. 'Het ziet er vrij schoon uit.'

Hij sneed de milt los en daarna de dunne darm. De schijnbaar eindeloze kronkels darm voelden kil en glibberig aan. De maag, pancreas en lever werden in één geheel losgesneden. Hij zag geen verschijnselen van peritonitis en rook ook geen anaërobe bacteriën. De geneugten van het werken met een vers lijk. Geen stank, alleen de slagerijlucht van vers bloed.

Op de snijplank sneed hij de maag open en zag dat deze leeg was.

'Het ziekenhuiseten was zeker smerig,' zei Lisa.

'Volgens de gegevens kon hij niet eten.'

Tot nu toe had Dvorak nog niets gevonden wat op de doodsoorzaak zou kunnen duiden.

Hij liep om het hoofd van het lijk heen, maakte zijn incisie en vouwde vervolgens de hoofdhuid als een rubber masker naar voren over het gezicht. Lisa had de Strykerzaag klaar. Ze zeiden geen van beiden iets, terwijl de zaag jankend de schedel opende.

Dvorak lichtte het schedeldak. De hersenen zagen eruit als een massa grijze wormen onder de dunne beschermlaag van het hersenvlies. Het zag er niet ontstoken uit. Dvorak zag ook geen tekenen van een epidurale bloeding.

De hersenen zouden voor nader onderzoek verwijderd moeten worden. Hij pakte het scalpel en ging snel te werk, optische zenuwen en bloedvaten doorsnijdend. Terwijl hij dieper ging, om de hersenen los te maken van het ruggenmerg, voelde hij een scherpe steek van pijn.

Hij trok onmiddellijk zijn hand terug en keek naar de kapotte handschoen. 'Verdomme,' mompelde hij en liep naar de wastafel.

'Wat is er gebeurd?' vroeg Lisa.

'Ik heb me gesneden.'

'Bloedt het?'

Dvorak trok de handschoenen uit en bekeek zijn linker middelvinger. Er verscheen een streepje bloed langs het kleine sneetje. 'Het scalpel is dwars door beide handschoenen gegaan. Wel verdómme.' Hij pakte een fles Betadine van de plank en spoot een stroom ontsmettingsmiddel op zijn vinger. Ga dood, ellendelingen.'

'Hij is toch HIV-negatief?'

'Ja. Gelukkig wel,' zei hij, terwijl hij zijn vinger droog bette. 'Dat had niet mogen gebeuren. Ik heb gewoon niet goed opgelet.' Kwaad op zichzelf nu, trok hij nieuwe handschoenen aan en ging weer terug naar het lijk. De hersenen waren al helemaal losgesneden. Voorzichtig haalde hij ze er met beide handen uit, spoelde ze af met een zoutoplossing om het bloed te verwijderen en legde het druipende orgaan op de snijplank. Van alle kanten onderwierp hij het orgaan aan een grondige inspectie. De kwabben zagen er normaal uit, zonder gezwellen. Hij liet de hersenen in een bak met formaline glijden, waar ze een week in moesten blijven liggen voor ze in plakjes konden worden gesneden en op glazen plaatjes worden gelegd. De antwoorden zouden waarschijnlijk onder de microscoop worden gevonden.

'Dokter Dvorak?' Het was zijn secretaresse, Stella, via de intercom.

'Ja?'

'Er is ene dokter Carl Wallenberg aan de lijn.'

'Ik bel hem wel terug. Ik ben met een autopsie bezig.'

'Daarom wil hij u nu ook meteen spreken. Hij wil dat u ermee stopt.'

Dvorak richtte zich op. 'Waarom?'

'Misschien moet u zelf met hem praten.'

'Dat zal dan wel,' mompelde hij tegen Lisa, terwijl hij zijn handschoenen en schort uitdeed. 'Ga verder met de spierbiopsie en de levercoupes.'

'Moet ik niet wachten tot u hem hebt gesproken?'

'We zijn nu al zover gekomen. Laten we de weefselcoupes afmaken.'

Hij ging naar zijn kamer. Zelfs met de deur dicht hing er een lucht van formaline, die hij meebracht met zijn kleren en aan zijn handen. Hij rook zelf alsof hij op sterk water was gezet, verstopt in zijn kantoor zonder ramen. Een man die gevangenzat in een pot.

Hij pakte de telefoon op. 'Dokter Wallenberg? Met dokter Dvorak.'

'Ik geloof dat er een misverstand is. Meneer Parmenter was een patiënt van mij en ik begrijp absoluut niet waarom u een autopsie doet.'

'Een van de artsen in het Springer-ziekenhuis heeft erom gevraagd.'

'U bedoelt dokter Harper?' Het geluid dat door de lijn kwam, was een duidelijk misprijzend gesnuif. 'Ze is niet betrokken geweest bij de behandeling van de patiënt. Ze had het recht niet u te bellen.'

'Volgens de gegevens heeft ze de patiënt op de eerste hulp behandeld.'

'Dat was een week geleden. Sindsdien is de patiënt door míj behandeld en door nog een aantal andere specialisten. We vonden geen van allen dat een autopsie nodig was. En we vonden zeker niet dat het een zaak was voor de gerechtelijke lijkschouwer.'

'Ze heeft mij de indruk gegeven dat het om de volksgezondheid ging.'

Weer dat misprijzende gesnuif. 'Dokter Harper is niet bepaald een betrouwbare bron van informatie. Misschien weet u er niets van. Het Springer-ziekenhuis is bezig met een onderzoek naar fouten die ze op de eerste hulp heeft gemaakt, ernstige fouten. Misschien wordt ze binnenkort wel ontslagen en ik zou haar mening absoluut niet vertrouwen. Dokter Dvorak, ik ben de behandelend arts, en als zodanig zeg ik u dat een autopsie verspilling is van uw tijd. En van mijn belastinggeld.'

Dvorak onderdrukte een gekreun. *Ik wil hier niets mee te maken hebben. Ik ben patholoog. Ik werk liever met dode lichamen dan met levende ego's.*

'Verder,' zei Wallenberg, 'is er de familie nog. De dochter zou het heel erg vinden als haar vader werd verminkt. Misschien zou ze zelfs gerechtelijke stappen kunnen overwegen.'

Langzaam richtte Dvorak zich op, verbaasd kwam zijn hoofd omhoog. 'Maar dokter Wallenberg. Ik heb de dochter gesproken.'

'Wat?'

'Vanmorgen. Mevrouw Lacy heeft gebeld om de autopsie te bespreken. Ik heb de reden uitgelegd en dat leek ze te begrijpen. Ze heeft geen bezwaar gemaakt.'

Het was stil aan de andere kant. 'Dan is ze zeker van gedachten veranderd sinds ik haar heb gesproken,' zei Wallenberg.

'Dat zal wel. Hoe dan ook, de autopsie is verricht.'

'Nu al?'

'Het was hier vanmorgen betrekkelijk stil.'

Weer was het even stil. Toen Wallenberg weer sprak, was zijn stem merkwaardig tam. 'Het lichaam – krijgt de familie het helemaal compleet weer terug?'

'Ja. Met alle organen.'

Wallenberg schraapte zijn keel. 'Dat zal dan wel voldoende zijn.'

Interessant, dacht Dvorak, terwijl hij ophing. *Hij heeft niet gevraagd wat ik bij de autopsie heb gevonden.*

In gedachten ging hij het gesprek nog een keer na. Was hij gewoon betrokken geraakt bij de kleinzielige beleidsproblemen van een streekziekenhuis? Wallenberg had dokter Harper beschreven als een matig arts, een vrouw waar kritiek op was, misschien een vrouw die met haar collega's overhoop lag. Was haar verzoek om een autopsie alleen maar een poging om een andere arts van de staf in verlegenheid te brengen?

Hij had haar vanmorgen wat listiger vragen moeten stellen, erachter moeten zien te komen waar ze werkelijk op uit was. Maar Dvorak was een nuchter mens. Hij haalde zijn informatie uit wat hij kon zien, ruiken en voelen. De geheimen van een lijk zijn makkelijk bloot te leggen met een mes; menselijke motieven bleven een raadsel voor hem.

De intercom zoemde. 'Dokter Dvorak?' zei Stella. 'Dokter Toby Harper is aan de lijn. Zal ik haar doorverbinden?'

Dvorak dacht erover na en besloot dat hij niet in de stemming was met een vrouw te praten die zijn dag al had verpest. 'Nee,' zei hij.

'Wat zal ik tegen haar zeggen?'

'Dat ik naar huis ben gegaan.'

'Als dat is wat u wilt…'

'Stella?'

'Ja?'

'Als ze nog een keer belt, geef haar dan hetzelfde antwoord. Ik ben er niet.'

Hij hing op en ging terug naar het mortuarium.

Lisa stond over de snijplank gebogen. Haar scalpel sneed een stukje van de lever af. Ze keek op toen hij binnenkwam. 'En?' vroeg ze. 'Maken we de biopsie af?'

'Ja. Leg daarna de organen terug in de holte. De familie wil alles terug.'

Ze maakte nog een snede en richtte zich toen weer op. 'En de hersenen? Die moeten nog een week in de formaline blijven.'

Hij keek naar de bak waar de hersenen van Angus Parmenter in lagen. Vervolgens keek hij naar zijn verbonden vinger en dacht aan het scalpel dat door twee handschoenen heen was gegaan en hem had gesneden.

Hij zei: 'Die houden we. Ik zet gewoon het schedeldak weer terug en naai de hoofdhuid dicht.' Hij trok een paar nieuwe handschoenen aan en pakte een naald en hechtdraad uit een lade. 'Dat merken ze toch niet.'

Vol ergernis legde Toby de telefoon neer. Was de autopsie nu uitgevoerd of niet? Ze had al twee dagen geprobeerd Daniel Dvorak te bereiken, maar telkens had zijn secretaresse gezegd dat hij er niet was en aan haar toon was te horen geweest dat de telefoontjes van Toby niet welkom waren.

Het belletje van de oven ging. Toby zette het gas uit en haalde de ovenschotel eruit. Ze had zich er vanavond met een jantje-van-leiden afgemaakt – diepvrieslasagne en een treurige, verlepte kant-en-klare salade. Ze had geen gelegenheid gehad om boodschappen te doen en er was geen melk meer, dus zette ze twee glazen water op de keukentafel. Het leek wel of haar hele leven was teruggebracht tot een krankzinnige worsteling met de tijd. Diepvriesmaaltijden en een vuile vaat in de gootsteen en gekreukelde blouses die zó uit de droger kwamen. Ze vroeg zich af of haar intense moeheid werd veroorzaakt door een of ander griepvirus dat ze onder de leden had, of dat ze leed onder mentale uitputting. Ze deed de keukendeur open en riep:

'Mam, het eten is klaar! Kom je?'

Ellen kwam achter een struik vandaan en schuifelde gehoorzaam de keuken binnen. Toby waste haar moeders handen aan de gootsteen en zette haar aan tafel. Ze bond een servet om haar nek en zette het bord met lasagne voor haar neer. Ze sneed de lasagne in hapklare stukjes. Dat deed ze ook met de sla. Ze stopte Ellen een vork in de hand.

Ellen at niet, maar bleef zitten wachten en keek naar haar dochter.

Toby ging zitten met haar eigen bord met eten en nam een paar happen lasagne. Ze zag dat Ellen niet at. 'Dat is je eten, mam. Stop het in je mond.'

Ellen stopte de lege vork in haar mond en proefde er met opperste concentratie aan.

'Hier. Laat me je helpen.' Toby schoof Ellens vork over het bord, deed er een stukje lasagne op en bracht hem naar Ellens mond.

'Lekker,' zei Ellen.

'Neem nog maar een hap. Vooruit, mam.'

Ellen keek op toen de bel ging.

'Dat zal Bryan al zijn,' zei Toby en stond op. 'Eet jij nu maar door. Wacht niet op mij.'

Ze liet haar moeder in de keuken achter en ging de voordeur opendoen. 'Je bent vroeg.'

'Ik dacht je te helpen met het eten,' zei Bryan, terwijl hij binnenkwam. Hij hield een papieren zak omhoog. 'IJs. Je moeder is dol op aardbeienijs.'

Terwijl ze de zak aanpakte, viel het haar op dat Bryan haar niet aankeek; het leek wel of hij haar blik meed. Hij draaide haar de rug toe terwijl hij zijn jasje uittrok en in de kast hing. Zelfs toen hij zich naar haar omdraaide, waren zijn ogen op iets anders gericht. 'En hoe gaat het met het eten?' vroeg hij.

'Ik heb haar net aan tafel gezet. Het eten gaat vandaag wat moeilijk.'

'Alweer?'

'Ze heeft het broodje dat ik voor haar had klaargelegd niet opgegeten. En ze kijkt naar de lasagne alsof het iets voorwereldlijks is.'

'O. Dat regel ik wel.'

Uit de keuken klonk een luide klap gevolgd door het gerinkel van scherven over de vloer.

'O, mijn God,' zei Toby en rende naar de keuken.

Een verbijsterde Ellen stond naar de gebroken ovenschaal te kijken. De lasagne was over de vloer en tegen een muur gespetterd, en overal zat kaas en tomatensaus.

'Mam, wat dóe je?' schreeuwde Toby.

Ellen schudde haar hoofd en mompelde: 'Heet. Ik wist niet dat het heet was.'

'Christus, kijk eens wat een bende! Al die kaas...' Toby pakte de vuilnisbak. Woedend sleepte ze hem over de grond naar de kapotte schaal. Terwijl ze zich bukte om de verpeste maaltijd op te ruimen, besefte ze dat het weinig scheelde of ze zou in tranen uitbarsten. *Ik red het niet meer. Mijn hele leven is zo'n bende. Dit kan ik er niet ook nog bij hebben. Dat kan gewoon niet.*

'Kom, Ellen,' hoorde ze Bryan zeggen. 'Laat die handen eens kijken. O, jee, daar moet wat koud water op. Nee, nee, niet wegtrekken, lieverd. Ik zal ze beter maken. Dat doet pijn, hè?'

Toby keek op. 'Wat is er?'

'Je mama heeft haar handen verbrand.'

'Au, au, áu!' jammerde Ellen.

Bryan nam Ellen mee naar de gootsteen en liet koud water over haar handen lopen. 'Is dat beter? Zo, nu gaan we een ijsje eten en dan voel je je vast nóg beter. Ik heb aardbeien gekocht. Jammie, jammie.'

'Jammie,' mompelde Ellen.

Met gloeiende wangen van schaamte keek Toby toe, terwijl Bryan voorzichtig Ellens handen droog bette met een handdoek. Toby had niet eens gemerkt dat haar moeder pijn had. Zwijgend ging ze verder met het opruimen van de scherven en de klodders stollende kaas. Ze depte de saus op en maakte de muur schoon. Daarna ging ze aan tafel zitten en keek hoe Bryan Ellen overhaalde het ijs op te eten. Zijn geduld, zijn vriendelijke aanpak maakten dat Toby zich nog schuldiger voelde. Het was Bryan die had gezien dat Ellen haar handen had verbrand, Bryan die haar had verzorgd; Toby had alleen de gebroken schaal gezien en de troep op de grond.

Het was nu al kwart over zes, tijd voor Toby zich klaar te maken om naar haar werk te gaan.

Ze had de energie niet om van tafel op te staan. Ze bleef met haar hand tegen haar voorhoofd zitten, het ogenblik nog even uitstellend.

'Ik moet je iets vertellen,' zei Bryan. Hij legde de lepel neer en veegde Ellens mond zachtjes af met een servet. Vervolgens keek hij Toby aan. 'Het spijt me echt heel erg. Het was geen makkelijk besluit maar...' Hij legde het servet zorgvuldig op tafel. 'Ik heb een andere baan aangeboden gekregen. Het is iets wat ik niet kan laten lopen. Iets wat ik al zo lang heb willen doen. Ik was niet op zóek naar een andere baan – het gebeurde gewoon.'

'Wát is er gebeurd?'

'Ik ben gebeld door het verpleeghuis Twin Pines, in Wellesley. Ze zoeken iemand om een nieuw programma voor recreatieve kunsttherapie op te zetten. Toby, ze hebben me een aanbod gedaan. Ik kon het niet afslaan.'

'Daar heb je me niets van verteld.'

'Ze hebben gisteren pas gebeld. Ik heb vanmorgen een gesprek gehad.'

'En je hebt de baan zomaar aangenomen? Zonder ook maar met mij te praten?'

'Ik moest meteen beslissen. Toby, het is een baan van negen tot vijf. Het betekent dat ik weer een gewoon leven kan leiden.'

'Hoeveel betalen ze je? Ik geef je meer.'

'Ik heb al ja gezegd.'

'Hoevéél?'

Hij schraapte zijn keel. 'Het gaat niet om het geld. Ik wil niet dat je denkt dat dat de reden is. Het is... alles bij elkaar.'

Langzaam zakte ze in elkaar. 'Dus ik kan je geen beter aanbod doen.'

'Nee.' Hij keek naar de tafel. 'Ze willen dat ik zo snel mogelijk begin..'

'En mijn moeder? Als ik niemand kan vinden om op haar te passen, wat dan?'

'Dat lukt vast wel.'

'Hoeveel tijd heb ik precies om iemand te zoeken?'

'Twee weken.'

'Twee wéken? Denk je dat ik iemand uit de lucht kan toveren? Het heeft me maanden gekost jóu te vinden.'

'Ja, dat weet ik, maar – '

'Wat moet ik in vredesnaam dóen?' De wanhoop in haar stem leek als een afschuwelijk gordijn tussen hen in te hangen.

Langzaam keek hij naar haar op, zijn blik onverwachts heel afstandelijk. 'Ik mag Ellen graag. Dat weet je. En ik heb altijd zo goed mogelijk voor haar gezorgd. Maar, Toby, ze is niet mijn moeder. Ze is jouw moeder.'

De eenvoudige waarheid van die constatering legde haar verder het zwijgen op. *Ja, ze is mijn moeder. Mijn verantwoordelijkheid.*

Ze keek naar Ellen en zag dat alles volledig langs haar heen ging. Ellen had een servet gepakt en vouwde het met een geconcentreerd gezicht telkens weer dubbel.

Toby zei: 'Ken je iemand die het zou willen doen?'

'Ik kan je een paar namen geven,' zei hij. 'Ik ken een paar mensen die geïnteresseerd zouden kunnen zijn.'

'Dat zou ik waarderen.'

Ze keken elkaar over de tafel aan, deze keer niet als werkgever en werknemer, maar als vrienden. 'Bedankt, Bryan,' zei ze. 'Voor alles wat je voor ons hebt gedaan.'

In de woonkamer sloeg de klok half zeven. Toby slaakte een zucht en hees zichzelf overeind.

Het was tijd om naar haar werk te gaan.

'Toby, we moeten praten.'

Ze keek op van een kind van drie dat het benauwd had en zag Paul Hawkins in de deuropening van de behandelkamer staan. 'Kun je even wachten?' vroeg ze.

'Het is nogal dringend.'

'Goed, laat me die epinefrine-injectie geven en ik kom eraan.'

'Ik wacht in de keuken van de staf.'

Terwijl Maudeen haar de epinefrine gaf, zag Toby de vragende blik van de verpleegster. Ze vroegen zich beiden hetzelfde af: Waarom was de chef van de eerste hulp op donderdagavond om tien uur hier? Hij had een pak en een das aan gehad – niet zijn gewone ziekenhuiskleding. Zich al ongemakkelijk voelend, zoog Toby twee tiende cc epinefrine in een spuit op en zei op geforceerd vrolijke toon tegen het kind: 'We zullen zorgen dat je een stuk beter kunt ademhalen. Je moet heel stil blijven zitten. Je voelt even een prikje, maar het is zó voorbij, goed?'

'Ik wil geen prikje. Ik wil geen prikje.'

De moeder pakte het jongetje steviger vast. 'Hij haat die injecties. Doe het nu maar gauw.'

Toby knikte. Het had ook geen zin met een kind van drie te onderhandelen. Ze gaf de injectie, wat een oorverdovend geschreeuw tot gevolg had. Even plotseling was het geschreeuw weer voorbij en hoewel de jongen nog wat nasnikte, keek hij met begerige blikken naar de spuit.

'Die wil ik.'

'Je krijgt een nieuwe,' zei Toby en gaf hem een nieuwe spuit, zonder de naald. 'Leuk voor in bad.'

'Ik ga mijn zus een spuit geven.'

De moeder rolde met haar ogen. 'Dat zal ze héérlijk vinden.'

De jongen leek het al minder benauwd te hebben, dus liet Toby hem achter onder de hoede van Maudeen en ging naar Paul in de keuken van de staf.

Hij stond op toen ze binnenkwam, maar zei niets voor ze de deur had dichtgedaan.

'We hebben vanavond een directiebespreking gehad,' zei hij. 'Die is net afgelopen. Ik vond dat ik meteen naar je toe moest komen om uit te leggen wat er is gebeurd.'

'Ik neem aan dat het weer over Harry Slotkin gaat.'

'Dat was een van de onderwerpen waar we over hebben gesproken.'

'Waren er nog meer onderwerpen?'

'De kwestie van de autopsie is ook aan de orde geweest.'

'O. Ik geloof dat ik beter kan gaan zitten.'

'Misschien moeten we dat allebei doen.'

Ze ging tegenover hem aan de eettafel zitten. 'Als dokter Harper geroosterd moest worden, waarom ben ik dan niet uitgenodigd voor de barbecue?'

Paul zuchtte. 'Toby, jij en ik hadden die crisis met Harry Slotkin te boven kunnen komen. Tot nu toe heb je geluk met dat geval. De familie Slotkin heeft nog geen aanklacht ingediend. En de negatieve publiciteit lijkt voorbij te zijn. Naar ik heb gehoord, zijn nieuwe verhalen de kop ingedrukt door Brant Hill. En door dokter Wallenberg.'

'Waarom zou Wallenberg me een dienst bewijzen?'

'Ik denk dat het niet goed was voor Brant Hill als bekend werd dat een van hun rijke bewoners als een straatzwerver rondliep. Het is niet zomaar een bejaardencomplex, weet je. Hun succes hangt af van hun platina status. Ze moeten de beste zijn om zo'n hoop geld te kunnen rekenen. Je kunt geen nieuwe mensen aantrekken als het welzijn van de cliënten niet absoluut is gegarandeerd.'

'Dus beschermt Wallenberg zijn melkkoe en niet mij.'

'Wat de reden ook is, hij heeft je geholpen. Maar nu heb jij hem spinnijdig gemaakt. Wat heeft je bezield om de gerechtelijke lijkschouwer te bellen? Er een zaak van te maken?'

'Het was de enige manier om een diagnose te krijgen.'

'De man was jouw patiënt niet meer. Wallenberg had moeten beslissen of er autopsie gedaan moest worden.'

'Maar hij draaide eromheen. Of hij wilde de doodsoorzaak niet weten, of hij was er bang voor. Ik wist niet wat ik anders moest doen.'

'Je hebt hem een slecht figuur laten slaan. Je hebt de indruk gewekt of er misdaad in het spel was.'

'Ik maakte me bezorgd over de volksgezondheid – '

'Daar heeft het niets mee te maken. Het is een politieke rotzooi. Wallenberg was bij de bespreking vanavond. De makkers van Doug Carey ook. Het was inderdaad een barbecue en jij was het hoofdgerecht. Wallenberg dreigt nu alle patiënten van Brant Hill naar het Lakeside-ziekenhuis door te verwijzen in plaats van naar het Springer. Dat zal ons schade opleveren. Misschien realiseer je je niet dat Brant Hill maar een schakel is in een grote keten. Ze zijn verbonden met een tiental andere verpleeghuizen en die verwijzen hun patiënten allemaal naar ons. Heb je er enig idee van hoeveel geld we alleen al aan hun heupoperaties verdienen? Alles bij elkaar zijn het heel veel patiënten, waarvan de meeste ook nog aanvullend verzekerd zijn. We kunnen ons niet permitteren die te verliezen. Maar daar dreigt Wallenberg mee.'

'Allemaal vanwege de autopsie?'

'Hij heeft een vrij goede reden kwaad te zijn. Door de lijkschouwer te bellen, heb je de indruk gewekt dat Wallenberg incompetent is. Of erger nog. Nu worden we weer door de kranten gebeld. Dat zou een hoop nare publiciteit kunnen geven.'

'Doug Carey tipt ze. Zoiets gluiperigs is net iets voor hem.'

'Ja, dat kan, maar nu is Wallenberg kwaad dat zijn naam in de openbaarheid komt. De directie is kwaad omdat ze alle patiënten uit Brant Hill kwijt zouden kunnen raken.'

'En iedereen is natuurlijk kwaad op mij.'

'Verbaast je dat?'

Ze slaakte een zucht. 'Goed, dus jullie hebben gebarbecued en nu ben ik zwartgeblakerd.'

Paul knikte. 'Wallenberg wil dat je contract wordt beëindigd. Natuurlijk moet dat eerst via mij, aangezien ik chef van de eerste hulp ben. Ze hebben me niet veel speelruimte gegeven.'

'Wat heb je tegen hen gezegd?'

'Dat ik je niet zomaar kon ontslaan.' Hij lachte nerveus. 'Ik heb een vertragingstactiek toegepast waar je het waarschijnlijk niet mee eens bent. Ik heb tegen hen gezegd dat jij terug zou kunnen vechten door een aanklacht in te dienen wegens seksuele discriminatie. Daar werden ze nerveus van. Als er iets is waar ze niets mee te maken willen hebben, is het een jammerende feministe.'

'Wat vleiend.'

'Het is het enige wat ik kon bedenken.'

'Wat raar. Het is iets waar ik nooit aan gedacht zou hebben. En dan ben ík nog wel de vrouw.'

'Herinner je je nog die seksuele-intimidatiezaak die een van de verpleegsters aanhangig had gemaakt? Die heeft twee jaar gesleept en Springer heeft een vermogen aan advocatenkosten moeten betalen. Dit was een manier om hen tegen te houden en tot nadenken te brengen. En te zorgen dat jij wat tijd kreeg tot de zaak wat is geluwd.' Hij haalde zijn vingers door zijn haar. 'Toby, ik zit in een moeilijk parket. Ze willen dat ik de situatie oplos, maar ik wil jou geen ellende bezorgen, echt niet.'

'Vraag je me ontslag te nemen?'

'Nee. Daarom ben ik niet gekomen.'

'Wat wil je dan dat ik doe?'

'Ik denk dat je misschien een paar weken verlof moet nemen. Intussen zal het rapport van de gerechtelijke lijkschouwer er wel zijn. Ik weet zeker dat er sprake zal zijn van een natuurlijke doodsoorzaak. Dan gaat Wallenberg vrijuit.'

'En is alles vergeven en vergeten.'

'Dat hoop ik. Je zou volgende maand toch met vakantie gaan. Dat zou je nu kunnen doen. En dan ga je een week of drie, vier langer.'

Ze dacht er even over na, in gedachten een spelletje domino spelend. Iets wat je doet, heeft gevolgen, en die hebben ook weer gevolgen. 'Wie neemt voor me waar?' vroeg ze.

'We kunnen je diensten laten overnemen door Joe Severin. Hij werkt nu alleen nog maar parttime. Hij wil het vast wel doen.'

Ze keek Paul recht aan. 'En dan zou ik mijn baan nooit meer terugkrijgen, is het wel?'

'Toby – '

'Was Doug Carey niet degene die Joe Severin bij de staf heeft gehaald? Zijn dat geen maten of zoiets? Je houdt geen rekening met alles wat er speelt. Als ik met verlof ga, neemt Joe Severin mijn plaats in. Ik zou mijn baan niet meer terugkrijgen, en dat weet je.'

Hij zei niets. Hij keek haar alleen maar aan, zijn gezicht was ondoorgrondelijk. Gedurende te veel jaren was haar relatie met Paul Hawkins vertroebeld doordat ze hem aantrekkelijk vond. Ze had meer in zijn glimlach, zijn vriendschap gezien dan er werkelijk was geweest. Dat ze dat nu pas besefte, nu ze het meest kwetsbaar was, maakte de klap nog pijnlijker.

Ze stond op. 'Ik neem mijn vakantie zoals op het rooster staat. Niet eerder.'

'Toby, ik doe wat ik kan om je te beschermen. Je moet begrijpen dat míjn positie ook niet zeker is. Als we de patiënten van Brant Hill kwijtraken, lijdt Springer schade. En de directie zal een zondebok zoeken.'

'Ik neem jou niets kwalijk, Paul. Ik begrijp waarom je dit doet.'

'Waarom doe je dan niet wat ik voorstel? Neem verlof. Je baan zal er nog zijn.'

'Kan ik dat op schrift krijgen?'

Hij zweeg.

Ze draaide zich om naar de deur. 'Dat dacht ik al.'

# 9

Molly Picker stond naar de telefoon te kijken, terwijl ze moed probeerde te verzamelen om de hoorn te pakken. Het was de tweede keer vandaag dat ze naar de telefooncel was gegaan. De eerste keer was ze niet eens naar binnen gegaan, maar was ze omgedraaid en weer weggelopen. Nu stond ze voor de telefoon en de deur achter haar was dicht. Niets weerhield haar ervan te gaan bellen.

Met bevende handen pakte ze de hoorn van de haak en belde.

'Telefoondienst.'

'Ik wil een collect call maken. Naar Beaufort, South Carolina.'

'Wie moet ik zeggen dat er belt?'

'Molly.' Ze gaf het nummer, waarna ze met gesloten ogen en bonzend hart achteroverleunde, terwijl de telefoniste het gesprek doorverbond. Ze hoorde de telefoon overgaan. Ze was zo verschrikkelijk bang dat ze dacht dat ze zou gaan overgeven, midden in de telefooncel. *Lieve Jezus, help me.*

'Hallo?'

Molly schoot overeind. Het was de stem van haar moeder. 'Mama,' stamelde ze, maar toen kwam de telefoniste ertussen:

'U wordt collect gebeld door Molly. Neemt u het gesprek aan?'

Het was lang stil aan de andere kant.

*Alsjeblieft, alsjeblieft, alsjeblieft, praat met me.*

'Mevrouw? Betaalt u de kosten?'

Een lange zucht, daarna: 'Vooruit maar.'

'Spreekt u maar,' zei de telefoniste.

'Mama? Ik ben het. Ik bel uit Boston.'

'Dus je bent daar nog steeds.'

'Ja. Ik wou al een tijd bellen.'

'Heb je soms geld nodig of zo?

'Nee! Nee, het gaat goed. Ik, eh...' Molly schraapte haar keel. 'Ik red me wel.'

'Nou, dat is mooi.'

Molly sloot haar ogen en wenste dat de stem van haar moeder

niet zo vlak klonk. Ze wenste dat dit gesprek zou gaan zoals ze zich had ingebeeld. Dat haar moeder zou gaan huilen en haar zou vragen thuis te komen. Maar er klonken geen tranen in de stem van haar moeder, alleen die levenloze toon die Molly door het hart sneed.

'Maar is er een reden dat je belt?'

'Eh... nee.' Molly wreef met haar hand over haar ogen. 'Niet echt...'

'Is er dan iets wat je wilt zeggen?'

'Ik wou alleen – ik denk dat ik gedag wilde zeggen.'

'Goed. Maar luister, ik heb eten opstaan. Als je verder niets te zeggen hebt.'

'Ik ben zwanger,' fluisterde Molly.

Er kwam geen antwoord.

'Heb je me gehoord? Ik krijg een baby. Denk je eens in, mama! Ik hoop dat het een meisje is, dan kan ik haar aankleden als een prinses. Weet je nog hoe je die jurkjes voor me naaide? Ik moet zorgen dat ik een naaimachine krijg en leren naaien.' Ze lachte nu, wanhopig door haar tranen heen ratelend. 'Maar jij moet het me leren, mama, want het is me nooit gelukt. Ik heb nooit geleerd die blinde zomen te maken.'

'Wordt het zwart?'

'Wat?'

'Wordt de baby zwart?'

'Ik weet het niet.'

'Wat bedoel je, dat je het niet wéét?'

Molly drukte haar hand tegen haar mond om een snik te onderdrukken.

'Bedoel je dat je er geen idee van hebt?' vroeg haar moeder. 'Ben je soms de tel kwijtgeraakt?'

'Mama,' fluisterde Molly. 'Mama, het doet er niet toe. Het is nog steeds mijn baby.'

'O, het doet er wél toe. Voor de mensen hier wel. Wat denk je dat ze zullen zeggen? En je vader – je vader zal het niet overleven.'

Er tikte iemand tegen de deur van de telefooncel. Molly draaide zich om en zag een man op zijn horloge wijzen en gebaren dat ze de telefooncel uit moest. Ze draaide haar rug naar hem toe.

'Mama,' zei ze. 'Ik wil naar huis komen.'

'Je kunt niet naar huis komen. Niet in jouw toestand.'

'Romy zegt dat ik het weg moet laten halen. Hij wil mijn baby vermoorden. Hij stuurt me vandaag naar de dokter en ik weet niet wat ik moet doen. Mama, je moet zeggen wat ik moet doen...'

Haar moeder slaakte een vermoeide zucht. Kalm zei ze: 'Misschien zou dat het beste zijn.'

'Wat?'

'Als je het liet weghalen.'

Molly schudde verbijsterd haar hoofd. 'Maar het is jouw kleinkind.'

'Dat is geen kleinkind van mij. Niet als je er zo aan bent gekomen.'

De man klopte weer op de deur en riep dat Molly neer moest leggen. Ze drukte haar hand tegen haar oor om hem niet te horen.

'Alsjeblieft,' snikte Molly. 'Laat me naar huis komen.'

'Je vader kan dit nu niet aan, dat weet je. Na de schande die je ons hebt aangedaan. Nadat ik je uitgebreid heb verteld wat je te wachten stond. Maar je luistert nooit, Molly, dat heb je nooit gedaan.'

'Ik zal geen last meer veroorzaken. Het is uit tussen Romy en mij. Ik wil nu alleen maar naar huis komen.'

De man stond nu op de telefooncel te timmeren en schreeuwde dat ze op moest hoepelen. Wanhopig duwde Molly met haar rug tegen de deur om hem buiten te houden.

'Mama?' zei ze. 'Mama?'

Het antwoord kwam op triomfantelijke toon. 'Wie zijn gat verbrandt, moet op de blaren zitten.'

Molly stond met de hoorn tegen haar oor gedrukt, wetend dat haar moeder al had opgehangen, maar ze was niet in staat te geloven dat de verbinding was verbroken. *Praat tegen me. Zeg me dat je er nog bent. Zeg me dat je er altijd zult zijn.*

'Zeg, rotmeid! Leg die telefoon neer!'

Zonder iets te zeggen liet ze de telefoon uit haar hand vallen. Hij zwaaide kletterend tegen de telefooncel aan. Verdwaasd stapte ze de cel uit, zonder dat het tot haar doordrong dat de man nog steeds tegen haar stond te vloeken. Ze liep gewoon weg.

*Kan niet naar huis. Kan niet naar huis. Nu niet. Nooit.*

Zonder iets te zien liep ze voort, zonder te voelen dat haar benen bewogen, struikelend op haar plateauzolen. Door haar ellende voelde en zag ze helemaal niets meer.

Ze zag niet dat Romy op haar afkwam.

De klap raakte haar onder haar kin en ze viel tegen het gebouw aan. Ze hield zich vast aan de ijzeren spijlen voor de ramen om niet te vallen. Ze begreep niet wat er was gebeurd; ze wist alleen dat Romy tegen haar stond te schreeuwen en dat haar hele hoofd pijn deed.

Hij greep haar bij haar arm en trok haar de voordeur door. In de hal gaf hij haar nog een klap. Deze keer viel ze wel op de grond.

'Waar heb je verdomme gezeten?' schreeuwde hij.

'Ik moest – ik moest een paar dingen doen.'

'Je had een afspraak, weet je nog? Ze willen weten waarom je er niet bent.'

Ze slikte en keek naar de grond. Ze durfde hem niet aan te kijken. Ze hoopte alleen dat hij een leugen zou geloven. 'Ik ben het vergeten,' zei ze.

'Wat?'

'Ik zei dat ik het vergeten was.'

'Wat een stom wijf ben je. Ik heb je vanmorgen gezegd waar je naartoe moest.'

'Dat weet ik.'

'Je hebt zeker stront in je kop zitten.'

'Ik had andere dingen aan mijn hoofd.'

'Nou, ze staan nog op je te wachten. Zorg dat je in die auto komt.'

Ze keek op. 'Maar ik ben nog niet klaar.'

'Klaar?' Romy lachte. 'Je hoeft alleen maar op de tafel te gaan liggen en je benen uit elkaar te doen.' Hij trok haar overeind en duwde haar naar de deur. 'Vooruit. Ze hebben die limousine voor je gestuurd.'

Ze strompelde het trottoir op.

Er stond een zwarte auto langs de stoeprand op haar te wachten. Ze kon het silhouet van de chauffeur nauwelijks zien door het getinte glas.

'Vooruit, stap in.'

'Romy, ik voel me niet zo goed. Ik wil niet.'

'Je doet wat ik zeg. Stap in.' Hij deed het portier open, duwde haar achterin en smeet het portier weer dicht.

De auto reed weg.

'Hé,' zei ze tegen de chauffeur. 'Ik wil eruit!' Er was een afscheiding van plexiglas tussen haar en de voorbank. Ze tikte ertegen om zijn aandacht te krijgen, maar hij reageerde niet. Ze keek naar het kleine luidsprekertje in de afscheiding en er ging een koude rilling van herkenning door haar heen. Ze herinnerde zich deze auto. Ze had er al eens eerder ingezeten.

'Hallo?' zei ze. 'Ken ik u?'

De chauffeur draaide zijn hoofd niet eens om.

Ze leunde achterover op de leren bank. Dezelfde auto. Dezelfde chauffeur. Ze herinnerde zich dat blonde, bijna zilverkleurige haar. De laatste keer, toen hij haar naar Dorchester had gereden, had er een andere man op haar gewacht, een man met een groen masker. En er was een tafel geweest waarop ze was vastgebonden.

In paniek keek ze voor zich uit en zag dat er een kruising aankwam. De laatste, voor de afslag naar de snelweg. Ze keek naar het verkeerslicht en bad: *Rood worden. Rood worden!*

Ze werden gesneden door een andere auto. Molly schoot naar voren doordat de chauffeur op de rem trapte. Achter hen werd getoeterd en het verkeer kwam met gierende banden tot stilstand.

Molly deed het portier open en sprong de auto uit.

De chauffeur riep: 'Kom terug! Kom onmiddellijk terug!'

Ze schoot tussen twee stilstaande auto's door en strompelde het trottoir op, struikelend over haar schoenen. Die verrekte plateauzolen ook! Ze hervond haar evenwicht en rende weg.

'Hé!'

Molly keek achterom en zag tot haar schrik dat de blonde man zijn auto aan de stoeprand had laten staan en te voet achter haar aan kwam, tussen een stroom toeterende auto's door laverend.

Gehinderd door haar schoenen rende ze onhandig verder. Bij de volgende hoek keek ze weer achterom.

De chauffeur haalde haar in.

*Waarom laat hij me niet met rust?*

Ze reageerde automatisch zoals een prooi dat doet – ze vluchtte.

Ze schoot rechtsaf een smalle straat in en klom moeizaam het hobbelige trottoir op naar Beacon Hill. Na een klein stukje tegen de heuvel op was ze al buiten adem. En haar kuiten deden pijn – o, die rotschoenen.

Ze keek achterom.

De chauffeur kwam achter haar aan de heuvel op.

Door een nieuwe golf van paniek begon ze weer sneller te lopen. Ze sloeg linksaf, daarna rechts, dieper het doolhof van Beacon Hill binnendringend. Ze bleef niet staan om achterom te kijken; ze wist dat hij er was.

Haar voeten deden nu overal pijn door de schoenen en ze voelde nieuwe blaren komen. *Ik kan hem niet van me afschudden.*

Toen ze weer een hoek om sloeg, zag ze een taxi langs de stoeprand staan. Ze stoof erop af.

De chauffeur keek verbaasd op toen Molly zich achterin liet vallen en het portier dichttrok.

'Hé! Ik ben niet vrij,' snauwde hij.

'Rijden maar! Gauw!'
'Ik wacht op iemand. Ga mijn taxi uit.'
'Er zit iemand achter me aan. Kunt u niet een blokje om rijden?'
'Ik ga nergens heen. Stap uit of ik haal de politie erbij.'
Voorzichtig hief Molly haar hoofd op en keek uit het raampje. Haar achtervolger stond slechts een paar meter verderop de straat af te zoeken.
Ze liet zich onmiddellijk weer op de grond zakken. 'Hij is het,' fluisterde ze.
'Het kan me geen bal schelen wie het is. Ik bel de politie.'
'Goed. Doe dat maar! Voor deze ene keer zou ik blij zijn met de politie.'
Ze hoorde hem de microfoon van de radio pakken, daarna hoorde ze dat hij hem vloekend weer weghing.
'Gaat u nou de politie bellen of niet?'
'Ik wil niet met de politie praten. Waarom kun je niet gewoon doen wat ik zeg en uitstappen?'
'Waarom kunt u niet een blokje om rijden?'
'Goed, goed dan.' Met een berustend gegrom zette hij de auto van de handrem en reed weg. 'Wie is die vent?'
'Hij bracht me ergens heen waar ik niet heen wilde. Dus ben ik uitgestapt.'
'Waar bracht hij je heen?'
'Dat weet ik niet.'
'Zal ik je eens wat zeggen? Ik wil het ook niet weten. Ik wil niets weten van de rotzooi waar je inzit. Ik wil je gewoon uit mijn taxi hebben.' Hij stopte. 'En nu eruit.'
'Is die vent in de buurt?'
'We zijn op Cambridge Street. Ik heb je een paar straten verder gebracht. Hij is helemaal aan de andere kant.'
Ze hief haar hoofd op en keek snel rond. Er waren een heleboel mensen op straat, maar haar achtervolger was nergens te zien. 'Misschien zal ik u een keer betalen,' zei ze en stapte de taxi uit.
'Misschien vlieg ik wel naar de maan.'
Snel liep ze eerst Cambridge af en daarna Sudbury. Ze liep door tot ze diep in het doolhof van straten in North End was.
Daar vond ze een kerkhof met een bankje ervoor. Ze ging zitten en trok haar schoenen uit. Haar blaren waren kapotgegaan en haar tenen waren helemaal paars. Ze was te moe om nog verder te lopen, dus bleef ze daar maar zitten met haar blote voeten en keek naar de toeristen die voorbijkwamen, genietend van een verbazend zachte oktobermiddag.

*Ik kan niet terug naar mijn kamer. Ik kan mijn kleren niet halen. Als Romy me ziet, vermoordt hij me.*

Het was bijna vier uur en ze had honger. Ze had verder niets gegeten behalve grapefruitsap en twee aardbeidonuts als ontbijt. De heerlijke geuren uit een Italiaans restaurant aan de overkant maakten haar dol. Ze keek in haar portemonnee, maar er zaten maar een paar dollar in. Op haar kamer had ze meer geld verstopt; op de een of andere manier zou ze het te pakken moeten zien te krijgen zonder dat Romy haar zag.

Ze trok haar schoenen weer aan, haar gezicht vertrekkend van pijn. Daarna strompelde ze over de straat naar een telefooncel. *Doe dit alsjeblieft voor me, Sophie,* dacht ze. *Wees eens één keer aardig voor me.*

Sophie nam op, haar stem zacht en behoedzaam. 'Ja?'

'Met mij. Wil je naar mijn kamer gaan – '

'Ik denk er niet aan. Romy is door het dolle heen.'

'Ik moet mijn geld hebben. Wil je het voor me pakken, dan ga ik ervandoor en hoef je me nooit meer te zien.'

'Ik denk er niet over naar je kamer te gaan. Romy is bezig de hele boel overhoop te halen. Alles zal weg zijn.'

Molly zakte tegen de telefooncel aan.

'Luister, blijf weg. Kom hier niet terug.'

'Maar ik weet niet waar ik heen moet!' Molly begon plotseling te snikken. Wanhopig kromp ze in elkaar, haar haar viel voor haar ogen en werd nat van de tranen. 'Ik kan nergens heen...'

Het was even stil. Toen zei Sophie: 'Hé, Strijkplank? Luister, ik denk dat ik iemand weet die je zou kunnen helpen. Het zou maar voor een paar nachten zijn, daarna moet je jezelf zien te redden. Hé, luister je?'

Molly haalde diep adem. 'Ja.'

'Het is in Charter Street. Er is een bakkerij op de hoek met daarnaast een pension. Ze heeft een kamer op de eerste verdieping.'

'Wie?'

'Vraag maar naar Annie.'

'Je bent een van de meisjes van Romy, hè?'

De vrouw tuurde naar buiten over de ketting van de deur heen en door de smalle opening zag Molly de helft van haar gezicht – kortgeknipte, felrode krullen, een blauw oog met een donkere kring van vermoeidheid.

'Sophie heeft je adres gegeven,' zei Molly. 'Ze zei dat je misschien plaats voor me had.'

'Dat had Sophie eerst aan mij moeten vragen.'

'Alsjeblieft – mag ik hier niet slapen – alleen voor vannacht?' Bibberend sloeg Molly haar armen om haar schouders en keek de donkere gang in. 'Ik kan nergens anders heen. Ik zal me heel stil houden. Je zult niet eens merken dat ik er ben.'

'Wat heb je gedaan om Romy kwaad te maken?'

'Niets.'

De vrouw wilde de deur dichtdoen.

'Wacht!' riep Molly. 'Goed, goed. Ik denk dat ik hem inderdaad kwaad heb gemaakt. Ik wilde niet meer naar die dokter toe...'

Langzaam ging de deur wat verder open. De blik van de roodharige vrouw ging naar beneden, naar het middel van Molly. Ze zei niets.

'Ik ben zo moe,' fluisterde Molly. 'Mag ik niet gewoon bij je op de grond slapen? Alleen voor vannacht?'

De deur ging weer dicht.

Molly maakte een zacht, wanhopig geluid. Toen hoorde ze de ketting rammelen en de deur ging weer open. De vrouw was nu helemaal te zien, Ze had een dikke buik onder haar gebloemde jurk. 'Kom binnen,' zei ze.

Molly ging het appartement binnen. De vrouw deed meteen de deur dicht en maakte de ketting weer vast.

Even keken ze elkaar aan. Toen keek Molly naar de buik van de andere vrouw.

De vrouw zag Molly kijken en haalde haar schouders op. 'Ik ben niet dik. Het is een baby.'

Molly knikte en legde haar handen op haar eigen licht bollende buik. 'Ik heb er ook een.'

'Ik heb tweeëntwintig jaar voor oude mensen gezorgd. Ik heb in vier pensions in New Jersey gewerkt. Dus ik weet hoe ik het aan moet pakken.' De vrouw wees op het cv dat op Toby's keukentafel lag. 'Ik doe het al heel lang.'

'Ja, dat zie ik,' zei Toby, terwijl ze de staat van dienst van mevrouw Ida Bogart doorkeek. De bladzijden roken naar sigarettenrook. Dat deed de vrouw ook, die de stank had meegenomen aan haar slobberige kleren, die haar hele keuken met die lucht had verpest. *Waarom doe ik alsof?* vroeg Toby zich af. *Ik wil deze vrouw niet in mijn huis. Ik wil haar niet in de buurt van mijn moeder hebben.*

Ze legde de bladzijden neer op tafel en dwong zichzelf te glimlachen naar Ida Bogart. 'Ik zal uw cv bewaren tot ik een besluit heb genomen.'

‘U heeft toch meteen iemand nodig? Dat was wat er in de advertentie stond.’

‘Ik heb nog meer sollicitanten.’

‘Mag ik vragen of het er veel zijn?’

‘Een aantal.’

‘Er zijn niet veel mensen die ’s nachts willen werken. Ik heb dat nooit vervelend gevonden.’

Toby stond op, een duidelijk teken dat het gesprek voorbij was. Ze loodste de vrouw de keuken uit, en de gang door. ‘Ik zal uw naam in gedachten houden. Bedankt voor uw komst, mevrouw Bogart.’ Ze duwde de vrouw bijna naar buiten en deed de voordeur dicht. Daarna bleef ze met haar rug ertegenaan geleund staan, alsof ze haar huis wilde versperren voor andere mevrouwen Bogart. *Nog zes dagen,* dacht ze. *Hoe vind ik iemand in zes dagen?*

In de keuken ging de telefoon.

‘Het was haar zuster die belde. ‘En hoe gaat het met de sollicitanten?’ vroeg Vickie.

‘Dat wordt niets.’

‘Ik dacht dat je genoeg reacties had gehad?’

‘Een is een kettingrookster, twee spreken nauwelijks Engels, en een zei dat ik de drank achter slot en grendel moest doen. Vickie, dit levert niets op. Ik kan mam bij geen van die mensen achterlaten. Je zult haar ’s nachts bij jou moeten houden tot we iemand hebben gevonden.’

‘Ze loopt door het huis, Toby. Misschien zet ze het gas wel aan terwijl we liggen te slapen. Ik moet aan mijn kinderen denken.’

‘Ze zet het gas nooit aan. En meestal slaapt ze de hele nacht door.’

‘En het uitzendbureau?’

‘Dat is maar een oplossing voor korte tijd. Ik kan niet voortdurend nieuwe gezichten laten komen. Daar zou mam van in de war raken.’

‘Het zou in ieder geval een soort van oplossing zijn. Het is dat, of een verpleeghuis.’

‘Geen denken aan. Geen verpleeghuis.’

Vickie zuchtte. ‘Het was maar een idee. Ik denk ook aan jou. Ik wou dat ik meer zou kunnen doen…’

Maar dat kon niet, dacht Toby. Vickie had al twee kinderen die voortdurend om aandacht vroegen. Haar Ellen op te dringen, zou nóg een last zijn op de schouders van de al overbeladen Vickie. Toby liep naar het keukenraam en keek naar de tuin. Haar moeder stond bij het tuinschuurtje, met een bladhark in haar handen.

Het leek of Ellen niet meer wist wat ze met een hark moest doen en ze schraapte steeds maar met de tanden over het stenen pad.

'Hoeveel sollicitanten komen er nog?' vroeg Vickie.

'Twee.'

'Zag hun cv er goed uit?'

'Prima. Maar dat doen ze op papier allemaal. Pas als ze tegenover je staan, ruik je de drank.'

'O, zó erg kan het niet zijn, Toby. Je bent veel te negatief over de hele zaak.

'Kom jíj dan maar met hen praten. De volgende kan elk ogenblik komen–' Ze draaide zich om toen ze de bel hoorde. 'Dat zal hem zijn.'

'Ik kom er meteen aan.'

Toby hing op en ging de deur opendoen.

Er stond een oudere man op de stoep, met een afgetrokken, grauw gezicht en afhangende schouders. 'Ik kom voor de baan,' was alles wat hij kon uitbrengen voor hij door een hoestbui werd overvallen.

Toby nam hem haastig mee naar binnen en zette hem neer op de bank. Ze haalde een glas water voor hem en keek toe, terwijl hij kuchte, zijn keel schraapte, en nog wat kuchte. Een verkoudheid die maar niet weg wilde, vertelde hij haar tussen het hoesten en proesten door. Het ergste was voorbij, alleen de bronchitis bleef maar hangen. Maar dat betekende absoluut niet dat hij niet kon werken. Hij had wel gewerkt terwijl hij nog veel zieker was, hij had zijn hele leven gewerkt, al vanaf zijn zestiende.

Toby luisterde, meer uit medelijden dan uit belangstelling, terwijl ze haar ogen gericht hield op het cv dat op de salontafel lag. Wallace Dugan, eenenzestig jaar. Ze wist dat ze hem niet zou aannemen, dat had ze geweten zodra ze hem zag, maar ze had de moed niet het gesprek meteen af te breken. Dus luisterde ze zwijgend toe terwijl hij vertelde hoe hij op dit droevige punt in zijn leven was beland. Hoe hard hij de baan nodig had. Hoe moeilijk het was voor een man van zijn leeftijd.

Hij zat nog steeds op haar bank, toen Vickie arriveerde. Ze kwam de woonkamer binnen, zag de man en bleef staan.

'Dit is mijn zuster,' zei Toby. 'En dit is Wallace Dugan. Hij komt solliciteren.'

Wallace stond op om Vickie een hand te geven, maar zakte snel weer neer, overvallen door een nieuwe hoestbui.

'Toby, kan ik je even spreken?' vroeg Vickie. Ze draaide zich om en liep naar de keuken.

Toby liep achter haar aan en deed de deur achter zich dicht.

‘Wat is er met die man?’ fluisterde Vickie. ‘Hij ziet eruit of hij kanker heeft. Of tbc.’

‘Bronchitis, zegt hij.’

‘Je bent toch niet van plan hem aan te nemen?’

‘Hij is de beste sollicitant tot nu toe.’

‘Je maakt een grapje. Zeg alsjeblieft dat je een grapje maakt.’

Toby zuchtte. ‘Helaas niet. Je hebt de anderen niet gezien.’

‘Waren die nog erger dan híj?’

‘Hij lijkt in ieder geval nog aardig.’

‘Ja, vast wel. En als hij instort, gaat mam mond-op-mondbeademing doen?’

‘Vickie, ik neem hem niet in dienst.’

‘Waarom sturen we hem dan niet weg, voor hij de pijp uitgaat in je woonkamer?’

Er werd gebeld.

‘Jezus,’ zei Toby en ze schoot de keuken uit. Met een verontschuldigende blik naar Wallace Dugan liep ze langs hem heen, maar hij zat over zijn zakdoek gebogen weer te hoesten. Ze deed de voordeur open.

Een charmante vrouw keek haar glimlachend aan. Ze was halverwege de dertig, met kort bruin haar in een prinses Diana-coupe. Haar blouse en lange broek waren keurig gestreken. ‘Dokter Harper? Het spijt me als ik te vroeg ben. Ik wilde zeker weten dat ik kon vinden waar u woonde.’ Ze stak haar hand uit. ‘Ik ben Jane Nolan.’

‘Kom binnen, ik ben nog met een andere sollicitant in gesprek, maar – ’

‘Ik kan wel even met haar praten,’ zei Vickie, terwijl ze naar voren kwam om Jane een hand te geven. ‘Ik ben de zus van dokter Harper. Zullen we even naar de keuken gaan?’ Vickie keek naar Toby. ‘Zorg dat je hem kwijtraakt.’

Wallace Dugan wist het vonnis al. Toen Toby de zitkamer weer binnenkwam, zag ze hem met een verslagen gezicht naar de salontafel staren. Zijn cv lag voor hem, drie bladzijden met een verslag van vijfenveertig jaar hard werken. Een verslag dat waarschijnlijk zijn einde had bereikt.

Ze babbelden nog even, meer uit beleefdheid dan uit noodzaak. Ze zouden elkaar nooit meer ontmoeten; ze wisten het beiden. Toen hij ten slotte het huis verliet, deed Toby opgelucht de deur dicht. Per slot van rekening kwam je er niet met medelijden.

Ze ging naar de keuken.

Vickie was er alleen en stond in de deuropening naar buiten te kijken. ‘Kijk,’ zei ze.

Buiten, in de tuin, schuifelde Ellen over het stenen pad. Naast haar liep Jane Nolan. Ze knikte terwijl Ellen op de ene plant wees en daarna op de andere. Jane was als een klein, snel vogeltje, alert op elke beweging die haar metgezellin maakte. Ellen bleef staan en keek met gefronst voorhoofd naar iets bij haar voeten. Ze bukte om het op te rapen – een tuinharkje. Ze draaide het om en om in haar handen, alsof ze wilde kijken waar het voor was.

'Wat heb je daar nu gevonden?' vroeg Jane.

Ellen hield het harkje omhoog. 'Dit ding. Een borstel.' Het leek of Ellen meteen wist dat dat niet het goede woord was en ze schudde haar hoofd. 'Nee, het is geen borstel. Het is – je weet wel – je weet wel.'

'Voor de bloemen, toch?' vroeg Jane. 'Een harkje, om de aarde los te maken.'

'Ja.' Ellen straalde. 'Een harkje.'

'Laten we het op een veilige plek leggen, waar het niet zoek raakt. En waar je er niet per ongeluk op trapt.' Jane pakte het harkje en legde het in de kruiwagen. Ze keek op en toen ze Toby zag, glimlachte ze en zwaaide. Daarna gaf ze Ellen een arm. Samen liepen ze verder het pad af en verdwenen om de hoek van het huis.

Toby had het gevoel dat er een onzichtbare last van haar schouders viel. Ze keek haar zus aan. 'Wat denk je?'

'Haar cv ziet er goed uit. En ze heeft uitstekende referenties van drie verschillende verpleeghuizen. We zullen meer per uur moeten betalen, omdat ze gediplomeerd is. Maar ik zou zeggen dat ze het waard is.'

'Ik geloof dat mam haar aardig vindt. Dat is het belangrijkste.'

Vickie zuchtte tevreden. Het karwei was geklaard. De efficiënte Vickie. 'Ziezo,' zei ze, terwijl ze de achterdeur dichtdeed. 'Zo moeilijk was dat niet.'

Een nieuwe dag. Een nieuw lijk.

Daniel Dvorak stapte bij de autopsietafel vandaan en deed zijn handschoenen uit. 'Dat is het, Roy. Een steekwond in het bovenste kwadrant links, een scheur in de milt met een enorme bloeding als gevolg. Beslist geen natuurlijke oorzaak. Geen verrassingen.' Hij gooide de handschoenen in de vuilnisbak en keek rechercheur Sheehan aan.

Sheehan stond nog bij de tafel, maar zijn ogen waren niet op het uitgeholde lijk gericht. Nee, Sheehan stond met grote koeienogen naar Dvoraks assistente, Lisa, te kijken. Wat romantisch. Romeo en Julia die elkaar ontmoeten bij een lijk.

Dvorak schudde zijn hoofd en ging zijn handen wassen aan de wastafel. In de spiegel ving hij een glimp op van de beginnende romance. Rechercheur Sheehan, die wat rechter ging staan en zijn buik inhield. Lisa, die lachte en haar blonde krullen naar achteren schudde. Zelfs in de autopsiekamer gaat de natuur zijn gang.

Zelfs als een van de betrokkenen een getrouwde, te dikke politieman van middelbare leeftijd is.

Als Sheehan een paar blauwe ogen het hof wil maken, gaat mij dat niets aan, dacht Dvorak, terwijl hij kalm zijn handen afdroogde. Maar ik zou hem moeten waarschuwen dat hij niet de eerste politieman is wiens hormonen hier bewerkt worden. Autopsieën waren de laatste tijd verrassend populair geworden en dat kwam niet door de lijken.

'Ik ben op mijn kantoor,' zei Dvorak en verliet het lab.

Twintig minuten later klopte Sheehan op de deur van het kantoor van Dvorak en kwam binnen. Hij had de schaapachtig gelukkige uitdrukking op zijn gezicht van iemand die weet dat hij zich als een dwaas heeft aangesteld, die weet dat alle anderen het ook weten, maar zich er niets van aantrekt.

Dvorak besloot dat het hem ook niet kon schelen. Hij liep naar zijn dossierkast, haalde er een map uit en gaf die aan Sheehan. 'Hier is dat definitieve toxinerapport dat je wilde hebben. Heb je verder nog iets nodig?'

'Eh, ja. De voorlopige conclusie over die baby.'

'Waarschijnlijk wiegendood.'

Sheehan stak een sigaret op. 'Dat dacht ik al.'

'Zou je die uit willen maken?'

'Hè?'

'Er mag niet gerookt worden in dit gebouw.'

'In jouw kantoor ook niet?'

'De lucht blijft hangen.'

Sheehan lachte. 'Met jouw soort werk kun je nauwelijks klagen over vieze luchtjes.' Maar hij drukte de sigaret uit op het koffieschoteltje dat Dvorak naar hem toeschoof. 'Die Lisa is een aardige meid.'

Dvorak zei niets, het leek hem veiliger er het zwijgen toe te doen.

'Heeft ze een vriend?' vroeg Sheehan.

'Ik zou het niet weten.'

'Bedoel je dat je dat nooit hebt gevraagd?'

'Nee.'

'Ben je niet eens nieuwsgierig?'

'Ik ben nieuwsgierig naar een heleboel dingen. Maar daar niet naar.' Dvorak zweeg even. 'Trouwens, hoe is het met je vrouw en kinderen?'

Het was even stil. 'Prima.'

'Dus alles is goed thuis?'

'Jazeker.'

Dvorak knikte ernstig. 'Dan ben je een gelukkig mens.'

Met een rood gezicht keek Sheehan naar het toxinerapport. Politiemensen worden te vaak met de dood geconfronteerd, dacht Dvorak, en proberen krampachtig alles uit het leven te halen wat erin zit. Sheehan was een intelligente kerel, in wezen een fatsoenlijke man, maar hij had het moeilijk met de eerste glimp van de middelbare leeftijd in de spiegel.

Lisa koos dat moment om het kantoor binnen te komen met twee bladen met microscooppreparaten. Ze glimlachte stralend naar Sheehan en keek wat geschokt toen hij gewoon zijn blik afwendde.

'Wat zijn dat voor preparaten?' vroeg Dvorak.

'Het bovenste bakje zijn lever- en longcoupes van Joseph Odette. Op het onderste liggen hersencoupes van Parmenter.' Lisa wierp nog een tersluikse blik op Sheehan en hervond haar waardigheid. Op zakelijke toon zei ze: 'Je wilde toch alleen H- en E- en PAS-kleuring van de hersenen?'

'Heb je Kongo-Rood gedaan?'

'Dat zit er ook bij. Voor het geval dat.' Ze draaide zich om en liep weg, haar trots intact.

Een ogenblik later ging Sheehan ook weg, een tijdelijk gekuiste Romeo.

Dvorak nam de bladen met nieuwe preparaten mee naar het lab en zette de microscoop aan. Het eerste preparaat was van de long van Joey Odette. Een roker, dacht hij, scherp stellend op de alveolen. Dat was geen verrassing; bij de autopsie had hij de emfysemateuse veranderingen al gezien. Hij bekeek nog een paar longcoupes en ging verder met de leverpreparaten. Cirrose en vervetting. Ook nog aan de drank. Als Joey Odette zich niet door het hoofd had geschoten, hadden zijn lever of zijn longen het uiteindelijk wel begeven. Er zijn vele manieren om zelfmoord te plegen.

Hij dicteerde zijn bevindingen, zette de preparaten van Odette opzij en pakte de volgende bak.

Het eerste preparaat van Angus Parmenter verscheen door de lens. Het microscopisch onderzoeken van hersencoupes was een routineonderdeel van de autopsie. Op dit preparaat was een doorsnede te zien van de cerebrale cortex, felroze gekleurd met perjoodzuur volgens Schiff. Hij stelde het beeld scherp. Tien seconden lang staarde hij door de microscoop en probeerde te begrijpen wat hij zag.

*Artefact,* dacht hij. Dat moet het probleem zijn. Een vervorming van het weefsel door het fixeren of kleuren.

Hij haalde het preparaat eruit en schoof er een ander in. Weer stelde hij scherp.

Weer zag alles er helemaal verkeerd uit. In plaats van een uniform veld van zenuwweefsel met hier en daar een paarse kern, zag dit eruit als roze met wit schuim. Er zaten overal holtes, alsof de hersenmassa was weggegeten door microscopisch kleine motten.

Langzaam hief hij zijn hoofd op. Vervolgens keek hij naar zijn vinger – de vinger waarin hij met het scalpel had gesneden. Het sneetje was nu geheeld, maar hij zag nog steeds een dun lijntje op de huid, waar de wond zich kort geleden had gesloten. *Ik was met die hersens bezig toen het gebeurde. Ik ben ermee in aanraking geweest.*

De diagnose zou bevestigd moeten worden. Er moest een neuropatholoog worden geraadpleegd, er moest met een elektronenmicroscoop worden gekeken, de klinische gegevens moesten worden bekeken. Hij hoefde zijn eigen begrafenis nog niet echt te regelen.

Zijn handen zweetten. Hij zette de microscoop uit en slaakte een diepe zucht. Daarna pakte hij de telefoon.

Het kostte zijn secretaresse slechts een ogenblik om het nummer van Toby Harper in Newton te vinden. De telefoon ging zes keer over voor er met een geïrriteerd 'Hallo?' werd opgenomen.

'Dokter Harper? Met Dan Dvorak van de lijkschouwingsdienst. Stoor ik?'

'Ik heb de hele week geprobeerd u te bereiken.'

'Dat weet ik,' gaf hij toe. En kon geen excuus bedenken.

'Heeft u een diagnose van meneer Parmenter?'

'Daarom bel ik. Ik heb wat meer medische gegevens van u nodig.'

'U heeft toch de gegevens van het ziekenhuis?'

'Ja, maar ik wilde met u praten over wat u op de eerste hulp hebt gezien. Ik probeer nog steeds de histologie te interpreteren. Ik heb een beter klinisch beeld nodig.'

Door de telefoon hoorde hij iets dat leek op water dat uit een kraan liep en toen riep Toby: 'Nee, draai hem dicht! Draai hem dicht, het water stroomt over de vloer!' De telefoon viel kletterend neer en er klonken hollende voetstappen. Ze kwam weer aan de lijn. 'Luister, dit moment is niet erg geschikt. Kunnen we iets afspreken?'

Hij aarzelde. 'Dat is misschien een beter idee. Aan het eind van de middag?'

'Het is mijn vrije avond, maar ik moet een oppas regelen. Hoe laat bent u klaar met uw werk?'

'Ik blijf zo lang als nodig is.'

'Goed, ik zal proberen er om zes uur te zijn. Waar zit u?'

'Albany Street zevenentwintig, tegenover het Stadsziekenhuis. Het is na werktijd, dus is de voordeur op slot. Parkeer aan de achterkant.'

'Ik weet niet wat dit allemaal te betekenen heeft, dokter Dvorak.'

'U zult het begrijpen,' zei hij, 'als u de preparaten hebt gezien.'

# 10

Het was bijna half zeven toen Toby het parkeerterrein opreed achter het twee verdiepingen tellende gebouw aan Albany Street. Ze reed langs drie identieke bestelwagens, allemaal met het opschrift *Lijkschouwingsdienst Massachusetts,* en ze parkeerde bij de achterdeur van het gebouw. De hele dag had het er al naar uitgezien dat het zou gaan regenen en nu viel er eindelijk een zachte motregen die het duister een zilveren glans gaf. Het was eind oktober en het werd nu al zo vroeg donker; ze miste de lange, warme schemering van de zomer nu al. Het gebouw zag eruit als een door rode baksteen ommuurde graftombe.

Ze stapte de auto uit en liep het parkeerterrein over, haar hoofd gebogen tegen de regen. Net toen ze bij de achteringang kwam, ging de deur open. Haar hoofd schoot omhoog van verbazing.

Er stond een man in de deuropening, zijn lange gestalte stond scherp afgetekend tegen het licht in de gang. 'Dokter Harper?'

'Ja.'

'Ik ben Dan Dvorak. Meestal doen ze om zes uur de deur op slot, dus heb ik naar u uitgekeken. Kom binnen.'

Ze stapte het gebouw binnen en veegde de regen uit haar ogen. Ze knipperde tegen het licht en keek naar het gezicht van Dvorak. Ze probeerde het beeld dat ze in gedachten van hem had gevormd uit zijn stem aan de telefoon in overeenstemming te brengen met de indrukwekkende man die voor haar stond. Hij was ongeveer zo oud als ze had gedacht, halverwege de veertig. Er liepen een hoop zilveren strepen door zijn zwarte haar en het zat in de war, alsof hij zijn vingers er nerveus doorheen had gehaald. Zijn intens blauwe ogen lagen zo diep, dat ze haar uit donkere holtes leken aan te kijken. Hoewel hij even glimlachte, voelde ze dat het geforceerd was; het duurde maar even, maar het was een aantrekkelijke glimlach, die vervolgens plaats maakte voor een uitdrukking die ze niet helemaal kon doorgronden. Nervositeit, misschien. Ongerustheid.

'Bijna iedereen is al naar huis,' zei hij. 'Dus het is hier echt zo stil als in een lijkenhuis.'

'Ik heb geprobeerd zo snel mogelijk te komen, maar ik moest een oppas regelen.'

'Dus u hebt kinderen?'

'Nee, de oppas is voor mijn moeder. Ik laat haar niet graag alleen.'

Ze gingen met de trap naar boven. Dvorak liep iets voor haar uit, zijn witte jas fladderde tegen zijn lange benen. 'Neem me niet kwalijk dat ik u heb gevraagd op zo korte termijn te komen.'

'U hebt al mijn telefoontjes geweigerd aan te nemen en dan móet u me vanavond ineens spreken. Waarom?'

'Ik wil uw klinische mening horen.'

'Ik ben geen patholoog. U bent degene die de autopsie heeft gedaan.'

'Maar u hebt hem onderzocht toen hij nog in leven was.'

Hij ging de deur van het trappenhuis door en liep de gang van de eerste verdieping op, met zo'n nerveuze energie dat Toby hard moest lopen om hem bij te houden.

'Er is een neuroloog bij de behandeling betrokken geweest,' zei ze. 'Hebt u met hem gesproken?'

'Hij heeft zijn onderzoek pas verricht nadat de patiënt in coma was geraakt. Toen waren er nog maar weinig verschijnselen en symptomen waarneembaar. Behalve coma.'

'En Wallenberg? Hij was de behandelend arts.'

'Wallenberg beweert dat het een infarct was.'

'En was het dat niet?'

'Nee.' Hij maakte een deur open en deed het licht aan. Het was een kantoor met een stalen bureau, stoelen en een dossierkast. Het kantoor van een zeer georganiseerd man, dacht Toby, terwijl ze naar de keurige stapels papier keek, naar de studieboeken op de plank. De enige persoonlijke noten in het kantoor waren een duidelijk verwaarloosde varen, die op de dossierkast stond en een foto op het bureau. Een jongen van een jaar of vijftien met een ruige bos haar. Hij tuurde tegen het zonlicht in, terwijl hij een grote forel omhooghield. Het gezicht van de jongen was het evenbeeld van dat van Dvorak. Ze ging zitten in een stoel bij het bureau.

'Wilt u een kop koffie?' vroeg hij.

'Ik zou liever wat informatie hebben. Wat heeft u precies gevonden bij de autopsie?'

'Op het eerste gezicht niets.'

'Geen sporen van een infarct?'

'Noch door een trombus, noch door een bloeding.'

'En het hart? De kransslagaderen?'

'In prima conditie. Ik heb ze zelfs nog nooit zo schoon gezien bij een man van zijn leeftijd. Daaraan is hij niet gestorven.' Hij ging achter het bureau zitten. Zijn blik was zo indringend dat ze zichzelf moest dwingen het oogcontact te bewaren.

'Toxicologie?'

'Het is nog maar een week. Voorlopig is er diazepam en Dilantin te zien. Dat is allebei in het ziekenhuis gegeven tegen toevallen.' Hij boog zich naar voren. 'Waarom wilde u beslist een autopsie?'

'Dat heb ik u verteld. Hij was de tweede patiënt die ik had gezien met die symptomen. Ik wilde een diagnose.'

'Vertel me de symptomen nog eens. Alles wat u zich herinnert.'

Ze kon zich moeilijk concentreren terwijl die blauwe ogen zo gespannen op haar gezicht gericht waren. Ze leunde achterover en keek naar de stapel papieren op zijn bureau. 'Verwardheid,' zei ze. 'Ze kwamen beiden volkomen gedesoriënteerd op de eerste hulp.'

'Vertel me eerst over meneer Parmenter.'

Ze knikte. 'De ambulance bracht hem binnen, nadat zijn dochter hem thuis rondstrompelend had aangetroffen. Hij herkende haar niet, noch zijn eigen kleindochters. Naar ik heb begrepen, had hij visuele hallucinaties. Dacht dat hij kon vliegen. Toen ik hem onderzocht, kon ik geen sporen vinden van een trauma. Neurologisch gezien, was alleen de vinger-naar-neustest abnormaal. Eerst dacht ik dat het een infarct in de kleine hersenen zou kunnen zijn. Maar er waren andere symptomen die ik niet kon verklaren.'

'Zoals?'

'Het leek of wat hij zag vervormd was. Hij kon niet goed beoordelen hoe ver ik bij hem vandaan stond.' Ze zweeg even en fronste haar voorhoofd. 'O, dat verklaart de dwergen.'

'Wat bedoelt u?'

'Hij klaagde dat er dwergen in zijn huis waren. Ik denk dat hij zijn kleindochters bedoelde. Die zijn een jaar of tien.'

'Goed, zijn gezichtsvermogen was vervormd en hij vertoonde tekenen van een stoornis in de kleine hersenen.'

'En hij had last van stuiptrekkingen.'

'Ja, ik zag dat u daar melding van had gemaakt in uw aantekeningen.' Hij pakte een map op zijn bureau en maakte die open. Ze zag dat het een fotokopie was van de medische gegevens van de patiënt uit het Springer-ziekenhuis. 'U heeft het over een heftig trillen van de rechterarm.'

‘Terwijl hij in het ziekenhuis lag, had hij daar af en toe last van, ondanks antikrampmiddelen. Dat hebben de verpleegsters me verteld.’

Hij bladerde de gegevens door. ‘Wallenberg maakt er nauwelijks melding van. Maar ik zie hier wel dat hij Dilantin heeft voorgeschreven.’ Hij keek naar haar op. ‘U had kennelijk gelijk wat die stuiptrekkingen betreft.’

*En waarom niet?* dacht ze plotseling geïrriteerd. Nu was zij degene die zich naar voren boog. ‘Waarom vertelt u me niet op welke diagnose u uit bent?’

‘Ik wil uw herinnering niet beïnvloeden. Ik heb uw onbevooroordeelde visie nodig.’

‘Het zou ons beiden een hoop tijd besparen als u vertelde waar het om ging.’

‘Heeft u haast?’

‘Het is mijn vrije avond, dokter Dvorak. Ik zou nu thuis kunnen zijn en andere dingen doen.’

Hij keek haar een ogenblik zwijgend aan. Daarna leunde hij achterover en slaakte een diepe zucht. ‘Luister, het spijt me dat ik eromheen draai, maar ik ben hier aardig van geschrokken.’

‘Waarom?’

‘Ik denk dat we met iets besmettelijks te maken hebben.’

‘Bacterieel? Viraal?’

‘Geen van beide.’

Ze keek hem met gefronste wenkbrauwen aan. ‘Wat is er dan nog meer? Hebben we het over parasieten?’

Hij stond op. ‘Wilt u meegaan naar het lab? Dan zal ik u de preparaten laten zien.’

Ze gingen met de lift naar het souterrain en kwamen in een verlaten gang. Het was nu na zevenen. Ze wist dat er ergens anders in het gebouw nog iemand dienst moest hebben, maar terwijl ze door de stille gang liepen, leek het of zij en Dvorak volkomen alleen waren. Hij nam haar mee een deur binnen en deed het licht aan.

Er gingen tl-lampen aan, waarvan het felle licht werd weerkaatst op de glimmende oppervlakken. Ze zag een koelkast, roestvrijstalen wasbakken, een lage kast met apparaten erop voor kwantitatieve analyse en een computerterminal. Op een plank stonden potten met menselijke organen op sterk water. Er hing een vage lucht van formaline.

Hij liep naar een van de microscopen en zette hem aan. Er zat een tweede oculair aan, zodat ze tegelijk naar het preparaat konden kijken. Hij schoof een glaasje onder de lens en ging zitten, terwijl hij scherp stelde. ‘Kijk eens.’

Ze trok een krukje bij. Haar hoofd dicht bij het zijne buigend, keek ze door het tweede oculair. Wat ze zag, leek op witte belletjes in een roze zee.

'Het is lang geleden dat ik histologie heb gedaan,' gaf ze toe. 'Geef me een kleine aanwijzing.'

'Goed. Kunt u zeggen naar welk weefsel we kijken?'

Ze bloosde van verlegenheid. Kon ze maar meteen het antwoord spuien. In plaats daarvan was ze zich pijnlijk bewust van haar onwetendheid. En van de stilte die er tussen hen viel. Met haar gezicht tegen het oculair gedrukt, zei ze: 'Ik vind het vreselijk het te moeten toegeven, maar nee, ik kan het niet thuisbrengen.'

'Dat zegt niets over uw kennis, dokter Harper. Dit preparaat is zo abnormaal, dat het weefsel ook moeilijk te herkennen is. Waar we naar kijken, is een coupe van de cerebrale cortex van Angus Parmenter, PAS-gekleurd. Het roze zijn achtergrondneurophilen, met paars gekleurde nuclei.'

'Wat zijn al die holtes?'

'Dat was precies mijn vraag. In een normale cortex zitten die gaatjes niet.'

'Vreemd. Het lijkt op mijn roze keukenspons.'

Hij gaf geen antwoord. Verbaasd hief ze haar hoofd op en zag dat hij naar haar keek. 'Dokter Dvorak?'

'U zag het meteen,' mompelde hij.

'Wat?'

'Zo ziet het er precies uit. *Een roze spons.*' Hij leunde achterover en wreef met zijn hand over zijn ogen. Onder de felle lampen van het lab zag ze de lijnen van vermoeidheid op zijn gezicht, de schaduw van een donkere baard. 'Ik denk dat we te maken hebben met een spongieuse encephalopathie,' zei hij.

'U bedoelt zoals de ziekte van Creutzfeldt-Jakob?'

Hij knikte. 'Dat zou de pathologische veranderingen in het preparaat verklaren. Evenals het klinische beeld. De geestelijke achteruitgang. Het verwrongen gezichtsvermogen. De spierkrampen.'

'Dus die werden niet veroorzaakt door een infectie?'

'Nee. Ik denk dat u het soort spierkrampen hebt gezien die worden veroorzaakt doordat de patiënt schrikt van een hard geluid. Dat is niet te onderdrukken met Dilantin.'

'Is Creutzfeldt-Jakob niet uiterst zeldzaam?'

'Eén op de miljoen. Het treft bejaarden slechts uiterst zelden.'

'Maar er zijn wel groepjes gevallen. Vorig jaar in Engeland – '

'U denkt aan de gekke-koeienziekte. Dat lijkt een variant van Creutzfeldt-Jakob te zijn. Misschien is het dezelfde ziekte, we weten het niet echt zeker. De Engelse slachtoffers hebben het gekregen door besmet rundvlees te eten. Dat was een zeldzame uitbarsting en is sindsdien niet meer waargenomen.'

Zijn blik ging weer naar de microscoop. Zacht zei ze: 'Is het mogelijk dat we híer zo'n groepje gevallen hebben? Angus Parmenter was niet de eerste patiënt die ik met die symptomen heb gezien. Harry Slotkin ook. Hij werd weken voor Parmenter binnengebracht, met dezelfde verschijnselen. Verwardheid, een verwrongen gezichtsvermogen.'

'Dat zijn non-specifieke verschijnselen. Ze zouden door een autopsie bevestigd moeten worden.'

'Dat is met meneer Slotkin niet mogelijk. Hij wordt nog steeds vermist.'

'Dan kan de diagnose onmogelijk worden gesteld.'

'Ze woonden beiden in hetzelfde bejaardencomplex. Ze zouden aan dezelfde oorzaak blootgesteld geweest kunnen zijn.'

'Je krijgt die ziekte niet zoals je een gewone kou oploopt. Hij wordt overgebracht door een prion. Een abnormale proteïne in het celmateriaal. Je moet er direct via het weefsel mee in contact komen. Door een hoornvliestransplantatie, bijvoorbeeld.'

'Die mensen in Engeland hebben het gekregen door rundvlees te eten. Zou dat hier niet kunnen gebeuren? Ze zouden hetzelfde gegeten kunnen hebben.'

'Het Amerikaanse vee is niet besmet. Wij hebben geen gekkekoeienziekte.'

'Hoe weten we dat zo zeker?' Ze was geïntrigeerd nu en volgde koortsachtig deze nieuwe gedachte. Ze herinnerde zich die nacht op de eerste hulp, toen Harry werd binnengebracht. Ze herinnerde zich het stalen bekken dat kletterend op de grond was gevallen, en toen het geluid van Harry's been dat tegen de brancard bonkte. 'We hebben twee mannen uit hetzelfde wooncomplex. Met dezelfde symptomen.'

'Verwardheid is niet specifiek genoeg.'

'Harry Slotkin had stuiptrekkingen waarvan ik dácht dat ze door een infectie werden veroorzaakt. Nu realiseer ik me dat het dezelfde oorzaak zou kunnen hebben als bij Angus Parmenter.'

'Ik moet een autopsie kunnen doen. Ik kan geen diagnose van Harry Slotkin stellen zonder hersenweefsel.'

'En hoe zeker bent u van de diagnose van Angus Parmenter?'

'Ik heb de preparaten naar een neuropatholoog gestuurd. Hij gaat de coupes onder een elektronenmicroscoop bekijken. De uitslag kan een paar dagen duren.' Zacht voegde hij eraan toe: 'Ik hoop alleen dat ik het bij het verkeerde eind heb.'

Ze keek hem aandachtig aan en besefte dat het meer was dan vermoeidheid wat ze op zijn gezicht zag. Wat ze zag, was angst.

'Ik heb mezelf gesneden,' zei hij. 'Tijdens de autopsie. Terwijl ik de hersenen aan het weghalen was.' Hij schudde zijn hoofd, met een vreemd ironisch lachje. 'Ik heb wel duizend schedels opengesneden. Ik heb gewerkt met lijken met HIV, hepatitis, zelfs rabiës. Maar ik heb mezelf nooit gesneden. Dan krijg ik Angus Parmenter op tafel en het lijkt een natuurlijke doodsoorzaak. Een week in het ziekenhuis, geen sporen van infectie. En wat doe ik? Ik snijd in mijn vinger. Terwijl ik met die verdomde hérsenen bezig ben.'

'De diagnose is niet bevestigd. Misschien waren de preparaten niet goed gemaakt.'

'Dat hoop ik steeds.' Hij keek naar de microscoop alsof het een doodsvijand was. 'Ik had mijn handen om de hersenen. Ik had geen slechter moment kunnen kiezen om mezelf te snijden.'

'Het betekent niet dat u besmet bent. De kans dat u de ziekte inderdaad krijgt, moet uiterst klein zijn.'

'Maar is er toch. De kans bestaat toch.' Hij keek haar aan en ze kon hem niet tegenspreken. Ze kon ook geen valse geruststelling geven. Zwijgen was in ieder geval eerlijk.

Hij zette de lamp van de microscoop uit. 'Het heeft een lange incubatietijd. Dus zal het een jaar, twee jaar duren voor ik het weet. Zelfs na vijf jaar zal ik me nog steeds niet zeker voelen. Op de eerste verschijnselen wachten. Je begint met dementie. Een verwrongen gezichtsvermogen, hallucinaties misschien. Dan krijg je delirium. En ten slotte raak je in coma...' Hij haalde vermoeid de schouders op. 'Ik denk dat het beter is dan aan kanker doodgaan.'

'Het spijt me,' zei ze zacht. 'Ik voel me verantwoordelijk...'

'Waarom?'

'Ik heb op autopsie aangedrongen. Ik heb u in een gevaarlijke positie gebracht.'

'Dat heb ik zelf gedaan. Dat doen we beiden, dokter Harper. Dat hoort bij het vak. U werkt op de eerste hulp, iemand hoest in uw gezicht en u krijgt tbc. Of u prikt uzelf met een naald en u krijgt hepatitis of aids.' Hij haalde het glaasje uit de microscoop en legde het op een blad. Daarna deed hij een plastic hoes over de microscoop. 'Elke baan brengt risico's met zich mee, net zoals er risico's zijn als je 's morgens opstaat. Als je naar je werk rijdt, naar de brievenbus loopt. In een vliegtuig stapt.' Hij keek haar aan. 'De verrassing is niet dat we doodgaan. De verrassing is hoe en wanneer.'

'Er zou een manier kunnen zijn om de infectie tegen te houden in dit stadium. Misschien een injectie met immunoglobuline?'

'Werkt niet. Ik heb het in de literatuur nagekeken.'

'Hebt u het met uw arts besproken?'

'Ik heb het er nog met niemand over gehad.'

'Zelfs niet met uw familie?'

'Er is alleen mijn zoon Patrick, en hij is pas veertien. Op die leeftijd heeft hij genoeg om zich zorgen over te maken.'

Ze herinnerde zich de foto op het bureau, de jongen die die enorme vis omhooghield. Dvorak had gelijk; een jongen van veertien was te jong om te worden geconfronteerd met de sterfelijkheid van een ouder.

'Wat gaat u dan doen?'

'Zorgen dat mijn levensverzekering is betaald. En er het beste van hopen.' Hij stond op en stak zijn hand uit naar de lichtknop. 'Verder kan ik niets doen.'

Robbie Brace deed de deur open in een rood T-shirt en een smerige joggingbroek. 'Dokter Harper,' zei hij. 'U bent er snel.'

'Bedankt dat u me wilt ontvangen.'

'Ja, ach, u ziet ons niet bepaald op de beste tijd. Bedtijd, weet u. Een hoop huilen en onderhandelen.'

Toby ging naar binnen. Boven was ergens een kind aan het schreeuwen. Het klonk niet verdrietig, maar kwaad, en het ging gepaard met stampvoeten en iets hards wat op de grond kletterde.

'We zijn drie jaar oud en leren wat macht betekent,' legde Brace uit. 'Is het ouderschap niet heerlijk?' Hij deed de voordeur dicht en ging haar voor door de gang naar de woonkamer. Weer was ze onder de indruk van zijn enorme gestalte, zijn armen waren zo gespierd dat ze niet recht van zijn schouders naar beneden konden hangen. Ze ging op een bank zitten en hij installeerde zich in een versleten leunstoel.

Boven ging het geschreeuw verder, harder en met af en toe dramatisch gesnik ertussendoor. Er klonk ook een vrouwenstem, kalm maar vastbesloten.

'Het is een titanenstrijd,' zei Brace, met een blik naar boven. 'Mijn vrouw kan er heel wat beter tegen dan ik. Ik ga gewoon op mijn rug liggen en doe of ik dood ben.' Hij keek Toby aan en zijn glimlach verdween. 'Maar wat is er met Angus Parmenter?'

'Ik kom net van de lijkschouwingsdienst. Ze hebben een voorlopige diagnose: de ziekte van Creutzfeldt-Jakob.'

Brace schudde verbaasd het hoofd. 'Weten ze het zeker?'

'Het moet nog worden bevestigd door een neuropatholoog. Maar de symptomen passen bij de diagnose. Niet alleen voor Angus Parmenter. Ook voor Harry Slotkin.'

'Twee gevallen van C-J? Dat is net zoiets als de bliksem die twee keer inslaat. Hoe kunt u dat zo zeker weten?'

'Goed, bij Harry Slotkin weten we het niet zeker omdat er geen lijk is. Maar stel nu dat twee bewoners van Brant Hill die ziekte inderdaad hebben? Dan ga je je afvragen of er een gemeenschappelijke bron van infectie is.' Ze boog zich naar voren. 'U hebt me verteld dat Harry volgens zijn medische gegevens volkomen gezond was.'

'Dat klopt.'

'Is hij gedurende de afgelopen vijf jaar geopereerd? Een hoornvliestransplantatie bijvoorbeeld?'

'Ik herinner me niet zoiets gezien te hebben. Ik denk dat je op die manier C-J zou kunnen krijgen.'

'Daar zijn gevallen van bekend.' Ze zweeg even. 'Er is nog een manier waarop het kan worden overgebracht. Door injecties met menselijk groeihormoon.'

'En?'

'U hebt me verteld dat er op Brant Hill wordt geëxperimenteerd met hormooninjecties bij bejaarden. U hebt gezegd dat bij uw patiënten verbetering te zien was in gespierdheid en kracht. Is het mogelijk dat er besmet groeihormoon wordt ingespoten?'

'Groeihormoon komt niet langer uit hersens van kadavers. Het wordt kunstmatig vervaardigd.'

'En als Brant Hill een oude voorraad gebruikt? Groeihormoon dat met C-J is besmet?'

'Het oude groeihormoon is al heel lang niet meer op de markt. En Wallenberg gebruikt deze methode al jaren, al sinds hij bij het Rosslyn Instituut was. Ik heb nog nooit gehoord van een geval van C-J bij een van zijn patiënten.'

'Ik ken het Rosslyn Instituut niet. Wat is dat?'

'Een centrum voor geriatrisch onderzoek, in Connecticut. Wallenberg heeft daar een paar jaar als onderzoeksmedewerker gewerkt, voor hij naar Brant Hill kwam. Kijk de geriatrische literatuur maar na – dan zult u een aantal studies vinden die op Rosslyn zijn gedaan. En een half dozijn publicaties met de naam van Wallenberg als auteur. Hij is de goeroe op het gebied van de hormoonvervanging.'

'Dat wist ik niet.'

'Om dat te weten zou je gespecialiseerd moeten zijn in geriatrie.' Hij stond op, verdween in de kamer ernaast, en kwam weer terug met een aantal papieren, die hij voor Toby op de salontafel neerlegde. Bovenop lag een fotokopie van een artikel uit het *Journal of the American Geriatrics Society,* 1992. De titel van het artikel was: 'Na de Grens van Hayflick: verlenging van het leven op celniveau.'

'Het is de meest elementaire vorm van onderzoek,' zei Brace. 'Je neemt de maximale levensduur van een cel – de Grens van Hayflick – en probeert die te verlengen door manipulatie met hormonen. Als je het idee aanvaardt dat ons ouder worden en sterven een cellulair proces is, dan wil je proberen het leven van de cel te verlengen.'

'Maar om gezond te blijven, moet een zekere hoeveelheid cellen afsterven.'

'Natuurlijk. We stoten voortdurend dode cellen af, in onze slijmachtige membranen en door middel van onze huid. Maar die regenereren we. Wat we niet regenereren zijn cellen als beenmerg, hersenen en andere vitale organen. Die worden oud en sterven. En daardoor sterven wij.'

'En met deze hormonen-manipulatie?'

'Daar draait het onderzoek om. Welke hormonen – of combinaties van hormonen – verlengen de levensduur? Daar doet Wallenberg al sinds 1990 onderzoek naar. En hij heeft een aantal veelbelovende resultaten.'

Ze keek naar hem op. 'Die oude man in het verpleeghuis – die zich zo heftig verzette?'

Brace knikte. 'Hij heeft waarschijnlijk de spieren en de kracht van een veel jongere man. Helaas zijn zijn hersens niet goed meer door alzheimer. Daar kunnen hormonen niets tegen doen.'

'Over welke hormonen hebben we het? U had het over een combinatie.'

'Het aanvaarde onderzoek toont veelbelovende resultaten met groeihormoon, DHEA, melatonine en testosteron. Ik geloof dat Wallenberg op het moment met verschillende hoeveelheden van die hormonen werkt, plus nog een paar andere misschien.'

'U weet het niet zeker?'

'Ik ben niet bij dat onderzoek betrokken. Ik zorg alleen voor de verpleeghuispatiënten. Maar het zijn nog allemaal luchtkastelen. Niemand weet wat werkt. Het enige wat we weten, is dat onze hypofyse ophoudt bepaalde hormonen te produceren als we ouder worden. Misschien is de bron van de eeuwige jeugd een of ander hormoon dat we nog niet hebben ontdekt.'

'Dus geeft Wallenberg vervangende injecties.' Ze lachte. 'Letterlijk een sprong in het duister.'

'Het zou kunnen werken. Ik heb de indruk dat er een aantal heel gezonde tachtigjarigen rond loopt op die golfbaan.'

'Ze zijn ook rijk, ze hebben veel lichaamsbeweging en weinig zorgen.'

'Ach ja, wie weet? Misschien is een gezonde bankrekening nog de beste garantie voor een lang leven.'

Toby bladerde het artikel door en legde het weer op de salontafel. Ze keek nogmaals naar de datum van publicatie. 'Hij geeft al sinds 1990 hormooninjecties, zonder dat er ooit een geval van C-J is gemeld?'

'Hij is op Rosslyn vier jaar met het onderzoek bezig geweest. Daarna is hij naar Brant Hill gekomen en ermee verdergegaan.'

'Waarom is hij bij Rosslyn weggegaan?'

Brace lachte. 'Waarom denkt u?'

'Geld.'

'Het is ook de reden waarom ik naar Brant Hill ben gekomen. Een prettig salaris, geen gezeur met verzekeringsmaatschappijen en patiënten die inderdaad luisteren naar mijn advies. Hij zweeg even. 'Wat Wallenberg betreft, heb ik gehoord dat er andere dingen aan de hand waren. Op de laatste geriatrie-conferentie waar ik was, gingen er wat praatjes rond. Over Wallenberg en een vrouwelijke assistente op Rosslyn.'

'O. Als het geen geld is, is het seks.'

'Wat is er nog meer?'

Ze dacht aan Carl Wallenberg in zijn smoking, de jonge leeuw met de amberkleurige ogen, en kon zich gemakkelijk voorstellen dat vrouwen hem aantrekkelijk zouden vinden. 'Dus hij had een verhouding met een assistente,' zei ze. 'Dat is niet bijzonder schokkend.'

'Wel als het om drie mensen gaat.'

'Wallenberg, die vrouw, en wie nog meer?'

'Nog een arts op Rosslyn, een man. Ik heb begrepen dat er aardig wat spanningen tussen hen waren en ze hebben alle drie ontslag genomen. Wallenberg is naar Brant Hill gekomen en is verder gegaan met zijn onderzoek. Hoe dan ook, dat betekent dat hij al zes jaar lang injecties met hormonen geeft, zonder rampzalige bijwerkingen.'

'En geen gevallen van C-J.'

'Daar is niets van bekend. Ik denk dat u het elders moet zoeken, dokter Harper.'

'Goed, laten we eens kijken op welke andere manier die twee mannen besmet geraakt zouden kunnen zijn. Een operatie. Iets betrekkelijk onbelangrijks, zoals een hoornvliestransplantatie.

Dat zou u over het hoofd gezien kunnen hebben bij het bekijken van hun gegevens.'

Brace maakte een geïrriteerd geluid. 'Waarom maakt u hier trouwens zo'n punt van? Ik heb voortdurend patiënten die doodgaan en dat is geen obsessie voor me.'

Met een zucht leunde ze achterover in de bank. 'Ik weet dat het niets verandert. Ik weet dat Harry waarschijnlijk dood is. Maar als hij inderdaad Creutzfeldt-Jakob had, dan was hij waarschijnlijk al stervende toen ik hem zag en had ik niets kunnen doen om hem te redden.' Ze keek Brace aan. 'Misschien zou ik me niet zo verantwoordelijk voelen voor zijn dood.'

'Dus het is schuldgevoel?'

Ze knikte. 'En een zekere hoeveelheid eigenbelang. De advocaat van de zoon van Harry neemt al verklaringen op van de staf van de eerste hulp. Ik denk niet dat ik een proces kan vermijden. Maar als ik zou kunnen bewijzen dat Harry al ongeneeslijk ziek was toen hij bij mij kwam.'

'Dan zou u sterker staan voor de rechtbank.'

Ze knikte. En ze schaamde zich. *Uw vader was al stervende, meneer Slotkin. Dus wat doet het ertoe?*

'We weten niet of Harry dood is,' zei Brace.

'Hij is al een maand vermist. Wat zou hij anders zijn? Zijn lichaam moet alleen gevonden worden.'

Boven was het huilen opgehouden, de strijd was eindelijk gewonnen. De stilte benadrukte slechts de ongemakkelijke wending die hun gesprek had genomen. Er klonken voetstappen op de trap en er kwam een vrouw binnen. Ze had rood haar en haar huid was zo bleek, dat haar gezicht doorschijnend leek in het licht van de schemerlamp.

'Mijn vrouw Greta,' zei Brace. 'En dit is dokter Toby Harper. Toby kwam even langs om over het werk te praten.'

'Het spijt me van al die herrie,' zei Greta. 'Dat is de dagelijkse driftbui. Vertel me nog eens, Robbie, waarom hebben we eigenlijk kinderen genomen?'

'Om ons superieure DNA door te geven. Het probleem is, liefje, dat ze jóuw temperament heeft.'

Greta ging naast haar man op de armleuning zitten. 'Dat heet vastberadenheid. Geen temperament.'

'Nou ja, hoe je het ook noemt, het valt niet mee voor je oren.' Hij klopte zijn vrouw op haar knie. 'Toby werkt op de eerstehulp van het Springer-ziekenhuis. Zij is degene die mijn gezicht heeft gehecht.'

'O.' Greta knikte waarderend. 'Dat hebt u keurig gedaan. Hij zal nauwelijks een litteken overhouden.' Ze keek plotseling met gefronste wenkbrauwen naar de salontafel. 'Robbie, ik hoop dat je onze gast iets te drinken hebt aangeboden. Zal ik thee zetten?'

'Nee, liefje, dat hoeft niet,' zei Robbie. 'We zijn klaar.'

*Ik denk dat dat het sein is dat ik weg moet,* dacht Toby. Met tegenzin stond ze op.

Robbie ook. Hij gaf zijn vrouw een snelle kus en zei: 'Ik ben zo terug. Ik ga alleen even naar de kliniek.' Vervolgens keerde hij zich naar Toby, die hem verbaasd aankeek. 'U wilt die patiëntengegevens toch zien?' vroeg hij.

'Ja. Natuurlijk.'

'Dan zie ik u daar. Brant Hill.'

# 11

'Ik wist dat u erover zou blijven zeuren,' zei Robbie, terwijl hij de voordeur van de kliniek van Brant Hill openmaakte. 'Kijk hiernaar, kijk daarnaar. Ik heb bedacht dat ik u beter zelf naar die verrekte gegevens kon laten kijken, zodat u weet dat ik niets voor u achterhoud.' Ze gingen het gebouw binnen en de voordeur sloeg achter hen dicht. Het geluid weerklonk door de lege gang. Hij ging rechtsaf en maakte een deur open waarop stond: MEDISCHE GEGEVENS.

Toby deed het licht aan en keek verbaasd naar de zes gangen met dossierkasten. 'Alfabetisch?' vroeg ze.

'Ja. De A is aan die kant, de Z aan de andere. Ik ga de kaart van Slotkin zoeken, zoekt u dan Parmenter.'

Toby liep naar de P. 'Wat ongelooflijk veel gegevens hebben jullie. Heeft Brant Hill werkelijk zoveel patiënten?'

'Nee. Dit is de centrale plaats waar alle gegevens van de Orcutt-verpleeghuizen worden bewaard.'

'Is dat een soort conglomeraat?'

'Ja. Wij zijn hun vlaggenschip.'

'Hoeveel verpleeghuizen hebben ze?'

'Een stuk of twaalf, geloof ik. De administratie is centraal geregeld.'

Toby vond de kast met de P's en bladerde de kaarten door. 'Ik kan hem niet vinden,' zei ze.

'Die van Slotkin heb ik.'

'Waar is Parmenter dan?'

Brace kwam haar gang in. 'O, daar heb ik niet aan gedacht. Hij is overleden, dus hebben ze dat dossier waarschijnlijk bij de oude gedaan.' Hij liep naar een stel kasten achter in het vertrek. Een ogenblik later deed hij de lade dicht. 'Die zal wel vernietigd zijn. Ik kan hem niet vinden. Waarom beperkt u zich niet tot de kaart van Harry? Bekijk hem naar hartelust en overtuig uzelf dat ik niets over het hoofd heb gezien.'

Ze ging aan een leeg bureau zitten en deed het dossier van

Harry Slotkin open. Het was ingedeeld al naar gelang de klachten, met Huidige Ziekten op de eerste bladzijde. Daar zag ze niets opmerkelijks: goedaardige hypertrofie van de prostaat. Chronische rugpijn. Licht geheugenverlies ten gevolge van otosclerose. Alle normale ouderdomsverschijnselen.

Ze bekeek de gegevens van het verleden. Weer was er niets bijzonders: blindedarmoperatie op zijn vijfendertigste. Prostaatoperatie op zijn achtenzestigste. Op zijn zeventigste geopereerd aan staar. Harry Slotkin was over het algemeen een gezond man geweest.

Ze bekeek de lijst van bezoeken aan de kliniek, waar ook de aantekeningen van de arts bij stonden. De meeste waren routinecontroles, getekend door dokter Wallenberg, met af en toe een aantekening erbij van dokter Bartell, een uroloog. Toby bladerde verder tot haar oog viel op een aantekening van twee jaar geleden. Ze kon de naam van de arts nauwelijks ontcijferen.

'Wie heeft dit geschreven?' vroeg ze. 'De handtekening lijkt op een soort Y.'

Brace tuurde naar het onleesbare handschrift. 'Geen idee.'

'U herkent de naam niet?'

Hij schudde zijn hoofd. 'Af en toe komen er artsen van buitenaf voor speciale gevallen. Waar was dit voor?'

'Ik geloof dat er staat "scheef neusbeen". Zal wel KNO zijn.'

'Er is hier in Newton een KNO-specialist die Greeley heet. Die handtekening moet een G zijn, geen Y.'

Ze kende de naam. Greeley kwam af en toe op de eerste hulp van het Springer-ziekenhuis.

Ze bladerde naar de laboratoriumgegevens, waar ze een computeruitdraai vond met de meest recente bepalingen. Alles zag er normaal uit.

'Een behoorlijk goed hemoglobinegehalte voor een man van zijn leeftijd,' merkte ze op. 'Vijftien is beter dan het mijne.' Ze keek naar het volgende vel en bekeek met gefronste wenkbrauwen een bladzijde met het briefhoofd: *Newton Diagnostiek.* 'Allemachtig, jullie geloven niet in kostenbeheersing, is het wel? Kijk eens naar al die labonderzoeken. Radioimmunotest op schildklierhormoon, groeihormoon, prolactine, melatonine, ACTH. De lijst gaat maar door.' Ze keek naar de volgende bladzijde. 'En maar door. Het onderzoek is een jaar geleden gedaan, en drie maanden geleden weer. Een of ander lab in Newton loopt royaal binnen.'

'Dat is het onderzoek dat Wallenberg bij al zijn hormooninjectie-patiënten laat doen.'

'Maar in dit dossier wordt de hormoonbehandeling nergens vermeld.'

Brace was even stil. 'Dat is inderdaad vreemd, nietwaar? Al die tests te laten doen als Harry die behandeling niet kreeg.'

'Misschien spekt Brant Hill de zakken van Newton Diagnostiek. Al die tests hebben waarschijnlijk een paar duizend dollar gekost.'

'Heeft Wallenberg de opdracht gegeven?'

'Dat staat niet in het labrapport.'

'Kijk bij de andere gegevens. Vergelijk de data.'

Ze bladerde naar het onderdeel: *Voorschriften*. Het waren doorslagen van de met de hand geschreven voorschriften van de artsen, allemaal ondertekend en gedateerd.

'Goed, het eerste endocriene-onderzoek was in opdracht van Wallenberg. Het tweede was in opdracht van die vent met het slechte handschrift. Dokter Greeley – als hij dat tenminste is.'

'Waarom zou een KNO-arts endocriene tests laten doen?'

Ze bekeek de rest van de voorschriften. 'Hier is die handtekening weer, bijna twee jaar geleden. Hij heeft pre-operatief valium voorgeschreven en om zes uur 's morgens de patiënt per ambulance naar de Howarth Kliniek in Wellesley laten brengen.'

'Pre-operatief voor wat?'

'Ik geloof dat er staat "scheef neusbeen".' Met een zucht sloot ze het dossier. 'Daar zijn we niet veel mee opgeschoten, is het wel?'

'Kunnen we dan gaan? Greta zal onderhand wel nijdig op me zijn.'

Spijtig gaf ze hem het dossier terug. 'Het spijt me dat ik u vanavond hierheen heb gesleept.'

'Ach, ik ben er zelf bij geweest. Dat dossier van Parmenter hoeft u toch niet meer te zien, is het wel?'

'Als u het kunt vinden voor me.'

Hij stopte het dossier van Harry Slotkin in de kast en gooide de la met een klap dicht. 'Om u de waarheid te zeggen, dokter Harper, staat het niet hoog op mijn lijstje van prioriteiten.'

Er brandde licht in de woonkamer. Terwijl Toby naast de Saab van Jane Nolan op de oprit stopte, zag ze het silhouet van een vrouw voor het raam staan. Het was een geruststellend gezicht, die waakzame gestalte die de duisternis in tuurde. Het vertelde haar dat er iemand thuis was, dat iemand de wacht hield.

Toby deed de voordeur open en ging naar de woonkamer. 'Ik ben er weer.'

Jane Nolan was bij het raam vandaan gelopen om haar tijdschriften bij elkaar te pakken. Op de bank lag een damesblad open op de pagina met de horoscopen. Jane pakte het snel op en keek Toby met een verlegen glimlach aan. 'Mijn intellectuele stimulans voor vanavond. Ik weet dat ik mijn ontwikkeling zou moeten verbeteren door serieuze dingen te lezen, maar eerlijk gezegd...' Ze hield het tijdschrift omhoog. 'Ik ben dol op horoscopen.'

'Ik ook,' gaf Toby toe. Ze lachten allebei, blij met de gedachte dat vrouwen bepaalde fantasieën gemeenschappelijk hadden.

'Hoe is het vanavond gegaan?' vroeg Toby.

'Heel goed.' Jane draaide zich om en schoof snel de kussens van de bank recht. 'We hebben om zeven uur gegeten en ze heeft alles zo'n beetje verslonden. Daarna heb ik haar een bubbelbad gegeven. Maar ik denk dat ik het niet had moeten doen,' voegde ze er spijtig aan toe.

'Waarom? Wat is er gebeurd?'

'Ze vond het zó leuk, dat ze er niet meer uit wilde. Ik moest eerst het bad leeg laten lopen.'

'Ik geloof niet dat ik mam ooit een bubbelbad heb gegeven.'

'O, het is echt leuk om te zien! Ze doet het schuim op haar hoofd en blaast het alle kanten uit. Je had de troep op de grond moeten zien. Het is alsof je een kind ziet spelen. Wat ze in zekere zin ook is.'

Toby zuchtte. 'En het kind wordt elke dag jonger.'

'Maar ze is zo'n áárdig kind. Ik heb zo vaak met alzheimer-patiënten gewerkt die niet aardig zijn. Die alleen maar gemeen worden als ze ouder worden. Ik denk niet dat dat met je moeder zal gebeuren.'

'Nee,' zei Toby met een glimlach. 'Dat is ze nooit geweest.'

Jane pakte de rest van haar tijdschriften en stopte ze in haar rugzak. Er zat ook een tijdschrift met allemaal bruidsjurken bij. Dat was voor dromers, dacht Toby. Volgens het cv van Jane was ze niet getrouwd. Op haar vijfendertigste leek Jane op zoveel andere vrouwen die Toby kende, nog vrij maar vol hoop. Gretig maar nog niet wanhopig. Vrouwen die het met donkerharige filmidolen moesten doen tot er een man van vlees en bloed in hun leven kwam. Als dat ooit gebeurde.

Ze liepen naar de voordeur.

'Dus je vindt dat het allemaal goed is gegaan.'

'O, ja. Ellen en ik kunnen het best met elkaar vinden.' Jane deed de deur open en bleef staan. 'Dat was ik bijna vergeten. Je zus heeft gebeld. En er is gebeld door iemand van de lijkschouwingsdienst. Hij zei dat hij terug zou bellen.'

'Dokter Dvorak? Heeft hij gezegd wat hij wilde?'

'Nee. Ik heb tegen hem gezegd dat je er wat later zou zijn.' Ze glimlachte en zwaaide even. 'Prettige avond nog.'

Toby deed de voordeur op slot en ging naar de slaapkamer om haar zus te bellen.'

'Ik dacht dat het je vrije avond was,' zei Vickie.

'Dat is het ook.'

'Ik was verbaasd toen Jane opnam.'

'Ik heb haar gevraagd een paar uur op mam te passen. Eens in de zes maanden wil ik ook wel eens een avond weg, weet je.'

Vickie zuchtte. 'Je bent weer kwaad op me, is het niet?'

'Nee, dat ben ik niet.'

'Ja, wel waar. Toby, ik wéét dat jij met mam zit opgescheept. Ik weet dat het niet eerlijk is. Maar wat moet ik doen? Ik heb die kinderen waar ik gek van word. Ik heb een baan en toch moet ik het meeste werk in huis ook nog doen. Ik heb het gevoel dat ik het hoofd nauwelijks boven water kan houden.'

'Vickie, is dit een wedstrijd? Wie het het slechtst heeft?'

'Je hebt er geen idee van wat je met die kinderen te stellen hebt.'

'Nee, dat zal wel niet.'

Er viel een lange stilte. En Toby dacht: *Ik heb er geen idee van omdat ik nooit de kans heb gekregen.* Maar dat kon ze Vickie niet kwalijk nemen. Het kwam door haar ambitie dat Toby zo op haar carrière gericht was geweest. Vier jaar studeren, drie jaar intern in het ziekenhuis. Er was geen tijd geweest voor romantiek. En toen was het geheugen van Ellen achteruitgegaan en had Toby langzamerhand de verantwoordelijkheid voor de zaken van haar moeder op zich genomen. Het was niet gepland geweest. Het was niet een weg die ze doelbewust had gekozen. Haar leven was gewoon zo gelopen.

Ze had niet het recht kwaad te zijn op haar zus.

'Luister, kun je zondag komen eten?'

'Dan moet ik werken.'

'Ik kan nooit onthouden wanneer je dienst hebt. Het is toch nog steeds vier avonden op, drie avonden af?'

'Meestal. Volgende week heb ik maandag en dinsdag vrij.'

'O, jee. Dat kan allebei niet. Maandag is er ouderavond. En dinsdag heeft Hannah uitvoering van pianoles.'

Toby zei niets. Ze wachtte alleen maar tot Vickie klaar was met de gebruikelijke opsomming van hoe vol haar agenda was, hoe moeilijk het was de bezigheden van vier verschillende mensen op elkaar af te stemmen. Net als alle kinderen hadden Hannah en

Gabe het tegenwoordig druk met elk ogenblik van hun vrije tijd op te vullen met muziekles, gymnastiek, zwemmen, computerles. Ze moesten hierheen gereden worden, daarheen, en tegen het eind van de dag was Vickie aan het eind van haar Latijn.

'Het geeft niet,' onderbrak Toby haar ten slotte. 'Waarom proberen we niet een andere dag?'

'Ik had écht graag gewild dat je kwam.'

'Ja. Ik weet het. Ik heb het tweede weekend van november vrij.'

'O, dat zal ik opschrijven. Laat me eerst kijken of het kan wat de rest hier betreft. Ik bel je volgende week, goed?'

'Prima. Tot ziens, Vickie.' Toby hing op en haalde vermoeid haar hand door haar haar. Te druk, te druk. We kunnen niet eens de tijd vinden om wat nader tot elkaar te komen. Ze liep de gang door naar de kamer van haar moeder en keek om het hoekje van de deur.

In het zachte licht van het nachtlampje zag Toby dat Ellen sliep. Ze zag eruit als een kind in haar bed, haar lippen een beetje van elkaar, haar gezicht glad en onbezorgd. Er waren momenten, zoals nu, dat Toby een glimp opving van het kleine meisje dat Ellen ooit was geweest, dat ze zich het kind kon voorstellen met het gezicht van Ellen en de angsten van Ellen. Wat was er van dat kind geworden? Had ze zich teruggetrokken, was ze begraven geraakt onder al die afstompende lagen van het volwassen worden? Kwam ze pas nu weer tevoorschijn, aan het eind van het leven, nu diezelfde lagen wegvielen?

Ze raakte het voorhoofd van haar moeder aan en streek de grijze krullen opzij. Ellen werd wakker en keek Toby met een verbaasde blik aan.

'Ik ben het maar, mam,' zei Toby. 'Ga maar weer slapen.'

'Is het gas uit?'

'Ja, mam. En de deuren zijn op slot. Welterusten.' Ze gaf Ellen een kus en ging de kamer uit.

Ze besloot nog niet naar bed te gaan. Het had geen zin haar dag-en-nachtritme in de war te brengen – over vierentwintig uur zou ze weer nachtdienst hebben. Ze schonk zichzelf een glas cognac in en ging ermee naar de woonkamer. Ze zette een cd van Mendelssohn op. Eén enkele viool begon te zingen, zuiver en treurig. Het was het lievelingsconcert van Ellen, en nu ook dat van Toby.

Op het hoogtepunt van het crescendo ging de telefoon. Ze zette de muziek zachter en nam op.

Het was Dvorak. 'Het spijt me dat ik zo laat nog bel,' zei hij.

'Dat geeft niet. Ik ben nog niet zo lang thuis.' Ze leunde achterover in de kussens van de bank, met het glas cognac in de hand. 'Ik hoorde dat u had gebeld.'

'Ik had uw huishoudster aan de lijn.' Hij zweeg. Op de achtergrond hoorde ze operamuziek aan zijn kant. *Don Giovanni*. Daar zitten we dan, dacht ze, twee vrije mensen, allebei alleen thuis, in het gezelschap van onze stereo. Hij zei: 'U zou de gegevens gaan bekijken van die patiënten van Brant Hill. Ik vroeg me af of u nog iets had gevonden.'

'Ik heb het dossier van Harry Slotkin gezien. Er is geen besmetting met Creutzfeldt-Jakob mogelijk via een operatie.'

'En de hormooninjecties?'

'Nee. Ik denk niet dat hij daarmee is behandeld. Het stond in ieder geval niet in zijn dossier.'

'En Parmenter?'

'We konden zijn gegevens niet vinden. Dus weet ik niet of hij geopereerd is. Dat zou u morgen aan dokter Wallenberg kunnen vragen.'

Hij zei niets. Ze realiseerde zich dat *Don Giovanni* niet langer speelde, dat Dvorak stilte om zich heen had.

'Ik wou dat ik u meer kon vertellen,' zei ze. 'Dat wachten op een diagnose moet afschuwelijk zijn.'

'Ik heb wel eens een leukere avond gehad,' gaf hij toe. 'Ik heb ontdekt dat levensverzekeringspolissen hele saaie lectuur zijn.'

'O, nee. Zo hebt u uw avond toch niet doorgebracht?'

'De fles wijn heeft geholpen.'

Ze mompelde iets meelevends. 'Na een nare dag neem ik meestal een glas cognac. Dat heb ik nu ook in mijn hand.' Ze zweeg even en voegde er roekeloos aan toe: 'Ach, ik ben toch de hele nacht op. Dat ben ik altijd. Als u zin hebt, kom dan een glas met me meedrinken.'

Toen hij niet meteen antwoord gaf, deed ze haar ogen dicht en dacht: *God, waarom heb ik dat gezegd? Waarom klink ik of ik zo vreselijk graag gezelschap wil?*

'Bedankt, maar ik zou vanavond niet erg prettig gezelschap zijn,' zei hij. 'Een andere keer, misschien.'

'Ja. Een andere keer. Welterusten.' Terwijl ze ophing, dacht ze: *En wat had ik gedacht?* Dat hij meteen hierheen zou rijden, dat we elkaar de hele nacht diep in de ogen zouden kijken?

Ze zuchtte en zette het Mendelssohn-concert nog een keer op. Terwijl de viool speelde, nam ze af en toe een slokje cognac en telde de uren tot het licht werd.

# 12

James Bigelow had genoeg van begrafenissen. Hij had er de afgelopen jaren al zoveel bijgewoond, en de laatste tijd kwamen ze steeds vaker voor, als een steeds sneller tromgeroffel dat het verstrijken van de tijd aangaf. Het was te verwachten dat veel van zijn vrienden waren gestorven; op zijn zesenzeventigste had hij de meesten van hen al overleefd. Nu was de dood bezig ook hem in te halen. Hij voelde de naderbij sluipende voetstappen, hij kon zich heel duidelijk voor de geest halen hoe zijn eigen stijve gestalte in de open kist lag. Het gezicht gepoederd, het haar gekamd, het grijze, wollen pak keurig geperst en dichtgeknoopt. Diezelfde mensen die langs liepen om in stilte de laatste eer te bewijzen. Het feit dat Angus Parmenter en niet Bigelow in de kist lag, was slechts een kwestie van tijd. Over een maand, over een jaar, zou zíjn kist in deze aula opgesteld staan. Voor ons allemaal komt er een einde aan de reis.

De rij schoof naar voren; Bigelow schoof mee. Hij bleef naast de kist staan en keek neer op zijn vriend. *Zelfs jij was niet onsterfelijk, Angus.*

Hij liep door, het middenpad in en ging op de vierde rij zitten. Daarvandaan keek hij hoe de bekende gezichten van Brant Hill voorbijliepen. Daar was de buurvrouw van Angus, Anna Valentine, die hem had achtervolgd met telefoontjes en stoofschotels. Er waren golfmakkers van de club, echtparen van de wijnproeverij en musici van de amateurband van Brant Hill.

Waar was Phil Dorr?

Bigelow keek rond of hij Phil zag. Hij wist dat hij er moest zijn. Nog maar drie dagen geleden hadden ze samen wat gedronken op de club en hadden ze op zachte toon gepraat over hun oude pokermaats, Harry en Angus en Stan Mackie. Die waren er nu alle drie niet meer, alleen Phil en Bigelow waren nog over. Om alleen met z'n tweeën te gaan zitten pokeren, was de moeite niet waard, had Phil gezegd. Hij was van plan geweest een spel kaarten in de kist van Angus te stoppen, een soort cadeau voor aan de grote pokertafel in de hemel. Zou de familie het erg vinden, had hij zich afgevraagd. Zouden ze het onwaardig vinden als er zoiets goedkoops tussen de satijnen voering werd gestopt? Ze hadden er samen wat triest om gelachen, nog een rondje spa. Ach wat, had Phil gezegd, hij deed het tóch. Angus zou het gebaar waarderen.

Maar Phil was vandaag niet gekomen met zijn spel kaarten.

Anna Valentine schoof zijn rij in en kwam op de stoel naast hem zitten. Er zat een dikke laag poeder op haar gezicht. Het effect was grotesk, want elk rimpeltje werd geaccentueerd door de poging haar leeftijd te camoufleren. Weer een hongerige weduwe; ze waren overal om hem heen. Op een ander moment zou hij geen gesprek met haar zijn begonnen, uit angst dat haar rechtlijnige geest het zou opvatten als een teken van genegenheid, maar er was nu niemand anders in de buurt om mee te praten.

Hij boog zich naar haar toe en vroeg zacht: 'Waar is Phil?'

Ze keek hem aan alsof ze verbaasd was dat hij het woord tot haar had gericht. 'Wat?'

'Phil Dorr. Hij zou hier zijn.'

'Ik geloof dat hij zich niet goed voelt.'

'Wat is er met hem?'

'Ik weet het niet. Twee dagen geleden wilde hij niet mee naar de schouwburg. Hij zei dat hij last had van zijn ogen.'

'Daar heeft hij me niets van verteld.'

'Hij heeft het vorige week pas gemerkt. Hij zou ermee naar de dokter gaan.' Ze slaakte een diepe zucht en keek recht voor zich uit, naar de kist. 'Is het niet vreselijk, zoals alles in verval raakt. Onze ogen, onze heupen, ons gehoor. Ik besefte vandaag dat mijn stem is veranderd. Ik had het niet gemerkt. Ik zag de video van ons tochtje naar Faneuil Hall, en ik kan niet geloven hoe oud ik klonk. Ik vóel me niet oud, Jimmy. Ik herken mezelf niet meer in de spiegel...' Ze zuchtte nogmaals. Er gleed een traan over haar wang, die een spoor trok door de laag poeder. Ze veegde hem weg, waardoor er een krijtachtige veeg achterbleef.

*Phil had last van zijn ogen.*

Bigelow zat daarover na te denken, terwijl de rij mensen langs de kist liep, terwijl stoelen kraakten en stemmen om hem heen mompelden: *Weet je nog toen Angus... Ik kan niet geloven dat hij er niet meer is... Ze zeiden dat het een soort infarct was... Nee, dat heb ik niet gehoord...'*

Abrupt kwam Bigelow overeind.

'Blijf je niet voor de dienst?' vroeg Anna.

'Ik – ik moet met iemand praten,' zei hij en schoof langs haar heen, het middenpad op. Hij dacht dat hij hoorde dat ze hem nariep, maar hij keek niet om; hij liep regelrecht de deur uit.

Hij reed eerst naar het huis van Phil, dat slechts een paar huizen verder was dan het zijne. De deur was op slot; toen hij belde, deed er niemand open. Bigelow probeerde door het raampje naar binnen te kijken, maar het enige wat hij kon zien, was de gang met het kersenhouten tafeltje en de koperen paraplubak. Er lag één schoen op de grond – dat vond hij vreemd. Dat klopte niet. Phil was pijnlijk netjes.

Toen hij weer wegliep door het tuinhek, zag hij dat de brievenbus vol was. Dat was ook niets voor Phil.

*Hij had last van zijn ogen.*

Bigelow stapte weer in zijn auto en reed de slingerweg af naar de Brant Hill-kliniek. Tegen de tijd dat hij naar het loket van de receptioniste liep, stond het zweet in zijn handen en bonsde zijn hart.

De vrouw zag niet dat hij er was – ze was te druk met telefoneren.

Hij tikte op het raampje. 'Ik moet dokter Wallenberg spreken.'

'Ik kom zo bij u,' antwoordde ze.

Met groeiende ergernis keek hij toe, terwijl ze zich al telefonerend van hem afwendde en iets op het toetsenbord begon in te tikken, iets over vergoedingen en polisnummers.

'Dit is belangrijk!' zei hij. 'Ik moet weten wat er met Phil Dorr is gebeurd.'

'Meneer, ik ben aan het telefoneren.'

'Phil is zeker ook ziek? Hij heeft last van zijn ogen.'

'U zult met zijn arts moeten praten.'

'Laat me dan met dokter Wallenberg spreken.'

'Hij is aan het lunchen.'

'Wanneer is hij terug? Wanneer?'

'Meneer, u moet echt wat kalmer aan doen.'

Hij stak zijn arm door het loket en drukte op haar telefoon, zodat het gesprek werd verbroken. 'Ik móet dokter Wallenberg spreken!'

Ze duwde haar stoel bij het loket vandaan, zodat ze buiten zijn bereik was. Uit het kantoortje kwamen plotseling nog twee andere vrouwen. Ze staarden hem allemaal aan, de idioot die tekeerging in hun wachtkamer.

Er ging een deur open en een van de artsen kwam naar buiten. Een grote, zwarte man. Hij torende boven Bigelow uit. Op zijn naamplaatje stond: Robert Brace, arts.

'Wat is er aan de hand, meneer?'

'Ik moet Wallenberg spreken.'
'Hij is op het moment niet in het gebouw.'
'Vertelt ú me dan wat er met Phil is gebeurd.'
'Wie?'
'U weet wel! Phil Dorr! Ze zeiden dat hij ziek is – er is iets met zijn ogen. Ligt hij in het ziekenhuis?'
'Waarom gaat u niet even zitten, meneer, terwijl de dames kijken of – '
'Ik wil niet zitten! Ik wil alleen weten of hij hetzelfde heeft als Angus had. Hetzelfde als Stan Mackie had.'
De voordeur ging open en er kwam een vrouwelijke patiënt binnen. Ze bleef stokstijf staan, keek naar het verhitte gezicht van Bigelow en voelde meteen dat er een of andere crisis aan de gang was.
'Zullen we even in mijn kantoor verder praten?' vroeg dokter Brace zacht en vriendelijk. Hij stak zijn hand uit naar Bigelow. 'Dat is even verderop in de gang.'
Bigelow keek naar de grote hand van de arts, de verrassend bleke handpalm waar een dikke, zwarte levenslijn overheen liep. Hij keek op naar dokter Brace. 'Ik wil het alleen weten,' zei hij zacht.
'Wat wilt u weten?'
'Word ik ziek, net als de anderen?'
De arts schudde zijn hoofd – niet als antwoord op de vraag, maar omdat hij er niets van begreep. 'Waarom zou u ziek worden?'
'Ze zeiden dat er geen gevaar bij was – ze zeiden dat de behandeling veilig was. Maar toen is Mackie ziek geworden, en – '
'Ik ken meneer Mackie niet.'
Bigelow keek naar de receptioniste. 'U weet nog wel wie Stan Mackie was. Zeg dat u zich hem herinnert.'
'Natuurlijk, meneer Bigelow,' antwoordde ze. 'Het speet ons zo dat hij overleed.'
'En nu is Phil er ook niet meer, nietwaar? Ik ben de enige die nog over is.'
'Meneer?' riep een van de andere secretaresses door het loket. 'Ik heb net op de kaart van meneer Dorr gekeken. Hij is niet ziek.'
'Waarom is hij niet naar de begrafenis van Angus gegaan? Hij zou komen!'
'Meneer Dorr moest wegens familieomstandigheden de stad uit. Hij heeft gevraagd om zijn medische gegevens over te brengen naar zijn nieuwe arts in La Jolla.'

'Wat?'

'Dat staat hier.' Ze hield de kaart omhoog, er was een briefje op bevestigd. 'De machtiging dateert van gisteren. Er staat "Patiënt verhuisd wegens familieomstandigheden – keert niet terug. Breng alle gegevens over naar Brant Hill West, La Jolla, Californië."'

Bigelow liep naar het loket en keek naar de handtekening op de machtiging: *Carl Wallenberg, arts.*

'Meneer?' Het was de dokter, die zijn hand op de schouder van Bigelow legde. 'Ik weet zeker dat u binnenkort iets van uw vriend zult horen. Het lijkt erop dat hij is weggeroepen.'

'Maar hoe kunnen er familieomstandigheden zijn?' zei Bigelow zacht.

'Misschien is er iemand ziek geworden. Overleden.'

'Phil hééft geen familie.'

Dokter Brace staarde hem nu aan, evenals de vrouwen achter het loket. Hij zag hen achter het glazen raam staan, als mensen die naar een beest in de dierentuin kijken.

'Er klopt hier iets niet,' zei Bigelow. 'Jullie willen het niet zeggen, is het wel?'

'We kunnen erover praten,' zei de dokter.

'Ik wil dokter Wallenberg spreken.'

'Hij is lunchen. Maar u kunt met mij praten, meneer...'

'Bigelow. James Bigelow.'

Dokter Brace opende de deur naar de gang van de kliniek. 'Zullen we naar mijn kantoor gaan, meneer Bigelow? Dan kunt u me alles vertellen.'

Bigelow staarde naar de lange, witte gang, die zich achter de deur uitstrekte. 'Nee,' zei hij en deinsde achteruit. 'Nee, laat maar.'

Hij vluchtte het gebouw uit.

Robbie Brace klopte op de deur en stapte het kantoor van Carl Wallenberg binnen. Het vertrek, net als de man zelfs, getuigde van een arrogant soort goede smaak. Het enorme bureau was gemaakt van een warm en exotisch roodachtig hout dat hij niet herkende. De kunstwerken die aan de muur hingen, waren van dat abstracte spul waar meestal een vermogen voor werd betaald. Door het raam achter Wallenberg was de ondergaande zon te zien. Het licht viel naar binnen en vormde een stralenkrans om het hoofd en de schouders van de man. *De Heilige Wallenberg,* dacht Brace, terwijl hij voor het bureau stond.

Wallenberg keek op van zijn papieren. 'Ja, Robbie?' *Robbie. Niet dokter Brace. Even laten merken wie hier de baas is.*

Brace zei: 'Herinnert u zich een patiënt met de naam Stan Mackie?'

Door het tegenlicht was de uitdrukking op het gezicht van Wallenberg niet te zien. Hij leunde langzaam achterover in zijn stoel, waardoor het luxe gekraak van leer te horen was. 'Hoe is de naam van Stan Mackie ter sprake gekomen?'

'Door een van uw patiënten, James Bigelow. U kent meneer Bigelow?'

'Ja, natuurlijk. Hij was een van mijn eerste patiënten hier. Een van de eersten die op Brant Hill kwam wonen.'

'Meneer Bigelow was vanmiddag op de kliniek, hij was erg van streek. Zijn verhaal was nogal verward. Hij had het steeds over al zijn vrienden die ziek waren geworden en vroeg zich af of het nu zijn beurt was. Hij noemde de naam van meneer Mackie.'

'Dat zal dokter Mackie wel zijn.'

'Hij was arts?'

Wallenberg wees naar een stoel. 'Ga zitten, Robbie. Het praat wat lastig als je zo boven me uittorent.'

Brace ging zitten. Hij besefte onmiddellijk dat het een tactische vergissing was. Hij was het voordeel van zijn lengte kwijt en ze keken elkaar over het bureau heen recht aan. Nu had Wallenberg alle voordelen. Anciënniteit. Ras. Een betere kleermaker.

'Waar had meneer Bigelow het over?' vroeg Brace. 'Het leek of hij doodsbang was ziek te worden.'

'Ik heb geen flauw idee.'

'Hij had het over een of andere behandeling die hij en zijn vrienden hadden gehad.'

Wallenberg schudde zijn hoofd. 'Misschien bedoelde hij de hormoonbehandeling? De wekelijkse injecties?'

'Ik weet het niet.'

'Als dat zo was, maakt hij zich nodeloos ongerust. Er is niets revolutionairs aan onze behandeling. Dat weet je.'

'Dus meneer Bigelow en zijn vrienden kregen inderdaad hormooninjecties?'

'Ja. Dat was een van de redenen waarom ze naar Brant Hill zijn gekomen. Voor de voordelen van ons geavanceerde onderzoek.'

'Maar meneer Bigelow heeft niets over injecties gezegd. Hij gebruikte duidelijk het woord behandeling. Alsof het een soort operatie betrof.'

'Nee, nee. Hij is niet geopereerd. Ik geloof dat de enige keer dat hij ooit een chirurg nodig heeft gehad, was om een poliep uit zijn neus te verwijderen. Die was goedaardig, natuurlijk.'

'En hoe zit het dan met die hormoonbehandeling? Zijn er soms nare bijwerkingen geweest?'

'Nee.'

'Dus er bestaat geen kans dat het de oorzaak is geweest van de dood van Angus Parmenter?'

'De diagnose is nog niet vastgesteld.'

'Het was de ziekte van Creutzfeldt-Jakob. Dat heeft dokter Harper me verteld.'

Wallenberg werd heel stil, en plotseling besefte Brace dat hij de naam van Toby Harper niet had moeten noemen. Hij had niet moeten laten blijken dat hij contact met haar had gehad.

'Nou,' zei Wallenberg kalm. 'Dat verklaart inderdaad de symptomen van de patiënt.'

'En de zorgen van meneer Bigelow? Dat zijn andere vrienden dezelfde ziekte hadden?'

Wallenberg schudde zijn hoofd. 'Weet je, het is moeilijk voor onze patiënten te accepteren dat ze aan het eind van hun leven zijn gekomen. Angus Parmenter was tweeëntachtig. Ouderdom en dood, dat overkomt ons allen.'

'Hoe is dokter Mackie overleden?'

Wallenberg zweeg even. 'Dat was een bijzonder enerverende gebeurtenis. Dokter Mackie had een psychotische aanval. Hij is in het Wicklin-ziekenhuis uit een raam gesprongen.'

'Jezus.'

'We waren allemaal verbijsterd. Hij was chirurg en een hele goede. Zelfs op zijn vierenzeventigste opereerde hij nog. Hij heeft gewerkt tot de dag van zijn... ongeluk.'

'Is er een autopsie gedaan?'

'De oorzaak was duidelijk een trauma.'

'Ja, maar is er een autopsie gedaan?'

'Dat weet ik niet. Hij is behandeld door chirurgen van het Wicklin. Hij is ongeveer een week na de val overleden.' Hij keek Robbie nadenkend aan. 'Ik heb de indruk dat je er nogal over inzit.'

'Ik denk dat dat komt doordat meneer Bigelow zo van streek was. Hij noemde nog een naam, nog een vriend die ziek is geworden. Ene Phillip Dorr.'

'Het is prima met meneer Dorr. Hij is verhuisd naar Brant Hill West, in La Jolla. Ik heb net zijn machtiging ontvangen om zijn gegevens door te sturen.' Hij bladerde tussen de dossiers op zijn bureau en haalde ten slotte een vel papier tevoorschijn. 'Hier is zijn fax uit Californië.'

Brace wierp een blik op het papier en zag onderaan de handtekening van Phillip Dorr staan. 'Dus hij is niet ziek.'

'Ik heb meneer Dorr een paar dagen geleden voor een routinecontrole op de kliniek gehad.'

'En?'

Wallenberg keek hem recht aan. 'Hij was volkomen gezond.'

Toen hij weer achter zijn eigen bureau zat, maakte Brace de rest van de aantekeningen van die dag af en dicteerde zijn opmerkingen. Om half zeven zette hij eindelijk de microcassetterecorder af en keek naar zijn opgeruimde bureau. Zijn oog viel op de naam die hij achter op een labrapport had geschreven: dokter Stanley Mackie. Het incident van die middag op de kliniek zat hem nog steeds dwars. Hij dacht aan de andere namen die Bigelow had genoemd: Angus Parmenter, Phillip Dorr. Dat twee van die drie mannen nu dood waren, was op zich niet verontrustend. Ze waren allemaal op leeftijd; statistisch gezien waren ze allemaal aan het eind van hun leven.

Maar ouderdom was op zichzelf geen doodsoorzaak.

Vandaag had hij angst gezien in de ogen van James Bigelow, echte angst, en hij kon het onaangename gevoel niet helemaal van zich afzetten.

Hij pakte de telefoon en belde Greta om haar te zeggen dat hij laat thuis zou zijn, omdat hij langs het Wicklin-ziekenhuis moest. Daarna pakte hij zijn aktentas en verliet het kantoor.

De kliniek was intussen verlaten. De gang werd door nog maar één tl-lamp aan het eind verlicht. Toen hij eronderdoor liep, hoorde hij een zacht gezoem en toen hij omhoogkeek zag hij een insect achter het doorschijnende, matwitte plastic zitten, dat fladderend het naderend onheil probeerde af te wenden. Hij deed het licht uit. De gang werd donker, maar hij hoorde nog steeds het gezoem, het heftige gefladder van vleugels.

Hij liep het gebouw uit, de vochtige, winderige avond in.

Zijn Toyota was de enige auto die nog op het parkeerterrein stond. Hij stond onder de zwavelachtige gloed van een veiligheidslamp en zag er meer zwart uit dan groen, als het glanzende schild van een tor. Hij bleef even staan om de autosleutels uit zijn zak te vissen. Daarna keek hij op naar de verlichte ramen van de verpleegafdeling, naar de bewegingloze silhouetten van de patiënten op hun kamers, het geflikker van tv-schermen waar nauwelijks naar werd gekeken. Plotseling werd hij overvallen door een diep gevoel van neerslachtigheid. Wat hij in die ramen zag, was het eind van het leven. Een schimmenspel van zijn eigen toekomst.

Hij stapte in zijn auto en reed het parkeerterrein af, maar kon het gevoel van neerslachtigheid niet van zich afzetten. Het bleef aan hem kleven als koude mist op zijn huid. *Ik had kindergeneeskunde moeten kiezen,* dacht hij. Baby's. Het begin. Vlees dat groeit, geen verval. Maar tijdens zijn opleiding had men gezegd dat de toekomst van de medische praktijk in de geriatrie lag. De generatie van de geboortegolf ging vergrijzen, er marcheerde een heel leger in de richting van de seniliteit, onderweg alle medische voorzieningen opslorpend. Negentig procent van het geld van de gezondheidszorg werd besteed aan iemands laatste levensjaar. Daar zou het geld heen stromen; daar zouden artsen hun brood mee verdienen.

Robbie Brace was een praktisch man en had een praktisch gebied gekozen.

Maar wat werd hij er treurig van.

Terwijl hij naar het Wicklin-ziekenhuis reed, dacht hij na over hoe zijn leven geweest zou zijn als hij kindergeneeskunde had gekozen. Hij dacht aan zijn eigen dochter en herinnerde zich hoe heerlijk hij zich had gevoeld toen hij naar haar gerimpelde, pasgeboren gezichtje had gekeken, terwijl ze de hele verloskamer bij elkaar schreeuwde. Hij herinnerde zich de vermoeidheid van de nachtelijke voedingen, de geur van talkpoeder en zure melk, het zachte babyhuidje in een warm badje. In vele opzichten waren baby's net als hele oude mensen. Ze moesten in bad worden gedaan, gevoed, en worden aangekleed. Ze moesten verschoond worden. Ze konden niet lopen en niet praten. Ze leefden slechts bij de gratie van de mensen die hen verzorgden.

Het was half acht toen hij bij het Wicklin aankwam, een klein wijkziekenhuis net binnen de stadsgrenzen van Boston. Hij trok zijn witte jas aan, zorgde ervoor dat zijn naamplaatje met 'Robert Brace, arts' erop gespeld zat, en ging het gebouw binnen. Hij had hier eigenlijk geen bevoegdheid om hun medische gegevens op te vragen, maar hij gokte erop dat niemand hem vragen zou stellen.

Op de desbetreffende afdeling vulde hij een formulier in om de kaart van Stanley Mackie op te vragen en gaf het aan de secretaresse, een klein blondje. Ze keek naar zijn naamplaatje en aarzelde, omdat zij zich ongetwijfeld realiseerde dat hij niet bij hun staf hoorde.

'Ik ben van de kliniek van Brant Hill,' zei hij. 'Deze patiënt kwam bij ons vandaan.'

Ze bracht hem de kaart. Hij ging ermee naar een leeg bureau en ging zitten. Op het omslag was met een zwarte markeerstift geschreven: *Overleden.* Hij deed het dossier open en bekeek de eerste bladzijde, waar de persoonsgegevens stonden: naam, geboortedatum, nummer sociale verzekering. Zijn oog viel meteen op het adres: Titwillow Lane 101, Newton, MA.

Het was een adres op Brant Hill.

Hij ging naar de volgende bladzijde. Er werd slechts één ziekenhuisopname vermeld – die waarin Stanley Mackie was overleden. Met groeiende ontsteltenis las hij het verslag van de behandelend chirurg, gedateerd negen maart.

*Een tot dan toe gezonde, blanke arts van 74 opgenomen met ernstige verwondingen aan het hoofd na een val uit het raam van de derde verdieping. Vlak voor het ongeluk was de patiënt bezig een routine blindedarmoperatie uit te voeren. Volgens de OK-verpleegsters vertoonde dokter Mackie duidelijke tremoren aan beide handen. Zonder een verklaring te geven, begon hij grote stukken normaal uitziende dunne darm weg te snijden, wat leidde tot een enorme bloeding. Toen de OK-staf hem bij de tafel weg probeerde te trekken, sneed hij de halsslagader van de anesthesist open en vluchtte de OK uit.*
*Getuigen in de gang zagen hem voorover door het raam duiken. Hij werd bewusteloos en hevig bloedend op het parkeerterrein gevonden.*
*Nadat hij op de eerste hulp was geïntubeerd en gestabiliseerd, is de patiënt opgenomen met meervoudige schedelfracturen evenals vermoedelijke compressiefracturen van de ruggengraat...*

Het lichamelijk onderzoek was in de typerende, beknopte stijl van chirurgen opgeschreven, een snel overzicht van de verwondingen van de patiënt en de neurologische bevindingen. Alles duidde erop dat de patiënt boven op zijn hoofd op het parkeerterrein terecht was gekomen.

Terwijl Brace verder bladerde, zag hij de aantekening van de chirurg: 'Röntgenrapport: spinale compressiefracturen C6, C7, T8.' Ook dat duidde erop dat hij eerst op zijn hoofd was terechtgekomen en dat de kracht van de val de ruggengraat in elkaar had gedrukt.

Tijdens die week in het ziekenhuis hadden de organen van Stanley Mackie het langzaam opgegeven. Hij was in coma en lag aan het beademingsapparaat en was niet meer bij kennis geweest. Eerst hielden zijn nieren ermee op, waarschijnlijk door de schok van zijn verwondingen. Daarna kreeg hij longontsteking en viel zijn bloeddruk twee keer weg, waardoor hij een infarct in de ingewanden kreeg. Zeven dagen na zijn duik door het raam kreeg hij ten slotte een hartstilstand.

Hij bladerde naar het eind van het dossier, waar de labresultaten waren opgeborgen. Al die zeven dagen waren er allerlei bloed- en urineonderzoeken gedaan. Hij bladerde maar door, een vluchtige blik werpend op duizenden dollars laboratoriumtests, gedaan op een man wiens dood vanaf de eerste dag onvermijdelijk was geweest.

Hij hield op met bladeren toen hij een rapport zag waarop stond: *Pathologie.*

*Lever (postmortem):*
*Macroscopisch: Gewicht: 1600 gram, bleek, hier en daar puntjes van acute bloedingen. Geen chronische verbindweefseling.*
*Microscopisch: Bij H- en E-kleuring hier en daar weinig gekleurde verschrompelde levercellen. Komt overeen met focale coagulatieve necrose, waarschijnlijk ten gevolge van zuurstofgebrek.*

Brace sloeg de bladzijde om en vond een bloedbeeldbepaling die op de verkeerde plaats zat. Hij sloeg nog een bladzijde om en zag de achterkant van het omslag. Er waren geen bladzijden meer.

Hij bladerde weer terug naar de voorkant van de status, op zoek naar andere postmortale verslagen, maar kon alleen de bladzijde met de lever vinden. Dit was raar. Waarom zou pathologie maar van één orgaan een postmortaal doen? Waarom waren er geen verslagen van de longen, het hart, de hersenen?

Hij vroeg aan de secretaresse of er nog meer dossiers waren van Stanley Mackie.

'Dat is het enige,' zei ze.

'Maar er ontbreken een aantal verslagen van pathologie.'

'Dat kunt u rechtstreeks bij hen vragen. Ze bewaren overal kopieën van.'

De afdeling pathologie was in het souterrain. Het was een wirwar van vertrekken met lage plafonds, wit geschilderde muren en weelderig gefotografeerde reisposters. Mist boven de Serengeti. Een regenboog boven Kauai. Een mangrove-eiland in een turkooizen zee. Een radio speelde zachte rockmuziek. De enige laborante die daar werkte, leek een absurd vrolijk mens, gezien de aard van haar werk. Ze zag er zelf ook heel kleurig uit, met veel rouge op haar wangen en felgroene oogschaduw.

'Ik probeer een rapport op te sporen van een autopsie die in maart is gedaan,' zei Brace. 'Het zit niet in het dossier van de patiënt. Ze zeiden dat ik het bij u moest navragen.'

'Wat was de naam van de patiënt?'

'Stanley Mackie.'

De laborante schudde haar hoofd terwijl ze naar een dossierkast liep. 'Hij was zo'n aardige man. We vonden het allemaal verschrikkelijk.'

'U hebt hem gekend?'

'De chirurgen komen hier altijd de rapporten van hun patiënten bekijken. We hebben dokter Mackie vrij goed leren kennen...' Ze trok een la open en begon tussen de dossiers te zoeken. 'Hij heeft onze afdeling een koffiezetapparaat gegeven met kerst...' Ze richtte zich op en bleef met gefronst voorhoofd naar de open la staan kijken. 'Dat is vreemd.'

'Wat?'

'Ik kan het niet vinden.' Ze deed de la dicht. 'Ik weet zeker dat er een autopsie is gedaan op dokter Mackie.'

'Kan het verkeerd zijn opgeborgen. Onder de S van Stanley?'

Ze deed een andere la open, zocht tussen de dossiers en deed hem weer dicht. Ze draaide zich om toen een andere laborant binnenkwam. 'Zeg, Tim, heb jij het autopsierapport van dokter Mackie gezien?'

'Is dat niet een tijd geleden gemaakt?'

'Begin dit jaar.'

'Dan moet het nog tussen de dossiers zitten.' Hij zette een blad met preparaten op het werkblad. 'Probeer eens bij Herman te kijken.'

'Waarom heb ik niet aan Herman gedacht?' zuchtte ze en liep het lab door naar een van de kantoren.

Brace volgde haar. 'Wie is Herman?'

'Dat is geen wíe, maar een wát.' Ze deed het licht aan. Er stond een bureau in de kamer met een pc erop. 'Dat is Herman. Het lievelingsproject van dokter Seibert.'

'Wat doet Herman?'

'Hij – het – moet in een oogwenk retrospectieve studies maken. Stel dat je wilt weten hoeveel moeders die rookten doodgeboren kinderen hebben gekregen. Dan typ je de sleutelwoorden *roker* en *doodgeboren* in en dan krijg je een lijst van relevante patiënten waar autopsie op is gedaan.'

'Dus hier zitten al jullie autopsiegegevens in?'

'Een aantal. Dokter Seibert is pas twee maanden geleden begonnen al onze gegevens erin te stoppen. Hij is nog lang niet klaar.' Ze ging achter de computer zitten, typte de naam Mackie, Stanley, in en liet de computer zoeken.

Er verscheen een nieuw scherm met persoonsgegevens. Het was het autopsierapport van Stanley Mackie.

De laborante kwam achter de computer vandaan. 'Ga uw gang.'

Brace ging voor de computer zitten. Volgens de gegevens op het scherm was dit verslag zes weken geleden ingevoerd; het echte dossier moest sindsdien weg zijn geraakt. Hij drukte op PAGE DOWN en begon te lezen.

Het verslag gaf een beschrijving van het lichaam na de dood: de littekens van de infuzen, het geschoren hoofd, de sneden die het mes van de neurochirurg op de hoofdhuid had achtergelaten. Het verslag vervolgde met een beschrijving van de inwendige organen. De longen waren verstopt en gezwollen door een ontsteking. Het hart toonde een vers infarct. Er waren vele bloedingen in de hersenen. De bevindingen kwamen overeen met de diagnose van de chirurg: enorm trauma aan het hoofd met dubbelzijdige longontsteking. Het verse hartinfarct was waarschijnlijk de laatste druppel geweest.

Hij klikte door naar de microscopische verslagen en vond een opsomming van dezelfde bladzijde die hij in het medische verslag had gezien, waarin de lever werd beschreven. Verder waren er verslagen die niet in de medische status hadden gestaan – microscopieën van de lever, het hart, de longen. Geen verrassingen, dacht hij. De man was met zijn hoofd op het plaveisel terechtgekomen, zijn schedel was verbrijzeld en door het neurologische trauma waren de organen opgehouden met functioneren.

Hij klikte naar het microscopische verslag van de hersenen en zijn ogen richtten zich plotseling op een zin die verstopt zat tussen de beschrijving van het traumatisch letsel:

'...variabele holtes in de achtergrond neurophilen. Enig verlies van neuronen en reactieve astrocytose met kuru plaques. Kongorood positief, zoals bij coupes van de kleine hersenen.'

Hij klikte meteen naar de laatste bladzijde en zijn blik vloog naar de einddiagnoses:

*1. Meervoudige intracerebrale bloedingen als gevolg van trauma.*
*2. Reeds bestaande ziekte van Creutzfeldt-Jakob.*

Op het parkeerterrein zat Robbie Brace in zijn auto en vroeg zich af wat hij nu moest doen. Of hij verder iets moest doen. Hij overwoog alle mogelijke gevolgen van zijn daden. Dit zou een vernietigende klap zijn voor de reputatie van Brant Hill. De media zouden er zeker lucht van krijgen en er zouden schreeuwende koppen komen: *De Rijken en de Dood. Geld Koopt Gekke-koeienziekte.*

Hij zou zijn baan kwijt zijn.

*Je kunt je mond niet houden, man. Toby Harper heeft gelijk. We hebben te maken met een dodelijke epidemie. En we weten de oorzaak niet. De hormooninjecties? Het eten?*

Hij haalde zijn draagbare telefoon onder de stoel vandaan. Hij had het kaartje van Toby Harper nog bij zich. Hij toetste haar nummer thuis in.

Er nam een vrouw op. 'Met het huis van dokter Harper.'

'Met dokter Brace van Brant Hill. Mag ik Toby Harper spreken?'

'Ze is er niet, maar ik kan de boodschap aannemen. Wat is uw nummer?'

'Ik zit nu in mijn auto. Maar zeg tegen haar dat ze gelijk had. Dat we een tweede geval van C-J hebben.'

'Wat zegt u?'

'Zij weet wel wat het betekent.' Hij zag koplampen in zijn achteruitkijkspiegel. Hij draaide zich om en zag dat een auto langzaam langs de volgende rij reed. 'Hoe laat komt ze thuis?' vroeg hij.

'Ze is nu op haar werk.'

'O, dan rij ik even langs het Springer-ziekenhuis. Laat de boodschap dan maar.' Hij verbrak de verbinding, stopte de telefoon onder de stoel en startte de auto. Terwijl hij wegreed, zag hij diezelfde koplampen naar de uitgang van het parkeerterrein rijden. In het drukke verkeer raakte hij ze al gauw kwijt.

Het was een halfuur rijden naar het Springer-ziekenhuis. Tegen de tijd dat hij het parkeerterrein opreed, had hij hoofdpijn gekregen van de honger. Hij parkeerde op het bezoekersgedeelte. Met de motor uit bleef hij even zitten en masseerde zijn slapen. Het was maar een lichte hoofdpijn, maar het herinnerde hem eraan dat hij sinds het ontbijt niet meer had gegeten. Hij zou maar een paar minuten blijven, net lang genoeg om haar te vertellen wat hij te weten was gekomen, en dan zou hij het háár verder laten opknappen. Hij wilde nu alleen nog maar naar huis en wat eten. Met zijn kleine meisje spelen.

Hij stapte uit de auto, deed hem op slot en liep naar de ingang van de eerste hulp. Hij had nog maar een paar passen gedaan, toen hij een auto achter zich hoorde brommen. Hij draaide zich om en keek naar de langzaam naderende koplampen. De auto stopte naast hem. Hij hoorde het zoemen van het elektrische raam dat naar beneden ging.

Een man met haar dat zo blond was, dat het bijna zilver leek in het licht van het parkeerterrein, keek hem glimlachend aan. 'Ik geloof dat ik de weg kwijt ben.'

'Waar wilt u heen?' vroeg Brace.

'Irving Street.'

'Dat is een heel eind hiervandaan.' Brace deed een stap naar het open raam van de auto. 'Dan moet u weer terug, rechtsaf, en ongeveer vier of vijf – '

Het *pop, pop* verraste hem. De stoot tegen zijn borst ook.

Brace deinsde terug, geschrokken door de onverwachte klap. Hij voelde met zijn hand aan zijn borst, waar de pijn net voelbaar begon te worden en merkte dat hij niet diep adem kon halen. Er siepelde iets warms door zijn overhemd op zijn vingers. Hij keek naar beneden en zag dat zijn hand nat was en glinsterde van donker vocht.

Er klonk nog een *pop*, weer een stoot tegen zijn borst.

Brace wankelde. Hij probeerde overeind te blijven, maar het leek of zijn benen onder hem in elkaar zakten. Hij zakte op zijn knieën en zag dat de straatverlichting begon te golven als water.

De laatste kogel sloeg in in zijn rug.

Hij zakte in elkaar met zijn gezicht tegen het koude plaveisel, de steentjes schaafden zijn wang. Hij voelde zijn leven in een warme stroom wegvloeien. Hij drukte zijn hand tegen zijn borst om te proberen de stroom te stelpen, maar hij had geen kracht meer in zijn arm. Hij kon alleen nog maar zachtjes knijpen.

*God, niet hier,* dacht hij. *Niet nu.*

Hij begon naar de deuren van de eerste hulp te kruipen, terwijl hij tegelijkertijd probeerde de wond in zijn borst dicht te drukken, maar met elke hartslag voelde hij meer warmte wegstromen. Hij probeerde zijn blik op die helder verlichte, rode letters *Spoedgevallen* gericht te houden, maar hij kon niet scherp meer zien en het woord begon te bewegen als stromend bloed.

De glazen deuren van de poli waren recht voor hem. Plotseling kwam er een gestalte uit die warme rechthoek van licht. Op slechts een paar meter afstand bleef de gestalte staan. Wanhopig stak Brace zijn hand uit en fluisterde: 'Help me, alstublieft.'

Hij hoorde de vrouw schreeuwen: 'Er ligt hier een man te bloeden! Ik moet onmiddellijk assistentie hebben!'

En toen hoorde hij voetstappen naar hem toe rennen.

# 13

'Nog een infuus!' riep Toby. 'Verbandgaasjes! Ringers lactaat, wijd open – '

'Het lab zegt dat het O-negatief bloed eraan komt.'

'Waar blijft Carey, verdomme?'

'Hij was net in het ziekenhuis,' zei Maudeen. 'Ik zal hem nog een keer laten oproepen.'

Toby trok een paar steriele handschoenen aan en pakte het scalpel. Onder de felle lampen van de behandeltafel glinsterde het gezicht van Brace van het zweet en van angst. Hij keek haar met grote ogen aan boven het sissende zuurstofmasker, zijn adem kwam met korte, wanhopige stoten. Het verband om zijn borst werd langzaam weer rood. Een anesthesist-verpleegster, die van de kraamafdeling was gehaald, maakte alles al klaar om te intuberen.

'Robbie, ik ga een borsttube aanbrengen,' zei Toby. 'Je bent bezig een klaplong te krijgen.' Ze zag hem snel even knikken dat hij het begreep en zijn kaken op elkaar klemmen voor de pijn die komen ging. Maar hij vertrok geen spier, terwijl haar mes door de huid boven zijn rib sneed; de zenuwuiteinden waren al verdoofd door een onderhuidse injectie met Xylocaine. Toby hoorde een geruis van ontsnappende lucht en wist dat ze nu in de borstholte was. Ze wist ook dat ze gelijk had gehad; de kogel had een long doorboord en met elke keer dat Robbie inademde, lekte er lucht uit de kapotte long in de borstholte, waardoor er genoeg druk werd opgebouwd om het hart en de grote bloedvaten opzij te schuiven en het longweefsel dat nog intact was in elkaar te drukken.

Ze maakte de incisie wijder met haar vinger en liet het doorzichtige, plastic buisje erin glijden. Val bevestigde het andere uiteinde aan de afzuiger. Onmiddellijk schoot er een felrode stroom het buisje in en verzamelde zich in het reservoir.

Toby en Val keken elkaar aan, beiden hadden dezelfde gedachte: *Het bloed stroomt weg in zijn borst – en snel.*

Ze keek naar het gezicht van Robbie en zag dat hij haar gadesloeg, dat hij haar geschrokken gezicht had gezien.

'Het gaat... niet goed,' fluisterde hij.

Ze gaf een kneepje in zijn schouder. 'Je doet het prima, Robbie. De chirurg kan er elk ogenblik zijn.'

'Koud. Heb het zo koud...'

Maudeen legde een deken over hem heen.

'Waar blijft dat O-negatief bloed?' riep Toby.

'Het is net gekomen. Ik hang het op – '

'Toby,' fluisterde Val. 'Systolisch is nog maar vijfentachtig.'

'Schiet op! Schiet op! Giet dat bloed erin!'

De deur vloog open en Doug Carey kwam binnen. 'Wat hebben jullie daar?' vroeg hij kortaf.

'Schotwonden in de borst en de rug,' zei Toby. 'Op de foto zijn drie kogels te zien, maar ik heb vier gaten geteld. Een klaplong door de druk. En dat – ' Ze wees op het reservoir waar zich al honderd cc bloed had verzameld. 'Dat is van de laatste paar minuten. De systolische druk zakt weg.'

Carey bekeek de foto's die tegen het licht hingen. 'Laten we de borst openmaken,' zei hij.

'Dan zouden we een volledig hartteam nodig hebben – misschien bypass – '

'We kunnen niet wachten. Het bloeden moet nú gestopt worden.' Hij keek Toby recht aan en ze voelde de oude antipathie in zich omhoogkomen. Doug Carey was een klootzak, maar nu had ze hem nodig. Robbie Brace had hem nodig.

Toby knikte naar de anesthesist-verpleegkundige. 'Intuberen maar. We maken hem klaar. Val, pak het thoractomie-instrumentarium...'

Terwijl iedereen haastig voorbereidingen trof, vulde de anesthesist een spuit met etomidaat. Dat zou Robbie volledig bewusteloos maken voor de intubatie.

Toby maakte het zuurstofmasker los en zag dat Robbie haar met wanhoop in zijn ogen aankeek. Ze had al zo vaak doodsangst in de ogen van een patiënt gezien en zichzelf gedwongen haar eigen emoties te onderdrukken, zich op haar werk te concentreren. Maar deze keer kon ze de angst in de ogen van haar patiënt niet negeren. Dit was een man die ze kende, een man die ze aardig was gaan vinden.

'Alles komt goed,' zei ze. 'Je moet me geloven. Ik zal zorgen dat er níets verkeerd gaat.' Ze nam zachtjes zijn gezicht tussen haar handen en glimlachte.

'Reken... op je... Harper,' mompelde hij.

Ze knikte. 'Doe dat maar, Robbie. Ben je nu klaar om te gaan slapen?'

'Maak me wakker... als het voorbij is...'

'Voor je het weet, is het zover.' Ze knikte naar de anesthesist, die de etomidaat in het infuus deed. ' Ga slapen, Robbie. Goed zo. Ik ben er als je wakker wordt...'

Zijn blik bleef op haar gericht. Zij zou het laatste beeld zijn dat tot hem doordrong, haar gezicht was het laatste dat hij zou zien. Ze zag het bewustzijn uit zijn ogen verdwijnen, terwijl zijn spieren slap werden en zijn ogen dichtvielen.

*Ik zal zorgen dat er niets verkeerd gaat.*

Ze verwijderde het zuurstofmasker. Onmiddellijk legde de anesthesist Robbies hoofd achterover en maakte met de laryngoscoop een sneetje in de keel. Ze had maar een paar seconden nodig om de stembanden te vinden en de beademingsbuis in de luchtpijp te schuiven. De ventilator zou het nu overnemen, voor hem ademhalen en een mengsel van zuurstof en lachgas in zijn longen blazen.

*Ik zal zorgen dat er niets verkeerd gaat.*

Toby zuchtte zelf een keer van de spanning. Daarna trok ze snel operatiekleding aan. Ze wist dat ze tegen alle regels van de steriliteit zondigde, maar daar was niets aan te doen. Geen tijd om te boenen – ze deed snel handschoenen aan en ging naar de tafel.

Ze stond recht tegenover Doug Carey. Er was haastig Betadine op de borst van de patiënt gesmeerd en er waren steriele doeken over de plek van de operatie gelegd.

Carey maakte zijn incisie, één rechte snee over het borstbeen. Er was geen tijd om elegant te zijn; de bloeddruk zakte weg – tot zeventig systolisch, terwijl drie infuzen zoutoplossing en bloed naar binnen lieten stromen. Toby was wel eens eerder bij een spoedthoractomie geweest en ze vond het altijd weer een schokkend brute ervaring. Met een licht gevoel van misselijkheid keek ze toe, terwijl Carey aan het zagen was en het borstbeen in een nevel van botslijpsel en bloed in tweeën werd gesplitst.

'Verdomme,' zei Carey, terwijl hij in de borstholte keek. 'Er zit minstens een liter bloed in. Afzuigen! Geef wat steriele doeken!'

De afzuigcatheter gorgelde zo luid dat Toby nauwelijks het geluid van Robbies hartslag op de hartmonitor kon horen. Terwijl Val afzoog, maakte Maudeen een pak steriele doeken open. Carey stopte er een in de borstholte. Toen hij hem eruit haalde, droop hij van het bloed. Hij gooide hem op de grond en duwde er weer een doek in. Weer kwam die er doorweekt van het bloed uit.

'Oké. Ik geloof dat ik zie waar het vandaan komt. De stijgende aorta – lekt als een zeef. Toby, ik kan er niet goed bij…'

De afzuigcatheter gorgelde nog steeds. Hoewel het meeste bloed was weggezogen, kwam er een gestage stroom uit de aorta.

'Ik zie geen kogel,' zei Carey. Hij keek op de röntgenfoto en tuurde weer in de open borst. 'Daar is het lek, maar waar is die verdomde kogel?'

'Kun je het niet gewoon dichtnaaien?'

'Die kogel zou nog ergens in de wand van de aorta kunnen zitten. Als we dichtnaaien en sluiten, kan er later ergens anders een gat komen.' Hij pakte de naaldvoerder en hechtdraad. 'Goed, laten we eerst dit lek dichten. Daarna kijken we rond…'

Toby hield de long opzij, terwijl Carey werkte. Hij naaide snel, hechtte af en het bloeden hield op. Iedereen slaakte tegelijkertijd een zucht van opluchting.

'Bloeddruk?' riep hij.

'Stabiel op vijfenzeventig,' zei Val.

'Ga door met O-negatief geven. Hebben we nog meer bloed?'

'Komt eraan.'

'Goed.' Carey haalde diep adem. 'Laten we eens kijken wat we hier hebben…' Hij zoog een plas bloed weg om beter te kunnen zien. Hij pakte een sponsje en bette langs de aorta.

Plotseling hield hij zijn handen doodstil. 'Barst,' zei hij. 'De kogel!'

'Wat?'

'Hier zit hij! Hij is bijna door de andere wand heen!' Hij trok zijn hand terug.

Plotseling schoot er een fontein van bloed omhoog en spetterde hen beiden in het gezicht.

'Néé!' riep Toby.

In paniek griste Carey een klem van het blad en stak zijn hand in de stroom bloed, maar hij moest op de tast werken in een zee van rood. Het stroomde de thorax uit en kwam op Toby's kleren terecht.

'Kan het niet stoppen – het lijkt of de hele wand gescheurd is.'

'Kun je er geen klem op zetten?'

'Wáárop? De aorta is aan stukken.'

De hartmonitor gaf een lange, hoge toon. De anesthesist zei: 'Er is geen bloeddruk meer!'

Toby's ogen schoten naar het scherm. De hartlijn was een streep geworden.

Ze stak haar handen in de warme poel van bloed en pakte het hart. Ze kneep een keer, twee keer, met haar hand de hartslag van Robbie overnemend.

'Niet doen!' zei Carey. 'Dan bloedt hij alleen maar leeg!'
'Hij heeft een hartstilstand–'
'Daar kun je niets aan veranderen.'
'Wat kunnen we dan in vredesnaam dóen?'
De monitor gilde nog steeds. Carey keek naar de open borst. Naar de glinsterende rode plas. Sinds Toby was opgehouden met de hartmassage, was het spuiten gestopt. Het bloed druppelde nu alleen nog langzaam uit de open borstholte op de grond.
'Het is voorbij,' zei hij. Zachtjes stapte hij bij het lichaam vandaan. Zijn operatiejas was tot aan zijn middel doorweekt. 'Er viel niets dicht te naaien, Toby. De hele aorta viel uit elkaar. Hij scheurde gewoon aan alle kanten open.'
Toby keek naar het gezicht van Robbie. Zijn oogleden waren half open, zijn kaak hing slap. De ventilator draaide nog steeds, en blies automatisch lucht in een dood lichaam.
De anesthesist zette de schakelaar om. Het werd stil.
Toby legde haar hand op de schouder van Robbie. Door de steriele doeken heen voelde zijn lichaam stevig aan, en nog warm.
*Ik zal zorgen dat er niets fout gaat.*
'Het spijt me,' fluisterde ze. 'Het spijt me zo...'

De politie was er eerder dan de vrouw van Robbie. Binnen een paar minuten na hun komst hadden de agenten de plaats van het misdrijf afgesloten en waren bezig de helft van het parkeerterrein af te zetten. Tegen de tijd dat Greta Brace de eerste hulp kwam binnenhollen, baadde het parkeerterrein al in het licht van een half dozijn auto's van de politie van Newton en die van Boston. Toby stond bij de balie met een van de inspecteurs te praten, toen ze Greta zag binnenkomen, haar rode haar in de war door de wind. De wachtruimte stond vol met politiemensen, plus een paar verbijsterde patiënten. Greta baande zich snikkend en vloekend een weg door hen heen.
'Waar is hij?' riep ze.
Toby brak haar gesprek met de inspecteur af en liep naar Greta toe. 'Het spijt me zo – '
*'Waar is hij?'*
'Hij is nog in de behandelkamer. Greta, nee! Ga daar nog niet heen. Geef ons even tijd om – '
'Hij is mijn man. Ik moet naar hem toe.'
'Greta – '
Maar de vrouw schoof langs haar heen en ging op weg naar de behandelkamer, met Toby achter zich aan. Greta wist niet waar ze heen moest; ze zigzagde als een dolle heen en weer, van de ene

deur naar de andere. Ten slotte had ze de goede gevonden en stormde meteen naar binnen.

Toby kwam vlak achter haar aan. Dokter Daniel Dvorak, in operatiekleding en met handschoenen aan, keek op van het lichaam, toen de twee vrouwen binnenkwamen. Robbie lag zonder een doek over zich heen, zijn borst een gapend gat, zijn gezicht slap door de dood.

'Nee,' zei Greta, en haar stem veranderde van een zacht gekreun in een hoog, ijl gejammer. 'Néé...'

Toby pakte haar bij haar arm en probeerde haar mee te nemen de kamer uit, maar Greta schudde zich los en strompelde naar haar man. Ze nam zijn gezicht in haar handen, kuste zijn ogen, zijn voorhoofd. De beademingsbuis zat nog op zijn plaats, de punt ervan stak uit zijn mond. Ze probeerde de pleister weg te halen, dat hinderlijke stuk plastic te verwijderen.

Daniel Dvorak legde zijn hand op de hare om haar tegen te houden. 'Het spijt me,' zei hij zacht. 'Hij moet erin blijven.'

'Ik wil dat ding weg uit de keel van mijn man!'

'Hij moet er nog even in blijven. Ik zal hem weghalen als ik met mijn onderzoek klaar ben.'

'Wie bent u in vredesnaam?'

'Ik ben de lijkschouwer, dokter Dvorak.' Hij keek naar de inspecteur, die net de behandelkamer was binnengekomen.

'Mevrouw Brace?' zei de politieman. 'Ik ben inspecteur Sheehan. Laten we naar een rustig plekje gaan. Ergens waar we kunnen gaan zitten.'

Greta verroerde zich niet. Ze stond zachtjes voor zich heen te mompelen. Ze hield het gezicht van Robbie in haar handen en haar gezicht ging schuil achter die waterval van rood haar.

'We hebben uw hulp nodig, mevrouw Brace, om erachter te komen wat er is gebeurd.' Zachtjes raakte de politieman haar schouder aan. 'Laten we in een andere kamer gaan zitten. Waar we kunnen praten.'

Ze liet zich ten slotte meevoeren bij de tafel vandaan. Bij de deuropening bleef ze staan en keek naar haar man.

'Ik kom zo terug, Robbie,' zei ze. Daarna liep ze langzaam de kamer uit.

Toby en Dvorak bleven alleen achter. 'Ik wist niet dat je hier was,' zei ze.

'Ik ben een minuut of tien geleden gekomen. Maar er lopen daar zoveel mensen rond, dat je me waarschijnlijk niet hebt gezien.'

Ze keek naar Robbie, en vroeg zich af of hij nog warm was. 'Ik wou dat we de eerste hulp gewoon konden sluiten. Ik wou dat ik naar huis kon gaan. Maar er blijven maar patiënten komen. Met hun maagpijn en hun snotneus. En hun onbenullige klachten...' Haar blik werd plotseling wazig door de tranen. Ze haalde haar hand over haar gezicht en draaide zich om naar de deur.

'Toby?'

Ze bleef staan, maar zei niets. Ze keek niet om.

'Ik moet je spreken. Over wat er vanavond is gebeurd.'

'Ik heb al met een half dozijn politiemensen gesproken. Niemand van de staf heeft gezien wat er is gebeurd. We vonden hem op het parkeerterrein. Hij kroop naar het gebouw toe...'

'Ben je het eens met dokter Carey dat de dood het gevolg was van een bloeding van de aorta?'

Ze haalde diep adem en draaide zich met tegenzin naar hem om. 'Als dokter Carey dat zegt.'

'Wat herinner je je van de operatie?'

'Er was... een gaatje in de aorta. Dat heeft hij gedicht. Maar toen zagen we de kogel... was erdoorheen gegaan... er zat een scheur in de aorta. Toen spatte de wand open...' Ze slikte en wendde haar blik af. 'Het was een nachtmerrie.'

Hij zei niets.

'Ik kénde hem,' fluisterde ze. 'Ik was bij hem thuis geweest. Ik had zijn vrouw ontmoet. O, Jezus.' Ze stoof het vertrek uit.

De enige plek die ze kon vinden waar ze een toevlucht kon vinden, was het slaapvertrek van de arts. Ze deed de deur achter zich dicht en ging op het bed zitten. Huilend wiegde ze heen en weer. Ze hoorde het klopje op de deur niet eens.

Dvorak kwam zachtjes binnen. Hij had de jas en de handschoenen uitgedaan en stond nu bij het bed. Hij wist niet goed wat hij moest zeggen.

'Gaat het een beetje?' vroeg hij ten slotte.

'Nee, helemaal niet.'

'Het spijt me van die vragen. Ik moest ze stellen.'

'Je deed het zo verdomd koudbloedig.'

'Ik moest het weten, Toby. We kunnen dokter Brace nu niet meer helpen. Maar we kunnen de antwoorden zoeken. Dat zijn we hem verschuldigd.'

Ze liet haar gezicht in haar handen zakken en deed haar best zich weer te beheersen, op te houden met huilen. Ze vond haar tranen des te meer vernederend, omdat híj daar stond en naar haar keek. Ze hoorde de stoel even piepen toen hij ging zitten. Toen ze ten slotte met moeite haar hoofd ophief, keek ze hem recht in de ogen.

‘Ik wist niet dat jij en het slachtoffer elkaar kenden,’ zei hij.
‘Hij is niet *het slachtoffer.* Zijn naam was Robbie.’
‘Oké. Robbie.’ Hij aarzelde. ‘Waren jullie goede vrienden?’
‘Nee. Geen… geen góede vrienden.’
‘Maar je trekt het je vreselijk aan.’
‘En jij begrijpt het niet. Is het wel?’
‘Niet helemaal.’
Ze haalde diep adem en ademde langzaam uit. ‘Je krijgt er steeds meer last van, weet je. Als je een patiënt kwijtraakt, kun je het meestal wel aan. Dan is het een kind. Of iemand die je kent. En ineens besef je dat je het helemaal niet aankunt…’ Ze veegde met haar hand over haar ogen. ‘Ik moet weer aan het werk. Er zullen wel patiënten zitten te wachten.’
Hij pakte haar hand. ‘Toby, als het je iets uitmaakt, ik denk dat je niets had kunnen doen om hem te redden. De schade aan zijn aorta was te groot.’
Ze keek naar zijn hand, lichtelijk verbaasd dat hij haar nog steeds vasthield. Ook hij leek verrast door dat spontane contact en snel liet hij haar pols los. Ze bleven een ogenblik zwijgend zitten.
‘Dit komt te dichtbij,’ zei ze. Ze sloeg haar armen om zich heen en onwillekeurig ging haar blik weer naar de zijne. ‘Ik loop elke avond over dat parkeerterrein. Alle verpleegkundigen ook. Als dit een roofoverval was, zou elk van ons een makkelijker doelwit zijn geweest.’
‘Zijn er hier andere overvallen geweest?’
‘Ik kan er maar één bedenken. Een paar jaar geleden, toen is er een verpleegster verkracht. Maar het is hier het centrum van Boston niet. We maken ons hier geen zorgen over onze veiligheid.’
‘Ook in de voorsteden wonen monsters.’
Ze schrokken beiden op toen er op de deur werd geklopt. Toby deed open en zag rechercheur Sheehan staan.
‘Dokter Harper, ik moet u een paar vragen stellen,’ zei hij en stapte naar binnen. Hij deed de deur achter zich dicht. Het leek plotseling heel vol in de kamer. ‘Ik heb mevrouw Brace net gesproken. Ze denkt dat haar man misschien hierheen was gekomen om ú te spreken.’
Toby schudde haar hoofd. ‘Waarom?’
‘Dat is wat wij ons afvragen. Hij heeft haar tegen zessen gebeld en gezegd dat hij naar het Wicklin-ziekenhuis ging, en dat hij laat thuis zou komen.’
‘Is hij ook naar het Wicklin gegaan?’
‘Dat vragen we nu na. Wat we niet weten, is waarom hij uiteindelijk híerheen is gegaan. Weet u dat?’

Ze schudde haar hoofd.

'Wanneer hebt u dokter Brace voor het laatst gezien?'

'Gisteravond.'

Sheehans wenkbrauw schoot omhoog. 'Is hij hier geweest?'

'Nee. Ik ben naar zijn huis gegaan. Hij heeft me geholpen een medische status te zoeken.'

'U bent samen statussen gaan bekijken?'

'Ja.' Ze keek naar Dvorak. 'Het was vlak nadat ik jóu had gesproken. Je had me net de diagnose van Angus Parmenter verteld. Ik vroeg me af of Harry Slotkin soms ook de ziekte van Creutzfeldt-Jakob had. Dus hebben Robbie en ik op zijn status gekeken.'

'Wélke ziekte?' vroeg Sheehan.

'Creutzfeldt-Jakob. Dat is een dodelijke herseninfectie.'

'Goed. Dus u en dokter Brace hebben elkaar gisteravond gesproken. En toen?'

'We zijn naar Brant Hill gereden. We hebben de status bekeken. En daarna zijn we allebei naar huis gegaan.'

'U bent nergens gestopt? Hij is niet met u mee naar huis gegaan?'

'Nee. Ik kwam tegen half elf thuis, alleen. Hij heeft me daarna niet meer gebeld en ik hem ook niet. Dus ik weet niet waarom hij vanavond naar me toe zou komen.'

Er werd geklopt. *Hoeveel mensen kunnen er nog meer bij?* vroeg Toby zich af, terwijl ze de deur opendeed.

Het was Val. 'We hebben een man met een verslapping links en hij praat onduidelijk. Een bloeddruk van tweevijftig om honderddertig. Hij is in kamer twee.'

Toby keek weer naar Sheehan. 'Ik kan u verder niets vertellen, rechercheur. Als u me wilt excuseren, ik moet naar mijn patiënten.'

De volgende morgen om acht uur stopte Toby op haar oprit naast de donkerblauwe Saab van Jane en zette de motor af. Ze was te moe om uit de auto te stappen en met Ellen geconfronteerd te worden, dus bleef ze even zitten en keek naar de dode bladeren die over het grasveld dwarrelden. Het was een van de ergste nachten van haar leven geweest. Eerst de dood van Robbie en daarna een opeenvolging van ernstig zieke patiënten – een beroerte, een hartaanval, en een zo ernstig geval van longemfyseem dat de patiënt geïntubeerd had moeten worden. Daar kwam nog bij de algemene verwarring door al die politiemensen die met hun walkie-talkies rondliepen. Was het vollemaan geweest?

vroeg ze zich af. Was de chaos op haar eerstehulpafdeling veroorzaakt door een of andere idiote stand van de sterren? En dan was er inspecteur Sheehan geweest, die haar om de haverklap belaagde om nog één vraag te stellen.

Er blies een windvlaag tegen de auto. Nu de kachel uit was, begon ze het koud te krijgen. Daardoor werd ze ten slotte uit de auto verdreven en ze ging naar binnen.

Ze werd begroet door de geur van koffie en het gezellige gerinkel van kopjes uit de keuken. 'Ik ben thuis,' riep ze en hing haar jas in de kast.

Jane verscheen in de deuropening van de keuken en begroette haar met een warme glimlach. 'Ik heb net koffie gezet – wil je een kopje?'

'Dat zou ik graag willen, maar dan kan ik niet slapen.'

'O, er zit geen cafeïne in. Ik dacht niet dat je dat zou willen.'

Toby glimlachte. 'Ik dat geval wil ik graag een kopje.'

Het bleke ochtendlicht viel door het raam naar binnen, terwijl ze aan de keukentafel hun koffie dronken. Ellen was nog niet wakker en Toby voelde zich er bijna schuldig over hoe blij ze was dat ze nog even rust had. Ze leunde achterover en ademde de lucht in die uit haar kopje kwam. 'Dit is hemels.'

'Het is maar koffie, hoor.'

'Ja, maar ik heb het niet hoeven malen. Niet hoeven inschenken. En ik kan het hier gewoon zitten opdrinken.'

Jane schudde vol sympathie haar hoofd. 'Het klinkt alsof je een slechte nacht hebt gehad.'

'Het was zo slecht, dat ik er niet eens over wil praten.' Toby zette het kopje neer en wreef over haar gezicht. 'En hoe was jouw nacht?'

'Een beetje chaotisch. Je moeder kon niet in slaap komen. Ze kwam er steeds weer uit en liep door het huis rond.'

'Nee, toch. Waarom?'

'Ze zei dat ze jou van school moest halen. Dus zocht ze overal naar haar autosleutels.'

'Ze heeft in geen jaren achter het stuur gezeten. Ik heb geen idee waarom ze nu naar autosleutels zou gaan zoeken.'

'Nou, ze vond het heel belangrijk dat je niet zou hoeven wachten op school. Ze was bang dat je het koud zou krijgen.' Jane glimlachte. 'Toen ik vroeg hoe oud je was, zei ze dat je elf was.'

*Elf,* dacht Toby. *Dat was het jaar waarin vader stierf. Het jaar waarin alles op haar schouders terechtkwam.*

Jane stond op en waste haar kopje af in de gootsteen. 'Hoe dan ook, ik heb haar gisteravond in bad gedaan, dus dat hoef je niet te doen. En we hebben om middernacht nog een hoop gegeten. Ik denk dat ze nog wel een tijdje in bed zal blijven. Misschien de hele dag wel.' Ze zette haar kopje in het afdruiprek en draaide zich om naar Toby. 'Ze moet een geweldige moeder zijn geweest.'

'Dat was ook zo,' zei Toby zacht.

'Dan heb je geluk gehad. Meer dan ik...' Jane keek wat treurig naar de grond. 'Maar we kunnen niet allemaal dezelfde ouders hebben, nietwaar?' Ze haalde diep adem, alsof ze nog iets wilde zeggen, maar glimlachte toen alleen maar en pakte haar tas. 'Tot morgenavond.'

Toby hoorde haar het huis uitlopen en de voordeur achter zich dichtdoen. Zonder de aanwezigheid van Jane leek de keuken leeg. Levenloos. Ze stond op van de keukentafel en liep de gang door naar de kamer van haar moeder. Ze keek om een hoekje en zag dat haar moeder sliep. Zachtjes ging Toby de kamer binnen en ging op het bed zitten.

'Mam?'

Ellen rolde op haar rug. Langzaam deed ze haar ogen open en keek Toby aan.

'Mam, voel je je wel goed?'

'Moe,' mompelde Ellen. 'Ik ben moe vandaag.'

Toby legde haar hand op het voorhoofd van Ellen. Geen koorts. Ze veegde een lok zilver haar uit haar moeders ogen. 'Je bent niet ziek?'

'Ik wil alleen maar slapen.'

'Goed.' Toby drukte een kus op Ellens wang. 'Ga dan maar slapen. Ik ga ook naar bed.'

'Welterusten.'

Toby ging de kamer uit en liet de deur openstaan. Ze besloot de deur van haar eigen slaapkamer ook open te laten, zodat ze het zou kunnen horen als haar moeder riep. Ze nam een douche en trok een T-shirt aan, daar sliep ze meestal in. Terwijl ze op het bed ging zitten, ging de telefoon.

Ze nam op. 'Hallo?'

Een mannenstem, die haar vaag bekend voorkwam, zei: 'Mag ik vragen met wie ik spreek?'

Verbluft door de onbeleefdheid van de man, antwoordde ze: 'Als u niet weet wie u opbelt, meneer, kan ik u niet helpen. Goedendag.'

'Wacht even. Met inspecteur Sheehan van de politie van Boston. Ik probeer er alleen achter te komen van wie dit nummer is.'

'Inspecteur Sheehan? Met Toby Harper.'

'Dokter Hárper?'

'Ja. U heeft mijn nummer thuis gebeld. Wist u dat niet?'
Het was even stil. 'Nee.'
'Hoe bent u dan aan dit nummer gekomen?'
*'Re-dial.'*
'Wat?'
'Er lag een draagbare telefoon onder de stoel van dokter Brace. Ik heb hem een paar minuten geleden net gevonden, en ik heb op *redial* gedrukt.' Sheehan zweeg even. 'U was de laatste die hij heeft gebeld.'

Het duurde een half uur voor Vickie er was om op Ellen te passen en nog eens veertig minuten voor Toby zich een weg had gebaand door de ochtendspits naar Boston. Tegen de tijd dat ze weer een ronde vragen van inspecteur Sheehan had beantwoord, was ze zo moe en geprikkeld, dat ze in staat was de eerste de beste die haar een strobreed in de weg legde het hoofd af te bijten. Ze had eigenlijk meteen naar huis en naar bed moeten gaan.

In plaats daarvan gebruikte ze haar autotelefoon om Vickie te bellen en te zeggen dat ze nog één bezoekje moest afleggen.

'Mam ziet er niet zo goed uit,' zei Vickie. 'Wat is er met haar?'

'Gisteren was het prima met haar,' zei Toby.

'Ze heeft daarstraks overgegeven. Ik heb haar wat sap laten drinken en ik geloof dat het nu wat beter gaat. Maar ze wil alleen maar slapen.'

'Heeft ze nog andere klachten?'

'Hoofdzakelijk dat haar maag van streek is. Ik denk dat je met haar naar een dokter moet.'

'Ik ben dokter.'

'Nou ja, jíj weet het natuurlijk het beste,' zei Vickie.

Toby hing op, nijdig op haar zus, en lichtelijk ongerust over de mededeling dat Ellen ziek zou zijn. Het zal wel een buikgriepje zijn, dacht ze. Dat is over een paar dagen weer over.

Ze verliet het politiebureau en reed meteen naar Albany Street 720. De lijkschouwingsdienst.

Dvorak scheen meteen aan te voelen dat ze in een hele slechte stemming was. Hij nam haar beleefd mee naar zijn kantoor, schonk een kop koffie voor haar in en zette het voor haar neer, zonder te vragen of ze het wel wilde hebben. Dat wilde ze; ze had de cafeïne nodig.

Snel nam ze een paar slokken en keek hem toen recht aan. 'Ik wil weten waarom Sheehan het op mij gemunt heeft. Waarom hij me lastigvalt.'

'Doet hij dat?'

'Ik heb het afgelopen uur bij hem moeten zitten. Luister, ik weet niet waaróm Robbie mij thuis heeft gebeld. Ik was er gisteravond niet – de oppas van mijn moeder heeft de telefoon aangenomen. Dat heb ik net gehoord.'

'Wist de oppas waarom Brace belde?'

'Ze begreep de boodschap niet. Hij zei tegen haar dat hij op weg was naar het ziekenhuis om mij te spreken, dus heeft ze er tegen mij verder niets meer over gezegd. Geloof me, Dan, er was niets gaande tussen Robbie en mij. Geen romance, geen seks, niets. We waren nauwelijks bevriend.'

'Je leek heel erg van streek door zijn dood.'

'Van streek? Robbie is voor mijn ogen doodgebloed! Zijn bloed zat overal op mijn handen, mijn armen. Ik had mijn vingers om zijn hart om te proberen het door te laten kloppen, hem in leven te houden. Waarom zou ik verdomme niet van streek zijn?' Ze haalde diep adem, terwijl ze vocht tegen haar tranen. 'Maar jij hebt niet met levende mensen gewerkt, dus weet jij daar niets van. Jij krijgt alleen de lijken.'

Hij zei niets. De stilte leek de ellende en de woede van haar laatste woorden te vergroten.

Ze zakte achterover in de stoel en sloeg haar hand voor haar gezicht.

'Je hebt gelijk,' zei hij zacht. 'Daar weet ik niets van. Ik hoef niet te zien hoe mensen onder mijn handen sterven. En misschien heb ik daarom dit vak wel gekozen. Zodat ik dat niet hoefde te zien.'

Ze hief haar hoofd op maar wilde hem niet aankijken. Dus staarde ze naar de punt van zijn bureau. 'Je hebt de autopsie zeker nog niet gedaan.'

'Vanmorgen. We hebben niets onverwachts gevonden.'

Ze knikte en keek hem nog steeds niet aan.

'En meneer Parmenter? Heeft de neuropatholoog de diagnose bevestigd?'

'Het was de ziekte van Creutzfeldt-Jakob.' Hij zei het op neutrale toon, zonder enig blijk van de schok die die diagnose voor hem persoonlijk moest zijn geweest.

Ze keek hem aan, haar aandacht plotseling gericht op de crisis van Dvorak, op zijn angst. Ze zag dat hij niet goed had geslapen; zijn ogen hadden een koortsige glans.

'Ik zal er gewoon mee moeten leven,' zei hij. 'De mogelijkheid dat ik ziek word. Niet te weten of ik nog twee jaar te leven heb of nog veertig. Ik zeg voortdurend tegen mezelf dat ik ook ineens door een bus overreden zou kunnen worden. Zo is het leven. Elke nieuwe dag brengt nieuwe risico's met zich mee.' Hij richtte zich op, alsof hij probeerde de somberheid van zich af te schudden. Toen glimlachte hij onverwachts. 'Niet dat ik zo'n opwindend leven heb.'

'Toch hoop ik dat het een lang leven zal zijn.'

Ze stonden beiden op en schudden elkaar de hand, een gebaar dat te vormelijk leek voor vrienden. Hoewel hun relatie zich nog niet tot een hechte vriendschap had ontwikkeld, had ze het idee dat het die kant uitging. En dat wilde ze ook graag. Terwijl ze hem nu aankeek, bracht het haar in verwarring dat ze hem ineens zo aantrekkelijk vond, dat de warmte van zijn hand haar zoveel deed.

Hij zei: 'Twee avonden geleden nodigde je me uit om een glas cognac te komen drinken.'

'Ja.'

'Ik ben niet gekomen omdat ik – nou ja, ik was nog steeds zeer geschokt door de diagnose. Ik zou de avond voor ons allebei bedorven hebben.'

Ze herinnerde zich hoe ze die nacht had doorgebracht. Alleen en somber op de bank zittend, bladerend in medische tijdschriften, terwijl de treurige muziek van Mendelssohn uit de stereo kwam. *Die avond had je nauwelijks kunnen bederven,* dacht ze.

'Hoe dan ook,' zei hij, 'ik vroeg me af of ik het goed kon maken. Het is bijna twaalf uur. Ik zit hier de hele morgen al en plotseling wil ik vreselijk graag dit gebouw uit. Als je niets te doen hebt – als ik je zou kunnen interesseren – '

'Je bedoelt... nu?'

Dit had ze niet verwacht. Ze keek hem even aan, terwijl ze bedacht hoe graag ze had gewild dat dit zou gebeuren, maar toch ook bang dat ze te veel achter de uitnodiging zocht.

Hij leek te denken dat ze aarzelde, omdat ze er geen zin in had. 'Het spijt me, het overvalt je zeker. Een andere keer misschien.'

'Nee, ik bedoel, ja. Nu is prima,' zei ze snel.

'Echt waar?'

'Op één voorwaarde, als je dat niet erg vindt.'

Hij hield zijn hoofd een beetje scheef, niet wetend wat hij moest verwachten.

'Zouden we in het park kunnen gaan zitten?' vroeg ze. 'Ik weet dat het een beetje fris is buiten, maar ik heb al een week de zon niet gezien. En ik zou hem nu vreselijk graag op mijn gezicht willen voelen.'

'Zal ik je eens wat zeggen? Ik ook.' Hij lachte. 'Ik pak mijn jas.'

# 14

Ze zaten met een das om hun nek, dicht tegen elkaar aan op een bankje in het park, terwijl ze dampende stukken pizza zaten te eten, zó uit de afhaaldoos. Er zat Thaise kip met pindasaus op – tot hun verrassing hun beider eerste keus. 'Grote geesten denken hetzelfde,' had Dvorak lachend gezegd, terwijl ze onder de kale bomen door naar dit bankje bij de vijver liepen. Hoewel de wind koud was, scheen de zon uit een helderblauwe hemel.

Dit is niet dezelfde man, dacht Toby, terwijl ze naar het gezicht van Dvorak keek. Zijn haar zat in de war en zijn wangen hadden een kleur door de wind. Haal hem uit dat deprimerende gebouw, bij die lijken vandaan, en hij wordt een heel ander mens. Iemand met lachende ogen. Ze vroeg zich af of zíj er ook anders uitzag. De wind had haar haar alle kanten uit geblazen en haar handen waren vies van de pizza, maar op dat moment voelde ze zich aantrekkelijker dan ze sinds lang had gedaan. Misschien kwam het door de manier waarop hij naar haar keek; het krachtigste schoonheidsmiddel, dacht ze, is als een aantrekkelijke man naar je glimlacht.

Ze hief haar gezicht op naar het heldere licht van de dag. 'Ik was bijna vergeten hoe heerlijk het is de zon te voelen.'

'Is het zo lang geleden dat je hem hebt gezien?'

'Het lijkt wel weken. Eerst hebben we al die regen gehad. En die paar zonnige dagen die we daarna hebben gehad, heb ik slapend doorgebracht.'

'Waarom heb je dan eigenlijk voor de nachtdienst gekozen?'

Ze nam de laatste hap pizza en veegde de saus van haar handen. 'In het begin had ik eigenlijk geen keus. Toen ik klaar was met mijn opleiding, was dat de enige dienst die ik kon krijgen bij het Springer. Eerst was het helemaal niet zo gek. Na middernacht wordt het rustig op de eerste hulp en soms lukte het me een paar uur slaap te pakken. Dan ging ik naar huis, ging een poosje naar bed en had de rest van de dag vrij.' Ze schudde haar hoofd bij de herinnering. 'Dat was tien jaar geleden. Als je zo'n jaar of twintig bent, heb je veel minder slaap nodig.'

'De middelbare leeftijd is een ellende.'

'Middelbare leeftijd? Kijk naar jezelf, man.'

Hij lachte, zijn ogen toegeknepen tegen de zon. 'Dus nu is het tien jaar later en ben je een oude dame van zo'n jaar of dertig. En nog steeds in de nachtdienst.'

'Na een tijdje begon ik het prettig te vinden. Je werkte steeds met dezelfde verpleegsters. Mensen van wie ik op aan kon.' Ze zuchtte. 'Toen werd de alzheimer van mijn moeder erger. En leek het belangrijk dat ik overdag thuis was. Om dingen voor haar te doen. Dus nu heb ik iemand in dienst die 's nachts bij mij thuis slaapt. En dan kom ik 's morgens thuis uit mijn werk en neem het over.'

'Het klinkt alsof je het kaarsje aan beide kanten laat opbranden.'

Ze haalde haar schouders op. 'Ik heb toch niet veel keus? Ik heb eigenlijk geluk. Ik kan me in ieder geval permitteren iemand in dienst te nemen en te blijven werken. Veel vrouwen kunnen dat niet. En mijn moeder – zelfs als ze vreselijk lastig is – is altijd...' Ze zweeg even, zoekend naar het woord dat de essentie van Ellen zou weergeven. 'Aardig,' zei ze. 'Mijn moeder is altijd heel aardig geweest.'

Ze keken elkaar aan. Ze huiverde toen een koude windvlaag over de vijver woei en de kale takken boven hun hoofd deed schudden.

'Ik heb het idee dat je heel erg op je moeder lijkt,' zei hij.

'Dat ik aardig ben? Nee, ik wou dat het zo was.' Ze keek naar de golfjes op de vijver. 'Ik denk dat ik te ongeduldig ben. Te emotioneel om aardig te zijn.'

'Je bent inderdaad emotioneel, dokter Harper. Dat wist ik bij ons eerste gesprek al. En ik kan alles wat je voelt van je gezicht aflezen.'

'Eng, vind je niet?'

'Het zal wel gezond zijn voor de ziel. Je uit het in ieder geval allemaal. Om je de waarheid te zeggen, zou ik best wat van die openheid kunnen gebruiken.'

Wat spijtig bekende ze: 'En ik wat van jouw gereserveerdheid.'

Het laatste stuk pizza was op. Ze gooiden de doos in de prullenbak en begonnen te wandelen. Dvorak leek niets te merken van de kou; hij liep met lange, makkelijke stappen, zijn jas open, zijn das nonchalant over zijn schouder.

'Ik geloof niet dat ik ooit een patholoog heb ontmoet die niet gereserveerd was,' zei ze. 'Zijn jullie allemaal zulke goede pokerspelers?'

'Bedoel je of we allemaal een bijna bewusteloze persoonlijkheid hebben?'

'Degenen die ik ken, zijn allemaal zo zwijgzaam. Maar ook heel bekwaam, alsof zij alle antwoorden kennen.'

'Dat is ook zo.'

Ze keek naar zijn uitgestreken gezicht en lachte. 'Goed gespeeld, Dan. Ik ben overtuigd.'

'Dat leren ze je tijdens je opleiding. Hoe je er intelligent uit moet zien. Degenen wie het niet lukt, worden chirurg.'

Ze gooide haar hoofd achterover en lachte nog harder.

'Maar wat jij zegt, is waar,' gaf hij toe. 'De zwijgers gaan pathologie doen. Dat trekt mensen aan die graag in een souterrain werken. Die zich prettiger voelen als ze door een microscoop kijken dan wanneer ze met levende mensen praten.'

'Geldt dat ook voor jou?'

'Ik zou "ja" moeten zeggen. Ik kan niet erg goed met mensen omgaan. Daarom ben ik waarschijnlijk gescheiden.'

Ze liepen een ogenblik zwijgend verder. De wind had een paar wolken meegevoerd en ze liepen nu eens in de schaduw en dan weer in de zon.

'Was zij ook arts?' vroeg Toby.

'Ook patholoog. Heel briljant, maar ook gereserveerd. Ik merkte niet eens dat er iets fout zat tussen ons. Pas toen ze bij me wegging. Ik denk dat dat het bewijs is dat we allebei heel goed konden pokeren.'

'In een huwelijk heb je daar niets aan, denk ik.'

'Nee, dat klopt.' Hij bleef plotseling staan en keek naar zijn broekriem. 'Iemand piept me op,' zei hij, terwijl hij met een frons naar de pieper keek.

'Er is daar een telefooncel.'

Terwijl Dvorak belde, stond Toby buiten de cel te wachten. Met gesloten ogen dronk ze een kort ogenblik van zonneschijn in tussen de passerende wolken door. Een ogenblik waarin ze genoot van het feit dat ze leefde. Ze luisterde nauwelijks naar het gesprek van Dvorak. Pas toen ze de woorden Brant Hill hoorde, draaide ze zich om en keek hem door de glazen wand aan.

Hij hing op en kwam de telefooncel uit.

'Het gaat over Robbie, is het niet?'

Hij knikte. 'Dat was inspecteur Sheehan. Hij is in het Wicklinziekenhuis geweest en heeft met de staf gepraat. Ze vertelden hem dat dokter Brace daar gisteravond was geweest. Hij vroeg naar een oud dossier van een bewoner van Brant Hill. Een man die Stanley Mackie heette.'

Ze schudde haar hoofd. 'Ik heb die naam nooit eerder gehoord.'

'Volgens het Wicklin is Mackie afgelopen maart overleden aan hoofdverwondingen door een val. Wat Sheehan interessant vond, was de diagnose die bij autopsie werd gevonden. Een ziekte waarvan hij zich herinnerde er gisteravond nog van gehoord te hebben.'

Boven hun hoofd verdween de zon achter een wolk. In het plotseling sombere licht zag het gezicht van Dvorak er grauw uit. Afstandelijk.

'Het was de ziekte van Creutzfeldt-Jakob.'

Vanuit het raam van de vergaderzaal op de twintigste verdieping zag Carl Wallenberg de sierlijke koepel van het oude Boston State House, en daarachter de bomen van het stadspark. Hun takken staken kaal af tegen de helderblauwe hemel. Dus dit is het uitzicht waar de hoge bazen van genieten, dacht hij. Terwijl de rest van ons het eigenlijke werk opknapt in Newton, zorgt dat het goed gaat met de patiënten van Brant Hill, zitten Kenneth Foley en zijn staf van accountants in dit deftige kantoor en zorgen dat het goed gaat met het vermogen van Brant Hill. En dat het groeit, met sprongen. De marionetten van Foley, dacht Wallenberg, terwijl hij naar de andere mensen keek die aan de tafel zaten. Wallenberg herinnerde zich slechts vaag wat hun naam en functie was. De man in het blauwe streepjespak was een van de onderdirecteuren; de arrogante vrouw met rood haar was financieel adviseur. Op Wallenberg en Russ Hardaway, de bedrijfsadvocaat, na was het een bijeenkomst van hooggeplaatste pennenlikkers.

Een secretaresse bracht een kan met koffie binnen, schonk elegant vijf kopjes vol en zette ze op tafel, samen met een kristallen schaaltje met suiker en room. Geen slordige papieren suikerzakjes bij deze bespreking. Ze bleef even staan wachten of Foley nog verdere instructies had. Die waren er niet. De vijf mensen aan de tafel wachtten tot de secretaresse wegging en de deur achter zich dichtdeed.

Daarna nam Kenneth Foley, de directeur van Brant Hill, het woord. 'Vanmorgen ben ik weer gebeld door dokter Harper. Ze herinnerde me er nogmaals aan dat Brant Hill zijn werk niet goed doet. Dat meer van onze bewoners ziek zouden kunnen worden. Dit zou een veel ernstiger probleem kunnen worden dan ik dacht.' Hij keek de tafel rond en zijn blik bleef op Wallenberg rusten. 'Carl, je hebt mij verzekerd dat deze kwestie opgelost was.'

'Die is ook opgelost,' zei Wallenberg. 'Ik heb de zaak besproken met dokter Dvorak. En ik heb andere mensen van de gezondheidsdienst gesproken. We zijn het er nu allemaal over eens dat er geen reden is tot ongerustheid. Ons restaurant voldoet aan alle regels. Ons water komt van de gemeente. En die hormooninjecties waar iedereen zich zo druk over maakt – we hebben documentatie om te bewijzen dat ze van een recente partij zijn. Volkomen veilig. Dokter Dvorak is ervan overtuigd dat deze gevallen zuiver toevallig zijn. Een statistische cluster is de wetenschappelijke term hiervoor.'

'Dus je weet zeker dat zowel de gezondheidsdienst als de lijkschouwingsdienst tevreden gesteld zijn?'

'Ja. Ze hebben gezegd dat ze niets in de openbaarheid zullen brengen, aangezien er geen reden tot ongerustheid is.'

'Toch is dokter Harper ervan op de hoogte. We moeten weten hoe we op haar vragen moeten reageren. Want als zij ervan weet, zal het publiek er binnenkort ook van op de hoogte zijn.'

'Zijn er vragen gesteld door de media?' vroeg Hardaway.

'Tot nu toe niet. Maar we zouden ongewenste aandacht kunnen krijgen.' Foley keek Wallenberg aan. 'Dus vertel ons nogmaals, Carl, dat we ons nergens zorgen over hoeven te maken met deze ziekte.'

'Jullie hoeven je niet ongerust te maken,' zei Wallenberg. 'Deze twee gevallen hebben niets met elkaar te maken. Een samenloop van omstandigheden.'

'Als er nog meer gevallen bij komen, is het geen samenloop van omstandigheden meer,' zei Hardaway. 'Dan wordt het een PR-ramp, omdat het de indruk zal wekken dat we niet de moeite hebben genomen het probleem uit te zoeken.'

'Daarom zit het telefoontje van dokter Harper me niet lekker,' zei Foley. 'In wezen heeft ze ons gewaarschuwd dat zij het weet. En dat ze ons in de gaten houdt.'

Hardaway zei: 'Dat klinkt als een soort dreigement.'

'Dat is het ook,' zei de financieel adviseur. 'Onze aandelen zijn vanmorgen weer drie punten gestegen. Maar wat zal er gebeuren als investeerders horen dat onze bewoners overlijden – en dat we niets hebben gedaan om dat tegen te houden?'

'Maar er vált niets tegen te houden,' zei Wallenberg. 'Dit is pure hysterie, op geen enkel feit gebaseerd.'

'Ik vond dat dokter Harper heel nuchter klonk,' zei Foley.

Wallenberg snoof. 'Dat is het probleem. Ze klinkt heel nuchter, ook al is ze dat niet.'

'Wat wil ze eigenlijk?' vroeg de financieel adviseur. 'Geld, aandacht? Er moet een motief zijn waar we op in kunnen spelen. Heb je daar iets van gemerkt toen je haar vanmorgen sprak, Ken?'

Foley zei kalm: 'Ik denk dat het eigenlijk met dokter Brace te maken heeft. En het ongelukkige moment van zijn dood.'

Bij het noemen van Robbie Brace werd iedereen even stil en keek naar de tafel. Niemand wilde over de doden praten.

'Zij en dokter Brace kenden elkaar,' zei Foley.

'Misschien zat er nog wel meer achter,' voegde Wallenberg er met enige minachting aan toe.

'Wat hun relatie ook was,' zei Foley, 'ze is zo ontdaan door de dood van dokter Brace, dat ze met deze vragen is gekomen. En ze schijnt zeer goed op de hoogte te zijn van het moordonderzoek. Op de een of andere manier wist ze van de diagnose van dokter Mackie. Ze wist dat hij op Brant Hill woonde. Dat was allemaal niet bekend bij het publiek.'

'Ik weet hoe ze daarachter is gekomen,' zei Wallenberg. 'De lijkschouwingsdienst. Ze heeft geluncht met dokter Dvorak.'

'Waar heb je dat gehoord?'

'Ik hoor wel eens wat.'

'Verdomme,' zei de financieel adviseur. De enige vrouw in het gezelschap moest natuurlijk de eerste zijn die vloekte. 'Dan heeft ze namen en feiten die ze door zou kunnen vertellen. Daar gaat onze winst van drie punten.'

Foley boog zich naar voren en keek Wallenberg indringend aan. 'Carl, jij bent de medisch directeur. Tot nu toe zijn we op jouw oordeel afgegaan. Maar als jij je vergist, als er nog een patiënt aan deze ziekte overlijdt, zou dat al onze uitbreidingsplannen de nek kunnen omdraaien. Wel allemachtig, het zou alles teniet kunnen doen wat we al hebben.'

Wallenberg moest de irritatie in zijn stem onderdrukken. Hij slaagde erin volkomen kalm en vol vertrouwen over te komen. 'Ik zal het nog een derde keer zeggen. Ik zal het wel tien keer zeggen, als dat nodig is. Dit is geen epidemie. Bij geen van onze bewoners zal deze ziekte zich meer voordoen. Als dat gebeurt, lever ik mijn aandelen in.'

'Zo zeker ben je van je zaak?'

'Inderdaad.'

Foley leunde met een opgelucht gezicht achterover.

'Dan hoeven we ons alleen nog maar zorgen te maken,' zei de financieel adviseur, 'over de grote mond van dokter Harper. Die ons helaas een hoop schade zou kunnen berokkenen, ook al kan niets van wat ze zegt worden bewezen.'

Een ogenblik lang zei niemand iets, terwijl ze allemaal nadachten over wat er gedaan zou kunnen worden.

Wallenberg zei: 'Ik denk dat we haar gewoon moeten negeren. Neem haar telefoontjes niet aan, besteed geen enkele aandacht aan haar. Uiteindelijk zal ze haar eigen geloofwaardigheid schaden.'

'Intussen doet ze óns schade aan,' zei de financieel adviseur. 'Kunnen we niet wat... druk uitoefenen? Haar baan, bijvoorbeeld. Ik dacht dat de directie van Springer haar contract wilde beëindigen?'

'Dat hebben ze geprobeerd,' zei Wallenberg. 'Maar die chef van de eerste hulp heeft zich verzet en daar hebben ze zich bij neergelegd. Voorlopig, tenminste.'

'En die vriend van jou, de chirurg? Ik dacht dat hij ervoor had gezorgd dat ze weg moest?'

Wallenberg schudde zijn hoofd. 'Dokter Carey is net als alle andere chirurgen die ik ken. Te veel van zichzelf overtuigd.'

De financieel adviseur slaakte een zucht van ongeduld. 'Goed, maar hoe pakken we haar dan wél aan?'

Foley keek Wallenberg aan. 'Misschien heeft Carl gelijk,' zei hij. 'Laten we helemaal niets doen. Ze heeft al de grootste moeite haar baan te houden en ik denk dat ze die strijd verliest. We laten haar zichzelf kapotmaken.'

'Met een beetje hulp, misschien?' opperde de financieel adviseur zacht.

'Ik denk dat dat niet nodig zal zijn,' zei Wallenberg. 'Geloof me, Toby Harper is haar eigen grootste vijand.'

Aan de andere kant van het vers gedolven graf zag Toby hem staan, zijn hoofd licht gebogen, zijn blik op de kist gericht. De kist van Robbie. Zelfs zonder zijn witte jas zag Carl Wallenberg er van top tot teen uit als de goddelijke arts vol mededogen. Welke duivelse gedachten verbergt hij? vroeg Toby zich af. Het kleine groepje artsen en bestuursleden van Brant Hill leek allemaal dezelfde uitdrukking op hun gezicht te hebben, alsof ze hetzelfde rubber rouwmasker hadden opgezet. Wie van hen was werkelijk een vriend voor Robbie geweest? Aan hun gezicht kon ze het niet zien.

Wallenberg scheen te voelen dat er naar hem werd gekeken. Hij hief zijn hoofd op en keek Toby aan. Een ogenblik lang keken ze elkaar in de ogen. Daarna wendde hij zijn blik af.

Een koude windvlaag blies wat dode bladeren in het graf. De dochter van Robbie begon te huilen in de armen van Greta, niet van verdriet, maar uit ergernis dat ze te lang door volwassenen werd vastgehouden. Greta zette haar dochter neer en in een flits was het meisje weg, zich lachend een weg banend door het oerwoud van grote-mensen-benen.

De dominee kon niet tegen een lachend kind op. Met een berustende blik maakte hij zijn laatste zin kort en sloot zijn bijbel. Terwijl de aanwezigen zich naar de weduwe begaven, verloor Toby Wallenberg uit het oog. Pas toen ze aan de andere kant om het graf heen liep, zag ze hem weglopen naar de geparkeerde auto's.

Ze ging achter hem aan. Ze moest twee keer zijn naam roepen voor hij ten slotte bleef staan en zich naar haar omdraaide.

'Ik probeer u al bijna een week te bereiken,' zei ze. 'Uw secretaresse verbindt me nooit door.'

'Ik heb het druk gehad met een aantal zaken.'

'Kunnen we nu even praten?'

'Het komt op het moment niet goed uit, dokter Harper.'

'Wanneer dan wel?'

Hij gaf geen antwoord. In plaats daarvan draaide hij zich om en liep weg.

Ze ging achter hem aan. 'Brant Hill heeft twee geregistreerde gevallen van Creutzfeldt-Jakob gehad,' zei ze. 'Angus Parmenter en Stanley Mackie.'

'Dokter Mackie is overleden door een val.'

'Hij had ook C-J. En daarom is hij waarschijnlijk uit dat raam gesprongen.'

'U heeft het over een ziekte die niet te behandelen is. Moet ik het idee krijgen dat ik op de een of andere manier tekort ben geschoten?'

'Twee gevallen in een jaar.'

'Een statistische cluster. De bevolkingsdichtheid is hoog hier, dokter Harper. Een aantal van zulke gevallen is te verwachten in zo'n gebied. Deze twee mannen woonden toevallig bij elkaar in de buurt.'

'En als dit een besmettelijker soort prion is? Dan zouden zich nu nieuwe gevallen kunnen ontwikkelen op Brant Hill.'

Hij draaide zich met zo'n lelijk gezicht naar haar om, dat ze een stap achteruit deed. 'Luister goed naar me, dokter Harper. Mensen kopen zich op Brant Hill in, omdat ze een leven zonder zorgen, zonder angst willen. Ze hebben hun hele leven hard gewerkt en ze verdienen de luxe. Ze kunnen het betalen. Ze weten dat ze de beste medische verzorging van de wereld krijgen. Ze hoeven niet naar een of andere idiote theorie te luisteren dat er een dodelijke hersenziekte in hun eten zit.'

'Is dat het enige waar u zich zorgen over maakt? De gemoedsrust van uw patiënten?'

'Ze betalen voor gemoedsrust. Als ze hun vertrouwen in ons verliezen, pakken ze hun spullen en verkopen hun huis. Dan wordt Brant Hill een spookstad.'

'Ik probeer niet Brant Hill af te breken. Ik denk alleen dat u uw bewoners moet controleren op symptomen.'

'Denk eens aan de paniek die dát zou veroorzaken. Ons eten is veilig. Onze hormonen komen van betrouwbare bedrijven. Zelfs de gezondheidsdienst zegt dat het niet nodig is symptomen in de gaten te houden. Dus hou op onze bewoners bang te maken, dokter Harper. Anders krijgt u een advocaat op de stoep.' Hij draaide zich om en wilde weglopen.

'En Robbie Brace?' flapte ze eruit.

'Wat is er met hem?'

'Ik vind het heel verontrustend dat hij is vermoord vlak nadat hij de diagnose van Mackie te weten was gekomen.' Ziezo, ze had het gezegd. Ze was openlijk met haar verdenkingen gekomen en ze verwachtte dat Wallenberg heftig in de verdediging zou gaan.

In plaats daarvan draaide hij zich om en keek haar met een angstig onverstoorbare glimlach aan. 'Ja, ik heb gehoord dat u dat bij de politie heeft aangekaart. Maar die theorie hebben ze laten varen omdat ze geen enkel bewijs kunnen vinden dat er een verband bestaat.' Hij zweeg even. 'Trouwens, ze hebben me een aantal vragen gesteld over ú.'

'De politie? Welke vragen?'

'Of ik iets wist van een relatie tussen u en dokter Brace. Of ik wist dat hij 's avonds laat met u in onze kliniek was geweest.' De glimlach veranderde in een soort valse grijns. 'Ik vind het fascinerend, de seksuele aantrekkingskracht die zwarte mannen voor jullie vrouwen hebben.'

Verbijsterd en woedend stak Toby haar kin in de lucht en deed een stap naar hem toe. 'Wat gemeen. U hebt het recht niet dat van hem te zeggen.'

'Is er iets, Carl?' zei een stem.

Toby draaide zich met een ruk om en zag een lange, bijna helemaal kale man staan. Het was dezelfde elegant geklede man die tijdens de begrafenisplechtigheid naast Wallenberg had gestaan. Hij keek haar een beetje geschrokken aan en ze besefte dat haar gezicht rood was van kwaadheid en haar handen tot vuisten waren gebald.

'Ik moest het wel horen,' zei de man. 'Moet ik iemand roepen, Carl?'

'Er is niets aan de hand, Gideon. Dokter Harper was alleen maar een beetje...' Weer die nare, zelfgenoegzame glimlach. '... van streek over de dood van Robbie.'

*Vuile schoft,* dacht Toby.

'Over een half uur hebben we een directievergadering,' zei de kale man.

'Ik weet het.' Wallenberg keek Toby aan en in zijn ogen zag ze de glinstering van triomf. Hij had haar tot het uiterste gedreven, had haar haar zelfbeheersing laten verliezen, en deze man die Gideon heette, was er getuige van geweest. Wallenberg was degene die de zaak in de hand had, zij niet, en dat feit maakte hij duidelijk met zijn glimlach.

'Ik zie je op de vergadering,' zei de kale man. En met een laatste, bezorgde blik naar Toby liep hij weg.

'Ik denk dat er verder niets meer te bespreken valt,' zei Wallenberg en draaide zich om.

'Tot het volgende geval van C-J zich voordoet,' zei ze.

Hij keek haar nog een laatste keer vol medelijden aan. 'Dokter Harper, kan ik u een raad geven?'

'Welke raad?'

'Zorg dat u een leven krijgt.'

*Ik heb een leven,* dacht Toby, terwijl ze boos een slok koffie nam in de stafkamer van de eerste hulp. *Verdomme, ik heb beslist een leven.* Misschien was het niet het leven dat ze zich had voorgesteld als jonge arts in opleiding, niet het leven dat ze zou hebben gekozen. Maar soms kon je niet kiezen, soms kreeg je met moeilijke omstandigheden te maken. Dingen die je moest doen. Verplichtingen.

Ellen.

Toby dronk haar kopje leeg en schonk er nog een in, heet en zwart. Het was alsof ze nog meer zuur in haar maag gooide, maar ze had de cafeïne vreselijk hard nodig. Robbies begrafenis had haar gewone slaapschema onderbroken en ze had maar een paar uur kunnen rusten voor ze vanavond naar haar werk ging. Het was nu zes uur in de ochtend en ze functioneerde zuiver op automatische reflexen en af en toe een uitbarsting van primitieve emoties. Woede. Frustratie. Op het moment voelde ze allebei, want ze wist dat als haar dienst erop zat, als ze over anderhalf uur eindelijk het ziekenhuis uitging, ze alleen maar in andere verantwoordelijkheden en zorgen terecht zou komen.

Zorg dat u een leven krijgt, had hij gezegd. En dit was het leven dat ze nu eenmaal had, het leven dat op haar schouders was gelegd.

Gisteravond, terwijl ze zich kleedde voor haar werk, had ze in de spiegel gekeken en zich gerealiseerd dat sommige van haar haren niet blond waren, maar wit. Wanneer was dat gebeurd? Wanneer was haar jeugd overgegaan in het begin van de middelbare leeftijd? Hoewel niemand anders die haren zou hebben gezien, had ze ze eruit getrokken, terwijl ze wist dat ze even wit weer terug zouden komen. Dode melanocyten regenereren niet. De eeuwige jeugd bestaat niet.

Om half acht verliet ze eindelijk de eerste hulp en bleef even staan om de morgenlucht in te ademen. Lucht die niet rook naar kamferspiritus en ontsmettingsmiddel en verschaalde koffie. Het zag ernaar uit dat het een mooie dag zou worden. De mist werd al dunner en er kwamen vage stukken blauwe lucht tevoorschijn. Toen ze dat zag, voelde ze zich al beter. Ze had de komende vier dagen vrij om haar slaap in te halen. En volgende maand had ze twee weken vakantie. Misschien kon ze Ellen bij Vickie laten en echt met vakantie gaan. Een hotel aan het strand, koele drankjes en warm zand. Misschien zelfs een vluchtige romance. Het was lang geleden dat ze met een man naar bed was geweest. Ze had gehoopt dat het met Dvorak zou gebeuren. Ze had de laatste tijd vaak aan hem gedacht, op een manier die onverwachts een blos op haar wangen kon brengen. Sinds die ene keer dat ze samen geluncht hadden, hadden ze elkaar twee keer door de telefoon gesproken, maar door hun verschillende werktijden was het moeilijk elkaar te ontmoeten.

En de laatste keer dat ze elkaar hadden gesproken, had hij afstandelijk geklonken. Afwezig. *Heb ik hem dan al zo snel schrik aangejaagd?*

Ze zette Dvorak uit haar gedachten en filosofeerde verder over fantasie-mannen en tropische bestemmingen.

Ze liep het parkeerterrein over en stapte in haar auto. *Ik zal Vickie bellen vanmiddag,* dacht ze, terwijl ze naar huis reed. *Als ze niet op mam kan of wil passen, neem ik iemand in dienst voor een week. Het kan me niet schelen wat het kost.* Jarenlang had Toby trouw geld opzijgelegd voor haar pensioen. Het was tijd het nu uit te geven, er nu van te genieten.

Ze sloeg haar straat in en voelde haar hart een keer overslaan van paniek.

Voor haar huis stonden een ambulance en een politieauto geparkeerd.

Voor ze haar eigen oprit in kon rijden, reed de ambulance met grote snelheid weg, het zwaailicht aan. Toby parkeerde de auto en rende het huis binnen.

In haar woonkamer stond een agent in uniform in een notitieboekje te schrijven.

'Wat is er gebeurd?' vroeg Toby.

De agent keek haar aan. 'Uw naam, mevrouw?'

'Dit is mijn huis. Wat doet u hier? Waar is mijn moeder?'

'Ze hebben haar net naar het Springer-ziekenhuis gebracht.'

'Is er een ongeluk gebeurd?'

De stem van Jane zei: 'Er is geen ongeluk gebeurd.'

Toby draaide zich om naar Jane, die in de deuropening van de keuken stond. 'Ik kon haar niet wakker krijgen,' zei Jane. 'Dus heb ik de ambulance gebeld.'

'Je kon haar niet wákker krijgen? Reageerde ze helemaal niet?'

'Het leek of ze niet kon bewegen. Of praten.' Jane en de politieman keken elkaar even aan, een blik die Toby niet kon interpreteren. Pas toen kwam de vraag bij haar op: *Waarom was er een politieman in haar huis?*

Ze was haar tijd aan het verdoen hier. Ze draaide zich om en wilde weggaan, achter de ambulance aan.

'Mevrouw?' vroeg de agent. 'Als u even wilt wachten, er komt iemand om met u te praten.'

Toby negeerde hem en liep het huis uit.

Tegen de tijd dat ze het parkeerterrein van het Springer-ziekenhuis opreed, had ze zich al het ergste ingebeeld. Een hartaanval. Een beroerte. Ellen in coma en aan het beademingsapparaat.

Een van de dagverpleegsters kwam aan de balie naar haar toe. 'Dokter Harper – '

'Waar is mijn moeder? Ze is met de ambulance gebracht.'

'Ze is in kamer twee. We zijn haar nu aan het stabiliseren. Wacht, ga nog niet naar binnen – '

Toby liep langs de balie heen en deed de deur naar kamer twee open. Ze kon het gezicht van Ellen niet zien door het medische personeel dat rondom de brancard aan het werk was. Paul Hawkins was net klaar met intuberen. Een verpleegster hing een nieuwe fles aan het infuus, een andere was bezig met buisjes met bloed.

'Wat is er gebeurd?' vroeg Toby.

Paul keek op. 'Toby, kun je buiten wachten?'

*'Wat is er gebeurd?'*

'Ze is gewoon opgehouden met ademhalen. Haar pols was bijna weg, maar nu gaat het weer.'

'Een infarct?'

'Op het EKG is niets te zien. We wachten nog op hartenzymuitslagen.'

'O, mijn God. O, mijn God…' Toby liep naar de brancard en pakte haar moeders hand. 'Mam, ik ben het.'

Ellen deed haar ogen niet open, maar haar hand bewoog, alsof ze hem wilde wegtrekken.

'Mam, het komt allemaal goed. Ze zullen goed voor je zorgen.'

Nu bewoog Ellen haar andere hand en sloeg tegen de matras. Een verpleegster pakte snel de pols van Ellen vast en schoof er een band omheen. De aanblik van die broze hand die werd vastgebonden en probeerde los te komen, was meer dan Toby kon verdragen.

'Moet het zo strak?' vroeg ze bits. 'Je hebt al een blauwe plek gemaakt.'

'Anders gaat het infuus eruit.'

'Je klemt de bloedsomloop af!'

'Toby,' zei Paul. 'Ik wil dat je buiten wacht. We hebben alles onder controle.'

'Mam kent geen van jullie – '

'Je hindert ons bij ons werk. Je moet echt weg.'

Toby deed een stap bij de brancard vandaan en zag dat ze allemaal naar haar keken. Ze besefte dat Paul gelijk had; ze liep inderdaad in de weg en maakte het hun moeilijk de nodige beslissingen te nemen. Als zij als arts met een kritiek geval te maken had, wilde ze de familie er nooit bij hebben. Paul ook niet, natuurlijk.

Zacht zei ze: 'Ik wacht buiten.' En ze ging weg.

In de gang stond een man op haar te wachten. Hij was begin veertig, had heel kort haar, en keek haar zonder een glimlach aan. 'Dokter Harper?' zei hij.

'Ja.'

Iets aan de manier waarop hij naar haar toekwam en haar taxerend opnam, zei haar dat dit een politieman was. Hij bevestigde het door haar zijn insigne te laten zien. 'Rechercheur Alpren. Mag ik u iets vragen over uw moeder?'

'Ik wil ú een paar vragen stellen. Waarom was er een agent bij mij thuis? Wie heeft jullie gebeld?'

'Dat heeft mevrouw Nolan gedaan.'

'Waarom zou ze de politie bellen voor een medisch spoedgeval?'

Rechercheur Alpren wees naar een lege onderzoekkamer. 'Laten we daar even gaan zitten,' zei hij.

Verbaasd volgde ze Alpren naar binnen. Hij deed de deur dicht.

'Hoe lang is uw moeder al ziek?' vroeg hij.

'Bedoelt u haar alzheimer?'

'Ik bedoel haar huidige ziekte. De reden waarom ze nu hier is.'

Toby schudde haar hoofd. 'Ik weet nog niet eens wat er met haar aan de hand is...'

'Heeft ze nog een andere chronische ziekte dan alzheimer?'

'Waarom stelt u me die vragen?'

'Ik heb begrepen dat uw moeder de afgelopen week ziek is geweest. Lusteloosheid. Misselijkheid.'

'Ze was een beetje moe. Ik veronderstelde dat het een virus was. Haar maag was wat van streek.'

'Een virus, dokter Harper? Dat is niet wat mevrouw Nolan denkt.'

Ze staarde hem niet-begrijpend aan. 'Wat heeft Jane tegen u gezegd? U zei dat ze u heeft gebeld?'

'Ja.'

'Ik zou haar graag willen spreken. Waar is ze?'

Hij negeerde de vraag. 'Mevrouw Nolan had het over bepaalde verwondingen. Ze zei dat uw moeder klaagde over brandwonden aan haar handen.'

'Die zijn weken geleden al genezen. Ik heb Jane verteld wat er was gebeurd.'

'En de blauwe plekken op haar dijbeen? Hoe is ze daaraan gekomen?'

'Welke blauwe plekken? Ik weet niets van blauwe plekken.'

'Mevrouw Nolan zegt dat ze u er twee dagen geleden naar heeft gevraagd. Dat u er geen verklaring voor had.'

'Wát?'

'Kúnt u een verklaring geven voor de blauwe plekken?'

'Ik wil weten waarom ze in vredesnaam zulke dingen zegt,' zei Toby. 'Waar is ze?'

Alpren keek haar een ogenblik lang aan. Vervolgens schudde hij zijn hoofd. 'Gezien de omstandigheden, dokter Harper,' zei hij, 'wil mevrouw Nolan u niet spreken.'

Na de scan werd Ellen op de intensive-careafdeling gelegd en mocht Toby weer naar haar toe. Het eerste wat ze deed, was het beddengoed opzij schuiven en naar de blauwe plekken kijken. Er waren er vier, kleine, onregelmatige vlekken op de buitenkant van het linker dijbeen. Ze keek er ongelovig naar, in stilte zichzelf verwijtend dat ze zo blind was geweest. Hoe en wanneer was dit gebeurd? Had Ellen zichzelf bezeerd? Of waren die plekken door de hand van iemand anders gemaakt, door herhaaldelijk in die broze huid te knijpen? Ze legde het laken over de benen van haar moeder en bleef een tijdlang met haar handen woedend om de rand van het bed geklemd staan. Ze probeerde haar oordeel niet te laten vertroebelen door haar boosheid. Maar ze kon de gedachte niet onderdrukken: *Als Jane dit heeft gedaan, vermoord ik haar.*

Er werd op het raam geklopt en Vickie kwam binnen. Ze zei niets, terwijl ze tegenover Toby ging staan.

'Ze is in coma,' zei Toby. 'Ze hebben net de hersenscan gemaakt. Ze heeft blijkbaar een enorme hersenbloeding gehad. Niets wat ze kunnen afzuigen. We moeten gewoon afwachten.'

Vickie bleef zwijgen.

'Alles was zo idioot vanmorgen,' zei Toby. 'Ze hebben blauwe plekken op haar dijbeen gevonden. Jane heeft tegen de politie gezegd dat ik dat heb gedaan. Ze heeft hen zelfs op de gedachte gebracht – '

'Ja, ze heeft het mij verteld.'

Toby keek haar aan, geschrokken van de vlakke toon van haar zuster. 'Vickie – '

'Vorige week heb ik tegen je gezégd dat mam ziek was. Ik heb je gezegd dat ze overgaf. Maar je leek absoluut niet ongerust.'

'Ik dacht dat het een virus was.'

'Je bent niet eens met haar naar de dokter geweest!' Vickie keek haar aan alsof ze een schepsel was dat ze nog nooit eerder had gezien. 'Ik heb het niet tegen je gezegd, maar Jane heeft me gisteren gebeld. Ze vroeg me het niet tegen jou te zeggen. Maar ze maakte zich zorgen.'

'Wat heeft ze gezegd? Vickie, wat heeft ze gezégd?'

'Ze zei...' Vickie slaakte een beverige zucht. 'Ze zei dat ze zich zorgen maakte over wat er gebeurde. Toen ze pas bij je kwam werken, zag ze blauwe plekken op de armen van mam, alsof ze met harde hand was vastgepakt. Door elkaar geschud. Die blauwe plekken trokken weg, maar toen waren er deze week nieuwe, op de dijbenen. Heb jij ze gezien?'

'Jane is degene die haar elke dag in bad heeft gedaan – '

'Dus jij hebt ze niet gezien? Je weet er niet eens van?'

'Ze heeft er míj nooit naar gevraagd!'

'En de brandplekken? De brandplekken op mams handen?'

'Dat is weken geleden gebeurd! Mam pakte een hete schaal van het fornuis.'

'Dus er was inderdaad een brandwond.'

'Het was een ongelukje! Bryan was erbij toen het gebeurde.'

'Wil je zeggen dat Bryan verantwoordelijk is?'

'Nee. Nee, dat wil ik niet zeggen–'

'Wie is er dan verantwoordelijk, Toby?'

De twee zusters keken elkaar aan over de slapende gestalte van Ellen heen.

'Ik ben je zus,' zei Toby. 'Je kent mij. Hoe kun je een volkomen vreemde geloven?'

'Ik weet het niet.' Vickie haalde haar hand door haar haar. 'Ik weet niet wat ik moet geloven. Ik wil alleen dat je me vertelt wat er werkelijk is gebeurd. Ik weet dat het niet meevalt voor mam te zorgen. Ze is soms erger dan een kind en het is niet gemakkelijk om – '

'Wat weet jíj daarvan? Je hebt nooit aangeboden te helpen.'

'Ik heb een gezin.'

'Het is je moeder. Iets wat je man en je kinderen niet schijnen te begrijpen.'

Vickie stak haar kin omhoog. 'Je probeert me weer een schuldgevoel aan te praten, zoals je altijd doet. Wie lijdt er het meest, wie is de grootste heilige, de Heilige Toby.'

'Hou óp!'

'Dus wanneer ben je kwaad geworden? Wanneer ben je eindelijk door het lint gegaan en ben je begonnen haar te slaan?'

Toby deinsde achteruit, te geschokt om iets te zeggen, te kwaad om iets te durven zeggen.

Vickies mond beefde. Ze kreeg tranen in haar ogen en zei: 'O, God, dat meende ik niet.'

Toby draaide zich om en liep het kamertje uit. Ze liep regelrecht het gebouw uit, het parkeerterrein over naar haar auto.

Ze reed meteen naar het huis van Jane Nolan. Ze had haar adresboekje in haar tas en ze zocht op waar Jane woonde. Het was in Brookline, oostelijk van het Springer-ziekenhuis.

Een rit van zes kilometer bracht haar naar het adres, een twee-onder-één-kapwoning in een steriele straat zonder bomen. Onder de ramen aan de voorkant hingen plantenbakken met uitgedroogde aarde en wat afstervend onkruid. De gordijnen waren dicht, zodat je niet naar binnen kon kijken.

Toby belde aan. Er deed niemand open. Ze klopte op de deur en bonkte vervolgens. *Doe verdomme open. Vertel waarom je me dit aandoet!*

'Jane!' riep ze.

De deur van de buren ging open en een vrouw stak voorzichtig haar hoofd naar buiten.

'Ik ben op zoek naar Jane Nolan,' zei Toby.

'Dan kun je ophouden met op de deur bonken. Ze is er niet.'

'Wanneer komt ze terug?'

'Wie ben je?'

'Ik wil alleen maar weten wanneer Jane weer terug is.'

'Hoe moet ik dat weten? Ik heb haar al dagen niet gezien.' De vrouw deed haar deur dicht.

Toby had zin om een steen door het raam van Jane te gooien. Ze sloeg nog een laatste keer met haar vuist op de deur en stapte weer in haar auto.

Toen werd het haar allemaal te veel. Ellen in coma. Vickie die in een agressieve vreemde was veranderd. Ze leunde naar voren en deed haar best niet in huilen uit te barsten. Doordat haar eigen claxon lawaai begon te maken, schoot ze weer overeind. Ze had te zwaar op het stuur geleund. Een voorbijkomende postbode bleef staan en keek haar aan.

Ze reed weg. *Waar ga ik heen? Waar ga ik heen?*

Ze reed naar het huis van Bryan. Hij zou haar steunen. Hij was erbij geweest toen Ellen haar hand verbrandde; hij kon voor haar getuigen, hij wist hoe dol ze op Ellen was geweest.

Maar Bryan was niet thuis; hij was tot half vijf op zijn werk, volgens zijn vriend Noel, die de deur opendeed. Wilde Toby een kop koffie? Iets drinken? *Je ziet eruit of je even moet gaan zitten.*

Wat hij bedoelde, was dat ze eruitzag als een geest.

Ze weigerde het aanbod. Omdat ze niet wist waar ze anders heen moest, reed ze naar huis.

De politieauto was weg. Drie van haar buren stonden voor haar huis op de stoep te praten. Toen de auto van Toby eraan kwam, draaiden ze zich om en staarden haar aan. Tegen de tijd dat ze haar oprit was ingereden, waren ze in drie verschillende richtingen weggelopen. Lafaards. Waarom vroegen ze haar niet gewoon of ze haar moeder had geslagen?

Ze stormde het huis binnen en sloeg de deur dicht.

Stilte. Geen Ellen. Niemand die in de tuin scharrelde, niemand die naar de tv zat te kijken.

Ze ging op de bank zitten en liet haar hoofd in haar handen zakken.

# 15

'De mijne is een meisje,' zei Annie, met haar vingers over het beddengoed strijkend om haar buik te strelen. 'Ik wil dat het een meisje is, want ik zou niet weten wat ik met een jongen moet beginnen. Ik zou niet weten hoe ik er een fatsoenlijke man van zou moeten maken. Die kom je tegenwoordig nauwelijks meer tegen.'

In het donker lagen ze naast elkaar op Annies bed. Het enige licht was het schijnsel van de straatlantaren voor het raam. Af en toe waren er strepen bewegend licht van een passerende auto en dan ving Molly een glimp op van het gezicht van Annie, die met haar hoofd op het kussen kalm naar het plafond lag te kijken. Het was warm bij Annie in bed. Ze hadden vandaag het bed verschoond, hadden samen in de wasserette zitten giechelen en oude tijdschriften door zitten bladeren, terwijl het linnengoed ronddraaide in de droger. Als Molly zich nu omdraaide, rook ze telkens de schone lucht van waspoeder. En ze rook Annie ook.

'Hoe weet je of het een meisje is?' vroeg Molly.

'Nou, een dokter kan het zien.'

'Ben je bij een dokter geweest?'

'Naar die ene wilde ik niet terug. Het beviel me daar niet.'

'Hoe weet je dan dat het inderdaad een meisje is?'

Annies handen gleden weer over haar buik. 'Ik weet het gewoon. Ik heb een verpleegster gesproken en die zei dat als een moeder zo'n gevoel heeft, een heel sterk gevoel, dat ze zich nooit vergist. Dit is een meisje.'

'Over de mijne voel ik niets.'

'Misschien is het daar nog te vroeg voor, Molly.'

'Ik heb nog geen enkel gevoel. Het lijkt nog niet echt een mens, zie je. Het lijkt alsof er gewoon een hoop vet zit daar. Moet ik niet iets van liefde voelen, of zo? Ik bedoel, dat gebeurt toch altijd?' Ze draaide zich om en keek naar het gezicht van Annie, afgetekend tegen het schijnsel van het raam.

'Je moet er iets voor voelen,' zei Annie zacht. 'Waarom zou je het anders houden?'

'Ik weet het niet.'

Molly voelde dat Annies hand de hare zocht onder de dekens. Ze lagen met hun vingers in elkaar gestrengeld en ademden precies gelijk.

'Ik weet niet wat ik doe of waarom ik het doe,' zei Molly. 'Ik was helemaal in de war. En toen, toen Romy me aftuigde, was ik zo razend op hem dat ik niet van plan was te doen wat hij zei. Dus ben ik daar niet heen gegaan.' Ze zweeg even en keek weer naar Annie. 'Hoe doen ze het?'

'Wat?'

'Het weghalen?'

Annie huiverde. 'Ik heb het maar één keer laten doen. Vorig jaar, toen Romy me daarheen had gestuurd. Die mensen daar waren allemaal in het blauw gekleed. Ze wilden niet met me praten, ik moest op die tafel gaan liggen en mijn mond houden. Ik kreeg iets op mijn neus en daarna herinner ik me alleen nog dat ik weer wakker werd. Weer helemaal plat. Leeg...'

'Was het een meisje?'

Annie zuchtte. 'Ik weet het niet. Ze hebben me in de auto gezet en me weer naar hem teruggestuurd.' Annie liet de hand van Molly los en het leek of ze zich meer dan alleen lijfelijk terugtrok. Ze had zich in een soort eigen ruimte teruggetrokken. Een plek alleen voor haar en haar baby.

'Molly,' zei Annie na een lange stilte. 'Je weet dat je hier niet veel langer kunt blijven.' De zo zacht uitgesproken woorden waren een harde slag.

Molly draaide zich op haar zij en keek Annie aan. 'Wat heb ik verkeerd gedaan? Zeg me wat ik fout heb gedaan.'

'Niets. Het kan alleen niet zo blijven doorgaan.'

'Waarom niet? Ik zal meer doen. Ik zal alles doen wat je zegt.'

'Molly, ik heb je gezegd dat je maar een paar dagen kon blijven. Het is nu al meer dan twee weken. Lieverd, ik vind je heel aardig, maar meneer Lorenzo is vandaag naar me toegekomen. Hij klaagde dat er iemand bij me inwoonde. Hij zegt dat dat niet in onze huurovereenkomst staat. Dus kan ik je niet laten blijven. Het is al vrij klein met jou en mij hier. Als mijn baby komt – '

'Dat duurt nog een maand.'

'Molly.' De stem van Annie was vaster geworden. Onbuigzaam. 'Je moet een eigen onderkomen zien te vinden. Ik kan je hier niet houden.'

Molly draaide haar rug naar Annie toe. *Ik dacht dat we een familie konden zijn. Jij en jouw baby. Ik en de mijne. Geen mannen, geen klootzakken.*

'Molly? Gaat het?'
'Ja hoor.'
'Je begrijpt het toch?'
Molly haalde vermoeid een schouder op. 'Jawel.'
'Het hoeft niet meteen. Je kunt een paar dagen de tijd nemen om te bedenken waar je heen gaat. Misschien kun je proberen je moeder nog een keer te bellen.'
'Ja.'
'Ze zal je vast wel terugnemen. Het is je moeder.'
Toen er geen antwoord kwam, sloeg Annie een arm om Molly's middel. De warmte van het lichaam van de andere vrouw, de dikke buik van de andere vrouw die tegen haar rug drukte, vervulden Molly met zo'n gevoel van verlangen, dat ze de opwelling niet kon weerstaan. Ze draaide zich met haar gezicht naar Annie toe, sloeg haar armen om haar middel en trok haar tegen zich aan. Ze voelde hun buiken tegen elkaar drukken als vruchten die rijp aan het worden waren. En plotseling wilde ze dat zíj in Annies buik zat, dat zíj het kind was dat een thuis zou vinden in de armen van Annie.
'Laat me blijven,' fluisterde ze. 'Laat me alsjeblieft blijven.'
Annie duwde de handen van Molly met een beslist gebaar weg. 'Dat kan niet. Het spijt me, Molly, maar het kán niet.' Ze draaide zich om en schoof naar de andere kant van het bed. 'Welterusten.'
Molly bleef heel stil liggen. *Wat heb ik gezegd? Wat heb ik verkeerd gedaan? Alsjeblieft, ik zal alles doen wat je wilt. Maar zeg me wat er is!* Ze wist dat Annie niet sliep; het duister tussen hen was te geladen met spanning. Ze wist dat Annie even gespannen was als zij.
Maar geen van beiden zeiden ze iets.

Ze werd wakker doordat ze gekreun hoorde. Eerst was Molly in de war door de laatste flarden van haar droom. Een baby die in een vijver dreef en vreemde geluiden maakte. Kikkergeluiden. Toen deed ze haar ogen open en het was nog nacht en ze lag in Annies bed. Er scheen licht onder de deur van de badkamer.
'Annie?' zei ze, maar ze hoorde geen antwoord.
Ze draaide zich om en deed haar ogen dicht om die hinderlijke streep licht buiten te sluiten.
Een bons deed haar volledig wakker schrikken.
Ze ging rechtop zitten en tuurde naar de badkamer. 'Annie?' Omdat ze geen antwoord hoorde, klom ze uit bed en klopte op de deur. 'Is er iets?' Ze draaide de deurknop om en duwde, maar de deur wilde niet open; er drukte iets tegenaan. Ze duwde harder

en voelde de barrière iets bewegen, waardoor de deur een beetje openging. Ze keek door de kier en begreep eerst niet wat ze zag.

Een stroom bloed op de grond.

*'Annie!'* riep ze. Terwijl ze uit alle macht duwde, lukte het haar tenslotte de deur ver genoeg open te krijgen om erdoorheen te kunnen. Annie lag in elkaar gezakt in een hoek, met haar schouder tegen de deur aan. Haar goedkope nachtjapon was tot aan haar middel opgetrokken. Er zaten bloedspatten op de wc-bril en het water in de pot was rood. Plotseling kwam er een warme stroom tussen Annies dijbenen vandaan en siepelde tussen Molly's blote tenen.

Vol afgrijzen deinsde ze achteruit en botste tegen de wastafel aan.

*O God, o God, o God.*

Hoewel Annie niet bewoog, deed haar buik dat wel; hij kromp ineen, de naakte huid verkrampte tot een harde bal van vlees.

Er spoot nog meer bloed naar buiten en stroomde over het linoleum. Het warme bloed liep langs haar koude voeten en schudde Molly wakker uit haar trance. Ze dwong zichzelf door de rode plas heen te lopen, naar het in elkaar gezakte lichaam van Annie toe. Ze moest haar achter de deur vandaan zien te krijgen. Ze pakte Annie bij haar arm en trok, maar ze gleed steeds uit in het bloed. Annie maakte een geluid, een hoog, zacht gejammer, als lucht die uit een ballon ontsnapt. Molly trok harder en slaagde er uiteindelijk in Annie een stukje over het linoleum te slepen. Ze zette haar voeten nu schrap tegen de deurpost en trok zo aan het lichaam van Annie.

Annie gleed de badkamer uit.

Ze pakte haar nu bij beide armen en trok haar de slaapkamer in. Daarna deed ze het licht aan.

Annie ademde nog, maar haar ogen waren naar achteren gerold en haar gezicht was heel wit.

Molly rende de flat uit, de trap af. Ze bonsde op de deur van het appartement op de parterre. 'Help!' riep ze. 'Help me, alstublieft!' Er deed niemand open.

Ze rende het gebouw uit, naar de telefooncel op de hoek en belde 911.

'Spoedgevallen.'

'Ik heb een ambulance nodig! Ze bloedt – '

'Uw naam en adres?'

'Ik heet Molly Picker. Ik weet het adres niet. Ik geloof dat het Charter Street is – '

'Wat is de zijstraat?'

'Dat kan ik niet zien! Ze gaat dood – '

'Weet u het dichtstbijzijnde huisnummer?'

Molly draaide zich om en zocht in paniek de gevel af. '1076! Ik zie 1076.'

'Waar is het slachtoffer? Wat is haar toestand?'

'Ze ligt in het appartement boven – het bloed stroomt over de grond – '

'Mevrouw, ik stuur nu een ambulance. Als u aan de lijn blijft – '

*Barst,* dacht Molly. Ze liet de telefoon bungelen en rende het gebouw weer in.

Annie lag op de grond in de slaapkamer waar ze haar had achtergelaten. Haar ogen waren open, maar glazig.

'Alsjeblieft, je moet wakker blijven.' Molly pakte Annies hand, maar er kwam geen reactie. Helemaal geen warmte. Ze keek naar de borst en zag dat ze heel licht ademhaalde. *Blijf ademen. Blijf alsjeblieft ademen.*

Toen zag ze een andere beweging. Annies buik leek omhoog te komen, alsof een of ander schepsel in haar lichaam probeerde eruit te komen. Er kwam een stroom bloed tussen haar dijbenen vandaan.

En nog iets anders. Iets rozigs.

*De baby.*

Molly knielde tussen de knieën van Annie en duwde haar dijbenen uit elkaar. Bloed en water siepelden naar buiten rondom de naar buiten stekende arm. Tenminste, Molly dácht dat het een arm was. Toen zag ze dat er geen vingers aan zaten, geen hand, alleen die glimmende, roze vin die langzaam heen en weer ging.

Er volgde nog een wee, een laatste stroom bloed en vloeistof, terwijl de vin naar buiten gleed, gevolgd door de rest van het lichaam. Molly deinsde met een kreet achteruit.

Het was geen baby.

Maar het leefde en bewoog, de twee vinnen gingen heftig heen en weer. Het had geen andere ledematen, alleen die twee stompjes, die zwaaiden vanuit een massa rauw vlees aan een navelstreng. Ze zag toefjes haar, stug en zwart, een vooruitstekende tand, en één starend oog, zonder wimpers. Blauw. De vinnen klepperden en het hele organisme begon in een bijna doelbewuste richting te bewegen, als een amoebe die in een plas bloed zwemt.

Snikkend kroop Molly zo ver mogelijk weg. Ze drukte zich in een hoek en keek ongelovig toe hoe het ding probeerde te leven. De peddelarmen begonnen krampachtig te schokken. Het lichaam gleed niet langer voort en trilde nu alleen nog maar. Toen de vinnen ten slotte niet meer bewogen en het vlees niet meer trilde, was dat oog nog open en staarde haar aan.

Weer een stroom bloed en de placenta gleed naar buiten.

Molly drukte haar gezicht tegen haar knieën en rolde zich op tot een bal.

Als van een grote afstand hoorde ze een gillend geluid. Een ogenblik later bonsde er iemand op de deur.

'Hallo? Heeft iemand een ambulance gebeld?'

'Help haar,' fluisterde Molly. Wat luider snikte ze: 'Help haar!'

De deur ging open en twee mannen in uniform stormden de flat binnen. Ze staarden naar het lichaam van Annie en daarna volgde hun blik het glinsterende bloedspoor dat tussen haar dijbenen vandaan kwam.

'Wel allemachtig,' zei een van hen. 'Wat is dát in vredesnaam?'

De andere man knielde naast Annie. 'Ze ademt niet.'

Meteen drukte een van de mannen een masker op Annies gezicht om lucht in haar longen te pompen.

'Geen pols. Ik voel geen pols.'

'Vooruit, hartmassage!'

Molly keek naar hen, maar het leek haar allemaal niet echt. Het was een film, een tv-show. Het was Annie niet, maar een actrice die deed of ze dood was. De naald ging niet echt in haar arm. Het bloed op de grond was ketchup. En het ding – het ding dat een stukje bij haar vandaan lag...

'Ik voel nog steeds geen pols – '

'Pupillen?'

'Reageren niet.'

'Verdomme, niet ophouden.'

Er kraakte een radio. 'Stadsziekenhuis.'

'Met wagen negentien,' zei de ziekenbroeder. 'We hebben een blanke vrouw van een jaar of twintig met een zware vaginale bloeding – misschien poging tot abortus. Bloed ziet er vers uit. Geen ademhaling, geen pols, pupillen reageren niet. We hebben een infuus aangelegd, Ringers lactaat. We doen hartmassage, geen reactie. Opgeven?'

'Nog niet. Stabiliseren en vervoeren.'

De ziekenbroeder zette de radio af en keek naar zijn partner. 'Wát moeten we stabiliseren?'

'Intuberen maar en meenemen.'

'En dat... dat ding?'

'Dáár kom ik met mijn vingers niet aan.'

Molly keek nog steeds naar die tv-show met ketchupbloed. Ze zag de slang in de keel van actrice-Annie gaan. Ze zag dat de acteurs-ziekenbroeders haar op een brancard tilden en op haar borst bleven pompen.

Een van de mannen keek naar Molly. 'We brengen haar naar het stadsziekenhuis,' zei hij. 'Hoe heet de patiënt?'

'Wat?'

'Haar naam!'

'Annie. Haar achternaam weet ik niet.'

'Luister, ga niet weg uit de flat. Heb je me gehoord? Je moet hier blijven.'

'Waarom?'

'De politie zal komen om met je te praten. Ga niet weg.'

'Annie – en Annie?'

'Bel straks maar naar het ziekenhuis. Daar gaat ze heen.'

Molly hoorde hen de brancard naar beneden brengen. Ze hoorde de wielen rammelend de voordeur uitrijden en ze hoorde de sirene van de ambulance één keer gaan toen hij wegreed.

*De politie komt met je praten.*

De woorden drongen eindelijk tot haar door. Ze wilde niet met de politie praten. Ze zouden haar naam vragen en dan zouden ze erachter komen dat ze vorig jaar was gearresteerd omdat ze een politieman had aangesproken. Romy had haar op borgtocht vrijgekregen en haar een paar flinke klappen gegeven omdat ze zo stom was geweest.

*De politie zal zeggen dat het mijn schuld is. Op de een of andere manier zal het allemaal mijn schuld zijn.*

Bevend kwam ze overeind. Dat *ding* lag er nog, het glom nog steeds, maar het oog was droog en dof geworden. Ze stapte eromheen, vermeed de plassen bloed, en ging naar de kast. In de bovenste la lag geld – het geld van Annie – maar Annie zou het nu niet meer nodig hebben. Zoveel had Molly wel van de ziekenbroeders begrepen. Annie was dood.

Ze haalde een rol met biljetten van twintig dollar uit de lade. Daarna trok ze snel wat kleren van Annie aan, een stretchbroek met een elastische buik, een reusachtig T-shirt met *O, Baby!* op de voorkant gedrukt. Zwarte, platte schoenen. Ze trok de gigantische regenjas van Annie aan, stopte het geld in haar tas, en vluchtte de flat uit.

Ze was aan de overkant van de straat, toen ze de politieauto voor het gebouw zag stoppen. Het blauwe zwaailicht was aan. Twee agenten gingen het gebouw binnen. Een paar seconden later zag ze hun silhouetten langs het raam van Annie bewegen.

Ze keken naar het *ding*. Vroegen zich af wat het was.

Een van de agenten liep naar het raam en keek naar buiten.

Molly glipte de hoek om en begon te rennen. Ze bleef rennen tot ze buiten adem was, tot ze struikelde. Ze dook een portiek in en zakte op de stoep neer. Haar hart sloeg over; ze voelde het haperen in haar keel.

Het begon een beetje licht te worden.

Ze bleef in dat portiek zitten tot het morgen werd en er een man naar buiten kwam, die zei dat ze weg moest. Dus ging ze.

Een paar straten verder ging ze een telefooncel binnen om het Stadsziekenhuis te bellen. 'Ik wil weten hoe het met mijn vriendin is,' zei ze. 'Ze is gebracht met een ambulance.'

'Hoe heet uw vriendin?'

'Annie. Ze hebben haar uit de flat gehaald – ze zeiden dat ze niet ademde – '

'Nee, ik ben maar– ik bedoel – '

Molly verstijfde toen ze een politieauto aan zag komen. Het leek of hij langzamer ging rijden toen hij Molly passeerde, waarna hij weer doorreed.

'Hallo, mevrouw? Hoe is uw naam?'

Molly hing op. De politieauto was de hoek omgeslagen en was nu uit het zicht.

Ze ging de telefooncel uit en liep snel weg.

Rechercheur Roy Sheehan zette zijn brede achterwerk op de kruk naast Dvoraks laboratoriumbank en vroeg: 'Goed, wat is een prion eigenlijk?'

Dvorak keek op van de microscoop en keek de politieman aan. 'Wat?'

'Ik heb net met dat meisje van je gepraat, Lisa.'

*Natuurlijk,* dacht Dvorak. Ondanks de raad van Dvorak had Sheehan al een aantal dagen regelmatig een bezoek aan het mortuarium gebracht, eigenlijk niet met het doel naar dode lichamen te kijken, maar naar een levend wezen te lonken.

'Een slimme meid, trouwens,' zei Sheehan. 'Hoe dan ook, ze zegt dat die Creutzfeldt-Jakob-geschiedenis – zeg ik het goed – wordt veroorzaakt door iets wat een prion heet.'

'Dat klopt.'

'Kunnen mensen het dan krijgen? Zweeft het als het ware rond in de lucht?'

Dvorak keek naar zijn vinger, waar de snee kort geleden was geheeld. 'Je kunt het niet *krijgen* in de gebruikelijke zin van het woord.'

'Toby Harper zegt dat er een epidemie gaat komen.'

Dvorak schudde zijn hoofd. 'Volgens de gezondheidsraad is er geen reden voor bezorgdheid. Die hormonen waarmee Wallenberg behandelt zijn volkomen veilig. En de gezondheidsraad heeft geconstateerd dat de voorschriften op Brant Hill niet worden overtreden.'

'Waarom heeft dokter Harper dan de wapens opgenomen tegen Brant Hill?'

Dvorak zweeg even. Met tegenzin zei hij: 'Ze staat op het moment onder grote druk. Er zal misschien een aanklacht tegen haar worden ingediend vanwege die patiënt van haar die is verdwenen. En de dood van dokter Brace is een hele schok voor haar geweest. Als alles mis gaat in ons leven, is het logisch dat je iemand – of iets – zoekt om de schuld te geven.' Hij pakte een nieuw glaasje en schoof het onder de lens. 'Ik denk dat Toby het al een hele tijd heel zwaar heeft gehad.'

'Heb je gehoord wat er met haar moeder is gebeurd?'

Weer aarzelde Dvorak. 'Ja,' zei hij kalm. 'Toby heeft me gisteren gebeld.'

'O, ja? Hebben jullie nog steeds contact?'

'Waarom niet? Ze kan heel goed een vriend gebruiken op het moment, Roy.'

'Ze wordt misschien in staat van beschuldiging gesteld. Alpren zegt dat het eruitziet als bejaardenmishandeling. De oppas geeft dokter Harper de schuld. Dokter Harper geeft de oppas de schuld.'

Dvorak boog zijn hoofd weer over de microscoop. 'De moeder heeft een hersenbloeding gehad. Dat hoeft geen mishandeling te zijn. Dat wil nog niet zeggen dat een van beiden die oude dame heeft geslagen.'

'Maar er zitten blauwe plekken op de benen.'

'Oude mensen bezeren zichzelf vaak. Ze zien niet zo goed meer. Ze lopen tegen tafeltjes aan.'

Sheehan gromde. 'Je doet wel je best om haar te verdedigen.'

'Ik geef haar het voordeel van de twijfel.'

'Maar ze vergist zich wél over die zogenaamde epidemie?'

Dvorak zuchtte. 'Ja, daar vergist ze zich in. Die ziekte is niet zoiets als griep. Hij wordt alleen op bepaalde manieren overgebracht.'

'Zoals door het eten van gekke koeien?'

'De Amerikaanse koeien hebben die ziekte niet.'

'Maar mensen hier krijgen wél de menselijke variant.'

'Creutzfeldt-Jakob komt bij één op de miljoen mensen voor, zonder dat er sprake is van een duidelijke besmetting.'

De beide mannen keken op toen het voorwerp van Sheehans

genegenheid het lab binnenkwam, hun beiden een stralende glimlach schonk, en zich bukte om een kleine koelkast met preparaten open te doen. Sheehan staarde gebiologeerd naar het prachtige achterwerk dat hij te zien kreeg. Pas toen Lisa zich oprichtte en weer wegging, leek Sheehan weer adem te kunnen halen.

'Is dat echt?' mompelde hij.

'Is wat echt?'

'Dat haar. Is ze echt zo blond?'

'Ik zou het werkelijk niet weten,' zuchtte Dvorak en keek weer door zijn microscoop.

'Er is één manier om erachter te komen, weet je,' zei Sheehan.

'Het vragen?'

'Je bekijkt het haar dat niemand ziet.'

Dvorak leunde achterover en wreef over zijn neusbrug. 'Had je verder nog iets te vragen, Roy?'

'O. O, ja. Ik heb wel eens gehoord van virussen en van bacteriën. Maar wat is in vredesnaam een prion?'

Berustend zette Dvorak de lamp van de microscoop uit. 'Een prion,' zei hij, 'zouden we normaal niet een levend ding noemen. In tegenstelling tot een virus, heeft het geen DNA of RNA. Met andere woorden, het heeft geen genetisch materiaal – of wat wij beschóuwen als genetisch materiaal. Het is een abnormaal cellulair proteïne. Het kan de proteïnen van de gastheer veranderen in dezelfde abnormale vorm.'

'Maar het is niet besmettelijk zoals de griep.'

'Nee. Het moet worden ingebracht door direct contact met weefsel, zoals hersen- of ruggenmergimplantaten. Of door iets uit het zenuwweefsel te halen, zoals groeihormoon. Je kunt het bijvoorbeeld krijgen van besmette herselelektrodes.'

'Die Engelsen hebben het gekregen door het eten van rundvlees.'

'Goed, je kunt het ook krijgen door besmet vlees te eten. Zo krijgen kannibalen het.'

De wenkbrauwen van Sheehan schoten omhoog. 'Dát begint interessant te worden. Wat is dat met die kannibalen?'

'Roy, dat is volkomen irrelevant–'

'Nee, dat wil ik horen. Hoe zit dat met die kannibalen?'

Dvorak zuchtte. 'Er zijn dorpen in Nieuw-Guinea geweest waar het eten van mensenvlees onderdeel was van een heilig ritueel. De enigen die C-J kregen, waren de vrouwen en de kinderen.'

'Waarom alleen de vrouwen en de kinderen?'

‘De mannen kregen de lekkerste stukken – het vlees van het lichaam. De spieren. De vrouwen en de kinderen moesten tevreden zijn met de stukken die niemand anders wilde. De hersenen.’ Hij wachtte op een uitdrukking van walging op het gezicht van Sheehan, maar de politieman luisterde alleen maar aandachtiger. In bepaalde opzichten was hij zelf ook een kannibaal, die gretig de meest verschrikkelijke informatie verslond.

‘Dus je krijgt het door menselijke hersenen te eten.’

‘Als ze besmet zijn.’

‘Kun je zien of ze besmet zijn als je ernaar kijkt?’

‘Nee, je kunt het alleen door een microscoop zien. En dit is een stomme conversatie.’

‘We wonen in een grote stad, dokter. Er gebeuren wel gekkere dingen. We krijgen meldingen van vampiers, weerwolven – ’

‘Mensen die dénken dat ze een weerwolf zijn.’

‘Wie weet? Al die idiote culten die je tegenwoordig hebt.’

‘Ik denk niet dat er op Brant Hill sprake is van een kannibalistische cultus.’

Sheehan keek naar beneden toen zijn pieper ging. ‘Neem me niet kwalijk,’ zei hij en ging weg om te bellen.

*Nu kan ik eindelijk wat doen,* dacht Dvorak.

Maar een ogenblik later kwam Sheehan terug. ‘Ik ga naar North End. Misschien moet je meegaan om te kijken.’

‘Wat is er? Een moord?’

‘Ze weten het niet zeker.’ Sheehan zweeg even. ‘Ze weten niet eens zeker of het een mens is.’

# 16

De vieze, metaalachtige geur van bloed was zelfs tot in de gang doorgedrongen. Dvorak knikte tegen de agent die op wacht stond, dook onder de politieafzetting door en stapte de flat binnen. Sheehan en zijn collega, Jack Moore, waren er al, evenals de mannen van de technische dienst. Moore zat gehurkt bij iets in de hoek. Dvorak ging niet meteen naar hem toe, maar bleef in de deuropening staan. Zijn ogen bekeken zorgvuldig de vloer.

Er lag geel-wit geblokt linoleum en bij het bed lag een versleten kleedje. Bij de badkamer lag nog bloed te drogen op de grond – heel veel bloed. Er waren vegen, alsof iemand over de grond was gesleept, evenals een verwarrende hoeveelheid bloederige voetafdrukken. Hij zag ook de duidelijke afdrukken van blote voeten, kleine voeten, die naar de ladenkast gingen en daarna vervaagden.

Hij keek naar de muren en zag geen spetters van een slagaderlijke bloeding. Eigenlijk waren er bijna helemaal geen spetters, alleen dat stollende meer. Degene die in deze kamer had liggen bloeden, had dat heel rustig op de grond gedaan, en niet in razende paniek.

'Dokter,' zei Moore, 'kom hier eens kijken.'

'Hebben jullie al foto's van die voetafdrukken gemaakt?'

'Ja, die lui zijn van de technische dienst. Alles is gefotografeerd en op video gezet. Kom maar langs die kant. Pas op dat stel voetafdrukken daar.'

Dvorak liep zorgvuldig om de afdrukken van de blote voeten heen en ging met een boog naar de plek waar Moore en Sheehan gehurkt zaten.

'Wat denk je ervan?' vroeg Moore, terwijl hij opzij ging om Dvorak te laten zien wat er op de grond lag.

'Jézus.'

'Dat was onze reactie ook. Maar wat ís het?'

Dvorak wist niet wat hij moest zeggen. Langzaam zakte hij door zijn knieën om beter te kunnen kijken.

Zijn eerste indruk was dat het een afschuwelijk ding was dat van Halloween was overgebleven, een vleeskleurig monster met één oog, gemaakt van rubber en nachtmerries. Toen zag hij de strepen opdrogend bloed op het oppervlak, de stukjes placenta die eraan zaten, verbonden door een navelstreng. Dit *ding* was niet van rubber, maar van vlees.

Hij trok een paar handschoenen aan en raakte voorzichtig het oppervlak van het Ding aan. Het voelde aan als echte huid – koud, maar strak. Het oog was lichtblauw, met een rudimentaire flap huid als ooglid, maar zonder wimpers. Daaronder zaten twee kleine gaatjes, als neusgaten en daarna een open spleet. De mond? Hij kon nauwelijks enige normale anatomie ontdekken aan deze klont vlees. Hier en daar zaten rare toefjes haar. En – lieve God – stak daar een tand naar buiten bij de vin?

Hij herinnerde zich een tumor die hij ooit eens uit de buik van een vrouw had zien verwijderen. Een teratoom. Het was het gevolg geweest van een dol geworden ovum, dat was veranderd in een kanker van wildgroeiende cellen. De tumor had haar gehad en tanden die vastzaten in een bal van huid.

Dit deed hem denken aan die tumor. Alleen was dit *ding* meer georganiseerd. Het had vin-armen en de rudimenten van een gezicht.

Plotseling ging zijn blik naar het patroon van opgedroogd bloed op de grond, naar de onregelmatige veeg die van de grotere plas vandaan ging, en de uitgerekte navelstreng. Vol afgrijzen trok hij zijn hand terug, toen hij besefte waar hij naar keek.

'Barst,' zei hij. 'Het heeft bewógen.'

'Dat heb ik niet gezien,' zei Moore.

'Niet nu. Eérder. Het heeft dat spoor achtergelaten.' Hij wees naar het springerig patroon van bloed.

'Bedoel je dat het echt heeft geleefd?'

'Het is waarschijnlijk meer dan een willekeurige verzameling cellen. Het heeft rudimentaire ledematen. Het beweegt, dus moet het een soort skelet hebben en spieraanhechtingen.'

'En een oog,' mompelde Sheehan. 'Een cycloop. En het kijkt me aan.'

Dvorak keek naar Moore. 'Maar vertel eens, hoe zijn jullie hierbij betrokken geraakt?'

'De spoedgevallendienst heeft ons gebeld. Ze hebben hier om vijf uur vannacht een ambulance heen gestuurd, nadat een vrouw had gebeld dat er een spoedgeval was. Ze troffen een vrouw aan die daar op de grond lag te bloeden. Er is nog veel meer bloed in de badkamer, in de toiletpot.

'Waar kwam het bloed vandaan?'

'Uit de vagina, denk ik. Ze wisten niet of ze het een te vroege geboorte moesten noemen. Of een poging tot abortus.' Moore keek naar het ding met de vinnen. 'Ik bedoel, noem je dat een baby? Of een soort stuk van een baby?'

'Ik denk dat het multipele congenitale misvorming is. Maar ik heb nog nooit zoiets gezien.'

'Ja, nou, ik hoop er nooit meer een te zien. Kun je je voorstellen hoe het zou zijn als jij als vader bij de bevalling aanwezig bent? En als je dát naar buiten ziet komen? Ik zou er een hartaanval van krijgen.'

'Wat is er met het slachtoffer gebeurd?'

'Ze was al overleden toen ze in het ziekenhuis kwam. We denken dat ze Annie Parini heet – bij die naam kennen de buren haar tenminste.'

'En die andere vrouw? Degene die heeft gebeld?'

'Die was verdwenen voor de eerste politieauto er was. Volgens de ziekenbroeders zag ze er heel jong uit. Een tiener. De naam die ze aan de spoedgevallendienst heeft opgegeven, was Molly Picker.'

Dvorak liep naar de deuropening van de badkamer en keek naar binnen. Hij zag nog meer bloed, spetters op het toilet en de tegels van de douche. Een hele grote plas op de grond. 'Ik moet dat meisje spreken.'

'Denk je dat ze iets met de dood van dat meisje te maken heeft?'

'Ik wil alleen weten wat ze heeft gezien. Wat ze weet van het slachtoffer.' Hij draaide zich om en keek met gefronst voorhoofd naar het Ding. 'Als Annie Parini een of ander geneesmiddel gebruikte – en als het dát heeft veroorzaakt – hebben we met een verwoestend nieuw teratogeen te maken.'

'Zou dat door geneesmiddelen kunnen komen?'

'Ik heb nog nooit zulke vreselijke misvormingen gezien. Ik zal een genetische analyse laten doen. Intussen zou ik die Molly Picker heel graag willen spreken. Als ze zo heet.'

'We hebben vingerafdrukken. Die zaten overal.' Hij wees op een paar bloederige afdrukken op de deurpost van de badkamer, en nog een paar op de muur bij het Ding. 'Die naam hebben we zó.'

'Zoek haar voor me op. Maak haar niet bang – ik wil alleen maar met haar praten.'

'En Annie Parini?' vroeg Sheehan. 'Doe je autopsie op haar?'

Dvorak keek naar het bloed op de grond. En hij knikte. 'Ik zie jullie beiden wel in het mortuarium.'

Het lichaam op de autopsietafel was nu niets meer dan een lege holte. De organen waren eruit. Tijdens de autopsie hadden Sheehan en Moore heel weinig gezegd. Te oordelen naar hun bleke gezicht, zouden ze allebei liever ergens anders zijn geweest. Wat dit schokkender maakte dan anders, was haar leeftijd en haar geslacht. Een vrouw die zo jong was, hoorde niet op een autopsietafel te liggen.

Dvorak had gewerkt met een minimum aan conversatie en zijn commentaar bewaard voor de taperecorder. Hart en longen niets bijzonders. Een lege maag. Lever en pancreas zien er normaal uit. Alles bij elkaar een jong, gezond lichaam.

Hij richtte zijn aandacht op de vergrote uterus, die er in één stuk uit was gehaald en onder een felle lamp op de snijplank lag. Hij sneed hem open om in de holte te kijken.

'We hebben ons antwoord.'

De beide politiemannen stapten aarzelend dichterbij.

'Abortus?' vroeg Moore.

'Zo te zien niet. Er is geen perforatie van de uterus. Geen spoor van een instrument. Vroeger staken de aborteurs uit de achterkamertjes meestal een soort katheter door de cervix om hem te verwijden en lieten dan verband of een tampon achter om de katheter op zijn plaats te houden. Maar er is niets te zien.'

'Kan ze het zijn kwijtgeraakt? Door het toilet gespoeld?'

'Mogelijk. Maar ik denk niet dat dat is gebeurd.' Hij duwde met een sonde tegen een stuk bloederig weefsel. 'Dat is een deel van de placenta dat zich niet helemaal heeft losgemaakt van de uterus. Dat heet placenta accreta. Het zou de bloeding kunnen verklaren.'

'Is dat iets ongewoons?'

'Niet zó ongewoon. Waardoor dit zo gevaarlijk is, is dat de placenta zich onder in de uterus heeft genesteld. Dat kan tot te vroege weeën leiden. Een enorme bloeding.'

'Dus we hebben met een natuurlijke dood te maken.'

'Ik denk het wel.' Dvorak richtte zich op. 'Ze had waarschijnlijk pijn en is naar de badkamer gegaan, omdat ze dacht dat ze naar het toilet moest. Ze is gaan bloeden, voelde zich duizelig, is op de grond gevallen. De Heer weet hoe lang ze daar heeft gelegen voor iemand het merkte.'

'Dat maakt het voor ons gemakkelijker,' zei Sheehan dankbaar, terwijl hij bij de snijplank vandaan stapte. 'Geen moord.'

'Toch wil ik die andere vrouw nog spreken. Ik heb nog nooit zo'n misvormde foetus gezien. Ik moet er niet aan denken dat er een of ander nieuw teratogeen middel rondzwerft.'

‘We hebben de naam Molly Picker weten te achterhalen,’ zei Sheehan. ‘Ze is vorig jaar opgepakt wegens tippelen. Op borgtocht vrij gekregen door een vent van wie we vermoeden dat het haar pooier is. We zullen met hem praten – hij weet waarschijnlijk wel waar ze uithangt.’

‘Jaag haar niet de stuipen op het lijf, wil je? Ik wil alleen maar wat meer weten van dit slachtoffer.’

‘Als we haar niet een klein beetje bang maken,’ zei Sheehan, ‘doet ze misschien helemaal haar mond niet open.’

Romy had een rotdag gehad en nu begon het een rotavond te worden. Hij liep heen en weer op de hoek van Montgomery en Canton in een poging warm te blijven. Hij had een jack aan moeten trekken toen hij wegging, bedacht hij, maar de zon was nog niet onder geweest toen hij de flat uit was gegaan en hij had niet gerekend op die snijdende wind tussen de gebouwen door. Hij had er ook niet op gerekend dat hij zo lang zou moeten wachten.

Verdomme. Als ze wilden praten, konden ze naar hem toekomen op zíjn terrein.

Hij begon van de hoek weg te lopen, zijn schouders naar voren gebogen en zijn handen in de zakken van zijn spijkerbroek om ze warm te houden. Hij was nog maar een halve straat verder toen hij merkte dat er een auto naast hem was komen rijden.

‘Meneer Bell?’ zei de man door het kiertje van het getinte raam.

Romy keek nijdig naar de auto. ‘Je bent laat, man.’

‘Ik zou eerder zijn gekomen, maar het was zo druk.’

‘Ja, dat zal wel. Lazer nou maar op.’ Hij wendde zich af en liep door.

‘Meneer Bell, we moeten dat probleempje bespreken.’

‘Ik heb niets te zeggen.’

‘Het is in uw belang in de auto te stappen. Als u zaken met ons wilt blijven doen.’ Het was even stil. ‘En als u betaald wilt worden.’

Romy bleef staan en keek de straat af. De wind sneed in zijn gezicht en de kou ging dwars door zijn zijden overhemd heen.

‘Hier is het warm, meneer Bell. Daarna zal ik u thuisbrengen.’

‘Ach, barst,’ mompelde Romy en stapte achter in de auto. Terwijl hij zich installeerde, was zijn aandacht meer gericht op het dure interieur dan op de man die achter het stuur zat. Zoals gewoonlijk was het die vent met het witblonde haar, die man die Romy nooit aankeek.

‘U moet het meisje opsporen.’

Romy gromde geïrriteerd. 'Ik hoef niets te doen voor u me betaalt.'
'Ze had twee weken geleden bij ons afgeleverd moeten zijn.'
'Ja, maar het was nu eenmaal niet een van mijn meest meegaande meiden. Ik zorg wel voor een paar andere.'
'Annie Parini is vanmorgen dood aangetroffen. Wist u dat?'
Romy keek met grote ogen naar hem. 'Wie heeft haar om zeep gebracht?'
'Niemand. Het was een natuurlijke dood. Maar niettemin is het lichaam naar de autoriteiten gegaan.'
'Nou en?'
'Dus hebben ze al de hand gelegd op één specimen. Ze mogen er niet nog een vinden. Het meisje moet opgespoord worden.'
'Ik weet niet waar ze is. Ik heb overal gezocht.'
'U kent haar beter dan iemand anders. U hebt toch contacten op straat? Vind haar voor ze weeën krijgt.'
'Dat is nog lang niet zover.'
'We weten niet of de vrucht wel voldragen zal worden. Het kan best minder dan negen maanden duren.'
'U bedoelt dat het elk moment zou kunnen komen?'
'Dat weten we niet.'
Romy lachte en keek naar buiten terwijl de gebouwen voorbijgleden. 'Man, jullie lopen hopeloos achter. Ze zijn al naar haar komen vragen.'
'Wie?'
'De politie. Ze zijn vanmiddag langs geweest. Ze wilden weten waar ze was.'
De man was even stil. In de achteruitkijkspiegel zag Romy een glimp van paniek op het gezicht van de man. *Molly Wolly,* dacht hij, *je hebt hen bang gemaakt.*
'Het zal je aardig wat opleveren,' zei de man.
'Willen jullie haar in z'n geheel? Of in stukjes?'
'We willen haar levend hebben. We moeten haar levend hebben.'
'Dat is moeilijker.'
'Tien. Bij aflevering.'
'Vijfentwintig, de helft nu, anders kunnen jullie het vergeten.' Romy pakte de deurkruk.
'Goed. Vijfentwintig.'
Romy had zin om te lachen. Die kerels waren als de dood en allemaal vanwege die stomme Molly Wolly. Ze was geen vijfentwintigduizend waard. Naar zijn eenvoudige mening was ze nog geen vijfentwintig cent waard.

'Kunt u ervoor zorgen?' vroeg de man.

'Misschien.'

'Zo niet, dan zullen mijn investeerders heel ongelukkig zijn. Dus zorg dat u haar vindt.' Hij gaf Romy een envelop. 'Er komt nog meer.'

Romy keek in de envelop en ving een glimp op van biljetten van vijftig dollar. Het was een begin.

De auto stopte bij Upton en Tremont – Romy's territoir. Hij vond het vervelend die luxeauto te moeten verlaten en de snijdende wind in te moeten stappen. Hij zwaaide met de envelop. 'En de rest?'

'Bij aflevering. Dat kunt u toch?'

*Hou hem aan het lijntje,* dacht Romy. *Stel het moeilijker voor dan het werkelijk is. Misschien gaat de prijs omhoog.* Hij zei: 'Ik zal zien wat ik kan doen.' Hij stapte uit en keek de auto na. *Bang. Je ziet dat hij bang is.*

De envelop voelde lekker dik aan. Romy stopte hem in de zak van zijn spijkerbroek.

*Je kunt je beter verstoppen, Molly Wolly,* dacht hij. *Klaar of niet, ik kom eraan.*

Bryan vroeg haar binnen te komen en bood haar een glas wijn aan. Het was de eerste keer dat Toby bij hem thuis was. Ze voelde zich niet erg op haar gemak, maar niet vanwege het onconventionele huishouden van Bryan, dat uit twee mannen bestond, die heel gelukkig waren samen. Terwijl ze op de bank in zijn woonkamer zat, realiseerde ze zich dat het meer kwam doordat ze nooit echt als vrienden met elkaar om waren gegaan. Hij was bij haar thuis gekomen om voor haar moeder te zorgen, hij had Ellen te eten gegeven, haar in bad gedaan. Op haar beurt had Toby elke veertien dagen een cheque voor hem uitgeschreven. Vriendschap was er nooit aan te pas gekomen.

En waarom niet? vroeg ze zich af, terwijl Bryan een onderzetter en een glas witte wijn voor haar op tafel zette. Waarom had het eenvoudige uitschrijven van een cheque eens in de twee weken een echte vriendschap tussen hen zo onmogelijk gemaakt?

Terwijl ze een slokje wijn nam, voelde ze zich schuldig omdat ze het nooit had geprobeerd. En ze geneerde zich dat ze nu pas, nu ze hem echt nodig had, eraan had gedacht hem thuis op te zoeken.

Hij ging tegenover haar zitten en er ging een ogenblik voorbij. Ze namen een slokje wijn, frommelden wat met vochtige servetjes. De schemerlampen wierpen gewelfde schaduwen op het plafond. Aan de muur tegenover Toby hing een zwart-wit-foto van Bryan en Noel op een standje, hun armen om elkaars schouders geslagen. Ze glimlachten op de manier van twee mannen die van het leven wisten te genieten. Iets wat Toby nooit had geleerd.

Bryan zei: 'Ik denk dat je wel weet wat de politie van Newton al met me heeft gepraat.'

'Ik heb hun jouw naam gegeven. Ik dacht dat jij me zou kunnen steunen. Ze schijnen te denken dat ik de boze dochter ben.' Ze zette haar glas neer en keek hem aan. 'Bryan, jij weet dat ik mijn moeder nooit iets zou aandoen.'

'En dat heb ik hun ook verteld.'

'Denk je dat ze je geloofden?'

'Ik weet het niet.'

'Wat hebben ze gevraagd?'

Hij zweeg even om een slokje te nemen en ze herkende het als zijn manier om niet meteen antwoord te hoeven geven.

'Ze hebben naar medicijnen gevraagd,' zei hij ten slotte. 'Ze wilden weten of Ellen medicijnen gebruikte. En ze hebben gevraagd naar de brandplekken op haar handen.'

'Heb je uitgelegd wat er is gebeurd?'

'Ik heb het een paar keer herhaald. Mijn antwoord scheen hun niet te bevallen. Wat is er aan de hand, Toby?'

Ze leunde achterover en haalde haar beide handen door haar haar. 'Het is Jane Nolan. Ik weet niet waarom ze me dit aandoet...'

'Je wat aandoet?'

'Het is de enige manier waarop ik het kan verklaren. Jane komt bij me thuis en het lijkt alsof ze door de hemel gezonden is. Ze is intelligent, ze is aardig. Ze is volmaakt. Ze komt binnen en regelt mijn leven voor me. Dan gaat alles verkeerd. Maar dan ook álles. En Jane zegt tegen de politie dat het mijn schuld is. Het is bijna alsof het haar bedoeling was mijn leven kapot te maken.'

'Toby, dit klinkt zo bizar – '

'Mensen zíjn bizar. Ze doen idiote dingen om aandacht te krijgen. Ik zeg steeds tegen de politie dat zij zich op haar zouden moeten concentreren. Dat ze haar zouden moeten arresteren. Maar ze doen niets.'

'Ik denk niet dat het in jouw belang is Jane Nolan aan te vallen.'

'Zij valt míj aan. Ze heeft me ervan beschuldigd dat ik heb geprobeerd mijn eigen moeder kwaad te doen. Waarom heeft ze de politie gebeld? Waarom heeft ze míj niet gewoon gevraagd naar de brandplekken op haar handen? En waarom heeft ze Vickie erbij gehaald? Ze heeft mijn eigen zus tegen me opgezet.'

'Om welke reden?'
'Ik weet niet waarom! Ze is gék.'
Ze zag dat Bryan zijn blik afwendde en ze besefte dat zíj degene was die gestoord klonk, degene die psychiatrische hulp nodig had.
'Ik heb er telkens weer over nagedacht en geprobeerd te begrijpen hoe het is gebeurd,' zei ze. 'Hoe ik het heb kunnen láten gebeuren. Ik heb niet zo zorgvuldig naar Jane gekeken als ik had moeten doen.'
'Neem niet alle schuld op je, Toby. Heeft Vickie niet geholpen bij het kiezen?'
'Ja, maar zij is zo oppervlakkig met die dingen. Het was eigenlijk mijn verantwoordelijkheid. Nadat jij ontslag had genomen, was ik in paniek. Je gaf me zo weinig tijd om iemand anders te zoeken...' Ze zweeg, want ineens bedacht ze iets. *Daarom is Jane in mijn leven gekomen. Omdat Bryan wegging.*
'Ik zou je meer tijd hebben gegeven,' zei hij. 'Maar ze wilden dat ik meteen begon.'
'Waarom hebben ze jóu gekozen, Bryan?'
'Wat?'
'Je zei dat je niet op zóek was naar een nieuwe baan. Toen werd je plotseling aangenomen. Hoe is dat gebeurd?'
'Ze belden me.'
'Wie?'
'Het Twin Pines Verpleeghuis. Ze zochten een recreative-kunsttherapeut. Ze wisten dat ik gediplomeerd verpleger was. En dat ik schilderde. Dat ik schilderijen te koop had in drie verschillende galerieën.'
'Hoe wisten ze dat?'
Hij haalde zijn schouders op. 'Ik denk dat iemand hun mijn naam heeft gegeven.'
*En je bij mij vandaan heeft gekocht,* dacht ze. *Waardoor ik wanhopig een vervanger moest zoeken.*
Ze ging bij Bryan weg met meer onbeantwoorde vragen dan waarmee ze was gekomen.
Ze reed naar het Springer-ziekenhuis om bij haar moeder te gaan kijken.
Het was negen uur in de avond en het bezoekuur was al voorbij, maar niemand hield haar tegen toen ze het intensive-carekamertje van haar moeder binnenging.
Het licht was gedimd en Ellen lag in het halfduister. Toby ging bij het bed zitten en luisterde naar het beademingsapparaat. Op de oscilloscoop boven het bed gaf een groene lijn het ritme aan

van de hartslag van Ellen. Het klembord van de verpleegster hing aan het voeteneind van het bed. Toby pakte het en deed het kleine leeslampje aan om te kijken wat er recentelijk was bijgeschreven.

*1545: huid warm, droog; geen respons op pijnstimuli.*
*1715: dochter Vickie op bezoek.*
*1903: vitale functies stabiel; nog steeds geen respons.*

Ze keek op het volgende blad en las de meest recente aantekening:

*2030: bloed afgenomen voor 7-dehydroxywarfarine-test.*

Ze verliet onmiddellijk het kamertje en liep naar de verpleegsterspost. 'Wie heeft opdracht gegeven voor deze test?' vroeg ze, terwijl ze het klembord aan de dienstdoende verpleegster gaf. 'De hydroxywarfarine?'

'Dat is bij mevrouw Harper?'

'Ja, mijn moeder.'

De verpleegster haalde de kaart van Ellen uit het rek om te kijken wie de opdracht had gegeven. 'Dokter Steinglas.'

Toby pakte de telefoon en belde. Dokter Steinglas had nog maar net 'hallo' gezegd of Toby zei bits: 'Bob, waarom heb je een warfarine-test laten doen bij mijn moeder? Heb je reden te geloven dat ze Coumadin heeft gekregen? Of rattengif?'

'Het was... vanwege de blauwe plekken. En die hersenbloeding. Ik heb je verteld dat haar protrombinetijd ernstig verlengd was – '

'Gisteren zei je dat je dacht dat dat kwam door een ontsteking aan de lever.'

'De PT was te abnormaal. Dat zou niet te verklaren zijn door hepatitis.'

'Waarom dan die warfarine-test? Ze heeft geen warfarine gehad.'

Er volgde een lange stilte. 'Ze hebben me gevraagd die test te laten doen,' zei Steinglas tenslotte.

'Wie?'

'De politie. Ze hebben gezegd dat ik de lijkschouwer om raad moest vragen. Hij stelde voor die test te doen.'

'Met wie heb je gesproken? Met welke arts?'

'Het was ene dokter Dvorak.'

Nauwelijks wakker voelde Dvorak op de tast in het donker naar de telefoon. Toen hij voor de vierde keer overging, had hij hem eindelijk te pakken. 'Hallo?'

'Waarom, Dan? Waarom doe je dit?'

'Toby?'

'Ik dacht dat we vrienden waren. Nu merk ik dat je aan de andere kant staat. Ik begrijp niet hoe ik me zo in je vergist kan hebben.'

'Luister naar me, Toby – '

'Nee, luister jij naar míj!' Haar stem klonk schor. Er ontsnapte een snik, maar die werd meedogenloos weggeslikt. 'Ik heb mijn moeder niets gedaan. Ik heb haar niet vergiftigd. Als iemand haar iets heeft aangedaan, is het Jane Nolan geweest.'

'Niemand zegt dat je iets verkeerds hebt gedaan. Ik zeg dat niet.'

'Waarom heb je me dan niet verteld dat je haar bloed onderzoekt op warfarine? Waarom doe je dat achter mijn rug? Als je informatie hebt dat ze is vergiftigd, had je met míj moeten praten. Het míj moeten vertellen. Niet stiekem een test doen, terwijl ik even niet keek.'

'Ik heb geprobeerd je te bellen, om het uit te leggen, maar je was niet thuis.'

'Ik was in het ziekenhuis. Waar zou ik anders zijn?'

'Goed, ik denk dat ik had moeten proberen je daar te bereiken. Het spijt me.'

'Daar ben je er niet mee. Niet als je dingen achter mijn rug doet.'

'Zo is het niet gegaan. Ik ben gebeld door rechercheur Alpren. Hij zei dat de bloedstollingstijd van je moeder abnormaal bleek te zijn. Hij vroeg me wat daarvan de oorzaak kon zijn en of ik er met haar arts over wilde praten. Een warfarine-test is gewoon de volgende, logische stap.'

'Logisch.' Ze lachte bitter. 'Ja, zo ben jij.'

'Toby, er zijn een half dozijn andere redenen waarom haar stollingstijd abnormaal zou kunnen zijn. Een warfarine-test hoort bij het onderzoek. De politie heeft mij om raad gevraagd en die heb ik gegeven. Dat is mijn werk.'

Ze zei even niets, maar hij hoorde haar beverig uitademen en wist dat ze vreselijk haar best deed niet te huilen.

'Toby?'

'Het zal ook wel bij je werk horen om voor de rechtbank tegen mij te getuigen.'

'Zover zal het niet komen.'

'Als het zou gebeuren. Als het wél zover kwam.'

'Jezus, Toby.' Hij zuchtte geïrriteerd. 'Dáár ga ik geen antwoord op geven.'

'Laat maar,' zei ze vlak voor ze ophing. 'Dat heb je al gedaan.'

Rechercheur Alpren had heldere, nieuwsgierige ogen, die snel details in zich opnamen. Het leek of hij geen ogenblik stil kon staan. Hij had heen en weer gelopen in het autopsielab, en als hij niet liep te ijsberen, wiegde hij van de ene voet op de andere. Het lijk op de tafel interesseerde hem absoluut niet; hij was voor Dvorak gekomen en hij wachtte al tien minuten ongeduldig tot de autopsie klaar was.

Eindelijk zette Dvorak de cassetterecorder af en Alpren zei: 'Kunnen we er nu over praten?'

'Ga uw gang,' zei Dvorak, zonder van de tafel op te kijken, zijn blik nog steeds nadenkend op het lijk gericht. Het was een jonge man, het lichaam uitgehold van de nek tot aan het schaambeen. Vanbinnen zijn we allemaal hetzelfde, dacht hij, terwijl hij naar de lege holte keek. We hebben allemaal dezelfde organen, verpakt in verschillende kleuren huid. Hij pakte een naald en hechtdraad en begon de holte dicht te naaien, grote stukken vlees oppakkend met zijn naald. Hij hoefde het niet netjes te doen, het lichaam hoefde alleen maar klaargemaakt te worden om naar het mortuarium te worden overgebracht. Lisa deed dit werkje meestal.

Alpren sloeg geen acht op het akelige naaiwerkje en liep naar de tafel toe. 'Het lab van het ziekenhuis heeft me net gebeld over die test. Hij is positief.'

Dvorak verstarde een ogenblik. Hij dwong zichzelf door te blijven naaien, de huid boven de lege holte te sluiten. Had Alpren het gemerkt? vroeg hij zich af.

'Wat betekent dat?'

Dvorak hield zijn ogen op zijn werk gericht. 'Dat betekent dat er 7-hydroxywarfarine in het bloed aanwezig was.'

'En dat is?'

Dvorak maakte een knoopje en pakte een nieuw stuk hechtdraad. 'Een middel dat invloed heeft op de normale stolling. Het kan leiden tot blauwe plekken. Bloedingen.'

'In de hersenen? Zoals bij mevrouw Harper?'

Dvorak zweeg even. 'Ja. Het kan ook een verklaring zijn voor de blauwe plekken op haar benen.'

'Dus daarom hebt u voorgesteld de test te doen.'

'Dokter Steinglas vertelde me van de abnormale protrombinetijd. Warfarine-vergiftiging zou een oorzaak kunnen zijn.'

Alpren was druk bezig notities te maken, terwijl hij de volgende vraag stelde. 'En hoe kom je aan dat middel, warfarine?'
'Het zit soms in rattengif.'
'Dan bloeden ze dood?'
'Het duurt enige tijd voor het werkt. Maar uiteindelijk gaan ze dood aan inwendige bloedingen.'
'Leuk vooruitzicht. Hoe kun je nog meer aan warfarine komen?'
Weer zweeg Dvorak even. Hij wilde dit gesprek niet voeren, hij wilde niet over de mogelijkheden nadenken. 'Het kan door de arts worden voorgeschreven als Coumadin. Een bloedverdunningsmiddel.'
'Alleen op recept?'
'Ja.'
'Dus een arts moet het voorschrijven en een apotheek moet het afleveren.'
'Dat klopt.'
De pen schreef nog sneller. 'Daar kan ik mee aan de gang.'
'Hoezo?'
'Apotheken in de buurt. Voor wie is er Coumadin voorgeschreven en door welke arts?'
'Het is geen ongebruikelijk recept. Een aantal artsen zal het hebben voorgeschreven.'
'Ik zoek een bepaalde naam. Die van dokter Harper.'
Dvorak legde de naaldvoerder neer en keek Alpren aan. 'Waarom concentreert u zich alleen op haar? Hoe zit het met de verzorgster van de moeder?'
'Jane Nolan heeft een smetteloze staat van dienst. We hebben navraag gedaan bij haar laatste drie werkgevers. En vergeet niet dat zíj degene is geweest die ons heeft gebeld en over mishandeling is begonnen.'
'Om zichzelf vrij te pleiten, misschien?'
'Bekijk het eens van het standpunt van dokter Harper. Het is een knappe vrouw, maar ze heeft geen man, geen eigen gezin. Ze gaat waarschijnlijk zelfs nooit uit. Ze zit opgescheept met een seniele, oude moeder die weigert dood te gaan. Dan gaat het fout op haar werk en de stress wordt steeds groter.'
'En leidt tot een poging tot moord?' Dvorak schudde zijn hoofd.
'Regel nummer één: kijk eerst naar de familie.'
Dvorak maakte de laatste hechting in het lijk en knipte het draad door.
Terwijl hij naar het dichtgenaaide lichaam keek, snoof Alpren misprijzend.
'Jezus. Frankenstein.'

‘Dat wordt allemaal verstopt onder een net pak. Zelfs een bedelaar mag er netjes uitzien in zijn kist.’ Dvorak trok de jas en de handschoenen uit en waste zijn handen aan de wastafel. ‘Kan ze zichzelf niet per ongeluk hebben vergiftigd?’ vroeg hij. ‘De moeder heeft alzheimer. Je weet niet wat ze in haar mond gestopt kan hebben. Er zou rattengif in huis kunnen zijn.’

‘Wat de dochter toevallig ergens heeft laten staan zodat opoe het vindt.’

Dvorak bleef doorgaan zijn handen te wassen.

‘Ik vind het interessant dat dokter Harper nu weigert met me te praten zonder haar advocaat erbij,’ zei Alpren.

‘Dat is niet verdacht. Dat is verstandig.’

‘Toch vraag je je af waarom.’

Dvorak droogde zijn handen af zonder Alpren aan te kijken. Hij durfde het eigenlijk niet. *Ik zou geen commentaar moeten geven op dit onderzoek,* dacht hij. *Ik ben niet neutraal genoeg. Ik heb geen zin bewijzen te verzamelen tegen Toby Harper.* Toch was dat wat hij eigenlijk zou móeten doen, wat zijn baan van hem eiste. Het materiaal onderzoeken. De logische conclusies trekken.

Wat het bewijsmateriaal hem vertelde, beviel hem niet.

Het was duidelijk dat de oude vrouw vergiftigd was, maar in deze fase was het onmogelijk te zeggen of dat per ongeluk of met opzet was gebeurd. Hij kon niet geloven dat Toby verantwoordelijk was. Of weigerde hij gewoon het te geloven? Was hij niet objectief meer alleen omdat hij zich tot haar aangetrokken voelde?

De hele vorige avond had hij gevochten tegen de behoefte haar terug te bellen. Twee keer had hij zelfs de telefoon gepakt, maar had hem weer neergelegd, zichzelf eraan herinnerend dat hij niet met een mogelijke verdachte over het bewijsmateriaal kon praten. Toen had zij vanmorgen geprobeerd hém te bellen. Hij had zijn secretaresse als barrière gebruikt en haar gevraagd niet door te verbinden als Toby belde. Hij vond het afschuwelijk, maar hij had weinig keus. Hoe eenzaam en kwetsbaar Toby nu ook was, hij kon haar geen troost bieden.

Toen Alpren weg was, trok Dvorak zich terug in het lab. Op het werkblad stonden dozen met preparaten te wachten om bekeken te worden. Het was rustig, eenzaam werk, en hij was er dankbaar voor. Een uur lang zat hij over zijn microscoop gebogen. De wereld was buitengesloten en de stilte werd slechts af en toe verbroken door het tinkelen van een preparaat op glas. De kluizenaar in zijn cel, afgesloten van de rest van de wereld. Normaal gesproken vond hij het prettig in zijn eentje te werken, maar vandaag voelde hij zich ellendig en kon zich niet concentreren.

Hij keek naar zijn vinger, waar het sneetje van het scalpel was genezen en een klein litteken had achtergelaten. Het herinnerde hem aan zijn eigen sterfelijkheid, aan de schijnbaar triviale gebeurtenissen die tot een ramp kunnen leiden. Te snel oversteken. Een eerdere vlucht nemen. Een laatste sigaret roken voor het slapen gaan. De dood ligt altijd op de loer, wachtend op een kans. Hij keek naar het litteken en stelde zich voor hoe zijn eigen neuronen op datzelfde moment misschien wel tot zelfvernietiging werden gedreven door een horde lichaamsvreemde prionen.

Er was niets tegen te doen, hij kon slechts afwachten en kijken of hij verschijnselen kreeg. Een jaar, hooguit twee. Dan zou hij veilig zijn. Dan zou hij zijn leven weer terug hebben.

Hij deed de doos met preparaten dicht en keek naar de kale muur voor hem. *Wanneer heb ik echt een leven gehad?*

Hij vroeg zich af of het niet al te laat was om ermee te beginnen.

Hij was vijfenveertig, zijn ex-vrouw was gelukkig hertrouwd en zijn enige zoon had de sprong naar de onafhankelijkheid al gemaakt. Zes maanden geleden was hij alleen met vakantie gegaan, een rondreis door Ierland, van pub naar pub. Hij had genoten van het contact dat hij af en toe met mensen had, hoe kort en oppervlakkig ook. Hij had zichzelf niet beschouwd als iemand die gezelschap nodig had, tot hij op een avond in een dorpje in het westen was aangekomen en de enige pub daar gesloten bleek te zijn. Terwijl hij op die verlaten weg stond, op een plek waar niemand zijn naam kende, had hij zo'n diepe en onverwachte wanhoop gevoeld, dat hij in zijn auto was gestapt en regelrecht naar Dublin was gereden.

Hij voelde diezelfde wanhoop nu opkomen, terwijl hij naar de muur staarde.

De intercom zoemde. Hij schrok op, schoot overeind en nam de telefoon op. 'Ja?'

'Er zijn twee telefoontjes voor u. Op lijn een is Toby Harper. Moet ik haar blijven afpoeieren?'

Het kostte hem al zijn wilskracht om te zeggen: 'Zeg tegen haar dat ik niet beschikbaar ben. Voorlopig niet.'

'De andere is rechercheur Sheehan, lijn twee.'

Dvorak drukte op het knopje van lijn twee. 'Roy?'

'We hebben meer nieuws over die dode baby. Of wat het ook was,' zei Sheehan. 'Je weet dat er een jonge vrouw was die heeft gebeld om een ambulance?'

'Molly Picker?'

'Ja. We hebben haar gevonden.'

# 17

'Het spijt me, maar dokter Dvorak kan niet aan de telefoon komen.'

Toby hing op en keek geïrriteerd op haar horloge. Ze had de hele dag al geprobeerd Dvorak te bereiken. Telkens had ze nul op het rekest gekregen. Ze wist dat de politie een of andere zaak tegen haar aan het opbouwen was, en als ze Dvorak alleen maar te spreken kon krijgen, zou ze hem misschien kunnen overhalen om, als vriend, te vertellen wat het bewijsmateriaal was.

Maar hij wilde niet aan de telefoon komen.

Ze liep weg van de afdelingsbalie en ging naar het kamertje van haar moeder. Voor het raam bleef ze staan kijken hoe Ellens borst op en neer ging. Ze was dieper in coma geraakt en kon niet zelf ademhalen. Op de laatste scan was te zien geweest dat de bloeding zich had uitgebreid. Er stond een verpleegster naast het bed, die het infuus afstelde. Toen ze voelde dat er naar haar werd gekeken, draaide de verpleegster zich om naar het raam en zag Toby. Te snel wendde ze haar blik weer af. Dat negeren, niet eens een beleefd knikje geven, sprak boekdelen. Het personeel vertrouwde Toby niet langer. Dat deed niemand meer.

Ze ging het ziekenhuis uit en stapte in haar auto, maar startte de motor niet. Ze wist niet waar ze heen moest. Naar huis kon niet – te leeg, te stil. Het was vier uur, nog geen tijd om te eten, zelfs al zou ze trek hebben. Haar biologische klok was in de war, was nog aan het overgaan op een dagritme, en ze wist niet wanneer ze ineens honger zou krijgen of moe werd. Ze wist alleen dat haar hoofd wazig was, dat alles verkeerd voelde. En dat haar leven, dat eens zo geordend was geweest, nu een volkomen onherstelbare puinhoop was geworden.

Ze deed haar tas open en haalde het cv van Jane Nolan eruit. Ze had het bij zich gestoken, omdat ze van plan was alle vier de vorige werkgevers van Jane te bezoeken en hen om meer informatie te vragen, op zoek naar een kleine aanwijzing dat hun 'volmaakte' verpleegster niet zo volmaakt was. Ze had telefonisch al met drie directeuren van verpleeghuizen gepraat en ze waren allemaal vol lof geweest over Jane.

*Je hebt hen voor de gek gehouden. Maar ik ken de waarheid.*

De enige werkgever die ze nog niet had gesproken, was het Wayside Verpleeghuis. Het adres was slechts een paar kilometer verder.

Ze startte de auto.

'We zouden Jane zó weer terug willen hebben,' zei Doris Macon, de hoofdverpleegster. 'Van al onze verpleegsters waren onze patiënten het meest dol op haar.'

Het was etenstijd in het Wayside Verpleeghuis en de etenswagen was net rammelend de eetzaal binnengereden. Aan vier lange tafels zaten patiënten in verschillende gradaties van helderheid. Ze zeiden weinig. De enige stemmen in de zaal waren die van het personeel dat de bladen neerzette: *Hier is uw eten, hoor. Zal ik u helpen met dat servet? Ik zal uw vlees voor u snijden...*

Doris keek naar al die grijze hoofden en zei: 'Ze raken zo gesteld op bepaalde verpleegsters, weet u. Een bekende stem, een vriendelijk gezicht, dat betekent alles voor hen. Als een verpleegster weggaat, gaan sommige van onze patiënten zelfs in de rouw. Ze hebben niet allemaal familie, dus worden wij dat.'

'En Jane kon het goed met hen vinden?'

'Absoluut. Als u erover denkt haar aan te nemen, hebt u geluk met zo'n geweldige sollicitant. Het speet ons dat ze wegging om die baan aan te nemen bij Orcutt.'

'Orcutt? Dat stond niet in haar cv.'

'Ik weet dat ze minstens een jaar bij hen heeft gewerkt nadat ze bij ons wegging.'

Toby pakte het cv van Jane. 'Dat staat hier niet. Na u noemt ze het Graden Grove Verpleeghuis.'

'O, dat hoort bij de Orcutt-keten. Het is een groep verpleeghuizen die van dezelfde organisatie zijn. Als je voor Orcutt werkt, kun je bij elk van hun instellingen te werk worden gesteld.'

'Hoeveel hebben ze er?'

'Een stuk of tien? Ik weet het niet zeker. Maar het is een van onze grootste concurrenten.'

*Orcutt,* dacht Toby. Waarom klonk die naam bekend?

'Ik wist niet dat Jane weer een baan zocht in Massachusetts,' zei Doris. 'Ik vind het jammer dat ze ons niet heeft gebeld.'

Toby richtte haar aandacht weer op Doris. 'Is ze de staat uitgegaan?'

'Een paar maanden geleden stuurde ze ons een kaart uit Arizona, waarop stond dat ze was getrouwd. Dat ze nu niet meer werkte. Dat is het laatste wat ik heb gehoord. Dan zal ze wel zijn teruggekomen.' Doris keek Toby nieuwsgierig aan. 'Als u overweegt haar in dienst te nemen, waarom praat u dan niet met haar. Zij zal het cv wel kunnen uitleggen.'

'Ik wil ook informatie van anderen,' loog Toby. 'Ik overweeg haar aan te nemen, maar er is toch iets wat me niet lekker zit. Het is voor mijn moeder, die zichzelf echt niet kan redden. Ik moet voorzichtig zijn.'

'Nou, ik kan volledig voor Jane instaan. Ze was geweldig met onze patiënten.' Doris liep naar een van de eettafels, waar ze een hand op de schouder van een oude dame legde. 'Miriam, jij herinnert je Jane toch nog wel?'

De vrouw glimlachte, terwijl ze een lepel puree voor haar tandeloze mond hield. 'Komt ze terug?'

'Nee, hoor. Ik wou je alleen vragen of je deze mevrouw wilt vertellen of je Jane aardig vond of niet.'

'Ik ben dól op Janey. Ze is al heel lang niet bij me geweest.'

'Jane is er niet meer.'

'En de baby! Hoe groot zou de baby nu zijn? Zeg dat ze terug moet komen.'

Doris richtte zich op en keek Toby aan. 'Dat lijkt me een hele goede aanbeveling.'

Toen ze weer in haar auto zat, staarde Toby geïrriteerd naar het dashboard. Waarom zag niemand de waarheid? Jane's vroegere patiënten waren dol op haar. Haar ex-werkgevers waren dol op haar. Ze was een lieve vrouw, een heilige.

*En ik ben de duivel geworden.*

Ze stond op het punt de auto te starten, toen ze zich plotseling herinnerde waar ze de naam Orcutt had gehoord.

Van Robbie Brace. Die avond, toen ze op Brant Hill in de dossiers hadden staan kijken, had hij haar verteld dat hun gebouw de centrale bewaarplaats was van de statussen van de andere verpleeghuizen van Orcutt.

Ze stapte uit de auto en ging het gebouw weer binnen.

Doris Macon was in het kantoortje, bezig met haar administratie. Ze keek op, duidelijk verbaasd te zien dat Toby weer terug was.

'Ik heb nog een vraag,' zei Toby. 'Die mevrouw in de eetzaal. Ze zei iets over een baby. Had Jane een kind?'

'Een dochter. Waarom?'

'Ze heeft nooit iets gezegd over...' Toby zweeg even. Haar gedachten gingen alle kanten tegelijk op. Was de baby sindsdien overleden? Was er ooit een kind geweest? Of had Jane gewoon niet de moeite genomen te zeggen dat ze een dochter had?

Doris keek haar met een verbaasd gezicht aan. 'Neem me niet kwalijk, maar wat heeft dat ermee te maken of u haar aanneemt?'

*Waarom is er nooit iets over een baby gezegd?* Plotseling richtte Toby zich op. 'Hoe ziet Jane eruit?'

'Hebt u haar niet gesproken? U hebt haar toch zelf gezien – '

'Hoe ziet ze erúit?'

Geschrokken van Toby's scherpe toon, keek Doris haar even verbluft aan. 'Ze – eh – ze ziet er heel gewoon uit. Er is niets opvallends aan haar.'

'Hoe lang is ze? Welke kleur heeft haar haar?'

Doris stond op. 'We hebben groepsfoto's van ons personeel. We maken er elk jaar een. Ik kan haar aanwijzen.' Ze nam Toby mee naar de gang, waar een aantal ingelijste foto's hing, elk met de datum eronder waarop hij was genomen. De serie ging terug tot 1981 – waarschijnlijk het jaar van de opening. Doris bleef staan voor de kleurenfoto van twee jaar tevoren en bekeek de gezichten.

'Daar,' zei ze, terwijl ze wees op een vrouw in een wit uniform. 'Dat is Jane.'

Toby keek naar het glimlachende gezicht op de foto. De vrouw stond aan de linkerkant van de groep. Haar mollige gezicht glimlachte en haar uniform hing als een vormeloze tent om een veel te dik lichaam.

Toby schudde haar hoofd. 'Dat is ze niet.'

'O, maar ik kan u verzekeren van wel,' zei Doris. 'En onze patiënten ook. Dat is beslist Jane Nolan.'

'We hebben het meisje in het North End opgepikt,' zei de agent. 'Getuigen hebben gezien dat een of andere kerel haar sloeg en in een auto probeerde te trekken. Ze schreeuwde moord en brand en ze zijn te hulp geschoten. Wij waren de eerste politie ter plaatse. Het meisje zat op het trottoir met een kapotte lip en een blauw oog. Ze zei dat ze Molly Picker heet.'

'Wie was de vent die haar sloeg?' vroeg Dvorak.

'Haar pooier, denk ik. Ze wilde het ons niet vertellen. En die vent ging ervandoor.'

'Waar is het meisje nu?'

'Ze zit in de patrouillewagen. Ze wilde hier niet binnenkomen. Ze wil met niemand praten. Ze wil alleen maar de straat weer op.'

'Zodat die pooier haar er weer van langs kan geven?'

'Ze is niet zo erg slim.'

Dvorak zuchtte, terwijl ze de uitgang uitliepen aan Albany Street. Hij was niet optimistisch over dit gesprek. Een stuurse tiener, waarschijnlijk ook nog zonder enige opleiding, zou weinig informatie kunnen geven waar hij wat aan had. Het meisje was niet gearresteerd en ze kon elk moment weg, maar waarschijnlijk wist ze dat niet. Hij was bepaald niet van plan haar wijzer te maken, niet voor hij de kans had gehad haar te ontfutselen wat ze wist. Als ze iets wist.

De agent wees naar de patrouillewagen, waar zijn partner op de voorbank zat te wachten. Achterin zat een meisje met vettig bruin haar en een gesprongen lip. Ze zat in elkaar gedoken onder een gigantische regenjas. Ze hield een goedkope, kunstleren tas op haar schoot geklemd.

De agent deed het achterportier open. 'Kom er eens uit, juffrouw. Dit is dokter Dvorak. Hij wil graag even met u praten.'

'Ik heb geen dokter nodig.'

Dvorak boog zich naar het meisje toe en glimlachte. 'Hallo, Molly. We gaan naar binnen om een praatje te maken. Het is koud buiten, vind je niet?'

'Als u het portier dichtdoet niet.'

'Ik heb de hele dag de tijd. We kunnen nu praten, of we kunnen het om middernacht doen. Jij mag het zeggen.' Hij bleef naar haar staan kijken en wachtte hoe lang het zou duren voor ze daar genoeg van kreeg. Alle drie de mannen keken naar haar, de twee agenten en Dvorak, en niemand zei iets.

Molly haalde diep adem en slaakte een geërgerde zucht. 'Is er een toilet?' vroeg ze.

'Natuurlijk.'

'Ik moet heel nodig.'

Dvorak stapte opzij. 'Ik zal je erheen brengen.'

Ze kwam moeizaam de patrouillewagen uit. De veel te grote regenjas sleepte als een reusachtige cape achter haar aan. Pas toen ze zich oprichtte, ging de blik van Dvorak plotseling naar haar buik. Ze was zwanger. Minstens zes maanden, dacht hij.

Het meisje zag waar hij naar keek. 'Ja, ik ben zwanger,' zei ze bits. 'Nou, én?'

'Ga maar gauw mee naar binnen. Zwangere dames moeten gaan zitten.'

Ze keek hem aan alsof ze dacht dat hij haar voor de gek hield en ging het gebouw binnen.

'Leuke meid,' bromde de agent. 'Moeten we blijven wachten?'

'Jullie kunnen gaan. Ik zet haar wel in een taxi als ik klaar ben.'

Vlak achter de deur stond het meisje op hem te wachten.

'Waar is dan die wc?' vroeg ze.

'Er is er een boven, naast mijn kantoor.'

'Schiet dan óp. Ik moet plassen.'

Ze zei niets, terwijl ze in de lift stonden. Te oordelen naar haar gespannen gezicht, was al haar aandacht gericht op haar blaas. Hij wachtte op haar voor de deur van het toilet voor het personeel. Ze nam de tijd en kwam tien minuten later weer naar buiten en rook naar zeep. Ze had haar gezicht gewassen en de dikke lip stak verontrustend paars af bij haar bleke gezicht.

Hij nam haar mee naar zijn kantoor en deed de deur dicht. 'Ga zitten, Molly.'

'Duurt het lang?'

'Dat hangt ervan af of je me helpt. Of je iets weet.' Hij wees nogmaals naar de stoel.

Met een nors gezicht ging ze zitten, terwijl ze de regenjas als een beschermende mantel om zich heen trok. Haar onderlip stak naar voren, gekneusd en koppig.

Met zijn rug tegen het bureau geleund keek hij haar aan. 'Twee dagen geleden heb je de spoedgevallendienst gebeld. De telefoniste heeft jouw stem op de band staan. Je vroeg om een ambulance.'

'Ik wist niet dat het een misdaad was als je een ambulance belt.'

'Toen het team daar aankwam, vonden ze een vrouw die was doodgebloed. Jij bent bij haar geweest in die flat. Wat is er gebeurd, Molly?'

Ze zei niets. Haar hoofd zakte naar beneden, het vettige haar viel voor haar gezicht.

'Ik zeg niet dat je iets verkeerds hebt gedaan. Ik moet het alleen weten.'

Het meisje wilde hem niet aankijken. Ze sloeg haar armen om zichzelf heen en begon heen en weer te wiegen in de stoel. 'Was mijn schuld niet,' fluisterde ze.

'Dat weet ik.'

'Ik wil weg. Mag ik niet gewoon weg?'

'Nee, Molly. We moeten eerst praten. Kun je me aankijken?'

Dat wilde ze niet. Ze bleef haar hoofd naar beneden houden, alsof het zou betekenen dat ze zich gewonnen gaf als ze hem aankeek.

'Waarom wil je niet praten?'

'Waarom zou ik? Ik ken u niet.'

'Je hoeft niet bang voor me te zijn. Ik ben niet van de politie. Ik ben dokter.'

Zijn woorden hadden het tegenovergestelde effect van wat zijn bedoeling was geweest. Ze kroop dieper weg in haar stoel en huiverde. Hij wist niet wat hij met het meisje aan moest. Dat wist hij nooit met tieners. Hij vroeg zich af hoe hij nu verder moest gaan.

De intercom op zijn bureau zoemde.

'Dokter Toby Harper is er,' zei zijn secretaresse.

'Ik ben niet te spreken.'

'Ik denk niet dat ze weggaat. Ze staat erop naar boven te gaan om u te spreken.'

'Luister, ik kan nu echt niet met haar praten.'

'Moet ik haar laten wachten?'

Hij zuchtte. 'Goed. Laat haar maar wachten. Maar het kan een tijdje duren.'

Dvorak keerde zich weer om naar Molly Picker, geïrriteerder dan ooit. De ene vrouw wilde absoluut met hem praten, en de andere weigerde een woord te zeggen.

'Molly,' zei hij, 'ik moet weten wat er met je vriendin Annie aan de hand was. De vrouw die overleden is. Gebruikte ze drugs? Gebruikte ze medicijnen?'

Het meisje huiverde nog een keer en rolde zich op tot een bal.

'Het is heel belangrijk. De vrouw had een ernstig misvormde foetus. Ik moet weten waaraan ze blootgesteld is geweest. Het zou heel belangrijke informatie kunnen zijn voor andere vrouwen. Molly?'

Het meisje begon te beven. Eerst begreep Dvorak niet wat er gebeurde. Hij dacht dat ze bibberde van de kou. Toen viel ze voorover en sloeg met haar hoofd tegen de grond. Haar ledematen begonnen te schokken, er gingen stuiptrekkingen door haar hele lichaam.

Dvorak knielde naast haar neer en probeerde de regenjas los te trekken, die strak om haar nek was gaan zitten, maar haar ledematen sloegen met bovenmenselijke kracht heen en weer. Eindelijk had hij de kraag open. Ze schokte nog steeds, haar gezicht was afschuwelijk paars, haar ogen waren weggegraaid. *Wat moet ik nu doen? Ik ben patholoog, geen eerstehulparts…*

Hij sprong op en drukte op de intercom. 'Ik heb dokter Harper nodig! Stuur haar onmiddellijk naar boven!'

'Maar ik dacht dat u zei dat – '

'Ik heb een spoedgeval!'

Hij richtte zijn aandacht op Molly. Ze sloeg niet meer met haar armen en benen, maar haar gezicht was nog steeds donkerrood en ze kreeg een buil op haar voorhoofd, waar ze op de grond was gevallen.

*Laat haar niet stikken. Leg haar op haar zij.*

Lessen die hij zich uit zijn studie herinnerde, kwamen eindelijk door zijn paniek heen. Hij hurkte naast het meisje neer en rolde haar snel op haar linkerzij, met haar gezicht een beetje naar beneden. Als ze overgaf, zou de inhoud van haar maag niet in haar longen terechtkomen. Hij voelde haar pols – die was snel, maar sterk. En ze ademde nog steeds.

*Goed, goed. Ze ademt en haar hart slaat. Wat vergeet ik?*

De deur van het kantoor ging open. Hij keek op, toen Toby Harper binnenkwam.

'Wat is er gebeurd?'

'Ze kreeg een of andere aanval.'

'Weet je iets van haar? Is ze epileptisch?'

'Ik weet het niet. Ze ademt en er is een hartslag.'

Toby keek naar de buil. 'Wanneer heeft ze haar hoofd gestoten?'

'Nadat de aanval begon.'

Toby trok de regenjas open en keek naar het lichaam van het meisje. Het was even stil en toen zei ze ontsteld: 'Ze is zwanger.'

'Ja. Ik weet niet hoever ze heen is.'

'Weet je íets van haar?'

'Het is een bekende van de politie. Prostitutie. Vandaag heeft haar pooier haar een pak slaag gegeven. Meer weet ik niet.'

'Heb je een instrumententas?' vroeg Toby.

'In de la van mijn bureau.'

'Pak hem.'

Het meisje bewoog kreunend haar hoofd.

Terwijl Toby in de tas naar instrumenten zocht, haalde Dvorak de arm van het meisje uit de mouw van haar regenjas. Ze deed haar ogen open en keek hem aan. Onmiddellijk begon ze te proberen zich los te maken uit zijn greep.

'Het is goed,' zei hij. 'Rustig maar.'

'Laat haar los,' zei Toby. 'Ze is post-ictaal en in de war. Je maakt haar bang.'

Dvorak liet de zielig magere arm los en deed een stap achteruit.

'Goed, liefje,' zei Toby zacht. 'Kijk me eens aan. Ik ben hier.'

Het meisje richtte haar blik op het gezicht van Toby, dat boven het hare zweefde. 'Mama,' zei ze.

Toby sprak langzaam en zacht. 'Ik zal je geen pijn doen. Ik wil alleen even met een lampje in je ogen schijnen. Goed?' Het meisje bleef haar aanstaren, alsof ze vreselijk verbaasd was. Toby scheen in de pupillen van het meisje. 'Gelijk en reactief. En ze beweegt al haar ledematen.' Toby pakte de bloeddrukband. Het meisje maakte een zwak geluid van protest toen de band om haar arm klemde, maar ze bleef Toby aankijken en dat leek haar gerust te stellen.

Toby fronste toen de naald van de meter langzaam kloppend naar beneden ging. Ze nam snel de druk weg en haalde de band eraf. 'Ze moet worden opgenomen.'

'Het Stadsziekenhuis is aan de overkant.'

'Laten we haar naar hun eerstehulpafdeling brengen. Haar bloeddruk is twee tien om honderddertig en ze is zwanger. Ik denk dat dat de aanval verklaart.'

'Eclampsie?'

Toby knikte even en deed de zwarte tas dicht. 'Kun jij haar dragen?'

Dvorak bukte zich en tilde het meisje op in zijn armen. Ondanks haar zwangerschap voelde ze broos aan, gewichtloos. Of misschien was hij te gespannen om de last te voelen. Toby liep voor hem uit om de deuren open te houden en zo verlieten ze het gebouw.

Toen ze op Albany Street kwamen, gierde de wind tussen de gebouwen door en blies vuil in hun gezicht, terwijl ze overstaken. Het meisje verzette zich in zijn armen, en met haar regenjas die tegen zijn benen wapperde, haar haar dat in zijn gezicht woei, liep Dvorak struikelend de andere stoep op naar de ingang van de eerstehulpafdeling. De dubbele deuren gleden open.

Achter het loket zat een verpleger. Hij keek op toen hij Dvorak zag met het meisje in zijn armen. 'Wat is er gebeurd?'

Het was Toby, die antwoord gaf. Ze liep naar het raampje toe en deed het goedkope tasje van Molly Picker open om haar identiteitsbewijs te pakken. 'Een zwanger meisje met spierkrampen, nu post-ictaal. Bloeddruk twee tien om een dertig.'

De verpleger begreep het onmiddellijk en belde om een brancard.

De steek van een naald maakte Molly met een schok wakker. Ze sloeg met haar armen en benen om zich te bevrijden van de handen die haar vasthielden, maar het waren er te veel. Ze hielden haar allemaal gevangen, deden haar pijn. Ze kon zich niet herinneren hoe ze op deze verschrikkelijke plek terecht was gekomen en ze wist ook niet wat ze verkeerd had gedaan om deze straf te verdienen. *Het spijt me. Wat ik ook fout heb gedaan, het spijt me. Doe me alsjeblieft geen pijn meer.*

'Verdomme, ik heb fout geprikt! Geef me nog een gaasje!'

'Probeer de andere arm. Die ader ziet er goed uit.'

'Jullie moeten haar stilhouden. Ze blijft maar met die arm trekken.'

'Is dat een aanval?'

'Nee, ze verzet zich.'

Handen hielden haar gezicht vast; een stem beval: 'U moet stil blijven liggen, juffrouw! We moeten een infuus aanbrengen!'

Molly keek in paniek naar het vreemde gezicht boven haar. Het was een man met blauwe kleren aan. Een stethoscoop hing als een slang om zijn nek. Een man met boze ogen.

'Ze is nog steeds in de war,' zei hij. 'Stop dat infuus er nou maar in.'

Nog een paar handen greep haar arm vast en drukte hem op de matras. Molly probeerde zich los te rukken, maar de handen knepen alleen maar harder en deden haar pijn. Weer stak de naald. Molly schreeuwde.

'Goed, hij zit erin! Sluit hem aan, opschieten! En tap bloed af voor onderzoek.'

'Dokter, er is net iemand binnengebracht met pijn in de borst.'

'Waarom laten ze me verdomme niet met rust?'

Weer een naald, weer een steek van pijn. Molly kronkelde met haar lichaam. Er viel iets kletterend op de grond.

'Verdomme, ze wil niet stil blijven liggen!'

'Kunnen we haar niet sederen?'

'Nee, we moeten haar geestelijke toestand in de gaten houden. Praat tegen haar.'

'Dat heb ik geprobeerd.'

'Haal die vrouw erbij. Degene die haar heeft gebracht. Misschien kan zij haar kalmeren.'

Molly rukte aan de banden waarmee haar armen vastzaten, haar hoofd deed pijn, elke nieuwe explosie van geluid deed haar zeer. De staccato stemmen, de harde klappen waarmee metalen kastjes werden dichtgegooid.

*Ga weg, ga weg, ga weg.*

Toen riep een stem haar en voelde ze een hand zachtjes op haar haar.

'Molly, ik ben het, dokter Harper. Het is goed. Alles komt goed.'

Molly keek naar het gezicht van de vrouw, een gezicht dat ze herkende, hoewel ze zich niet kon herinneren waar ze het eerder had gezien. Ze wist alleen dat het een gezicht was dat niet verbonden was met pijn. Die kalme ogen gaven haar een veilig gevoel.

'Je moet heel stil blijven liggen, Molly. Ik weet dat het pijn doet, al die naalden. Maar ze proberen je te helpen.'

'Het spijt me,' fluisterde Molly.

'Wat spijt je?'

'Als ik iets lelijks heb gezegd. Ik weet het niet meer.'

De vrouw glimlachte. 'Je hebt niets lelijks gezegd. Nu krijg je een prik, goed? Een kleintje maar.'

Molly sloot haar ogen en onderdrukte een snik, toen een naald in haar arm stak.

'Goed zo. Nu is het voorbij. Geen naalden meer.'

'Echt waar?'

Het was even stil. 'Ik kan het je niet echt beloven. Maar van nu af aan zal niemand je een prik geven zonder je eerst te waarschuwen. Goed? Dat zal ik tegen ze zeggen.'

Molly pakte de hand van de vrouw. 'Blijf bij me…'

'Maak je niet ongerust. Die mensen zorgen goed voor je.'

'Maar hén ken ik niet.' Ze keek de vrouw recht aan, die ten slotte knikte.

'Ik blijf zo lang als ik kan.'

Iemand anders zei nu iets; de vrouw draaide zich om en luisterde, daarna keek ze weer naar Molly.

'We moeten iets van je gezondheid weten. Heb je een dokter?'

'Nee.'

'Gebruik je medicijnen?'

'Nee, eh, ja. Ze zitten in mijn tas.'

Molly hoorde de vrouw de tas openmaken, hoorde pillen rammelen in een flesje. 'Deze, Molly?'

'Ja, ik neem er een als ik misselijk word.'

'Er staat geen etiket van de apotheek op het flesje. Hoe kom je eraan?'

'Romy. Een vriend. Hij heeft me de pillen gegeven.'

'Goed, en ben je ergens allergisch voor?'

'Aardbeien.' Molly zuchtte. 'En ik vind ze zo lekker…'

Een andere stem kwam ertussendoor: 'Dokter Harper, er is iemand om een echo te maken.'

Molly hoorde het gerammel van apparaten die werden binnengereden en haar blik schoot naar opzij. 'Wat gaan ze doen? Gaan ze me weer prikken?'

'Dit doet geen pijn. Het is een apparaat waarmee ze kunnen kijken of alles goed is met je baby. Dat gaat met geluidsgolven.'

'Dat wil ik niet. Kunnen ze me niet gewoon met rust laten?'

'Het spijt me, maar het moet gebeuren. Om te kijken of alles goed is met de baby. Hoe groot hij is en hoe ontwikkeld. Je hebt vandaag een toeval gehad, in het kantoor van dokter Dvorak. Weet je wat een toeval is?'

'Een soort aanval.'

'Dat klopt. Je was bewusteloos en je hele lichaam schokte. Dat is heel gevaarlijk. Je moet in het ziekenhuis blijven zodat ze je bloeddruk onder controle kunnen krijgen. En om te kijken of ze de baby kunnen redden.'

'Is er iets mee?'

'Doordat je zwanger bent, hebt je die toeval gekregen, daardoor is je bloeddruk zo hoog.'

'Ik wil geen onderzoeken meer. Zeg tegen ze dat ik weg wil–'

'Luister naar me, Molly.' De stem van dokter Harper was zacht, maar beslist. 'Je toestand kan fataal zijn.'

Molly zweeg. Ze keek naar het gezicht van de andere vrouw en zag aan haar ogen dat ze absoluut de waarheid sprak.

Dokter Harper knikte naar de technicus. 'Ga uw gang en maak de echo. Ik wacht buiten wel.'

'Nee,' zei Molly. 'Blijf bij me.' In een stilzwijgende smeekbede stak ze haar hand uit.

Na enige aarzeling pakte Toby Molly's hand weer vast en ging op het krukje naast de brancard zitten.

De technicus legde een laken over Molly's dijbenen en schaamhaar en schoof vervolgens de ziekenhuiskleding omhoog, om de dikke buik van de patiënt te ontbloten. 'Dit voelt een beetje koud aan,' zei hij en kneep een klodder doorzichtige gel op haar huid. 'Door dat spul kunnen we de geluidsgolven beter zien.'

'Het doet geen pijn? Beloof je dat het geen pijn doet?'

'Absoluut niet.' Hij hield een vierkant ding omhoog dat precies in zijn hand paste. 'Ik wrijf met de rand van dit ding over je buik, goed? En dan kunnen we de beelden zien op dit scherm hier.'

'Kun je mijn baby zien?'

'Dat klopt. Kijk maar.' Hij doopte het ding in zijn hand in de klodder gel en legde het op haar huid.

'Dat kriebelt,' zei Molly.

'Maar het doet geen pijn, nietwaar? Geef toe dat het geen pijn doet.'

'Nee, het doet geen pijn.'

'Dus ontspan je nu maar en kijk naar het scherm, goed?' Langzaam liet hij het ding over haar buik glijden, zijn blik gericht op de monitor. Molly keek ook naar het scherm en zag een wirwar van schaduwen voorbijgaan. Waar was de baby? Ze had verwacht een echte afbeelding te zien, zoals een foto, niet alleen maar grijze vlekken.

'Waar is hij?' vroeg ze.

De technicus gaf geen antwoord. Molly keek naar hem en zag dat hij met een strak gezicht naar de monitor keek.

'Zie je het?' vroeg Molly.

De technicus schraapte zijn keel. 'Laat me eerst het onderzoek afmaken.'

'Is het een jongen of een meisje? Kun je dat zien?'

'Nee. Nee, ik kan niet...' Hij liet het ding eerst de ene kant op glijden, toen een andere, terwijl zijn blik gericht bleef op de beelden op het scherm.

Alleen maar grijze kloddertjes, dacht Molly. Er was een grote klodder, omringd door kleinere. Ze keek naar dokter Harper. 'Ziet ú het?'

Ze kreeg geen antwoord op haar vraag. Dokter Harper keek steeds heen en weer van het scherm naar de technicus. Ze keken geen van beiden naar Molly. Ze zeiden geen van beiden een woord.

'Waarom zeggen jullie niets tegen me?' fluisterde Molly. 'Wat is er aan de hand?'

'Blijf maar stil liggen, meiske.'

'Er is iets niet goed, nietwaar?'

Dokter Harper kneep in haar hand. 'Niet bewegen.'

Ten slotte richtte de technicus zich op en veegde de gel van Molly's buik. 'Ik laat de film aan een van onze artsen zien, goed? Rust jij maar uit.'

'Maar zíj is arts,' zei Molly, naar dokter Harper kijkend.

'Ik ben niet opgeleid voor dit soort dingen. Daar is een specialist voor nodig.'

'Maar wat hebt u dan gezien? Is er iets niet goed?'

Dokter Harper en de technicus wisselden een blik.

En de technicus zei: 'Ik weet het niet.'

# 18

'Zet dat beeld vast,' zei dokter Sibley. Hij zette zijn bril af en staarde naar de monitor, zijn aandacht volledig gericht op het beeld dat hij zag. Een ogenblik lang was het volkomen stil. Toen mompelde Sibley: 'Wat is dat in vredesnaam...'

'Wat ziet u?' vroeg Toby.

'Ik weet het niet. Ik weet echt niet waar ik naar kijk.' Sibley wendde zich tot de technicus. 'U bedoelt deze schaduw hier?'

'Ja, die massa hier. Ik wist niet wat het was.'

'Is het foetaal weefsel?' vroeg Toby.

'Ik kan het niet zien.' Hij knikte naar de technicus. 'Goed, laten we de rest maar eens bekijken.'

Terwijl schaduwen over de monitor gleden, boog Sibley zich er nog dichter naartoe. 'De dichtheid van het weefsel wisselt daar, het is vast en ook vloeibaar.'

'Het lijkt op een hoofd,' zei Toby.

'Ja, het heeft vaag de vorm van een schedel. En ziet u die verkalking?'

'Een tand?'

'Dat denk ik.' Sibley zweeg even terwijl er een nieuw gedeelte in beeld kwam. 'Waar is de borstkas?' mompelde hij. 'Ik zie geen borstkas.'

'Maar het heeft tanden?'

'Eén enkele tand.' Sibley zat bewegingloos te kijken naar het spel van licht en schaduw op de monitor. 'Ledematen,' zei hij zacht. 'Hier een en daar een. Massieve uitsteeksels. Maar geen borstkas...' Langzaam leunde hij achterover en zette zijn bril op. 'Het is geen foetus. Het is een tumor.'

'Weet u het zeker?' vroeg Toby.

'Het is een bal van weefsel. Primitieve kiemcellen die dol zijn geworden, die tanden maken, haar misschien. Het heeft geen hart, geen longen.'

'Maar er is een placenta.'

'Ja. Het lichaam van de patiënt dénkt dat het zwanger is en het voedt die tumor, helpt hem te groeien. Ik vermoed dat dit een soort teratoom is. Die tumoren vormen allerlei bizarre structuren, van tanden tot klieren die hormonen produceren.'

'Dus het is geen aangeboren misvorming.'

'Nee. Het is chaotisch weefsel. Een klomp vlees. Het zou zo snel mogelijk uit de patiënt – ' Plotseling schoot Sibley naar achteren, zijn blik scherp op het scherm gericht. 'Spoel terug. Meteen!' snauwde hij tegen de technicus.

'Wat hebt u gezien?'

'Spoel nou maar terug!'

De monitor werd even grijs en lichtte toen weer op met een herhaling van beelden.

'Dit is onmogelijk,' zei Sibley.

'Wat?'

'Het bewóóg.' Hij keek naar de technicus. 'Heb je op de buik gedrukt?'

'Nee.'

'Moet je dat eens zien. Het uitsteeksel – zie je hoe het van positie verandert?'

'Ik heb de buik niet aangeraakt.'

'Dan moet de patiënt anders zijn gaan liggen. Een tumor kan niet bewegen.'

'Het is geen tumor,' zei Dvorak.

Iedereen draaide zich naar hem om. Hij was zo stil binnengekomen, dat Toby het niet had gemerkt en hij stond nu achter haar. Langzaam liep hij naar de monitor toe, zijn blik gericht op het scherm. 'Het beweegt inderdaad. Het heeft armen. Het heeft een oog. Het heeft tanden. Misschien kan het zelfs denken...'

Sibley snoof. 'Dat is belachelijk. Hoe kunt u dat nou weten?'

'Omdat ik precies zo'n zelfde ding heb gezien.' Dvorak draaide zich om en keek hen met een verbijsterd gezicht aan. 'Ik moet even bellen.'

In het duister van de kamer van Molly zag Toby het rode lampje op het infuusapparaat knipperen, een stille bevestiging dat het medicijn in de ader van de patiënt druppelde. Toby liet de deur dichtvallen en ging in een stoel naast het bed zitten. Ze luisterde naar het geluid van de ademhaling van het meisje. Het rode lampje knipperde in een hypnotisch ritme. Toby ontspande haar ledematen en liet voor het eerst die dag haar gedachten de vrije loop. Ze had net het Springer-ziekenhuis gebeld om te vragen hoe het met haar moeder was en had de verzekering gekregen dat er geen veranderingen waren. *Op ditzelfde ogenblik, in een ander bed, in een ander ziekenhuis,* dacht Toby, *ligt mijn moeder te slapen, terwijl het rode lampje van haar infuus knippert in het donker, net als bij dit meisje.*

Toby keek op haar horloge en vroeg zich af wanneer Dvorak terug zou komen. Eerder die avond had ze geprobeerd hem te vertellen van Jane Nolan en had helaas gemerkt dat hij duidelijk weinig zin had haar aan te horen. Hij had ook zoveel aan zijn hoofd gehad – de crisis met Molly. Zijn pieper die afging. En toen was hij weggegaan, om iemand te spreken in de hal van het ziekenhuis.

Ze leunde achterover in de stoel en overwoog net even een dutje te gaan doen, toen de stem van Molly plotseling in het donker zei: 'Ik heb het koud.'

Toby ging rechtop zitten. 'Ik wist niet dat je wakker was.'

'Ik heb hier liggen denken...'

'Ik zal een deken voor je pakken. Kan ik het licht aandoen?'

'Goed.'

Toby deed het lampje naast het bed aan en het meisje schrok even van het plotselinge licht. De blauwe plek op haar voorhoofd stak zwart af tegen haar bleke gezicht. Haar haren zagen eruit als vuile strepen op het kussen.

Op de plank in de kast vond Toby een extra deken. Ze schudde hem uit en legde hem over het bed van het meisje. Daarna deed ze het licht weer uit en ging op de tast terug naar haar stoel.

'Dank u wel,' fluisterde Molly.

Zonder een woord te zeggen deelden ze het duister, de stilte gaf hun beiden troost en rust.

Molly vroeg: 'Mijn baby is niet normaal, hè?'

Toby aarzelde en besloot dat de waarheid het beste antwoord was. 'Nee, Molly,' zei ze. 'Het is niet normaal.'

'Hoe ziet het eruit?'

'Dat is moeilijk te zeggen. Een echo is geen echte foto. Het is niet makkelijk te interpreteren wat je ziet.'

Molly dacht hier in stilte over na. Toby zette zich schrap voor nog meer vragen en vroeg zich af hoeveel ze moest zeggen. *Je baby is niet eens een mens. Het heeft geen hart, geen longen, geen romp. Het is niet meer dan een angstaanjagende bal vlees en tanden.*

Tot Toby's opluchting vroeg het meisje niet verder. Misschien was ze bang de hele waarheid te horen, de hele verschrikking van wat er nu in haar baarmoeder groeide.

Toby boog zich naar voren. 'Molly, ik heb met dokter Dvorak gesproken. Hij zegt dat er een vrouw was – iemand die je kende – die ook een abnormaal kind heeft gekregen.'

'Annie.'

'Heette ze zo?'

'Ja.' Molly zuchtte. Hoewel ze door het donker het gezicht van het meisje niet kon zien, hoorde Toby de vermoeidheid in die zucht, een uitputting die meer was dan lichamelijk.

Toby keek naar de vage schaduw van het gezicht van het meisjes. Haar ogen pasten zich aan aan het duister en ze kon net de glans van haar ogen zien. 'Dokter Dvorak maakt zich zorgen dat jij en Annie misschien aan hetzelfde toxine blootgesteld zijn geweest. Iets dat ervoor heeft gezorgd dat allebei jullie baby's niet normaal zijn. Is dat mogelijk?'

'Wat bedoelt u… toxine?'

'Een of ander geneesmiddel of vergif. Hebben jij en Annie iets gebruikt? Pillen? Injecties?'

'Alleen de pillen waar ik u van heb verteld. Die Romy me heeft gegeven.'

'Die Romy, heeft hij je nog andere middelen gegeven? Iets wat illegaal is?'

'Nee. Dat spul heb ik nooit gebruikt. Ik heb het Annie ook nooit zien doen.'

'Hoe goed kende je haar?'

'Niet erg goed. Ik mocht een paar weken bij haar logeren.'

'Jullie zijn maar een paar weken bij elkaar geweest?'

'Ik had een plek nodig om te kunnen slapen.'

Toby zuchtte moeizaam. 'Dan is dat het niet.'

'Wat bedoelt u?'

'De oorzaak van jullie abnormale baby's moet iets zijn uit het begin van de zwangerschap. Iets uit de eerste drie maanden.'

'Toen kende ik Annie niet.'

'Wanneer merkte je dat je zwanger was?'

Het meisje dacht na. In de pauze in het gesprek hoorden ze het gepiep van een medicijnenkar die door de gang werd gereden en het gemompel van verpleegsters.

'Het was in de zomer. Ik was misselijk.'

'Ben je naar een dokter geweest?'

Het was even stil. Toby zag de witte deken bewegen alsof er een huivering door het meisje heen ging. 'Nee.'

'Maar je wist dat je zwanger was?'

'Ik kon het merken. Ik bedoel, na een tijdje was het niet moeilijk te zien. Romy zei tegen me dat hij ervoor zou zorgen.'

'Wat bedoel je met *ervoor zorgen?*'

'Het laten weghalen. Toen begon ik te denken hoe fijn het zou zijn een baby in je armen te houden. Ermee te spelen. Dat het mama tegen je zegt...' De lakens ritselden terwijl het meisje haar armen onder de dekens bewoog en haar buik streelde. Haar ongeboren kind.

Alleen was het geen kind.

'Molly? Wie is de vader?'

Er klonk weer een zucht, nu nog vermoeider. 'Ik weet het niet.'

'Zou het je vriend kunnen zijn, Romy?'

'Hij is mijn vriend niet. Hij is mijn pooier.'

Toby zei niets.

'U weet toch wat ik doe? Wat ik gedaan heb...' Molly draaide zich om in bed, met haar rug naar Toby toe. Haar stem klonk nu zwak, alsof hij van een grote afstand kwam. 'Je went eraan. Je leert er niet te veel aan te denken. Je kunt er niet over nadenken. Het is alsof je gedachten wazig worden. Ze zweven ergens anders heen. En wat er daar beneden tussen je benen gebeurt, dat gebeurt niet echt met jóu...' Ze lachte smalend. 'Het is een interessant leven.'

'Het is geen gezond leven.'

'Ja. Ach.'

'Hoe oud ben je?'

'Zestien. Ik ben zestien.'

'Je komt uit het zuiden, is het niet?'

'Ja, mevrouw.'

'Hoe ben je hier in Boston verzeild geraakt?'

Een lange zucht. 'Romy heeft me meegenomen. Hij logeerde in Beaufort, bij een paar vrienden. Hij had iets heel aantrekkelijks. Die hele donkere ogen. Ik had nog nooit een blanke jongen gezien met zulke donkere ogen. Hij was zo aardig tegen me...' Ze schraapte haar keel en Toby hoorde het laken ritselen, terwijl Molly er haar gezicht mee afveegde. Het slangetje van het infuus bungelde zilverig boven het bed.

'Ik begrijp dat hij niet zo aardig meer was toen jullie eenmaal in Boston waren.'

'Nee, mevrouw, dat klopt.'

'Waarom ben je niet naar huis gegaan, Molly? Je kunt altijd naar huis gaan.'

Er kwam geen antwoord. Alleen doordat het bed trilde, merkte Toby dat het meisje snikte. Molly zelf maakte geen geluid; het was alsof haar verdriet in een pot gestopt zat, haar huilen was alleen voor haarzelf hoorbaar.

'Ik kan je helpen naar huis te gaan. Je hebt alleen maar geld nodig om er te komen.'

'Het kan niet.' Het antwoord was een nauwelijks hoorbaar gefluister. Het meisje rolde zich op tot een bal onder de dekens.

Toby hoorde een zacht gejammer, het geluid van Molly's verdriet dat eindelijk uit de pot ontsnapte. 'Het kan niet. Het kan niet...'

'Molly.'

'Ze willen me niet terug.'

Toby raakte haar aan en kon de ellende van het meisje bijna door de deken heen voelen.

Er werd geklopt en de deur ging open.

'Kan ik je even spreken, Toby?' vroeg Dvorak.

'Nu?'

'Ik denk dat je dit moet horen.' Hij aarzelde en keek naar het bed van Molly. 'Het gaat over de echo.'

Toby zei zacht tegen het meisje: 'Ik ben zo terug.' Ze volgde Dvorak de gang in en deed de deur achter zich dicht.

'Heeft ze je iets verteld?' vroeg hij.

'Niets wat hier enig licht op werpt.'

'Ik zal straks proberen met haar te praten.'

'Ik denk niet dat je iets uit haar krijgt. Ik geloof dat ze mannen niet vertrouwt en de reden is heel duidelijk. Hoe dan ook, er zijn te veel factoren die de oorzaak kunnen zijn van een abnormale foetus. Het meisje kan niets aangeven.'

'Dit is meer dan alleen een abnormale foetus.'

'Hoe weet je dat?'

Hij gebaarde naar een kleine spreekkamer aan het eind van de gang. 'Ik wil je aan iemand voorstellen. Zij kan het beter uitleggen dan ik.'

Dvorak had gezegd *zij,* maar terwijl Toby de kamer binnenging, leek degene die ze voor de videomonitor zag zitten van de achterkant meer op een man – kortgeknipt, staalgrijs haar. Brede schouders in een bruin overhemd. Sigarettenrook die een zwevende krans vormde boven het tamelijk vierkante hoofd. Op de monitor was de echo van de buik van Molly Picker te zien.

'Ik dacht dat je niet meer rookte,' zei Dvorak.

De persoon draaide zich om en Toby zag dat er inderdaad een vrouw op de stoel zat. Ze was begin zestig, haar blauwe ogen hadden een zeer directe blik en haar gezicht vertoonde geen spoor van make-up. De aanstootgevende sigaret zat in een ivoren houder, waar ze met een gemakkelijke elegantie mee zwaaide.

'Dat is mijn enige ondeugd, Daniel,' zei de vrouw. 'Die weiger ik op te geven.'

'De whisky telt zeker niet mee.'

'Whisky is geen ondeugd. Dat is een versterkend middel.' De vrouw keerde zich naar Toby en keek haar met een opgetrokken wenkbrauw aan.

'Dit is dokter Toby Harper,' zei Dvorak. 'En dit is dokter Alexandra Marx. Dokter Marx is ontwikkelingsgenetica aan de universiteit van Boston. Een van mijn vroegere professoren.'

'Van héél lang geleden,' zei dokter Marx. Ze stak haar hand uit naar Toby, een gebaar dat je niet verwachtte van een andere vrouw, maar bij Alex Marx kwam het volkomen natuurlijk over. 'Ik heb de echo bekeken. Wat weten we van dit meisje?'

'Ik heb haar net gesproken,' zei Toby. 'Ze is zestien. Prostituee. Ze weet niet wie de vader is. En ze zegt dat ze niet aan toxinen blootgesteld is geweest. De enige medicijnen die ze gebruikte, was dat flesje met pillen.'

Dvorak zei: 'Ik heb het nagevraagd bij de ziekenhuisapotheker. Hij heeft de code op de tabletten geïdentificeerd. Prochloorperazine.' Hij keek dokter Marx aan. 'Dat wordt meestal voorgeschreven tegen misselijkheid. Er is geen bewijs dat ze foetale afwijkingen veroorzaken. Dus we kunnen de pillen hier de schuld niet van geven.'

'Hoe is die pooier aan een middel gekomen dat alleen op recept verkrijgbaar is?' vroeg Toby.

'Op straat kun je tegenwoordig alles kopen. Misschien houdt ze haar mond over alle andere middelen die ze gebruikt.'

'Nee, ik geloof haar.'

'Hoe lang is ze onderweg?'

'Volgens wat zij zich herinnert een maand of vijf, zes.'

'Dus kijken we naar wat een foetus van het tweede trimester moet zijn.' Dokter Marx draaide zich om naar de monitor. 'Er is beslist een placenta. En ik geloof dat ik daar een navelstreng zie.' Dokter Marx boog zich naar voren om de beelden op de monitor beter te kunnen bekijken. 'Ik geloof dat je gelijk hebt, Daniel. Dit is geen tumor.'

'Dus is het een foetale afwijking?'

'Nee.'

'Wat kan het dan anders zijn?'

'Iets daartussenin.'

'Een tumor én een foetus? Hoe kan dat?'

Dokter Marx nam een trekje van haar sigaret en blies een wolk rook uit. 'Met die experimenten tegenwoordig is er van alles mogelijk.'

'Je hebt alleen maar een echo. Een stel grijze schaduwen. Dokter Sibley, de radioloog, denkt dat dit een tumor is.'

'Dokter Sibley heeft nog nooit eerder zo'n ding gezien.'

'En u wel?'

'Vraag het Daniel.'

Toby keek Dvorak aan. 'Waar heeft ze het over?'

Hij zei: 'De vrouw die tijdens de bevalling is gestorven – Annie Parini – ik heb haar foetus naar dokter Marx gestuurd voor een genetische analyse.'

'Ik heb niet meer dan een voorlopig onderzoek gedaan,' zei dokter Marx. 'We hebben weefselcoupes gemaakt en de kleuring gedaan. Het zal maanden duren om de volledige DNA-analyse te doen. Maar zuiver op de histologie van het... ding gebaseerd, heb ik een paar theorieën.' Dokter Marx draaide haar stoel om naar Toby. 'Gaat u zitten, dokter Harper, laten we het over fruitvliegjes hebben.'

*Waar gaat dit in vredesnaam heen?* vroeg Toby zich af, terwijl ze op een stoel aan de tafel ging zitten. Dvorak nam ook plaats. Dokter Marx zat aan het hoofd van de tafel en keek hen aan met de ernstige houding van een hoogleraar die twee achteropgeraakte studenten toespreekt. 'Hebben jullie gehoord van de studies van de universiteit van Basel omtrent de *Drosophila melanogaster*? De gewone fruitvlieg?'

'Welk onderzoek bedoelt u?' vroeg Toby.

'Het had betrekking op ectopische ogen. Wetenschappers hebben al een meestergen gevonden dat de hele reeks van 2500 genen activeert die nodig zijn om het oog van een fruitvliegje te vormen. Het gen wordt "oogloos" genoemd, omdat als het ontbreekt, het vliegje geboren wordt zonder ogen. De Zwitserse wetenschappers zijn erin geslaagd het "oogloos" gen te activeren in verschillende delen van het vliegenembryo. Met fascinerende resultaten. Op de meest bizarre plaatsen kwamen ogen. Op vleugels, op poten, op voelsprieten. Er kwamen veertien ogen op één vlieg! En dat kwam alleen door het activeren van een enkel gen.' Dokter Marx zweeg even om haar sigaret uit te drukken. Ze stopte een nieuwe in de ivoren houder.

'Ik zie niet wat het fruitvliegonderzoek met deze situatie te maken heeft,' zei Toby.

'Dat komt zo,' zei dokter Marx en stak haar sigaret aan. Ze inhaleerde en leunde met een tevreden zucht achterover. 'Laten we nu een andere soort nemen. Muizen.'

'Ik zie nog steeds het verband niet.'

'Ik probeer te beginnen op een heel elementair niveau. U en Daniel zijn geen ontwikkelde biologen. U bent waarschijnlijk niet op de hoogte van de vooruitgang die er is geboekt sinds uw studietijd.'

'Dat is waar,' gaf Toby toe. 'Het is al moeilijk genoeg de klinische geneeskunst bij te houden.'

'Dan zal ik u bijpraten. In het kort.' Dokter Marx tikte de as van haar sigaret. 'Ik had het over muizen. In het bijzonder, de hypofyse van muizen. De hypofyse is essentieel voor het overleven van een pasgeboren muis. Er is een reden waarom ze die de "meesterklier" noemen. Al die hormonen die de klier produceert, regelen alles, van de groei tot de voortplanting, tot de lichaamstemperatuur. Hij scheidt hormonen af waarvan we niet weten waarvoor ze dienen. Hormonen die we nog niet eens geïdentificeerd hebben. Muizen die zonder hypofyse worden geboren, sterven binnen vierentwintig uur – zó belangrijk is die klier.

En nu wat het onderzoek betreft. Er zijn op het moment studies aan de gang naar de ontwikkeling van de hypofyse in het embryo. Ze weten dat alle verschillende cellen die de klier vormen, ontstaan uit een enkel primordium. Stamcellen. Maar wat brengt die stamcellen ertoe inderdaad een hypofyse te maken?' Ze keek heen en weer naar haar twee bijlesstudenten.

'Een gen?' opperde Toby.

'Natuurlijk. Uiteindelijk heeft het allemaal met DNA te maken. De bouwsteen van het leven.'

'Welk gen?' vroeg Dvorak.

'Bij de muis is het Lhx3. Een LIM homobox gen.'

Hij lachte. 'Dat is volkomen duidelijk.'

'Ik verwacht niet dat je het volledig begrijpt, Daniel. Ik wil alleen dat je het principe ziet. En dat is dat er meestergenen zijn die ervoor zorgen dat primitieve cellen zich op bepaalde manieren ontwikkelen. Een meestergen om een oog te maken, een ander om een lid te maken, weer een ander om de hypofyse te maken.'

'Goed,' zei Dvorak. 'Ik denk dat we dat wel begrijpen. Een beetje.'

Dokter Marx glimlachte. 'Goed. Laat me jullie vertellen wat ik bij het weefselonderzoek heb gevonden. Ik heb coupes gemaakt van dat specimen dat Daniel me heeft gestuurd – waarvan hij dacht dat het een misvormde foetus was. Ik had nog nooit zoiets gezien en ik heb duizenden congenitale afwijkingen onderzocht. Welnu, het menselijk genoom bestaat uit 100.000 genen. Dit ding schijnt slechts een klein deel van het normale genoom te hebben. En wat er was, was ernstig verstoord. Er is iets rampzaligs gebeurd met dat hele genoom. Het resultaat? Het is alsof je een foetus uit elkaar hebt gehaald en vervolgens hebt geprobeerd die op willekeurige wijze weer in elkaar te zetten. Armen, tanden, hersenen, allemaal op een hoopje.'

Toby voelde zich misselijk worden. Ze keek naar Dvorak en

zag dat hij bleek was geworden. Het beeld dat door dokter Marx werd opgeroepen gaf hun beiden een akelig gevoel.

'Dat zou toch niet in leven blijven?' vroeg Toby.

'Natuurlijk niet. De cellen worden puur door de voeding van de placenta in leven gehouden. De moeder wordt als voedingsbron gebruikt. Het is een soort parasiet. Maar eigenlijk zijn alle foetussen parasieten.'

'Zo heb ik het nooit gezien,' mompelde Toby.

'Maar zo is het wel. De moeder is de gastheer. Haar longen voorzien het bloed van zuurstof, het voedsel dat zij eet, zorgt voor glucose en proteïne. Deze parasiet – dit ding – kon alleen in leven blijven zolang het in de baarmoeder bleef, verbonden met de moeder. Meteen nadat het was uitgestoten, begonnen de cellen te sterven.' Dokter Marx zweeg even, terwijl ze omhoogkeek naar de kringelende sigarettenrook. 'Het was in geen enkel opzicht een onafhankelijk organisme.'

'Als het geen foetus was, hoe zou je dit ding dan noemen?' vroeg Toby.

'Ik weet het niet goed. We hebben meerdere weefselcoupes gemaakt. De preparaten zijn gekleurd en onderzocht door mijzelf en de patholoog van mijn afdeling. We vonden allebei hetzelfde. Een bepaald type weefsel kwam telkens weer voor, in georganiseerde clusters van cellen. O, er waren ook andere weefsels – spieren en kraakbeen bijvoorbeeld, zelfs een oog. Maar dat leek allemaal toeval. Wat georganiseerd was, en goed gedifferentieerd, waren de steeds weer voorkomende clusters cellen. Klierweefsel dat we nog niet geïdentificeerd hebben.' Ze zweeg even. 'Kortom, dit ding zag eruit als een weefselfabriek.'

Dvorak schudde zijn hoofd. 'Het spijt me, maar dat klinkt nogal idioot.'

'Waarom? In een laboratorium is het al uitgevoerd. We kunnen ogen laten groeien op de vleugels van een fruitvliegje! We kunnen een hypofyse-meestergen activeren of niet! Als het in een lab kan gebeuren, kan het in de natuur ook gebeuren. Op de een of andere manier hebben in dit meisje menselijke embryocellen veelvoudige kopieën van hetzelfde gen ontwikkeld. Dat betekende natuurlijk dat het embryo zich niet goed heeft gedifferentieerd. Dus zijn er geen benen, geen romp. In plaats daarvan groeien er deze specifieke celclusters.'

'Wat zou de oorzaak van deze afwijking kunnen zijn?' vroeg Toby.

'Buiten het lab? Iets verwoestends. Een teratogene agens die we nooit eerder hebben gezien.'

'Maar Molly herinnert zich niet dat ze ergens aan blootgesteld is geweest. Ik heb haar een paar keer gevraagd...' Toby zweeg, haar blik ging naar de deur.

Er schreeuwde iemand.

'Dat is Molly!' zei Toby en ze schoot overeind. Dvorak kwam achter haar aan, terwijl ze de kamer uitrende, de gang door. Tegen de tijd dat ze bij de kamer van Molly was, stond er al een verpleegster naast het bed, die probeerde het meisje te kalmeren.

'Wat is er gebeurd?' vroeg Toby.

'Ze zegt dat er iemand in haar kamer was,' zei de verpleegster.

'Hij stond hier naast het bed!' zei Molly. 'Hij weet dat ik hier ben. Hij is me gevolgd – '

'Wie?'

'Romy.'

'Het licht was uit,' merkte de verpleegster kalm op. 'Je zou gedroomd kunnen hebben.'

'Hij heeft tegen me gepráát!'

'Ik heb niemand gezien,' zei de verpleegster. 'En mijn bureau is vlak om de hoek.'

Het dichtslaan van een deur weerklonk in de gang.

Dokter Marx stak haar hoofd om de hoek van de deur. 'Ik zag net een man het trappenhuis inrennen.'

'Bel de bewakingsdienst,' zei Dvorak tegen de verpleegster. 'Laten zij de benedenverdieping controleren.'

Toby ging meteen achter Dvorak aan toen hij de gang inrende. 'Dan, waar ga je heen?'

Hij duwde de deur naar het trappenhuis open.

'Laat de bewakingsdienst dit opknappen!' Ze volgde hem de trap af.

Ergens beneden klonken de voetstappen van Dvorak op de betonnen treden.

Ze ging achter hem aan, eerst aarzelend, maar toen vastbeslotener. Ze was nu kwaad, op Dvorak omdat hij als een idioot de achtervolging inzette, en op Romy – als het Romy wás – omdat hij het meisje in de veilige omgeving van een ziekenhuis nog durfde te achtervolgen. Hoe had hij haar opgespoord? Was hij hen gevolgd vanaf het kantoor van Dvorak?

Ze rende sneller naar beneden en vloog langs de overloop van de eerste verdieping. Ze hoorde een deur met een klap open- en dichtgaan.

'Dan!' riep ze. Geen antwoord.

Ten slotte kwam ze op de begane grond, schoot een deur door en kwam naar buiten naast de parkeerplaats voor de ambulance bij de eerstehulpafdeling aan Albany Street. Het asfalt glom door de regen. Ze kneep haar ogen half dicht tegen de koude wind en de nattigheid.

Links van haar verscheen een silhouet door de motregen. Het was Dvorak. Hij bleef onder een straatlantaren staan, en keek eerst naar links en toen naar rechts.

Ze holde naar hem toe. 'Waar is hij heen gegaan?'

'Ik ving een glimp van hem op in het trappenhuis. Meteen nadat hij het gebouw uit was, ben ik hem kwijtgeraakt.'

'Weet je zeker dat hij inderdaad naar buiten is gegaan?'

'Ja. Hij moet hier ergens in de buurt zijn.' Dvorak stak de straat over, naar de krachtinstallatie van het ziekenhuis.

Ze draaiden zich allebei met een ruk om, toen ze het gepiep van banden hoorden.

De bestelwagen kwam recht op hen af, als een kanonskogel uit het duister.

Toby bleef stokstijf staan.

Het was Dvorak die haar een duw opzij gaf, waardoor ze struikelend over het asfalt schoof.

De bestelwagen denderde langs hen heen, de achterlichten verdwenen door Albany Street.

Terwijl ze weer overeind krabbelde, pakte Dvorak haar al bij haar arm en hielp haar weer het trottoir op. Haar val begon net tot haar door te dringen als pijn, eerst een vaag kloppen in haar knieën, daarna het steken van geschaafde zenuwuiteinden. Ze stonden onder de straatlantaren, beiden te geschrokken om iets te zeggen.

Ten slotte zei Dvorak: 'Het spijt me dat ik je zo'n harde duw heb gegeven. Gaat het een beetje?'

'Het is wat geschaafd hier en daar.' Ze keek de straat af, in de richting waarin het voertuig zojuist was verdwenen. 'Heb je het nummer gezien?'

'Nee, de chauffeur ook niet. Het ging allemaal zo snel. Ik probeerde jóu uit de weg te krijgen.'

Ze draaiden zich allebei om, toen er een ambulance met zwaailicht voor de eerstehulpingang stopte. In de verte kwam de sirene van een tweede ambulance dichterbij.

'Het wordt een chaos daar,' zei Dvorak. 'Ik heb een eerstehulpkoffer op mijn kantoor. Laten we daarheen gaan om je knieën schoon te maken.'

Terwijl Dvorak haar bij haar arm hield, strompelde ze de straat over. De pijn werd met elke stap erger. Tegen de tijd dat ze boven waren op zijn kantoor, zag ze tegen het eerste betten met jodium op.

Hij schoof zijn papieren opzij en zette haar op het bureau, naast de foto van zijn vissende zoon. De lucht van ontsmettingsalcohol en jodium steeg op uit de eerstehulpkoffer. Hij hurkte voor haar neer, bevochtigde een watje met peroxide en bette de schaafwond.

Ze slaakte een kreet van pijn.

'Sorry,' zei hij, opkijkend. 'Ik kan het niet doen zonder je pijn te doen.'

'Ik ben zo kleinzerig,' mompelde ze, terwijl ze zich aan de rand van het bureau vastklemde. 'Maar doe het nou maar.'

Hij ging verder met het schoonmaken van haar knieën, met een hand op haar dijbeen steunend, terwijl hij met de andere voorzichtig het vuil en de steentjes wegveegde. Terwijl hij bezig was, keek ze naar zijn hoofd. Het was aandachtig voorovergebogen, zijn donkere haar was zo dichtbij dat ze haar handen erdoorheen kon halen. Zijn adem voelde warm aan op haar huid. *Eindelijk heb ik hem alleen,* dacht ze. *Geen crisis, geen afleiding. Dit is misschien mijn enige kans te zorgen dat hij naar me luistert. Dat hij me gelooft.*

Ze zei: 'Je denkt dat ik mijn moeder kwaad heb gedaan, is het niet? Daarom wil je niet met me praten. Daarom wil je niet aan de telefoon komen als ik bel.'

Hij zei niets en pakte een nieuw stuk watten.

'Ik word erin geluisd, Dan. Ze gebruiken mijn moeder om mij te grijpen. En jij helpt hen, zonder ook maar naar mijn kant van de zaak te luisteren.'

'Ik heb naar jou geluisterd, Toby.' Hij was klaar met het schoonmaken van de schaafwonden. Nu pakte hij een rol pleister en begon er stukjes af te knippen, waarmee hij vierkantjes verbandgaas op haar knieën plakte.

'Waarom wil je me dan niet vertellen of je me gelooft?'

'Wat ik denk dat je zou moeten doen,' zei hij, 'is met je advocaat praten. Hem alles voorleggen wat je weet. En laat hem de zaak met Alpren bespreken.'

'Ik vertrouw Alpren niet.'

'En je denkt dat je mij kunt vertrouwen?' Hij keek naar haar op.

'Ik weet het niet!' Ze zuchtte. Haar schouders zakten naar voren, terwijl ze besefte dat het hopeloos was te proberen op zijn gevoel te werken. 'Ik héb vanmiddag met Alpren gepraat,' zei ze. 'Ik heb hem verteld wat ik jou heb verteld. Dat Brant Hill het op me voorzien heeft. Ze proberen me kapot te maken.'

'Waarom zouden ze dat doen?'

'Ik heb op de een of andere manier het gevoel dat ik hen bang heb gemaakt. Ik heb iets gedaan waardoor ze zich bedreigd voelen.'

'Je moet ophouden Brant Hill als de oorzaak van al je problemen te zien.'

'Maar nu heb ik bewijs.'

Hij schudde zijn hoofd. 'Toby, ik wil je heus geloven, maar ik zie niet in wat de toestand van je moeder met Brant Hill te maken heeft.'

'Lúister naar me, alsjeblieft.'

Hij deed de eerstehulpkoffer met een klap dicht. 'Goed, goed. Ik luister.'

'De vrouw die ik heb aangenomen om voor mijn moeder te zorgen, is niet wie ze beweert te zijn. Ik heb vandaag iemand gesproken die twee jaar geleden met Jane Nolan heeft gewerkt – de échte Jane Nolan.'

'In tegenstelling tot?'

'De gefingeerde. Degene die ik heb aangenomen. Het zijn twee volkomen verschillende mensen.'

Hij bleef zwijgen, onbereikbaar, zijn blik hardnekkig op de eerstehulpkoffer gericht.

'Ik heb een foto gezien, Dan. De echte Jane Nolan woog bijna honderd kilo. Dat is niet de vrouw die ik heb aangenomen.'

'Dan is ze afgevallen. Kan dat niet?'

'Er is nog meer. Twee jaar geleden werkte de echte Jane Nolan voor een verpleeghuis van de Orcutt-keten. Ik heb net gehoord dat Orcutt deel uitmaakt van een paraplu-organisatie – eigendom van Brant Hill. Als Jane bij Brant Hill werkte, hadden ze haar cv al in hun dossiers. Dan wisten ze dat ze uit Massachusetts weg was. Ze zouden gemakkelijk een andere vrouw bij mij binnen kunnen smokkelen onder de naam van Jane. Met de getuigschriften van Jane. Als ik die foto niet had gezien, zou ik nóóit de waarheid hebben vermoed.'

Hij zei niets, maar hij keek haar nu aan. *Eindelijk luistert hij naar me. Eindelijk bekijkt hij mijn kant van de zaak.*

'Heb je dit alles aan Alpren verteld?' vroeg hij.

'Ja. Ik heb tegen hem gezegd dat hij alleen maar met de échte Jane Nolan hoefde te praten. Het probleem is dat niemand weet waar ze woont of hoe ze nu heet, nu ze getrouwd is. Ik heb geprobeerd haar op te sporen, maar ik kan er niet eens achter komen of ze nog in het land is. Brant Hill heeft kennelijk iemand gekozen waarvan ze wisten dat ze moeilijk te vinden was. Als ze überhaupt nog leeft.'

'De sociale verzekering?'

'Dat heb ik Alpren voorgesteld. Maar als Jane op het moment niet werkt, zou het weken kunnen duren om haar op te sporen. Ik weet niet zeker of Alpren die moeite wil doen. Hij gelooft me toch al niet.'

Dvorak stond op. Hij keek haar een ogenblik aan, alsof hij haar voor het eerst zag, wérkelijk zag. Hij knikte. 'Ik zal proberen met hem te praten.'

'Bedankt, Dan.' Ze slaakte een zucht. Alle spanning zakte uit haar lichaam weg. 'Dank je wel.'

Hij stak zijn hand uit om haar van het bureau te helpen. Ze pakte hem bij zijn arm en liet zich door hem ondersteunen terwijl ze opstond. Terwijl ze zich nog aan hem vasthield, keek ze op en ontmoette zijn blik.

Meer was er niet nodig, het was genoeg dat hun ogen elkaar vonden. Ze voelde zijn andere hand omhoogkomen en haar gezicht aanraken. Zijn vingers gleden langzaam over haar wang. En in zijn ogen zag ze hetzelfde verlangen dat zij voelde.

De eerste kus was te kort, hun lippen raakten elkaar alleen maar even. Een aarzelende eerste ontmoeting. Zijn arm gleed om haar rug heen en trok haar dichter naar hem toe. Ze maakte een zacht geluidje van genot toen hun lippen elkaar nog een keer ontmoetten, en nog een keer. Ze wankelde naar achteren en haar heupen botsten tegen het bureau. Hij bleef haar kussen, zelf ook zachte geluiden makend. Ze leunde achterover, viel op het bureau en trok hem met zich mee. Papieren vlogen alle kanten op. Hij nam haar gezicht in zijn handen, zijn mond zocht de hare voor een diepere verkenning. Ze wilde haar armen om zijn middel slaan, maar in plaats daarvan gooide ze iets om.

Glas versplinterde.

Ze schrokken beiden en keken elkaar aan. Hun ademhaling ging snel en ze bloosden allebei. Hij maakte zich los en hielp haar overeind.

De foto van de zoon van Dvorak was ondersteboven op de grond terechtgekomen.

'O, nee,' zei Toby zacht, naar het kapotte glas kijkend. 'Het spijt me, Dan.'

'Geen probleem. Een nieuw lijstje en het is weer goed.' Hij knielde, raapte de scherven bij elkaar en deed ze in de prullenbak. Hij stond op en kreeg weer een kleur toen hij haar aankeek. 'Toby, ik... ik had niet gedacht...'

'Ik ook niet.'

'Maar het spijt me niet dat het is gebeurd.'

'Nee?'

Hij zweeg even, alsof hij nadacht of het echt waar was wat hij had gezegd. Hij zei nogmaals, ferm: 'Het spijt me helemaal niet.'

Ze keken elkaar een ogenblik aan.

Toen glimlachte ze en drukte haar lippen op de zijne. 'Zal ik je eens wat vertellen?' fluisterde ze. 'Mij ook niet.'

Hand in hand staken ze Albany Street over naar het ziekenhuis. Toby liep in een waas, ze was haar schaafwonden en blauwe plekken helemaal vergeten. Haar aandacht was volledig gericht op de man die haar hand vasthield. In de lift kusten ze elkaar weer en ze kusten elkaar nog steeds toen de deur opengleed.

Ze kwamen naar buiten net toen er een reanimatiekar voorbij rammelde, voortgeduwd door een paniekerig kijkende verpleegster.

*Wat nu?* dacht Toby.

De verpleegster met de kar ging de hoek om en verdween in de volgende gang. Krakend kwam er een mededeling door het omroepsysteem:

'Urgentie, kamer drie elf...'

Toby en Dvorak keken elkaar geschrokken aan.

'Is dat niet de kamer van Molly?' vroeg ze.

'Ik weet het niet meer – '

Hij liep voorop, terwijl ze achter de verpleegster aan de hoek omrenden. Toby kon hem niet bijhouden, want haar knieën waren stijf door het verband. Hij bleef voor een van de kamers staan en keek door de deuropening naar binnen. 'Het is Molly niet,' zei hij, toen Toby bij hem was. 'Het is de patiënt ernaast.'

Toby keek langs hem heen en ving een glimp van chaos op.

Dokter Marx was bezig met hartmassage. Een assistent-arts in operatiekleding blafte orders, terwijl een verpleegster in de laden van de reanimatiekar zocht. Door al het personeel eromheen was de patiënt bijna niet meer te zien; het enige dat Toby tussen de mensen door kon zien, was een anonieme, seksloze, magere voet, die bloot op het laken lag.

'Ze hebben ons niet nodig,' zei Dvorak zacht.

Toby knikte. Ze ging naar de kamer van Molly. Ze klopte zacht en deed de deur open.

Binnen was het licht aan. Het bed was leeg.

Haar ogen vlogen naar de badkamer, ook leeg. Ze keek nogmaals naar het bed en plotseling drong het tot haar door dat de infuuspaal daar stond. Het plastic slangetje bungelde los, het uiteinde nog vast aan de intraveneuze katheter. Een klein plasje dextrose en water glinsterde op de vloer.

'Waar is ze?' vroeg Dvorak.

Toby liep naar de kast en deed de deur open. De kleren van Molly waren weg.

Ze rende de gang weer in en stak haar hoofd om de hoek van kamer 311, waar iedereen nog druk bezig was.

'Molly Picker heeft het ziekenhuis verlaten!' zei Toby.

De hoofdzuster keek op, duidelijk overdonderd. 'Ik kan nu niet weg! Bel de bewakingsdienst.'

Dvorak trok Toby de kamer uit. 'Laten we in de hal gaan kijken.'

Ze renden terug naar de lift.

Beneden troffen ze een bewaker bij de hoofdingang aan.

'We zoeken een meisje,' zei Dvorak. 'Een jaar of zestien – lang, bruin haar, met een regenjas aan. Hebt u haar weg zien gaan?'

'Ik geloof dat ze een paar minuten geleden naar buiten is gegaan.'

'Welke kant op?'

'Dat weet ik niet. Ze is die voordeur uitgegaan. Ik heb niet gekeken waar ze heen ging.'

Toby stapte naar buiten en de regen kletterde in haar gezicht. Het natte asfalt strekte zich uit als een glinsterend lint.

'Ze is nog maar een paar minuten weg,' zei Dvorak. 'Ze kan niet ver zijn.'

'Laten we mijn auto nemen,' zei Toby. 'Daar zit telefoon in.'

Tijdens hun eerste rondje zagen ze geen spoor van Molly. Ze reden zonder iets te zeggen, beiden het trottoir afspeurend, terwijl de ruitenwissers piepend heen en weer gingen.

Terwijl ze een tweede ronde maakten, zei Dvorak: 'We zouden de politie moeten bellen.'

'Die maken haar alleen maar bang. Als ze een politieman ziet, gaat ze ervandoor.'

'Ze ís er al vandoor.'

'Verbaast je dat? Ze is bang voor die Romy. In het ziekenhuis was ze een gemakkelijke prooi.'

'We hadden politiebescherming kunnen regelen.'

'Ze vertrouwt de politie niet, Dan.'

Toby reed nog één keer rond en besloot toen verder weg te gaan zoeken. Langzaam reed ze in noordoostelijke richting over Harrison Street. Als het meisje de veiligheid van veel mensen zocht, zou ze die kant opgaan – naar de drukke straten van Chinatown.

Twintig minuten later stopte ze ten slotte langs de stoeprand. 'Dit wordt niets. Het meisje wil niet gevonden worden.'

‘Ik denk dat het tijd is de politie te bellen.’

‘Om haar te arresteren?’

‘Je bent het toch met me eens dat ze een gevaar is voor zichzelf?’

Toby was even stil en knikte toen. ‘Met die bloeddruk zou ze weer een aanval kunnen krijgen.’

‘Genoeg gezegd.’ Dvorak pakte de autotelefoon.

Terwijl hij belde, keek Toby naar buiten en bedacht hoe ellendig het moest zijn door die regen te sjokken, terwijl het ijswater in je schoenen droop, onder je kraag siepelde. Ze dacht aan haar eigen comfort in de auto. Leren stoelen. Warme lucht die uit de kachel kwam.

*Zestien. Had ik op straat kunnen overleven toen ik zestien was?*

En het meisje was zwanger, met een bloeddruk die zo dodelijk was als een tijdbom.

Buiten begon het harder te regenen.

# 19

Vier straten verder, in een steeg achter een Indisch restaurant, zat Molly in elkaar gedoken in een kartonnen doos. Af en toe ving ze een vleug op van etensgeuren – vreemde, kruidige geuren die ze niet kon thuisbrengen, maar waar ze het water van in de mond kreeg. Dan draaide de wind en rook ze in plaats daarvan de vuilniscontainer die even verderop stond, en werd ze misselijk van de stank van rottend eten.

Terwijl haar maag heen en weer werd geslingerd tussen honger en misselijkheid, dook ze verder in elkaar. De regen was de doos binnengesiepeld en hij begon slap te worden. Hij zakte op haar schouders als een soort cape van doorweekt karton.

De achterdeur van het Indische restaurant ging open en Molly knipperde tegen het licht dat de steeg instroomde. Een man met een tulband kwam naar buiten met twee vuilniszakken, die hij naar de container droeg. Hij tilde het metalen deksel op, gooide het afval erin en liet het deksel met een klap weer vallen.

Molly niesde.

Omdat hij plotseling bleef staan, wist ze dat de man haar had gehoord. Langzaam verscheen zijn silhouet bij de opening van de doos, het hoofd met de tulband was angstaanjagend groot. Hij staarde haar aan en zij hem.

'Ik heb honger,' zei ze.

Ze zag hem naar de keuken kijken, vervolgens knikte hij.

'Wacht even,' zei hij en ging weer naar binnen.

Even later kwam hij weer terug met iets warms dat in een servet gewikkeld zat. Het was brood, geurig en zacht als een kussen.

'Ga nu maar,' zei hij, niet onvriendelijk. Het was geen bevel, maar eerder een vriendelijk voorstel. 'Je kunt hier niet blijven.'

'Ik kan nergens heen.'

'Moet ik iemand bellen?'

'Er is niemand.'

Hij keek naar de lucht. De regen was overgegaan in een gestage motregen en zijn bruine gezicht glansde van het vocht. 'Ik kan je niet mee naar binnen nemen,' zei hij. 'Drie straten verder is een kerk. Die geven mensen onderdak als het koud is.'

'Welke kerk?'

Hij haalde zijn schouders op, alsof christelijke kerken allemaal hetzelfde waren. 'Ga die straat in. Dan zie je het wel.'

Bibberend, met stijve ledematen door het zitten in de doos, kwam ze overeind. 'Dank u wel,' zei ze zacht.

Hij gaf geen antwoord. Nog voor ze de steeg uit was, hoorde ze de deur dichtslaan toen hij het restaurant weer binnenging.

Het begon weer te regenen.

Ze liep in de richting die de man had aangegeven, terwijl ze het brood verslond. Ze kon zich niet herinneren ooit zulk heerlijk brood geproefd te hebben; het was alsof ze wolken at. Op een dag, dacht ze, eens op een dag zal ik hem belonen, omdat hij aardig tegen me is geweest. Ze herinnerde zich altijd de mensen die aardig tegen haar waren geweest; in haar hoofd hield ze een lijst bij. De vrouw in de drankwinkel die haar een hotdog van een dag oud had gegeven. De man met de tulband. En die dokter Harper. Ze hadden geen van allen reden om aardig te zijn tegen Molly Picker, maar ze waren het wel gewest. Zij waren haar persoonlijke heiligen, haar engelen.

Ze bedacht hoe fijn het zou zijn als ze op een dag geld had. Een stapeltje bankbiljetten in een envelop te kunnen stoppen en aan die man met de tulband te kunnen geven. Misschien zou hij oud zijn tegen die tijd. Ze zou er een briefje bij doen: *Bedankt voor het brood.* Hij zou natuurlijk niet meer weten wie ze was. Maar zij zou zich hem nog herinneren.

*Ik zal het niet vergeten. Ik zal het nooit vergeten.*

Ze bleef staan en keek naar het gebouw aan de overkant van de straat. Onder een groot wit kruis stonden de woorden: *MISSIE OPVANGCENTRUM. WELKOM.* Boven een deur brandde een licht, warm en uitnodigend.

Molly stond een ogenblik lang gebiologeerd naar het licht te kijken in de motregen. Het wenkte haar tevoorschijn te komen uit het donker. Er kwam een vreemd gevoel van geluk over haar toen ze van het trottoir stapte en de straat begon over te steken.

Een stem riep: 'Molly?'

Ze verstarde. In paniek keek ze in de richting van het geluid. Het was de stem van een vrouw en hij kwam uit een bestelwagen die bij de kerk geparkeerd stond.

'Molly Picker?' riep de vrouw. 'Ik wil je helpen.'

Molly deed een stap naar achteren, ze stond op het punt te vluchten.

'Kom hier. Ik kan je ergens heen brengen waar het warm is. En veilig. Wil je niet instappen?'

Molly schudde haar hoofd. Langzaam deinsde ze terug, haar aandacht zo volledig op de vrouw gericht, dat ze de voetstappen achter haar niet hoorde.

Er werd een hand op haar mond gedrukt, die haar schreeuw smoorde en haar hoofd zo hard achteruittrok, dat ze dacht dat haar nek zou breken. Toen rook ze hem – Romy, de akelig zoete lucht van zijn aftershave.

'Raad eens wie, Molly Wolly?' zei hij zacht. 'Ik zit de hele middag verdomme al achter je aan.'

Spartelend, vechtend werd ze de straat over gesleept. De deur van de bestelwagen gleed open en een ander paar handen trok haar naar binnen en duwde haar op de grond, waar haar polsen en enkels snel werden vastgebonden.

De bestelwagen schoot met piepende banden bij de stoep vandaan. Terwijl ze onder een straatlantaren doorreden, ving Molly een glimp op van de vrouw achter in de bestelwagen – een kleine vrouw met snelle ogen en kort, donker haar. Ze legde haar hoofd op de gezwollen buik van Molly en slaakte zacht een zucht van tevredenheid, met een kille, starre glimlach als van een lijk.

'We moeten teruggaan,' zei Dvorak. 'We vinden haar niet.'

Ze hadden een uur in kringetjes rondgereden en hadden elke straat in de buurt minstens twee keer afgezocht. Nu zaten ze in haar geparkeerde auto, te moe om iets te zeggen. Hun adem deed de ramen beslaan. Buiten was het eindelijk opgehouden met regenen en plassen glinsterden op de weg. *Ik hoop dat ze veilig is,* dacht Toby. *Ik hoop dat ze ergens is waar het warm en droog is.*

'Ze kent het leven op straat goed genoeg om onderdak te vinden,' zei Dvorak. Hij pakte haar hand. Ze bekeken elkaar in het donker, ze waren beiden moe, maar hadden geen zin om al een einde aan de avond te maken.

Hij boog zich naar haar toe en had net met zijn lippen de hare gevonden, toen zijn pieper afging.

'Dat zou over Molly kunnen gaan,' zei ze.

Hij pakte haar autotelefoon. Even later hing hij op en zuchtte. 'Het gaat niet over Molly. Maar het maakt wel een eind aan onze avond.'

'Moet je weer aan het werk?'

'Helaas. Zou jij me kunnen afzetten? Ik moet naar een adres aan het eind van deze straat.'

'En je auto dan?'
'Ik rij wel mee terug met de lijkwagen.'
Ze startte de motor. Ze reden naar het noorden, naar Chinatown, over straten die nat waren en de veelkleurige lichtjes van de stad weerspiegelden.
Dvorak zei: 'Daar is het – recht voor je uit.'
Ze had de zwaailichten al gezien. Drie politiewagens stonden al slordig langs de kant van de weg geparkeerd voor een Chinees restaurant. Een witte lijkwagen met *Commonwealth of Massachusetts* erop geschilderd kwam achteruit aanrijden.
Ze stopte naast een van de politiewagens en Dvorak stapte uit.
'Als je iets van Molly hoort, bel je me dan?' vroeg ze.
'Dat zal ik doen.' Hij glimlachte naar haar, zwaaide en liep naar de afzetting toe. Een agent herkende hem en gebaarde dat hij door kon lopen.
Toby wilde wegrijden, maar leunde toen een ogenblik achterover om naar de mensen te kijken die zich op straat hadden verzameld. Zelfs om middernacht was er een hele groep nieuwsgierigen. Er hing een bizarre frivoliteit in de lucht, twee mannen gaven elkaar een gemoedelijke klap op de rug, vrouwen lachten. Alleen de agenten zagen er grimmig uit.
Dvorak stond vlak achter de afzetting met een man in burger te praten. Een rechercheur. De man wees naar een steeg en bladerde al pratend in een notitieboekje. Dvorak knikte, zijn blik op de grond gericht. Nu zei de rechercheur iets wat Dvorak verbaasd deed opkijken. Op dat moment merkte hij dat Toby nog steeds geparkeerd stond. De rechercheur keek met grote ogen toe, terwijl Dvorak ineens bij hem wegliep, onder de afzetting door dook en terugliep naar de auto van Toby.
Ze draaide het raampje naar beneden. 'Ik wilde alleen even kijken,' zei ze. 'Ik denk dat ik net zo ziekelijk nieuwsgierig ben als de rest. Het is een vreemd stel mensen.'
'Ja, dat is altijd zo.'
'Wat is er gebeurd in die steeg?'
Hij leunde in het raampje. Zacht zei hij: 'Ze hebben een lijk gevonden. Volgens zijn papieren heet hij Romulus Bell.'
Ze keek hem met een uitdrukkingsloos gezicht aan.
'Hij staat bekend als Romy,' zei Dvorak. 'Hij is de pooier van Molly Picker.'

Het lijk lag op het asfalt, bijna verstopt achter een geparkeerde blauwe Taurus. De linkerarm lag onder het lichaam, de rechter was uitgestrekt alsof hij wees naar het restaurant aan het eind van de steeg. Een executie, dacht Dvorak, terwijl hij naar de kogelwond in de linkerslaap van het lijk keek.

'Geen getuigen,' zei rechercheur Scarpino. Hij was een van de oudere politiemensen. Hij was bijna aan zijn pensioen toe en stond bekend om zijn slechte haarstukjes. Vanavond zag zijn toupet eruit alsof hij haastig achterstevoren was opgezet. 'Het lichaam is rond halft waalf gevonden door een stel dat uit dat Chinese restaurant kwam. Dat is hun auto.' Scarpino wees naar de blauwe Taurus. 'Om een uur of tien is de huurder van boven naar buiten gekomen om vuilnis buiten te zetten en hij heeft niets gezien, dus vermoeden we dat het na tienen is gebeurd. De papieren zaten in de portefeuille van het slachtoffer. Een van de agenten herkende de naam. Hij had gisteren met het slachtoffer gesproken, toen hij hem vroeg naar het meisje waar u naar zocht.'

'Bell is rond negen uur vanavond in het Stadsziekenhuis gezien.'

'Wie heeft hem daar gezien?'

'Het meisje, Molly Picker. Hij is in haar kamer geweest.' Dvorak trok een paar latex handschoenen aan en bukte zich om het lijk beter te bekijken. Het slachtoffer was begin dertig, een slanke man met steil zwart haar, dat met gel in een Elvis-kapsel was geplakt. Zijn huid was nog warm; de arm die uitgestrekt lag, was gespierd en bruin.

'Neem me niet kwalijk, dokter, maar het is gewoon niet goed.'

'Wat niet?'

'Dat u met die dokter rondrijdt.'

Dvorak richtte zich op en draaide zich om naar Scarpino. 'U zei?'

'Ze staat onder verdenking. Ik heb gehoord dat haar moeder het niet zal redden.'

'Wat hebt u nog meer gehoord?'

Scarpino zweeg even en keek de steeg in, naar de mensen. 'Dat er nieuw bewijsmateriaal komt. De mannen van Alpren doen navraag bij de apotheken in de stad. Hij is op zoek naar iets wat steekhoudend is. Als de moeder sterft, gaat het naar Moordzaken, en dan gaat dit er héél vervelend uitzien. Dat u samen met haar aankomt op de plaats van een misdrijf.'

Dvorak trok zijn handschoenen uit, plotseling woedend op Scarpino. De uren die hij net met Toby Harper had doorgebracht, hadden hem doen betwijfelen of ze tot geweld in staat was, laat staan geweld tegen haar eigen moeder.

'Verrek, er staan daar verslaggevers,' zei Scarpino. 'Die herkennen u allemaal. En binnenkort kennen ze het gezicht van dokter Harper ook. Ze zullen zich herinneren dat ze u tweeën samen hebben gezien en hopla! Op de voorpagina.'

*Hij heeft gelijk,* dacht Dvorak, wat hem alleen maar kwader maakte.

'Het is gewoon niet goed,' zei Scarpino, op elk woord de nadruk leggend.

'Ze is niet in staat van beschuldiging gesteld.'

'Nog niet. Praat maar met Alpren.'

'Luister, kunnen we ons tot deze zaak bepalen?'

'Ja, natuurlijk.' Scarpino keek vol weerzin naar het lijk van Romulus Bell. 'Ik dacht alleen u een goede raad te geven, dokter. Iemand als u kan dat soort problemen missen als kiespijn. Een vrouw die haar eigen moeder slaat – '

'Scarpino, doe me een lol.'

'Ja?'

'Bemoei je met je eigen zaken.'

Die nacht sliep Toby in het bed van Ellen. Nadat ze naar huis was gereden, weg van dat akelige tafereel in Chinatown, was ze haar huis binnengegaan en had het gevoel gehad dat ze een luchtledige, stille kamer binnenging. Ze voelde zich opgesloten. Begraven.

In haar eigen slaapkamer zette ze de radio aan en zocht een zender die klassieke muziek uitzond. Ze zette de muziek zo hard, dat ze het zelfs onder de douche kon horen. Ze had wanhopig muziek nodig, stemmen – wat dan ook.

Tegen de tijd dat ze uit de badkamer kwam, haar natte haar afdrogend met een handdoek, was de muziek overgegaan in geruis. Ze zette de radio af. In de abrupte stilte voelde ze de afwezigheid van Ellen even scherp als een lichamelijke pijn.

Ze liep de gang door, naar de kamer van haar moeder.

Ze deed het licht niet aan, maar bleef in het halfdonker staan en ademde de geur van Ellen in, een licht zoete geur, als de zomerbloemen waar ze zo liefdevol voor zorgde. Rozen en lavendel.

Ze deed de kast open en raakte willekeurig een van de jurken aan die daar hingen. Alleen al aan de stof herkende ze hem: een linnen zomerjurk van haar moeder, die zo oud was dat Toby zich herinnerde dat haar moeder hem had gedragen bij het afstuderen van Vickie. En daar hing hij nog steeds in de kast, samen met alle andere jurken die Ellen in de loop der jaren had bewaard. *Wanneer ben ik voor het laatst met je gaan winkelen? Ik weet het niet meer. Ik kan me niet herinneren wanneer ik voor het laatst een jurk voor je heb gekocht...*

Ze deed de kast dicht en ging op het bed zitten. Ze had een paar dagen geleden de lakens verschoond, in de hoop dat haar moeder uiteindelijk weer thuis zou komen. Nu wenste ze bijna dat ze het niet had gedaan; met de lakens waren alle sporen van haar moeder uitgewist en nu rook het bed nietszeggend naar waspoeder. Ze ging liggen en dacht aan de nachten dat haar moeder op deze zelfde plek had gelegen. Ze vroeg zich af of de schaduw van haar aanwezigheid misschien in de lucht was blijven hangen.

Ze sloot haar ogen, haalde diep adem. En viel in slaap.

De volgende morgen werd ze om acht uur gewekt door een telefoontje van Vickie. De telefoon ging acht keer over voor Toby naar haar eigen slaapkamer was gestrompeld om hem op te nemen. Nog half verdoofd door de slaap, kon ze zich nauwelijks concentreren op wat haar zuster haar probeerde te vertellen.

'Er moet een beslissing worden genomen, maar ik kan het niet alleen doen, Toby. Dat is gewoon te veel op mijn schouders.'

'Welke beslissing?'

'Mams beademing.' Vickie schraapte haar keel. 'Ze overwegen die af te zetten.'

'Nee.' Toby was ineens helemaal wakker. 'Néé.'

'Ze hebben het tweede EEG gemaakt en ze zeiden dat hij even – '

'Ik kom eraan. Ze mogen nergens aankomen. Hoor je me, Vickie? Ze moeten overal afblijven!'

Drie kwartier later liep ze de intensive-careafdeling van het Springer-ziekenhuis binnen. Vickie stond in het kamertje van Ellen; dokter Steinglass ook. Toby liep meteen naar het bed van haar moeder, boog zich over haar heen en fluisterde: 'Ik ben er, mam. Ik ben er.'

'Het tweede EEG is vanmorgen gemaakt,' zei dokter Steinglass. 'Er is geen activiteit. De nieuwe bloeding heeft een hoop schade aangericht. Ze ademt niet spontaan, ze – '

'Ik denk dat we er hier niet over moeten praten,' zei Toby.

'Ik besef dat het niet makkelijk te aanvaarden is,' zei Steinglass. 'Maar wat we nu zeggen, dringt niet meer tot uw moeder door.'

'Daar wil ik het niet over hebben. Niet hier,' zei Toby, en ze liep het kamertje uit.

In de kleine spreekkamer van de afdeling gingen ze aan tafel zitten, Toby grimmig en zwijgzaam, Vickie op het punt in tranen uit te barsten. Dokter Steinglass, van wie Toby vond dat hij bekwaam maar afstandelijk was, zag er wat ongemakkelijk uit in zijn nieuwe rol van adviseur bij een familiecrisis.

'Het spijt me dat ik hierover moet beginnen,' zei hij. 'Maar het moet werkelijk aan de orde worden gesteld. Het duurt nu al vier dagen, en we hebben geen verbetering gezien. Op beide EEG's is geen activiteit te zien. Het was een enorme bloeding en er zijn geen hersenfuncties meer. De beademing is alleen maar... een verlenging van de situatie.' Hij zweeg even. 'Ik geloof echt dat het het meest menslievend zou zijn.'

Vickie keek naar haar zus, vervolgens weer naar Steinglass. 'Als u werkelijk denkt dat er geen kans is...'

'Dat weet hij niet,' zei Toby. 'Dat weet niemand.'

'Maar ze lijdt,' zei Vickie. 'Die slang in haar keel – al die naalden.'

'Ik wil nog niet dat de beademing wordt stopgezet.'

'Ik denk alleen maar aan wat mam zou willen.'

'Het is jouw beslissing niet. Jij bent niet degene die voor haar zorgt.'

Vickie deinsde met grote, gekwetste ogen achteruit in haar stoel.

Toby liet haar hoofd in haar handen zakken. 'O, God, het spijt me, dat wilde ik niet zeggen.'

'Ik denk dat je dat wél wilde.' Vickie stond op. 'Goed, neem jíj de beslissing dan maar. Aangezien je schijnt te denken dat jíj de enige bent die van haar houdt.' Vickie ging weg.

Een ogenblik later ging dokter Steinglass ook.

Toby bleef met gebogen hoofd zitten, bevend van walging en woede. Op zichzelf. Op de vrouw die zich Jane Nolan noemde. *Als ik je maar kon vinden. Als ik maar één ogenblik alleen met je kon zijn.*

Tegen die middag waren haar kwaadheid en haar adrenaline op. Ze had geen energie meer om te proberen Dvorak weer te bereiken; ze had nu geen zin om met wie dan ook te praten. In een stoel naast het bed van Ellen leunde ze achterover en deed haar ogen dicht, maar ze kon het beeld van haar moeder, die daar vlakbij lag, niet uitbannen. Ze hoorde het geluid van het beademingsapparaat en zag duidelijk voor zich hoe de borst van haar moeder op en neer ging. De longen die zich met lucht vulden. Het zuurstofrijke bloed dat van de longen naar het hart stroomde, en daarna naar de hersenen, waar het nutteloos en onnodig circuleerde.

Ze hoorde iemand het kamertje binnenkomen. Toen ze haar ogen opendeed, zag ze dokter Steinglass aan het voeteneind van haar moeders bed staan. 'Toby,' zei hij zacht. 'Ik weet dat het moeilijk voor je is. Maar we moeten toch een beslissing nemen.'

'Ik ben er niet klaar voor.'

'We hebben te maken met een moeilijke situatie. De bedden van de intensive care zijn allemaal bezet. Als er een infarct komt, hebben we ruimte nodig.' Hij zweeg even. 'We blijven haar beademen tot je een besluit hebt genomen. Maar je begrijpt onze positie.'

Ze zei niets. Ze keek alleen maar naar Ellen en dacht: *Wat ziet ze er broos uit. Ze lijkt met de dag kleiner te worden.*

'Toby?'

Ze keek dokter Steinglass aan. 'Ik heb nog even tijd nodig. Ik moet het zeker weten.'

'Je kunt met de neuroloog praten.'

'Ik heb geen tweede opinie nodig.'

'Misschien wel. Misschien – '

'Alstublieft, kunt u me niet met rúst laten?'

Dokter Steinglass deed een stap naar achteren, verbaasd door de boosheid in haar stem. Op de gang stonden een paar verpleegsters met grote ogen te kijken.

'Neem me niet kwalijk,' zei Toby. 'Geef me nog wat tijd. Ik heb tijd nodig. Nog één dag.' Ze pakte haar tas en verliet de afdeling, zich bij elke stap die ze deed scherp bewust van de verpleegsters die haar nakeken.

*Waar ga ik nu heen?* vroeg ze zich af, terwijl ze de lift instapte. *Hoe vecht ik terug, terwijl ik van alle kanten word aangevallen?*

De oppositie had te veel tentakels gekregen. Rechercheur Alpren. Jane Nolan. Haar oude nemesis Doug Carey.

En Wallenberg. Eerst had ze hem in verlegenheid gebracht door om die autopsie te vragen. Daarna had ze vervelende vragen gesteld over zijn twee Creutzfeldt-Jakob-patiënten. Ze had een vijand gemaakt, maar voor zover ze wist, had ze hem geen ernstige schade berokkend.

*Waarom heeft Brant Hill dan zo zijn best gedaan me in diskrediet te brengen? Wat proberen ze te verbergen?*

De lift stopte op de eerste verdieping en er stapten een paar secretaresses in, die klaar waren met hun werk. Toby keek op haar horloge en zag dat het al na vijven was; officieel was het weekend begonnen. Ze ving een glimp op van de gang van de administratieve afdeling en kreeg ineens een idee.

Ze schoot de lift uit en liep de gang in naar de medische bibliotheek. De deur zat nog niet op slot, maar er was niemand meer. Ze liep naar de computer met naslagwerken en zette hem aan.

Het scherm lichtte op.

Onder 'naam schrijver' typte ze in: *Wallenberg, Carl.*

De titels van vijf artikelen verschenen op het scherm, in omgekeerde chronologische volgorde. Het meest recente was drie jaar oud en was verschenen in een tijdschrift over celtransplantatie. Er werden nog twee co-auteurs vermeld, Gideon Yarborough en dr. Monica Trammell.

Ze wilde verder gaan naar het volgende artikel, toen haar blik op die naam bleef rusten, Gideon Yarborough. Ze herinnerde zich de kale man op de begrafenis van Robbie, lang en elegant gekleed, die had geprobeerd tussenbeide te komen toen zij en Wallenberg woorden hadden. Wallenberg had de man *Gideon* genoemd.

Ze liep naar het bureau en pakte de *Lijst van Medische Specialisten* van de plank. Ze vond de naam onder de rubriek 'chirurgen':

> Yarborough, Gideon. Neurochirurgie.
> Kandidaats Biologie, Dartmouth. Artsexamen, Yale University.
> Co-schappen: Hartford-ziekenhuis, Algemene chirurgie; Peter Bent Brigham, Neurochirurgie. Diploma: 1988.
> Aanvullende opleiding: Rosslyn Instituut voor Onderzoek naar Ouderdom, Greenwich, Connecticut.
> Thans praktizerend: Wellesley, Massachusetts, Howarth Maatschap voor Chirurgie.

Het Rosslyn Instituut. Dat was hetzelfde onderzoeksinstituut waar Wallenberg ooit had gewerkt. Robbie Brace had gezegd dat Wallenberg er was weggegaan nadat hij onenigheid had gehad met een van zijn collega-onderzoekers over een vrouw. Een romantische driehoek.

Was Yarborough die andere man geweest?

Ze nam de *Lijst van Medische Specialisten* mee terug naar de computer en deze keer typte ze onder 'schrijver' de naam Yarborough in.

Er verscheen een aantal artikelen, waaronder dat wat ze al had gezien uit het tijdschrift over celtransplantatie. Ze ging terug naar het eerste artikel dat hij had gepubliceerd, zes jaar geleden, en las het uittreksel. Het beschreef experimenten waarbij stukjes weefsel van de hersenen van ongeboren ratten werden gebruikt. Ze werden met het enzym trypsine verdeeld in individuele cellen en daarna ingespoten in de hersenen van volwassen ratten. De getransplanteerde cellen hadden het overleefd en functionerende kolonies gevormd, compleet met nieuw ontstane bloedvaten.

Er was een koude rilling langs haar ruggengraat omhooggekropen.

Ze ging naar het volgende artikel, uit het *Journal of Experimental Neurobiology*. Yarboroughs co-auteurs waren namen die ze niet herkende. De titel was: 'Morfo-functionele integratie van getransplanteerd embryonaal hersenweefsel bij ratten.' Er zat geen uittreksel bij.

Ze ging verder naar de titels van drie volgende artikelen. Ze gingen allemaal over transplantatie van foetale cellen in de hersenen van ratten. Bij het derde zat weer een uittreksel. 'Na negentig dagen bewaring in vloeibaar nitrogeen, toonden de foetale hersencellen een significant verminderde overleving vergeleken bij verse cellen. Voor een optimale overleving van het transplantaat, is onmiddellijke transplantatie van vers geoogst foetaal hersenweefsel absoluut noodzakelijk.'

Ze staarde naar de laatste zin: *Vers geoogst foetaal hersenweefsel.*

De koude rilling was intussen opgeklommen tot in haar nek.

Ze ging verder naar de titel van het meest recente artikel, van drie jaar geleden: 'Transplantatie van stukjes foetale hypofyse bij oudere apen: gevolgtrekkingen voor de verlenging van de natuurlijke levensduur.' De schrijvers waren Yarborough, Wallenberg en Monica Trammell.

Het was het laatste artikel dat ze hadden gepubliceerd; kort daarna hadden Wallenberg en zijn onderzoekspartners Rosslyn verlaten. Waren ze gedwongen geweest te vertrekken vanwege hun controversiële onderzoek?

Ze stond op en liep naar de telefoon van de bibliotheek. Haar hart klopte als een razende, terwijl ze het nummer van Dvorak belde. De telefoon bleef maar overgaan, maar er nam niemand op. Ze keek op de klok aan de muur en zag dat het kwart voor zes was. Het antwoordapparaat sloeg aan en daarna hoorde ze: *Met Dan. Wilt u uw naam en telefoonnummer opgeven…*

'Dan, neem op,' zei Toby. 'Neem alsjeblíeft op.' Ze zweeg even, in de hoop een levende stem te horen, maar er kwam niemand. 'Dan, ik zit in de bibliotheek van het Springer, toestel 257. Er staat hier iets op de computer wat je moet zien. Bel me alsjeblieft meteen – '

De deur van de bibliotheek ging open.

Toby draaide zich om en zag de nachtwaker zijn hoofd om de deur steken. Ze keken elkaar allebei even verbaasd aan.

'Mevrouw, ik moet afsluiten.'

'Ik ben aan het telefoneren.'

'Maakt u het gesprek maar af. Ik wacht wel.'

Geïrriteerd hing ze maar op en verliet de bibliotheek. Pas toen ze het trappenhuis binnenging, herinnerde ze zich dat ze de computer aan had laten staan.

In haar auto op het parkeerterrein gebruikte ze haar autotelefoon om Dan rechtstreeks te bellen op zijn kantoor bij de lijkschouwingsdienst. Weer kreeg ze een antwoordapparaat. Ze gaf het op zonder nog een boodschap achter te laten.

Met een heftig en geïrriteerd gebaar startte ze de motor en reed het parkeerterrein af. Uit pure gewoonte reed ze richting huis, denkend aan wat ze net op de computer had gezien. Transplantatie. Foetale hersencellen. Verlenging van de natuurlijke levensduur.

Dus dat was het onderzoek waar Wallenberg bij Rosslyn aan bezig was geweest. Zijn medewerker was Gideon Yarborough geweest, een neurochirurg die nu in het nabijgelegen Wellesley praktiseerde...

Ze stopte bij een benzinepomp, rende naar binnen en vroeg de caissière om het telefoonboek van Wellesley.

In de gele gids, bij artsen, vond ze wat ze zocht:

Howarth Maatschap voor Chirurgie
Multispecialisten
1388 Eisley Street

Howarth. Het was een naam waarvan ze zich herinnerde dat ze die op de status van Harry Slotkin had gezien. Toen Robbie haar had meegenomen naar Brant Hill om de status van Harry te bekijken, had ze die naam zien staan.

*Valium 5 mg voor operatie. Naar Howarth Maatschap voor Chirurgie gebracht.*

Ze stapte weer in haar auto en reed naar Wellesley.

Tegen de tijd dat ze bij het Howarth-gebouw was aangekomen, begon ze alle stukjes in elkaar te passen en begon alles afschuwelijk duidelijk te worden.

Ze parkeerde tegenover het gebouw en keek door het duister naar het onopvallende geheel. Er stond een dichte haag struiken omheen en aan de voorkant was een klein parkeerterrein, waar nu geen enkele auto stond. De ramen op de eerste verdieping waren donker; beneden waren de ingang en de hal verlicht, maar binnen was geen beweging te zien.

Toby stapte uit de auto en stak de straat over naar de ingang. De deuren waren op slot. Voor het glas hing een bord met de namen van de artsen:

dr. Merle Lamm, Gynaecoloog
dr. Lawrence Remington, Algemeen chirurg
dr. Gideon Yarborough, Neurochirurg

Interessant, dacht ze. Harry Slotkin was door Brant Hill hierheen gestuurd, zogenaamd wegens een scheef neusbeen. Maar geen van deze artsen was een keel- neus- en oorspecialist.

Ergens uit het gebouw kwam het zachte gezoem van een machine. Een verwarmingsinstallatie? Een generator? Ze kon het geluid niet thuisbrengen.

Ze liep om de zijkant van het gebouw heen, maar door de dichte struiken kon ze niet naar binnen kijken. Het zachte gezoem hield plotseling op, waardoor het volkomen stil was. Ze ging de hoek om en kwam op een klein, geplaveid terreintje achter het gebouw. Daar stonden drie auto's geparkeerd.

Een ervan was een donkerblauwe Saab. *De auto van Jane Nolan.*

De achteringang van het gebouw was op slot.

Toby ging naar haar auto terug en nam de telefoon op. Weer probeerde ze Dvorak te bellen op zijn kantoor. Ze verwachtte eigenlijk niet dat hij zou opnemen en was verbaasd toen ze zijn stem kortaf 'Hallo?' hoorde zeggen.

Bijna struikelend over haar woorden zei ze: 'Dan, ik weet waar Wallenberg mee bezig is geweest. Ik weet hoe zijn patiënten geïnfecteerd raken – '

'Toby, luister naar me. Je moet onmiddellijk je advocaat bellen.'

'Ze spuiten niet in met hormonen. Ze transplanteren hypofysecellen van foetale hersenen! Maar er is iets mis gegaan. Op de een of andere manier hebben ze C-J overgebracht. Nu proberen ze de zaak in de doofpot te stoppen – ze proberen de ramp te verbergen voor het openbaar wordt.'

'Lúister naar me. Je zit in de problemen.'

'Wat?'

'Ik heb Alpren net gesproken.' Hij zweeg even. Zacht zei hij: 'Ze hebben een arrestatiebevel tegen je uitgevaardigd.'

Even zei ze niets, maar staarde alleen maar naar het gebouw aan de overkant van de straat. Eén stap voor, dacht ze. Ze zijn me altijd één stap voor.

'Doe dit zo snel mogelijk,' zei hij. 'Bel je advocaat. Vraag hem met je mee te gaan naar het hoofdbureau van Berkley Street. De zaak is daarheen overgebracht.'

'Waarom?'

'Vanwege de... toestand van je moeder.'

Moord was wat hij bedoelde. Het zou weldra als een moord worden beschouwd.

'Zorg dat Alpren je niet thuis arresteert,' zei Dvorak. 'Dan wordt het alleen maar voer voor de media. Geef je vrijwillig aan, zodra je kunt.'

'Waarom hebben ze een arrestatiebevel uitgevaardigd? Waarom nu?'

'Ze hebben nieuw bewijs.'

'Welk bewijs?'

'Toby, geef jezelf nu maar aan. Ik kan eerst ergens met je afspreken, en dan gaan we samen.'

'Ik ga nergens heen voor ik weet wat dat bewijs is.'

Dvorak aarzelde. 'Een apotheker bij jou in de buurt zegt dat hij een recept heeft afgeleverd voor je moeder. Zestig tabletten Coumadin. Hij zegt dat jij het recept had doorgebeld.'

'Dat is een leugen.'

'Ik vertel je alleen wat de apotheker heeft gezegd.'

'Hoe weet hij dat ík heb gebeld? Het zou een andere vrouw geweest kunnen zijn, die mijn naam opgaf. Het zou Jane geweest kunnen zijn. Weet hij veel.'

'Toby, we komen er wel achter, dat beloof ik. Nu kun je jezelf het beste aangeven. Vrijwillig en zonder langer te wachten.'

'En wat dan? Dan breng ik de nacht door in de gevangenis?'

'Als je jezelf niet aangeeft, zou je maanden in de gevangenis kunnen zitten.'

'Ik heb mijn moeder niets gedaan.'

'Kom dat dan aan Alpren vertellen. Hoe langer je wacht, hoe schuldiger je lijkt. Je kunt op mij rekenen. Maar geef jezelf alsjeblieft aan.'

Ze voelde zich te verslagen om een woord te zeggen, en te moe om na te denken over alles wat er nu gedaan moest worden. Een advocaat bellen. Met Vickie praten. Zorgen dat de rekeningen werden betaald, op het huis letten, de auto ophalen. En geld – ze zou geld op moeten nemen van de spaarrekening voor haar pensioen. Advocaten waren duur...

'Toby, begrijp je wat je moet doen?'

'Ja,' fluisterde ze.

'Ik ga nu weg van kantoor. Waar zullen we afspreken?'

'Het politiebureau. Zeg tegen Alpren dat ik eraan kom. Zeg dat hij niemand naar mijn huis moet sturen.'

'Zoals je wilt. Ik wacht op je.'

Ze verbrak de verbinding, haar vingers verdoofd door het vastklemmen van de telefoon. Dus nu barst de storm eindelijk los, dacht ze. In gedachten bereidde ze zich voor op de komende beproeving. Vingerafdrukken. Politiefoto's. Verslaggevers. Kon ze maar ergens wegkruipen om krachten te verzamelen. Maar daar was nu geen tijd voor; de politie verwachtte haar.

Ze wilde net de auto starten, toen ze een glimp opving van het licht van koplampen. Toen ze opzij keek, zag ze de Saab van Jane de oprit van Howarth uitrijden.

Tegen de tijd dat Toby haar Mercedes had gekeerd, was de Saab al om de hoek uit het zicht verdwenen. Bang dat ze hem kwijt zou raken, schoot ze de hoek om. De achterlichten van de Saab kwamen in het zicht. Toby nam onmiddellijk gas terug en liet net genoeg afstand tussen haar en de andere auto om hem niet uit het oog te verliezen. Bij de volgende kruising ging hij linksaf.

Een paar seconden later deed Toby dat ook.

De Saab reed in westelijke richting, over een slingerweg naar het deftiger gedeelte van Wellesley. Het was niet Jane die achter het stuur zat, maar een man. Ze zag het silhouet in het licht van de tegenliggers. Toby was volkomen geconcentreerd op de auto die ze volgde en ving slechts af en toe een glimp op van de omgeving: ijzeren hekken en hoge hekken en huizen met veel verlichte ramen. De Saab ging sneller rijden, de achterlichten werden steeds kleiner in de nacht. Er kwam een vrachtwagen uit een zijstraat en schoof tussen Toby en de Saab.

Toby toeterde nijdig.

De vrachtwagen ging langzamer rijden en schoof naar rechts. Ze schoot erlangs om hem in te halen.

De weg voor haar was leeg.

Vloekend zocht ze het duister af naar een glimp van de achterlichten. Rechts van zich zag ze nog een vaag schijnsel. De Saab was een privé-oprit ingeslagen en slingerde zich tussen een dichte rij bomen door.

Ze trapte op de rem en sloeg dezelfde weg in. Met bonzend hart stopte ze en gaf zichzelf tijd om haar zenuwen te kalmeren en haar hart tot bedaren te laten komen. De achterlichten van de Saab verdwenen achter de bomen, maar ze maakte zich niet langer ongerust dat ze hem kwijt zou raken; deze weg leek de enige weg van en naar het huis te zijn.

Bij de ingang was een brievenbus, het rode vlaggetje stond omhoog. Ze stapte uit de auto en keek in de brievenbus. Er zaten twee enveloppen in, met op de achterkant de naam van de afzender: Trammell.

Ze stapte weer in de auto en haalde diep adem. Ze deed de koplampen uit en slechts bij het schijnsel van haar parkeerlichten reed ze langzaam de weg af. Tussen de bomen door slingerde hij langzaam een heuvel af. Voortdurend remmend liet ze de auto langzaam naar beneden kruipen door scherpe bochten, die in het vage schijnsel van haar parkeerlichten nauwelijks te zien waren. Terwijl de weg zich langs groepen coniferen slingerde, leek er geen einde aan te komen. Ze kon niet zien wat zich aan het eind van de weg bevond; ze zag slechts af en toe lichtjes twinkelen tussen de takken door. Ze drong steeds verder door in het hol van de vijand, bedacht ze. Maar ze ging niet terug; ze werd voortgedreven door alle ellende en woede van de afgelopen paar weken. De dood van Robbie. Weldra ook die van Ellen. *Zorg dat je een leven krijgt,* had Wallenberg smalend tegen haar gezegd.

*Dit is nu mijn leven. Alles wat ervan over is.*

De weg verbreedde zich tot een oprit. Ze stopte aan de zijkant, waarbij haar banden nog doorgleden over dennennaalden, en zette de motor af.

In het duister voor haar doemde een villa op. De ramen boven waren verlicht en voor een ervan zag ze het silhouet van een vrouw driftig heen en weer lopen. Toby herkende het profiel.

Jane. Woonde zij hier?

Toby keek op naar de zware daklijn, waardoor ze de helft van de sterren aan de hemel niet kon zien. Ze zag vier schoorstenen, evenals het glinsteren van ramen op de tweede verdieping. Was Jane hier te gast? Of werkte ze hier alleen maar?

Een man met licht haar verscheen voor het raam boven – de chauffeur van de Saab. Ze spraken met elkaar. Hij keek op zijn horloge en maakte vervolgens een hoe-moet-ik-dat-weten? – gebaar met zijn armen. Jane maakte nu een nog meer geagiteerde indruk, misschien wel kwaad. Ze liep de kamer door en pakte een telefoon op.

Toby haalde een kleine zaklantaren uit haar dokterstas en stapte uit haar auto.

De Saab stond bij de voordeur geparkeerd. Ze wilde te weten komen van wie hij was, voor wie Jane werkte. Ze liep naar de Saab en scheen met haar lampje door het portierraam. Het interieur was schoon, er was zelfs geen stukje papier te zien. Ze probeerde of het portier open was en merkte dat de auto niet op slot was. In het handschoenenvakje lag het kentekenbewijs, op naam van ene Richard Trammell. Ze liep naar de achterkant van de auto, deed de achterbak open en scheen er met haar lampje in.

Achter haar klonk het geluid van brekende takken, het geritsel van iets wat door de struiken kwam. Een zacht, dreigend grommen.

Toby draaide zich met een ruk om en zag tanden glinsteren, terwijl de dobermann sprong.

Door de kracht van zijn aanval viel ze achterover. Automatisch deed ze haar handen omhoog om haar keel te beschermen. De kaken van de hond klemden zich om haar onderarm, zijn tanden drongen door tot op het bot. Ze schreeuwde en sloeg naar hem, maar hij liet niet los. Hij begon heen en weer te slingeren met zijn kop, met zijn tanden haar vlees scheurend. Verblind door pijn greep ze de hond met haar vrije hand bij zijn keel en probeerde hem de adem af te snijden, zodat hij haar los zou laten. Maar het leek of hij zijn tanden voorgoed in haar arm had gedrukt. Pas toen ze uithaalde naar zijn ogen, jankte de hond en liet haar los.

Ze rolde weg en krabbelde overeind. Terwijl het bloed uit haar arm stroomde, rende ze naar haar auto.

Weer besprong de dobermann haar.

Hij kwam tegen haar rug terecht en sloeg haar op haar knieën. Deze keer kreeg hij alleen haar rok te pakken met zijn kaken. Ze smeet het beest van zich af en hoorde hem tegen de Saab aankomen. Maar al te snel was de dobermann weer overeind en maakte zich klaar voor de derde aanval.

Een man schreeuwde: 'Af!'

Toby kwam wankelend overeind, maar slaagde er niet in bij haar auto te komen. Deze keer was het een paar mensenhanden dat haar vastgreep en haar met haar gezicht tegen de motorkap van de Saab duwde.

De dobermann blafte als een wilde, popelend om zijn prooi de genadeslag toe te brengen.

Toby probeerde spartelend los te komen. Het laatste wat ze zag, was de lichtbundel van de zaklamp, die een boog door het donker maakte. De klap raakte haar op haar slaap, ze viel naar opzij en voelde zichzelf het duister in tuimelen.

Koud. Het was heel erg koud.

Alsof ze door ijskoud water weer naar de oppervlakte kwam, zweefde ze weer terug naar het bewustzijn. Eerst voelde ze haar ledematen niet; ze wist niet waar ze waren, en of ze nog aan haar lichaam vastzaten.

Een deur viel met een klap dicht en ze hoorde een reeks vreemde metaalachtige echo's. Het geluid leek als een bel te weerklinken in Toby's hoofd. Ze kreunde en rolde op haar zij. De vloer voelde ijskoud aan. Ze rolde zich op tot een bal en probeerde bibberend na te denken, haar ledematen te laten reageren. Haar arm deed nu pijn, de pijn knaagde zich een weg door haar verdoving heen. Ze deed haar ogen open en haar gezicht vertrok, toen licht haar netvlies doorboorde.

Er zat bloed op haar blouse. Toen ze dat zag, was ze met een schok ineens helemaal bij bewustzijn. Ze keek naar haar gescheurde, met bloed doorweekte mouw.

De dobermann.

Terwijl de herinnering aan die kaken plotseling boven kwam, kwam de pijn ook met zo'n hevigheid terug, dat ze voelde dat ze weer flauw ging vallen. Ze vocht om wakker te blijven. Terwijl ze op haar rug rolde, kwam ze tegen een tafelpoot aan. Ze keek op en zag een naakte arm over de rand van de tafel hangen, de vingers bungelden vlak boven haar gezicht.

Hijgend rolde ze weg en ging moeizaam op haar knieën zitten. De duizeligheid duurde maar een paar seconden, daarna werd haar blik angstwekkend scherp.

Er lag een lijk op de tafel, met een plastic zeil eroverheen. Alleen de arm was zichtbaar, de huid was blauwachtig wit in het felle licht.

Toby kwam overeind. Ze was nog steeds duizelig en moest zich aan een werkblad vasthouden om niet te vallen. Ze keek weer naar het lijk en zag dat er nog een tafel in de kamer stond, ook met een gestalte erop onder een plastic zeil. Uit een ventilator stroomde ijskoude lucht. Langzaam nam ze haar omgeving in zich op – de muren zonder ramen, de zware, ijzeren deur – en ze besefte waar ze was. De smerige lucht alleen al had het haar kunnen vertellen.

Het was een koelcel, voor het bewaren van lijken.

Ze keek weer naar de bungelende arm, liep naar de tafel en trok het zeil opzij.

Het was een bejaarde man, zijn donkerbruine haar was grijs aan de wortels. Slecht geverfd. Zijn oogleden waren open, de ogen waren wazig blauw. Ze sloeg de rest van het zeil terug en zag dat het naakte lichaam geen duidelijke verwondingen vertoonde. Hij had alleen een paar blauwe plekken op zijn arm, als gevolg van een infuus. Tussen zijn enkels zat een map gestopt met een naam op het omslag geschreven: James R. Bigelow. Ze maakte hem open en zag dat het een medisch verslag was van de laatste week dat de man had geleefd.

De eerste notitie was gedateerd 1 november.

*Patiënt onhandig bij ontbijt – schonk melk in bord in plaats van beker – reageerde met verwarde blik toen werd gevraagd of hij hulp nodig had. Patiënt naar kliniek gebracht voor verder onderzoek.*
*Bij onderzoek, lichte tremor. Positieve cerebellaire verschijnselen. Geen andere lokaliserende verschijnselen.*
*Permanente overplaatsing in gang gezet.*

Er stond geen handtekening onder.

Ze deed haar best te begrijpen wat ze las, maar door haar hoofdpijn was elk woord een opgave. Wat betekende dat laatste? Permanente overplaatsing in gang gezet?

Ze bladerde verder, naar 3 november.

*Patiënt niet in staat zonder hulp te lopen. Op EEG niets te zien. Tremor erger, cerebellaire verschijnselen duidelijk. Scan toont vergroting van de hypofyse, geen acute veranderingen.*

4 november:

*Tweemaal gedesoriënteerd. Enige stuiptrekkingen. Cerebellaire functie blijft achteruitgaan. Alle labtests blijven normaal.*

Toen, de laatste notitie, 7 november.

*Patiënt aan armen en benen vastgebonden. Incontinent. Permanent infuus. Terminaal stadium. Autopsie moet volgen.*

Ze legde de kaart neer op de blote dijbenen van de man. Even keek ze met klinische afstandelijkheid naar het lichaam, naar het zilveren haar op de borst, de rimpels in de buik, de slappe penis in het nest van kroezend haar. Had hij de risico's geweten? vroeg ze zich af. Was het bij hem opgekomen dat hij de prijs moest betalen voor de poging eeuwig te kunnen leven?

*De ouden voeden zich met de jongen.*

Wankelend hield ze zich aan de tafel vast. Haar blik werd wazig door de pijn in haar hoofd. Het duurde even voor ze weer scherp kon zien. Toen dat lukte, keek ze naar het andere lijk.

Ze ging bij de eerste tafel weg en ging naast het tweede lijk staan, dat nog onder een zeil lag. Ze trok het weg. Hoewel ze zich schrap had gezet, was ze niet voorbereid op de verschrikking die op de tafel lag.

Het lichaam van de man was opengesneden, de borstkas en de

buik waren keurig in het midden gespleten en opengeklapt, waardoor een wirwar van organen te zien was. Degene die de autopsie had verricht, had de organen eruit gehaald en ze weer teruggelegd zonder zich iets aan te trekken van de plaats waar ze hoorden.

Ze deinsde terug, toen ze een golf van misselijkheid voelde opkomen. De lucht van dit lijk vertelde haar dat deze man al langer dood was dan de eerste.

Ze dwong zichzelf er weer een stap naartoe te doen om op het plastic naamkaartje om zijn pols te kijken. De naam Phillip Dorr was er met zwarte viltstift opgeschreven. Ze zag geen status, geen documentatie van de ziekte van de man.

Ze dwong zichzelf naar het gezicht te kijken. Het was ook een bejaarde man, zijn wenkbrauwen waren grijs, het gezicht was vreemd ingezakt als een rubber masker. Pas toen zag ze dat de hoofdhuid achter het oor was doorgesneden. De flap was weggezakt, waardoor ze een stuk schedel zag. Voorzichtig trok ze aan het haar om de hoofdhuid naar voren te krijgen.

De bovenkant van de schedel viel eraf en kletterde op de grond.

Met een kreet deinsde ze achteruit.

De schedel gaapte open als een lege kom. Er zat niets in; de hersenen waren verwijderd.

# 20

'Ze komt,' zei Dvorak tegen Alpren, die met een potlood op het bureau zat te tikken. 'Heb even geduld.'

Rechercheur Alpren keek op zijn horloge. 'Het is al twee uur geleden. Ik denk dat u de boel verknald hebt, dokter. U had niets tegen haar moeten zeggen.'

'En u moet geen voorbarige conclusies trekken. Dat arrestatiebevel is prematuur. U bent nog niet klaar met het vooronderzoek.'

'Ja, moet ik soms mijn tijd verdoen met het zoeken naar de échte Jane Nolan? Ik arresteer liever de échte dokter Harper. Als we haar nu tenminste nog kunnen vinden.'

'Geef haar de kans zichzelf aan te geven. Misschien wacht ze op haar advocaat. Misschien is ze naar huis gegaan om dingen op te ruimen.'

'Ze is niet naar huis gegaan. We hebben er een halfuur geleden een patrouillewagen heen gestuurd. Ik denk dat dokter Harper met plankgas de stad uit is gereden. Op dit moment is ze misschien al een heel eind weg en bedenkt ze hoe ze de auto moet lozen.'

Dvorak keek naar de klok aan de muur. Hij kon zich Toby Harper niet als voortvluchtig voorstellen; ze leek hem niet het soort vrouw dat op de vlucht sloeg, ze zou zich eerder omdraaien en terugvechten. Nu moest hij gaan bedenken of hij het wel bij het juiste eind had gehad, of alles wat hij van haar wist, of dacht te weten, wel klopte.

Het was duidelijk dat dit alles Alpren een zekere bevrediging gaf. Dokter Dvorak zat ernaast; deze keer had de politieman een beter inzicht in iemands karakter gehad. Dvorak bleef zwijgend zitten en voelde een enorme kwaadheid in zich opkomen. Hij was kwaad op Alpren vanwege diens zelfgenoegzaamheid en kwaad op Toby omdat ze zijn vertrouwen had beschaamd.

De telefoon ging en Alpren nam op. Toen hij hem weer neerlegde, had hij een harde, tevreden glinstering in zijn ogen. 'Ze hebben haar Mercedes gevonden.'

'Waar?'

'Vliegveld Logan. Ze had hem bij de vertrekhal geparkeerd. Ze had zeker haast om een vliegtuig te pakken.' Hij stond op. 'U hoeft hier niet langer te blijven, dokter. Ze komt niet.'

Dvorak reed naar huis met zijn radio uitgeschakeld, de stilte maakte zijn ergernis alleen nog maar groter. Ze is ervandoor gegaan, dacht hij, en daar was maar één verklaring voor: een schuldig geweten, en de zekerheid gestraft te zullen worden. Maar bepaalde details bleven hem dwarszitten. Hij stelde zich voor wat een vluchtende Toby gedaan zou hebben. Ze was naar Logan gereden, waar ze haar auto bij de vertrekhal had achtergelaten, ze was de hal binnengerend en had een vliegtuig genomen, met onbekende bestemming.

Maar dat was niet logisch. Een auto voor de vertrekhal achterlaten, was gewoon schreeuwen om aandacht. Als iemand probeerde onopvallend te ontsnappen, zou hij zijn auto neerzetten op een van de terreinen voor langparkeerders, waar hij dagen onopgemerkt kon blijven staan.

Dus had ze geen vliegtuig gepakt. Alpren kon dan wel denken dat ze zo stom was, maar hij wist wel beter. De rechercheur verspilde zijn tijd door de vluchten vanuit Logan te controleren.

Ze moest op een andere manier op de vlucht zijn gegaan.

Toen Dvorak zijn voordeur binnenging, liep hij meteen naar de telefoon. Hij was nu kwaad, gestoken door het verraad van Toby, en door zijn eigen stomheid. Hij pakte de telefoon op om Alpren te bellen, maar legde hem weer neer, toen hij zag dat het lampje van zijn antwoordapparaat knipperde. Hij drukte op PLAY.

De elektronische stem gaf door dat de boodschap van zes uur vijftien was. De stem van Toby klonk:

'Ik zit in de medische bibliotheek van het Springer, toestel twee vijf zeven. Er staat iets op de computer wat je moet zien. Bel me alsjeblíeft terug...'

De laatste keer dat ze elkaar hadden gesproken was rond half acht, dus was deze boodschap aan hun laatste gesprek voorafgegaan. Hij herinnerde zich dat ze had geprobeerd hem iets te vertellen, dat hij haar in de rede was gevallen voor ze hem had kunnen vertellen wat ze had ontdekt.

*De medische bibliotheek van het Springer... iets op de computer wat je moet zien. Bel me alsjeblíeft terug...*

De pijn kwam plotseling als een harde stomp in haar buik. Met gesloten ogen, haar tanden op elkaar, balde Molly haar handen tot vuisten en rukte aan de banden om haar polsen. Pas toen de wee voorbij was, jammerde ze zacht van opluchting. Ze had niet verwacht dat ze zo stil zou zijn bij de bevalling. Ze had gedacht dat ze heel hard zou schreeuwen, ze was ervan uitgegaan dat pijn een hoop lawaai gaf. Maar toen het kwam, toen ze de eerste golfjes van een volgende wee voelde, en daarna de vreselijke kramp in haar buik, verdroeg ze het zonder een kik te geven. Ze wilde niet schreeuwen, ze wilde zich alleen maar oprollen en verstoppen in het donker.

Maar zíj wilden haar niet met rust laten.

Het waren er twee, allebei gekleed in blauwe operatiejassen, alleen hun ogen waren zichtbaar tussen het masker en het petje. Een man en een vrouw. Ze zeiden geen van beiden iets tegen Molly; voor hen was ze een ding, een stom beest op de tafel, haar benen gespreid en vastgebonden op hoge steunen.

Eindelijk zakte de wee weg en terwijl de mist van pijn optrok, werd Molly zich weer bewust van haar omgeving. De lampen, als drie verblindende zonnen, boven haar hoofd. De harde glans van de infuusstandaard. Het plastic slangetje dat in haar ader was gestopt.

'Alstublieft,' zei ze. 'Het doet pijn. Het doet zo'n pijn...'

Ze negeerden haar. De aandacht van de vrouw was gericht op de fles die in het infuus drupte, die van de man op Molly's gespreide dijbenen. Als er ook maar iets van wellust op zijn gezicht te zien zou zijn geweest, zou Molly het idee hebben gehad dat ze de zaak een beetje in de hand had, dat ze enige macht had. Maar ze zag geen begeerte in zijn blik.

Er kwam weer een wee opzetten. Ze trok aan de banden om haar polsen en probeerde zich op haar zij te rollen. De pijn sloeg plotseling om in razende woede. Ze slingerde heen en weer en de tafel begon rammelend te schudden.

'Het infuus houdt het niet,' zei de vrouw. 'Kunnen we haar niet onder zeil brengen?'

De man antwoordde: 'Dan raken we de weeën kwijt. Geen anesthesie.'

'Laat me lós!' schreeuwde Molly.

'Ik kan dat lawaai niet langer aanhoren,' zei de vrouw.

'Geef dan meer Pitocin en laten we zorgen dat dat verdomde ding eruit komt.' Hij boog zich naar voren, terwijl zijn gehandschoende vingers tussen Molly's dijbenen voelden.

'Laat... me... los!' hijgde Molly. Haar stem zakte plotseling weg toen de golf van pijn over haar heen spoelde. Doordat de man op dat moment zijn vingers naar binnen stak, was het nog erger. Ze sloot haar ogen en de tranen liepen over haar gezicht.

'Volledige ontsluiting,' zei de man. 'Het is er bijna.'

Molly's hoofd schoot naar voren en ze kreunde.

'Mooi, ze gaat persen. Vooruit kind, toe maar, persen.'

Molly perste de woorden eruit: 'Barsten jullie.'

'Persen, verdomme, of we moeten het er op een andere manier uithalen.'

'Barst, barst, barst...'

De vrouw gaf Molly een klap in haar gezicht, zó hard dat haar hoofd opzij sloeg. Een paar seconden bleef ze verdoofd liggen. Haar wang gloeide en haar blik werd wazig. De pijn van de wee zakte weg. Ze voelde warm vocht uit haar vagina lopen en hoorde het op het papier onder haar billen druppelen. Toen werd haar blik weer helder en keek ze weer naar de man. En besefte dat het verwachting was wat ze op zijn gezicht zag. Ongeduld.

*Ze willen mijn baby afpakken.*

'Meer Pitocin,' zei de man. 'Dan gaat het vlugger.'

De vrouw zette het infuus hoger en even later voelde Molly weer een wee opkomen, deze keer zo snel en zo hevig, dat het geweld ervan haar schokte. Haar hoofd ging omhoog van de tafel, haar gezicht drukte tegen haar borst, terwijl ze perste. Bloed spoot tussen haar benen vandaan; ze hoorde het tegen de operatiedoek spatten.

'Persen. Vooruit, pérsen!' beval de vrouw.

De pijn steeg tot ondraaglijke hoogten. Molly hapte naar adem en spande zich weer helemaal. Het werd zwart voor haar ogen. Een nieuwe pijn ontplofte plotseling in haar hoofd. Ze hoorde zichzelf schreeuwen, maar het geluid was haar vreemd, als de kreet van een stervend dier.

'Goed zo. Vooruit, vooruit...' zei de man.

Ze perste een laatste keer en voelde de pijn tussen haar benen plotseling plaats maken voor de pijn van scheurend vlees.

En toen was het gelukkig voorbij.

Ze voelde zich wazig, ze was nat van het zweet, en ze kon zich niet bewegen of geluid maken. Misschien viel ze in slaap – ze wist het niet zeker. Ze wist alleen dat er tijd voorbij was gegaan en dat er beweging was om haar heen. Ze hoorde water spetteren, een kast dichtslaan. Het kostte vreselijk veel moeite, maar langzaam deed ze haar ogen open.

Eerst zag ze alleen maar het felle licht, de drie felle zonnen boven haar hoofd. Daarna keek ze naar het wazige beeld van de man, die bij haar gespreide dijbenen stond, en naar wat hij in zijn handen hield.

Het had haar, stugge, zwarte plukjes met bloed erop. Het vlees was roze en vormeloos, als een stuk afgesneden vlees lag het slap in de gehandschoende handen van de man. Het bewoog. Eerst niet meer dan een lichte trilling, toen een heftige siddering, het vlees trok zich samen, het haar ging overeind staan als de vacht van een geschrokken kat.

'Primitieve spierfunctie,' zei de man. 'En we hebben nog steeds rudimentaire folliculaire en dentale structuren. De aanhangsels zijn we ook nog niet kwijt.'

'De zoutoplossing is klaar.'

'Is hiernaast alles zover?'

'Onze patiënt ligt op de tafel. We hebben alleen het weefsel nodig.'

'Laat me dit even wegen.' De man stond op en legde de klont vlees op een tafelweegschaal niet ver van Molly's hoofd.

Molly staarde. Eén enkel oog, zonder ooglid, zonder ziel, staarde naar haar terug.

Haar schreeuw spatte in duizend doordringende echo's uiteen. Telkens weer schreeuwde ze, het geluid van haar eigen stem maakte haar afgrijzen nog intenser.

'Ze moet haar mond houden!' zei de vrouw. 'Misschien hoort de patiënt het!'

De man drukte een rubber masker op Molly's mond en neus en ze rook iets smerigs. Ze trok haar hoofd weg. Hij greep haar bij haar kaak en probeerde haar hoofd stil te houden en haar te dwingen het gas in te ademen. Molly kreeg haar tanden om zijn pink en beet als een beest dat in paniek is. De man slaakte een kreet.

Molly kreeg zo'n harde klap tegen haar slaap dat wel honderd lichtjes in haar hoofd leken te ontploffen.

'Kreng! Vuil kreng!' hijgde de man.

'Mijn God, je vinger – '

'De spuit. Pak de spuit!'

'Wat?'

'Het kalium. Nú.'

Langzaam deed Molly haar ogen open. Ze zag de vrouw met een injectiespuit in haar hand over haar heen gebogen staan. Ze zag dat de naald het slangetje van het infuus doorboorde.

Het leek of een vuur zich langzaam door Molly's arm omhoogbrandde. Ze schreeuwde het uit van de pijn en probeerde zich los te rukken, maar haar pols zat stevig vastgebonden.

'Alles,' snauwde de man. 'Geef haar de hele zwik.'

De vrouw knikte. Ze drukte de spuit leeg.

De telling was uitzonderlijk. Er zaten minstens drieëndertig afzonderlijke hypofysen in het foetale hersenweefsel genesteld, meer dan enig vorig embryo-implantaat had opgeleverd. De cellen zagen er gezond en ziektevrij uit onder de microscoop, en de bloedtests van het meisje waren allemaal normaal geweest. Er mochten geen nieuwe infecties worden overgebracht. Die vergissing hadden ze gemaakt met hun eerste groep patiënten, toen ze intacte foetussen hadden gebruikt die ze tegen betaling uit de baarmoeder hadden gehaald van vrouwen in een arm Mexicaans dorp. Een dorp waar het vee al stierf.

Dit weefsel was afkomstig van een genetisch gemanipuleerd embryo uit zijn eigen lab. Hij wist dat het schoon was.

Dokter Gideon Yarborough sneed drie van de klieren los en liet ze in een medicijnflesje met tot 37 graden verwarmde trypsine vallen. De rest van de foetus – als je de klomp vlees een foetus kon noemen – werd gespoeld en in een pot met fysiologisch zout gedaan. Hij ging op en neer in de vloeistof en het blauwe oog kwam bovendrijven. Het staarde hem aan. Er zaten geen functionerende hersenen achter dat oog, en geen ziel, maar toch bezorgde het Yarborough de kriebels. Hij deed de pot dicht en zette hem weg. Later zou hij de overige hypofysen eruit halen. Het was een waardevolle oogst; er zouden er genoeg zijn om tien patiënten te implanteren.

Er waren twintig minuten voorbijgegaan.

Hij spoelde het flesje met de drie hypofysen met fysiologisch zout. De trypsine had intussen het weefsel uiteen doen vallen en een troebele vloeistof draaide in het flesje rond, dat niet langer klieren bevatte, maar zwevende, losse cellen. De bouwstenen van een nieuwe meesterklier. Voorzichtig zoog hij de suspensie op in een injectiespuit en liep ermee naar de kamer ernaast, waar zijn assistente op hem wachtte.

De patiënt lag op de tafel, licht verdoofd met valium. Een man van achtenzeventig met een goede gezondheid, die zijn leeftijd had gevoeld. Die zijn jeugd terug wilde en bereid was ervoor te betalen, bereid was een lichte mate van ongemak te verdragen voor een kans op verjonging.

De man lag nu met zijn hoofd in een speciaal apparaat waardoor zijn schedel op zijn plaats werd gehouden. Door middel van een buis met röntgenstralen werd op een tv-scherm het beeld geprojecteerd van de sella turcica, het kleine kommetje in het bot dat de bejaarde hypofyse van de patiënt bevatte.

Yarborough spoot een lokaal anestheticum in het rechter neusgat van de man en bette het met een cocaïneoplossing. Vervolgens stak hij een lange naald in het rechter neusgat en spoot nog meer verdoving in het slijmvlies.

De patiënt kreunde even.

'Ik verdoof het alleen een beetje, meneer Luft. Het gaat prima.' Hij gaf de verdovingsspuit aan zijn assistente.

En pakte de boor.

Het was een eenvoudige draaiboor, bijna zo dun als een naald. Hij stak hem in het neusgat. Geleid door het beeld op het scherm, begon Yarborough het bot te doorboren. Toen het boortje er aan de andere kant uitkwam en de dura propria, het membraan om de hypofyse, doorboorde, slaakte de patiënt een scherpe kreet en spande zijn spieren.

'Dat is het, meneer Luft. Dat was het ergste. De pijn duurt maar een paar seconden.'

Zoals hij voorspelde, trok de pijn weg en ontspande de patiënt zich. Het doorboren van de dura veroorzaakte altijd die korte pijnscheut in het voorhoofd. Yarborough maakte zich er geen zorgen over.

Zijn assistente gaf hem de spuit met de celsuspensie.

Door het pas geboorde gaatje in het slaapbeen stak Yarborough de punt van de naald naar binnen. Voorzichtig spoot hij de inhoud van de spuit in de sella turcica. Hij stelde zich voor hoe de cellen ronddwarrelden in hun nieuwe huis, hoe ze groeiden en zich vermenigvuldigden tot gezonde, nieuwe kolonies. Celfabrieken die de hormonen uitpompten van jonge hersenen. Hormonen die meneer Luft niet langer zelf kon maken.

Hij trok de naald terug. Er vloeide geen bloed; een mooie, schone werkwijze.

'Het is prima gegaan,' zei hij tegen de patiënt. 'We halen nu die toestand om uw hoofd weg. Dan blijft u hier nog een halfuurtje liggen, terwijl we uw bloeddruk in de gaten houden.'

'Dat is het?'

'Het is helemaal klaar. U hebt het prachtig doorstaan.' Hij knikte tegen zijn assistente. 'Ik blijf bij hem om hem in de gaten te houden. Ik bel de bestelwagen als hij klaar is om terug te gaan naar Brant Hill.'

'Wat doen we met...' Zijn assistente keek naar de deur. Naar de andere kamer.

Yarborough trok zijn handschoenen uit. 'Dat regel ik ook, Monica. Zorg jij voor het andere probleem.'

De thermometer aan de muur gaf aan dat het twee graden was.

Toby zat in elkaar gedoken in een hoek, haar knieën tegen haar borst gedrukt, en met een plastic zeil over haar schouders. Het was het zeil dat over een lijk had gelegen en het was doordrenkt met de lucht van formaline. Eerst had ze het smerig gevonden en was ze misselijk geworden bij de gedachte dat ze het zeil van een van de lijken moest halen om het zelf te gebruiken. Maar toen was ze gaan bibberen van de kou en wist ze dat ze geen keus had. Het was de enige manier om lichaamswarmte vast te houden.

Maar het was niet genoeg om in leven te blijven. Er waren uren voorbijgegaan en ze had geen gevoel meer in haar handen en voeten. Haar arm deed in ieder geval geen pijn meer. Maar ze kon niet goed meer nadenken, haar hersens werkten zo langzaam dat ze nergens meer aan kon denken, behalve dat ze wakker moest blijven.

Maar al gauw verloor ze de wil om zelfs dat nog maar te doen.

Geleidelijk aan zakte haar hoofd op de grond en werden haar ledematen slap. Twee keer schudde ze zichzelf wakker en merkte dat ze op haar zij lag en dat de lichten nog brandden. Daarna viel ze in slaap.

En ze droomde. Niet in beelden, maar in geluiden. Er waren twee mensen aan het praten – een man en Jane Nolan – hun stemmen waren vervormd, metaalachtig. Ze voelde dat ze door een zwarte vloeistof zweefde, voelde een welkome stroom warmte tegen haar gezicht.

Toen viel ze.

Ze werd met een schok wakker en merkte dat ze in het donker op haar zij lag. Haar wang lag op een stuk kleed. Er kwam een zwak streepje licht door het donker en er viel een deur dicht. Ze probeerde te bewegen, maar merkte dat ze dat niet kon; haar handen waren op haar rug vastgebonden. Ze had geen gevoel in haar voeten en kon ze niet bewegen. Ze hoorde nog een deur dichtgaan en toen het geluid van een auto die startte.

Een man zei: 'Moet je het hek niet op slot doen?'

De stem die antwoordde, was die van Jane Nolan: 'Ik heb de hond vastgezet. Die komt er niet uit. Laten we nu maar gaan.'

Ze reden over een hobbelige weg. De weg bij het huis vandaan, dacht Toby. Waar brachten ze haar heen?

Doordat de bestelwagen plotseling over een hobbel reed, sloeg haar linkerschouder tegen de vloer en ze slaakte bijna een kreet van pijn. Ze lag op haar gewonde arm en de heerlijke gevoelloosheid door de koelcel begon nu weg te trekken. Met uiterste krachtsinspanning lukte het haar zich om te draaien en op haar rug te gaan liggen, maar nu lag ze tegen iets kouds en rubberachtigs aan. Er begon licht door het donker heen te komen van straatlantarens en passerende auto's. Ze draaide haar hoofd om teneinde te zien waar ze tegenaan was gekomen en staarde in het gezicht van een van de lijken.

Toby hapte naar adem van schrik, wat de aandacht trok van de mensen die haar gevangen hielden. De man zei: 'Hé, ze is wakker.'

'Rij maar gewoon door,' zei Jane. 'Ik doe wel een pleister op haar mond.' Ze maakte haar veiligheidsgordel los en kroop naar achteren. Daar knielde ze naast Toby en was in het halfdonker bezig met een rol pleister. 'Ik had niet gedacht dat we nog wat van jou zouden horen.'

Toby probeerde haar handen los te krijgen, maar dat lukte niet. 'Mijn moeder – je hebt mijn moeder kwaad gedaan – '

'Het is je eigen schuld, weet je,' zei Jane, terwijl ze een stuk pleister afrolde. 'Zo bezeten. Veel te druk met je zorgen te maken om een paar oude mannen. Je had niet eens in de gaten wat er in je eigen huis gebeurde.' Ze plakte de pleister op Toby's mond en zei quasi misprijzend: 'En dat noemt zichzelf een goede dochter.'

*Kreng,* dacht Toby. *Moordzuchtig kreng.*

Jane klakte met haar tong, terwijl ze een tweede stuk pleister afrolde. 'Ik wílde je moeder geen kwaad doen. Ik was er alleen maar om je in de gaten te houden. Om te zien hoever je zou gaan. Maar toen belde Robbie Brace je die avond thuis op en liep alles volledig uit de hand...' Ze drukte een tweede stuk pleister op Toby's mond. 'Toen was het te laat om je een ongeluk te laten krijgen. Te laat om je de mond te snoeren. Mensen geloven de doden zo graag.' Ze scheurde een laatste stuk pleister af en plakte het van oor tot oor over Toby's gezicht. 'Maar geloven ze een vrouw die haar eigen moeder kwaad heeft gedaan? Ik denk het niet.' Ze bekeek Toby even alsof ze wilde zien of ze haar werk goed had gedaan. In het halfduister van de bestelwagen, dat slechts af en toe werd doorsneden door het licht van passerende koplampen, leken de ogen van Jane een eigen gloed te krijgen. Hoe vaak was Ellen wakker geworden en hadden diezelfde ogen haar aangekeken? *Ik had het moeten weten. Ik had het kwaad in mijn huis moeten voelen.*

De bestelwagen maakte plotseling een bocht en Jane stak haar arm uit om zich te ondersteunen.

*Nee, ze heet geen Jane,* bedacht Toby plotseling. *Haar naam is Monica Trammell.* Wallenbergs medewerkster op het Rosslyn Instituut.

De bestelwagen schommelde, terwijl hij over een slingerweg reed. Het asfalt maakte plaats voor een ongelijke zandweg, en

Toby voelde het lijk van de oude man tegen haar aanstoten. Ze kwamen abrupt tot stilstand en de zijdeur gleed open.

Een man stond afgetekend tegen de maanloze hemel. 'Gideon is er nog niet,' zei de man. Het was de stem van Carl Wallenberg.

De vrouw klom uit de bestelwagen. 'Hij moet er ook bij zijn. We moeten hicr allemaal bij zijn.'

'De patiënt moest gestabiliseerd worden. Gideon blijft bij hem.'

'We kunnen dit niet doen zonder hem. Deze keer moet de verantwoordelijkheid gedeeld worden, Carl. Allemaal in gelijke mate. Richard en ik hebben al te veel gedaan.'

'Ik wil dit niet doen.'

'Je moet. Is het gat gegraven?'

Het antwoord kwam met een zucht: 'Ja.'

'Laten we de zaak dan afmaken.' De vrouw keerde zich naar de chauffeur, die al uit de auto was gestapt. 'Haal ze er maar uit, Richard.'

De chauffeur greep Toby bij haar vastgebonden voeten en trok haar half de auto uit. Terwijl Wallenberg haar bij haar schouders pakte, kronkelde Toby.

Hij liet haar bijna vallen. 'Jezus Christus! Ze lééft nog.'

'Til haar nou maar op,' zei Monica.

'Mijn God, moet het op deze manier?'

'Ik heb de spuiten niet meegenomen. Op deze manier vloeit er geen bloed. Ik wil geen rondspattend bewijsmateriaal.'

Wallenberg haalde een paar keer diep adem en pakte Toby toen weer bij haar schouders. De twee mannen tilden haar uit de bestelwagen en droegen haar door de nacht. Eerst had Toby geen idee waar ze haar heen brachten. Ze wist alleen dat de grond ongelijk was, dat het de mannen moeite kostte hun weg te vinden in het donker. Ze ving af en toe een glimp op van het hoofd van Richard Trammell, zijn witblonde haar in het maanlicht, ze zag de hemel, en de schaduw van een bouwkraan tegen het veld van sterren. Toen ze haar hoofd omdraaide, zag ze lichten door een hek heen schijnen, en ze herkende het gebouw in de verte: de verpleegafdeling van Brant Hill. Ze droegen haar de bouwput in van een volgend nieuw gebouw.

Wallenberg struikelde en Toby's schouders gleden uit zijn handen. Ze viel, haar hoofd sloeg zo hard tegen het zand dat haar kaken op elkaar werden geklapt. Een steek van pijn sneed door haar tong en ze proefde bloed, voelde het in haar mond stromen.

'Jezus,' mompelde Wallenberg.

'Carl,' zei Monica met vlakke stem. 'Schiet nou maar op.'

'Barst! Doe jíj het maar!'

'Nee, het is jouw beurt. Deze keer krijg jíj vuile handen. En Gideon ook. Vooruit nou.'

Wallenberg haalde diep adem. Weer werd Toby opgetild en kronkelend de bouwput ingedragen. De twee mannen bleven staan. Toby keek Wallenberg recht in zijn gezicht, maar tegen de maanverlichte hemel kon ze de uitdrukking ervan niet zien. Ze zag alleen een donker ovaal, haar dat in de wind waaide terwijl hij haar opzij zwaaide en vervolgens losliet.

Hoewel ze zich had gehard voor het neerkomen, drukte de plotselinge klap de adem uit haar longen. Even was het haar zwart voor de ogen. Toen ze weer kon zien, zag ze een zwarte cirkel met sterren boven zich hangen en besefte dat ze op de bodem van een gat lag. Van de zijkanten rolde wat zand naar beneden, dat prikte in haar ogen. Ze deed haar hoofd opzij en voelde grind tegen haar wang.

De twee mannen liepen weg. *Nu,* dacht ze. *Mijn enige kans.* Ze vocht om zichzelf te bevrijden, de ene kant op draaiend, toen de andere, er viel zand boven op haar terwijl ze tegen de wand van het gat aanstootte. Het lukte niet; haar polsen en enkels waren te strak vastgebonden, en door haar geworstel werden haar handen alleen maar gevoelloos. Maar een stukje van de pleister was van haar wang losgeraakt. Ze wreef met haar gezicht tegen het grind, haar huid rauw schavend, terwijl er nog meer pleister losging.

*Gauw. Gauw.*

Ze kuchte en stikte haast in wolken stof. Er ging weer een stuk pleister los, waardoor haar lippen bevrijd waren. Ze haalde adem en schreeuwde.

Er verscheen een gestalte boven het gat, die op haar neerkeek. 'Niemand kan je horen,' zei Monica. 'Het is een heel diep gat. Morgen is het weg, dan zie je er niets meer van. Morgen storten ze het grind. Daarna de fundering.' Ze draaide zich om, toen de mannen terugkwamen met een van de lijken. Ze gooiden het in het gat en het kwam naast Toby terecht. Het hoofd van de man bonkte tegen haar schouder. Ze schoof tegen de andere kant van het gat aan en weer viel er zand op haar gezicht.

*Dus zo eindigt het. Drie skeletten in een gat. Verborgen onder een plaat beton.*

De mannen gingen weg om het derde lijk te halen.

Weer schreeuwde Toby om hulp, maar haar stem leek verloren te gaan in het diepe gat.

Monica hurkte aan de rand van het gat en keek naar beneden. 'Het is een koude nacht. Iedereen heeft zijn ramen dicht. Ze horen niets.'

Toby schreeuwde nog een keer.

Monica gooide een handvol aarde op haar gezicht. Kuchend draaide Toby haar hoofd opzij, waardoor ze naar het lijk keek. Monica had gelijk. Niemand luisterde; niemand zou haar horen.

De mannen kwamen terug, beiden hijgend van inspanning. Ze gooiden het laatste lijk in het gat.

Het kwam boven op Toby terecht, waarbij het zeil over haar gezicht sloeg. Ze kon zich nauwelijks bewegen onder het gewicht van het lijk, maar ze kon de stemmen boven haar horen, en het geluid van een spade die door de aarde schraapte.

De eerste schep zand viel in het gat. Hij kwam op Toby's benen terecht. Ze probeerde de aarde van zich af te schudden, maar toen viel er weer een schep en toen nog een.

'Wacht op Gideon,' zei Monica. 'Hij moet hier ook aan meedoen.'

'Hij komt het karwei wel afmaken. Laten we nu maar opschieten,' zei haar man. Hij kreunde en er viel een nieuwe lading aarde op het lijk, het zand liep in Toby's haar. Weer probeerde ze onder het gewicht van het lijk vandaan te komen. Het zeil gleed naar beneden, waardoor haar ogen bloot kwamen. Ze keek recht omhoog naar de drie gestalten die om het gat heen stonden. Ze leken te voelen dat ze hen gadesloeg en even bleven ze allemaal stilstaan.

Monica zei: 'Goed. Gooi het nu maar dicht.'

Toby riep: 'Nee!' Maar haar stem werd gesmoord door het zeil. Door het gewicht van het lijk.

De aarde kwam achter elkaar naar beneden. Ze knipperde tegen het zand. Er viel weer een schep zand op haar haar en daarna stroomden rivieren zand om haar lichaam heen en bedekten haar ledematen. Ze probeerde krampachtig te bewegen, maar het lijk en de gestaag neervallende aarde hielden haar op haar plaats. Ze hoorde haar eigen hartslag in haar oren dreunen, ze hoorde haar adem hijgend door haar longen gaan. Ze ving een laatste glimp op van de sterren, terwijl ze haar gezicht onder de bedekking van het zeil schoof.

Toen werd haar hoofd begraven en zag ze helemaal geen licht meer.

# 21

Het was zijn beurt om de spade te hanteren.

Carl Wallenbergs handen beefden, terwijl hij het handvat pakte en de eerste schep aarde ophief. Hij bleef staan bij de rand van het gat, keek naar het donker beneden en dacht aan de vrouw die nog leefde. Haar hart sloeg nog, het bloed pompte nog. Miljoenen neuronen die werden afgevuurd in de paniek van de doodsstrijd. Onder die deken van aarde was ze aan het doodgaan.

Hij gooide zijn lading aarde in het gat en schepte er nog een op. Hij hoorde Monica goedkeurend mompelen en in stilte vervloekte hij haar, omdat ze hem tot deze vreselijke daad dwong. Dit was het laatste bewijsmateriaal dat weggewerkt moest worden, de laatste twee lijken die begraven moesten worden van een experiment dat op een vreselijke manier mis was gegaan.

*We hadden zorgvuldiger moeten zijn met de donoren. We hadden het foetale materiaal niet alleen op bacteriën en virussen moeten controleren. We hebben nooit aan de mogelijkheid van prionen gedacht.*

Maar Yarborough had haast gehad om de cellen te implanteren. Het weefsel moest vers zijn, had hij volgehouden. De cel-suspensies moesten binnen zeven dagen na het oogsten worden geïmplanteerd, anders zouden ze niet overleven in de hersenen van hun nieuwe gastheer. Ze zouden geen kolonies vormen. En dan was er die lange wachtlijst van gretige gegadigden geweest, drie dozijn mannen en vrouwen die hun aanbetaling hadden gedaan, die dolgraag een tweede kans wilden om jong te zijn. Zonder risico, was hun verzekerd. En het was eigenlijk ook een hele goedaardige procedure: een plaatselijke verdoving, de injectie met foetale hypofysecellen in de hersenen, en weken later, de langzame verjonging van de meesterklier. Hij en Gideon hadden het tientallen keren gedaan, zonder complicaties, tot Rosslyn op morele gronden een einde aan het project had gemaakt. Als het niet nodig was geweest geaborteerde, menselijke foetussen te gebruiken, zou de procedure als een medische doorbraak zijn begroet. Een nieuwe jeugd, met behulp van de hersenen van de ongeborenen en de ongewensten.

Een doorbraak, ja. Maar een waar nooit gebruik van zou worden gemaakt vanwege de politiek.

Hijgend hield hij even op, zijn zweet maakte zijn huid al koud en het gat was bijna vol. De longen van de vrouw zouden intussen vol zitten met stof, haar hersencellen zouden niet genoeg zuurstof meer krijgen. Het hart zou zijn laatste, wanhopige pogingen doen om te pompen. Hij had een hekel aan Toby Harper, hij was het ermee eens dat haar het zwijgen opgelegd moest worden, maar hij wenste haar een genadige dood toe, een dood die hem de komende jaren niet zou achtervolgen.

Het was nooit zijn bedoeling geweest iemand te doden.

Goed, er waren een paar foetussen opgeofferd, maar alleen in het begin. Nu gebruikten ze gekloond weefsel, dat nauwelijks menselijk was, dat in een baarmoeder werd geïmplanteerd en daar werd gevoed. Hij voelde zich niet schuldig over de herkomst van het weefsel. Zijn patiënten hadden er ook geen problemen mee; ze wilden het gewoon hebben en waren bereid ervoor te betalen. Zolang Brant Hill er niets van wist, zou zijn werk doorgaan en zouden de privé-inkomsten blijven binnenstromen.

Maar toen was Mackie doodgegaan, gevolgd door de anderen. Nu was het niet alleen het geld dat hij kwijt kon raken; het was zijn positie, zijn reputatie. Zijn toekomst.

*Is het het waard er een moord voor te plegen?*

Terwijl hij doorging aarde te scheppen in het snel vol rakende gat, was hij zich er pijnlijk van bewust dat de vrouw daar beneden stervende was. *Maar ach, we zijn allemaal stervende. Sommigen van ons op een vreselijker manier dan anderen.*

Hij zette de schop neer. Hij moest overgeven.

'Nog meer aarde. Maak het gelijk,' zei Monica. 'Het mag niet opvallen. Die bouwvakkers mogen er niets van zien.'

'Doe jij het maar.' Hij duwde haar de spade in handen. 'Ik heb genoeg gedaan.'

Ze pakte de spade en keek hem een ogenblik aan. 'Ja, ik denk het wel,' zei ze tenslotte. 'En nu zit je er net zo diep in als Richard en ik.' Ze zweeg even, met haar schoen op de spade, en wilde nog een lading aarde opscheppen.

'Daar is Yarborough,' zei Richard.

Wallenberg draaide zich om en zag koplampen. De zwarte Lincoln van Yarborough kwam aanhobbelen over de zandweg en stopte bij het hek om het bouwterrein. Het portier ging open en sloeg weer dicht.

Er ging een fel licht aan dat op de bouwput scheen. Wallenberg wankelde achteruit, zijn ogen beschermend tegen de plotselinge lichtbundel. Hij hoorde het heftige knarsen van andere banden over het grind, daarna hoorde hij nog twee portieren dichtslaan, en het geluid van rennende voetstappen.

Hij tuurde naar de silhouetten die plotseling voor de schijnwerpers verschenen. *Yarborough niet,* dacht hij. *Wie zijn jullie?*

Twee mannen kwamen naar hen toelopen.

Frisse lucht stroomde haar longen binnen, zo koud dat het pijn deed aan haar keel. Hijgend hapte ze naar adem, en nog een keer, terwijl ze tussen het hoesten door lucht naar binnen zoog. Er werd iets tegen haar gezicht gedrukt en ze vocht om eraan te ontsnappen. Ze sloeg naar de handen die haar hoofd vasthielden. Ze hoorde stemmen, te veel stemmen om uit elkaar te houden, ze praatten allemaal tegelijk.

'Druk die zuurstof terug!'

'Ze verzet zich – '

'Hé, help even! Ik kan het infuus er niet in krijgen.'

Ze sloeg in het wilde weg om zich heen. In de verte scheen een licht en ze vocht om door het duister heen te komen, om bij het licht te komen voor het verdween. Maar het was of haar armen verlamd waren; er was iets wat ze naar beneden drukte. De lucht die ze inademde, rook naar rubber.

'Toby – hou je rustig!' Ze voelde een hand de hare pakken alsof die haar uit het donker wilde trekken.

Een zwart gordijn leek plotseling voor haar ogen in tweeën te scheuren en ze kwam boven in een stroom van licht. Ze zag gezichten op haar neerkijken. Ze zag nu meer lichtjes, blauw en rood, ze dansten in een kring. *Mooi,* dacht ze. *De kleuren – wat ontzettend mooi.* Er klonk een gekraak in de nacht. Een politieradio.

'Dokter, kom eens kijken,' zei een van de agenten.

Dvorak reageerde niet; zijn blik was op de ambulance gericht. De achterlichten trilden terwijl de auto de zandweg afreed en Toby naar het Springer-ziekenhuis bracht. Ze zou vannacht niet alleen moeten zijn, dacht hij. Ik zou bij haar moeten zijn; daar wil ik zijn. Daar wil ik blijven.

Hij draaide zich om naar de agent en merkte dat hij niet helemaal vast ter been was, dat hij nog steeds stond te beven. De nacht had een idiote neonsfeer gekregen. Al die patrouillewagens, al die lichten. En voor het hek om het bouwterrein stonden toeschouwers – het soort mensen dat altijd naar een misdrijf kwam kijken. Maar dit waren ouderen, bewoners van Brant Hill, die de vele sirenes hadden gehoord en nieuwsgierig naar buiten waren gekomen, nog gekleed in hun badjas. Ze stonden in een plechtige rij door het gaas naar de bouwput te kijken, waar de twee lijken waren opgegraven en nu zichtbaar op het zand lagen. Er was geen joviale stemming onder deze mensen; voor hen was de dood misschien zo dichtbij dat ze er niet meer om konden lachen.

'Rechercheur Sheehan staat daar op u te wachten,' zei de agent. 'Hij is de enige die het heeft aangeraakt.'

'Wat heeft aangeraakt?'

'Het lijk.'

'Nog een?'

'Ik ben bang van wel.'

Dvorak liep achter de agent aan, de bouwput uit. Strompelend liepen ze beiden naar het hek.

'Het lag in de achterbak van de auto,' hijgde de agent omhoogklimmend.

'Welke auto?'

'De Lincoln van dokter Yarborough. De auto die we hierheen zijn gevolgd vanaf het Howarth-gebouw. Het ziet ernaar uit dat hij nog een laatste bijdrage voor de begrafenis kwam brengen. Dát verwachtten we zeker niet toen we zijn achterbak opendeden.'

Ze liepen langs de bejaarde nieuwsgierigen naar de auto van Yarborough, die bij het hek geparkeerd stond. Rechercheur Sheehan stond naast de open kofferbak. 'Vannacht hebben we er drie tegelijk,' zei hij.

Dvorak schudde zijn hoofd. 'Ik vind het eigenlijk wel welletjes voor vannacht.'

'Voelt u zich wel goed, dokter?'

Dvorak zweeg even, terwijl hij dacht aan de nacht die voor hem lag. Aan de uren die het zou duren voor hij naar Toby kon. Er was niets aan te doen; dit moest hij eerst doen.

Hij haalde een paar latex handschoenen uit zijn zak. 'Vooruit dan maar,' zei hij en keek in de kofferbak.

Sheehan richtte zijn zaklantaarn op het gezicht van het lijk.

Even kon Dvorak geen woord uitbrengen. Hij stond naar het gezicht van het meisje te staren, naar de blauwe plek op die broze huid, naar de grijze ogen, open en zielloos. Eens had er een ziel ingezeten; eens had hij die zien glanzen in die ogen. *Waar ben je nu?* vroeg hij zich af. *Ergens waar het fijn is, hoop ik. Ergens waar het warm en veilig is.*

Hij stak zijn hand uit en sloot zachtjes de ogen van Molly Picker.

Het geluid van lachende verpleegsters op de gang wekte Dvorak uit een onrustige slaap. Hij deed zijn ogen open en zag het daglicht door het raam naar binnen komen. Hij zat op een stoel naast het ziekenhuisbed van Toby. Ze sliep nog, haar ademhaling was langzaam en regelmatig, haar wangen hadden een kleur. De vorige avond was het meeste vuil van haar gezicht geveegd, maar hij zag hier en daar nog wat zand in haar haar zitten.

Hij stond op en rekte zich uit om zijn nek weer recht te krijgen. In ieder geval schijnt de zon, dacht hij, terwijl hij naar buiten keek. Er zweefde maar een heel klein wolkje aan de hemel.

Achter hem mompelde een stem: 'Ik heb een vreselijke nachtmerrie gehad.'

Hij draaide zich om en keek Toby aan. Ze stak haar hand naar hem uit. Hij nam hem warm in de zijne en ging naast haar zitten.

'Maar ik heb het niet gedroomd, is het wel?' vroeg ze.

'Nee, ik ben bang dat het maar al te waar was.'

Ze bleef een poosje stil liggen. Ze fronste haar voorhoofd, alsof ze probeerde een begrijpelijk geheel te maken van de stukjes die ze zich herinnerde.

'We hebben hun medische verslagen gevonden,' zei Dvorak.

Ze keek hem vragend aan.

'Ze hielden gegevens bij van alle hersenimplantaten. Negenenzeventig dossiers, opgeslagen in de kelder van het Howarthgebouw. Namen van patiënten, aantekeningen van de operaties, hoofdscans naderhand.'

'Ze waren gegevens aan het verzamelen?'

Hij knikte. 'Om te kunnen bewijzen dat hun vinding succes had. Zo te zien, hadden de implantaten wel een gunstig effect.'

'Maar ze waren ook gevaarlijk,' voegde ze er zacht aan toe.

'Ja. Begin vorig jaar was er een groepje patiënten, toen Wallenberg nog de geaborteerde foetussen gebruikte. Vijf mannen hebben hun implantaat van dezelfde foetale cellen gekregen. Ze zijn allemaal tegelijk besmet. Het duurde een jaar voor de eerste symptomen kreeg.'

'Dokter Mackie?'

Hij knikte.

'Je zei dat er negenenzeventig dossiers waren. Hoe is het met al die andere patiënten?'

'Springlevend. En in prima conditie. Hetgeen een moreel dilemma oplevert. Als deze methode nu eens echt werkt?'

Aan haar bezorgde gezicht kon hij zien dat ze zijn zorg deelde. *Hoever gaan we om het leven te verlengen? Hoeveel offeren we op van onze menselijkheid?*

Plotseling zei ze: 'Ik weet waar Harry Slotkin is.' Ze keek hem met verbazend heldere ogen aan. 'Brant Hill – de nieuwe vleugel. Een paar weken geleden hebben ze de fundering gestort.'

'Ja. Wallenberg heeft het ons verteld.'

'O, ja?'

'Ze vliegen elkaar nu naar de keel. Wallenberg en Gideon tegen de Trammells. Ze proberen elkaar de schuld te geven. Op het moment lijken de Trammells het ergst in de problemen te zitten.'

Toby zweeg even, terwijl ze moed verzamelde om de volgende vraag te stellen. 'Robbie?'

'Dat was Richard Trammell. De kogel kwam uit een pistool dat op zijn naam stond.'

Ze knikte, het pijnlijke bericht zwijgend in zich opnemend. Hij zag tranen in haar ogen komen en besloot haar nog niet te vertellen van Molly Picker. Dit was niet het moment om haar met nog meer ellende te belasten.

Er werd op de deur geklopt en Vickie kwam binnen. Ze zag er bleker uit dan de vorige avond, toen Dvorak haar bij Toby op bezoek had gezien. Bleker en op een vreemde manier bang. Ze bleef op enige afstand van het bed staan, alsof ze niet dichterbij durfde komen.

Dvorak stond op. 'Ik denk dat ik jullie tweeën alleen laat,' zei hij.

'Nee, alsjeblieft,' zei Vickie. 'Je hoeft niet weg te gaan.'

'Ik ga nergens heen.' Hij bukte zich en gaf Toby een kus. 'Maar ik wacht op de gang.' Hij richtte zich op en ging naar de deur.

Daar bleef hij even staan.

Toen hij omkeek, zag hij Vickie plotseling loskomen uit een soort onzichtbaar iets wat haar gevangen hield. Met drie snelle stappen was ze bij het bed en nam Toby in haar armen.

Dvorak veegde met zijn hand langs zijn ogen en ging zachtjes de kamer uit.

## Twee dagen later

De ventilator leverde zijn twintig ademhalingen per minuut, telkens gevolgd door een zucht, het inzakken van de ribben en de borstkas. Toby had het ritme kalmerend gevonden, terwijl ze het haar van haar moeder kamde en haar lichaam waste en met het washandje over plekken gleed die ze zo goed had leren kennen. De stervormige pigmentvlek op de linkerarm. Het biopsielitteken op de borst. De vinger die krom was geworden door artritis. Maar dit litteken op de knie – hoe was Ellen daaraan gekomen? vroeg Toby zich af. Het zag eruit als een heel oud litteken, goed genezen, bijna onzichtbaar, de oorzaak verloren in de vergeten hoekjes van haar moeders jeugd. Terwijl ze ernaar keek onder het felle licht van het kamertje op de intensive care, dacht ze: Al die jaren heeft mam dat litteken gehad en nu zie ik het pas.

'Toby?'

Ze draaide zich om en zag Dvorak in de deuropening staan. Misschien stond hij daar al een tijdje; ze had niet gemerkt dat hij was gekomen. Zo was Dvorak gewoon. Tijdens de anderhalve dag dat ze in het ziekenhuis had gelegen, was Toby soms wakker geworden en had gedacht dat ze alleen was. Dan draaide ze haar hoofd om en zag dat hij nog in de kamer was, stil en onopgemerkt. Dat hij haar gadesloeg, zoals nu.

'Je zus is er,' zei hij. 'Dokter Steinglass is op weg naar boven.'

Toby keek naar haar moeder. Ellens haar lag uitgespreid op het kussen. Het zag er niet uit als het haar van een oude vrouw, maar als de volle haardos van een jong meisje, glanzende lokken van zilver. Toby boog zich voorover en drukte haar lippen op Ellens voorhoofd.

'Slaap lekker, mam,' fluisterde ze en liep het kamertje uit.

Aan de andere kant van het kijkraam ging ze naast Vickie staan. Dvorak stond achter hen, ze voelden zijn aanwezigheid, maar zagen hem niet. Door het glas zagen ze dokter Steinglass het kamertje binnengaan en naar het beademingsapparaat lopen. Hij keek Toby aan, een stille vraag in zijn ogen.

Ze knikte.

Hij zette het apparaat af.

Ellens borst bewoog niet meer. Tien seconden gingen in stilte voorbij.

Vickie pakte Toby's hand en kneep erin.

Ellens borst bleef bewegingloos.

Nu begon haar hart langzamer te kloppen. Eerst een pauze, één haperende klop. Daarna bleef het ten slotte stil.

*Vanaf het moment dat we geboren worden, is de dood onze uiteindelijke bestemming,* dacht Toby. *Alleen is de datum en de tijd van onze aankomst niet bekend.*

Voor Ellen kwam er een eind aan de reis om kwart over twee, op deze middag laat in de herfst.

Voor Daniel Dvorak zou de dood over twee jaar of over veertig jaar kunnen komen. Hij zou kunnen worden aangekondigd door het beven van zijn hand, of zonder waarschuwing in de nacht kunnen komen, terwijl zijn kleinkinderen in de kamer ernaast lagen te slapen. Hij zou leren leven met die onzekerheid, zoals mensen dat doen met alle andere onzekerheden van het leven.

*En voor de rest van ons?*

Toby drukte haar hand tegen het glas en voelde haar eigen pols, warm en sterk, in haar vingertoppen. *Ik ben al een keer doodgegaan,* dacht ze.

Dit was een hele nieuwe reis.